GOLDMANN

Buch

Nervöse Spannung herrscht im gelben Salon der Villa Ester, als Emiliano Montalto, Chef eines mächtigen Mailänder Verlagshauses, den anwesenden Familienmitgliedern verkündet, daß er sich aus der Firma zurückziehen werde.
Fassungslosigkeit, Empörung und Wut schlagen ihm entgegen. Doch er verläßt das Haus ohne weitere Erklärungen und begibt sich nach Rimini. Und dort, an der Bar des Grand Hotels, schießt er sich nach einer Flasche Champagner eine Kugel in den Kopf.
Fünf Jahre nach diesem rätselhaften Selbstmord macht die einstige Geliebte Emilianos, Arlette Grisi, eine überraschende Entdeckung, die ihr Leben schlagartig verändert. Plötzlich gerät sie mitten hinein in einen lebensgefährlichen Strudel dunkler Machenschaften, deren Wurzeln weit in die Familiengeschichte der Verlegerdynastie zurückreichen. Und dann trifft Arlette eine folgenschwere Entscheidung...

Autorin

Die Romane von Sveva Casati Modignani sind fast ununterbrochen auf den italienischen Bestsellerlisten zu finden. Inzwischen gehört sie zu den erfolgreichsten Schriftstellerinnen ihres Landes und wurde für ihre spannenden und dramatischen Romane mehrfach ausgezeichnet. Nach dem überwältigenden Erfolg ihres Romanes *Giulia* und seiner Verfilmung fürs Fernsehen ist Sveva Casati Modignani auch bei uns ein Garant für fesselnde Unterhaltung geworden.

Bei Goldmann liegen von der Autorin bereits vor:

Giulia. Roman (41087)
Glanz des Lebens. Giulia II. Roman (42281)
Donna D'Onore. Roman (41094)
Wie Sterne am Himmel. Roman (41316)
Diamantenregen. Roman (42280)
Der letzte Baron. Roman (41312)

SVEVA
CASATI MODIGNANI

DER SCHWARZE SCHWAN

ROMAN

Aus dem Italienischen
von Claudia Schmitt

GOLDMANN VERLAG

Titel der Originalausgabe: Il cigno nero

Die Autorin dankt dem Mailänder Dichter
Achille Melazzi und dem Maler Marino De Bernardi
für ihre freundliche Mitarbeit.

Der Goldmann Verlag
ist ein Unternehmen der Verlagsgruppe Bertelsmann

Ungekürzte Taschenbuchausgabe Dezember 1995

Umschlaggestaltung: Design Team München
Umschlagfoto: Elke Hesser, Paris
Druck: Elsnerdruck, Berlin
Verlagsnummer: 42674
SK · Herstellung: Ludwig Weidenbeck
Made in Germany
ISBN 3-442-42674-X

1 3 5 7 9 10 8 6 4 2

Wir sind Schiffe, die durch die Nacht fahren und miteinander Botschaften tauschen, wenn sie sich kreuzen. Man sieht nur ein Signal, hört nur eine ferne Stimme in der Finsternis. So kreuzen wir uns im Ozean des Lebens und tauschen unsere Botschaften. Ein Blick und eine Stimme. Dann herrscht wieder Dunkelheit.

HENRY WADSWORTH LONGFELLOW

Das Leben unterscheidet sich von einem Bühnendrama nur dadurch, daß es keine feste Handlung gibt; alles ist vage, unsicher und verworren, bis der Vorhang fällt. Und das Rätsel bleibt ein Rätsel.

EDWARD GEORGE BULWER-LYTTON

Sommer 1985

Rechtsanwalt Ovide Décroly, Experte für internationales Privatrecht und Inhaber einer der bekanntesten Genfer Anwaltskanzleien mit zwanzig festen und dreißig freien Mitarbeitern, sah dem Mann, der ihm gegenübersaß, fest in die Augen: »Doktor Montalto, ist Ihnen wirklich klar, was Sie da vorhaben?« fragte er langsam.

Der Genfer Anwalt hatte einen sehnigen Körper und strenge, durchdringend blickende Augen. Seine Erscheinung flößte seinen Gegnern Respekt und seinen Klienten Sicherheit ein.

Décroly kannte Emiliano Montalto seit dem Jahr 1954, als der damals fünfundzwanzigjährige Verleger in zweiter Ehe die englische Aristokratin Mary June Scott-Davis geheiratet hatte. Seit diesem Jahr war er der ständige Rechtsberater Emilianos und der Familie Montalto. Er war genauestens über alles informiert, was das mächtige Verlagshaus betraf. Er schätzte Emilianos Intelligenz, seinen Feinsinn und seine Bildung, aber er tadelte die Nachlässigkeit, mit der er über die krummen Geschäfte seines Bruders und seiner jüngeren Schwestern hinwegging. Emiliano ließ sie einfach machen, nicht aus Charakterschwäche, sondern um lästige Familienstreite zu vermeiden, die er haßte.

Décroly war fest davon überzeugt, daß Emiliano ohne seine hilfreichen Ratschläge längst von seinen Geschwistern ausgebootet worden wäre. Er hatte ihn mehr als einmal vor der Gier und Dummheit seiner Verwandten gerettet. Das Projekt, das der Verleger ihm soeben dargelegt hatte, würde Emiliano einen Schaden verursachen, der nie wiedergutzumachen war.

Décrolys belgischer Großvater, von dem er den Namen hatte, war Psychiater gewesen, Gründer einer bekannten Schule, die sich mit der Behandlung psychisch gestörter Kinder befaßte.

Von dem berühmten Großvater, der in allen einschlägigen Lehrbüchern zitiert wurde, hatte Ovide seine außergewöhnlichen psychologischen Fähigkeiten und eine besondere Sensibilität geerbt, die ihm bei der Ausübung seines Berufes sehr nützlich waren. Während er dem jugendlich und vital wirkenden Fünfzigjährigen, der ihm gegenübersaß, in die Augen schaute, wurde ihm klar, daß sein Freund und Klient drauf und dran war, die Waffen zu strecken.

»Doktor Montalto, sind Sie wirklich sicher, daß Sie das machen wollen?« fragte der Rechtsanwalt noch einmal.

Emiliano lächelte.

»Es ist das zweite Mal in meinem Leben, daß ich mir einer Sache völlig sicher bin«, entgegnete der Verleger mit überzeugter Ruhe.

Das erste Mal war an dem Tag gewesen, an dem er Arlette kennengelernt und entschieden hatte, daß sie bis ans Ende seiner Tage die Frau seines Lebens sein würde.

Die beiden Männer saßen an einem großen Diplomatenschreibtisch aus Satinwood-Holz, der aus der Zeit Napoleons III. stammte und mit Glocken aus ziseliertem Feingold verziert war. Daneben thronte auf einem Bücherregal eine Marmorbüste des Philosophen Seneca.

Die Julihitze lastete auf der Villa Ester, der Sommerresidenz der Montaltos am Comer See. Die schwüle Luft drückte gegen die dicken Fensterscheiben des alten Hauses und bildete eine dünne, milchige Dunstschicht über der reglosen Wasserfläche des Sees.

Dank der dicken Mauern war es im Innern der großen Villa kühl wie in einer Kirche. Es duftete vage nach Weihrauch. In die ruhige Atmosphäre des Arbeitszimmers, in dem sich die beiden Männer leise unterhielten, schlich sich wie ein störender Geruch eine unterschwellige Spannung ein: Sie kam aus dem gelben Salon, wo sich die Familie Montalto auf Emilianos Wunsch versammelt hatte und die nun darauf wartete, den Grund dieser Vorladung zu erfahren.

Vor Emiliano lag ein Dossier, das Ovide Seite um Seite aufmerksam studiert hatte. Der Anwalt versuchte Zeit zu gewinnen, in der Hoffnung, Emiliano würde seine Entscheidung noch einmal rückgängig machen.

»Doktor Montalto, gestatten Sie mir, offen zu sein«, sagte Décroly. »Sie sind der einzige, der das Schiff durch den Sturm lenken und in einen sicheren Hafen bringen kann. Verzeihen Sie, daß ich darauf beharre, aber ich bin sicher, daß Ihre Verwandten glücklich wären, Ihnen den Schwarzen Peter zuschieben zu können. Mit unserer Hilfe«, fügte er in Anspielung auf seine Kanzlei hinzu, »könnten Sie das Verlagshaus dann dem Einfluß der politischen Kräfte entziehen, die es spalten wollen, um es zu zerstören oder zu beherrschen.«

Ovide Décroly war nicht der Mann, der Bitten stellte, aber in diesem Augenblick klang seine Stimme fast flehentlich.

»Ich bin fest davon überzeugt, die richtige Entscheidung getroffen zu haben«, erwiderte Emiliano, während er aus der Innentasche seiner Jacke aus matter grauer Seide einen goldenen Dupont-Kugelschreiber zog. Durch ein leichtes Drehen brachte er die Spitze der Mine zum Vorschein und begann unter den besorgten Augen des Anwalts die Papiere zu unterzeichnen.

Er war schon immer ein gutaussehender Mann gewesen, aber seit er mit fünfzig Jahren Arlette kennengelernt hatte, wirkte er noch attraktiver. Sein stämmiger Körper war etwas schlanker geworden, der aristokratisch stolze Ausdruck seines breiten, offenen Gesichts hatte sich verstärkt, und sein Lächeln war milder geworden. Er machte einen um viele Jahre jüngeren Eindruck. Nur die senkrechte

Falte in der Mitte seiner Stirn hatte sich noch tiefer eingegraben.

Emilianos Handbewegungen zeugten von unerschütterlicher Ruhe. Nachdem er das letzte Blatt unterschrieben hatte, steckte er die Dokumente in einen großen, weißen Umschlag, der an die *Montalto Verlags AG* adressiert war, verschloß ihn sorgfältig und schob ihn dem Anwalt zu.

Décroly öffnete sein schwarzes Lederköfferchen, verstaute den Umschlag und ließ das Zahlenschloß mit einem sanften Klicken wieder einrasten.

»Ist Signorina Arlette Arisi über diese Operation informiert?« fragte er dann.

»Sie wird im richtigen Moment davon erfahren«, erwiderte Emiliano.

»Und wann soll dieser Moment gekommen sein?«

»Schwer zu sagen. Es könnte noch eine Weile dauern.«

»Wie lange?« hakte der Anwalt nach.

»Monate. Vielleicht Jahre. Sie selbst wird sich bei Ihnen melden. Und dann geben Sie ihr alle Hilfestellung, die sie benötigt. Bis zu diesem Augenblick möchte ich, daß die ganze Operation streng geheim bleibt«, schloß Emiliano und erhob sich, um den Anwalt zu verabschieden.

Ovide Décroly begriff, daß es sinnlos wäre, länger zu insistieren, und schüttelte seinem Klienten die Hand.

»Ich hoffe aufrichtig, daß Sie zu Ihrem Besten gehandelt haben«, sagte er in zweifelndem Ton, während er das Arbeitszimmer verließ.

Als Emiliano alleine war, ging er zu einem gedrungenen, bauchigen Schrank im englischen Stil. Er öffnete ihn, nahm eine Flasche *Four Roses* heraus, die noch versiegelt war, entkorkte sie und goß einen kräftigen Schuß Whisky in ein breites Kristallglas. Mit unendlichem Genuß, den auch ein schmerzhaftes Stechen in der Seite nicht schmälern konnte, begann er in kleinen Schlücken zu trinken. Der Schmerz war bald vergangen, und Emiliano ließ mit einem tiefen Seufzer der Erleichterung seinen Blick durch das große Zimmer schweifen, dessen Wände völlig mit wuchtigen

Bücherregalen aus Holz bedeckt waren. Während er die Seneca-Büste betrachtete, kamen ihm die Jahre seiner Kindheit und Jugend in Erinnerung, als er in Abwesenheit seines Vaters viele angenehme Stunden damit verbracht hatte, alleine und ungestört Bücher und Manuskripte von berühmten Autoren und jungen Schriftstellern zu lesen.

Auf diese Weise hatte er die Verbote seines strengen Vaters umgangen, der noch in Zeiten aufgewachsen war, als es öffentliche Kutschen mit gelb-rot gestrichenen Rädern gab, majestätische Landauer und elegante Coupés, die wie Pralinenschachteln ausgepolstert waren. Emiliano dachte mit einem Lächeln an das Visavis, das im gelben Salon gestanden hatte: ein kleines Kanapee aus dem neunzehnten Jahrhundert mit zwei Plätzen, die S-förmig angeordnet waren, so daß ein Paar sich gegenübersitzen und Liebesgespräche führen konnte.

Dem alten Edison und seinen Verboten stand ausgleichend die unendliche Sanftheit der Mutter gegenüber. Emiliano hatte im Arbeitszimmer, hinter Büchern versteckt, ein Geheimfach entdeckt, in dem sein Vater Schmuckstücke aufbewahrte, die als Geschenke für seine Frau und seine Geliebten gedacht waren.

Er hatte niemandem von dieser Entdeckung erzählt, da er nicht gewußt hätte, wie er sie rechtfertigen sollte. Außerdem wäre es ihm peinlich gewesen, den Schleier zu lüften, unter dem ein so bedeutender Mann wie sein Vater kindliche Züge verbarg.

Erst viele Jahre nach Edisons Tod hatte Emiliano den versteckten Schatz gehoben und in den nackten Schoß Arlettes gelegt, die bei der eiskalten Berührung mit den Edelsteinen und dem Gold gelacht hatte wie ein Kind, das gekitzelt wird – teils aus Unwillen, teils aus Vergnügen.

Ein Klopfen an der Tür riß ihn aus seinen Erinnerungen. Wenige Sekunden später erschien auf der Schwelle ein Mann, der haarscharf aussah wie sein Vater, als er noch jung gewesen war: dasselbe ausdrucksvolle Gesicht, dieselbe mächtige Gestalt.

Emiliano setzte ein warmes Lächeln auf, wie immer, wenn er Fabrizio, seinem Stiefbruder, begegnete. Fabrizio war mit acht Jahren von Edison und Ester Montalto adoptiert worden und seit damals ein festes Mitglied der Familie. Mittlerweile war er fünfzig Jahre alt, ein kluger, verläßlicher, ruhiger Mensch. Er leitete den Vertrieb der Literaturabteilung.

Fabrizio unterstand das gesamte Verkaufspersonal, das er geduldig anlernte. Er beherrschte die Technik des Büchervertriebs aus dem Effeff und besaß ein angeborenes Talent, eine Art sechsten Sinn, dank dessen er vorhersagen konnte, ob ein Buch beim Publikum ankommen würde oder nicht. Er wußte, wann er eine Auflage erhöhen mußte, obwohl die Auftragslage schlecht war, und wann sie trotz des Enthusiasmus der Buchhändler eingefroren werden mußte. Fabrizio Tusini Montalto war ein unentbehrliches Mitglied der Verlagsorganisation.

Er und Emiliano arbeiteten seit dreißig Jahren zusammen, Schulter an Schulter. Emiliano pflegte als Verlagsdirektor die Kontakte mit den Autoren, entdeckte neue Talente, sondierte die internationale Literaturszene und geriet dabei manchmal mit der Starrköpfigkeit Fabrizios in Konflikt, der Emilianos Bildung um seinen geschäftlichen Spürsinn ergänzte. Als Gespann waren sie unschlagbar.

»Die Frauen sind in Aufruhr«, verkündete Fabrizio und meinte damit zweifellos Lola und Wally, Emilianos jüngere Schwestern. Ippolita, Emilianos erste Frau, Ester, seine Mutter, und Mary June, seine zweite Frau, waren geduldig und tolerant.

»Und die Männer?« fragte Emiliano in scherzendem Ton.

»Die tun ganz gelassen«, erwiderte Fabrizio, »aber das gelingt ihnen nicht immer. Sie sind miserable Schauspieler.«

Die Männer, das waren Corrado Kaiserlian, Wallys zweiter Ehemann, Fernando Prinetti, Lolas Gatte, und ihre vier Söhne, von denen drei noch minderjährig waren.

Außer ihnen war auch noch Franco Vassalli anwesend, der Außenseiter, der aufsteigende Finanzier, der seit zwei Jahren fünfzehn Prozent der Aktien des Montalto Verlags besaß und sehr erpicht darauf war, sich weitere Stücke von dem prächtigen Kuchen abzuschneiden.

»Und du?« fragte Emiliano mit einem freundlichen Lächeln und stellte sein leeres Glas auf den Schreibtisch.

Fabrizio zuckte mit der Schulter.

»Ich bin nur ein Angestellter«, sagte er. »Einer, der Anweisungen ausführt. Es ist nicht meine Sache, Entscheidungen zu treffen. Ich kann warten.« Fabrizios Worte enthielten keine Ironie.

Emiliano nickte. Genauso lagen die Dinge, obwohl Fabrizio, wie die andern, rechtmäßiger Besitzer eines nicht einmal besonders bescheidenen Anteils von Montefin war, der familieneigenen Finanzierungsgesellschaft. Sein Vertrauen zu Emiliano war aber so groß, daß er Entscheidungen von jeher ihm überlassen hatte.

»Dann wollen wir mal gehen und unsere selbstlosen Verwandten beruhigen«, spöttelte Emiliano und klopfte ihm freundschaftlich auf die Schulter, während sie die Bibliothek verließen.

Der gelbe Salon, nach der Farbe der Seidentapete so benannt, war schon immer der bevorzugte Raum für Familienversammlungen gewesen, bei denen es nicht immer friedlich zuging.

Emiliano erinnerte sich an tränenreiche Auseinandersetzungen zwischen seinem Vater und seiner Tante Polissena, Edisons Schwester ... An heftige Streite zwischen seinem Vater und Wally, als diese noch ein Mädchen gewesen war ... Ganz zu schweigen von den erbitterten Wortgefechten, die Wally und Lola sich lieferten, und von den giftigen Bemerkungen Giannis, des Drittgeborenen, der vor einiger Zeit von seinen Schwestern und unter Beihilfe ihrer Ehemänner mit einem geschickten Schachzug ausgebootet worden war ...

Emiliano erinnerte sich aber auch an glückliche Momente in seiner Jugend, zum Beispiel wenn sein Vater ihm erlaubte, mit berühmten Gästen Kaffee zu trinken, mit namhaften Schriftstellern und Geistesgrößen des internationalen Kulturbetriebs. In diesem Salon hatte er Intelligenz, Kreativität und Freundschaft erlebt, aber auch Mißgunst und erbitterte Rivalität.

Die Tür des gelben Salons stand offen, und Emiliano spürte bereits im Flur eine spannungsgeladene Stille. Gelassen wie immer betrat er den Raum und schickte sich an, die Familienversammlung zu eröffnen. Mit einem Blick in die Runde überflog er die Anwesenden. Seine Mutter war die einzige, die ihm zulächelte. Sie war mittlerweile eine hochbetagte Frau und saß auf einem streng geformten Stuhl, der mit seiner hohen Lehne beinahe einem Thron glich. Die andern warfen ihm besorgte und mißtrauische Blicke zu.

Emiliano grüßte niemanden, sondern ging geradewegs auf seine Mutter zu, drückte seine Lippen auf ihre welke Wange und nahm dann in einem Sessel neben dem Kamin aus Naturstein Platz. Die Parfums der Frauen und die im Raum verteilten Blumensträuße schwängerten die Luft mit einer Mischung aus Düften. Irgend jemand rauchte. Wally und Lola spielten nervös mit ihren Ketten. Ihre Kinder kauten an den Nägeln. Franco Vassalli lauerte reglos wie eine Katze vor dem Mauseloch. Sie alle hatten sonnengebräunte Gesichter. Nur Ippolita Crivelli, Emilianos erste Frau, die inzwischen sechzig Jahre alt war, zeichnete sich durch vornehme Blässe aus. Als sie und Emiliano geheiratet hatten, war er noch fast ein Junge gewesen, sie dagegen bereits eine Frau: schön, reich, hemmungslos und ein wenig mysteriös. Nun hatte sie den resignierten Gesichtsausdruck einer alten Dame, deren müder Hormonhaushalt sich auf ihre Moralvorstellungen auswirkte, so daß sie ihre jugendlichen Ausschweifungen als sündige Vergehen betrachtete. Heute verbrachte sie ihre Tage in friedlicher Gesellschaft mit Wohltätigkeitsveranstaltungen. Sie lebte mit einem Sohn aus zweiter Ehe in Lugano und sammelte

Werke moderner Künstler, die sie im Museum Crivelli ausstellte, einem alten Palazzo in Bergamo, in dem früher ihre Familie gelebt hatte. Ihre Vorfahren waren Baumwollfabrikanten gewesen, die Ende des neunzehnten Jahrhunderts zu großem Reichtum gelangt waren.

»Ich muß euch um Verzeihung bitten«, hob Emiliano in einem Ton an, der dem Inhalt seiner Worte zu widersprechen schien. »Es ist der sechste Juli, und ich habe euer Weekend durcheinandergebracht. Nur Mama gegenüber brauche ich kein schlechtes Gewissen zu haben. Sie lebt ja immer hier und geht auch übers Wochenende nicht weg. Stimmt's?« fragte er und warf seiner Mutter einen Blick zu, der geheimes Einvernehmen verriet.

Das Lächeln, mit dem sie ihm antwortete, war voller Bewunderung. Niemand sagte etwas.

»Andererseits war das die einzige Möglichkeit, eine außerordentliche Versammlung der Aktionäre einzuberufen, ohne das Aufsehen der Presse zu erregen. Von Freunden und Feinden, die ständig auf der Lauer liegen, ganz zu schweigen. Wir sind immer mit höchster Diskretion vorgegangen und haben nie Anlaß zu Klatsch gegeben. Selbst jetzt, wo wir uns nur mit Mühe über Wasser halten, ist es uns gelungen, das öffentliche Ansehen unserer Familie zu wahren. Und von diesem Kurs dürfen wir auf keinen Fall abkommen«, warnte er.

»Darin sind wir uns alle einig«, bemerkte Wally mit einem Blick auf die andern. »So meine ich wenigstens«, fügte sie nach einer kurzen Pause hinzu. Die Zweitgeborene der Montaltos schien, was ihre Persönlichkeit betraf, ein Ebenbild des Vaters zu sein, im Guten wie im Schlechten. Sie war intelligent, energisch und sehr praktisch veranlagt. Während ihrer Jugend hatte Wally mit ihrem feurigen Temperament ihre Häßlichkeit auszugleichen versucht, aber der Vorwurf, sie sei unbeherrscht, war übertrieben. Jetzt, mit dreiundfünfzig Jahren, machte es ihr jedenfalls keine Mühe mehr, ihr impulsives Wesen zu zügeln. Sie wünschte nichts sehnlicher, als daß Edison junior, ihr ältester Sohn, eine führende Rolle im Verlag und in der Familie übernehmen würde, die sie ins Abseits gedrängt hatte.

»Und was den Verlag betrifft...« fuhr Wally fort, »es gibt Häuser, denen es schlechter geht als uns. Die Zeiten sind nun mal schwierig.«

»Es gibt aber auch Häuser, denen es besser geht«, erwiderte Emiliano trocken. »Krise hin oder her.«

»Andernorts hat man offensichtlich begriffen, wie wichtig faires Verhalten ist«, entgegnete Wally, in Anspielung auf die erbitterten Familienrivalitäten, die sich zwangsläufig auf die Aktivitäten des Betriebs ausgewirkt hatten.

»Wir sind nicht hier, um darüber zu diskutieren, was ihr verbrochen habt«, fuhr Emiliano barsch dazwischen und sah dabei seine beiden Schwager Corrado Kaiserlian und Fernando Prinetti an. Sie hatten aus purem Gewinnstreben seine Schwestern geheiratet und mit geradezu primitiver Grausamkeit versucht, Emiliano ein Messer in den Rücken zu stoßen. Dabei war es ihnen aber nur gelungen, die Firma zu schädigen.

»Wir haben nur ins Privatfernsehen investiert«, verteidigte Corrado sich und verriet damit sein schlechtes Gewissen. Er war der Verlagspräsident und verantwortlich für die augenblickliche Krise.

»Und dabei haben wir nur vierhundert Milliarden Lire verloren«, erwiderte Emiliano eisig. »Aber hier sitzt Franco Vassalli, eine Kapazität auf diesem Sektor. Er ist bereit, den Karren für uns aus dem Dreck zu ziehen, wenn wir ihm noch ein paar Anteile abtreten.«

»Als wäre alles so einfach«, spöttelte Lola.

»Und was ist mit dem politischen Druck?« fragte Corrado.

Emiliano bemühte sich, nicht die Beherrschung zu verlieren.

»Natürlich gehören die Politiker mit zum Spiel«, erklärte er. »Und sie werden mit allen Mitteln versuchen, uns ihren Willen aufzuzwingen. Aber wenn wir brav sind und uns verhalten, wie sie es erwarten, dann werden sie uns wenigstens die Illusion lassen, weiterhin Herr im eigenen Hause zu sein. Vielleicht können wir noch den ein oder andern Laufburschen, ein paar Sekretärinnen einstellen, ohne sie einschalten zu müssen. Alles hat seinen Preis. Oder wie die Ärzte sagen: seine Chancen und Risiken. Wir hätten zum Beispiel die Möglichkeit, endlich unsere Finanzen zu sanieren. Obwohl auch das nicht sicher ist. Wie jedes Spiel können wir auch dieses erst am Ende beurteilen.«

Lola lief puterrot an. Sie war das jüngste Kind von Ester und Edison. Niemand hätte vermutet, daß sie bereits fünfundvierzig war. Sie sah gut aus, ihr Selbstbewußtsein grenzte fast an Arroganz, und ihre scharfe Zunge konnte, unterstützt von ihrer wachen Intelligenz, mit zwei Worten den besten Ruf zerstören.

»Es könnte aber ein Spiel ohne Ende sein, ein Perpetuum mobile. Ein Wagnis nach dem andern. Ein Spiel auf Leben und Tod«, sagte sie wütend zu ihrem Bruder.

»Wer der Spielsucht verfallen ist, kann nur verlieren«, erwiderte Emiliano ihr trocken. »Aber ich sage es noch einmal: das ist nicht der Grund, weshalb ich euch hierher gebeten habe.«

Bleiernes Schweigen legte sich über die Gesellschaft.

»Ich habe eine tiefgreifende Entscheidung getroffen«, erklärte er schließlich.

Alle Anwesenden starrten ihn an und warteten mit gespitzten Ohren auf seine Worte.

»Ich habe eine Entscheidung getroffen«, wiederholte er, »von der ich euch nicht hätte zu unterrichten brauchen. Wenn ich es trotzdem tue, so nur deshalb, weil ich euch nicht vor vollendete Tatsachen stellen möchte.«

Die besorgten Gesichter der Versammelten verrieten Spannung.

Jeder von ihnen hätte gerne das Steuer dieses Schiffs übernommen, das an allen Ecken und Enden leckte, aber aus Mangel an Energie und Kraft war keiner dazu in der Lage.

»Wenn du beschlossen hast, uns abzuschieben und alleine auf der Kommandobrücke zu bleiben, so hast du von vornherein mein Einverständnis«, sagte Fernando Prinetti, ohne Emilianos Erklärungen abzuwarten.

Emiliano lächelte, aber sein Lächeln erlosch sofort wieder aufgrund eines stechenden Schmerzes in der Seite, der so heftig war, daß er ihm ein paar Sekunden lang den Atem verschlug.

Ovide Décroly hatte recht. Wahrscheinlich sprach Fernando aus, was alle dachten. Aber Emiliano war entschlossen, einen andern Weg einzuschlagen.

»Ich habe nicht vor, das Steuer an mich zu reißen, um das Wrack in einen sicheren Hafen zu lenken. Ich reiße gar nichts an mich. Im Gegenteil. Ich schmeiße die Brocken hin«, verkündete Emiliano.

»Habe ich richtig verstanden?« fragte Fabrizio verblüfft. Emilianos Entscheidung traf ihn persönlich. Er betrachtete sie als einen Verrat. Emiliano konnte nicht einfach desertieren und ihn in einem so kritischen Augenblick alleine lassen.

»Ja, du hast richtig verstanden«, erwiderte Emiliano. »Ich habe vor kurzem meine zwanzig Prozent bei einer Gesellschaft in Sicherheit gebracht, die von einem einzigen Treuhänder verwaltet wird. Zu meinen zwanzig Prozent kommen die elf Prozent unserer Mutter und die vierzehn Prozent Ippolitas. Mein Treuhänder verfügt also über fünfundvierzig Prozent des Montalto Verlags und unserer Finanzierungsgesellschaft Montefin. Ich brauche euch wohl nicht erst zu sagen, daß dieser Treuhänder die Aktien absolut selbständig verwalten wird. Ich habe versucht zu retten, was zu retten ist.«

Franco Vassalli sprang von seinem Stuhl auf: »Das kannst du nicht machen!« schrie er Emiliano an.

Ester Montalto, die dem Gespräch bis zu diesem Augenblick mit heimlichem Genuß gefolgt war, ohne sich einzuschalten, ließ nun ihre warme, wohlklingende Stimme vernehmen, die trotz ihres hohen Alters kaum merklich zitterte: »Natürlich kann er das, mein junger Freund«, entgegnete sie lächelnd. »Emiliano kann aufgrund eines alten Familienstatuts, das keinerlei Vorkaufsrechte vorsieht, ohne weiteres so handeln. Das solltest du eigentlich wissen. Jeder von euch sollte das wissen.«

Ester strich mit einer sanften Handbewegung eine aufmüpfige kleine Locke zurück, die ihr in die Stirn gefallen war.

»Jedes Mitglied unserer Familie«, hob sie von neuem an, »kann seine Anteile verkaufen, ohne sie den andern Verwandten vorher anbieten zu müssen. Genau das hat auch mein Sohn Gianni getan, als er sich aus der Firma zurückzog und seine Aktien unserem gefährlichsten Konkurrenten, dem Verleger Rovesti, verkaufte. Und um diese zurückzukaufen, haben wir unter Berufung auf dasselbe Statut fünfzehn Prozent der Aktien an dich abgetreten. Andernfalls wärst du jetzt gar nicht hier, mein Junge.«

Der Finanzier sah sie haßerfüllt an.

»Ich hatte aber verlangt, daß dieses verdammte Statut geändert würde«, sagte er hitzig.

Nun schaltete sich Emiliano wieder ein: »Wir haben uns deinem Vorschlag widersetzt und damit in unserem Interesse gehandelt, genau wie du beim Kauf der Aktien in deinem Interesse gehandelt hast«, stellte er ruhig fest. »Und ehrlich gesagt hast du uns keinen großen Widerstand geboten. Unsere fünfzehn Prozent waren so verlockend für dich, daß du nicht auf deiner Forderung bestanden hast. Für dich war es das wichtigste, einen Fuß in die Tür des Montalto Verlags zu bekommen. Ich sehe keinen Grund, weshalb du dich jetzt so aufregst. Schließlich ändert sich nichts. Meine Finanzierungsgesellschaft wird sich nicht in eure Entscheidungen einmischen.«

»Ich will den Namen dieser Treuhändergesellschaft«, rief Vassalli.

»Den erfährst du nie«, versprach Emiliano ihm mit gesenkter Stimme. »Den erfährt keiner von euch«, sagte er dann, um auch die anderen Anwesenden einzuschließen.

»Und macht euch keine Illusionen, ihn von Mama oder von Ippolita zu erfahren. Sie kennen ihn auch nicht. Sie haben mich auf reines Vertrauen hin zu ihrem Delegierten bestimmt.«

Emiliano wußte, daß er die Partie gewonnen hatte, aber er genoß diese Gewißheit nicht. Mit gelassenem Abstand registrierte er Vassallis Kapitulation, die Fassungslosigkeit seiner Schwager, die unterdrückte Wut seiner Schwestern.

Er erhob sich und ging zu seiner Mutter. »Ich hab dich lieb«, flüsterte er ihr ins Ohr und küßte sie sanft auf die Stirn. Ester drückte die Hand ihres Sohnes und lächelte.

Dann wandte Emiliano sich Ippolita zu, indem er sacht ihre Schulter berührte: »Noch einmal danke«, lächelte er.

Mary June und die andern ignorierte er. Ohne ein weiteres Wort verließ er den Raum.

Fabrizio folgte ihm und bestand darauf, ihn auf den Vorplatz der Villa hinauszubegleiten, dessen Porphyrpflaster die Hitze der schwülen Abenddämmerung zurückstrahlte.

»Wohin gehst du?« fragte Fabrizio nach langem Schweigen. Er wirkte verlassen wie ein kleiner Hund, den man ausgesetzt hat.

»Ich möchte mich ein wenig ausruhen«, erwiderte Emiliano, während er auf seinen Porsche zuging, der im Schatten der Allee geparkt war. Er hatte Fabrizio sehr gern, und er tat ihm leid, aber in diesem Moment wollte er nichts anderes als den größtmöglichen Abstand zwischen sich und den gierigen, entsetzten Gesichtern seiner Verwandten, zwischen seinen Gedanken und ihren Reaktionen.

»Nach wem habe ich mich in Zukunft zu richten?« fragte Fabrizio.

»Frag lieber, wer sich in Zukunft nach dir zu richten hat«, erwiderte Emiliano, um ihn zu mehr Selbstvertrauen zu ermuntern.

Fabrizio umarmte ihn gerührt.

»Ich habe lieber mit dir zu tun«, schloß er.

»Du hast einen Kopf und Beine. Du kannst alleine gehen.« Emiliano betrachtete ihn mit freundschaftlichen

Blicken. »Wir haben ein schönes Stück Weg zusammen zurückgelegt. Ich bin angekommen, Fabrizio.«

»Verstehe«, sagte Fabrizio, der sich die Entscheidung seines Stiefbruders nicht zu erklären wußte. »Du kannst immer auf mich zählen«, fügte er noch hinzu.

Emiliano stieg in seinen Wagen und fuhr in Richtung Autobahn davon. Es war dunkel, als er mit seinem Porsche vor dem *Grand Hotel* in Rimini vorfuhr.

Der Portier empfing ihn mit einem breiten Lächeln, hinter dem er seine Überraschung darüber verbarg, daß Arlette nicht dabei war. Es war das erste Mal, daß Emiliano Montalto alleine im *Grand Hotel* ankam. Er nahm den Schlüssel entgegen, den der Portier ihm reichte.

»Lassen Sie mir eine Flasche *Four Roses* aufs Zimmer bringen«, sagte er, während er auf den Lift zuging.

Er betrat das Wohnzimmer der schönsten Suite, die das Hotel besaß. Auf dem runden Tisch vor dem Fenster stand ein prächtiger Strauß aus Amaryllis und Dahlien, ein großer Obstkorb und eine silberne Muschel, die mit Pralinen gefüllt war.

Emiliano ging in eines der angrenzenden Zimmer der Suite: Arlettes Schlafzimmer. Es wirkte sehr gemütlich. Das Bett hatte einen weißen Tüllbaldachin, die Kissenbezüge waren aus Sankt Galler Spitze und die Tagesdecke aus makelloser Baumwolle. Behutsame Hände hatten ein weißes Seidennachthemd aufs Bett gelegt. An diesem Abend würde Arlette es nicht anziehen. Und doch waren alle Gegenstände, ja selbst die Luft von ihr beseelt. Ihr Duft schwebte in dem Raum.

Auf dem Nachttisch standen silberne Nippesfiguren und ein Farbfoto von ihnen beiden, wie sie aus einem Flugzeug stiegen.

Der Roman, den Arlette las, hatte auf einer Seite ein Eselsohr, das ihr als Lesezeichen diente. Emiliano, der einen geradezu ehrfürchtigen Respekt vor Büchern hegte, haßte diese barbarische, primitive Methode, aber diesmal lächelte er über Arlettes bedauerliche Angewohnheit.

Er zog die Nadel aus seiner Krawatte, streifte sich die Uhr vom Arm und legte beides nebeneinander auf den Nachttisch neben ihr Foto. Dann verließ er das Zimmer, durchquerte den Wohnraum und ging in sein eigenes Schlafzimmer.

Emiliano und Arlette war von der Hoteldirektion gestattet worden, das Appartement nach eigenem Geschmack einzurichten: Tapeten aus glänzendem, blaßblauem Leinen, herrliche Kelim-Teppiche mit Blumenmustern, eine Unmenge von Büchern und Gemälden, darunter eine Landschaft von Telemaco Signorini und zwei Ansichten Venedigs von De Pisis. An den passenden Stellen war englisches Silbergerät aufgestellt. Die Suite einhundertvier des *Grand Hotels* von Rimini war ihr stiller Zufluchtsort und wurde von der Direktion das ganze Jahr über für Emiliano Montalto freigehalten.

Emiliano nahm eine belebende Dusche, und als er, in einen weißen Bademantel gehüllt, in das Wohnzimmer zurückkehrte, standen auf dem Tisch eine Flasche *Four Roses*, ein Eiskübel und ein Glas.

Er goß sich einen kräftigen Schuß ein, setzte sich auf das Sofa und nahm einen großen Schluck. Im nächsten Moment verspürte er wieder ein heftiges Stechen in der Seite. Eisige Schweißperlen traten auf seine Stirn, während er vor Schmerz erstarrte. Der Anfall war jedoch sofort wieder vorüber und ließ nur ein dumpfes Gefühl der Betäubung zurück. Emiliano atmete erleichtert auf. Er nahm den Telefonhörer ab und wählte eine Nummer in Barcelona, die er am Tag zuvor gespeichert hatte.

»Hotel *Princesa Sofia*«, sagte die Stimme der Telefonistin.

»Señorita Arlette Arisi, bitte«, entgegnete Emiliano.

Er mußte ein paar Sekunden warten, die ihm wie eine Ewigkeit vorkamen, bevor er wieder die Stimme der Telefonistin hörte.

»Die Señorita ist nicht im Hotel. Möchten Sie eine Nachricht hinterlassen?«

»Ja. Sagen Sie ihr, daß ich sie liebe«, erwiderte er und hängte ein.

Er lächelte, obwohl ihm eigentlich nicht danach zumute war. Wo konnte Arlette um diese Uhrzeit sein? Aber was hat das schon für eine Bedeutung, dachte er, während er sich erhob und zu seinem Kleiderschrank ging.

Zehn Minuten später ging er, perfekt angezogen, ins Erdgeschoß hinunter. Er durchquerte Hallen und Salons mit hohen Stuckdecken und gobelinbehangenen Wänden. Durch die großen Glastüren hindurch sah er eine kleine Gruppe englischer Gäste, die sich auf der Terrasse angeregt unterhielten, tranken und lachten. Emiliano betrat die Hotelbar. Die kleinen Sofas und Sessel im Stil des letzten Jahrhunderts waren leer.

Gianni Luda, der Pianist, erkannte ihn, und seine Hände begannen sofort auf den Tasten die Akkorde eines alten neapolitanischen Volkslieds zu suchen, eine nostalgische Melodie, die Arlette und Emiliano besonders liebten: *Chiove* – es regnet.

»Gott, wie es regnet«, sagte Emiliano zu dem Klavierspieler, der mit einem Lächeln zu ihm aufsah.

»Guten Abend, Dottore Montalto«, begrüßte ihn Domenico, der hinter dem Tresen der American Bar stand.

Emiliano erwiderte seinen Gruß mit einer Handbewegung und setzte sich in einen Sessel.

Der Barkeeper kam auf ihn zu: »Trinken Sie gleich etwas, oder warten Sie auf die Signora?« fragte er, indem er sich zu ihm hinunterbeugte.

Emiliano sah ihn einen langen Augenblick an, bevor er ihm antwortete: »Sie ist heute abend nicht hier«, sagte er langsam.

Seine Worte ließen Domenico aufhorchen. Es war das erste Mal, daß Emiliano Montalto alleine im *Grand Hotel* erschien. Mit der Instinktsicherheit eines Psychoanalytikers zog sich der Barkeeper zurück und verschwand in einem Hinterzimmer. Kurz darauf kam er mit einer Flasche Cristal zurück, steckte sie in einen Kübel mit Eiswürfeln und drehte sie sacht. Dann wickelte er eine weiße Serviette um die Flasche, stellte eine Sektflöte und den Eiskübel auf ein Tablett und schenkte Emiliano von dem Champagner ein.

». . . du alleine singst und stirbst«, sang Gianni Luda.

»Trink heute abend mit mir«, sagte Emiliano zu dem Barkeeper, »und biete auch dem Maestro zu trinken an.«

»Vielen Dank, Dottore Montalto«, erwiderte Domenico, ein eleganter junger Mann, groß gewachsen und schlank, mit blondem Haar und blauen Augen.

»Ich hasse die Einsamkeit«, sagte Emiliano und hob sein Glas. »Alleine zu trinken deprimiert mich.«

Domenico entfernte sich und kehrte gleich darauf mit zwei Gläsern zurück. Er goß Champagner für sich und für den Pianisten ein.

»Wir wollen auf das Leben anstoßen«, sagte Emiliano. »Auch wenn es manchmal ein einziger Wirrwarr ist. Oder ein Schwindel, wenn dir das lieber ist. Meine Gefühlsduselei ist Schwindel. Arlettes Zärtlichkeit ist Schwindel.«

Domenico war es gewöhnt, daß Kunden ihm Geständnisse machten, vor allem wenn sie betrunken waren. Aber Emiliano Montalto hatte ihm noch nie sein Herz ausgeschüttet, und außerdem war er nüchtern.

Der Barkeeper hörte ihm zu, ohne etwas zu verstehen.

»Als ich ein Kind war, hat mir einmal jemand erzählt, daß es in einem weit entfernten Land eine edle Rasse von Pferden gibt, die sich eine Vene durchbeißen, wenn man sie über das erträgliche Maß hinaus zu unmöglichen Leistungen antreibt. Ihnen ist ein schneller, würdevoller Tod lieber als eine demütigende, schmerzhafte Agonie. Diese Legende ist ein Musterbeispiel für das Leben, wenn es keinen Ausweg mehr gibt.«

Emiliano trank ein Glas nach dem andern.

»Noch eine Flasche, Domenico«, befahl er dem jungen Mann lächelnd.

Der Barkeeper war froh, daß er sich der unbehaglichen Situation einen Moment entziehen konnte. Er ging ins

Hinterzimmer, um eine weitere Flasche Cristal zu holen, und trat genau in dem Augenblick wieder heraus, als Emiliano einen Revolver aus der Tasche zog, ihn sich an die Schläfe setzte und abdrückte. Ein einziger, nicht einmal besonders lauter Schuß. Emilianos Kopf fiel nach vorn, wie bei einem völlig erschöpften Menschen, der vom Schlaf übermannt wird.

Als Domenico bei ihm war, konnte er ihm nur noch die Augen schließen.

Arlette 1990

Seit Emilianos Tod und unserem letzten Aufenthalt im *Grand Hotel* in Rimini waren fünf Jahre vergangen.

Als ich ihn 1980 kennengelernt hatte, war er ein phantastisch aussehender »Junge« von fünfzig Jahren gewesen und ich eine hübsche Dreißigjährige. Ich war Sonderberichterstatterin der Wochenzeitung *Orizzonti*, dem Spitzenblatt des Montalto Verlags. Und ich war gerade entlassen worden.

Ich kannte Emiliano vom Sehen, wie alle, die bei Montalto arbeiteten. Wenn ich ihm im Korridor begegnete, setzte ich ein Lächeln auf, das von ihm systematisch ignoriert wurde. Er stand im Ruf, ein großer Don Juan zu sein. Wollte man den Gerüchten über ihn glauben, so gehörte er zu jenen Exemplaren von Männern, die Frauen zu beglücken wußten, ohne Eifersucht zu erregen oder Hoffnungen auf eine feste Bindung zu erwecken. Ich persönlich empfand nichts Besonderes für ihn, ohne daß ich heute sagen könnte, ob es sich dabei um einen Verteidigungsmechanismus nach dem klassischen Schema des Fuchses und der Traube handelte und bis zu welchem Grad mein Verhalten von Snobismus geprägt war.

Aber als ich ihn dann hinter seinem nüchternen Schreibtisch aus dunklem Nußbaum sitzen sah, bekam ich doch eine Gänsehaut, obwohl ich außer mir war vor Wut über die demütigende, brutale Art, wie die Familie Montalto, deren Thronfolger Emiliano war, meine Kündigung durchgesetzt hatte.

Ich hatte ihn um eine Unterredung gebeten, und er empfing mich in seinem Büro im obersten Stockwerk des Verlagsgebäudes in der Via Meravigli.

Emiliano hatte einen sanften und zugleich entschlossenen Gesichtsausdruck, blondes Haar wie ein Schwede und große blaue Augen. Man nannte ihn den »schwarzen Schwan«, um ihn so von den »weißen Schwänen« der Familie Montalto zu unterscheiden, die ihn alle auf die eine oder andere Weise bekriegten. Ich hatte immer geglaubt, daß es sich dabei um einen Spottnamen handle. Tatsächlich paßte diese Bezeichnung jedoch sehr gut zu ihm, denn sie unterstrich seine außergewöhnliche Persönlichkeit.

»Arlette Arisi«, sagte er zu meiner Begrüßung und lächelte. Er sprach langsam und klar. »Ein herrlicher Name, der den vergangenen Glanz des Pariser Theaters heraufbeschwört. Sie sind schön, faszinierend und tüchtig«, lobte er mich mit dem strahlendsten Lächeln. »Mir ist völlig klar, daß Ihre Kündigung eine schwere Beleidigung für Sie bedeutet. Sie sind das Opfer einer himmelschreienden Ungerechtigkeit geworden«, sagte er und kam sofort zum Kern der Sache, ohne sich mit einleitenden Floskeln aufzuhalten.

Ich seufzte erleichtert auf; mit seiner Unterstützung würde ich mir Genugtuung verschaffen.

»Aber ich kann nichts für Sie tun«, fügte er gleich darauf hinzu, so daß ich fast erstarrte. »Ich bin felsenfest davon überzeugt, daß die von Ihnen veröffentlichten Nachrichten der Wahrheit entsprechen. Ich kenne die Person, über die Sie in Ihrem Artikel schreiben, und ich kann Ihnen versichern, daß dieser Mann noch viel schlimmere Dinge angestellt hat als die, von denen Sie berichten.«

»Ja dann?« fragte ich und machte Augen wie ein kleines Schulmädchen.

»Es gewinnt nun mal, wer am längeren Hebel sitzt. Und Sie sitzen am kürzeren«, schloß er.

Ich war von Enttäuschung und Wut überwältigt. »Wie

würden Sie sich selbst kennzeichnen, Dottore Montalto?« fragte ich, jede einzelne Silbe betonend.

Emiliano blieb gelassen, beugte sich leicht nach vorn und klopfte sich mit dem Zeigefinger der rechten Hand an die Stirn: »Sehen Sie dieses kleine Mal, das die Falten hier eingegraben haben?« Ich sah mich gezwungen, die Stelle zu betrachten, auf die er deutete.

»Das ist ein Zeichen Gottes«, fuhr er fort, »wie das dritte Auge der Tibetaner. Alle Mitglieder meiner Familie haben es. Der Unterschied ist nur, daß es sich in unserem Fall nicht gerade um das Erkennungszeichen einer besonders herausragenden Rasse handelt.« Emiliano hörte nicht auf, freundlich zu lächeln.

Ich war überrumpelt und merkte, wie mir plötzlich die Röte ins Gesicht stieg. Wut, Enttäuschung und Verblüffung steigerten noch mein Gefühl der Machtlosigkeit.

Ich brachte nicht mehr als ein Flüstern zustande: »Was raten Sie mir?«

Emiliano lehnte sich in seinen mit schwarzem Leder bezogenen Drehstuhl zurück und nahm einen fast väterlichen Ton an.

»Nehmen Sie sich einen guten Anwalt, um die größtmögliche Abfindung herauszuschlagen. Im Grunde sind Sie doch im Recht, oder?« sagte er und breitete die Arme aus.

»Rechtsanwalt Cattolica vielleicht?« fragte ich mechanisch.

»Liebe Arlette. Einen guten Anwalt, habe ich gesagt, nicht einen berühmten Anwalt, der obendrein noch Freund und Rechtsbeistand der Familie Montalto ist. Es würde Ihnen wie dem armen Renzo gehen, als er dem teuflischen Azzeccagarbuggli gegenüber den Namen Don Rodrigos nannte. Nein. Der würde Sie mit ein paar netten Worten oder einem belanglosen Ratschlag abspeisen.«

Emiliano erhob sich, wobei seine gute Figur zum Vorschein kam, und trat auf mich zu, um mir die Hand zu küssen. Ich empfand plötzlich eine seltsame Verwirrung.

Es war ein wunderschöner Tag Ende September, und die Sonne, die in das Büro hereinflutete, ließ ein zartes Gemälde von Utrillo erstrahlen, das an der Wand gegenüber hing.

»Wundern Sie sich, daß noch immer solche Dinge passieren?« fragte er. »So viel Unschuld macht Ihnen Ehre. Sie sind noch so jung«, stellte er mit einem Anflug von Wehmut fest. »Die Naivität paßt zu Ihnen. Sie wünschten, die Welt würde sich über all das Unrecht entsetzen. Aber das tut sie nicht. Wir leben im Jahre 1980, an der Schwelle zum zweiten Jahrtausend. Afghanistan steht in Flammen, der Irak und der Iran bekriegen sich, auf den Bahnhof von Bologna wurde ein schrecklicher Terroranschlag verübt, und wir begnügen uns damit, die Dinge zu kommentieren, ohne auf sie zu reagieren.«

»Ich glaube, so naiv bin ich nicht, daß ich diese Auflistung von Gemeinplätzen verdient hätte«, erwiderte ich.

Emilianos Lächeln verwandelte sich in schallendes Gelächter.

»Sie verstehen es, mich zu überraschen«, sagte er erheitert. »Dann drücke ich es eben anders aus: Sie sind, ohne es zu wissen, der Unternehmensräson meiner Familie zum Opfer gefallen«, fuhr er fort. »Damit sind Sie in guter und zahlreicher Gesellschaft, wenn Sie das trösten kann. Hochbegabte Kollegen von Ihnen sind Pseudofreundschaften geopfert worden, nur um irgend jemandem unsere Macht zu beweisen.«

Ich wußte, daß die Montaltos ohne jeden Skrupel stets der Logik der Macht frönten, aber ich hatte gehofft, Emiliano wäre anders, ein Mensch inmitten eines Rudels von Wölfen. Daran mußte auch etwas Wahres sein; nicht umsonst wurde ja gemunkelt, er werde von seinem jüngeren Bruder, den beiden Schwestern und ihren Ehemännern mit Argwohn betrachtet.

Im Moment des Abschieds drückte er mir herzlich beide Hände, eine Berührung, die angenehme Empfindungen in mir auslöste.

»Ich bin gerade im Begriff, essen zu gehen«, sagte er und sah mich dabei mit seinen blauen Augen an, die ein Sonnenstrahl violett tönte. »Möchten Sie mir nicht Gesellschaft leisten?« Er schlug mir also vor, dem Club seiner Eroberungen beizutreten. Ich war damals dreißig Jahre alt. Das heilige Feuer des Berufes hatte mich nie völlig entflammt. Ich schrieb, weil es das einzige war, was ich konnte. Zum Leben.

In den Armen Emilianos lernte ich die Leidenschaft und die Zärtlichkeit einer nie erhofften Liebe kennen. Auch er verliebte sich in mich. Wir kämpften gegen meine Mutter und gegen seine Familie.

Die schlimmsten Angriffe kamen ausgerechnet von Lolas Seite, Emilianos jüngster Schwester, die meine Kündigung veranlaßt hatte. Sie war es, und nicht June, Emilianos englische Ehefrau, die uns das Leben schwer machte.

War es die Rache des Schicksals, daß die Familie Montalto nach dem Tod des schwarzen Schwans endgültig aus allen Fugen geriet? Heute gleicht sie einem sterbenden Dickhäuter, der von Schakalen und Geiern belagert wird.

Ich bin nicht rachsüchtig und kann nicht behaupten, mich am Unglück Lolas und ihrer Verwandten geweidet zu haben. Ich habe lediglich ihre Namen und ihre Geschichten aus meinem Gedächtnis gestrichen. Viele Jahre hatte ich in dem Gedanken weitergelebt, Emiliano sei gar nicht tot. Es war, als wäre er auf eine lange Reise gegangen, von der er jeden Augenblick zurückkommen konnte. Schließlich hatte ich ihn ja nicht sterben sehen.

Die Nachricht von der Tragödie erreichte mich in Spanien, an einem strahlenden Julimorgen, auf eine Weise, die banaler und grausamer nicht hätte sein können. Ich war gerade dabei, im Hotel *Princesa Sofia* in Barcelona zu frühstücken, und blätterte zerstreut in einer Tageszeitung, als mein Blick auf sein Foto und eine Schlagzeile fiel: »Tragischer Tod des italienischen Verlegers Emiliano Montalto«. Keiner seiner Angehörigen hatte es für nötig befunden, mich zu informieren.

Ich erinnere mich, daß ich mir meinen kochend heißen Tee über den Bademantel kippte. Meine erste Reaktion war unbezähmbare Wut. So durfte unsere Geschichte auf keinen Fall enden! Ich schleuderte die Teekanne gegen den Spiegel des Schrankes, der in tausend Scherben zersprang, und mit ihm alle meine Träume. Die Wut verwandelte sich in tiefe, quälende Trauer. Ich hatte Emiliano mein Leben, meine Zukunft anvertraut, und er hatte mich verraten. In mir wuchs unser Kind, das bei der Geburt wahrscheinlich dasselbe Mal wie sein Vater auf der Stirn tragen würde.

Wochen, Monate, Jahre waren vergangen.

Ich fuhr fort zu leben und zu schreiben. Ohne Enthusiasmus. Es war die einzige Arbeit, die ich beherrschte und mit der ich mich über Wasser halten konnte. Seit Emilianos Tod wurden mir die lästigsten Aufgaben zugeschoben: Ich mußte Artikel redigieren und schlecht gelungene Beiträge von anderen Mitarbeitern neu schreiben, die dafür dicke Honorare kassierten. Mit vierzig Jahren hatte ich plötzlich wieder die Funktionen einer blutigen Anfängerin. Aber es war mir völlig gleichgültig, mitanzusehen, wie meine faszinierenden, jungen Kolleginnen von heiligem Eifer beseelt die Leiter des Erfolgs erklommen, ohne mich auch nur anrempeln zu müssen. Ich selbst trat zur Seite und ließ sie vorbei.

Ab und zu beauftragte man auch mich einmal mit einer Reportage, sozusagen als Belohnung für meinen resignierten Opfermut. In Wirklichkeit lief es letztlich immer darauf hinaus, daß ich mich um die Dinge zu kümmern hatte, die am wenigsten begehrt waren, und um die meine schlauen Kollegen sich nach besten Kräften drückten.

Diesmal hatte man mich zu einem Ärztekongreß nach Rimini geschickt, bei dem es um die molekulargenetischen Zusammenhänge zwischen primärer und sekundärer Herzhypertrophie und Herzdilatation beziehungsweise Herzmuskelinsuffizienz ging. Ich mußte darüber berichten, »welche Erbfaktoren für die Produktion des Proteins zuständig waren, das die Kontraktion der Herzmuskelfaserzellen bewirkte«. Einfache Sache, oder?

Es ging darum, die schriftlichen und mündlichen Ausführungen der Spezialisten in eine verständliche Sprache zu »übersetzen«. Eine Arbeit, die Bescheidenheit, Geduld, vollen Einsatz und journalistisches Können verlangte und natürlich keinerlei Ruhm einbrachte.

Fünf Jahre lang hatte ich die Orte gemieden, an denen ich mit Emiliano glücklich gewesen war. Ich hätte eine Ausrede erfinden können, um diese Art Wallfahrt zu umgehen, aber statt dessen ließ ich das Schicksal gewähren, dem ich von Tag zu Tag ergebener war.

Die schöne Maisonne schien warm vom Himmel, aber die Luft war noch frisch und duftete nach Meer, als ich meinen Wagen auf dem Vorplatz des mythischen *Grand Hotels* abstellte.

Fellinis Phantasie hatte das Hotel der *belle époque*, das in den berühmtesten seiner Filme vorkam, zu einem Stück Geschichte erhoben. Auf der Terrasse der ersten Etage blähten sich lautlos die Fahnen der europäischen Nationen im Wind.

Der Anblick der schmucken Fassade versetzte mich in die Vergangenheit zurück. Es war, als wäre die Zeit stehengeblieben, als hätte ich keine Tochter, als erwarte Emiliano mich in der Suite im ersten Stockwerk, deren Fenster auf den Garten mit seinem steinernen Springbrunnen hinausgingen.

Ich spazierte den kleinen Weg entlang, der zur Eingangstreppe führte. Die duftenden Feldblumen, die ihn säumten, machten den klaren Morgen noch schöner. Ich hörte wieder Emilianos ruhige, melodische Stimme, die mir die Namen der Blumen aufzählte: »Die kleinen rosaroten Kelche, die da zwischen dem Klee blühen, gehören zur Familie der *Oxalis*. Und diese Kaskade von weißen und lila Blümchen ist eine *arabis caucasica* ...«

»Aber das ist ja die Dottoressa Arlette Arisi!« Die Stimme des Mannes klang überrascht und gerührt.

Ich fuhr herum, als sei ich bei etwas Verbotenem ertappt worden.

»Domenico«, rief ich mit einem Schluchzer aus, der mir sofort den Hals zuschnürte. Ich reichte ihm die Hand, die er mir herzlich drückte.

»Endlich sind Sie zurückgekehrt«, sagte der Barkeeper, der wie immer eine tadellos sitzende Jacke aus feinem, weißem Tuch und eine schwarze Seidenfliege trug.

Ich hatte Tränen in den Augen.

»Lieber Domenico«, murmelte ich ergriffen.

»Das übliche?« fragte er lächelnd, um uns beiden über die Rührung hinwegzuhelfen.

»Das übliche«, erwiderte ich und lächelte ebenfalls, während ich ihm voraus die Bar betrat.

Emiliano und ich hatten am späten Vormittag immer einen Champagner-Cocktail getrunken. Um zwölf war die Flasche Cristal leer gewesen. Hier im *Grand Hotel* tranken wir auch abends genüßlich das eine oder andere Glas.

Nach Emilianos Tod hatte ich aufgehört zu trinken. Von heute auf morgen, ohne daß mir etwas gefehlt hätte.

Ich setzte mich gegenüber der Theke in einen Sessel neben dem Klavier und sah mich um. Derselbe Kelim-Teppich, dieselben Sofas und Sessel mit dem rosa Seidenbezug. Außer mir war niemand da. Ich dachte an Gianni Luda, den Sänger der Pianobar, der jeden Sommer nach Rimini zurückgekehrt war, um mit seiner schönen Stimme die Gäste des *Grand Hotels* zu unterhalten. Ein sensibler, freundlicher Mann. Wenn ich mit Emiliano die Bar betrat, hatte er für mich immer *Chiove* gespielt, ein altes neapolitanisches Volkslied, das mich zu Tränen rührte, vor allem, wenn ich etwas Champagner getrunken hatte.

Emiliano setzte sich neben mich auf das kleine Sofa, legte mir den Arm um die Schulter und flüsterte mir Liebesworte ins Ohr. Manchmal betrachtete er mich nachdenklich, um – wie er sagte – dem Geheimnis auf die Spur zu kommen, das sich in meinem Innern verbarg.

Sein Verlangen nach mir wuchs, je mehr er versuchte,

die Lösung des Rätsels zu finden, das es vielleicht gar nicht gab. Emiliano konnte stundenlang auf mich einreden, ohne zu ermüden. Seine Worte trafen mich in der Seele und entfachten meine Sinne. Obwohl ich ihm nie Anlaß dazu gegeben hatte, war er manchmal schrecklich eifersüchtig gewesen, ein Zeichen für seine Labilität und sein mangelndes Selbstvertrauen. Vielleicht hatten auch diese Schreckgespenster etwas mit seinem tragischen Ende zu tun.

»Bleiben Sie ein paar Tage bei uns?« fragte Domenico, während er auf den kleinen Tisch vor mir ein Sektglas stellte, in dem fröhlich der Champagner perlte.

»Ich weiß nicht. Das hängt davon ab«, erwiderte ich und erhob mein Glas in seine Richtung. »Möchten Sie nicht mit mir auf die alten Zeiten trinken?«

Er beeilte sich, ein zweites Glas zu füllen, und stieß mit mir an. »Auf die alten Zeiten«, wiederholte er langsam.

»Und auf ihn«, murmelte ich, als scheue ich mich davor, seinen Namen auszusprechen.

Domenico nickte, während ein Sonnenstrahl auf sein dichtes, kurzes Haar fiel, das blond war wie das von Emiliano.

»Es ist hier passiert, nicht?« fragte ich zögernd.

Domenico nickte nur noch einmal. Und doch fühlte ich, daß er gern über das schreckliche Ereignis gesprochen hätte, dessen Augenzeuge er geworden war.

»Wie ist es genau passiert?« fragte ich unvermittelt.

Das eine oder andere Detail, das über die offizielle Version hinausging, hatte ich damals im Verlauf eines quälenden Telefongesprächs aus Lola Montalto herauspressen können.

»Mit meinem Bruder«, hatte sie zynisch bemerkt, »dürften wohl auch deine anmaßenden Pläne gestorben sein, Einzug in unsere Familie zu halten.« Das war das einzige, was sie interessierte, und sie zeigte mir unverhohlen, wie sie den Sieg über Pläne genoß, die ich nicht einmal im Traum verfolgt hatte.

»War er wirklich betrunken?« fragte ich Domenico.

»Keiner hat ihn je betrunken erlebt«, erwiderte der junge Mann. »Nicht einmal Sie, vermute ich.«

Das stimmte. Er konnte trinken, soviel er wollte, ohne daß seine Geistesgegenwart und sein Reaktionsvermögen im geringsten darunter gelitten hätten.

»Ich glaube, Dottoressa Arisi, daß Emiliano Montalto nie so nüchtern war wie in jener Nacht«, fügte Domenico nach einer kurzen Pause hinzu. »Seine letzten Worte galten Ihnen.«

Das hatte ich nicht gewußt. Ich sah Domenco an und wartete gespannt, was er sagen würde.

»Kurz davor hat er mir eine merkwürdige Geschichte erzählt«, fuhr der Barkeeper fort. »Er hat sie mir lächelnd erzählt, wie es seine Art war. Er hat noch etwas zu mir gesagt, bevor er die Pistole zog: ›Meine Gefühlsduselei ist Schwindel. Arlettes Zärtlichkeit ist Schwindel.‹ Seine Augen schauten dabei ganz sanft«, schloß der junge Mann.

»Er hat gelogen«, sagte ich traurig. »Ich war nie besonders zärtlich, am wenigsten zu ihm.«

Ich dachte daran, daß ich Emiliano nicht hatte sagen wollen, daß ich schwanger war. Ich hatte mir vorgenommen, es bei erstbester Gelegenheit in aller Ruhe zu tun. Vielleicht hätte ich ihn retten können, wenn ich es ihm früher gesagt hätte. Vielleicht auch nicht. Wieviel Wahnsinn und wieviel Verstand gehören zu einem Selbstmord? Ob er wohl ein guter Vater für Emy gewesen wäre? So hatte ich unsere Tochter genannt.

»Glauben Sie an das Schicksal, Domenico?« fragte ich plötzlich, nachdem ich mein Glas geleert hatte.

»Das ist eine schwierige Frage«, erwiderte er ausweichend. »Es gibt Leute, die behaupten, daß unser Schicksal uns ähnelt.«

»Tja. Auf die eine oder andere Weise zwingt uns das Schicksal immer, ihm zu folgen«, sagte ich.

An die Existenz einer geheimnisvollen, von den Sternen oder Göttern gelenkten Macht zu glauben, die alle unsere Handlungen bestimmt, machte mir das Herz etwas leichter und linderte meine Gewissensbisse, die unerträglich gewesen wären, hätte ich geglaubt, das Schicksal würde in dem Augenblick geschrieben, in dem es sich erfüllte. Und nicht schon früher.

»In diesem Fall stand geschrieben, daß es hier passieren mußte«, sagte Domenico. »Genau auf dem Sessel, auf dem Sie jetzt sitzen.«

Ich erstarrte. Meine Hand, die noch das Glas hielt, begann zu zittern.

»Aber das ist jetzt so lange her«, fuhr der junge Mann fort und schüttelte traurig den Kopf.

»Woran erinnern Sie sich noch?« bohrte ich weiter, so schwer es mir auch fiel.

»An den Schuß – es war ein einziger, nicht einmal besonders lauter Schuß – und an das kleine Loch in seiner rechten Schläfe. Er war auf der Stelle tot. Sein Kopf fiel nach vorn, wie bei einem völlig erschöpften Menschen, der vom Schlaf übermannt wird.«

Die Zeitungen hatten Emilianos Tod als einen Unfall dargestellt, der beim Reinigen seiner Pistole passiert war.

»Danke für den Champagner«, flüsterte ich und reichte dem Barkeeper mein Glas.

Eine Gruppe von Tagungsmitgliedern mit fröhlichen Gesichtern und Namensschildchen am Revers strömte lärmend in die Bar und riß mich aus meinen Gedanken.

Ich stand auf und verabschiedete mich von Domenico, der sich um die neu angekommenen Gäste kümmern mußte.

Mit einiger Mühe gelangte ich in die Empfangshalle. Da ich mir in den letzten Jahren das Trinken völlig abgewöhnt hatte, war mir der Champagner-Cocktail in den Kopf gestiegen.

»Liegt Ihnen eine Reservierung auf den Namen Arisi vor?« fragte ich den Portier.

Seine Finger huschten über die Tasten des Computers: »Natürlich, Signora Arisi«, bestätigte er diensteifrig. »Haben Sie Gepäck?«

»Ja, im Kofferraum meines Wagens auf dem Vorplatz.«

Er winkte einen Hoteldiener herbei: »Begleite die Signora«, befahl er und gab ihm einen Schlüssel.

Ich folgte dem Mann mechanisch; meine Beine und mein Kopf waren schwer.

Auf Aufforderung meines Begleiters betrat ich ein Zimmer mit blaßblauer Leinentapete. Ich sah mich um und wäre beinahe in Ohnmacht gefallen: Das war die Suite, die Emiliano und ich belegten, wenn wir im *Grand Hotel* abstiegen; ich hatte sie sofort wiedererkannt. Die Fenstertüren zur Terrasse waren angelehnt. Der Morgenwind brachte den Duft des nahenden Sommers und schwellte sanft die Gardinen aus elfenbeinfarbener Seide. Auf dem Couchtisch standen frische Blumen: ein Arrangement aus weißen Betty-Heroldt-Rosen und cremefarbenen Pfingstrosen. Genau diese Blumen hatte Emiliano immer für mich ausgewählt. Neben dem Strauß lag ein Kärtchen. Mein Herz schlug mir bis zum Halse, während ich es las: »Mit den besten Wünschen der Direktion«. Die höflich banale Mitteilung beruhigte mich nicht. Ich ging in das Schlafzimmer, das ich jahrelang belegt hatte. Die Kommode war ebenfalls mit einem Blumenstrauß geschmückt. Auf dem Bett entdeckte ich mein Nachthemd aus weißer Atlasseide: es hatte lange Ärmel, kleine Rüschen am Halsausschnitt und an den Manschetten und Spitzeneinsätze im Mieder.

Mir war schwindelig, und meine Beine zitterten. Diese irreal anmutende, unheimliche Inszenierung drehte das Rad der Zeit zurück und löschte mit einem Schlag die letzten fünf Jahre aus. Ich hätte mich nicht gewundert, wenn plötzlich Emiliano erschienen wäre, um mich in die Arme zu schließen.

»Fühlen Sie sich nicht wohl?« fragte der Hoteldiener, dem meine Blässe aufgefallen war.

»Doch, doch, danke. Es ist alles in Ordnung«, versicherte ich ihm.

Er lächelte und ging hinaus.

Ich wußte, daß verschiedene Wäsche- und Kleidungsstücke im *Grand Hotel* zurückgeblieben waren. Emiliano hatte die Suite das ganze Jahr über gemietet. Wir ließen unsere Sachen hier, weil er es haßte, mit Gepäck zu reisen. Nach Emilianos Tod hatte mich die Hoteldirektion in einem Brief um Erlaubnis gebeten, unsere persönlichen Habseligkeiten nach Mailand schicken zu dürfen. Ich hatte aber nie auf dieses Schreiben reagiert, um nicht mit einer Vergangenheit konfrontiert zu werden, die ich mit aller Macht vergessen wollte.

Ich setzte mich auf die Bettkante. Erst jetzt sah ich die goldene Krawattennadel, die auf dem Nachttisch lag: nicht mehr als ein schlichtes Stäbchen mit einem Brillanten, in das zwei Buchstaben eingraviert waren: E. M.

Die Nadel hatte Edison Montalto gehört, Emilianos Vater, dem Gründer des Verlages. Er hatte sie seinem Sohn zu dessen Hochzeit geschenkt.

»Weil er zu knausrig war, mir etwas zu kaufen«, hatte Emiliano einmal im Scherz gesagt. In Wirklichkeit hing er sehr an diesem Schmuckstück, dem er beinahe magische Kräfte zuschrieb. Er trug es immer. Jetzt lag es auf dem Nachttisch, als warte es darauf, von neuem benützt zu werden.

Mir ging es schlecht, und ich wußte, warum. Man hatte mich wegen einer langweiligen Reportage nach Rimini geschickt, aber hier war ich von der Vergangenheit eingeholt worden, aus der es diesmal kein Entrinnen gab.

Ich nahm den Telefonhörer ab und wählte die Nummer der Vermittlung.

»Verbinden Sie mich bitte mit dem Hoteldirektor«, sagte ich.

Wenige Sekunden später hörte ich eine kräftige Stimme, die klar und selbstsicher klang.

»Herzlich willkommen, Dottoressa Arisi. Ich bin Gianni Stammer. Kann ich etwas für Sie tun?«

Ich erinnerte mich gut an ihn. Er war ein großer Mann,

ernst und tüchtig, mit einem etwas bäurischen Gesicht. Er stammte aus Südtirol.

Ich schilderte ihm kurz die Situation.

»Können Sie mir dieses Mysterium erklären?« fragte ich ohne Umschweife.

»Die Suite stand all die Jahre über zu Ihrer Verfügung«, erwiderte er. »Als wir erfuhren, daß Sie kommen würden, haben wir uns bemüht, sie so herzurichten wie früher. Daran ist überhaupt nichts Mysteriöses, glauben Sie mir«, fügte er hinzu.

»Wollen Sie mir etwa sagen, sie sei die ganze Zeit über von niemand anderem belegt worden?« fragte ich ungläubig.

»Genau. Die Rechnung wird pünktlich jeden Monat bezahlt, damit die Suite immer frei für Sie ist. Wußten Sie das denn nicht?« Seine Stimme klang verwundert.

»Und wer bezahlt die königlichen Gemächer für mich?« fragte ich im scherzenden Ton, obwohl ich mich dem Wahnsinn nahe fühlte.

»Das weiß ich ehrlich gesagt nicht«, erwiderte Stammer, den meine Ahnungslosigkeit inzwischen überzeugte. »Der Betrag wird automatisch auf unser Bankkonto überwiesen. Wie gewohnt. Seit zehn Jahren hat außer Ihnen und Dottore Montalto niemand in diesem Appartement gewohnt.«

»Wie kommt es, daß ich von dieser seltsamen Verfügung nicht informiert worden bin?«

»Ich fürchte, diese Frage kann ich Ihnen nicht beantworten«, meinte Stammer entschuldigend. »Ich dachte, Sie sind im Bilde, und habe mich entsprechend an die Anweisungen gehalten.«

»An wessen Anweisungen?« hakte ich nach.

»An die Anweisungen der Bank natürlich, der Genfer *Union de Banque Suisse*. Tut mir leid. Mehr kann ich Ihnen leider nicht sagen.«

Ohne einen Gruß hängte ich ein. Wer konnte diese Anweisungen bloß gegeben haben? Sicher kein Mitglied der

Familie Montalto. Fünf Jahre waren vergangen, bevor ich aus purem Zufall diese unglaubliche Entdeckung gemacht hatte.

Ich saß auf dem Bett und weinte wie ein verängstigtes Kind. Wäre nur meine Tochter bei mir gewesen. Emy war noch keine fünf Jahre alt, aber ihre Anwesenheit hatte etwas Beruhigendes für mich. Lebhaft, wie sie war, flößte sie mir Kraft ein, wenn es mir einmal schlecht ging.

Wie alle Montaltos trug auch Emy das kleine Mal auf der Stirn. Jetzt war es noch nicht besonders ausgeprägt, aber mit den Jahren würde es deutlicher hervortreten. Sie hatte dieselbe Stirn wie ihr Vater und ihr Großvater, der alte Edison Montalto. Auch Emy gehörte zu jener Gattung von Dinosauriern, die mein Leben und das meiner Familie so nachhaltig beeinflußt hatten.

Die Familie 1940

1

Es war eigentlich kein Park, sondern ein riesiger Garten mit vielen Bäumen, den eine Steinmauer umgab. Mademoiselle Yvette haßte diesen zauberhaften Ort, an dem sie sich aufgrund eines ungeschriebenen, aber dennoch streng respektierten Vertrags aufhalten mußte.

Diesmal hatte *Mademoiselle* den Befehl erhalten, die Kinder »unter allen Umständen« von der Villa und von Esters Zimmer fernzuhalten. Es wäre »ausgesprochen schädlich«, wenn die unschuldigen Kinderohren das Stöhnen und Schreien ihrer gebärenden Mutter mitbekommen würden.

Die Villa Ester erhob sich auf einer felsigen Anhöhe über Bellagio, genau an der Stelle, wo die beiden Arme des Comer Sees zusammenflossen. Das neoklassische Landhaus war im siebzehnten Jahrhundert von einem reichen Comer Bürger erbaut und 1935 von Edison Montalto aufgekauft worden, der den ursprünglichen Namen »Casa Serena« zu Ehren seiner jungen Ehefrau in den persönlicheren Namen »Villa Ester« umgewandelt hatte.

Es war Ende Mai, und der Sommer lag bereits in der Luft. Am Horizont türmten sich Kriegswolken: ein blutiger Konflikt war im Gange, der vor einem Jahr mit der deutschen Invasion Polens begonnen hatte.

Vor zwei Wochen waren Hitlers Truppen in Nordfrankreich eingefallen, aber in der Villa Ester nahm man das Echo der Tragödie, in die bald die ganze Welt verstrickt sein würde, nur gedämpft wahr. Hier drehte sich alles um die Signora Montalto, die in den Wehen lag und jeden Augenblick niederkommen mußte.

Emiliano, Wally, Gianni und Mademoiselle Yvette waren am Ende eines Gartenwegs angelangt, der von kegel- und pyramidenförmig beschnittenen Buchsbäumen gesäumt wurde und zu einem Aussichts-Pavillon führte, an dem sich zarte Buschröschen emporrankten. Von hier aus konnte man seinen Blick über die feierliche Ruhe des Sees schweifen lassen, über den weiße Segelboote glitten.

Der zehnjährige Emiliano bereitete sich auf seinen Volksschulabschluß und die Aufnahmeprüfung zur Oberschule vor. Die achtjährige Wally stickte an einem Taschentüchlein, das sie ihrer Mutter schenken wollte. Gianni, der mit seinen fünf Jahren der jüngste war, hämmerte wie ein Besessener auf seiner Blechtrommel herum und störte alle. Emiliano war ein auffallend hübscher Junge. Mit monotoner Stimme deklamierte er lustlos Carduccis Gedicht von den »Zypressen, die hoch gewachsen und edel, in doppelter Reih', dem heiligen Guido in Bolgheri ihre Aufwartung machen«.

Sein gleichförmiger Singsang ging der ältlichen Gouvernante fast ebenso auf die Nerven wie das Dröhnen der Blechtrommel, auf die Gianni unermüdlich einschlug. Der besondere Ernst des heiklen Augenblicks und die Notwendigkeit, die Kinder auf Sicherheitsabstand zu halten, hatten sie gezwungen, auf ihr Mittagsschläfchen zu verzichten, das sie mit einem kräftigen Glas guten Rotweins einzuleiten pflegte. Sie hatte es sich in einem Korbsessel bequem gemacht. Die intensive Tätigkeit ihres Verdauungstraktes und die Macht der Gewohnheit ließen ihre Augenlider immer schwerer werden. Und als Gianni endlich mit seinem Getrommel aufhörte, nickte Mademoiselle wider Willen ein.

Wally stieß ihren Bruder mit dem Ellbogen an: »*Mademoiselle Yvrette, elle est partie*«, flüsterte sie kichernd.

Sie nannte die alte Jungfer »Yvrette«, um auf ihren Hang zum Wein anzuspielen.

»Laß sie in Ruhe«, ermahnte Emiliano sie, indem er sich einen Augenblick von seinen »Zypressen« abwandte.

»Wieso gehen wir nicht zum Haus zurück, solange sie schläft, und schauen, was dort los ist«, erwiderte Wally spitzbübisch.

Da begann der kleine Gianni, um seine Schwester zu ärgern, wieder die Trommel zu rühren, worauf die Gouvernante prompt aus dem Schlaf aufschreckte.

»Immer derselbe Störenfried«, schimpfte sie und zeigte vorwurfsvoll mit dem Finger auf ihn. »Wenn dein Bruder lernt, hast du still zu sein. Kapiert?«

»Kapiert?« äffte Wally sie nach und hoffte, Gianni würde mit seinem Krach aufhören und Mademoiselle wieder in Morpheus' Armen versinken, wie ihre Mutter gerne sagte. Sie dachte an nichts anderes als daran, wie sie sich der Villa nähern und dem geheimnisvollen Ereignis auf die Spur kommen konnte, das sich gerade dort abspielte.

Wenige Minuten später schloß Mademoiselle erneut ihre Augen und sank in tiefen Schlaf. Einen Augenblick lang hatte sie sich überlegt, ob sie das freche Mädchen zurechtweisen sollte, das sich offen über sie lustig gemacht hatte, aber dann war ihr ein erholsames Nickerchen doch verlockender erschienen. So oder so, letztlich wäre doch sie die Dumme gewesen. Die Reichen glichen sich alle aufs Haar. Sie war längst an die Respektlosigkeiten ihrer Sprößlinge gewöhnt, die in einer Welt aus Zuckerwatte aufwuchsen, sich für Auserwählte hielten und sich – die Eltern im Rücken – bestenfalls dazu herabließen, sie zu dulden. Sie wußte auch, daß die Kinder ihren Namen verunstalteten, um ihre Neigung zum Wein zu betonen, mit dessen Hilfe sie ihr widriges Schicksal ertrug, das sie in die Höhle dieser kleinen Räuberbande geführt hatte.

Vor gut zwanzig Jahren war sie von ihrem Heimatort

Saintes in der Provence nach Italien aufgebrochen, wo sie von einer Familie zur andern gezogen war, die Arroganz der Arbeitgeber und die Boshaftigkeiten ihrer Kinder widerspruchslos über sich hatte ergehen lassen und von dem Tag träumte, an dem sie in ihr hübsches Dorf im sonnigen Süden Frankreichs zurückkehren würde, um in Frieden ihren Lebensabend zu verbringen.

Jetzt, wo die Deutschen in ihr Land eingefallen waren, hatte sie einen Grund mehr, Zuflucht beim Alkohol zu suchen, aber sie tröstete sich mit dem Gedanken, daß der von Hitler prophezeite Blitzkrieg sicher beendet sein würde, bevor sie das Pensionsalter erreichte. Inzwischen gedachte sie das hübsche Sümmchen Geld, das sie bereits zur Seite gelegt hatte, weiter zu vergrößern.

»Schöne, kleine Zypressen, Zypressen mein . . .« Emiliano wiederholte sein Gedicht und dachte dabei an den Friedhof, den er vom Begräbnis seines Großvaters her kannte und der ihm so trübsinnige Gedanken über den Tag des Jüngsten Gerichts eingeflößt hatte, an dem sich die Gräber öffneten und der Allmächtige richten würde über die Lebenden und die Toten.

In der kristallklaren Luft hörte man das Motorenbrummen eines Wagens, der sich die Auffahrt entlang näherte.

»Emiliano«, jubelte Wally, »Papa kommt.« Sie sprang auf und ließ das Taschentuch, an dem sie stickte, auf den Boden fallen. Ihr hübsches Kleid aus rosa Musselin mit dem gesmokten Oberteil und dem weißen Pikeekragen legte sich in fließenden Falten um ihren zierlichen Körper und flatterte um ihre dünnen Beine. An den Füßen trug sie weiße Wildlederschühchen, die mit einem kleinen, schwarzen Knopf geschlossen wurden.

»War ja klar, daß Papa kommen würde«, dachte Emiliano bei sich. »Wenn Mama ein Kind bekommt, ist er immer zur Stelle.« Er machte das resignierte Gesicht des älteren Bruders, der gezwungen ist, die Zuneigung seiner Eltern mit den Neuankömmlingen zu teilen. So war es schon mit Wally gewesen, dann mit Gianni, und jetzt war das vierte Kind an der Reihe.

Ob es ein Brüderchen oder ein Schwesterchen werden würde, war ihm völlig egal. Die Situation konnte sich nur verschlechtern, obwohl seine Mutter ihn im Grunde bereits seit einigen Monaten vergessen zu haben schien, so sehr war sie mit ihrer Schwangerschaft beschäftigt.

»Ich gehe nachsehen, was los ist«, beschloß Wally, sprang rasch die Treppen des Pavillons hinab und hüpfte auf dem Gartenweg in die Richtung der Villa.

Emiliano blieb gelassen wie ein alter Philosoph. Gianni ließ seine Blechtrommel und das andere Spielzeug liegen und rannte seiner Schwester nach.

»Warte auf mich, Wally. Ich komme mit«, rief er mit seinem silbernen Stimmchen. Als er Wally beinahe eingeholt hatte, stolperte er und schlug einen Purzelbaum, der ihm glücklicherweise nur ein aufgeschlagenes Knie und einen Riß in seiner kurzen, grauen Flanellhose einbrachte.

»Schrei doch nicht so, du Dummkopf. Sonst weckst du Mademoiselle auf«, schimpfte seine Schwester, die inzwischen umgekehrt war.

»Ich weine ja gar nicht«, sagte der Kleine, während sich in seinen Augenwinkeln zwei dicke Tränen bildeten. Die Wunde brannte fürchterlich, aber der Wunsch, mit seiner Schwester an einem spannenden Abenteuer teilzunehmen, war stärker als der Schmerz.

»Kehr um«, befahl Wally ihm.

»Wenn du mich nicht mitnimmst, sage ich alles Papa«, erpreßte sie der Kleine.

Wally sah zur Laube hinauf. Mademoiselle schlummerte immer noch selig, und Emiliano fuhr pflichtbewußt und beharrlich mit seinen Gedächtnisübungen fort.

Das Mädchen beugte sich über Gianni und sah ihn drohend an.

»Du sagst Papa überhaupt nichts, sonst haue ich dich windelweich. Und mitkommen darfst du auch nicht. Du bist nämlich noch viel zu klein für das, was gerade zu Hause passiert.«

Der Kleine stand auf, schluckte die Tränen hinunter und sah seiner Schwester mutig in die Augen.

»Ich weiß genau, was du machen willst«, fuhr er sie an. »Du willst sehen, wie die Kinder geboren werden. Und ich sag dir eins: ich will es auch sehen«, stellte er trotzig fest, ohne unter dem drohenden Blick seiner Schwester auch nur einen Millimeter zurückzuweichen.

Wally hatte sogleich die passende Antwort parat.

»Das sind Frauenangelegenheiten«, erwiderte sie kategorisch. »Du bist ein Junge. Deshalb geht das nur mich etwas an. Und komm bloß nicht auf die Idee, mich zu verpetzen, sonst haue ich dich windelweich, ich sag's dir noch einmal«, drohte sie ihm. Giannis Entschluß geriet zum erstenmal ins Wanken. Er wußte, daß Wally ihre Drohungen grundsätzlich wahr machte.

»Also gut«, erwiderte er und schien die Sache aufzugeben. »Ist mir auch ganz egal. Ich weiß sowieso, wie das geht. Die Kinder kommen aus dem Mund ihrer Mutter. Mama spuckt unser Geschwisterchen aus. Und du wirst beim Zuschauen erwischt und bekommst Schläge«, verkündete er und schnitt eine Grimasse. Dann blieb er, aufrecht und zerknirscht, in der Mitte des Gartenwegs stehen und sah seiner Schwester neidisch nach, wie sie auf das Haus zulief.

Das erste, was Wally sah, war der Silver Arrow ihres Vaters: ein bildschönes amerikanisches Auto, das Edison Montalto vor drei Jahren gekauft hatte, ein prachtvoller Wagen, mit dem der Verleger sein Machtbedürfnis und seinen Geltungsdrang befriedigte.

Das Auto war auf dem Vorplatz der Villa geparkt. Daneben stand ein schwarzer Bianchi Berlina, der Dottore Pozzi, dem Hausarzt, gehörte. Er war gekommen, um der Gebärenden beizustehen. Ihm assistierte Signora Ilaria, eine erfahrene Hebamme, die außer den drei älteren Montalto-Sprößlingen bereits Hunderte von Kindern ans Licht der Welt befördert hatte.

Wally machte einen Bogen um das Haus und betrat es von hinten durch die Glastür der Küche. In dem großen Raum waren die Köchin und ein Dienstmädchen gerade dabei, Wasser in riesigen Töpfen zu erhitzen, wobei sie sich angeregt miteinander unterhielten.

»Ich glaube, daß sie diesmal nicht durchkommt«, prophezeite Angelina, das Dienstmädchen. Sie war groß und mager, hatte glänzende schwarze Augen und einen olivenfarbenen Teint. Die Farbe ihrer Haare, die von einem weißen Band mit Sankt Galler Spitzenbordüre zusammengehalten wurden, war nicht zu definieren. Angelina trug ein kurzes schwarzes Satinkleid und ein gestärktes weißes Schürzchen.

»Sieh lieber zu, daß du das Wasser zum Kochen bringst«, schimpfte die Köchin. Sie hieß Gilda, wie die Tochter Rigolettos, und hatte die wuchtige Gestalt einer Opernsängerin.

»Keine Sorge, ich bring es schon zum Kochen«, erwiderte Angelina, während sie zwei dicke Holzscheite in den Ofen des großen Herdes schob. »Aber die Arme kommt diesmal nicht durch. Was glaubst du, wieso der Arzt den Signore hat rufen lassen?«

»Kocht das Wasser denn nun endlich?« fragte die Köchin gereizt.

»Es ist gleich soweit. Ich kann doch nicht selbst in den Ofen kriechen«, erwiderte sie. »Aber ihn würde ich gerne da drin braten, dieses Schwein«, meinte das Mädchen wütend. Sein Gesicht glühte.

»Angelina!« herrschte Gilda sie an. »Deine lose Zunge wird dich noch mal in Schwierigkeiten bringen.«

»Bloß, weil ich die Wahrheit sage?« Das Dienstmädchen hing wirklich sehr an seiner Herrin. »Du weißt so gut wie ich, was der Doktor vor fünf Jahren gesagt hat.«

»Halt den Mund, Angelina, und paß aufs Wasser auf.«

»›Keine Kinder mehr, Commendatore‹, hat er ihn gewarnt. ›Das würde die Signora nicht überleben.‹ Das hat er gesagt. Ich habe es mit eigenen Ohren gehört«, erklärte sie. »Aber du kennst ihn ja. Er schafft es einfach nicht, den Hosenladen zugeknöpft zu lassen.«

Die Köchin schlug schnell ein Kreuz, während sie hochrot anlief. »Die Ehe ist heilig«, verteidigte Gilda ihren Arbeitgeber, »genau wie die Rechte des Ehemanns.«

»Der seine Frau bei jeder Gelegenheit hintergeht. Wir wissen doch alle, was dieses Schwein dauernd anstellt«, schimpfte sie weiter.

»Gott möge dir dein Lästermaul nachsehen. Ich tu's ab diesem Augenblick nämlich nicht mehr«, erwiderte Gilda drohend und hob den Deckel von einem Kessel mit kochendem Wasser. »Und jetzt ab nach oben mit diesem Topf«, fügte sie hinzu, während sie dem Dienstmädchen zwei Lappen hinhielt, mit dem sie die heißen Topfgriffe anfassen konnte.

Wally, die sich hinter einem gigantischen Kühlschrank versteckt hatte, preßte sich an die weiß gekachelte Wand, während das Dienstmädchen mit angespannten Hals- und Armmuskeln den schweren Kessel kochenden Wassers an ihr vorbeitrug. Sie hatte Angelinas hitzige Bemerkungen über ihren Vater gehört, und obwohl sie den Sinn der Worte nicht ganz verstand, war ihr doch klar, daß es sich nicht gerade um ein Loblied handeln konnte. Sie stand vor einem weiteren Rätsel, das sich wie ein dunkler Abgrund vor ihr auftat. Unheimliche Dinge spielten sich im Hause ab. Ihre Mutter schwebte in Lebensgefahr, und ihr Vater stellte Dinge an, die Angelina in Empörung versetzten. Aber sicher war das nur Geschwätz gewesen, dummes Zeug, das Angelina frei erfunden hatte, denn ihre Mutter war unsterblich und ihr Vater unfehlbar. Auf jeden Fall war ihre Neugierde stärker als alles andere.

Nun packte auch die Köchin einen Topf mit kochendem Wasser und ging hinaus.

Mit einem Seufzer der Erleichterung wagte Wally sich in die verlassene Küche vor, öffnete die Tür der Kredenz und angelte sich ein großes Glas Honigplätzchen, die Gilda gebacken hatte. Sie holte sich eine Handvoll heraus und begann daran zu knabbern, während sie die Küche verließ. Kaum war sie in der Eingangshalle angelangt, als sie ein Wimmern hörte, das aus dem oberen Stockwerk kam. Wally dachte an ihre Mutter. Tat es wirklich so weh, ein Kind zu gebären? Wenn ja, warum brachte man dann überhaupt Kinder zur Welt?

Ihre Mutter hatte ihr in einem Bilderbuch einen fliegenden Storch gezeigt, der in seinem langen Schnabel ein Säckchen aus hellem, kariertem Stoff mit einem Neugeborenen darin trug.

»Bin ich auch vom Storch gebracht worden?« hatte sie nachgeforscht, zutiefst enttäuscht darüber, daß sie sich nicht an diesen Flug am blauen Himmel und an die Ankunft in ihrem Haus in Mailand erinnern konnte.

»Natürlich«, hatte ihre Mutter geschwindelt und dazu gelächelt.

Später hatte ihr dann einmal ihre beste Freundin, mit der sie zusammen die erste Volksschulklasse bei den Ursulinerinnen besuchte, eine andere Erklärung geliefert:

»Du glaubst doch wohl nicht an den Storch! Die Kinder werden von ihrer Mama gemacht. Zuerst trägt sie das Baby im Bauch und wartet, daß es wächst, dann drückt sie es raus, genau wie eine Henne, wenn sie Eier legt.« Diese Version hatte schon überzeugender geklungen, obwohl auch sie das Rätsel der Geburt nicht vollständig klärte. Vielleicht war jetzt endlich der Moment der Wahrheit gekommen.

Wally steckte sich noch einen Keks in den Mund und ging dann zu einer kleinen Tür, die versteckt unter der großen Treppe lag und zum Personalaufgang führte. Sie kletterte die Steinstufen hinauf, aber nicht bis zum zweiten Stock, wo die Dienerschaft wohnte, sondern nur bis zum ersten, wo sich die Tür zum Ankleideraum ihrer Mutter befand.

Die Wände des geräumigen Zimmers waren ganz mit Schränken verkleidet, die elfenbeinfarben lackiert waren und goldene Zierleisten hatten. Jede Tür wurde mit einem

Schlüssel geöffnet, an dem ein weißer Seidenpompon hing. In einer Nische neben dem Fenster zum Park stand Mamas Toilettentisch, der einen großen, ovalen Spiegel hatte. Er war übersät mit Bürsten aller Größen, Parfumfläschchen aus Bergkristall und Cremedosen.

Wally strich mit der Hand über die weichen, duftigen Falten des elfenbeinfarbenen Tülls, mit dem der untere Teil des Toilettentischs verhängt war, und lauschte dabei angestrengt auf die Geräusche, die aus dem Schlafzimmer ihrer Mutter drangen.

Sie betrachtete ihr Spiegelbild, während sie ihr letztes Plätzchen verschlang. Dann roch sie an den Fläschchen und Tiegelchen, wohl wissend, daß sie etwas Verbotenes tat. Ester hatte ihr streng untersagt, das Ankleidezimmer zu betreten und in ihren Sachen herumzuschnüffeln. Ein flaches, rundes Schildpattdöschen erregte ihre Neugierde. Sie öffnete es. Es enthielt eine kompakte Schicht Puder, der ziegelrot leuchtete und herrlich duftete.

»Schminke«, sagte sie leise. Ihre Mutter benützte den Puder, um sich die Wangen rot zu färben, aber das hielt sie geheim, denn ihre Tochter sollte glauben, sie lasse nur Wasser und Seife an ihr schönes Gesicht. Wally rieb sich energisch die Backen an der Dose und betrachtete das Resultat im Spiegel: zwei große, rote Flecken breiteten sich von den Wangenknochen bis zu ihren Ohren aus. Sie gefiel sich.

In der gedämpften Stille des Ankleideraums mit seinen Düften und Geheimnissen hatte Wally beinahe vergessen, daß sie Mademoiselles Aufsicht entwischt war. Ein kurzer, gellender Schrei aus dem Schlafzimmer ihrer Mutter erinnerte sie wieder daran.

Das Mädchen fühlte, wie ihm ein eisiger Schauer über den Rücken lief. Ihr Magen krampfte sich vor Angst zusammen. Sie war völlig verwirrt und sah sich hilflos um, unfähig, sich vom Fleck zu rühren. Aus dem angrenzenden Bad hörte sie Wasserrauschen und die aufgeregten Stimmen Angelinas und ihrer Tante Polissena.

»Sie kommt nicht durch, die arme Signora. Sie kommt nicht durch«, wiederholte das Dienstmädchen ziemlich laut, um das Geräusch des Wassers zu übertönen.

»Halt den Mund. Natürlich kommt sie durch. Der liebe Gott steht ihr bei. Und der Dottore«, erwiderte die Tante gereizt.

Polissena war Edison Montaltos jüngere Schwester, achtunddreißig Jahre alt und noch ledig. Sie lebte seit geraumer Zeit bei der Familie und kümmerte sich mit Ester, die ihre Anwesenheit gern duldete, um die Führung des Haushalts. Sie liebte Ester wie eine Schwester, vergötterte ihren Bruder und träumte von einem Märchenprinzen, der sie eines Tages in einem glänzenden Bugatti entführen würde. Aber der war bislang noch nicht am Horizont aufgetaucht.

»Sie verblutet uns«, prophezeite Angelina, »schauen Sie nur, wieviel Blut, Signora.«

Es folgte ein weiterer Schrei, diesmal ein längerer.

Das Mädchen hörte, wie die beiden Frauen aus dem Badezimmer stürzten. Mechanisch betrat es das Bad von der andern Seite her und blieb wie versteinert vor der angelehnten Tür stehen, die zum Schlafzimmer führte.

Sie sah von hinten den Arzt in Hemdsärmeln über Ester gebeugt und neben ihm eine Frau in weißem Kittel, die sagte: »Sie müssen pressen, Signora. Ganz fest pressen.«

Ihre Augen erhaschten Formen und Farben, die an ein flämisches Gemälde erinnerten: die Umrisse antiker Möbel, das Licht der Nachmittagssonne, das gedämpft durch die seidenen Gardinen drang, den blutgetränkten Zipfel eines Leinentuchs.

Mehr konnte Wally durch den schmalen Spalt nicht erkennen, aber sie war zutiefst erschüttert. In diesem Augenblick gellte ein beinahe unmenschlicher Schrei, der sie noch mehr erschreckte.

»Der Kopf ist da«, rief der Arzt.

»Noch einmal pressen«, drängte die Frau.

Es folgte ein aufgeregtes Stimmengewirr, dessen Worte

Wally nicht verstehen konnte. Wenig später richtete die Frau im weißen Kittel sich auf und hielt ein glitschiges, rotes Wesen in den Händen, das seine ersten Wimmerlaute von sich gab.

Im selben Augenblick schrie Wally auf, weil eine Hand sie von hinten kräftig an der Schulter packte.

Das Mädchen drehte sich um und stand der mächtigen Gestalt des alten Chauffeurs Michele gegenüber.

»Du hast hier nichts zu suchen«, brummte der Mann böse.

»Du auch nicht«, entgegnete das Mädchen vorlaut.

Micheles breite, kräftige Hand drückte noch immer ihre Schulter.

»Das ist kein Anblick für Kinder«, sagte er und schob sie aus dem Badezimmer.

»Verrätst du mich?« fragte Wally ängstlich.

Michele lächelte: »Komm mit.«

Als sie im Garten waren, riß Wally sich von ihm los und rannte so schnell sie konnte auf den Pavillon zu, wo sie völlig außer Atem ankam.

»Ich habe gesehen, wie das Baby zur Welt gekommen ist«, schrie sie Emiliano und Gianni zu, die auf den Stufen saßen. »Es ist ein Ungeheuer.«

2

»Sie ist da«, verkündete Dottore Pozzi auf der Schwelle zur Bibliothek als Antwort auf den fragenden Blick Edison Montaltos.

»Ein Mädchen also«, bemerkte der Verleger scheinbar gleichgültig.

»Ja, ein Mädchen«, bestätigte der Arzt. Aus seiner Stimme klang ein leiser Vorwurf, der nichts mit dem Geschlecht des Neugeborenen zu tun haben konnte.

Edison Montalto hatte es sich mit übereinandergeschlagenen Beinen in einem dunklen Ledersessel bequem gemacht. Seine rechte Hand hielt ein bauchiges Glas, in dem ein Rest Cognac schwappte. Mit sichtlichem Genuß leerte er das Glas in einem Zug.

»Auf die neue Montalto«, sagte er, während er sich erhob und den Arzt aufforderte einzutreten.

Dottore Pozzi machte ein paar Schritte auf dem dicken Perserteppich, der in kräftigen Farben leuchtete und den Boden fast ganz bedeckte.

»Seine Weisheit müßte man haben«, meinte der Verleger in scherzendem Ton und deutete auf die Seneca-Büste aus Marmor.

»Ein Bruchteil davon würde schon genügen«, erwiderte der Arzt, während er das Cognacglas entgegennahm, das Edison Montalto ihm reichte. »Auf die Kleine«, sagte er.

Der Arzt war ein winziges Männchen mit ernstem, aber keineswegs mürrischem Gesichtsausdruck. Er kleidete sich recht elegant, hatte kurzes, grau meliertes Stoppelhaar und große, blaue Augen, die vor Müdigkeit gerötet waren.

»Sie haben mir noch gar nicht gesagt, ob mein Mädchen hübsch ist«, lächelte der Verleger.

»Es ist lebhaft und gesund«, entgegnete der Arzt. »Was man von der Signora leider nicht behaupten kann«, fügte er hinzu, wobei seine Miene und seine Stimme noch ernster wurden.

Pozzis Haltung reizte den Verleger. Seine Reaktion kam wie aus der Pistole geschossen.

»Dottore Pozzi«, fauchte er, »wenn Sie mir Gewissensbisse einreden wollen, sind Sie an den Falschen geraten. Ich habe Ihren Rat befolgt und meine Frau mit der größten Rücksicht behandelt. Wenn Sie trotzdem schwanger geworden ist . . . nun, dann war das eben Schicksal. Seit der Geburt meines letzten Sohnes hatten wir keinerlei intimen Verkehr. Nur ein einziges Mal ist es dazu gekommen, nach meiner Rückkehr aus Amerika«, sagte er und setzte sich auf ein Sofa, über dem ein Gemälde von Giovanni Fattori hing, *Gestürzter Reiter*, das er kürzlich erstanden hatte.

Der Arzt nahm in dem Ledersessel Platz, in dem bis vor wenigen Minuten der Verleger gesessen hatte.

»Ich möchte niemandem Gewissensbisse einreden«, erwiderte er. »Ich kläre Sie nur über Tatsachen auf.«

»Tatsachen, Tatsachen«, schnaubte der Verleger, während er sich erhob und mit großen Schritten auf dem Teppich hin- und herging. Er hatte dasselbe breite Gesicht wie Wally, dieselben feurigen, schwarzen Augen. Er war besorgt über den Gesundheitszustand seiner Frau, obwohl er sich nicht dafür verantwortlich fühlte.

Seine Brille mit den dicken Gläsern und der wuchtigen Schildpattfassung rutschte ihm von der markanten Nase. Er schob sie mit dem Zeigefinger zurück, der aufgrund einer beginnenden Arthrose knotig deformiert war. Obwohl Edison Montalto erst vierzig Jahre alt war, hatte er bereits beachtliche Probleme mit der Gesundheit.

»Ich verstehe Sie ja, Commendatore. Aber ein einziges Spermatozoon genügt, um das Unheil anzurichten. Egal, was Ihr Benito Mussolini predigt und mit wie großen Prämien er kinderreiche Familien belohnt, Präservative sind durchaus sinnvoll«, wies er Edison zurecht, wobei er ihn hartnäckig siezte, dem neuen Gesetz zum Trotz, das die Benützung des Pluralis majestatis *Ihr* vorschrieb, weil der männlicher klang und besser zur faschistischen Gesinnung paßte.

»Präservative benützt man bei Huren, Dottore Pozzi«, entgegnete der Verleger mit finsterer Miene. »Und das nicht einmal mit besonders großem Erfolg, jedenfalls nach Ansicht des berühmten Physiologen Dottore Mantegazza. Mit dieser Verhütungsmethode ist das Laster verbunden«, fuhr er starrköpfig fort. »Sie können sie nicht einem Ehepaar aufzwingen.«

Dottore Pozzi kam insgeheim zu dem Schluß, daß die Mentalität des Verlegers mehr noch die eines Idioten als die eines Faschisten war.

»Ich wollte Ihnen lediglich einen guten Rat geben, wie Sie die Gesundheit Ihrer Frau schützen können. Es bleibt natürlich Ihnen überlassen, ihn zu befolgen oder nicht«, sagte der Arzt abschließend.

Er trank einen letzten Schluck Cognac, an dem es im Hause Montalto nie fehlte, obwohl er aus dem dekadenten Frankreich kam, und stand auf, um sich zu verabschieden.

»Darf ich nach oben gehen?« fragte der Verleger versöhnlich. Im Grunde war dieser aufmüpfige und halsstarrige Antifaschist ja ein Gentleman und außerdem ein hervorragender Arzt.

»Also, darf ich?« wiederholte Edison, da Pozzi nachdenklich schwieg.

»Lassen Sie den Frauen etwas Zeit, Ordnung zu machen. In einer halben Stunde können Sie raufgehen. Übrigens«, fuhr er fort, »wir müssen eine Amme finden. Die Mutter kann das Kind nicht stillen. Eine gut ausgewogene Ernährung wird ihr aber helfen, wieder zu Kräften zu kommen. Fleisch, möglichst roh, ein Glas Wein zu jeder Mahlzeit und viel frisches Obst und Gemüse.«

»Wollen Sie schon gehen, Dottore?« fragte Edison erschrocken.

»Ich habe noch andere Patienten«, entschuldigte sich der Arzt. »Ihre Frau ist außer Gefahr. Ich schaue heute abend wieder nach ihr. Seien Sie beruhigt, Commendatore. Und befolgen Sie meine Ratschläge«, sagte er zum Abschied und reichte ihm die Hand.

Edison Montalto wollte schon die rechte Hand zum römischen Gruß vorschnellen lassen, wie das Regime es verlangte, aber er beschloß, für Dottore Pozzi eine Ausnahme zu machen. So schieden sie auf traditionelle Weise voneinander: mit einem Handschlag.

Als er alleine war, schenkte Edison Montalto sich noch einmal zu trinken ein und zündete eine Macedonia-Zigarre mit goldener Binde an. Die Bibliothek war völlig isoliert vom Rest des Hauses.

In diesem Zimmer hatte Edison seine besten unternehmerischen Eingebungen gehabt. Jetzt versuchte er einem vagen Unmutgefühl auf den Grund zu kommen, das ihn unerklärlicherweise beschäftigte. Es hatte wenige Stunden zuvor in Mailand begonnen, als seine Schwester Polissena ihn telefonisch in der Wohnung Anna Grisis aufgestöbert hatte, wo er sich aus Gründen aufhielt, die alles andere als geschäftlicher Natur waren.

Anna Grisi war eine hübsche junge Schriftstellerin, mit der er seit einiger Zeit ein Verhältnis hatte. Seine Samstage und Sonntage, wenn die Familie am Comer See war, verbrachte Edison mit Anna in einer Wohnung im ersten Stock eines Palazzos im Corso Magenta, knapp hundert Meter vom Sitz des Verlages entfernt.

Anna Grisi hatte vor kurzem ihr erstes Buch bei Montalto veröffentlicht. Ein kitschiger Schnulzenroman, der sich um die Liebschaften und Intrigen einer skrupellosen Abenteurerin drehte, die als »Königin des Orient-Expresses« auftrat und von den Balkanländern bis nach England ihre Ränke schmiedete.

Die Kritiker, von Edison Montalto entsprechend instruiert, hatten zu allen nur denkbaren Tricks gegriffen, um wohlwollende, ja rühmende Rezensionen anzufertigen.

Der Anruf Polissenas, die sich tausendmal bei ihrem Bruder entschuldigte, weil sie ihm sein Wochenende verdarb, hatte sein Tête-à-tête jäh unterbrochen. Edison war gezwungen gewesen, seine Freundin Knall auf Fall zu verlassen, und das obwohl sie geplant hatten, im *Savini* essen zu gehen, damit Anna ihr neuestes Modell aus dem Modesalon Ventura ausführen konnte, ein Kleid aus weißem *Crêpe Georgette.*

Die süße, rachsüchtige Anna war keineswegs gewillt gewesen, ihm diesen Affront nachzusehen, nicht einmal in einer Ausnahmesituation wie dieser.

»Mach dir keine Sorgen, mein Herz«, hatte sie ihm mit feiner Perfidie erwidert und dazu mit ihren langen schwarzen Wimpern geklimpert. »Dann gehe ich eben mit Comotti zum Essen. Wir hätten sowieso schon längst miteinander reden sollen. Er möchte nämlich mein Buch als Fortsetzungsroman in seiner Wochenzeitung veröffentlichen.«

»In meiner Wochenzeitung, die er unverdientermaßen leitet«, entfuhr es dem Verleger.

»Meine, deine, seine... Was hat das schon für eine Bedeutung?« zwitscherte die junge Frau, der es gelungen war, ihn eifersüchtig zu machen. Comotti war jung, stattlich gebaut und stand in dem Ruf, ein echter Gentleman zu sein. Edison war auch jung, aber er war nicht schön, und außerdem hatte er weder ein Literaturstudium noch einen adligen Stammbaum vorzuweisen wie Pier Giorgio Comotti, der obendrein ein sympathischer Salonlöwe war.

Das brillante, selbstbewußte Auftreten des jungen Mitarbeiters verunsicherte den Verleger.

»Du kannst überhaupt nicht differenzieren. Für dich ist einer so gut wie der andere«, sagte Edison in aggressivem Ton.

»Kein sehr schmeichelhaftes Kompliment«, erwiderte Anna gelassen. »Andererseits«, fügte sie hinzu, »wäre ich sonst wohl kaum deine Geliebte.«

Edison brach in schallendes Gelächter aus.

»Das stimmt«, gab er zu. »Meinen Hausengel habe ich bereits. Und der wacht über die Heiligkeit der Familie.« Edison war plötzlich ernst geworden, als habe er etwas sehr Dummes gesagt.

Danach hatte er sich nach Bellagio aufgemacht, wobei er seine Frau verwünschte, die ihr viertes Kind zwei Monate zu früh zur Welt brachte. Wäre sie wenigstens so taktvoll gewesen, bis Montag zu warten!

Er erinnerte sich an einen Spruch seiner Mutter, Stella Montalto, die unzählige Volksweisheiten kannte.

»Siebenmonatskinder haben Glück und bringen Glück«, hatte sie oft gesagt. »Sie sind mit dem Notwendigsten zufrieden und verachten den Überfluß. Sie sind rechthaberisch und wollen nie warten, bis sie an die Reihe kommen.«

Edison lächelte, aber die Erinnerung an seine Mutter half ihm nicht über die Nervosität hinweg. Er hatte eine Gelegenheit verpaßt, und statt seiner saß nun wohl Comotti mit der schönen Anna an einem Tisch im *Savini*.

Dann konzentrierten sich die Gedanken des Verlegers auf diese Frühgeburt, die das Ergebnis eines einzigen, hastigen Beischlafs im letzten Herbst war, als Ester ihn völlig unerwartet verführt hatte, indem sie in sein Bett geschlüpft war. Sie schliefen seit Jahren in getrennten Zimmern und hatten keinerlei Geschlechtsverkehr.

Es ärgerte ihn, daß er von Dottore Pozzi als Wüstling hingestellt worden war, der seine sexuellen Triebe nicht beherrschen konnte. Und dieser lächerliche Rat, Präservative zu benützen, war wirklich die Höhe.

Er ging zu dem Bücherregal, zog einen kleinen Schlüssel aus seiner Westentasche und öffnete damit ein Geheimfach, das unterhalb der Seneca-Büste in die Wand eingelassen war. Es enthielt, chronologisch geordnet, Bündel von Briefen, die an ihn gerichtet und fast alle handgeschrieben waren: Grüße von Freunden, Liebesbotschaften und Vorschußbitten der Autoren seines Verlags.

Edison hütete diese Korrespondenz wie einen Schatz. Zu ihr gehörten auch die Briefe, die er bis vor einem Jahr von Anna Grisi bekommen hatte. Seit sie seine Geliebte war, schrieb sie ihm nicht mehr. Ihre letzte Karte trug das Datum Weihnachten 1939 und lautete: »Ich habe heute morgen auf dem Frühstückstablett dein Geschenk gefunden. Es ist schön und kostbar wie du.«

Es hatte sich um ein rotgoldenes Van-Cleef-Armband in Form einer Schlange gehandelt, deren Kopf dicht mit Diamanten besetzt war und deren Augen aus zwei rund geschliffenen Rubinen bestanden.

Das Geheimfach besaß aber auch einen doppelten Boden, unter dem Edison verschiedene Etuis mit Schmuckstücken verbarg, die er auf seinen Reisen erstand, um sie bei passender Gelegenheit seiner jeweiligen Geliebten oder seiner Frau zu schenken. Ganz so geizig, wie man ihm nachsagte, war er also nicht. Allerdings kaufte er nie etwas bei den Juwelieren der Stadt, aus Furcht, Ester könne davon erfahren.

Doch selbst in einem solchen Fall hätte seine Frau sich

bestimmt nicht aufgeregt. Sie wußte über Edisons Liebesaffären Bescheid und machte sich nicht das geringste daraus. Wer nicht liebt, kennt keine Eifersucht. Er war aber so von sich selbst und seiner Männlichkeit überzeugt, daß er nie auf die Idee gekommen wäre, er könne ihr gleichgültig sein, und griff deshalb zu plumpen Tricks, um seine Seitensprünge vor ihr zu verheimlichen. Ester sah mitleidig auf sein kindisches Versteckspiel herab und tat so, als würde sie es nicht durchschauen.

Edison wählte aus seiner wertvollen Sammlung ein großes Etui aus, das mit weißem Wildleder bezogen war und in goldenen Lettern den Namen Tiffany trug. Es sah wunderschön aus, und er wog es in der Hand, bevor er es öffnete. Das Etui enthielt ein Platinkollier, das mit Opalen und Brillanten besetzt war. Er hatte es vor zwei Jahren auf einer Auktion in Paris gekauft, als der Krieg noch in weiter Ferne lag und die Politiker der großen demokratischen Nationen sich bemühten, die Verwicklung Europas und der ganzen Welt in einen neuerlichen, blutigen Konflikt zu verhindern. Ein pompöses Zertifikat bescheinigte, daß der Schmuck einst Josephine Bonaparte gehört hatte.

Dieses Wunderwerk würde Ester genesen lassen und ihr wieder Freude am Leben geben. Das bildete Edison sich immerhin ein, während er das Etui in seine Jackentasche steckte. Er verließ die Bibliothek und ging ins erste Stockwerk hinauf.

»Commendatore«, rief Michele ihm ungewöhnlich laut nach. »Sie werden am Telefon verlangt. Ein Gespräch aus Rom«, sagte er, wobei er seine Aufregung nicht verbergen konnte.

Edison Montalto blieb, den Türgriff in der Hand, wie angewurzelt vor dem Schlafzimmer seiner Frau stehen. Ein Telefonanruf aus Rom konnte in diesem Augenblick nur Palazzo Venezia bedeuten, wo die Regierung ihren Sitz hatte; von dort rief ihn ab und zu ein Jugendfreund an, der inzwischen ein enger Mitarbeiter der Regierung war, um ein wenig zu plaudern oder ihm eine wichtige Mitteilung zu machen. Diesmal erwartete Edison eine Nachricht, von der die Zukunft des Landes und damit seines Verlages abhing.

Er ging in sein Arbeitszimmer, nahm den Telefonhörer ab und meldete sich mit den Worten: »Hier ist Edison Montalto.«

»Einen Augenblick bitte«, erwiderte die Telefonistin, deren Stimme aufgrund der weiten Entfernung etwas verzerrt klang.

Wenige Sekunden später hatte er Aldo Subiachi am Apparat: ein großherziger, extravertierter Mann, dazu hochintelligent und außerordentlich tüchtig. Er und Edison waren zwei überzeugte Faschisten, die weniger Mussolinis Ideologie verband als die vielen gewinnträchtigen Geschäfte, die sie zusammen gemacht hatten und in Zukunft in noch umfangreicherem Maße zu machen gedachten.

Die italienische Nichtangriffserklärung nach dem ersten Feldzug der Deutschen war bei der Bevölkerung auf große Zustimmung gestoßen und hatte sich auch auf die Börse sehr positiv ausgewirkt. Die weit verbreitete Tendenz zur Neutralität, die sogar von vielen Parteifunktionären kräftig unterstützt wurde, hatte den Handel begünstigt und die Wirtschaft wieder in Schwung gebracht.

Benito Mussolini allerdings widersetzte sich diesem Hang zum Frieden mit allen Kräften. Er war geblendet von den spektakulären Erfolgen der deutschen Wehrmacht, die in drei Wochen ganz Polen erobert hatte. Bei den italienischen Experten stieß die von Hitler praktizierte Gewaltpolitik zum großen Teil auf Ablehnung. Sie wußten, daß ihr Heer unvorbereitet und schlecht ausgerüstet war. Dies lag nicht zuletzt daran, daß Mussolini nach Unterzeichnung des Achsenabkommens mit Hitler Jagd- und Übungsflugzeuge für viele Millionen Dollar nach England und Frankreich verkauft hatte – Länder, die mittlerweile in den Krieg eingetreten waren –, um die heimische Industrie mit den nötigen Rohstoffen versorgen zu können.

Mussolini hatte eine einzige Bedingung gestellt: Die Motoren durften in keiner Weise identifizierbar sein und mußten heimlich verschickt werden, um die Deutschen, die bekanntlich sehr empfindlich waren, nicht zu reizen.

Mit dem Export der hochmodernen Angriffs- und Verteidigungswaffen hatten die Faschisten das Kriegspotential Italiens erheblich geschwächt, und zwar ausgerechnet in dem Augenblick, in dem das Land gefährlich auf der Kippe zwischen Krieg und Frieden stand.

Durch Ausnutzung der Friedensgerüchte hatten Edison Montalto und Aldo Subiachi mit gewagten Börsenspekulationen beträchtliche Gewinne erzielt.

Nach den üblichen Begrüßungsfloskeln und Formalitäten schnappte Edison einen Satz auf, der seinen Herzschlag beschleunigte: »Es ist Zeit, die Rosen zu pflücken«, sagte sein Freund besorgt.

»Bist du dir da ganz sicher?« fragte Edison.

»Todsicher. Andererseits entschädigen uns die Blumen für viele Entbehrungen«, erwiderte Subiachi.

Das war die Losung, die sie für den Fall vereinbart hatten, daß Italien an der Seite Deutschlands in den Krieg gegen die Alliierten eintreten würde. Der Kriegsbeginn stand also unmittelbar bevor, und sie mußten rasch handeln, wenn sie eine Operation durchführen wollten, die enorme Gewinne versprach und gerade andersherum funktionierte, als die unter den Bedingungen der Neutralität abgewickelten Transaktionen.

»Mairosen?« fragte Edison.

»Mai- oder Junirosen«, präzisierte Aldo.

Die Falte auf der Stirn des Verlegers vertiefte sich. Er seufzte schwer, bevor er weitersprach: »Freut mich immer, dich zu hören«, sagte er zu seinem Freund. »Ich hoffe, wir sehen uns bald«, schloß er.

»Früher als du denkst«, versprach ihm der Parteifunktionär.

Edison war sehr erregt, als er einhängte. Er verließ das

Büro, durchquerte die Eingangshalle und betrat den Korridor, der zur Küche führte.

Gilda, die Köchin, war gerade dabei, aus Eiern und Mehl einen Teig zu kneten. Als sie ihren Herrn eintreten sah, strich sie sich mit dem Arm das Haar aus der Stirn und deutete ein Lächeln an.

»Wir haben eine Amme gefunden, Signore«, sagte sie.

Das Radio auf der Kredenz spielte ein Lied, das gerade in Mode war und von der Gruppe Trio Lescano gesungen wurde: »*Parlano d'amore i Tuli, Tuli, Tuli-pan . . .*«

Ohne eine Antwort zu geben, drängte Edison sie in die angrenzende Speisekammer und schloß die Tür hinter sich. Er knöpfte seine Hose auf, hob ihren Rock und nahm sie von hinten, während Gilda unter schwachem Protest seiner Penetration nachgab und sich auf einem Brett abstützte.

Es war eine kurze Blitzattacke nach Edisons Geschmack. Das Etui mit dem Platinkollier in seiner Jackentasche schlug gegen Gildas Hüften, während er sich in ihrem warmen Körper wand.

3

Ester lehnte sich in die Kissen der Chaiselongue zurück und lächelte dem Dienstmädchen müde zu, das sie gerade mit einem hellblauen Plaid zugedeckt hatte. Sie war so geschwächt, daß sie trotz der weichen Wolldecke und des lauen Julimorgens noch fröstelte.

»Sind Sie sicher, daß Sie sonst nichts brauchen?« fragte Angelina besorgt. Es widerstrebte ihr, Ester alleine im Pavillon zu lassen, in den sie sich auf eigenen Wunsch zurückgezogen hatte.

»Geh nur«, befahl Ester ihr, ohne ihre Sorgen jedoch zerstreuen zu können.

»Ich komme in einer halben Stunde wieder«, versprach das Mädchen und strich ein letztesmal die Decke glatt.

Ester wartete, daß Angelina sich auf dem Kiesweg entfernte, und gab sich dann genüßlich der Sonne und dem Rascheln der Blätter hin, die von einer leichten Brise bewegt wurden. Die Luft roch nach Iris und Rosen und war von fröhlichem Schwalbengezwitscher erfüllt. Und trotzdem weinte sie.

Ester hatte nach jeder Geburt an Weinkrämpfen gelitten. Aber diesmal schien die Quelle ihrer Tränen überhaupt nicht mehr versiegen zu wollen.

Sie fuhr mit einer Hand unter die Decke und zog aus der Tasche ihres Morgenmantels ein leinenes, mit Rosenwasser parfümiertes Taschentuch, um sich damit die Augen zu trocknen.

Ihr letztgeborenes Töchterchen, so klein und grazil es auch war, hatte sie nicht nur körperlich, sondern auch seelisch schwer in Anspruch genommen. Als einziges ihrer vier Kinder war es während eines Beischlafs gezeugt worden, den sie gewollt hatte, bei dem sie genossen und gelitten hatte. Das einzige Kind, auf dessen Stirn nie die Falte der Montaltos erscheinen würde.

Ester fühlte sich wie erschlagen. Sie hatte niemanden, mit dem sie über ihre Qual und über ihre Freude hätte sprechen können. Sie fuhr sich mit der Hand über die Stirn und strich sich mit einer müden Geste eine Locke ihres blonden Haars zurück, das sie kurz geschnitten trug und mit einer Dauerwelle in Form legen ließ.

Wie ein Pfeil schoß ein stechender Schmerz in ihre Brust, die von einer Entzündung hart war und schmerzte. Ein Problem, das sich bei jeder Schwangerschaft wiederholte und sie daran gehindert hatte, ihre Kinder zu stillen, wie es eigentlich ihr Wunsch war.

Glücklicherweise war es einfach, in den Dörfern am Rand des Comer Sees eine gute Amme zu finden, wie diese neue, Giromina, die sich ihre Tochter und ihr eigenes Kind gleichzeitig an die Brust legte. Giromina war eine kräftige, wohlproportionierte Frau, in deren freundlichem Gesicht große, gütige Augen strahlten. Ester gefiel das offene, warme Lachen der Amme, obwohl auch ihr Optimismus sie nicht aufheitern konnte.

»Wissen Sie, daß Ihre Tochter überhaupt nicht nach einem Siebenmonatskind aussieht?« hatte sie beim ersten Anblick des Neugeborenen begeistert ausgerufen.

Ester war rot angelaufen.

»Du hast leicht Komplimente machen, du bist ja nur die Amme. Aber vergiß nicht, daß meine Tochter noch zu klein ist, um deine Schmeicheleien zu verstehen«, hatte sie erwidert und sich dabei beherrscht.

Giromina besaß den Instinkt einfacher Menschen und merkte, daß sie in ein Fettnäpfchen getreten war. Sie senkte ihren Kopf auf die großen Brüste, die aus dem gerafften Ausschnitt ihrer blütenweißen Leinenbluse quollen, und flüsterte: »Entschuldigen Sie meine Unwissenheit, in der ich dummes Zeug rede. Ja, wirklich, dummes Zeug, ohne jeden Sinn«, wiederholte sie.

Das kleine Geschöpf konnte nicht termingerecht zur Welt gekommen sein. Nicht einmal Dottore Pozzi hätte auf die Idee kommen können, daß das Kind bei seiner Geburt neun Monate alt war. Es war für alle ein Siebenmonatskind. Nur Ester wußte, daß es an einem lauen Septemberabend im letzten Jahr gezeugt worden war. Andernfalls hätte ihr Mann Berechnungen angestellt, die nicht aufgehen konnten. Vor neun Monaten hatte Edison Montalto sich nämlich jenseits des Ozeans befunden, auf einer Geschäftsreise in den Vereinigten Staaten.

Ester hatte ihn zum Hafen von Genua begleitet, wo die *Rex* vor Anker lag, der riesige Ozeandampfer, der mit dem Blauen Band für die schnellste Atlantik-Überfahrt ausgezeichnet worden war, wobei er auf der Strecke von New York nach Genua alle anderen Ozeanriesen geschlagen hatte.

Auf diesem Prunkstück der italienischen Zivilschiffahrt hatte der Verleger sich eingeschifft. Ester war alleine auf dem Kai zurückgeblieben, um sich das Spektakel der Abfahrt anzusehen, die mit lautem Sirenengeheul und bunten Papierschlangen inszeniert wurde. Vom Enthusiasmus und der Aufregung angesteckt, hatte sie mit einem Taschentuch den Passagieren zugewinkt, die sich an der Reling des großen Schiffes drängten.

Sie hatte sogar den Schleier ihres blauen Hütchens heben müssen, um sich ein paar Tränen der Rührung abzutrocknen.

Michele, der gutherzige Chauffeur, hatte sie voller Anteilnahme beobachtet. Wie gerne hätte er dieser Frau geholfen, die so unglücklich war, weil sie sich überflüssig fühlte, weil sie nichts als ein Instrument in den Händen eines ehrgeizigen, gleichgültigen Mannes war, der sich ihres Geldes bedient hatte, um sein Unternehmen aufzubauen, ohne sich im geringsten um sie zu kümmern, und sie damit in ihrer Weiblichkeit demütigte.

Ester wußte nicht, daß auch Anna Grisi an Bord des Schiffes war. Aber selbst wenn sie es gewußt hätte, wäre der Lauf ihres Lebens dadurch nicht um einen Millimeter verändert worden, weil dieser Fehltritt und diese Sünde in einem verzweifelten Bedürfnis nach Liebe wurzelten und in dem Recht auf eine leidenschaftliche Beziehung, die – wenn auch nur für einen Augenblick – ihrer trostlosen Existenz einen Sinn gab.

Sie schloß die Augen und nickte ein.

Ein Flüstern weckte sie: »Signora, entschuldigen Sie mich.«

Ester öffnete die Augen und erkannte Angelina, der es offensichtlich sehr unangenehm war, sie stören zu müssen.

»Der Monsignore ist da. Er ist aus Mailand gekommen. Er möchte Sie sehen. Er ist in der Bibliothek. Was soll ich machen?« fragte Angelina, wobei sie sich mehrmals verhaspelte, so schnell wollte sie die wichtige Mitteilung loswerden. »Tut mir leid, daß ich Sie geweckt habe«, entschuldigte sie sich.

»Führe ihn hierher. Bring auch eine Flasche Wermut und etwas Gebäck.«

Monsignore Sebastiano Brighenti war eine herausragende Persönlichkeit, die sowohl in der Kurie als auch in den einflußreichsten Mailänder Familien sehr geschätzt wurde. Viele sahen in ihm bereits den zukünftigen Bischof der Lombardei. Wer ihn besser kannte, konnte davon überzeugt sein, daß er mit dem Hirtenstab eher wie ein Krieger walten würde als wie ein demütiger Diener Gottes. Diese Prognose wurde um so realistischer, wenn man den temperamentvollen Charakter des Geistlichen in Rechnung stellte, seine Entschlußkraft und sein energisches, beinahe barsches Auftreten. Er war entschlossen, angriffslustig und unberechenbar.

Monsignore Brighenti stammte aus Bergamo, war knapp vierzig Jahre alt und wurde einhellig als ausgesprochen schöner Mann beschrieben. Sein Priestergewand unterstrich noch den Eindruck von Kraft und Eleganz, der von ihm ausging.

Als Ester ihn den Gartenweg entlangkommen sah, fühlte sie, wie ihr Herz plötzlich stehenblieb, dann heftig stolperte, bevor es zu seinem normalen Rhythmus zurückkehrte. Sie war hochrot angelaufen, aber sie versuchte sich zu beherrschen, um nicht wie ein albernes Schulmädchen vor ihrem Gast dazustehen.

Monsignore Brighenti betrat den Pavillon, gefolgt von Angelina, die neben ihm noch magerer und zerbrechlicher wirkte.

»Monsignore, ich hatte nicht mit Ihrem Besuch gerechnet«, entschuldigte Ester sich und setzte sich mit Angelinas Hilfe auf. Dann bedeutete sie dem Mädchen mit einem Lächeln, daß es sich zurückziehen konnte.

Kaum war Angelina außer Sicht, ließ sich der Geistliche Ester gegenüber auf der Chaiselongue nieder und sah ihr lange in die Augen, bevor er etwas sagte.

»Wie geht es dir?« fragte er schließlich in beinahe mürrischem Ton.

»Ich habe ein wenig gelitten«, erwiderte Ester.

»Bald geht es dir wieder besser«, tröstete er sie und ergriff ihre Hände.

Ester glaubte, in seinem Blick einen versteckten Vorwurf zu erkennen.

»Es war eine schwierige Geburt«, sagte sie, wie um sich zu verteidigen.

»Das habe ich gehört. Und mir wurde auch berichtet, daß du eigentlich keine Kinder mehr bekommen solltest, daß eine weitere Geburt dich in Lebensgefahr bringen würde.«

»Die Ärzte sagen viel. Jedenfalls ist alles gutgegangen. Die Mühe hat sich gelohnt. Ich habe ein wunderschönes Kind zur Welt gebracht. Ein Geschenk Gottes, an das ich nicht mehr geglaubt hatte.«

»Ich habe sie gesehen, deine Tochter«, lächelte Brighenti. »Sie ist hübsch und dir wie aus dem Gesicht geschnitten. Aber ihren Geschwistern ähnelt sie überhaupt nicht.«

»Meine Kinder sind alle verschieden«, erwiderte Ester. »Sie gleichen sich weder im Aussehen noch im Charakter.«

»Sie tragen alle dasselbe Mal auf der Stirn. Nur die Kleine hat es nicht. Vielleicht, weil sie mit sieben Monaten zur Welt gekommen ist«, bemerkte er vorsichtig.

»Glaubst du das wirklich?« fragte Ester zu seiner Überraschung und schlug zum erstenmal einen vertraulichen Ton an.

Bis zu diesem Augenblick hatten sie sich benommen wie zwei Duellanten, die sich gegenseitig abschätzen. Er vorsichtig, mürrisch und zugleich herzlich. Sie resigniert und fatalistisch, bis sie ihm fest in die Augen gesehen und diese Frage wie eine Kanonenkugel auf ihn abgefeuert hatte.

Der Monsignore wurde blaß und drückte ihre Hände so fest, daß er ihr weh tat.

»Was willst du damit sagen?« fragte er sie verwirrt.

Knirschender Kies verriet die Rückkehr des Dienstmädchens.

»Da kommt Angelina«, warnte Ester ihn.

Das Mädchen betrat den Pavillon mit einem großen Tablett aus lackiertem Holz, auf dem ein blumenbesticktes

Deckchen lag. Darauf standen eine zierliche Kristallkaraffe mit bernsteinfarbenem Wermut, hohe Stielgläser mit hauchdünnen Kelchen und eine Schale mit Gildas nach Zitrone duftenden Plätzchen. Auch eine Tasse mit dampfendem Tee für Ester fehlte nicht.

Das Dienstmädchen stellte das Tablett auf den kleinen schmiedeeisernen Tisch und wandte sich an Ester.

»Ihr Tee, Signora.« Sie hatte die Tasse bereits in der Hand und reichte sie ihrer Herrin.

»Stelle alles auf den Tisch«, sagte Ester, wobei sie die Wolldecke zurückschlug und sich anschickte aufzustehen.

Der Priester legte ihr mit einer herzlichen und entschlossenen Geste den Arm um die Schulter und half ihr auf die Beine.

»Die Signora wird noch krank, wenn du ihr weiter dieses Gebräu verabreichst«, schalt er das Dienstmädchen in freundlichem Ton.

Angelina wurde rot, während der Monsignore einen Sessel zurechtrückte, damit Ester sich an den Tisch setzen konnte.

»Es ist gut so, Angelina, du kannst gehen«, sagte Ester, von einem angenehmen Schwindelgefühl ergriffen, das nicht nur auf ihre Schwäche zurückzuführen war.

»Du hast meine Frage noch nicht beantwortet«, meinte der Monsignore, als sie wieder alleine waren.

Hoch am blauen Himmel flog dröhnend ein Flugzeug über sie hinweg, wie um die reine, friedliche Stille zu stören. Ester erschauerte und griff sich an den Schalkragen ihres Morgenmantels, um ihn fester übereinanderzuschlagen. Dann führte sie die Tasse an ihre Lippen und nahm einen großen Schluck Tee, der mit Akazienhonig gesüßt war.

»Ist das wirklich nötig?« fragte sie schließlich und sah ihm in die Augen.

»Allmächtiger Gott!« rief der Geistliche aus, während er zur Brüstung des Pavillons ging und ein paar Sekunden lang auf den See hinunterstarrte. Eine leichte Brise kräuselte die Wasseroberfläche.

Dann drehte er sich um und fragte leise: »Es ist unsere Tochter, nicht wahr?«

Ester lief rot an vor Stolz und sagte: »Edison hat beschlossen, sie Lola zu nennen. Du kennst ja seine Opernleidenschaft: erst Wally, und jetzt Lola.«

»Wie hättest du sie denn gerne genannt?« flüsterte er kaum vernehmlich.

»Für mich heißt sie Gioia – Freude. Denn mit diesem Gefühl habe ich sie empfangen. Aber du wirst sie auf den Namen taufen, den Edison für sie ausgewählt hat.«

Der Monsignore nickte.

»Ich liebe dich«, gestand Ester ihm und schlug die Augen nieder.

»Ich liebe dich auch. Gott allein weiß, was mich dieses Gefühl kostet.« Seine kräftige, entschlossene Stimme zitterte leicht, während er diese Worte sagte.

4

Die Glocken, die zum Ave Maria läuteten, holten Ester in die Wirklichkeit zurück. Als sie im Halbdunkel ihres Schlafzimmers die Augen öffnete, wurde ihr klar, daß sie dank Dottore Pozzis Baldriantropfen den ganzen Nachmittag tief und ruhig geschlafen hatte.

Die Glocken waren kaum verstummt, als sie die lärmenden Stimmen ihrer Kinder hörte.

Ihr Mann hatte die kleine Bande vor ein paar Tagen nach Mailand gebracht, damit sie sich von den Strapazen der Geburt erholen konnte. Jetzt waren sie offensichtlich wieder hier. Ester fragte sich, ob Edison wohl auch mitgekommen war. Sie drückte auf die Klingel, um das Dienstmädchen zu rufen, denn sie wollte sich in einem ordentlichen Zustand präsentieren, wenn die Kinder in ihr Zimmer stürmten.

Angelina trat ein und öffnete die Läden, um Licht ins Zimmer zu lassen.

»Haben Sie gut geschlafen?« fragte sie fürsorglich.

»Ausgezeichnet«, erwiderte Ester und stand auf. »Wo ist mein Mann?« wollte sie dann wissen.

»Er ist gerade mit den Kindern angekommen. Er hat nach Ihnen gefragt, und ich habe ihm gesagt, daß Sie schlafen.«

»Und die Kleine?« erkundigte Ester sich.

»Die hat kräftig getrunken. Die Amme hat sie gewogen. Lola hat vierzig Gramm zugenommen.« Angelina machte dabei ein so stolzes und zufriedenes Gesicht, als handle es sich um ihr eigenes Kind.

Ester ging zum Badezimmer.

»Hol mir das hellblaue Seidenkleid aus dem Schrank«, befahl sie. »Heute abend möchte ich zum Essen runtergehen. Es ist Zeit, daß die Familie zu ihren alten Gewohnheiten zurückkehrt.«

Sie schwitzte ziemlich viel und litt an Sauerstoffmangel. Ihr Atem war flach und unregelmäßig aufgrund des Wassers, das sich während der Schwangerschaft in ihrem Körper angestaut hatte. Noch einen Monat, dann würde alles wieder normal sein. Auch ihr Herz geriet jetzt noch manchmal aus dem Takt.

Sie tauchte in das lauwarme Wasser der Badewanne, rieb sich mit einem Schwamm und duftender Seife ab, schloß die Augen und dachte lächelnd an ein Gesicht. »Sebastiano«, flüsterte sie, während Tränen über ihr Gesicht rannen und ihr Lächeln erlosch.

»Kann ich Ihnen helfen?« fragte in dienstbeflissenem Ton Angelina, die auf der Türschwelle erschienen war.

Ester bildete mit den Händen eine Muschel, schöpfte Wasser und wusch sich damit ihre Tränen ab.

»Gib mir den Bademantel«, bat sie dann.

»Die Kinder sind schon in Ihr Zimmer eingefallen«, teilte das Mädchen ihr mit, während es ihr den weichen Frotteemantel reichte.

Im Ankleidezimmer half Angelina ihr beim Anziehen und Kämmen. Ester stäubte sich einen Hauch von Coty-Puder aufs Gesicht und befeuchtete sich mit der Zungenspitze die Lippen, um ihnen ein wenig Farbe zu geben. Dann kontrollierte sie im Spiegel, ob die Naht ihrer Seidenstrümpfe gerade saß. Mit diesen rituellen Handlungen versuchte sie sich abzulenken und ein aufkommendes Angstgefühl zu überwinden. Schließlich ging sie in ihr Schlafzimmer zurück.

Emiliano war der erste, der sie sah. Er kam ihr entgegen und umarmte sie stürmisch. Ester fuhr ihm mit der Hand durchs Haar, während sie Wally beobachtete, die in der Fensteröffnung stand und im Tageslicht entzückt in ihrer Schmuckschatulle kramte. Gianni hüpfte barfuß auf ihrem Bett herum, mit der ganzen Lebhaftigkeit und Unbekümmertheit seines Alters.

Nach einer Weile bemerkte das Mädchen den strengen Blick, mit dem seine Mutter es beobachtete. Schuldbewußt klappte Wally den Deckel der Schatulle zu, kam zu Ester und gab ihr einen Kuß auf die Wange.

»Wie war die Woche in der Stadt?« fragte Ester mit einem ärgerlichen Seitenblick auf ihren jüngsten Sohn: »Gianni, geh von meinem Bett runter«, befahl sie ihm gereizt.

»Mama, ich habe die Aufnahmeprüfung zum Gymnasium bestanden«, sprudelte Emiliano heraus. »Eine eins mit Auszeichnung.«

»Daran habe ich nie gezweifelt«, erwiderte Ester erfreut.

Ein schwaches Lächeln trat auf das schöne Gesicht des Jungen. Seine Mutter reagierte nie besonders überschwenglich auf seine glänzenden Schulzeugnisse, und das enttäuschte ihn, denn er glaubte, ihr Lob verdient zu haben.

»Ich bin auch versetzt worden«, sagte Wally, um ebenfalls beachtet zu werden.

»Ich auch, ich auch«, schrie Gianni, der seiner Mutter nicht gehorchte und schon wieder auf der Matratze herumhopste, daß die Bettfedern quietschten. »Emiliano kommt ins Gymnasium und ich in die Volksschule«, verkündete er.

Ester nickte und wandte sich mit vorwurfsvollem Blick an ihre Tochter.

»Du weißt doch, daß du nicht in meinen Sachen herumwühlen sollst«, sagte sie.

»Ich habe Lola gesehen«, erwiderte das Mädchen, um sie abzulenken.

»Weich nicht vom Thema ab«, schimpfte ihre Mutter.

»Sie ist klein und häßlich«, sagte Wally gehässig.

»Du warst mit einer Woche auch klein und häßlich«, erklärte Ester ihr nachsichtig.

»Und du bist häßlich geblieben«, hänselte Gianni sie und fuhr fort, auf dem Bett herumzuhüpfen.

Wally packte ihn und gab ihm eine Ohrfeige, worauf Gianni einen schrillen Schrei ausstieß, auf den Boden sprang und nach seiner Schwester trat, die sich, so gut sie konnte, zur Wehr setzte.

»Jetzt ist aber Schluß«, befahl Ester, während sie mit Emilianos Hilfe versuchte, die beiden Streithähne zu trennen. Dann klingelte sie nach dem Dienstmädchen.

»Angelina, sag Mademoiselle bitte, sie soll sofort kommen und die Kleinen mitnehmen«, flehte sie. Nach wenigen Minuten mit ihren Kindern war sie bereits wieder völlig entnervt.

»Mademoiselle ist nicht mitgekommen, Signora«, sagte Angelina.

»Wo ist sie denn?« erkundigte Ester sich verwundert.

»Die arme Yvrette gibt es nicht mehr«, bestätigte Emiliano.

»Was soll das heißen, es gibt sie nicht mehr?« fragte Ester erschrocken.

»Papa hat sie vor die Tür gesetzt. Das war vor ein paar Tagen in Mailand. Sie hat sich zwei Flaschen Brandy aus Papas Keller geholt und ist abgezogen.«

Ester sank erschöpft in einen Sessel.

»Du lieber Gott!« stöhnte sie mit der Verzweiflung eines Schiffbrüchigen, der das letzte Rettungsboot sinken sieht. Wer würde nun diese Furien bändigen? »Warum ist sie entlassen worden? Und warum hat mir keiner etwas davon gesagt?« fragte sie ihren ältesten Sohn.

Emiliano zuckte mit der Schulter; sein Gesicht verriet, daß er keine Ahnung hatte.

»Wo ist dein Vater?« wollte Ester wissen.

»Im Wohnzimmer. Er erwartet dich zum Abendessen«, sagte der Junge.

»Ich komme gleich runter. Nimm du bitte schon mal die beiden mit«, bat sie ihn mit einem Blick auf seine jüngeren Geschwister.

Emiliano gelang es, Wally und Gianni voneinander zu trennen und zur Tür zu schieben.

Ester stand auf und nahm aus ihrer Schmuckschatulle das Kollier, das Edison ihr vor wenigen Tagen zu Lolas Geburt geschenkt hatte. Ihre Augen weiteten sich erschrocken, während sie fieberhaft in dem Kästchen wühlte.

»Du lieber Himmel!« rief sie aus. »Mein Solitär ist weg.«

Sie drehte sich um und schnappte Wally, die gerade mit ihren Brüdern hinausgehen wollte und ihren vorwurfsvollen Blick stolz zurückwies.

»Hast du ihn genommen?« fragte Ester. Es handelte sich um einen fünfkarätigen Diamanten mit Weißgoldfassung, der gut eine halbe Million Lire wert war. Sie hatte ihn von ihrem Mann zu Emilianos Geburt geschenkt bekommen.

»Ich? Nein«, erklärte das Mädchen. »Ich krame gerne in deinen Sachen, aber du weißt, daß ich nie etwas mitnehme«, sagte sie beleidigt.

Ester warf Emiliano einen hilfesuchenden Blick zu, aber der hob nur die Schulter und machte ein gleichgültiges Gesicht.

»Das war der da«, sagte Wally schließlich und zeigte mit dem Finger auf Gianni.

Der Junge sah zuerst seiner Schwester, dann seiner Mutter frech ins Gesicht.

»Gib mir den Ring zurück«, befahl Ester dem Kleinen.

»Warum?« fragte Gianni mit einem herausfordernden Blick.

»Weil du nicht nehmen darfst, was dir nicht gehört«, erklärte seine Mutter trocken.

»Mir schenkt nie jemand was«, meckerte der Kleine, während er den Ring aus der Hosentasche zog und sich an den Daumen steckte.

Ester nahm ihm das Schmuckstück ab und machte ein finsteres Gesicht.

»Daß mir so etwas nicht noch mal vorkommt«, warnte sie ihn.

»Warum?« wiederholte Gianni schmollend.

»Weil man nicht stehlen darf. Wenn man etwas möchte, dann muß man darum bitten.«

»Du hättest ihn mir trotzdem nicht gegeben, auch wenn ich bitte gesagt hätte«, entgegnete der Kleine.

»Natürlich nicht. Und für heute abend hast du Zimmerarrest. Abmarsch ins Bett, ohne Abendessen.«

»Das ist mir wurscht. Ich hab sowieso schon gegessen«, erwiderte Gianni trotzig.

Ester dachte voller Wut daran, daß Edison dem französischen Fräulein den Laufpaß gegeben hatte, der einzigen Person, die mit Gianni und Wally fertig geworden war. Nur mit Emiliano hatte es nie Probleme gegeben.

Ester hatte den Eindruck, als zeichneten sich die Persönlichkeiten und Charaktereigenschaften ihrer Kinder schon jetzt deutlich ab. Emiliano war großherzig, verträumt und realitätsfremd.

Wally litt an krankhafter Eifersucht und war für einen Blick oder eine Liebkosung zu allem bereit. Sie war häßlich, und das würde ihr das Leben einmal schwer machen. Ester stellte sie sich als Frau vor, die ständig auf Bestätigung ihrer Weiblichkeit aus war.

Gianni wurde von Habgier verzehrt. Er stahl alle möglichen kleinen Gegenstände, versteckte sie in seinem Zimmer und freute sich über den unrechtmäßigen Besitz.

Alle drei hatten auf der Stirn die Falte der Montaltos, ein Merkmal, das seit vielen Generationen sämtliche Mitglieder der Familie kennzeichnete.

Was würde aus der kleinen Lola werden? Wie würde ihre Zukunft aussehen? Würde sie, die als einzige nicht dieses Mal trug und einer anderen Rasse angehörte, sich besser oder schlechter entwickeln als ihre Geschwister? Und sie selbst, Ester, würde sie mit ihrem kranken Herzen überhaupt alle ihre Kinder groß werden sehen?

Statt traurig zu werden, lächelte sie über diesen Gedanken an den Tod. Es lag ihr nicht mehr viel am Leben, wußte sie doch, daß sie fortan von schrecklichen Gewissensbissen geplagt sein würde, weil sie ihren Mann hintergangen und sich mit einem Diener Gottes eingelassen hatte, den sie trotz allem auch jetzt noch liebte und begehrte. Zum erstenmal in ihrem Leben fühlte sie sich als Frau, aber sie mußte dieses Gefühl verstecken, als sei es etwas Schändliches, und das empfand Ester als schwere Demütigung.

Ester traf ihren Mann im gelben Salon, dem einzigen der drei Wohnzimmer im Erdgeschoß der Villa, das ständig benützt wurde, weil es das schönste und gemütlichste war.

Edison und seine Schwester Polissena unterbrachen bei ihrem Erscheinen brüsk die lebhafte Diskussion, in die sie verwickelt waren. Polissena hatte verweinte Augen, und Edison zog ein Gesicht wie zehn Tage Regenwetter.

»Wie geht es dir?« fragte er seine Frau, während er vom Sofa aufstand und ihr entgegenging.

»Euren Gesichtern nach zu urteilen wahrscheinlich besser als euch beiden«, erwiderte Ester lächelnd.

Polissena erhob sich mit einem Ruck und stieß dabei mit dem Knie an den Couchtisch aus Palisanderholz. Die Nippesgegenstände, die in lockerer Anordnung über die Tischplatte verteilt waren, begannen zu klirren. Ihr Rock blieb einen Augenblick an der Armlehne des Sessels hängen und brachte sie fast aus dem Gleichgewicht. Sie wischte sich rasch die Tränen ab und stürzte aus dem Zimmer.

Ester sah ihren Mann fragend an.

»Mussolini hat Frankreich und England den Krieg erklärt«, sagte der Verleger. »Und meine Schwester heult, weil ihr Geliebter ihr nicht schreibt.«

»Ich wußte nicht, daß Polissena einen Geliebten hat«, erwiderte Ester, die der Liebesgeschichte ihrer Schwägerin mehr Bedeutung beimaß als der italienischen Kriegserklärung.

»Das weiß wahrscheinlich nicht mal er. Die einzige, die es weiß, ist meine Schwester, die Traumtänzerin«, brummte ihr Mann.

Ester ließ sich auf dem kleinen Sofa nieder. Ihre Blässe ließ sie noch schöner und zerbrechlicher erscheinen. Edison füllte ein Glas mit Portwein und reichte es ihr.

»Trink, das tut dir gut«, meinte er fürsorglich.

Ester nippte an dem Wein, der ausgezeichnet schmeckte und ein angenehmes Gefühl von Wärme in ihr verbreitete.

»Was hat Mussolini gemacht?« fragte sie, als ginge es um etwas völlig Nebensächliches.

»Er tritt in den Krieg ein«, sagte ihr Mann. »Er will an Hitlers Abenteuer teilnehmen, damit wir auch unser Stück von dem Kuchen abbekommen«, fuhr er fort.

Ester begriff nicht, ob ihr Mann erfreut oder besorgt war.

»Italien tritt in den Krieg ein, und keiner weiß etwas davon?« wunderte sie sich.

»Die offizielle Bekanntmachung steht unmittelbar bevor«, teilte Edison ihr mit. »Ich habe es über Umwege im voraus erfahren.«

Ester hätte ihm gerne erwidert, daß alles auf Umwegen geschah, in der Familie wie an den heiligen Grenzen des Vaterlandes, in ihrer Beziehung wie in der internationalen Politik.

Statt dessen stellte sie ihr Glas auf den Palisandertisch zurück und sagte: »Mein Gott, was steht uns dann bevor? Ein Massaker?«

»Der Krieg wird nicht lange dauern«, versuchte Edison sie zu beruhigen.

»Der berühmte Blitzkrieg«, spöttelte sie.

»Genau«, erwiderte ihr Mann nach einigem Zögern. Er war immer ein erklärter Faschist gewesen; er glaubte an Mussolini und an ein geordnetes Land, in dem die Züge pünktlich verkehrten, an einen Staat, dessen Bürger im Ausland respektiert wurden. Die Italiener besaßen ein Imperium, und die Deutschen rückten an allen Fronten vor. Die plutokratischen Mächte waren am Ende, und das faschistische Italien ging einer grandiosen Zukunft entgegen, die von Wohlstand und Fortschritt geprägt war.

Aber die Entscheidung des *Duce*, in den Krieg einzutreten, brachte seine Überzeugungen zum erstenmal ins Wanken.

»Wieso hast du Mademoiselle entlassen?« fragte Ester, zu einem Thema wechselnd, das ohne die Kriegserklärung von entscheidender Bedeutung gewesen wäre, jetzt aber völlig belanglos erschien.

»Sie war eine Trinkerin und außerdem unfähig, auf die Kinder aufzupassen. Als wir in die Stadt fuhren, hat Michele mir erzählt, er habe Wally dabei erwischt, wie sie heimlich bei deiner Geburt zuguckte. Yvette hatte nicht einmal bemerkt, daß sie ihr davongelaufen war«, berichtete er wütend.

»Das ist nicht möglich!« Ester fiel aus allen Wolken. »Du willst mir sagen, das Kind habe gesehen ... habe gesehen ...« Sie stockte.

»Das Kind hat alles gesehen«, erklärte Edison.

»Wie entsetzlich! Ich kann es gar nicht glauben.« Ester versuchte sich die Geburt aus zwei verschiedenen Perspektiven vorzustellen: aus ihrer eigenen als Hauptbeteiligte und aus derjenigen Wallys, als Augenzeugin eines Ereignisses, das ein Kind zweifellos überfordern mußte. Was hatte ihre Tochter gesehen? Welchen Eindruck hatte ihr Geschrei auf sie gemacht? »Wally hat mir nichts davon gesagt, und sie hat sich auch sonst nichts anmerken lassen«, murmelte Ester, ihre Gedanken laut aussprechend. Sie war verwirrt und ungläubig.

»Was passiert ist, ist passiert«, erwiderte ihr Mann kurz angebunden. »Jetzt weißt du, weshalb ich Yvette entlassen habe. So, wie die Dinge liegen, hätte sie als Angehörige eines feindlichen Staates sowieso nicht mehr bei uns bleiben können.«

In der Tür erschien Michele, der Chauffeur, der auch die Funktionen eines Butlers erfüllte. »Das Abendessen ist bereit«, verkündete er. »Wann sollen wir servieren, Signora?«

»Sofort«, erwiderte Ester, die ganz durcheinander war von all den schlechten Nachrichten, die mit der Rückkehr ihres Gatten über sie hereingebrochen waren: Mademoiselle Yvettes Entlassung, der Liebeswahn ihrer Schwägerin, Wallys Schockerlebnis bei Lolas Geburt, Mussolinis Kriegserklärung.

»Sieh zu, daß die Kinder präsentabel sind«, sagte Edison zu dem Hausangestellten, während er Ester half, sich zu erheben.

»Heute abend muß ich mit Wally unter vier Augen sprechen«, sagte Ester, während sie ihrem Mann voraus den Salon in Richtung Eßzimmer verließ.

In diesem Augenblick läutete das Telefon. Ester ging gerade an dem Apparat vorbei, der auf einem Tisch in der Eingangshalle stand, und nahm den Hörer ab.

»Ein Ferngespräch aus Mailand«, sagte die Stimme der Telefonistin.

»Stellen Sie durch«, erwiderte Ester.

Wenig später wurde sie mit jemandem verbunden, der sich nicht entschließen konnte zu sprechen.

»Wer ist da?« fragte sie.

Sie hörte ein Klicken und dann das Rauschen der unterbrochenen Leitung.

»Einfach eingehängt«, sagte sie zu ihrem Mann.

»Wahrscheinlich eine Störung. Die werden schon noch einmal anrufen«, erwiderte Edison verlegen.

Als sie gerade mit dem Abendessen fertig waren, läutete

das Telefon erneut. Michele nahm ab und kam kurz darauf ins Speisezimmer, um Edison zu melden, er werde am Apparat verlangt.

»Wer ist es?« fragte Ester, während ihr Mann sich hastig vom Tisch erhob.

»Jemand, der seinen Namen nicht nennen will«, erwiderte der Butler.

Edison Montalto warf seiner Frau einen herausfordernden Blick zu.

»Möchtest du für mich rangehen?« fragte er. »Dann weißt du, wer mich anruft.«

»Edison, ich bitte dich. Wir wissen doch beide, wer dich sprechen möchte. Mich beschäftigen ganz andere Probleme«, sagte sie und warf ihm einen strengen Blick zu.

Der Verleger schleuderte zornig seine Serviette auf den Boden und rannte aus dem Zimmer.

Die Kinder sahen ihre Mutter fragend an. Polissena benützte die Gelegenheit, um erneut in Tränen auszubrechen und den Tisch zu verlassen. Ester stand ebenfalls auf.

»Emiliano, schau nach deinem Bruder, ob er seinen Arrest einhält. Ich und Wally gehen in mein Zimmer«, beschloß sie.

»Ich habe meinen Pudding noch nicht aufgegessen«, protestierte das Mädchen.

»Den ißt du später auf. Jetzt kommst du mit mir«, befahl ihre Mutter.

Beim Durchqueren der Diele kamen sie an Edison vorbei, der mit dem Ohr förmlich am Telefonhörer klebte.

Ester war so wütend, daß sie eine bissige Bemerkung nicht unterdrücken konnte.

»Und du«, zischte sie, »denk dran, daß morgen meine Tochter getauft wird. Sieh zu, daß bis dahin alles vorbereitet ist.«

Sie stieg die Treppe hinauf, gefolgt von Wally, die von der allgemeinen Nervosität angesteckt war und in Tränen ausbrach. Trotzdem konnte Ester verfolgen, was ihr Mann am Telefon sagte.

»Ich habe jetzt keine Zeit, mir dein Geschwätz anzuhören. Du langweilst mich. Ich werde es schon lesen, dein Meisterwerk.«

Wallys Heulen steigerte Esters schlechte Laune noch.

»Hör um Gottes willen auf zu jammern«, befahl sie ihrer Tochter.

»Du bist wütend auf mich, weil Papa mit einer Frau am Telefon spricht«, beschwerte sich das Mädchen.

Ester drehte sich betroffen nach ihr um. Was dieses seltsame Kind nur alles wußte! Sie beschloß, keinerlei Kommentar abzugeben, schob die Kleine in ihr Schlafzimmer und kam gleich zum Thema: »Warst du im Badezimmer, als Lola geboren wurde?« fragte sie. Inzwischen hatte sie sich und die Situation wieder in der Hand.

Wally hörte schlagartig auf zu weinen und starrte auf ihre Schuhspitzen. Sie wagte es nicht, ihrer Mutter in die Augen zu sehen.

»Wieso hast du mir nichts davon erzählt?« fragte Ester ruhig und setzte sich aufs Bett.

»Ich hatte Angst, du bestrafst mich«, erwiderte Wally, die vor ihr stand.

»Man spioniert nicht heimlich herum. Das weißt du ganz genau«, sagte Ester in nicht allzu strengem Ton. »Was du da gesehen hast, ist kein sehr erbauliches Schauspiel, aber es ist sicher einer der vier wichtigsten Augenblicke meines Lebens. Die andern drei waren deine Geburt und die deiner Brüder. Nur das zählt. Alle Mütter leiden, wenn sie ihre Kinder zur Welt bringen. Aber die Schmerzen sind bald vergessen, und was bleibt, ist die Freude, die Kinder aufwachsen zu sehen«, erklärte Ester mit weicher Stimme. »Was deinen Vater betrifft . . .« fuhr sie in stark verändertem Ton fort, »kümmere dich lieber um deine eigenen Angelegenheiten, du kleines Biest«, sagte sie mit einem Grinsen und zog Wally an sich, um sie zu umarmen.

Das Mädchen gab ihr einen stürmischen Kuß.

»Bitte, Mami, du mußt mich immer gern haben. Ich

könnte es nicht ertragen, wenn du Lola lieber hättest als mich.«

»Ich hab dich ja auch sehr gerne, meine Kleine«, flüsterte Ester und drückte sie an sich, »aber jetzt geh zu deinen Brüdern.« Sie war erschöpft. Kaum hatte Wally das Zimmer verlassen, brach sie in Tränen aus. Sie weinte und dachte an Sebastiano, an ihre verbotene Liebe, an ihre erste Begegnung am Strand von Castiglioncello.

Ester 1939

Ihre Leidenschaft für Sebastiano war plötzlich und sehr heftig ausgebrochen. Als Edison sich vor neun Monaten nach Amerika eingeschifft hatte, waren es noch zwei Wochen bis Schulbeginn. Darum hatte Ester beschlossen, nicht gleich nach Mailand zurückzukehren, sondern mit den Kindern nach Castiglioncello zu fahren, wo die Montaltos eine kleine Villa besaßen, die auf einem Felsvorsprung aus dem Meer ragte.

Das romantische Ferienhaus gab Edison die Möglichkeit, während des Sommers zahlreiche Verlagsautoren zu empfangen, die ihren Urlaub an der toskanischen Küste zwischen Viareggio und Forte dei Marmi verbrachten. In Wirklichkeit hatte Ester darauf gedrängt, die Villa zu kaufen. Ihrem Gatten wären eigentlich die Strände der Romagna lieber gewesen, besonders Riccione, wo der *Duce* und einige seiner Parteifunktionäre ihre Sommerresidenzen hatten.

»Ich weigere mich, der Gefolgschaft deines Freundes Mussolini beizutreten«, hatte Ester unmißverständlich erklärt. »Ich hasse diese Männer. Und ihre blöden Frauen, Freundinnen oder Geliebten sind einfach unausstehlich. Ich will nicht, daß meine Kinder irgend etwas mit diesen Leuten zu tun haben.«

Ester war so unnachgiebig gewesen, daß ihr Mann sich schließlich ihrem Willen hatte beugen müssen. So war die

Wahl auf Castiglioncello gefallen, genauer gesagt auf dieses neu erbaute Haus, das die Erben eines florentinischen Antiquitätenhändlers zum Verkauf angeboten hatten.

Von der Villa gelangte man über ein gewundenes Treppchen, das in den Felsen gehauen war, an einen kleinen Privatstrand.

Während der Verleger in die Vereinigten Staaten unterwegs war, genoß seine Frau die warmen Septembertage in Gesellschaft ihrer Kinder und traf sich zum Abendessen mit befreundeten Schriftstellern, Malern, Schauspielern und Dichtern. Allesamt Gegner des Regimes.

Ester stand stets früh am Morgen auf und ging an den Strand hinunter, wo ein Diener schon Liegestühle, Sonnenschirm und einen Korb mit großen Badetüchern aus Baumwolle bereitgestellt hatte.

An einem herrlichen Morgen, den die großen, am Himmel ziehenden Wolken noch beeindruckender machten, kletterte Ester die Steintreppe hinab. Sie trug ein Strandkleid aus rotem Baumwollstoff, der mit riesigen weißen Margeriten bedruckt war. Sie stützte sich auf einem Felsen ab und kontrollierte mit den Zehenspitzen die Temperatur des Wassers: es war einladend frisch. Ester zog ihr Strandkleid aus und legte es auf eine Chaiselongue. Darunter trug sie einen schönen, leuchtend roten Badeanzug aus wollener Tricotage, der ihre wohlproportionierte Figur noch unterstrich. Sie sprang ins Meer und tauchte nach ein paar Zügen mit dem Kopf unter Wasser, um die kleinen Fischchen zu betrachten, die sich von ihrer Anwesenheit nicht stören ließen und munter hin- und herzuckten. Dann schwamm sie gut hundert Meter aufs offene Meer hinaus, vollführte eine Pirouette und kehrte ans Ufer zurück. Sie war guter Laune und angenehm müde, als sie wassertriefend über den Strand ging. Die Sonne färbte ihre straffe Haut golden und ließ ihren Körper glänzen, der auch nach drei Geburten noch perfekt war. Sie angelte sich ein Badetuch aus dem Korb und begann sich mit energischen Bewegungen abzureiben. Die Luft prickelte trotz der Sonne und machte ihr eine Gänsehaut. Sie legte sich auf die Chaiselongue und spürte ein angenehmes Wohlgefühl in sich aufsteigen.

Es gab nur sehr wenige wirklich schöne Augenblicke in ihrem Leben. Dieses wurde stets von einem bitteren Gefühl der Unzufriedenheit überschattet, einer Gemütsverfassung, die jugendliche Euphorie und glückliche Träume kaum aufkommen ließ.

Ester schloß die Augen und ließ sich vom Geräusch der Wellen einlullen, die sich an den Felsen brachen.

Wenn sie ihre Situation als Ehefrau objektiv betrachtete, mußte sie zugeben, daß es sicher schlechtere Ehemänner gab als Edison. Er verhielt sich wie die Mehrheit der Männer seiner Gesellschaftsschicht: Die eigene Frau und die heilige Institution der Familie wurden formal respektiert, aber davon abgesehen war sein Moralbegriff so elastisch, daß er systematisch und ohne das geringste Schuldbewußtsein außereheliche Beziehungen unterhalten konnte. Dazu kam ein extrem autoritäres Auftreten, das Ester hinnahm, obwohl das Geld, das sie als Mitgift in die Ehe eingebracht hatte, ihr eine gewisse Unabhängigkeit garantierte.

Edison war ein kleiner Buchdrucker gewesen, als ihr Vater, ein sehr begüterter Mann, sie gezwungen hatte, ihn zu heiraten, um zu vermeiden, daß sie ins Gerede der Leute kam. Vittorio Donegani Testa, der ausschweifende Sprößling einer einflußreichen Familie aus Modena, hatte sie gerade sitzen lassen. Vittorio hatte die junge Ester in die Welt der Genüsse eingeführt, zu denen auch die körperliche Liebe und das Schnupfen von Kokain gehörten. Aber so nachsichtig die Donegani Testas mit ihrem Sohn auch waren, eine Heirat mit Ester Fabbri wäre nie in Frage gekommen. So hatte man Vittorio nach Übersee geschickt, und Ester war mit ihrer »Schande« in Modena allein zurückgeblieben. Ihre Heirat mit Edison Montalto, der als tüchtiger und ehrgeiziger Buchdrucker galt, hatte diese Schande freilich sofort wieder gelöscht.

Mit der Einwilligung in diese Ehe war für Ester die Zeit der Träume endgültig vorbei gewesen. Sie hatte Edison nacheinander drei Kinder geboren, die sie mehr aus Pflichtbewußtsein als aus Genuß empfangen hatte. Mit jeder Schwangerschaft hatte sie aufgrund ihres Herzleidens das Leben riskiert.

Sie und ihr Mann übten seit Jahren Enthaltsamkeit. Das bedeutete kein großes Opfer für sie, im Gegenteil; die Abstinenz war vielmehr eine nützliche Maßnahme, mit der sie ihre Seele retten und ihre Gesundheit erhalten konnte. Diese Ansicht vertraten wenigstens berühmte Kardiologen.

»Bleib, wie du bist«, sagte eine warme, männlich klingende Stimme. »Mit geschlossenen Augen. Und laß dich ansehen. Deine zarte, kostbare Schönheit ist ein sicherer Beweis für die Existenz Gottes.«

Ester rührte sich nicht, während ein lähmendes Gefühl der Wollust in ihr aufstieg. Trotzdem öffnete sie die Augen. Aus Neugierde, aber auch weil das Öffnen der Augen die einzige Bewegung war, die sie zustande brachte. Die Sonne blendete sie so stark, daß sie zu ihrem Schutz eine Hand an die Stirn legen mußte.

Was sie in dem gleißenden Licht mehr erahnte als wirklich sah, war die Gestalt eines riesigen Mannes, der vor ihrem Liegestuhl stand.

Mit der Zeit wurde das verschwommene, undeutliche Bild schärfer. Ester bewunderte die Schönheit des Unbekannten, der aus dem Nichts aufgetaucht war. Er trug eine schwarze Badehose, hatte einen mächtigen Oberkörper, lange Beine, die kräftig wie Säulenschäfte waren, und ein offenes, freundliches Gesicht.

»Guten Tag«, sagte er und sah sie mit einem Lächeln an, dessen Charme Ester überwältigte.

Sie hätte gerne reagiert, den Mann darauf hingewiesen, daß er sich auf einem Privatgrundstück befand. Aber sie tat nichts dergleichen. Anstatt die ungewöhnliche Begegnung zu beenden, bevor sie begonnen hatte, erwiderte sie seinen Gruß mit einem schwachen Lächeln und einem schmachtenden Blick.

Ester lebte in diesem Augenblick auf einem anderen Stern. Ihre Familie, ihre Kinder, ihr Mann: sie alle waren aus ihrem Gedächtnis und aus ihrem Bewußtsein gelöscht. Sie fühlte sich wieder wie ein junges Mädchen, das sich nach hohen Frühlingshimmeln sehnte, hungrig nach Gefühlen und ohne alle Vorbehalte. Sie stand im Bann eines Unbekannten, der sie an einem Spätsommermorgen an einem verlassenen Strand verhext hatte. Sie spürte die Sinnlichkeit, die von ihm ausströmte, und war bereit, sie zu erwidern.

Ester erhob sich träge von ihrem Liegestuhl und stellte sich vor den Unbekannten, der sie immer noch anlächelte. Sie wollte etwas sagen. Aber sie fand keine Worte, weil es einfach keine Worte gab, in die sie ihre Gefühle hätte kleiden können.

Am Ende suchte sie ihr Heil in der Flucht. Sie drehte sich um, lief zum Wasser, sprang hinein und schwamm mit kräftigen Zügen aufs offene Meer hinaus.

Nach ein paar hundert Metern hatte sich ihr Unbehagen gelegt. Sie kehrte ans Ufer zurück, in der Sicherheit, daß sie nun dem Unbekannten gegenübertreten konnte, ohne seinen Zauberkräften zu erliegen. Als sie aus dem Wasser stieg, war der Mann verschwunden.

Statt seiner sah Ester ihre Schwägerin Polissena und ihre beiden älteren Kinder, Emiliano und Wally, die von der Villa herunter auf sie zu kamen.

Polissena merkte, daß Ester mit den Augen fieberhaft den Strand absuchte.

»Wartest du auf Piraten?« fragte sie im Scherz, während sie ihr Strandkleid abstreifte. Ihr Körper war hager und wirkte fast etwas männlich. Nur ihre Brüste, die außergewöhnlich stark entwickelt waren, korrigierten diesen ersten Eindruck.

Ester gab ihr keine Antwort. Sie blieb reglos stehen und starrte abwesend auf die glänzende Wasserfläche hinaus.

Ob wohl die magische Atmosphäre mit den tausend Lichtreflexen das Bild des mysteriösen Mannes hervorgebracht hatten, von dem sie so in Aufruhr versetzt worden war? Aber nein, die Erinnerung an ihn war ganz lebendig und weckte glühende Sehnsucht in ihr.

An diesem Abend traf Ester sich mit Ettore und Emanuela zum Essen im Restaurant *Al Pescatore*. Sie hatte die Kinder in Polissenas und Mademoiselle Yvettes Obhut zurückgelassen und fühlte sich frei und glücklich.

Ettore und Emanuela Franzi machten den Eindruck eines zufriedenen Paares, das gut zusammenpaßte. Er war vierzig Jahre alt, genoß einen guten Ruf als Antiquitätenhändler, neigte zur Fettleibigkeit und hatte einen übertriebenen Hang zur guten Küche. Seine gutmütigen, lustigen Augen drückten Herzlichkeit und Sympathie aus. Sie besaß ein sinnliches Gesicht, das von einer dichten, weichen Mähne tizianroten Haars eingerahmt wurde, und wußte, daß sie bei den Männern Bewunderung auslöste.

Man sprach über Edison und seine Reise in die Vereinigten Staaten.

»Wärst du nicht gerne mit ihm gefahren?« fragte Ettore, ohne die Augen vom Teller zu heben, auf dem eine köstliche Vorspeise aus Meeresfrüchten lag.

Amerika, und besonders New York, beschäftigten seine Gedanken schon seit mehreren Jahren. Dort konnte ein neuer, blühender Markt für seine Antiquitäten entstehen.

Er stand in brieflichem Kontakt mit einem Kollegen aus Manhattan, den er bereits einmal zu sehr vorteilhaften Konditionen mit Waren beliefert hatte: antike Türen, Balustraden, wertvolle Bilder und Rahmen. Die reichen Amerikaner waren ganz verrückt auf italienische Antiquitäten. Ettore Franzi hätte in den Vereinigten Staaten die Wünsche der kapriziösesten Kunden erfüllen und einen Haufen Dollar verdienen können, aber er hätte sich dort nicht wohl gefühlt. Für ihn stellte Pisa den idealen Lebensrahmen dar, die Stadt, in der er geboren und aufgewachsen war und in der er später studiert hatte. Er liebte Florenz, Lucca und Siena, wo er jetzt lebte. Die Großartigkeit der amerikanischen Metropole flößte ihm Angst ein. Aber die Möglichkeit eines kurzen Aufenthalts in New York schien ihm trotzdem sehr verlockend. Deshalb wunderte es ihn, daß Ester die Chance einer Reise nach Übersee nicht wahrgenommen hatte.

»Eigentlich hätte ich meinen Mann gern begleitet«, gab Ester zu, »aber ich habe aus Feigheit darauf verzichtet«, gestand sie. »Diese Ozeanüberquerungen machen mir schrecklich Angst.«

»Was stellst du dir bloß vor?« fragte Emanuela.

Ester legte ihre Gabel auf den Teller und lächelte.

»Edison und ich haben drei Kinder. Wer würde sich um sie kümmern, wenn wir beide mit dem Dampfer untergingen?«

»Das war hoffentlich ein Scherz?« erwiderte Emanuela vorwurfsvoll.

»Natürlich«, schwindelte Ester, um nachzugeben. Ihre Freundin hatte keine Kinder und konnte sie deshalb nicht verstehen.

Ein Kellner stellte eine herrlich aussehende Platte mit gegrilltem Fisch auf einen Servierwagen neben ihren Tisch und begann vorzulegen, während ein anderer Kellner weißen *Badia a Coltibuono* in ihre Kristallgläser goß. In diesem Augenblick schaute Ester auf und erblickte den Mann, den sie am Strand getroffen hatte. Er saß alleine an einem Ecktisch und nippte genüßlich an einem Glas Rotwein aus dem alten Kloster Vallombrosiano, das den besten Chianti produzierte. Er trug ein hellblaues Polohemd, das seine Bräune zur Geltung brachte. Der Mann sah sie voller Bewunderung an.

Ihre Blicke kreuzten sich. Er lächelte und neigte leicht den Kopf. Ester wurde rot, während sie mit gekräuselten Lippen seinen Gruß erwiderte und dabei von einem Schwindelgefühl ergriffen wurde.

Ettore, der dem Kellner zusah, wie er geschickt die

Goldbrasse zerlegte, merkte nichts, aber Emanuela fing die heimlichen Signale aus Blicken, Lächeln und Erröten auf.

»Kennst du ihn?« flüsterte sie neugierig.

Ester schüttelte den Kopf. Dann gestand sie: »Ich glaube, wir sind uns heute morgen am Strand begegnet.«

Ettore holte im Nu die Sekunden auf, die seine unbezähmbare Eßlust ihm gestohlen hatte, und mischte sich in ihr Gespräch ein. Nun hatte auch er den Tischnachbarn bemerkt, der so viel Aufmerksamkeit bei seinen Begleiterinnen erregte.

»Er wohnt in der Villa Pamphili«, erklärte er. »Er ist gestern abend mit einem blauen Lancia angekommen. Wenn ich richtig verstanden habe, wohnt er in Rom und ist ein Freund oder ferner Verwandter des alten Prinzen Pamphili.«

»O nein«, widersprach Ester ihm, »ich habe nicht den Eindruck, daß er einen römischen Akzent hat.« Jetzt hatte sie sich verraten! Am liebsten hätte sie sich die Zunge abgebissen.

»Dann hast du also mit ihm gesprochen«, fragte ihre Freundin boshaft.

Die Franzis besaßen eine hübsche, kleine Sommerresidenz jenseits des Felsenvorsprungs, der das Grundstück der Montaltos begrenzte. Von der Terrasse ihres Hauses aus konnte man die Zufahrt zur Villa Pamphili sehen, ein *Fin-de-siècle*-Bauwerk, das in eine üppige Mittelmeervegetation eingebettet war. Das Anwesen gehörte Ascanio Pamphili, einem reichen, achtzigjährigen Mann ohne Erben, der sehr gebildet und alles andere als verkalkt war. Während seiner immer kürzer werdenden Sommeraufenthalte versammelte er Freunde aus Rom um sich, die alle wie er sehr zurückhaltend waren und fast den Eindruck erweckten, als würden sie Frauen scheuen. In diesem Sommer war Prinz Ascanio noch nicht aufgetaucht. Vielleicht fühlte er sich inzwischen zu alt für die Reise nach Castiglioncello. Anfang September hatten sich die Pforten der Villa jedoch geöffnet, um diesen einsamen Gast aufzunehmen, der jetzt an einem Tisch neben Ester und ihren Freunden saß.

»Also, hast du mit ihm gesprochen oder nicht?« hakte Emanuela nach, entschlossen, mehr zu erfahren.

Ester senkte den Blick und stocherte in der Goldbrasse herum, die auf ihrem Teller lag.

»Ich habe dir doch schon gesagt, wir sind uns am Strand begegnet und haben uns gegrüßt. Weiter nichts«, erklärte sie, ihre Nervosität überspielend.

»Ein phantastisch aussehender Mann«, bemerkte Emanuela mit glänzenden Augen.

Ettore, den diese unmißverständliche Bemerkung verletzen mußte, horchte mißtrauisch auf. Er musterte seine Frau mit vorwurfsvollen Blicken und verglich im Geiste seine eigene schwammige Fettleibigkeit mit der Muskelkraft und dem Charme des Unbekannten.

»Man wird doch wohl noch einen Scherz machen dürfen«, entgegnete seine Frau und sprach absichtlich laut, um die Aufmerksamkeit auf sich zu lenken.

»Er wirkt sehr einsam«, stellte Ettore fest.

Besser einsam als in unangenehmer Gesellschaft, dachte Emanuela, die von dem Unbekannten fasziniert war.

Ester schwieg und verbarg geschickt ihre innere Unruhe. Sie hob den Kopf gerade rechtzeitig, um den langen, freundlichen Blick aufzufangen, den der Mann ihr zuwarf.

»Du hast Eindruck auf ihn gemacht«, meinte Emanuela etwas neidisch.

Als der Mann das Lokal verließ, ging ihre Unterhaltung weiter. Aber für Ester war es eine Qual, sich an dem folgenden Austausch von Banalitäten beteiligen zu müssen. Sie wünschte sich nichts sehnlicher, als alleine zu sein und sich in der Erinnerung an das wundervolle Gefühl zu wiegen. Sie war ganz erfüllt von dem Unbekannten, der in ihrer Seele Saiten anrührte, deren Klang sie in eine buntschillernde Mattigkeit versetzte. Der Wunsch, wie heute morgen am sonnenverzauberten Strand in seiner Nähe zu sein, überwog alle anderen Gefühle. Ihr Blut strömte mit der Gewalt eines Flusses bei Hochwasser, ihr Herz fuhr Achterbahn.

»Ist dir nicht wohl?« fragte Emanuela besorgt, denn ihr fiel auf, daß ihre Freundin bald rot, bald blaß wurde, während Schweißperlen auf ihre Stirn traten.

Emanuela und Ettore wußten, daß Esters Herz nicht so funktionierte, wie es sollte, und kamen zu dem Schluß, daß es Zeit war, sie nach Hause zu bringen.

»Doch, doch, es geht mir gut«, versicherte Ester ihnen. »Wahrscheinlich bin ich nur etwas müde. Ihr braucht euch keine Sorgen zu machen.«

Sie begleiteten sie bis zum Gartentor und sahen ihr nach, wie sie sich auf dem mondbeschienenen Weg entfernte, auf dessen weißem Kies sich die Schatten der Oleanderhecke abzeichneten. Ester schlenderte langsam auf die Villa zu und lauschte gebannt in die unberührte Stille der Nacht.

Aus den großen Fenstern des Wohnzimmers im Erdgeschoß drang gedämpftes Licht und warf seinen Schein auf einen Bougainvillea-Strauch. Man hatte das Licht ihretwegen angelassen, da sie spät nach Hause kam. Der Springbrunnen in der Mitte eines Blumenbeetes deklamierte leise ein geheimnisvolles Nachtgedicht.

Ester drehte sich um und winkte Emanuela und Ettore zum Abschied zu, worauf die beiden wieder in ihr Auto kletterten und davonfuhren.

Sie setzte sich auf eine Steinbank neben dem Hauseingang und sog den Duft der Nachtbrise ein, die nach Meer roch und ihre Unruhe verwehte.

Es war herrlich, alleine zu sein und an den Unbekannten zu denken, der in einem Augenblick ihr ganzes bisheriges Leben in Frage gestellt hatte. Ester begann beinahe mechanisch zum Strand hinunterzuwandern.

Schon auf den ersten Stufen der Steintreppe erblickte sie den dunklen Schatten eines Mannes, der alleine am Meer spazierenging. Sie empfand keine Angst und war nicht im geringsten überrascht. Nach kurzem Zögern ging sie weiter, die Treppe hinab, bis ihre Füße im weichen Sand versanken.

Der Mann drehte sich um und sah sie. Er blieb ein paar Sekunden reglos stehen, dann kam er auf sie zu. Sein Gesicht war im Mondschein noch schöner, als Ester es in Erinnerung hatte. Diese nächtliche Begegnung, herbeigeführt vom Instinkt und vom Zufall, hatte etwas Magisches.

Ester und der Unbekannte standen sich erneut gegenüber, reglos in der klaren Nacht.

Die kräftige, trockene Hand des Mannes streichelte ihr Gesicht.

»Warum?« fragte sie einfach.

»Warum bläst der Wind? Warum brechen Gewitter aus? Warum lenkt der Mond die Gezeiten?« fragte er sie zurück.

»Ich begehre dich«, murmelte Ester, »wie ich noch nie in meinem Leben jemanden begehrt habe.«

»Heute morgen bist du aber davongelaufen«, tadelte er sie sanft.

»Ich hoffte, du würdest mir folgen«, lächelte Ester.

Sie hob ihr Gesicht, und ihre Lippen suchten die Lippen des Mannes.

»Dazu hat mir der Mut gefehlt«, gestand er und näherte sein Gesicht dem ihren.

Es war ein schüchterner, ungeübter Kuß, der Emotionen von überwältigender Süße in ihr weckte. Sie schmiegte ihren Kopf an die Schulter des Mannes, während seine kräftigen Arme sie drückten und Ester eine Zärtlichkeit vermittelten, die ihr bislang fremd war.

Mit Edison war es nie so gewesen und würde es auch nie so sein. Zwischen ihnen war nie der Funke aufgeblitzt, der die goldene Tür des Verlangens öffnete, zu einer Welt, in der man geheimnisvolle Wonneschauer und unendliche Zärtlichkeit teilte und sich gegenseitig beschenkte.

»Ich weiß nicht einmal deinen Namen«, sagte Ester.

Er nahm sie an der Hand und führte sie zur Treppe. Sie setzten sich auf die erste Stufe und streckten ihre Füße in den Sand.

»Ich heiße Sebastiano. Aber Namen haben keine Bedeutung, wenn eine Geschichte endet, noch bevor sie beginnt«, sagte er traurig.

Er hielt Esters Hände umschlossen.

»Ich verstehe«, murmelte Ester. »Du weißt, daß ich verheiratet bin.«

»Mit Edison Montalto«, erwiderte der Mann zu ihrer Überraschung.

»Kennst du ihn?« fragte Ester verblüfft.

»Wer kennt den König der Verlage nicht?« entgegnete Sebastiano ausweichend. »Aber das ist nicht das einzige Problem«, fügte er hinzu.

»Du bist auch verheiratet«, hauchte Ester.

Der Mann sah aufs Meer hinaus, das silbern im Mond glänzte und gestand: »Ich habe ein Gelübde abgelegt.«

Ester dachte an die Frau, an die Sebastiano gebunden war, und fühlte, wie sich in ihrem Hals ein schmerzhafter Kloß bildete, der ihr fast den Atem nahm.

»Warum hast du mich dann hier gesucht?« Ester sprang auf und starrte ihm ins Gesicht.

»Weil die Versuchung stärker war als der Verstand«, bekannte Sebastiano.

»Ich dachte, du weißt, was du willst«, sagte sie bissig, um ihn zu kränken.

Sebastiano zog sie mit einem Ruck an sich und küßte sie, wie noch kein Mann sie geküßt hatte. Ester erwiderte seinen Kuß, der sie in eine Wirklichkeit hob, in der es keinen Raum für Zweifel mehr gab.

»Komm mit«, befahl sie leise, während sie ihm voraus die Treppe hinaufkletterte und auf die Villa zusteuerte. Mit einer Sicherheit und Unbefangenheit, die sie vor wenigen Minuten noch als Wahnsinn bezeichnet hätte, betrat sie, von Sebastiano gefolgt, das Haus und ging in ihr Schlafzimmer.

Von diesem Augenblick an waren Worte überflüssig. Sie lächelten und weinten, seufzten und stöhnten. Die unbeschreiblichsten Empfindungen wechselten einander ab.

Ester entdeckte einen Genuß, den sie endlich teilen konnte, die Freude, Liebe zu schenken und zu empfangen, ohne das geringste Schuldbewußtsein, ohne jede Angst. Keine Spur von der brutalen Raserei des Mannes und der resignierten Unterwürfigkeit der Frau – nur unendliche Zärtlichkeit und immer größer werdende Freude.

Als Ester erwachte, flutete die Sonne in ihr Zimmer. Sie reckte die Glieder und empfand dabei ein köstliches Wohlbefinden. Sie fühlte sich frei, glücklich und in ihrem Innersten zufrieden. Aber im nächsten Moment kam ihr zu Bewußtsein, daß sie alleine war. Die Erinnerung an die vergangene Nacht explodierte wie ein Feuerwerk in ihrem Kopf, und sie suchte nach dem Mann, der ihr dieses lang ersehnte Glück beschert hatte. Sebastiano war gegangen.

Ester hörte das Ticken der Pendeluhr, die auf einer Kommode im hinteren Teil des Zimmers stand, und das Rauschen der Brandung am Strand. Noch am Abend zuvor hätte sie sich damit abgefunden, eine einzige glückliche Nacht zu verbringen, um anschließend in die vertraute Stille und Resignation zurückzukehren. Aber jetzt, nachdem sie der Liebe begegnet war, hätte sie alles getan, um sie am Leben zu erhalten. Sie wollte den Mann, der sie ins Paradies geführt hatte. Sie wollte ihn, um ihn nie wieder zu verlassen.

Sebastiano war damit beschäftigt, sein Gepäck im Kofferraum des Wagens zu verstauen, der auf dem Vorplatz der Villa Pamphili stand. Als er die Augen hob, sah er sie. Ester trug eine lange weiße Leinenhose und eine Musselinbluse mit rechteckigem Halsausschnitt.

Sie betrachtete ihn bestürzt.

»Fährst du ab?« fragte sie.

»Ich habe keine andere Wahl«, erwiderte er.

»Warum?« Esters Augen füllten sich mit Tränen.

»Um unsere Seelen zu retten«, murmelte Sebastiano in lakonischem Ton.

»Indem du fliehst?« Sie bemühte sich vergeblich, nicht zu weinen.

»Weißt du einen anderen Weg?« fragte er zurück und klappte den Kofferraumdeckel seines Lancias zu.

Für sie gab es einen anderen Weg: Edison verlassen und ein neues Leben beginnen. Es war ihr klar, daß sie Sebastiano kaum kannte und daß eine solche Entscheidung in jedem Fall ihr Leben erschüttern würde. Aber in diesem Moment wollte sie lieber einen Skandal in Kauf nehmen, als auf ihn verzichten. Sie mußte an all die »gefallenen« Frauen in der Literatur denken, an Madame Bovary, an Anna Karenina, aber es stellten sich keine Schuldgefühle bei ihr ein.

Ihr Mann nahm sich ständig die Freiheit zu Abenteuern heraus. Warum sollte es ihr dann nicht erlaubt sein, ein echtes und tiefes Gefühl zu hegen?

»Wenn du mich willst«, schlug Ester vor, »dann gibt es eine andere Lösung.«

»Welche?« fragte Sebastiano traurig.

»Uns weiter zu lieben«, entgegnete Ester.

Der Mann öffnete die Tür seines Wagens.

»Ich muß gehen, Ester.« Sebastianos Stimme zitterte, so ergriffen war er.

»Sag mir, daß ich nur eines deiner vielen Abenteuer war«, schrie sie ihn verzweifelt an, »und daß du jetzt ein anderes anfangen möchtest.«

»Du bist die einzige Frau meines Lebens«, erwiderte er mit fester Stimme.

Ester glaubte, verrückt werden zu müssen.

»Was hindert dich dann?« fragte sie flehentlich.

Sebastiano schloß die Wagentür. Er packte sie an der Schulter und küßte sie, beinahe wütend, auf Lippen, Augen, Haare.

»Du hast Angst«, sagte Ester und stieß ihn von sich. »Du benimmst dich, als wolltest du vor dir selbst fliehen. Oder vor einem Fluch. Warum versuchst du nicht, mir die Wahrheit zu sagen? Oder mir nichts zu sagen und die Dinge zu lassen, wie sie sind . . . So erfahren wir nie, ob das, was wir füreinander empfinden, ein dauerhaftes Gefühl ist oder die Phantasie eines Augenblicks.«

Ester war aufgewühlt, verliebt und verzweifelt.

»Ich bin Priester, Ester. Ich bin ein Diener Gottes«, gestand Sebastiano ihr mit tonloser Stimme. Nacktes Schweigen senkte sich auf diese Worte und ihre Gedanken.

Ester wich einen Schritt zurück, unfähig zu reagieren. Sebastiano ergriff ihre Hände. Er sprach zu ihr von der Kirche, von seinem Auftrag, von seinem Leben. Aber sie hörte nichts mehr – nur noch die schmerzhafte Stille, in die sein Geständnis sie gestürzt hatte.

Sie machte sich von Sebastiano los und entfernte sich von der Villa; mechanisch setzte sie einen Fuß vor den andern. Von der Terrasse ihres Hauses aus hatte das Ehepaar Franzi, ohne selbst gesehen zu werden, neugierig jede Einzelheit dieser seltsamen Begegnung verfolgt.

Sebastiano war abgereist, und sie hatte nichts mehr von ihm gehört, bis sie sich im Dezember in Mailand wiedertrafen, als Ester im vierten Monat schwanger war, was man ihr jedoch noch nicht ansah. Anlaß war die Eröffnung der neuen Büroräume des Montalto-Verlags, die in einem Gebäude in der Via Meravigli untergebracht waren. Edison hatte aus den Vereinigten Staaten eine phantastische neue Rotationsmaschine für die Druckerei in Modena mitgebracht. Die Produktion war gesteigert und die Mailänder Niederlassung des Verlags erweitert worden. Für die Einweihungsfeier hatte man die Anwesenheit des Erzbischofs erbeten, der in Begleitung einiger wichtiger Prälaten erschienen war. Obwohl er jetzt ein Priestergewand trug, erkannte Ester ihn sogleich wieder: ihren zärtlichen und leidenschaftlichen Liebhaber, den Vater des Kindes, das in ihr heranwuchs.

Wenige Blicke genügten, um den Schmerz über ihren unfreiwilligen Abschied wieder aufleben zu lassen und das Gefühl zu erneuern, das sie noch immer qualvoll miteinander verband.

Von ihrem Bett aus sah Ester durch das weit geöffnete Fenster das Blinken der Sterne, das sich im schwarzen Wasser des Sees spiegelte.

Von der Erhabenheit des wolkenlosen Himmels überwältigt, der mit großem Abstand auf das Leid der Menschen herabsah, spürte Ester auf einmal den Drang, etwas zu tun.

Sie stand auf, verließ ihr Zimmer und huschte über den langen Flur im ersten Stockwerk zum Zimmer der Amme. Sie öffnete die Tür und trat an die Wiege, in der ihr Töchterchen schlief.

Ester nahm das Kind vorsichtig auf den Arm. Dann ging sie wieder hinaus und schloß die Tür hinter sich.

Als sie zurück in ihrem Zimmer war, legte sie sich aufs Bett und Lola neben sich. Es war, als drücke sie mit der Kleinen einen Teil ihres Glückes an sich.

Die Familie 1940

1

Am Ende des Parks lag ein Teich, hinter dem sich eine steile Wand aus künstlichen Felsen erhob. Zwischen weißen und rosafarbenen Seerosen schwammen vier Schwäne: drei weiße und ein schwarzer.

Das Szenarium ging auf einen Entwurf Edison Montaltos zurück, der als Kind von trocken Brot und Träumen gelebt hatte und eines Tages vor dem Tor eines vornehmen Anwesens am Stadtrand von Modena stehengeblieben war.

In dem Park jenseits des Tores spazierten hochmütig und träge Pfauen von zauberhafter Schönheit herum. Ein alter Gärtner, der damit beschäftigt war, ein Rosenbeet umzugraben, bemerkte den Jungen, der mit großen Augen die Vögel bestaunte.

»Hast du noch nie einen Pfau gesehen?« fragte er, wobei er zum Tor kam.

»Nur auf den Bildern in meinen Schulbüchern.« Edison war acht Jahre alt und betrachtete die Schule als ein faszinierendes Abenteuer.

»Gefallen sie dir?« wollte der Alte wissen.

»Sie sind wunderschön«, rief er aus. »Viel schöner als auf den Bildern.«

»Schön und dumm«, meinte der Gärtner, »genauso wie die Schwäne.« Er hob den Arm und deutete auf einen

Punkt in der Ferne. »Hinter den Bäumen da ist ein See mit Schwänen. Hast du schon mal welche gesehen?«

Der Junge schüttelte den Kopf und starrte unentwegt auf die Pfauen.

Der Alte hantierte am Griff des Tores herum, bis es sich mit einem Quietschen öffnete.

»Komm her, ich zeige sie dir. Die Herrschaften sind nicht daheim«, erklärte er, um den Jungen zu beruhigen, und forderte ihn mit einem Lächeln auf einzutreten. Edison konnte nicht wissen, daß der Gärtner so freundlich zu ihm war, weil er ihn an einen seiner Söhne erinnerte, der als Kind an Diphtherie gestorben war. Er trauerte ihm immer noch nach und suchte ihn in den Gesichtern der Kinder, die ihm begegneten.

Das Gras am Schwanensee schimmerte smaragdgrün. Die herrlichen Pfauen sahen ihm mit gereckten Hälsen und ausdruckslosen Gesichtern nach und schlugen mit ihren Federn Räder, deren Augen blau und grün schillerten.

So war es gekommen, daß Edison seit jenem Tag von Pfauen und Schwänen geträumt hatte, vor allem von Schwänen, die im reglosen Wasser eines Teiches zwischen Seerosen ihre Bahnen zogen. Dreißig Jahre waren seit damals vergangen, und jetzt saßen seine drei Kinder am Rand eines kleinen Sees und betrachteten die prächtigen Vögel, die mit trägen Paddelbewegungen die Wasseroberfläche pflügten. Ester saß hinter ihnen und hielt ihr jüngstes Töchterchen im Arm, das in ein blütenweißes Spitzentuch gewickelt war und selig schlummerte.

»Mama, wozu sind Schwäne nützlich?« wollte Gianni wissen.

»Das weiß ich nicht«, erwiderte seine Mutter. Sie hegte wenig Sympathie für die großen, ewig stummen Vögel, die nur, wenn es ans Sterben ging, leise Klagelaute von sich gaben.

»Ich meine, die Pfauen schlagen Räder, die Hühner legen Eier für Pfannkuchen«, bohrte der Kleine weiter. »Was machen die Schwäne denn?«

»Die Schwäne machen reich«, warf Emiliano ein. »Sie symbolisieren den Reichtum. Papa wurde arm geboren«, fuhr er fort, »Mama kommt aus einer reichen Familie. Ohne Mamas Geld wäre unser Vater nie ein großer Verleger geworden und hätte nie Schwäne kaufen können.«

»Dann hätten wir ohne Mamas Geld also nie diese riesigen Viecher mit den krummen Hälsen kaufen können?« fragte Wally scheinbar zerstreut.

»Wally! Emiliano!« rief Ester entrüstet aus. »Wer hat euch diese Ideen in den Kopf gesetzt?« Im Grunde sagten ihre Kinder die Wahrheit, aber die naive Grausamkeit, mit der sie sich ausdrückten, hatte etwas Beleidigendes für das Familienoberhaupt.

»Tante Polissena«, lächelte Wally und kam zu ihrer Mutter, »sie sagt immer, daß die Montaltos häßliche Entchen sind, und du ein schöner, vornehmer Schwan.«

»Eure Tante redet viel dummes Zeug«, erwiderte Ester schroff. »Und jetzt hört mit eurem albernen Geschwätz auf!«

»Mama, was für eine Farbe hättest du gerne, wenn du ein Schwan wärst?« fragte Gianni, der auch beachtet werden wollte.

»Um das zu wissen, müßte ich ein Schwan sein«, entgegnete Ester, merkte aber sofort, daß diese Antwort zu schwierig war.

»Das gilt nicht, Mama«, protestierte Gianni mit schriller Stimme.

»Schrei nicht«, schimpfte seine Mutter, »sonst weckst du dein Schwesterchen auf.« Lola runzelte die Stirn wie eine alte Frau und verzog den Mund zu einer Schnute.

»Wir haben beschlossen, daß wir weiß wären«, verkündete Gianni.

»Ist ja gut, aber seid bitte leise weiß«, ermahnte Ester ihn.

»Emiliano ist der schwarze Schwan, weil er der Älteste ist, und auch weil er so komisch und wild ist«, sagte Wally.

Ester betrachtete den majestätischen schwarzen Vogel

mit dem leuchtend roten Schnabel, von dem keiner wußte, wie er in den Teich gekommen war. Er wirkte unbändig und erhaben und sonderte sich fast immer von den anderen ab. Die weißen Schwäne akzeptierten ihn, wenn er beschloß, sich ihnen zu nähern, aber keiner wagte es, ihn zu stören, wenn er sich in seine Ecke zurückzog. Es hätte niemanden gewundert, wenn er eines Tages, von Fernweh gepackt, einfach wieder davongeflogen wäre.

»Ja«, stimmte Ester ihrer Tochter zu, »ich glaube, Emiliano könnte wirklich ein schöner schwarzer Schwan sein. Was meinst du denn dazu?« fragte sie den Betroffenen.

Der Junge lächelte und wechselte das Thema.

»Stimmt es, daß wir im Krieg sind?« fragte er seine Mutter mit sorgenvollem Blick.

Am Morgen hatte man beim Frühstück davon gesprochen, daß Italien an der Seite seines deutschen Verbündeten in den Krieg eingetreten war. Wally und Gianni konnten die Tragweite dieser schrecklichen Nachricht natürlich nicht ermessen, aber Emiliano brachte sie mit einem blutrünstigen Ereignis in Verbindung, das viele Tote kostete.

Ester nickte und drückte instinktiv die kleine Lola fester an sich.

»Es stimmt, Emiliano, wir befinden uns im Krieg«, antwortete sie ihrem Sohn.

»Gegen die Engländer und gegen die Franzosen. Habe ich recht?« bohrte er weiter.

»Ganz und gar«, bestätigte Ester.

»Und wenn Mademoiselle Yvette jetzt noch bei uns wäre, hätten wir dann den Feind im Hause?« fragte Emiliano verwundert.

»Genau so ist es, so unglaublich es auch klingt«, entgegnete Ester.

Mutter und Sohn unterhielten sich, während Gianni und Wally den ersten Streit des Tages vom Zaun zu brechen begannen.

»Weißt du, wie ein Krieg ist?« wollte Emiliano wissen.

»Nein. Aber ich fürchte, das werden wir alle erfahren.«

Aus Polen drangen Nachrichten über regelrechte Massaker durch. Die Deutschen gingen brutal gegen wehrlose Juden vor; das wußte Ester von ihrem Mann, der wieder einmal »auf Umwegen« informiert worden war. Die Alibis der Nazis verloren eins nach dem andern ihre Glaubwürdigkeit und enthüllten die Brutalität eines Regimes, das kein Erbarmen kannte.

»Mama, wieso war Mussolini erst für den Frieden und hat sich dann fürs Gegenteil entschieden?« Das war eine kluge Frage, die Ester in Schwierigkeiten brachte.

»Weil die Männer, die das Schicksal einer Nation bestimmen, nicht immer für diese Aufgabe geeignet sind«, versuchte sie ihm zu erklären.

»Papa ist aber ein fanatischer Faschist«, sagte Emiliano, um Esters antifaschistischer Haltung die Gesinnung seines Vaters entgegenzusetzen.

»Dein Vater möchte nur, daß Ordnung herrscht. Und er ist der Meinung, daß Mussolini dafür sorgt.« Ester wollte Edison in den Augen seines Sohnes verteidigen.

»Und was meinst du, Mama?«

»Möchtest du das wirklich wissen?«

»Bitte, Mama. Ich verspreche dir, daß ich mit keinem darüber rede.«

»Ich bin der Meinung, daß der *Duce* der erschrockene Anführer einer Nation von Schwächlingen ist und sich auf die Seite der Deutschen geschlagen hat, weil er an ihre Kraft glaubt und auf ihre Sympathie hofft.«

In diesem Augenblick kam der Chauffeur herbeigeeilt und unterbrach dadurch ihr Gespräch, das allmählich kompliziert zu werden begann.

»Der Monsignore ist eingetroffen«, verkündete er keuchend und mit gezogener Mütze. »Sie werden erwartet.«

»Danke, Michele. Wir kommen sofort«, sagte Ester und stand auf.

Die Tatsache, daß Monsignore Sebastiano Brighenti Lolas Taufe zelebrieren würde, stellte Ester vor eine harte Probe. Sie gab sich einen Ruck, rief Wally und Gianni herbei und dankte dem Himmel insgeheim für ihre kränkliche Verfassung, die ihr, falls ihr unwohl werden sollte, als Erklärung dienen konnte. An Emilianos Seite ging sie der kleinen Gruppe voraus auf die Hauskapelle zu, die mit der Eingangshalle der Villa in Verbindung stand.

Edison Montalto schritt ihr entgegen. Er hatte sein Lächeln für besondere Anlässe aufgesetzt und trug die fürsorgliche Anteilnahme des ehrbaren Gatten zur Schau, mit der er sich vor Publikum gerne brüstete.

In Wirklichkeit war das Publikum ziemlich gering an Zahl, denn Ester hatte den Wunsch geäußert, nur im engsten Kreis der Familie zu feiern.

So kam es, daß bei Lola Montaltos Taufe am 11. Juni 1940, einen Tag nach dem italienischen Kriegseintritt, nur die Angehörigen der Familie und die Dienerschaft anwesend waren. Sie drängten sich bereits in der kleinen Kapelle, als Ester mit ihrer Tochter eintrat. Polissena, die am Harmonium saß, stimmte das Ave Maria von Gounod an.

Sebastiano stand im feierlichen Meßgewand vor dem Taufbecken und sah der zierlichen Frauengestalt entgegen, die auf ihn zuschritt und dabei ihr Kind im Arm hielt, als wolle sie es in seine Hände legen.

2

Anna Grisi war über und über mit Päckchen und Paketen beladen. Verzweifelt kämpfte sie mit dem Schloß ihrer Wohnung, in der eindringlich und beharrlich das Telefon schrillte. Sicher würde das Läuten jeden Moment aufhören und sie vor die quälende Frage nach der Identität des Anrufers stellen.

Während sie noch an der Tür hantierte, rutschte ihr ein Päckchen aus der Hand, und eine Flasche mit sündhaft teurem *Joy* zerschellte auf dem Marmorboden. Der kräftige Duft ihres Lieblingsparfums hatte sich im Nu verbreitet.

Endlich gab das Schloß nach, und die Tür ging auf. Anna stürzte zum Telefon, das vor einem großen, rechteckigen Spiegel auf einer Konsole aus Bruyèreholz in der Diele stand.

»Ach, du bist es«, rief sie beinahe ärgerlich aus, als sie Edison Montaltos Stimme erkannte.

»Wer dachtest du denn?« erwiderte Edison aggressiv.

»Niemand«, entgegnete sie ausweichend, während sie ihren hellbraunen Cocker streichelte, der freudig an ihr hochsprang. »Ich habe beim Öffnen der Tür vor lauter Eile ein Parfumfläschchen kaputtgemacht.«

Sie stellte beim Reden ihre Einkäufe auf den Boden.

»Du hörst dich irgendwie schlecht gelaunt an«, meinte der Verleger.

»Ich habe dir doch schon gesagt, daß ich beim Öffnen der Tür eine Parfumflasche kaputtgemacht habe, nur um rechtzeitig ans Telefon zu kommen«, erwiderte sie und betrachtete sich dabei im Spiegel. Mit einer mechanischen Handbewegung rückte sie ihr Hütchen zurecht. Sein Schleier berührte ihre Stupsnase und verlieh ihren vorteilhaft geschminkten Augen eine besondere Faszination.

»Das ist doch kein Grund, sich so aufzuregen«, beruhigte Edison sie. »Du kriegst zehn, fünfzig, hundert Flaschen Parfum von mir.«

»Lieb und großzügig wie immer, mein Schnucki.« Annas Schmeichelei wirkte übertrieben und künstlich.

»Ich habe versucht, dich um die Mittagszeit zu erreichen«, sagte Edison in vorwurfsvollem Ton.

»Ach ja?« schnurrte sie.

»Du hast nicht abgenommen. Wo warst du?« forschte er. In seiner Stimme schwang eine Anklage.

»Mein Schnucki in der Rolle des Othello«, entgegnete sie, diesmal zur Waffe der Ironie greifend. »Eifersuchtsdramen sollten eigentlich nicht zu deinem Repertoire gehören, hast du das vergessen?«

»Spar dir solche Sprüche für deine Romane auf. Ich will eine anständige Antwort. Wo warst du?« fragte er mit der Wut des Liebhabers, der sich hintergangen fühlt.

»Du warst doch am Comer See, im Schoß der heiligen Familie, um deine Letztgeborene aus der Taufe zu heben«, erwiderte Anna, von der Ironie zum Sarkasmus übergehend. »Was sollte ich armes Ding alleine zu Hause machen?« fragte sie. »Also bin ich ein bißchen bummeln gegangen. Etwas anderes blieb mir ja nicht übrig.« Beim Sprechen beobachtete sie amüsiert ihren Hund, der nicht müde wurde herumzutollen.

»Du hättest zum Beispiel arbeiten können«, erwiderte Edison verärgert. »Gestern abend hast du mich in Bellagio angerufen, weil du unbedingt wissen wolltest, was ich von deinem neuen Roman halte.«

Annas Gesichtsausdruck änderte sich schlagartig. Ihr letzter Roman war das einzige Thema, über das sie niemals einen Scherz gemacht hätte.

»Wie findest du ihn?« fragte sie, unfähig, ihre Spannung zu verbergen.

»Ich habe ihn über Nacht gelesen«, erwiderte Edison.

»Na, und?« fragte sie aufmunternd.

»Er hat mir nicht gefallen«, entgegnete der Verleger. »Genauso wenig, wie es mir gefällt, wenn du mich zu Hause anrufst«, fügte er hinzu, indem er die Begründung seines negativen Urteils bewußt überging. Seine Worte waren unverblümt, ja beleidigend. Jetzt war er nur noch der arrogante Chef, der es sich leisten konnte, seine Mitarbeiter abzukanzeln, wenn es ihnen an der nötigen Popularität oder den erforderlichen geistigen Waffen fehlte, um sich zur Wehr zu setzen.

Anna stockte das Blut in den Adern. Sie fühlte sich ganz hohl und leer. Ihr war, als würde sie durch einen undurchdringlichen Nebel gleiten, der ihre Träume und Hoffnungen verschluckte. Und doch hätte sie gewettet, daß ihre Arbeit gelungen war. Sie war davon überzeugt, einen guten Roman geschrieben, eine lebensnahe Geschichte erzählt zu haben. Wenn Edisons Urteil objektiv war, und sie hatte keinen Grund, daran zu zweifeln, dann waren ihre Überzeugungen nichts als eine Handvoll Konfetti, das der Wind davontrug.

Das Bild der jungen Frau im Spiegel verwandelte sich in das traurige Gesicht des Kindes, das sie einmal gewesen war. Anna fühlte sich wieder als die Bahnwärtertochter in einem kleinen ligurischen Dorf und fürchtete sich vor ihrem gewalttätigen Vater, der seine Frustrationen im Wein zu ertränken suchte.

Sie erinnerte sich daran, wie sie angstschlotternd in einer Ecke hockte, gefangen wie eine Maus in der Falle, und sich schützend die Arme vors Gesicht hielt, um schicksalsergeben die Schläge ihres Vaters zu erwarten. Seine schweren Hände prügelten mit der kalkulierten Brutalität des Feiglings auf sie ein, der sich nur einem Wehrlosen gegenüber stark fühlen kann.

Dann war es passiert, daß Anna, als ihr Vater sie wieder einmal schlagen wollte, ein Küchenmesser zu fassen bekam: aus ihren Augen blitzte der Wunsch, ihn zu töten.

Im Angesicht der Gefahr wurde der Mann plötzlich klar und nüchtern.

»Vergiß nicht, daß ich dein Vater bin«, murmelte er erschrocken.

»Und du, wage es nicht noch einmal, mich anzurühren«, erwiderte sie mit fester Stimme.

Seit jenem Tag hatte ihr Vater sie nicht mehr geschlagen, aber Anna war trotzdem bei erster Gelegenheit von zu Hause weggegangen. Sie hatte es nie wieder mit brutalen Männern zu tun gehabt, auch weil sie diese sofort erkannte und mied wie der Teufel das Weihwasser. Nur Edison Montalto hatte sie eine Aggressivität nachgesehen, die sie an die ihres Vaters erinnerte, aber nicht einmal ihm, dem mächtigen Verleger, würde sie erlauben, gewisse Grenzen zu überschreiten.

Zum zweitenmal in ihrem Leben überwand Anna die

Angst und schloß ihre Hand zur Faust, als halte sie ein Messer.

»Edison Montalto«, sagte sie laut und deutlich, »du wirst nicht noch einmal Gelegenheit haben, so mit mir zu sprechen. Unsere Beziehung ist aus. Was das Manuskript betrifft, so kannst du es wegwerfen, ich habe eine Kopie. Du bist ein großer Verleger, aber nicht der einzige. Und unfehlbar bist du auch nicht.« Anna brach das Gespräch ab, indem sie ganz langsam den Hörer auf die Gabel zurücklegte.

Sie nahm ihren Hut vom Kopf und betrachtete sich zufrieden im Spiegel.

Das Telefon begann wieder zu läuten, aber Anna ignorierte es und ging ins Wohnzimmer. Ihre Hand strich sanft über die schönen Möbel aus Bruyèreholz, die wertvollen Nippesgegenstände, die französischen Seidentapeten.

Ihre Sandaletten versanken in den dicken Buchara-Teppichen, während ihr Blick über einige Gemälde von Fattori, Fontana, De Chirico, De Pisis und Campigli glitt. Es gab nichts in dieser Wohnung, das sie nicht Edison Montaltos Großzügigkeit zu verdanken gehabt hätte. Als sie vor zwei Jahren in Mailand angekommen war, hatte sie als einziges Gepäck das Manuskript ihres ersten Romans dabei gehabt. Ihre Schönheit und ihre zwanzig Jahre waren der beste Passierschein gewesen, um aus der Anonymität herauszutreten. Als Triebfeder wirkten ihr Ehrgeiz und das Bedürfnis, dem Elend zu entkommen. Der Roman war frisch wie ihr Gesicht, einladend wie ihr biegsamer Körper, verführerisch wie ihr Lächeln. Das Zusammenspiel dieser Elemente, die sie dank ihres ungewöhnlichen Organisationstalents und eines eisernen Willens geschickt zu handhaben wußte, hatten ihr literarisches Debüt begünstigt; wichtigstes Faustpfand ihrer Karriere war natürlich Edison Montalto.

Dem großen Verleger war es nicht besonders schwer gefallen, sie zu erobern, im Gegenteil, das war ja genau das, was sie gewollt hatte.

In relativ kurzer Zeit hatte Anna mehr erreicht, als sie je zu hoffen gewagt hätte. Jetzt war sie bereit, alles über Bord zu werfen und wieder bei Null anzufangen. Sie war nie in Edison Montalto verliebt gewesen. Sie war überhaupt nie richtig in einen Mann verliebt gewesen, abgesehen von einem einzigen Mal, und das war in ihrer Kindheit geschehen.

Sie war gerade zehn Jahre alt und bediente bereits die Schranken des Bahnübergangs, wenn ihr Vater zu betrunken war, um sich selbst darum zu kümmern. Die Durchfahrt der Züge stellte für sie jedesmal ein magisches Ereignis dar. Wenn die langen Wagenreihen an ihr vorbeiratterten, wurde sie von unbezähmbarer Reiselust gepackt. Sie war von dem Gedanken durchdrungen, daß woanders wundervolle Welten auf sie warteten. Sehnsüchtig blickte sie durch die Fenster der ersten Klasse, hinter denen elegante Fahrgäste plauderten, lasen oder im Speisewaggon zu Tisch saßen. Der scharlachrote Samt, mit dem die Abteile ausgeschlagen waren, versetzte sie in helles Entzücken. In solchem Luxus zu reisen war ihr kühnster Traum.

Eines schönen Sommermorgens stand ein blonder junger Mann an einem Abteilfenster. Auf ihrer Höhe angekommen, warf er ihr eine Rose zu und rief lächelnd etwas in den Wind, das sie nicht verstand. Anna fing die Rose auf und umklammerte sie so fest, als halte sie ein unbekanntes Glück in Händen. Sie sah dem Zug nach, bis er hinter einer Kurve verschwand, und vergaß darüber völlig, die Schranken wieder zu öffnen. Ein Fuhrknecht und ein Motorradfahrer erinnerten sie an ihre Pflicht.

Anna bewahrte das Gesicht des Jungen, das ihr Tag und Nacht vor Augen schwebte, seine Geste und seine Stimme tief in ihrem Herzen. Monatelang suchte sie in den abwesenden, gleichgültigen Mienen der Erste-Klasse-Fahrgäste, die an dem Bahnwärterhäuschen vorbeifuhren, nach dem Gesicht des blonden Jungen. Sie sah ihn nie wieder. Später gelangte sie zu der Überzeugung, daß er nur in ihrer

Phantasie existiert hatte. Zwischen den Seiten eines Buches lag jedoch das verdorrte Andenken einer Rose. Die einzige große Liebe ihres Lebens.

Das Telefon begann wieder zu läuten, als sie gerade dabei war, im Schlafzimmer ein paar Kleider und etwas Wäsche in einem Lederkoffer zu verstauen. Sie wußte, daß es Edison war, aber sie hatte immer noch keine Lust, mit ihm zu reden. Anna hängte ein Gemälde ab, hinter dem sich ein Wandtresor verbarg. Sie öffnete ihn, holte den Schmuck heraus, den der Verleger ihr geschenkt hatte, und legte ihn zusammen mit der Kopie ihres Manuskripts in den Koffer. Dann warf sie einen letzten Blick auf das Bett, in dem sie sich von Edison hatte lieben lassen.

Sie kehrte in die Diele zurück, in der es noch intensiv nach ihrem Parfum roch, wartete dort, bis das Telefon aufhörte zu schellen, und rief dann ein Taxi. Bijou, von ihrer Aufbruchsstimmung angesteckt, begann zu jaulen und einen so wilden Freudentanz aufzuführen, daß Anna Schwierigkeiten hatte, sie an die Leine zu nehmen. Als sie es endlich geschafft hatte, den Karabinerhaken am Metallring des Halsbandes zu befestigen, verließ sie für immer die Wohnung.

Der Portier, der sie mit dem Koffer die Treppe herunterkommen sah, ging ihr eilfertig entgegen, um ihr beim Tragen zu helfen.

»Verreisen Sie?« fragte er und nahm ihr den Koffer ab.

»Ja, Ottavio«, erwiderte Anna. »Das Taxi da ist für mich«, lächelte sie und deutete auf den Wagen, der vor dem Portal stand. »Hier sind die Wohnungsschlüssel. Und das ist für Sie«, sagte sie und steckte ihm ein silbernes Zehnlirestück zu.

Der Mann dankte ihr mit einem breiten Lächeln und einer zeremoniösen Verbeugung.

»Die Schlüssel geben Sie dem Commendatore, wenn er kommt«, sagte sie abschließend, bevor sie in das Taxi kletterte und einen verwirrten Portier zurückließ, der die gewagtesten Vermutungen anstellte.

Der Wagen benötigte für die Strecke von der Via Meravigli in den Viale Piave gerade so viel Zeit, wie der Taxifahrer brauchte, um ihr die schmerzhafte Geschichte eines Backenzahns zu erzählen, den ein befreundeter Zahnarzt ihm auf dramatische Weise entfernt hatte. Seine Schilderung war so lustig, daß sie Anna aufheiterte und sogar zum Lachen brachte.

Die Sonne schien auf die Stadt. Italien befand sich seit einem Tag im Kriegszustand, aber an diesem heißen Juninachmittag, über den eine leichte Brise wehte, wirkte alles ruhig und heiter.

Anna hatte das Gefühl, daß der Tag ihr ähnelte. Auch sie stand auf Kriegsfuß mit dem Leben, aber wer sie sah, hätte nie etwas von ihrer schweren inneren Spannung geahnt.

Sie betrat einen Palazzo aus dem neunzehnten Jahrhundert. Die Eingangshalle empfing sie mit gedämpftem Halbdunkel und dem Geruch nach Wachs und rotem Öl, mit denen der Marmorfußboden und das Holzportal poliert wurden.

Die Hausmeisterin, die hinter der Glasscheibe ihrer Portiersloge auf einem Stuhl vor sich hindöste, merkte nicht, daß eine junge Dame mit einem Koffer und einem Hund an der Leine an ihr vorbeiging. Anna stieg in den zweiten Stock hinauf und klingelte an einer Wohnung, die laut Auskunft eines glänzenden Bronzeschildes von Dottore Pier Giorgio Comotti bewohnt wurde. Kurz darauf hörte sie, wie ein Riegel zurückgeschoben wurde. In der Tür erschien, hemdsärmelig und eine erloschene Pfeife zwischen den Zähnen, der Inhaber der Wohnung. Er betrachtete sie mit dem unbefangenen Lächeln weltgewandter Menschen, die sich über nichts wundern. Comotti war ein schöner Mann; er erinnerte an Clark Gable, und das wußte er, ja er setzte alles daran, diese Ähnlichkeit noch zu betonen.

»Eine Frau, ein Hund und ein Koffer«, murmelte er nachdenklich. »Wenn das ein Rätsel sein soll, dann kenne ich die Lösung.«

»Und die wäre?« fragte Anna gelassen.

»Der Titel deines neuen Romans«, erwiderte er lächelnd.

»Falsch geraten«, entgegnete sie.

»Habe ich noch eine Möglichkeit?« fragte Comotti.

»Ausnahmsweise«, lächelte Anna.

»Eine Frau und ihr Hund suchen ein Asyl«, sagte Pier Giorgio und öffnete die Tür ganz.

Anna nickte.

»Du hast ins Schwarze getroffen«, rief sie. »Ich bitte um Aufnahme und weiß nicht einmal, für wie lange.«

»Komm rein, meine Freundin. Sei herzlich willkommen. Meine Wohnung gehört dir.«

Anna trat ein und bewunderte wie immer die wertvollen und dennoch unaufdringlichen Möbel, die schlichten, sorgfältig ausgewählten Tapeten und Gardinen.

Ein etwas betagter Butler erschien hinter dem Rücken des Hausherrn. Anna war sicher, daß ihr unangekündigter Besuch das Mittagsschläfchen des Dieners unterbrochen und Pier Giorgio bei einer Entspannungspause gestört hatte.

»Saverio«, sagte der Hausherr, »Signorina Anna Grisi wird eine Zeitlang bei uns wohnen.«

Saverio lächelte, und Anna bewunderte sein ehrliches Gesicht. Er war groß, mager und wirkte sehr würdevoll.

»Herzlich willkommen, Signorina«, sagte er. »Das Gästezimmer ist bereit«, fügte er hinzu, während Bijou ihn anknurrte, weil er nach Annas Koffer griff.

»Saverio, bring uns einen Kaffee ins Wohnzimmer«, bat Pier Giorgio und öffnete eine Schiebetür aus dunklem Holz, die in einen sonnendurchfluteten Raum führte. Die Einrichtung bestand aus bauchigen Sofas, die mit braunem Samt bezogen waren, und aus niederen Tischen, auf denen sich Bücher und Zeitschriften stapelten. In großen Blumentöpfen aus Porzellan wuchsen Zierbananen mit breiten, glänzenden Blättern. Im hinteren Teil des Zimmers, neben den Fenstern, befanden sich zwei Klapptische mit Bruyèrefurnier, auf denen eine wertvolle Sammlung silberner Tee- und Kaffeekannen aus der Lombardei dezent zur Schau gestellt war. An den Wänden hingen zwei Stilleben mit Blumen aus der toskanischen Schule.

Der Mann sah Anna an, die auf einem Sofa Platz genommen hatte, und ließ sich ihr gegenüber nieder: »Jetzt darfst du dein Herz einem alten Freund ausschütten, wenn du meinst, das tut dir gut«, sagte er, während er mit einem silbernen Pfeifenstopfer in seiner Dunhill herumstocherte.

»Ich habe mit Montalto Schluß gemacht. Das ist alles«, gestand Anna ihm. Sie gab sich Mühe, die Sache herunterzuspielen, aber ein langer Seufzer, bei dem sie vergeblich so tat, als sei er ein Ausdruck ihrer Erleichterung, verriet sie.

»Na bravo!« rief Pier Giorgio und lachte. »So, wie ich ihn kenne – und ich glaube, ihn ziemlich gut zu kennen –, wird er das nicht ohne weiteres schlucken.« Er gab sich amüsiert, aber insgeheim machte er sich Sorgen.

»Darauf kannst du Gift nehmen. Er gehört zu der Kategorie von Männern, die eine Frau verlassen, es aber nicht akzeptieren, von ihr verlassen zu werden«, meinte Anna. »Ich glaube, ich bin ihm lediglich zuvorgekommen.«

»Das ist möglich«, gab Pier Giorgio zu, der sich daran erinnerte, daß in letzter Zeit hinter vorgehaltener Hand über eine neue, aufsehenerregende Sekretärin gemunkelt wurde. Angeblich hatte der Verleger, im Bewußtsein seiner unübertrefflichen Gemeinheit, dazu nur lapidar geäußert: »Sie ist jünger und knackiger als die Grisi, stellt keine Ansprüche und kostet mich weniger Geld.«

»Du wirst schon deine guten Gründe haben, wenn du dich so entschieden hast«, sagte Comotti, um Anna zu beruhigen.

Sie senkte die Augen, als werde ihr Blick von den eleganten Arabesken eines antiken, schon leicht verblichenen Kula-Teppichs angezogen.

»Wir befinden uns im Krieg, und ich belästige meine Freunde mit meinen lächerlichen persönlichen Problemen«, entschuldigte sie sich mit einem Lächeln.

»Du bist ein mutiges Mädchen«, sagte Pier Giorgio, während er ihre Hand ergriff und streichelte.

»Wieso ist mir eine ungewisse Zukunft lieber als eine demütigende Gegenwart?« fragte sie ihn.

»Ich könnte dir mit einem Spruch aus der Serie *Die letzten Banalitäten* antworten: Der Mensch lebt nicht vom Brot allein.«

»Aber ohne Brot stirbt er«, entgegnete Anna ihm.

»Ich glaube, wir verirren uns da in ein Gespräch, das unser nicht würdig ist«, lachte Pier Giorgio. »Vergiß nicht, daß du Schriftstellerin bist und ich Journalist«, scherzte er.

»Eben«, erwiderte Anna ironisch. »Was kann man von Vertretern dieses angesehenen Berufsstandes schon anderes erwarten?«

Bijou, die sich neben Annas Füßen zusammengerollt hatte, sprang plötzlich auf. Saverio trat herein, um den Kaffee zu servieren.

»Mein Hund hat Hunger«, sagte Anna.

»Wenn die Prinzessin so gütig sein wollte, mir in die Küche zu folgen, könnte ich ihr vielleicht etwas anbieten«, meinte Saverio an Bijou gewandt, die sich ihm schwanzwedelnd an die Fersen heftete. Kurz bevor sich die Schiebetür wieder verschloß, sah Anna im Flur einen jungen Mann vorbeihuschen.

»Da ist ja noch jemand!« entfuhr es ihr. Im nächsten Moment wäre sie am liebsten im Erdboden versunken, denn sie merkte, daß Pier Giorgios schönes, männliches Gesicht sich plötzlich dunkelrot verfärbte.

»Du kannst beruhigt sein, das ist kein Einbrecher«, erklärte er ihr. »Nur ein Freund«, fügte er hinzu, nachdem er sich wieder gefangen hatte.

Anna las in seinem traurigen Blick großes Leid. Sie begriff, daß sie in ein Geheimnis eingedrungen war, das Pier Giorgios Intimsphäre betraf.

Zum erstenmal empfand sie Zärtlichkeit für diesen freundlichen, noblen, gutaussehenden Mann, der ihr auf diskrete Weise den Hof gemacht und ihr seine Freundschaft angeboten hatte, ohne Bedingungen zu stellen.

»Meine proletarische Herkunft schlägt einfach immer wieder durch«, sagte sie, um sich zu entschuldigen, und stand auf. »Man dringt nicht unangekündigt bei einem Freund ein und stört ihn in seiner Privatsphäre. Verzeih mir.« Die Sache tat Anna wirklich leid.

Pier Giorgio erhob sich ebenfalls und umarmte sie, um sie zurückzuhalten.

»Vielleicht bist du genau im richtigen Augenblick gekommen«, gestand er ihr. »Vielleicht brauche ich eine verständige Freundin, mit der ich diese Last teilen kann, die manchmal unerträglich wird. Ich weiß, daß ich auf deinen Beistand und deine Zuneigung zählen kann. Deshalb wirst du hierbleiben, jedenfalls so lange, bis wir eine anständige Lösung gefunden haben. Dein Problem gehört nämlich zu denen, die sich lösen lassen. Meins nicht.«

3

Ester und ihre Schwägerin Polissena waren tief in den dampfigen Wald eingedrungen. Es hatte die ganze Nacht geregnet. Die Morgensonne wärmte den Waldboden und entlockte ihm schwere Düfte. Überall sprossen dicke Steinpilze und zierliche Pfifferlinge aus der Erde. In der Aussicht auf reiche Ernte waren die beiden Schwägerinnen früh am Morgen mit ihren Körben von der Villa aufgebrochen und hatten die noch schlafenden Kinder in der Obhut Angelinas und der Amme zurückgelassen. Gilda, die Köchin, hatte fürs Mittagessen Kaninchen nach Jägerart mit Pilzen vorgesehen. Sie durften sie nicht enttäuschen.

Der Morgen war für Ester die schönste Tageszeit: Sie fühlte sich voller Lebenslust, ihre Kräfte waren frisch, und ihr Herz machte ihr noch keine Probleme. Im Verlauf der Stunden schwand ihre Energie dann langsam dahin, und gegen Abend begann die Müdigkeit wie ein Fluch auf ihr zu lasten.

Ester hatte Polissena auf diesen Ausflug mitgenommen, damit sie ihr beim Pilzesammeln half. Außerdem war sie auf die Berichte ihrer Liebesqualen neugierig. Polissena war acht Jahre älter als sie, aber Ester behandelte sie wie eine jüngere Schwester.

Beide Frauen trugen kurze Hosen aus weicher Wolle, bunte Strümpfe und Schuhe mit derben Sohlen, die in der weichen Humuserde einsanken. Während ihre Augen nach Beute suchten, berichtete Polissena unermüdlich von Liebesfreuden, Liebesschmerzen und Liebesträumen. Ester hörte ihr aufmerksam zu. Polissena war eine angenehme Begleiterin, da sie unterhaltsam erzählen konnte und keine Reaktion auf ihre Wortschwälle verlangte. Natürlich war ihr jede Unterbrechung willkommen, wenn es darum ging, das eine oder andere Detail zu klären, aber sie bestand nicht darauf.

»Findest du nicht, das sind die reinsten Romanabenteuer?« fragte sie Ester und sah sie aus ihren ausdrucksvollen braunen Augen an. »Der Anfang ist immer vielversprechend, aber das Ende – von dem ich natürlich hoffe, daß es gut ausgeht – habe ich noch nicht gefunden.«

»Ich bin sicher, daß du es früher oder später finden wirst«, tröstete Ester sie.

»Stell dir vor, Edison bedauert mich«, sagte Polissena geknickt, während sie gleichzeitig überlegte, ob sie einen Pilz pflücken sollte, der ihr nicht ganz geheuer war. »Aber ich bin nun einmal eine Frau, und wenn die Liebe ein Kuchen ist, dann möchte ich auch mein Stück davon abhaben«, klagte sie und beugte sich zärtlich über einen leuchtend gelben Hallimasch, der kurz darauf in ihrem Weidenkorb landete.

Ester lächelte amüsiert über das Bild, das Polissena gebraucht hatte. »Du wirst bestimmt dein Stück abbekommen«, versicherte sie ihr voller Vertrauen. »Vielleicht wäre es gut, wenn du dir inzwischen schon mal abgewöhnen könntest, so besitzergreifend auf die Männer loszugehen. Kaum siehst du einen, stürzt du dich auf ihn, als wäre er das einzige Exemplar seiner Gattung auf der ganzen Welt.«

Polissena lachte über die Worte und das Mienenspiel ihrer Schwägerin. Die beiden Frauen kamen auf einen Weg und ließen sich auf einem Baumstumpf nieder.

»Weißt du was, Ester?« Polissena wurde nicht müde, auf sie einzureden. »Als Kind haben meine Eltern mich vor Weihnachten immer nach meinen Wünschen gefragt. Weißt du, was ich ihnen einmal geantwortet habe? Eine Schachtel mit kleinen Ehemännern. Ich habe schon als kleines Mädchen von einem Mann und Kindern geträumt.« Ihre Lippen zitterten bei dem Gedanken, daß sie vierzig Jahre alt und noch immer ohne eine Liebesbeziehung war, ohne romantische Erinnerungen, ohne konkrete Hoffnungen für die Zukunft.

»Und jetzt bin ich eine alte Jungfer, verzweifelt und alleine«, sagte sie, während sich ihre Augen mit Tränen füllten. »Dabei wäre ich so gerne eine Signora mit einem Ring am Finger, die ihren eigenen Nachnamen ablegt, um den ihres Gatten anzunehmen.«

»Und mit dem Namen unzählige Demütigungen«, sagte Ester, um sie auf den Boden der Realität zurückzuholen. »Und dazu eine Aggressivität, die oft an Brutalität grenzt. Ich glaube, Gott hat es mit dir besonders gut gemeint. Er wollte dir nur einen Kummer ersparen, der weit schlimmer ist als das Alleinsein.«

Polissena trocknete sich die Augen. Dann schüttelte sie den Kopf und lächelte ihre Schwägerin verständnisvoll an.

»Du redest von deiner Ehe und scherst damit alle über einen Kamm«, entgegnete sie ihr. »Ich wollte nie einen Mann wie Edison«, sagte sie und schüttelte sich angewidert. »Mein Ehemann müßte zärtlich sein«, fuhr sie fort, während ein zartes Rot ihre Wangen überzog, »einfühlsam und treu. Wehe ihm, wenn er das nicht wäre«, sagte sie laut und drohte dem hypothetischen Lebensgefährten mit dem

Zeigefinger. Die kindliche Vehemenz, mit der sie ihre Phantasien unterstrich, milderte keineswegs ihr hartes Urteil über Edison.

»Deine Weisheit hätte ich im Augenblick der Wahl gebraucht, aber leider konnte ich nur auf meine Unerfahrenheit zurückgreifen«, stellte Ester ironisch fest.

»Entschuldige mich«, bat Polissena mit aufrichtigem Bedauern. »Ich sage einfach immer ein Wort mehr, als nötig ist. Außerdem sollte ich nicht schlecht über meinen Bruder reden. Aber er ist so . . .« Sie stockte. »So . . .« wiederholte sie.

»Ja, er ist so«, nickte Ester. »Das ist für niemanden ein Geheimnis. Aber jetzt müssen wir zusehen, daß wir nach Hause kommen, sonst fehlen Gilda die Zutaten für unser Mittagessen«, lächelte sie, wobei sie sich erhob, um dann mit raschen Schritten den abschüssigen Weg hinabzulaufen.

Die goldenen Sonnenstrahlen, die das dichte Laubwerk durchbrachen, tanzten wie die Splitter eines Kaleidoskops auf den flüchtigen Gestalten der dahineilenden Frauen. Plötzlich flatterte eine Drossel vor ihnen auf und erschreckte sie. Sie blieben stehen, sahen sich an und preßten sich die Hand ans pochende Herz.

Polissena, die in ihrer kindlichen Unbekümmertheit ihre harten Worte bereits wieder vergessen hatte, benützte die Pause, um erneut über ihren Bruder herzuziehen.

»Die Grisi hat deinem Mann den Laufpaß gegeben«, sagte sie, wohl in der Überzeugung, daß diese Nachricht Ester alles andere als bedrücken würde.

»Und wer ist die neue Favoritin?« fragte Ester, denn sie wußte, daß ihr Mann unfähig war, ohne eine Geliebte auszukommen.

»Eine Sekretärin namens Gemma. Sie ist die Tochter von Astori, du weißt schon, dem Faktotum aus der ersten Etage.«

»Wie ist sie?« fragte Ester so gleichgültig, als gehe die ganze Sache sie überhaupt nichts an.

»Zwanzig Jahre alt«, erklärte Polissena ihr im Telegrammstil, »hübsch, vulgär und durchtrieben. Die wird ihm ganz schön zusetzen.«

»Wie schaffst du es nur, immer so gut über das Privatleben deines Bruders Bescheid zu wissen?« fragte Ester. »Du lebst hier, bei mir, fernab der Welt, und trotzdem bist du immer bestens informiert.« Ester war längst gegen Eifersucht immun und sprach über die Seitensprünge ihres Ehemanns, als handle es sich um einen Fremden.

»Ich habe eben meine Informanten«, erwiderte ihre Schwägerin mit geheimnisvoller Miene.

Ester wußte, wer diese Informanten waren: ein paar Verlagssekretärinnen, mit denen Polissena in engem Telefonkontakt stand.

In den Korridoren des Montalto Verlags verbreiteten Gerüchte sich in Windeseile. Edisons Bettgeschichten regten Ester zwar nicht besonders auf, aber sie verursachten ihr auch nicht jenes angenehme Prickeln, das Polissena verspürte, die für Klatsch in Liebesdingen sehr empfänglich war.

Die beiden Frauen machten sich wieder auf den Weg.

»Hast du gesagt, Anna sei diejenige gewesen, die Schluß gemacht hat?« fragte Ester. »Ist das kein Mißverständnis?« Wenn das Mädchen aus der Provinz bereit war, auf seinen Goldesel zu verzichten, dann paßte das Bild der Mätresse vielleicht doch nicht zu ihr.

»Nein, das hast du ganz richtig verstanden«, bestätigte Polissena amüsiert. »Sie ist einfach auf und davon und hat alles stehen- und liegenlassen.«

»Wohnung, Kleider, Geld, Schmuck?« fragte Ester ungläubig.

»So genau weiß ich das auch nicht. Kleine, leichte Sachen wie Geld und Schmuck wird sie schon mitgenommen haben. Aber die Wohnung hat sie verlassen wie ihren Mäzen.« Nach der Art zu urteilen, wie Polissena Anna Grisis Geschichte erzählte, hätte man meinen können, sie bewundere die Geliebte ihres Bruders. »In einem Moment wie diesem, ich meine, wo doch jetzt ein Krieg ausgebrochen ist, von dem keiner weiß, wie er ausgeht, verlangen gewisse Entscheidungen immerhin einiges an Mut. Findest du nicht?«

»Und wenn sie einen anderen Beschützer gefunden hat?« warf Ester ein. »Einen Ersatz, dem sie vielleicht sogar gefühlsmäßig etwas abgewinnen kann?«

»Eine interessante Hypothese, die es verdienen würde, weiter verfolgt zu werden«, überlegte ihre Schwägerin, die an diese Möglichkeit noch gar nicht gedacht hatte.

»Aber du hast schon recht. Um einen so einflußreichen Mann wie Edison zu verlassen, braucht es viel Mut«, gab Ester zu, die zum erstenmal so etwas wie Sympathie für Anna Grisi empfand. »Wie hat mein Mann es aufgenommen?« fragte sie dann.

»Hundsgemein«, entgegnete Polissena.

»Das war zu erwarten, nachtragend wie er ist...«

»Edison hat ihr offen den Krieg erklärt, stell dir vor. Er hat sogar Pier Giorgio Comotti, den Direktor der Edition *Novecento*, gezwungen, sie von der Liste der freien Mitarbeiter zu streichen.«

»Und Comotti hat gehorcht?« fragte Ester zweifelnd. Sie kannte Pier Giorgio und schätzte ihn sehr, zum einen, weil er ein echter Gentleman war, aber mehr noch, weil er ein ausgesprochen korrekter und aufrichtiger Mensch war.

»Comotti hat gekündigt.«

»Und Edison war einverstanden?«

»Ist doch klar.«

»So geht es mit den meisten freiwilligen Kündigungen«, erwiderte Ester lächelnd und beschloß, daß sie Pier Giorgio Comotti anrufen würde. Sie wollte wissen, ob sie irgend etwas für ihn tun konnte, natürlich mit der gebotenen Diskretion. Im Gegensatz zu Edison, der seine Mitarbeiter nur unter dem Aspekt ihrer Nützlichkeit betrachtete, wußte Ester Freundschaft zu schätzen. Und Pier Giorgio war ein Freund.

Als die beiden Schwägerinnen bei der Villa ankamen,

begegneten sie der Amme, die auf einem schattigen Weg die kleine Lola im Kinderwagen spazierenfuhr. Ester beugte sich über das schlummernde Kind. Ihre Letztgeborene gedieh wirklich prächtig. Ihr Gesicht glich einem rosigen Pfirsich. Sie drückte ihr sacht einen Kuß auf die Stirn.

»Wo sind die andern?« fragte sie die Amme, erstaunt darüber, daß es im Park so still war.

»Angelina ist mit ihnen an den See gegangen«, entgegnete die Frau. »Emiliano wollte fischen, und seine Geschwister haben darauf bestanden, mitzukommen.«

Ester wandte sich an ihre Schwägerin.

»Sei so lieb, und sieh nach, was sie anstellen.« So mutig Ester sich auch zeigte, wenn es um ihre eigene Krankheit und deren mögliche Folgen ging, im Hinblick auf ihre Kinder war sie überängstlich. Keine Vorsichtsmaßnahme schien ihr ausreichend, keine Aufsicht sicher genug. Die Sorge, ihren Kindern könne etwas zustoßen, ließ ihr keine Ruhe. »Um die Küche kümmere ich mich«, fügte sie hinzu und nahm ihrer Schwägerin den Pilzkorb ab.

Polissena schlug den Weg zum See ein, Ester ging auf die Villa zu. Obwohl sie öfter eine Pause eingelegt hatten, waren sie doch gut zwei Stunden im Wald gewandert, und Ester begann die Müdigkeit zu spüren.

Sie war etwas außer Atem, als sie durch den Personaleingang das Haus betrat, und blieb darum in dem kleinen Korridor, der zur Küche führte, einen Augenblick stehen, um zu verschnaufen. Dabei betrachtete sie sich in einem rechteckigen Spiegel mit geschnitztem Holzrahmen aus dem neunzehnten Jahrhundert. Ihre Lippen zitterten ein wenig und wirkten bläulich blaß.

»Armes Herz«, sagte Ester mit einem traurigen Lächeln und fuhr sich mit dem Finger über die schlaffen Lippen, fast als wolle sie auf diese Weise das Blut und das Leben zurückrufen, die sie in diesem Augenblick zu verlassen schienen.

Und wenn die müde Pumpe plötzlich stehenblieb? Diese Möglichkeit, mit der jederzeit zu rechnen war, rief zwiespältige Gefühle in Ester hervor: einerseits die Versuchung, sich einfach gehenzulassen, andererseits der Wunsch zu überleben, um ihre Kinder zu begleiten und herauszufinden, ob das Schicksal noch den ein oder anderen glücklichen Tag für sie bereithielt.

Ein schwaches Wimmern unterbrach sie in ihren Gedanken. Ester öffnete die Küchentür und sah Gilda, die auf einem Stuhl saß, das Gesicht in den Händen verbarg und leise weinte.

Ester stellte die Pilzkörbe auf ein Wandbrett unterhalb des Fensters. Dann ging sie zu der Köchin und legte ihr eine Hand auf den Kopf.

»Was ist los, Gilda?« fragte sie hilfsbereit.

Gilda versuchte, einen Brief zu verstecken, der auf ihren Knien lag, und fuhr sich mit der Schürze über das tränennasse Gesicht.

»Nichts, Signora«, stotterte sie unbeholfen und stand respektvoll auf.

»Niemand weint ohne Grund«, sagte Ester, während sie sich an den Tisch setzte und die Köchin mit einer Handbewegung aufforderte, dasselbe zu tun.

»Entschuldigen Sie, Signora«, erwiderte Gilda. »Vielleicht habe ich nur ein bißchen Heimweh. Entschuldigen Sie mich vielmals«, wiederholte sie konfus. »Es ist schon zehn Uhr, und ich habe immer noch nicht angefangen, das Mittagessen vorzubereiten«, fuhr sie in schuldbewußtem Ton fort.

»Du hast einen Brief von zu Hause bekommen, und darin stehen schlechte Nachrichten, nicht wahr?« bohrte Ester weiter. Sie war entschlossen, Gildas Problem auf den Grund zu gehen und ihr nach Möglichkeit bei seiner Lösung zu helfen.

Die Köchin starrte sie mit ihren rot verweinten Augen an.

»Es geht um das Kind«, gestand sie.

»Das Kind«, wiederholte Ester leise.

Sie wußte, daß Gilda einen Sohn von Edison hatte. Der

Kleine war zwei Jahre alt und lebte bei seinen Großeltern mütterlicherseits in Borgo San Donnino in der Nähe von Modena.

»Meine Mutter schreibt, daß er hohes Fieber hat und daß der Verdacht auf Kinderlähmung besteht. Aber das glaube ich nicht«, seufzte Gilda. »Fabrizio hat immer ein Kampfersäckchen gegen Kinderlähmung um den Hals getragen«, sagte sie mit fester Überzeugung.

Ester wollte Gilda nicht den letzten Hoffnungsschimmer nehmen, aber sie ärgerte sich über ihre servile Passivität.

»Mein Gott!« rief sie aus. »Und du möchtest hierbleiben und dich um unser Mittagessen kümmern? Geh und zieh dich um, Gilda«, befahl sie ihr, wobei sie sich mit einem Ruck erhob. »Michele bringt dich nach Borgo San Donnino. Dein Platz ist bei deinem Sohn. Deine Liebe wird ihm helfen, wieder gesund zu werden. Und dann trennst du dich nie wieder von ihm.«

»Wollen Sie mir kündigen?« fragte die Köchin erschrocken.

»Gilda, Gilda, auf was für Ideen du bloß kommst«, beruhigte Ester sie. »Du bringst dein Kind hierher, und dann lebt es bei uns. Es soll in deiner Nähe aufwachsen. Und weißt du was? Ich begleite dich.«

Gilda brach erneut in Tränen aus.

»Gott schütze Sie, Signora«, brachte sie unter Schluchzen hervor.

»Mach dich fertig«, befahl Ester ihr und ging in das Arbeitszimmer ihres Mannes.

Sie rief nach Mailand an und teilte Edison ohne Umschweife mit, wie die Dinge standen.

»Dein Sohn ist sehr krank und hat womöglich Kinderlähmung«, sagte sie brutal.

Edison schwieg lange, bevor er mit schmerzerfüllter Stimme antwortete.

»Gianni oder Emiliano?« fragte er zögernd.

»Fabrizio«, erklärte Ester. »Ich fahre mit Gilda nach

Modena. Wenn der Kleine überlebt, kommt er danach zu uns. Inzwischen vertraue ich dir die Kinder an«, sagte sie und hängte ein.

4

Emiliano war ein richtiger Bücherwurm. Mit seinen elf Jahren las er bereits alles, was er in die Finger bekam, vor allem liebte er jedoch Romane.

Ester überraschte den Jungen im Büro seines Vaters, wie er feierlich in einem breiten Ledersessel hockte, einen Stoß maschinengetippter Blätter auf den Knien. Mit jeder Seite, die er gelesen hatte, wuchs ein weiterer Haufen Blätter, der auf dem Teppich lag. Emiliano hatte Anna Grisis letzten Roman auf dem Schreibtisch gefunden. Er war so in seine Lektüre vertieft, daß er weder die Kälte spürte, noch merkte, daß seine Mutter die Tür einen Spalt breit geöffnet hatte und ihn beobachtete.

Obwohl es schon Mitte Juli war, lagen die Temperaturen weit unter dem Durchschnitt der Jahreszeit. Seit vier Tagen stürmte und regnete es in der ganzen Gegend, und in der Villa brannte in allen Zimmern der Kamin. Nur Edisons Büro wurde nicht geheizt, da sich der Verleger in Mailand aufhielt. Ester zog ihre dicke, orangefarbene Wolljacke über der Brust zusammen und räusperte sich, um sich ihrem Sohn bemerkbar zu machen. Da der Junge keine Reaktion zeigte, betrat sie, vor Kälte zitternd, das Zimmer und setzte sich ihm gegenüber in einen Sessel. Erst jetzt würdigte Emiliano sie eines flüchtigen Blickes, bevor er sich wieder in seine Lektüre versenkte.

»Hast du vergessen, daß es Zeit für das zweite Frühstück ist?« fragte Ester, der nichts Besseres einfiel, um das Schweigen zu brechen. Ihr Sohn sah sie geistesabwesend an, während er ein gelesenes Blatt auf den Boden flattern ließ und nach der nächsten Seite griff.

»Ist dir nicht kalt?« wollte seine Mutter wissen.

»Doch, ein bißchen kalt ist mir schon«, entgegnete Emiliano nachdenklich, schien der Sache aber keine große Bedeutung beizumessen. »Vor allem jetzt, wo du mich darauf aufmerksam machst«, fügte er hinzu.

Ester lächelte.

»Möchtest du nicht in die Küche kommen?« fragte sie. »Gilda hat Plätzchen und heiße Schokolade für uns alle vorbereitet«, sagte sie in verheißungsvollem Ton.

»Kann ich nicht hier frühstücken? Ich würde gerne den Roman zu Ende lesen. Mir fehlen nur noch zwanzig Seiten.«

»Wovon handelt er denn?« wollte Ester wissen. Mittlerweile wunderte es sie nicht mehr, daß ihr Sohn selbst die Manuskripte verschlang, die sein Vater im Büro liegenließ.

»Es ist die Geschichte einer Frau, die ihr Leben erzählt, angefangen von ihrer traurigen Kindheit«, erklärte Emiliano, wobei er seine Stirn mit einem für ein Kind ganz ungewöhnlichen Ernst runzelte. »Es gibt ein paar Dinge, die ich nicht verstehe, aber diese Anna Grisi schafft es, mir Türen zu neuen und faszinierenden Welten zu öffnen.«

Ester erschrak jedesmal darüber, wie ihr ältester Sohn dachte und sich ausdrückte. Sie hätte vorgezogen, er wäre naiv und unruhig gewesen, wie die andern Kinder seines Alters, nicht eine Art Wunderkind mit dem Ernst eines Erwachsenen. Die Art, wie er über Anna Grisis Roman sprach, hatte gleichzeitig etwas von der Distanziertheit eines Intellektuellen und vom Engagement eines leidenschaftlichen Lesers.

»Ich finde es nicht sehr vernünftig, daß du dich so für einen Schundroman begeisterst, der wahrscheinlich nicht einmal gedruckt wird«, entfuhr es ihr.

Die Miene des Jungen verdüsterte sich.

»Meinst du das im Ernst?« fragte er.

»Ja, ich glaube wirklich, daß dein Vater nichts damit im Sinn hat«, erwiderte Ester.

Emiliano sah seine Mutter ungläubig an.

»Hat er dir den Grund dafür erklärt?« fragte er mit nachdenklichem Gesicht.

»Du weißt doch, daß dein Vater mit Erklärungen sehr sparsam ist«, erwiderte Ester.

»Papa hat einen Riecher und erkennt einen guten Roman sofort. Er irrt sich nur selten. Wenn es nach mir ginge, müßte das Buch jedenfalls veröffentlicht werden«, sagte Emiliano dickköpfig. »Wenn Papa es nicht tut, dann muß es einen anderen Grund dafür geben.«

Er sah Ester aus seinen tiefgründigen Augen an.

»Könnte es nicht sein, daß er der Grisi eins auswischen möchte? Du weißt doch, wie nachtragend er ist.«

»Wieso sollte er ihr eins auswischen wollen?« fragte Ester, die von einem Staunen ins andere fiel.

»Vielleicht, weil sie ihn hat sitzenlassen«, entgegnete der Junge mit naiver Offenheit. Edisons Techtelmechtel waren für keinen in der Familie ein Geheimnis. Emiliano und Wally schlossen manchmal Wetten über »Papas neueste Freundin« ab. Selbst der kleine Gianni mischte seit einiger Zeit mit, indem er Dinge nachplapperte, die er bei Familienstreiten aufschnappte.

Ester mußte heftig niesen.

»Diese Kälte ist ja unerträglich«, sagte sie, um das Thema zu wechseln, und schneuzte sich in ein blütenweißes Batisttaschentuch. »Mich wundert nur, daß du dir nicht schon längst einen Schnupfen geholt hast.«

»Ich kümmere mich eben nicht darum«, erwiderte der Junge. Dann setzte er eine fragende Miene auf. »Stimmt es, daß diese winterlichen Temperaturen vom Krieg kommen?« Emiliano spielte auf Gerüchte an, die im Haus kursierten. Danach war die von den Menschen verursachte Katastrophe schuld an dem ungewöhnlich kalten und regnerischen Sommer.

»Nein, das glaube ich wirklich nicht«, entgegnete seine Mutter lächelnd. »Aber ich habe auch noch nie einen so scheußlichen Juli erlebt. Das ist eine meteorologische Seltenheit, von der du einmal deinen Kindern erzählen wirst, vorausgesetzt, daß dir vorher nicht die Zunge abfriert«, meinte sie im Spaß. »Komm, Emiliano, nimm doch etwas Warmes zu dir.«

Der Junge schenkte ihr ein strahlendes Lächeln.

»Also gut, Mama. Aber hier. Wenn du nichts dagegen hast«, sagte er.

»In Ordnung«, seufzte Ester und beugte sich seinem Starrsinn. »Ich schicke Angelina mit dem Frühstück. Sie soll auch den Kamin anzünden, damit du überlebst und die Erinnerung an diesen eisigen Juli weitergeben kannst.«

Ester erhob sich fröstelnd und ging zur Tür. »Eins möchte ich dir noch ans Herz legen«, sagte sie im Gehen. »Hinterlasse alles genau so, wie du es vorgefunden hast. Du weißt, daß dein Vater einem Neugier verzeiht, aber niemals Unordnung.«

»Dein Rat wird befolgt«, versprach Emiliano ihr und wandte sich wieder seinem Roman zu.

Ester wollte gerade hinausgehen, als auf der Türschwelle ein schmächtiger kleiner Junge erschien, der leicht hinkte. Aus seinem hübschen, feingeschnittenen Gesicht leuchteten große Augen, die scheu und zugleich neugierig blickten. Als der Kleine merkte, daß er beobachtet wurde, versteckte er sich verschämt hinter der Tür. Er hatte einen angelutschten Keks in der Hand, und seine Lippen waren mit Schokolade verschmiert.

»Komm, Fabrizio«, sagte Ester lächelnd. »Du brauchst dich nicht zu verstecken«, fügte sie freundlich hinzu.

Der Kleine lugte kurz hinter der Tür hervor und zog sich gleich wieder zurück. Emiliano ließ seine Blätter liegen und ging zu ihm.

»Los, komm schon her. Wir sind doch Freunde, oder?« beruhigte er ihn mit sanfter Stimme.

Fabrizio kroch aus seinem Versteck hervor, nur Emiliano zuliebe, für den er grenzenlose Bewunderung hegte. Er war sein Vorbild, sein Fixstern, sein Gott, und obendrein ein unerschöpflicher Quell an Geschichten, die ihn in helle Begeisterung versetzten.

»Meine Mama sagt, ich darf nicht in die Zimmer der Herrschaften gehen«, rechtfertigte er sich. Er verhaspelte sich beim Sprechen, und seine Stimme klang etwas belegt, als bekomme er nicht genügend Luft. Im nächsten Augenblick drehte er sich um und rannte davon, so schnell sein krankes Bein es ihm erlaubte. Die Kinderlähmung, von der er mittlerweile genesen war, hatte ein unauslöschliches Zeichen hinterlassen.

Emiliano warf seiner Mutter einen eindringlichen, entschlossenen Blick zu.

»Dem armen Jungen sollte man endlich beibringen, daß er sich im eigenen Haus befindet. Genau wie ich und meine Geschwister.«

Ester wurde puterrot, während ihr angegriffenes Herz wild zu pochen begann.

»Was meinst du damit?« fragte sie bestürzt.

Die außergewöhnliche Ähnlichkeit zwischen Fabrizio und Edison Montalto, ganz zu schweigen von dem Erkennungsmal auf der Stirn, war auch dem Jungen aufgefallen, dem es lediglich um eine Bestätigung seiner Vermutung ging.

»Damit wollte ich nur sagen, daß wir nicht mehr im neunzehnten Jahrhundert leben«, entgegnete er, die Richtung ändernd. »Und wenn der Sohn der Köchin bei uns lebt, dann muß er auch dieselben Rechte haben wie wir. Man darf ihm unsere Zimmer nicht verbieten.«

Ester atmete erleichtert auf.

»Du weißt doch, wie Gilda ist«, erklärte sie ihm. »Sie ist verschlossen wie alle Leute vom Land, und diese Eigenschaft hat sie an ihn weitergegeben. Aber wenn Fabrizio erst mal eine Weile bei uns gewohnt hat, wird er bestimmt unbefangener werden.«

Emiliano hörte ihr schon nicht mehr zu. Für ihn war das Thema im Augenblick abgeschlossen. Er machte es sich wieder im Sessel seines Vaters bequem, während Ester die Tür hinter sich schloß und gleich wieder öffnete, weil ihr noch etwas eingefallen war.

»Mir ist da eine Idee gekommen«, sagte sie. »Wir haben schon lange keinen Besuch mehr gehabt, teils wegen des Krieges, teils wegen Lolas Geburt. Was hältst du davon, wenn wir an einem der nächsten Tage ein paar Freunde einladen?«

»Zum Beispiel?« fragte der Junge zerstreut.

»Zum Beispiel Veralda Rovesti. Und ein paar Kinder.«

Emiliano betrachtete seine Mutter mit einem Anflug von Ironie. Sie wußte genau, daß seine Altersgenossen ihn nicht interessierten, und verfolgte deshalb mit ihrem Vorschlag sicher noch einen anderen Zweck. Rovesti war ebenfalls ein bedeutender Verleger, ein gefährlicher Konkurrent, aber die geschäftliche Rivalität hinderte die beiden Familien nicht daran, privat miteinander befreundet zu sein.

»Möchtest du zufälligerweise über Anna Grisis Roman mit ihr sprechen?« fragte Emiliano provokativ.

»O nein, mein Lieber. Das ist deine höchstpersönliche Angelegenheit«, entgegnete Ester lächelnd. »Ich dachte auch noch an Pier Giorgio Comotti. Er ist ein guter Freund und zur Zeit ohne Arbeit«, teilte sie Emiliano in vertraulichem Ton mit.

»Ich wußte gar nicht, daß er auch auf der schwarzen Liste stand«, scherzte der Junge. Die ganze Familie wußte von der Existenz eines geheimnisvollen Notizbüchleins, das Edison in seiner Jackentasche aufbewahrte. Er trennte sich nie von ihm und verzeichnete darin die Guten und die Bösen. Jedem Namen entsprach ein Schlüsselwort, das nur er kannte. Emiliano hatte ihn mehr als einmal dabei ertappt, wie er ausrief: »Den streiche ich von der weißen Liste und setze ihn auf die schwarze.« Was für Emiliano nach einem lustigen Spiel aussah, bedeutete für die Betroffenen oft die schrecklichsten Repressalien.

Nur Ester gelang es manchmal mit ihrem Charme, die Pläne ihres Mannes zu durchkreuzen, indem sie ihren eigenen Einfluß und ihre persönlichen Freundschaften geltend machte.

»Die Wege unseres Herrn sind unerforschlich«, seufzte der Junge.

»Nicht immer«, entgegnete Ester. »Seine Abneigung gegen Comotti rührt zum Beispiel daher, daß der Journalist das genaue Gegenteil von ihm ist. Vornehm geboren, gebildet und promoviert.«

»Und Papa?« wollte Emiliano wissen.

»Dein Vater hat sich alles selbst erarbeitet. Er hat es allein seiner Genialität zu verdanken, daß er so weit gekommen ist. Das hindert ihn aber nicht daran, auf Pier Giorgio Comotti neidisch zu sein. Aber was rede ich da nur für Sachen!« rief Ester aus, als ihr zu Bewußtsein kam, daß sie mit einem Kind sprach, das gerade elf Jahre alt war.

»Meinst du, ich begreife das nicht?« fragte Emiliano beleidigt.

»Ich meine, du begreifst viel zu viel«, erwiderte seine Mutter, »und das macht mich ein bißchen nachdenklich.«

Arlette 1990

1

Ich war in einem Traum gefangen, der im neunzehnten Jahrhundert spielte. Eine Art Boheme-Szene, in der Darstellung eines impressionistischen Malers. Die Farben und das Spiel des Lichts erinnerten an Renoir, aber die Stimmung war typisch für Puccini, genau wie auch die Figuren.

Ich befand mich in der Mitte eines Platzes, auf dem es von Menschen wimmelte. Da war der Straßenverkäufer Papignol und ein Heer von Studenten, Näherinnen, Bürgern, Händlern und Händlerinnen, Soldaten, Stubenmädchen, Kindern. Und da war auch ein grüner Hund mit großen Schlappohren und treuherzigen Augen.

Der grüne Hund hieß Pippo und bedeutete mir, ihm auf eine glänzende gelbe Fläche zu folgen, in der sich die Umgebung widerspiegelte, zunächst ganz naturgetreu, dann immer verzerrter, bis sich die fröhliche Atmosphäre in ein gräßliches Delirium verwandelte. Der grüne Hund wurde zu einem Drachen mit vielen Köpfen, von denen einige wie Tierköpfe aussahen, andere den technologischen Fratzen unzerstörbarer, scheußlicher Roboter glichen.

Plötzlich begann die gelbe Fläche zu wogen wie ein aufgewühltes Meer und nach und nach einen dunklen Strudel zu bilden, der Menschen und Dinge verschluckte. Ich kämpfte verzweifelt gegen den mysteriösen Sog an, der auch mich zu erfassen drohte. Ich wollte schreien, brachte jedoch nicht mehr als ein schwaches Wimmern zustande.

»Signora, Signora, fühlen Sie sich nicht wohl?«

Die erschrockene Stimme einer Frau holte mich aus dem brodelnden Strudel, und eine freundliche Hand brachte mich an die Oberfläche zurück. Ich öffnete mühsam die Augen. Ein Zimmermädchen in hellblauer Uniform war über mich gebeugt. Ich lag auf dem Bett, mein seidenes Nachthemd in der einen und Emilianos goldene Krawattennadel in der andern Hand.

»Verzeihen Sie, wenn ich mir erlaubt habe, Sie zu wecken«, sagte die Frau. »Ich war im Wohnzimmer und habe ein Wimmern gehört. Da hatte ich Angst, Sie könnten sich schlecht fühlen.«

Die Frau war jung und hatte etwas von der resoluten Herzlichkeit einer romagnolischen Hausmutter.

»Sie können sich gar nicht vorstellen, wie froh ich darüber bin, daß Sie mich geweckt haben«, lächelte ich dankbar. »Ich hatte nämlich einen Alptraum«, fügte ich mit einem Gefühl der Erleichterung hinzu.

»Kann ich irgend etwas für Sie tun?« fragte das Zimmermädchen.

»Vielen Dank, Sie haben schon genug für mich getan.«

Die junge Frau schenkte mir ein Lächeln und ging hinaus. Ich erhob mich, legte Emilianos Krawattennadel auf den Nachttisch und verstaute mein Nachthemd. Ein Blick auf meine Armbanduhr sagte mir, daß es vier Uhr nachmittags war. Demnach hatte ich mehr als drei Stunden geschlafen. Ich sah mich um und erinnerte mich daran, daß ich am Morgen im *Grand Hotel* angekommen war, um über einen Ärztekongreß zu berichten.

Dann fiel mir meine Begegnung mit dem Barkeeper Domenico wieder ein, die überraschende Entdeckung, daß man mir dieselbe Suite zugeteilt hatte, die fünf Jahre lang mein und Emilianos Liebesnest gewesen war, und schließlich meine Verwunderung darüber, daß diese Suite auch nach seinem Tod all die Jahre über zu meiner Verfügung gestanden hatte.

Die Erinnerungen und die unerwarteten Enthüllungen hatten mich so mitgenommen, daß ich darüber meine Verpflichtungen vergaß. Ich hatte mich auf das Bett gelegt, in dem ich vor fünf Jahren zum letztenmal mit Emiliano geschlafen hatte. Seine Krawattennadel in der Hand hatte ich versucht, der geheimnisvollen Macht auf die Spur zu kommen, die längst vergangenen Tagen entsprang, aber noch heute auf mein Leben einwirkte.

Ich besitze bestimmt nicht das, was man landläufig einen »guten Charakter« nennt, und erwecke selten Sympathie bei den Leuten. Auch mir selbst habe ich nie gefallen. Das Leben, das mir vom Schicksal zugedacht wurde, habe ich stets als ein fremdes Kleid betrachtet, das ich vergeblich versuchte, meiner Figur anzupassen.

Besonders während meiner Jugend handelte ich ohne jede Überzeugung, einfach nur, um irgend etwas zu tun. So war es auch gewesen, als ich meinen ersten richtigen Geschlechtsverkehr hatte. Mich trieb weder Liebe noch Verlangen, ich tat es weder um meinen Beitrag zur sexuellen Befreiung der Frau zu leisten, noch um die ehrwürdigen Mythen einer Moral in den Staub zu zerren, die aus unserer Sicht veraltet war.

Ich habe mich entjungfern lassen, weil ich glaubte, es sei dafür der Moment gekommen. Und während er sich über mir abmühte und mir weh tat, ertappte ich mich dabei, wie ich ganz nüchtern und sachlich überlegte, ob es mir wohl gelingen würde, ihn von mir zu wälzen, falls er bei seiner angestrengten Attacke sterben sollte.

Ich war noch nicht ganz neunzehn und besuchte die letzte Klasse des neusprachlichen Gymnasiums. Er ging auf das humanistische Parini-Gymnasium. Er sah gut aus, war groß und kräftig, hatte schmachtende schwarze Augen, aber viele Pickel im Gesicht. Es waren die Jahre des Protests, aber wir protestierten gegen nichts. Er war sehr gut in Latein und brachte mir bei, wie man Vergil mit Hilfe der Logik übersetzen konnte, als handle es sich um eine mathematische Gleichung.

Meine sexuelle Initiation fand an einem Juninachmittag bei ihm zu Hause statt, während wir uns aufs Abitur vorbereiten sollten. Für mich wurde die Liebe zu einer kurzen, klebrigen Aggression, die meinen in jahrelanger Lektüre herangezüchteten romantischen Idealen mit einem Schlag den Garaus machte.

Als ich nach Hause kam, sagte meine Mutter: »Du machst mir einen etwas komischen Eindruck.«

»Das kommt wahrscheinlich daher, daß ich mit Raimondo geschlafen habe«, erwiderte ich mit derselben neutralen Stimme, mit der ich ihr ein anderes Mal vielleicht erklärt hätte, weshalb ich an Bauchschmerzen litt: »Ich glaube, ich habe verdorbenes Eis gegessen.«

Meine Mutter war damals fünfzig Jahre alt, hätte aber ohne weiteres behaupten können, fünfunddreißig zu sein. Sie war eine sehr schöne Frau mit viel Klasse und Eleganz.

Für mich war sie trotzdem eine alte Frau, eine Lichtjahre entfernte Galaxis, die ich keinerlei Lust hatte zu erforschen. Manchmal fand ich einen gewissen Spaß daran, provokatives Zeug zu reden, um sie vor den Kopf zu stoßen. Aber sie ließ sich nie aus der Ruhe bringen. Auch an diesem Tag verzog sie keine Miene, obwohl sie wußte, daß ich die Wahrheit sagte.

»Hoffentlich hat es dir wenigstens gefallen«, bemerkte sie mit feiner Ironie.

Während ich wütend in mein Zimmer rannte, hörte ich ihre warme weiche Stimme: »Wenn du Hilfe brauchst, bin ich hier«, sagte sie ganz ruhig und gelassen.

Ich hätte ihre Hilfe bitter nötig gehabt, aber dieses Angebot habe ich zeitlebens abgeschlagen, ohne daß ich den Grund dafür wüßte.

Jetzt, wo ich mich von einem unerklärlichen Mysterium bedroht fühlte, war ich erschrocken wie ein junges Vögelchen, das vom Regen überrascht wird. Mit vierzig Jahren verspürte ich zum erstenmal das heftige, unwiderstehliche Bedürfnis, mich meiner Mutter anzuvertrauen.

Also beschloß ich, sie anzurufen.

An ihrer Stelle meldete sich das zarte, unschuldige Stimmchen meiner kleinen Emy.

»Ciao, Mami«, begrüßte sie mich. »Wann kommst du zurück?« fügte sie dann gleich hinzu.

»Schon bald«, versprach ich ihr.

»Wie bald?« wollte sie wissen, um eine genaue Vorstellung davon zu haben, wie lange sie noch warten mußte, bis sie mir wieder um den Hals fallen konnte.

»Morgen«, präzisierte ich.

»Morgen früh oder morgen abend?«

»Morgen nachmittag«, sagte ich und ging dann zum Gegenangriff über, um keine weiteren Details erklären zu müssen. »Was machst du gerade?«

»Ich sehe fern.«

»Und wo ist die Oma?«

»Hier. Ich gebe sie dir«, sagte Emy abschließend.

Ich wartete ab, daß meine Mutter die üblichen Floskeln sagte, ohne selbst darauf einzugehen.

»Ich brauche deine Hilfe«, sagte ich, weil ich keine anderen Worte fand, um ihr meine Situation zu schildern. Dem langen Schweigen nach zu urteilen, das meiner Bitte folgte, änderte meine Mutter zum erstenmal den Gesichtsausdruck. Ich begriff auch, daß ich ihr mit diesen vier Worten all das gesagt hatte, was ich ihr jahrelang hartnäckig, dickköpfig und stur verschwiegen hatte.

Meine Mutter sagte nur: »Ich warte auf dich.«

2

An Pflichtbewußtsein und dem vielgepriesenen, wenn auch selten praktizierten Berufseifer hat es mir schon immer gemangelt.

Ich rief im Kongreßsekretariat an und bat darum, mir Zusammenfassungen der interessantesten Vorträge aufs Zimmer zu schicken. Das waren in Wahrheit ziemlich wenige. Die überwiegende Mehrheit der Ärztekongresse sind nichts weiter als Sonderurlaube für Mediziner und Fachjournalisten, die unter der großzügigen Schirmherrschaft pharmazeutischer Konzerne abgehalten werden. Die Veranstalter ließen mir zusammen mit dem Informationsmaterial ein Geschenk zukommen: einen pompös verpackten Stapel Frotteehandtücher, die ein berühmter Designer entworfen hatte. In einer Stunde faßte ich zwei Seiten mit je dreißig Zeilen ab, die ich genauso gut in Mailand hätte schreiben können.

Ich faltete die Blätter sorgfältig zusammen und verstaute sie in einem Seitenfach meiner Reisetasche. Dann steckte ich Emilianos Krawattennadel ans Revers meiner Jacke und verließ die Suite.

»Sie reisen schon ab?« fragte der Portier, als ich den Schlüssel bei ihm abgab. Er war jung, elegant gekleidet, freundlich und zuvorkommend. Ich hatte ihn vorher noch nie gesehen, aber die Art, wie er mich ansah, ließ mich darauf schließen, daß er von den anderen Hotelangestellten bereits über mein Verhältnis mit Emiliano informiert war. Die Geschichte vom Aschenputtel und dem schönen, mittlerweile verstorbenen Prinzen hatte die Phantasie der Mitarbeiter angeregt und war in die Annalen des *Grand Hotels* eingegangen.

»Ja, leider«, lächelte ich und tat so, als würde ich diesen Umstand bedauern.

In den bequemen Sesseln der Eingangshalle saßen viele meiner Kollegen herum und warteten, bis es Zeit für den Aperitif war. Ich gab mir Mühe, unerkannt davonzukommen, um nicht von einer Gruppe zur andern wandern und mir ihr Palaver anhören zu müssen, das ich längst auswendig kannte. Wie geht es dir? Was machst du so? Hat dir das Geschenk gefallen? Der Service ist miserabel. Das Essen schmeckt scheußlich. Vom Wein gar nicht zu reden. Alles

Leute, die zu Hause verhungern würden, wenn ihnen der Büchsenöffner abhanden käme.

Ich stieg die Stufen hinab, die von der Terrasse in den Garten führten, und ging an den Blumenbeeten vorbei auf den Vorplatz hinaus, wo mein Auto mit der würdevollen Ausdauer eines alten Hundes, der vor dem Supermarkt auf sein Frauchen wartet, meiner harrte.

Es mag skurril erscheinen, aber ich bilde mir ein, nicht nur Menschen, sondern auch Tiere und Dinge hätten eine Seele, eine Persönlichkeit, einen Willen. Mein Kleinwagen besaß sogar einen Namen, den ich ihm schon bei unserer ersten Begegnung im Fiat-Autosalon gegeben hatte: Camilla. Er war metallic blau und wirkte genauso ironisch und distanziert wie meine Italienischlehrerin auf dem Gymnasium, die eben Camilla geheißen hatte. Obwohl alles darauf hindeutet, daß ich diejenige war, die sich für ihn entschieden hat, kann nicht ganz ausgeschlossen werden, daß es sich umgekehrt verhielt, daß also Camilla mich ausgewählt hat. Eine flüchtige Einschätzung meiner Person muß sie zu folgendem Ergebnis geführt haben: Schwangere Frau, die nur über geringe finanzielle Mittel verfügt, dafür aber die Rechte anderer respektiert und deshalb für korrekte Wartung sorgen wird und Gas- und Bremspedal nicht überbeansprucht; kein Radio, kein Kassettenrecorder, nur tausend Gedanken im Kopf, über die sie einsam nachsinnt, während sie dem Geräusch des Motors lauscht.

Ich packte meine Tasche in den Kofferraum, setzte mich ans Steuer und fuhr los. Die schräg einfallende Sonne verwandelte das Wageninnere in einen Heizkessel und rief auf dem Asphalt der Autobahn irritierende Hitzewellen hervor. Wie auf einem irrealen Fluß schaukelte ich mit meinen Erinnerungen dahin.

Unsere Geschichte hatte mit einer Einladung zum Mittagessen begonnen. Emiliano erwartete mich vor dem Verlagsgebäude an Bord einer blauen Limousine. Der Chauffeur – ein Mann mittleren Alters mit tiefgründigen, schwarzen Augen und breitem, gutmütigem Gesicht – öffnete den Wagenschlag und forderte mich auf einzusteigen.

»Beeilen wir uns«, spornte Emiliano den Mann an, während er sich ans Steuer setzte.

»Das hängt nicht von mir ab«, entgegnete er, »sondern von dem verdammten Verkehr.«

Danach trat Schweigen ein. Der angenehme Geruch des Leders, mit dem die Sitze bezogen waren, wirkte beruhigend auf mich. Emilianos Anwesenheit vermittelte mir, sagenumwoben wie er war, ein noch nie erlebtes Gefühl zwischen Angst und Begehren. Ich war in einen Traum eingetaucht und auf alles gefaßt. Also wunderte ich mich auch nicht, als ich merkte, daß der Wagen nicht den Weg ins Zentrum einschlug, sondern immer weiter aus der Stadt hinausfuhr.

Emiliano tat, als existiere ich nicht, und ich gab mich, wie ein kleines Mädchen, diesem seltsamen Gefühl hin, das mich gleichzeitig erregte und ein wenig verwirrte.

War es wirklich nötig, für ein einfaches Mittagessen einen solchen Zauber zu veranstalten? Ich hatte geglaubt, er wolle mich in irgendein Moderestaurant führen. Aber je mehr Zeit verging, desto unwahrscheinlicher erschien mir diese Vermutung.

Emiliano begann ein paar Blätter durchzusehen, die er aus der Jackentasche gezogen hatte und die in winziger, krakeliger Schrift beschrieben waren. Ich machte mich in meiner Ecke auf dem Rücksitz ganz klein und fuhr fort, ihn aus den Augenwinkeln zu beobachten.

Mit seinen fünfzig Jahren sah er phantastisch aus. Er hatte ein ehrliches Gesicht, das mir Vertrauen einflößte – trotz der Gerüchte, die über ihn und seine Familie im Umlauf waren, und trotz der Falte auf seiner Stirn.

Der Wagen fuhr eindeutig in Richtung Linate. Aber ich unterdrückte weiterhin meine Neugierde, auch als die Limousine die Tore des Flughafens passierte und in der Nähe eines niedrigen Gebäudes mit großen Fensterscheiben stehenblieb.

Emiliano drehte sich zu mir um und schenkte mir ein sanftes Lächeln.

»Jetzt sitzen wir bald am Tisch«, sagte er.

Wir stiegen aus. Er forschte auf meinem Gesicht nach den Zeichen meiner Neugierde, aber ich tat einfach so, als würde ich den Dingen, die sich gerade abspielten, völlig gleichgültig gegenüberstehen.

»Haben Sie einen Ausweis dabei?« fragte der Chauffeur mit neutraler Stimme.

Ich sah ihn mißtrauisch an. Es gab zwei Möglichkeiten: entweder ich meldete entrüstet Protest an, oder ich begann meine Handtasche auf der Suche nach meinem Paß zu durchwühlen.

Ich entschied mich für letzteres, denn ich wollte unbedingt herausfinden, was sich hinter den eigenartigen Umständen verbarg. Diese banale Reaktion änderte den Lauf meines Lebens. Was wäre passiert, wenn ich an jenem Tag darauf bestanden hätte, nach Hause zurückgebracht zu werden? Was wäre dann aus mir geworden?

Ich reichte dem Chauffeur meinen Paß.

»Sie bekommen ihn in der Maschine zurück«, sagte er, als wolle er sich für die ganze Zeremonie entschuldigen.

Ich sah, wie er in das Gebäude ging, während Emiliano mich aufforderte, ihm zu einem Flugzeug zu folgen, das silbern in der Mittagssonne glänzte.

»Wir essen an Bord«, teilte er mir lakonisch mit.

Am Fuß der Gangway erwartete uns ein Steward, der einem Werbespot entsprungen schien. Die Motoren liefen bereits, und ein heißer Windstoß fuhr unter meinen weiten Pikee-Rock. Ich stieg die Flugzeugtreppe hinauf und trat in eine Salonkabine mit einer Vertäfelung aus hellem Bruyèreholz, blaßblauen Ledersesseln und kleinen, chromverzierten Tischen. Aus einer unsichtbaren Stereoanlage drangen die Klänge eines Notturnos von Chopin.

Zu unserer Begrüßung erschien der Pilot, ein freundlicher, vertrauenerweckender Mensch. Er bat uns, die Gurte zu schließen, und wünschte uns einen guten Flug.

Mit der ganzen Kraft seiner Motoren stieg das Flugzeug in den Himmel. Als wir unsere endgültige Flughöhe erreicht hatten, kamen eine Stewardeß und ein Steward aus der Personalkabine. Die Frau schob einen Getränkewagen vor sich her, auf dem ein silberner Kübel mit einer Flasche Champagner stand. Sie breitete ein Tafeltuch aus hellblauem Leinen auf dem Tisch vor uns aus, während der Mann die Flasche öffnete und uns dann einschenkte.

Ich hatte beschlossen, keine Fragen zu stellen, aber diese sagenhafte Inszenierung beeindruckte mich doch etwas.

»Ich würde lieber Wasser trinken«, sagte ich. »Nicht zu kalt, und ohne Kohlensäure, wenn das möglich wäre. Ich hasse die vielen kleinen Bläschen«, schwindelte ich.

Der junge Mann nickte nur und zeigte sich nicht im geringsten überrascht. Emiliano trank sein Glas in einem Zug leer, ohne sich über meine Bitte zu wundern und ohne sein eigenes Verhalten auf irgendeine Weise zu kommentieren. Wir flogen in achttausend Metern Höhe mit einer Geschwindigkeit von neunhundert Stundenkilometern.

»Haben Sie heute nachmittag Termine?« fragte Emiliano.

»Selbst wenn, ich wüßte nicht, wie ich sie jetzt noch einhalten könnte«, erwiderte ich mit betont mürrischer Stimme.

Der Steward kehrte mit dem angenehm temperierten stillen Wasser zurück, während die Stewardeß uns herrliche Hummerkrabben mit Mayonnaisesauce und Rucola servierte.

»Um vier Uhr sind Sie wieder in Mailand«, sagte Emiliano und reichte dabei dem jungen Mann sein Glas. »Das ist keine Entführung, sondern ein Mittagessen, obwohl es vielleicht ein wenig länger dauert als gewöhnlich.«

»Was macht man nicht alles, um ein Mädchen vom Land zu beeindrucken«, erwiderte ich in provozierendem Ton.

»Dazu würde viel weniger ausreichen«, entgegnete er gelassen. »Dieser Flug war geplant. Sie sind der einzige unbekannte Faktor an der ganzen Reise.«

Ich fühlte mich verlassen, leer und überflüssig.

»Fragen Sie mich nicht, wohin wir fliegen?« wollte er wissen.

»Wohin fliegen wir?« erwiderte ich genauso kühl.

»Nach Paris. Ich muß dort kurz jemanden treffen, dann geht es nach Mailand zurück.«

»Wie in einem Roman von Harold Robbins«, versuchte ich einen zweiten polemischen Angriff.

»Sie lesen Robbins?« fragte er und bekundete damit zum erstenmal ein gewisses Interesse.

»Ja, ich lese Robbins, und er gefällt mir. Ich halte ihn für einen brillanten Erzähler.«

»Eine Meinung, die Respekt verdient«, bemerkte Emiliano und trank ein weiteres Glas Champagner, ohne sich um die Hummerkrabben in der Mayonnaisesauce zu kümmern.

»Ich könnte mir vorstellen, daß Sie am liebsten Proust lesen«, sagte ich, während ich mit meiner silbernen Gabel eine Krabbe aufspießte und mir in den Mund steckte. Sie schmeckte köstlich.

»Seit einiger Zeit lese ich nur noch die Verträge meiner wichtigsten Autoren.«

»Und da finden Sie Mitarbeiter von meinem bescheidenen Niveau natürlich langweilig«, stichelte ich weiter.

»Die Tatsache, daß Sie an meinem Tisch sitzen, dürfte wohl das Gegenteil beweisen«, erwiderte er. »Abgesehen davon, sind Sie eine erstklassige Journalistin, die Mut zur Wahrheit hat.«

»Und die der Montalto Verlag gerade aus diesem Grund fristlos entlassen hat«, konterte ich.

»Ich weiß«, gab er zu und führte sich sein Glas, das der Steward laufend nachfüllte, an die Lippen. »Sie haben über ein paar Freunde meiner Schwester Schlechtes geschrieben. Und das hat Lola Ihnen nicht verziehen.«

»Die Freunde Ihrer Schwester sind Halunken.«

»Und Sie kennen nur die Besten.«

»Na, toll«, rief ich aus.

Ich hatte in der Vergangenheit über eine Mailänder Pennerin recherchiert und einen Artikel über sie verfaßt. Die Frau, die jetzt von Almosen lebte, stammte ursprünglich aus bürgerlichen Verhältnissen. Sie hatte einen Mann geheiratet, der ein großes Grundstück am Stadtrand besaß und dort eine Autowerkstatt gründete. Später lernte dieser Mann einen Gebrauchtwagenhändler kennen, der ihm zu großem Erfolg verhelfen wollte. Sehr rasch waren die beiden Geschäftspartner geworden. Vom gewinnenden Auftreten des Händlers geblendet, ließen sich die beiden Eheleute dazu überreden, ihre ganze Anlage ihm zu überschreiben. Als sie merkten, daß sie es mit einem Betrüger zu tun hatten, war es bereits zu spät. Der Mann hatte Selbstmord begangen, und seine Frau war nach und nach völlig heruntergekommen. Ihr Partner war dagegen mittlerweile ein angesehener Händler von Luxuswagen und verkehrte in der feinen Gesellschaft. Er hatte sich eine Wohnung im Stadtzentrum gekauft und eine ehrgeizige Frau geheiratet, die seinen sozialen Aufstieg weiter vorantrieb. Einflußreiche Politiker und Großindustrielle gingen bei ihnen ein und aus. Ich hatte diese Geschichte ohne überflüssige Rhetorik dargestellt und damit Mitleid und Empörung ausgelöst, leider ohne zu wissen, daß Lola Montalto zu den engsten Freunden des Paares gehörte.

»Sie haben einen guten Artikel geschrieben«, sagte Emiliano. »Vom professionellen und stilistischen Standpunkt aus betrachtet, eine couragierte und lobenswerte Arbeit.«

»Aber?« fragte ich hoffnungsvoll.

»Aber ein Montalto frißt keinen anderen Montalto«, erklärte er seufzend. »Das ist eine Familienregel. Ich kann nichts für Sie tun«, meinte er mit einem Schulterzucken.

Ich ließ meinen Hummer in der Mayonnaisesauce liegen und trank einen Schluck Wasser.

»Meine Mutter hatte recht. Ich hätte mich nie auf den Montalto Verlag einlassen sollen«, sagte ich leise.

»Ihre Mutter?« wunderte Emiliano sich und sah mich neugierig an. »Was hat die denn damit zu tun?«

»Meine Mutter heißt Anna Grisi«, erwiderte ich zu seiner Überraschung.

Das Glas in der Hand, sah er mich an, als habe ich ein Gespenst heraufbeschworen.

»Anna Grisi«, wiederholte Emiliano mit gesenktem Kopf. »Eine Überraschung, die ihrer besten Romane würdig wäre«, fügte er hinzu. Er leerte sein Glas. »Du bist also Anna Grisis Tochter«, flüsterte er dann und duzte mich auf einmal, als würden wir uns schon ewig kennen. »Ein Name, der viele Erinnerungen wachruft. Wenn ich dich recht anschaue, dann entdecke ich sogar eine gewisse Ähnlichkeit. Aber jetzt ist das natürlich einfach. Ich hätte alleine draufkommen müssen. Meine kleine Arlette«, murmelte er und streichelte meine Wange. Die vielen Dinge, die ihm in der Erinnerung auftauchten, stimmten ihn sanft.

Mich überkam ein Gefühl tiefen Friedens. Die Gegenwart dieses Mannes, seine beruhigende Stimme, das Brummen der Flugzeugmotoren, die Farben des Himmels und die Sonne, die zu den kleinen Fenstern hereinschien, lösten beinahe ein Schwindelgefühl in mir aus. Von diesem Augenblick an wäre ich Emiliano ans Ende der Welt gefolgt. Ich fand es ganz normal, daß er meine Hände nahm und sagte: »Von jetzt ab kannst du immer auf mich zählen.«

Statt dessen hatte er mich verlassen, um auf tragische Weise aus meinem Leben zu verschwinden, in dem ich einsam und verzweifelt zurückblieb. Fünf Jahre lang war meine Liebe von Haß durchsetzt gewesen, wegen dieses einen Versprechens, das er nicht gehalten hatte.

Dann hatten die Entdeckungen im *Grand Hotel* wieder alles in Frage gestellt, einen Funken Licht in die Finsternis gebracht. Während ich auf der sonnengleißenden Autobahn nach Hause zurückfuhr, wußte ich, daß Emiliano vor seinem Tod an mich gedacht hatte. Und ich ahnte, daß es noch mehr zu entdecken gab. Ich ging in die vierte Etage des Palazzos in der Via Luosi Pestalozza hinauf. Meine Mutter erwartete mich in der Tür.

»Emy ist gerade eingeschlafen«, sagte sie, während sie mich umarmte.

»Um so besser«, erwiderte ich. »Ich glaube, wir beide müssen uns ein wenig unterhalten.«

Ich legte mein Reisegepäck und meine Tasche ab und ließ mich in einen Wohnzimmersessel fallen.

»Weißt du, daß irgend jemand seit fünf Jahren im *Grand Hotel* eine Suite für mich bezahlt?« fragte ich meine Mutter, die vor mir stehengeblieben war, ohne lange Umschweife.

Ich hatte erwartet, sie würde überrascht sein, aber statt dessen nickte sie, ohne etwas zu sagen.

»Willst du damit behaupten, das hättest du gewußt?« fragte ich ungläubig.

Sie nickte noch einmal und rührte sich nicht vom Fleck.

Ihre unerschütterliche Ruhe trieb mich fast zum Wahnsinn.

»Du wußtest alles und hast mir nichts davon gesagt. Warum?«

»Weil ich es versprochen habe.«

»Wem?«

»Emiliano Montalto.«

Ich sprang auf und sah mich nach einer Zigarette um. Da ich keine fand, setzte ich mich wieder. Meine Mutter nahm nun auch Platz, mir gegenüber.

»Was hat diese Verschwörung zu bedeuten?«

»So seltsam es dir erscheinen mag, das alles ist Teil eines sorgfältig ausgedachten Plans, von dem jetzt auch du erfahren mußt«, begann meine Mutter zu erzählen. »Seit fünf Jahren besitzt du ein großes Paket Aktien des Montalto Verlags. Emiliano hat es dir vor seinem Tod vermacht. Jetzt ist der Moment gekommen, dem Versteckspiel ein Ende zu machen. Und das gilt nicht nur für dich, sondern auch für mich siebzig Jahre alte Frau. Mein ganzes Leben habe ich auf diesen Augenblick gewartet.«

Die Familie 1940

1

Es war ein milder September. Der Krieg schien noch weit fort, obwohl er von der Propagandapresse des Regimes tagtäglich in pathetischen Tönen besungen wurde. Die Kampfhandlungen dauerten gerade drei Monate an, aber man wußte bereits, wer die Sieger und wer die Verlierer waren: Die Mächte des Achsenabkommens triumphierten über die plutodemokratischen Nationen. Es bestanden alle Aussichten auf einen kurzen und siegreichen Krieg.

Anna Grisi betrat sicheren Schritts, doch zaghaften Mutes das Büro von Giovanni Rovesti, dem Präsidenten und Gründer des gleichnamigen Verlags und gefährlichsten Konkurrenten Edison Montaltos.

»Kommen Sie nur rein«, forderte Rovesti sie auf, der hinter einem Schreibtisch im Directoirestil saß. Anna setzte ein formelles Lächeln auf und durchquerte das Zimmer.

»Endlich lerne ich Sie persönlich kennen«, fuhr Rovesti fort. Anna spürte, daß sich hinter seiner geschäftlich klingenden Baritonstimme ein sensibler Mensch verbarg.

Während sie die kurze Strecke zum Schreibtisch des Verlegers zurücklegte, bedauerte sie es, hochhackige Schuhe angezogen zu haben, denn diese zwangen sie dazu, sich leicht in den Hüften zu wiegen.

Anna trug ein farblich auf ihre Schuhe abgestimmtes

blaues Wollkleid, das sehr frisch wirkte und am Ausschnitt eine Bordüre aus weißem Pikee hatte, genau wie ihre ziegenlederne Beuteltasche, ein Modell von Fath, das aus dem letzten Herbst stammte. Damals hatte sie sich dank Edisons Großzügigkeit noch das Beste vom Besten leisten können.

Der Verleger erhob sich und ging auf sie zu. Im Gegensatz zu Edison Montalto war Rovesti ein gutaussehender, eleganter Mann mit aufmerksamen, lebhaften Augen, die eine Spur von Angriffslust verrieten.

Er trug eine graue Hose und dazu ein blaues Jackett mit grauer Weste, aus deren Täschchen eine Uhrenkette aus rötlich schimmerndem Gold heraushing. Er roch nach englischem Eau de Cologne.

»Freut mich sehr«, sagte Anna mit einem charmanten Lächeln und reichte ihm ihre weiß behandschuhte Hand, die Rovesti sich an die Lippen führte.

Er musterte sie aufmerksam.

»Sie erinnern mich an Assia Noris«, stellte er fest und machte eine kleine Pause. »Assia Noris in schön«, fügte er dann hinzu.

Anna errötete geschmeichelt. Assia Noris war eine ziemlich erfolgreiche Diva und sehr beliebt beim Kinopublikum, das sie als Partnerin von Leonardo Cortese aus dem Film *Ein romantisches Abenteuer* kannte.

»Danke für das Kompliment«, entgegnete Anna.

»Nehmen Sie doch Platz«, sagte der Verleger und deutete auf die beiden Sessel vor seinem Schreibtisch.

Sie lächelte mit einem Anflug von Ironie.

»Was finden Sie denn so lustig?« wollte der Verleger wissen.

»Verzeihen Sie meine Direktheit, aber es freut mich, hin und wieder jemanden zu treffen, der nicht den vorgeschriebenen Pluralis majestatis benützt«, erwiderte Anna, um ihre politische Position klarzustellen. Sie wußte, daß Rovesti – im Gegensatz zu Edison Montalto – ein Antifaschist war wie sie.

»Ach, das sind nur so Modeerscheinungen. Oder Spinnereien, wenn Ihnen das lieber ist. Und Spinnereien kommen und gehen«, sagte der Verleger abschätzig, während er unverhohlen auf Annas lange, schlanke Beine starrte, die sie inzwischen übereinandergeschlagen hatte.

»Aber ich habe Sie nicht hierherbestellt, um über belangloses Zeug zu plaudern«, fuhr er fort, als er sich wieder unter Kontrolle hatte. »Sie wissen, daß ich Ihnen eine Antwort schuldig bin.«

»Die hoffentlich positiv ausfällt«, wagte Anna einzuwerfen.

Der Verleger setzte eine ernste Miene auf, die nichts Gutes verhieß, fast, als wolle er sie auf einen abschlägigen Bescheid vorbereiten.

»Ich fürchte, ich muß Sie enttäuschen, Signorina Grisi.«

Anna erstarrte zu Eis. Jetzt hatte sie keine Zweifel mehr: Anlaß dieser Begegnung war ihr letzter Roman, derselbe, den Edison abgelehnt hatte. Die Idee stammte von Pier Giorgio Comotti, den Rovesti als Chefredakteur seiner Frauenzeitschrift *Racconti* eingestellt hatte. In der festen Überzeugung, daß hinter Montaltos negativem Urteil keine geschäftlichen, sondern persönliche Gründe steckten, hatte er Anna dazu überredet, ihr Manuskript an Rovesti zu schicken.

Die junge Frau erhob sich mit einem Ruck, um sich zu verabschieden. Offensichtlich gefiel ihr Roman dem Verleger genauso wenig wie Montalto.

Was für einen Sinn hatte es dann noch, ein Gespräch zu führen? Sie verstand allerdings nicht, weshalb Giovanni Rovesti ihr diese Mitteilung persönlich hatte machen wollen. Das hätte ebenso gut irgendein Angestellter für ihn erledigen können.

»Es war mir ein Vergnügen, Sie kennenzulernen«, sagte sie mit sicherer, klarer Stimme. »Ich hoffe, Sie entschuldigen mich, aber ich halte meinen Roman trotzdem für gelungen.« Sie war felsenfest von der Qualität ihrer Arbeit überzeugt.

Giovanni Rovesti schenkte ihr ein gutmütiges Lächeln.

»Ihr Charakter hilft Ihnen sicher nicht gerade, Karriere zu machen«, bemerkte er.

»Ich verlange nicht, daß man mich bevorzugt behandelt. Ich möchte nur nach meinen Leistungen beurteilt werden.«

Der Verleger schätzte ihre Offenheit.

»Setzen Sie sich«, forderte er sie energisch auf.

Anna blieb nichts anderes übrig, als ihm zu gehorchen.

»So ist es schon besser«, sagte Rovesti und bot ihr eine Zigarette an, die sie jedoch höflich ablehnte.

»Sie haben eine sehr schöne Geschichte geschrieben«, hob er an.

»Sie haben mein Buch . . . schön gefunden?« fragte Anna zögernd.

»Ich lese keine Romane, aber ich habe Leute, die sie für mich lesen und denen ich blind vertraue. Diese Leute haben mir gesagt, Ihr Roman sei gut.«

»Was gibt es dann für ein Problem?« wunderte Anna sich.

»Das Problem besteht darin, daß weder ich noch sonst irgendein Verleger ein Buch veröffentlichen kann, dessen Rechte Sie bereits mit einem regulären Vertrag abgetreten haben.«

»Aber Edison . . .«, sie verbesserte sich, »Signor Montalto möchte meine Arbeit nicht veröffentlichen. Ich verstehe nicht, weshalb das dann kein anderer Verleger tun kann.«

»Lassen Sie mich offen zu Ihnen sein«, fuhr Giovanni Rovesti fort. »Ich habe mit meinem Freund Edison Montalto gesprochen. Er ist stocksauer auf Sie. Sie müssen ihm einen bösen Streich gespielt haben. Aber das geht mich nichts an. Die Sache ist nur, daß er am längeren Hebel sitzt. Der Vertrag, den Sie unterschrieben haben, enthält nämlich eine Klausel, die den Montalto Verlag ermächtigt, Ihren Roman innerhalb von fünf Jahren nach Erhalt zu publizieren. Edison gedenkt, diese Frist in Anspruch zu nehmen, bevor er eine Entscheidung fällt.«

»Das ist unglaublich!« Anna fiel aus allen Wolken, sie war außer sich vor Empörung.

»Mir scheint unglaublich, daß ein so aufgewecktes Mädchen wie Sie nicht weiß, was es unterschrieben hat«, entgegnete der Verleger ernst.

»Ich hätte jedes Blatt Papier unterschrieben, das er mir vorlegte«, gestand sie. »Unser Verhältnis basierte auf Vertrauen«, fügte sie wehmütig hinzu.

Giovanni Rovesti betrachtete sie mit Neugierde und einem Anflug von Zärtlichkeit.

»Ich hätte es jedenfalls nie für möglich gehalten, daß er so gemein und rachsüchtig sein kann«, sagte sie.

»Und ich habe Sie nicht hierher bestellt, um Edison Montalto den Prozeß zu machen«, erwiderte Rovesti freundlich. »Ich wollte mit Ihnen über eine Sache diskutieren, die mir sehr am Herzen liegt.«

»Und wenn ich mich an einen Rechtsanwalt wende? Schließlich habe ich in gutem Glauben gehandelt, und das muß vor dem Gesetz doch auch etwas gelten«, sagte Anna.

»Das Gericht würde Ihnen wahrscheinlich recht geben, aber Sie verlieren Zeit und Geld. Außerdem existieren ungeschriebene Gesetze, die einen Verleger daran hindern, einem anderen Verleger ins Gehege zu kommen, es sei denn, dafür gäbe es triftige geschäftliche Gründe. So wie die Dinge im Augenblick liegen, wäre es für mich nur von Nachteil, wenn ich Edison Montalto den Krieg erklären würde. – Aber in diesen Angelegenheiten steht nie etwas endgültig fest. Wir werden schon eine friedliche Lösung mit Montalto finden. Inzwischen möchte ich mir nicht die Gelegenheit entgehen lassen, Ihr Talent auszunützen.«

Anna lächelte hoffnungsvoll.

»Ich weiß, daß Sie eng mit Comotti befreundet sind«, sagte der Verleger.

»Wissen Sie auch, daß ich dringend Arbeit benötige?« fragte Anna.

Giovanni Rovesti schüttelte den Kopf.

»Dieser Aspekt ist völlig nebensächlich, wenn ich Ihnen einen Auftrag erteile. Wohltätigkeit hat mit unserer Beziehung nichts zu tun. Ich bin nur der Ansicht, daß es dumm wäre, Ihr Talent zu verschwenden.« Er machte eine Pause, dann fuhr er fort: »Ich biete Ihnen ein angemessenes Gehalt dafür an, daß Sie eine Wochenrubrik übernehmen, für deren Güte Sie mir garantieren müssen. Die Rubrik soll in Comottis Journal erscheinen. Ich habe auch schon einen Titel im Kopf: *Worte der Liebe*... Sie beantworten darin die Zuschriften unserer Leserinnen, die sich nach Zuneigung sehnen, besonders jetzt, da Krieg herrscht. Und Sie unterschreiben mit *Ihre Arlette.*«

»Klingt dieser Name nicht zu französisch, in Zeiten, in denen unsere Sprache reingehalten werden soll?« spöttelte Anna besorgt.

»Dieser Name gefällt mir, und er wird auch unseren Leserinnen gefallen«, entgegnete der Verleger kurz angebunden. »Wenn er jemandem nicht paßt, dann soll dieser jemand ihn eben italienisch aussprechen, mit einem *e* am Ende. Sie sind die mysteriöse Ratgeberin, der die Frauen ihr Herz ausschütten können.«

Anna Grisi sah ihn dankbar an.

»Warum tun Sie das alles für mich?« fragte sie. Dann erinnerte sie sich daran, dieselbe Frage schon einmal Edison gestellt zu haben, als dieser sich bereit erklärt hatte, ihren Roman zu veröffentlichen.

»Ich tue überhaupt nichts für Sie«, erwiderte der Verleger. »Ich stehe schließlich keinem Wohltätigkeitsverein vor. Ich bemühe mich nur, im Interesse meines Verlages zu handeln, der von intelligenten und fähigen Leuten lebt. Das ist alles. Ich glaube, daß Sie für meine Firma von Nutzen sein können.«

Giovanni Rovesti erhob sich und gab ihr damit zu verstehen, daß ihr Gespräch beendet war. Er nahm die Hand, die Anna ihm reichte, und drückte sie kräftig.

»Schauen Sie gelegentlich in der Verwaltung vorbei, um die üblichen Formalitäten zu regeln. Also dann, herzlich willkommen in unserer Familie«, sagte er und begleitete sie zur Tür.

Anna war gerührt. Um so stärker empfand sie darum das Bedürfnis, aufrichtig gegenüber dem Verleger zu sein.

»Ich war Montaltos Geliebte«, gestand sie. »Ich wollte nur, daß Sie das wissen.«

Rovesti lächelte.

»Die Welt ist ein Dorf, in dem sich alles herumspricht. Aber ich schätze Ihre Offenheit, auch wenn ich nicht glaube, daß diese Sache irgendeinen Einfluß auf unsere Zusammenarbeit hat. Und denken Sie bloß nicht, daß alle Verleger sich gleich verhalten.«

»Soll das heißen, daß Sie mich nicht demnächst zum Abendessen einladen?« fragte Anna zögernd.

»Doch, wenn Sie möchten, werde ich das tun. Dann lernen Sie auch meine Frau und ein paar Freunde kennen, die Ihnen nützlich sein könnten.«

»Ich weiß nicht, wie ich Ihnen danken soll«, sagte Anna.

»Versuchen Sie nur, gute Leistungen zu bringen, und haben Sie Vertrauen zu sich selbst.«

Anna fühlte sich zum erstenmal wieder glücklich, seit sie Edison Montalto verlassen hatte.

Anna legte den dunklen Lederkoffer aufs Bett, in den sie vor drei Monaten das Nötigste geworfen hatte, bevor sie die Wohnung am Corso Magenta verlassen hatte. Jetzt war sie damit beschäftigt, ihn mit größter Sorgfalt wieder zu packen.

Das gemütliche, kleine Zimmer, das sie bei Pier Giorgio Comotti bewohnt hatte, war genau so, wie sie es sich immer gewünscht hatte. Das exakte Gegenteil der protzigen Wohnung, die ihr Edison Montalto zur Verfügung gestellt und in der sie sich immer unwohl gefühlt hatte.

Das Schlafzimmer in Pier Giorgios Wohnung entsprach ganz und gar ihrem Geschmack. Ein breites Bett, dessen Kopfteil gepolstert und mit hellblauem Samt bezogen war, eine rotbraune Nußholztruhe aus dem letzten Jahrhundert, ausgelegt mit Vareser Papier und duftend nach Lavendel, eine Kommode mit ovalem Spiegel und vielen Schubladen, in denen man allerlei Kleinkram verstecken konnte, vor dem Fenster ein Schreibtisch mit gedrechselten Beinen, an den Wänden provenzalische Blumentapeten und Sammleraquarelle mit Innenansichten von Häusern aus dem neunzehnten Jahrhundert und über den ganzen Raum verteilt niedliche Nippesgegenstände.

Anna war im Begriff, den Unterschlupf zu verlassen, in dem sie Freundschaft und Solidarität erfahren hatte: Saverio, der ihr jeden Wunsch von den Augen ablas, Pier Giorgio, der ihr mit besonnenen Ratschlägen zur Seite stand, und wenige ausgesuchte Freunde, mit denen sie abends intelligente und anregende Gespräche führten und das Regime kritisierten. Der Abschied tat ihr weh. Aber es war an der Zeit, sich auf eigene Füße zu stellen.

Nicht weit von hier, in der Via Bixio, hatte sie eine kleine Wohnung gefunden, die einem alten jüdischen Uhrmacher gehörte, einem langjährigen Bekannten Comottis. Er war mit seiner Frau ins Exil gegangen, als die rassistischen Verfolgungen angefangen hatten.

Vor ihrer Abreise in ein Schweizer Flüchtlingslager hatte das Uhrmacherehepaar seine Wohnung an Anna vermietet, die inzwischen mit einem festen Gehalt des Rovesti Verlags rechnen konnte.

Bijou, ihr kleiner Hund, kauerte neben dem Bett und verfolgte freudig jaulend jede Bewegung seines Frauchens.

Anna schloß den Koffer. Dann ließ sie ihren Blick noch einmal durch das Zimmer schweifen und ging hinaus. Sie durchquerte den Korridor, sog dort ein letztes Mal den Geruch nach Bohnerwachs ein und öffnete die Tür zur Küche, wo Saverio gerade damit beschäftigt war, mit den wenigen Zutaten, die es in den Geschäften noch zu kaufen gab, das Abendessen vorzubereiten: wie jeden Abend eine Suppe aus Brühwürfeln – Fleisch war nirgends mehr zu finden –, ein Omelett aus Eipulver statt aus frischen Eiern, Brennesselblätter und Rupfsalat, der auf den Feldern am Stadtrand gepflückt und mit Sonnenblumenöl angemacht wurde.

»Ich gehe, Saverio«, verkündete Anna und reichte dem Diener ein bunt eingewickeltes Päckchen.

»Für mich?« fragte er überrascht.

»Nur ein kleines Dankeschön«, erklärte Anna. »Ich habe mich bei Ihnen wie zu Hause gefühlt.«

Der Butler trocknete sich die Hände ab, rot im Gesicht vor Freude. Ihm hatte sie sofort gefallen, diese schöne, elegante und geschmackvoll geschminkte Frau, die einfach und unbefangen war wie ein Mädchen vom Dorf. Saverio öffnete das Päckchen, das eine Brieftasche aus schwarzem Krokodilleder enthielt.

»Die habe ich vor einem Jahr in New York gekauft«, sagte Anna ihm mit einem Lächeln. »Ich freue mich, sie Ihnen schenken zu können.«

»Ich werde sie eifersüchtig hüten. Es ist sehr nett, daß Sie an mich gedacht haben.«

Saverio versuchte sie zurückzuhalten, indem er sein karges Kriegsmenü mit überschwenglichen Worten anpries.

»Bleiben Sie wenigstens noch zum Abendessen«, bat er. »Ich habe etwas ganz Besonderes zubereitet. Schauen Sie«, sagte er mit verheißungsvoller Stimme und öffnete die Tür des Eisfachs. »Ein richtiges Vorkriegsdessert: Crème Chantilly mit frischen Eiern, die ich heute morgen aufgetrieben habe.«

»Lieber Saverio«, erwiderte Anna gerührt, »einem so verlockenden Angebot kann ich nicht widerstehen. Ich helfe Ihnen, den Tisch zu decken, und will Ihrem Dessert mit meinem Appetit alle Ehre machen.«

Als die Zeit für das Abendessen kam, zog Anna sich ins Wohnzimmer zurück, um im Radio die Tagesnachrichten zu hören. Der offizielle Kriegsbericht rühmte den heldenhaften Einsatz der italienischen Truppen an der Front.

Pier Giorgio verspätete sich seltsamerweise, aber das war kein Grund, besorgt zu sein. Sie lauschte den Nachrichten, die voller Begeisterung von dem in Berlin abgeschlossenen Dreierbündnis zwischen Deutschland, Italien und Japan berichteten und anschließend von der »harten Lektion«, die deutsche Bombenflugzeuge den Engländern erteilt hatten. Der Feind dagegen verübte »hinterhältige Anschläge« auf italienische Städte, indem er Kirchen, Hospitäler und Schulen zerstörte, was teilweise zwar stimmte, aber sehr einseitig dargestellt war. Die Verlautbarungen des Regimes ließen keine Zweifel: Italien und Deutschland glichen einem Granitblock, den keine Macht der Welt zertrümmern konnte.

Plötzlich läutete es an der Wohnungstür. Anna lief in die Diele, aber Saverio hatte bereits aufgemacht. Vor der Tür stand ein sechzehnjähriger Junge, den Anna gut kannte. Er trug einen blauen Arbeitskittel und hieß Danilo. Er war dunkelhaarig und hatte schöne, kastanienbraune Augen. Danilo arbeitete als Laufbursche in der Drogerie, in der Saverio Stammkunde war. Sein Gesicht wirkte sehr verstört. Er blickte zuerst Saverio, dann Anna an, bevor er anfing zu reden.

»Es ist etwas Schreckliches passiert«, brachte er keuchend hervor, wobei er sich die Hände an seinem blauen Kittel rieb.

»Was ist passiert?« fragte Saverio und ließ ihn eintreten.

»Ich hatte mit dem Fahrrad Waren ausgeliefert und war gerade auf dem Heimweg«, begann Danilo zu erzählen. »An der Porta Venezia fing auf einmal der Korb auf meinem Gepäckträger an zu wackeln. Ich halte also vor dem Eingang zum Stadtgarten an, um ihn wieder festzumachen, und da sehe ich ...«

»Was hast du gesehen?« fragte Anna ungeduldig.

»Dottore Comotti.«

»Na und?« meinte Anna.

»Er ging zwischen zwei Polizisten. Sie haben ihn in Handschellen abgeführt«, sagte der Junge ratlos und erschrocken, »wie einen auf frischer Tat ertappten Dieb.«

2

Pier Giorgio Comotti hatte soeben die Redaktionssitzung beendet.

Er war seit einigen Wochen der neue Chefredakteur der Frauenzeitschrift *Racconti*, die er mit großem Erfolg umgestaltet hatte. Pier Giorgio verdankte diesen Posten niemand anderem als Ester Montalto, die sich bei Veralda Rovesti für ihn eingesetzt hatte, nachdem der bisherige Chefredakteur Carlo Colombo bei einem Bombenangriff ums Leben gekommen war und die Stelle umgehend hatte neu besetzt werden müssen.

Comotti hatte sich sofort als hervorragender Nachfolger erwiesen. Er war intelligent und sympathisch, konnte sich gut verkaufen und hatte ein Gespür für Erfolgsnachrichten. Er war ein angenehmer, geistreicher Gesprächspartner und kam bei allen gut an. Auch die Redaktion hatte sich gleich auf seine Seite gestellt.

In der gerade beendeten Redaktionssitzung waren interessante Vorschläge zur Sprache gekommen.

Pier Giorgio bat die Sekretärin um eine Tasse Tee. Er hatte eine Menge Arbeit zu erledigen.

»Ein Anruf für Sie«, rief die Sekretärin ihm von der Tür aus zu. Sie war fünfundzwanzig Jahre alt, schwarzhaarig, nicht besonders hübsch, aber ausgesprochen sympathisch.

»Wer ist es?« fragte Pier Giorgio, dem die Unterbrechung sehr ungelegen kam.

»Ein Signor Cremonesi«, erwiderte die junge Frau. »Soll ich durchstellen?« Pier Giorgio gelang es nicht, einen gewissen Unwillen zu verbergen.

Er ließ ein paar Sekunden verstreichen, bevor er eine Antwort gab: »Na gut, stellen Sie durch.«

Der Anrufer überschüttete ihn mit einem Schwall von Worten. Seine jugendlich klingende Stimme wechselte vom Bariton ins Falsett. Er bestand auf einem Treffen, das Pier Giorgio ihm seiner Meinung nach nicht verweigern konnte.

Comotti versuchte seine Redeflut mit einer trockenen Antwort einzudämmen: »Heute abend kann ich wirklich nicht.« Doch vergeblich.

Die zunächst wütende Stimme des Anrufers verfiel nun in einen lamentierenden Ton. Er ließ nicht locker, jammerte und drang in ihn, flehte ihn um eine Unterredung an, die bestimmt die letzte sein würde und nur wenige Minuten dauern sollte.

»Also gut«, gab Pier Giorgio schließlich nach. »Wir treffen uns am See im Stadtgarten. Aber nur ganz kurz. Und vor allem eins: zum letztenmal!«

Der Journalist hängte ein. Schwer ließ er seine Hand auf dem Telefonhörer liegen, als wolle er den Anrufer ersticken.

Luciano Cremonesi war schön, jung und hatte tiefgründige, samtgraue Augen. Von seiner makellosen Figur ging etwas verwirrend Ambivalentes aus. Für Pier Giorgio war es Liebe auf den ersten Blick gewesen: Lucianos Trägheit, die Lässigkeit, mit der er sich ohne das geringste Schuldbewußtsein über die gesellschaftlichen Normen hinwegsetzte, seine unverschämte Art zu fordern, ohne etwas dafür zu geben, sein Talent zu lügen, all dies hatte es Pier Giorgio angetan.

Luciano war ein vielversprechender Schauspieler der jungen Generation. Natürliche Veranlagung und erworbenes Können trafen bei ihm zusammen. Er war zu allem fähig, wenn es um Geld oder einen Gefallen ging. Oder ganz einfach darum, sich in Szene zu setzen.

Als Anna bei ihm eingezogen war, hatte Pier Giorgio sich seiner mit einem Gefühl der Erleichterung entledigt. Er konnte das Verhältnis mit dem ständig abgebrannten Schauspieler, der in zwielichtigen Kreisen verkehrte, nicht länger mit seinem Gewissen vereinbaren, und schon gar nicht mit seinem Portemonnaie. Luciano schnupfte regelmäßig Kokain und hatte nie genügend Geld. Außerdem war Pier Giorgio, der im Gegensatz zu Luciano unter seiner Andersartigkeit litt, das vulgäre, ostentative Gehabe seines Freundes zuwider, der ihn mit seiner flegelhaften Extravertiertheit zu kompromittieren drohte.

Die Ankunft Annas hatte den endgültigen Bruch lediglich beschleunigt. Aber obwohl Pier Giorgio seinen Entschluß deutlich zum Ausdruck gebracht hatte, meldete Luciano sich ab und zu noch am Telefon oder paßte ihn auf der Straße ab. Es war immer dasselbe: Er wollte Geld und schwor, es sei das letztemal.

Obwohl er Pier Giorgio nie offen erpreßt hatte, war nicht auszuschließen, daß dies früher oder später geschehen konnte.

Comotti parkte seinen Lancia Aprilia vor der Porta Venezia, in der Nähe des ersten Wolkenkratzers, der in Mailand gebaut worden war. Dann ging er durch das schmiedeeiserne Tor in den Stadtgarten, aus dem ihm viele Mütter mit ihren Kindern entgegenkamen. Sie traten bereits den Heimweg an. Er lief zu dem kleinen See, in dem Schwäne und Stockenten träge herumpaddelten, in die Richtung eines jungen Mannes, der die Ellbogen auf den Holzzaun gestützt hatte und das friedliche Bild betrachtete. Pier Giorgio berührte ihn an der Schulter.

»Du bist spät dran«, maulte der Junge, ohne sich umzudrehen.

»Ich habe wenig Zeit, und du hast mir versprochen, dich kurz zu fassen«, erwiderte Pier Giorgio.

»Du behandelst mich schlechter als einen Hund«, klagte Luciano ihn an. »Dabei gab es Momente, in denen du geweint und mich auf den Knien angefleht hast.«

»Die Komödie ist aus, Luciano. Nicht nötig, daß du mir eine Zusammenfassung der vorausgegangenen Akte lieferst. Sag mir, was du willst, und damit basta.«

Die letzten Spaziergänger waren gerade dabei, den Park zu verlassen, und in Kürze würde die Glocke zum Torschluß läuten. Die beiden Männer waren ganz alleine in der stillen Ecke.

»Siehst du?« platzte der junge Mann hysterisch heraus.

»Du beleidigst mich schon wieder. Hat unsere Liebe denn gar nichts zu bedeuten?«

Pier Giorgio lief hochrot an. Luciano stürzte ihn immer noch in Verwirrung, doch er ließ sich von seiner Heimtücke nicht mehr täuschen.

»Das war einmal«, sagte er. »Die Geschichte ist aus und vorbei. Vergiß sie.«

»Dieses Weib hat dich völlig verändert«, hielt Luciano ihm vor, in Anspielung auf Anna. »Sie hat dich zu einem hohlen, langweiligen Spießer gemacht«, stichelte er, »aber du kannst nicht einfach unter den Teppich kehren, was zwischen uns war.«

»Entweder du sagst mir jetzt, was du von mir willst, oder ich gehe«, drohte Pier Giorgio ihm. Luciano änderte den Tonfall und wurde aggressiv.

»Ach ja?« sagte er laut. »Deine ganzen Vorsichtsmaßnahmen hätten keinen Sinn, wenn ich mich entschließen würde, den Mund aufzumachen.«

Das war eine klare Erpressung. Luciano hatte aufgehört zu schauspielern, und sein Blick war jetzt überhaupt nicht mehr zweideutig.

»Mach, was du willst«, entgegnete ihm Pier Giorgio, fest entschlossen, ihm die Stirn zu bieten. »Mein Wort steht gegen deins. Du kannst nichts beweisen und bekommst keine Lira mehr von mir. War das deutlich genug? Und jetzt Schluß mit diesem Affentheater.« Comotti drehte sich um und wollte gehen. Der junge Mann packte ihn am Arm und zwang ihn, sich noch einmal umzudrehen. Pier Giorgio nahm auf seinem schönen Gesicht jetzt wieder den unbekümmerten, spöttischen Ausdruck wahr, der ihn so oft schon um den Verstand gebracht hatte.

»Komm, Junge, wollen wir uns wirklich streiten?« sagte Luciano wie im Scherz, noch einmal Ton und Miene ändernd. »Du weißt doch, wie gern ich dich habe – und daß ich nie etwas unternehmen würde, das dir schaden könnte.«

»Und was soll dann die ganze Komödie?«

»Ich wollte dich wiedersehen, ein letztesmal mit dir zusammensein.« Luciano wirkte ernst; er ging völlig in seiner neuen Rolle auf. »Wir haben Krieg, und ich bin kein Journalist. Ich bin nur ein junger Italiener, der seine Vaterlandspflicht erfüllen muß. Ich fahre morgen ab.«

»Ist das der Grund, weshalb du mich treffen wolltest?« fragte Pier Giorgio gerührt.

»Was meinst du denn?« fragte Luciano zurück. Er hatte Tränen in den Augen. »Mach's gut, mein Alter. Hoffentlich schaffe ich es, irgendeinen General zu verführen. Sobald ich kann, schicke ich dir meine Adresse an der Front, damit du mir schreiben kannst. Du wirst mir doch schreiben, oder?«

»Natürlich«, erwiderte Pier Giorgio gefühlvoll.

Luciano sah ihn zärtlich an. Pier Giorgio machte sich Vorwürfe, weil er so schlecht über ihn gedacht hatte, und einer spontanen Regung folgend umarmte er ihn. Luciano suchte seine Lippen und küßte ihn leidenschaftlich.

In diesem Augenblick erscholl eine rauhe Stimme: »Sie sind verhaftet, wegen Unzucht in der Öffentlichkeit.«

Während Luciano sich schnell zurückzog, ohne aufgehalten zu werden, packten zwei Polizisten in Zivil Pier Giorgio rechts und links am Arm und nahmen ihn in ihre Mitte. Sie durchsuchten ihn und fanden dabei in seiner Jackentasche ein Heftchen Kokain.

»Unzucht«, wiederholte dieselbe Stimme, »und Besitz von Rauschgift. Möglicherweise auch Handel damit.«

Pier Giorgio reagierte nicht. Er sah Luciano an, der ein verzweifeltes, gekränktes Gesicht machte und sich abseits hielt, als wäre er ein ahnungsloses Opfer.

»Weißt du, an wen du mich jetzt erinnerst?« murmelte der Journalist. »An Judas.« Er folgte den Beamten, in dem sicheren Bewußtsein, daß er noch nie ein Rauschgifttütchen gesehen und noch nie in seinem Leben Kokain geschnupft hatte.

Die Anwaltskanzlei Giuseppe Arisis war im antiken Stil eingerichtet: schwere, dunkle Möbel, schöne, etwas abgenützte Perserteppiche, ein paar Gemälde aus der lombardischen Schule an den Wänden und eine reiche Sammlung von Pfeifen in gläsernen Vitrinen.

Zwei tüchtige Sekretärinnen tippten auf ihren Schreibmaschinen, während ein junger Staatsanwalt am Telefon sprach und über die schlechte Qualität der Fernverbindungen schimpfte. Anna saß auf einer der zwei einander gegenüberstehenden Bänke mit geflochtenen Sitzflächen in dem Wartezimmer mit seiner blassen, blau-weiß gestreiften Tapete. Auf dem kleinen, achteckigen Tisch vor ihr lagen alte Ausgaben der *Domenica del Corriere* und der *Tribuna illustrata*.

In dem Raum erschien eine etwa fünfzig Jahre alte, unattraktive und vollkommen gesichtslose Büroangestellte, deren Haar zu einem langen Zopf geflochten und wie ein Kranz um ihren Kopf gelegt war.

»Dottore Arisi bittet Sie in sein Zimmer«, sagte sie.

Rechtsanwalt Arisi hatte am Vorabend einen Anruf von Saverio erhalten, dem eingefallen war, daß der Jurist und Pier Giorgio sich gut kannten. Sie kamen beide aus Bergamo. Ihre Familien waren nach Mailand gezogen, wo Giuseppe und Pier Giorgio gemeinsam das Parini-Gymnasium besucht hatten, wenn auch nicht dieselbe Klasse.

Die nach Mailand verpflanzten Bergamasker bildeten eine Art Clan. Obwohl es nur selten enge Kontakte zwischen ihnen gab, kannten sie sich untereinander alle, und wenn einer von ihnen in Schwierigkeiten war, eilten die andern ihm unweigerlich zu Hilfe.

Rechtsanwalt Giuseppe Arisi hatte keinerlei Kommentar abgegeben, als er von Saverio über Pier Giorgio Comottis Verhaftung informiert worden war. »Ich will sehen, was ich machen kann«, hatte er nur gesagt, sonst nichts. Am darauffolgenden Tag war Anna ans Telefon gegangen, als er anrief. Er hatte sie um einen Besuch in seiner Kanzlei gebeten, da er sofort begriff, daß sie die einzige war, mit der er über den Fall sprechen konnte.

Giuseppe Arisi war nur fünf Jahre älter als Pier Giorgio,

aber dieser Unterschied wurde von seiner Glatze und einem Ansatz zum Bauch optisch vergrößert.

Anna war völlig erledigt. Saverio und sie hatten sich die ganze Nacht lang den Kopf darüber zerbrochen, was zu Comottis Verhaftung geführt haben mochte. Sie hatten sogar einen vorsichtigen Anruf bei der Polizeiwache gewagt.

Giuseppe Arisi war ihre einzige Hoffnung geblieben. Anna hatte ihm das wenige berichtet, das sie vom Laufburschen der Drogerie wußte.

»Ich glaube, ich muß Ihnen ein paar Fragen stellen«, sagte der Jurist.

»Ich stehe zu Ihrer Verfügung«, entgegnete Anna, die alles getan hätte, um Pier Giorgio zu helfen.

»Wie lange wohnen Sie schon bei Dottore Comotti?«

»Seit letztem Juni. Ich möchte aber hinzufügen, daß wir nur gute Freunde sind«, erklärte Anna, um kein Mißverständnis aufkommen zu lassen.

»Ich muß offen bis zur Rücksichtslosigkeit sein, Signorina Grisi«, fuhr der Anwalt fort. »Das ist vielleicht unangenehm, aber es erspart uns viel Zeit.«

»Verfahren Sie, wie Sie es für richtig halten.«

Giuseppe Arisi fixierte sie mit seinen klaren, blauen Augen.

»Wissen Sie, ob Comotti homosexuell ist?« fragte er.

Anna wollte seine Frage schon bejahen, dann aber beschloß sie, sich zurückzuhalten. Sie wollte den Juristen, die einzige Stütze und Hilfe in dieser komplizierten Geschichte, nicht belügen, aber genauso wenig konnte sie auf bloße Vermutungen hin etwas behaupten.

»Dazu kann ich Ihnen keine sichere Auskunft geben«, sagte sie ausweichend und zündete sich eine Zigarette an. Die Unterredung machte sie nervös.

»Könnten Sie es sich denn vorstellen?« hakte der Anwalt nach.

»Ist das so wichtig?« fragte Anna zurück.

»Wir haben es hier mit einem sehr komplexen und

schwerwiegenden Problem zu tun. Das ist Ihnen offensichtlich nicht klar.« Seine blauen Augen blickten sie hart und durchdringend an. »Vielleicht war ich nicht deutlich genug. Ich erwarte Mitarbeit von Ihnen, keine Ziererei. Es ist absolut wichtig, daß Sie meine Fragen beantworten. Sie sind ein attraktives Mädchen und haben mit Comotti unter einem Dach gelebt. Wahrscheinlich kennen Sie nicht nur ihn, sondern auch seine Freunde ziemlich gut. Hat Pier Giorgios Verhalten nie Zweifel in Ihnen geweckt?«

Anna war verlegen. »Es wird so manches gemunkelt. Aber ich habe nie etwas gesehen, das mich zu einem sicheren Schluß führen könnte.«

Der Anwalt hatte Mühe, nicht die Beherrschung zu verlieren.

»Dann muß ich noch deutlicher werden«, sagte er. »Pier Giorgio Comotti wurde dabei erwischt, wie er im Stadtgarten am See Intimitäten mit einem anderen Mann austauschte, einem gewissen Luciano Cremonesi, vierundzwanzig Jahre alt, Schauspieler.« Er las ihr aus einem Bericht vor, den er vor sich auf dem Schreibtisch liegen hatte.

»Hier ist auch die Rede von einer Dosis Kokain, die in Comottis Jackentasche gefunden wurde«, fügte er hinzu.

»Pier Giorgio hat nie Drogen genommen«, entgegnete Anna wütend und drückte ihre Zigarette aus.

»Woher wissen Sie das so genau?«

Ja, woher wußte sie das eigentlich? Wie konnte sie so sicher behaupten, daß Pier Giorgio nie in seinem Leben Kokain geschnupft hatte?

»Das kann ich Ihnen nicht sagen«, erwiderte sie betreten.

»Zum Verdacht auf Homosexualität können Sie sich nicht äußern, wohl aber zu einem Thema, das noch viel heikler und gefährlicher ist«, bemerkte der Jurist mit hochgezogenen Augenbrauen.

Anna schlug sich die Hände vors Gesicht und begann zu weinen.

»Entschuldigen Sie mich, Dottore Arisi. Ich bin völlig konfus. Diese ganze Geschichte tut mir so leid. Ich möchte doch nur einem Freund helfen, der unendlich viel für mich getan hat.«

Der Anwalt tröstete sie mit einem Lächeln.

»Ich kann mir gut vorstellen, wie Ihnen zumute ist. Aber ich bin wirklich auf Ihre Mitarbeit angewiesen.«

»Und wenn irgend jemand versucht hätte, ihn anzuschwärzen?« überlegte Anna und wischte sich die Tränen ab.

»Diesen Anschein hat es in der Tat«, gab Arisi zu.

»Sein junger Freund?« Anna hatte sich wieder gefangen.

»Das ist nicht ausgeschlossen.«

»Aber warum?«

»Es gibt viele Gründe, jemanden zu verraten.«

»Ist irgend etwas über diesen Luciano Cremonesi bekannt?«

»Praktisch alles.«

Anna zündete sich eine neue Zigarette an.

»Sagten Sie, er sei Schauspieler?«

»Ein Möchtegernschauspieler, homosexuell und kokainsüchtig. Er wurde vor ein paar Tagen verhaftet und dann unerklärlicherweise wieder freigelassen. Vielleicht als Gegenleistung dafür, daß er jemanden denunziert hat. Es ist nicht ausgeschlossen, daß er sich mit dem Kopf unseres Freundes freigekauft hat.«

»Und das Rachemotiv?«

»Abgewiesener Liebhaber, vielleicht. Die menschliche Seele ist ein unerforschliches Labyrinth und zu den abartigsten Gemeinheiten fähig.«

Anna betrachtete ein Gemälde an der Wand gegenüber, auf dem eine ländliche Idylle dargestellt war.

»Vielleicht ist alles meine Schuld«, sagte sie. »Pier Giorgio hat ihn weggeschickt, weil ich ihn bat, für einige Zeit bei ihm wohnen zu dürfen. Ich erinnere mich, flüchtig einen jungen Mann gesehen zu haben, der gerade ging, als ich ankam.«

»Laden Sie sich keine Verantwortung auf, die Sie nicht

haben. Aber es gibt etwas anderes, das Sie tun können. Ihrem ersten Roman nach zu urteilen, besitzen Sie Phantasie und Erfindungsgabe. Lassen Sie sich eine glaubhafte Ausrede einfallen, um Comottis Abwesenheit in der Redaktion zu entschuldigen. Er wird nicht lange fehlen. Gott sei Dank ist morgen Samstag. Am Sonntag ist die Redaktion geschlossen. Also, tun Sie Ihr Bestes, damit der Verlag nicht in Aufruhr gerät.«

»Könnte es nicht sein, daß die Polizei dort anruft?«

»Die Polizei läßt bis Dienstag nichts durchsickern, das habe ich sichergestellt. Tun Sie, was ich von Ihnen verlangt habe. Um den Rest kümmere ich mich«, sagte der Anwalt.

»Ich fühle mich Pier Giorgio sehr verbunden. Ich würde alles tun, um ihn zu retten«, erwiderte Anna.

»Wenn wir noch einmal Ihre Unterstützung brauchen, lasse ich es Sie wissen.«

»Sie machen einen optimistischen Eindruck«, bemerkte Anna. »Als hätten Sie noch einen Trumpf im Ärmel.«

Arisi lächelte.

»Ich kenne eine einflußreiche Persönlichkeit in der Kurie. Monsignore Sebastiano Brighenti. An ihn möchte ich mich wenden. Er ist ein Freund und Landsmann von Pier Giorgio und mir.«

»Der ist auch mit den Montaltos befreundet«, rief Anna erfreut. »Er hat Edisons jüngste Tochter getauft. Aber ich weiß, daß er nicht mehr in Mailand ist. Ich glaube, er hält sich zur Zeit in der Schweiz auf.«

»Das ist kein Problem. Die Arme der Kirche reichen weit.«

3

Monsignore Sebastiano Brighenti wurde von dem schüchtern gehauchten »Guten Morgen« einer ätherisch wirkenden Nonne geweckt. Für Schwester Imelda stellte die Aufgabe, den Prälaten zu wecken, eine Ehre dar, an die sie sich noch nicht gewöhnt hatte. Dieser wichtige Mann, der in gewisser Weise ihrem Schutz unterstellt worden war, machte großen Eindruck auf sie. Für Monsignore Sebastiano Brighenti wäre Schwester Imelda bereit gewesen zu sterben.

Sebastiano öffnete die Augen.

»Guten Morgen, Schwester Imelda«, murmelte er.

Die kleine, weiß gekleidete Nonne undefinierbaren Alters mit dem schmalen Gesicht und den aufmerksamen, durchdringend blickenden Augen war gerade dabei, die Fensterläden zu öffnen.

»Laudeatur Jesus Christus«, erwiderte sie, wobei sie sich umdrehte, um leise hinauszugehen.

Der Prälat stand auf. Das schwache Licht eines regnerischen Morgens drang ins Zimmer. Es war halb sechs. Sebastiano stellte sich ans Fenster und sah in den Hof der Kurie hinunter, in dem sich Wasserpfützen bildeten. Wenige Stunden Tiefschlaf genügten ihm, um sich wieder frisch und kräftig zu fühlen.

Er dachte an die Termine, die er an diesem Tag hatte.

Der wichtigste war ein Treffen mit Professore Antonio Mingardi, einem italienischen Emigranten, der damit begonnen hatte, ein weit verzweigtes Netz von Verbindungen unter intellektuellen Regimegegnern zu knüpfen. Es handelte sich dabei um Menschen, die noch immer hofften, die politische Koalition von Faschisten und Nationalsozialisten von innen heraus ändern zu können. Monsignore Brighenti unterstützte sie unter Gefährdung seiner eigenen Person, indem er Kontakte zu Freunden in Rom und Mailand aufnahm und versuchte, sie für das Unternehmen zu gewinnen.

Daß er jetzt in Lausanne lebte, war kein Zufall. Er hatte bewußt und zielstrebig darauf hingearbeitet, in die Schweizer Stadt versetzt zu werden. Seine Vorgesetzten hatten diesen Entschluß gefördert, der nicht zuletzt in dem Bedürfnis wurzelte, Abstand zwischen sich und Ester zu schaffen.

Der Gedanke an die Frau, die er liebte, und an die kleine Lola ließ ihm keine Ruhe. In der Vergangenheit hatte er manche tiefgreifende Entscheidung getroffen, manche schwierige Situation gemeistert, aber das Gefühl, das ihn an Ester band, war die härteste Probe, auf die das Leben ihn je gestellt hatte.

Sebastiano Brighenti war in einem vornehmen Stadtviertel Bergamos zur Welt gekommen, als einziges Kind und letzter Abkömmling einer mächtigen und schwerreichen Familie von Waffenherstellern.

In einem Alter, in dem junge Leute seines Standes normalerweise nur an ihr Vergnügen dachten, hatte Sebastiano völlig unerwartet und zur großen Bestürzung seiner Eltern und Freunde beschlossen, in ein katholisches Seminar einzutreten. Er war ein guter Priester geworden. Seine Bildung, seine Intelligenz und sein Name hatten seinen Aufstieg in die oberen Ränge des Klerus begünstigt. Sein Elan, seine Urteilskraft und die entschlossene Art, mit der er selbst die kompliziertesten Probleme anging, hatten ihn zu einer hochangesehenen Persönlichkeit gemacht. Nach langjähriger Tätigkeit im Vatikan war er der Mailänder Kurie zugeteilt worden.

»Die Zeiten sind schwierig«, hatte sein unmittelbarer Vorgesetzter zu ihm gesagt. »Wir sind der Meinung, daß der Mailänder Bischof einen Mann wie dich braucht.«

»Das ist ein sehr verantwortungsvoller Auftrag«, warf Sebastiano ein. »Ob ich dazu geeignet bin?«

»Du wirst es schon schaffen«, erwiderte der Monsignore mit einem väterlichen Lächeln. »Aber vorher hast du Recht auf Ferien. Du hast in letzter Zeit sehr viel gearbeitet, zu viel, auch für einen Mann mit deiner Schaffenskraft«, hatte er abschließend gesagt und dabei insgeheim etwas neidisch seine altersbedingte Zerbrechlichkeit mit Sebastianos Vitalität verglichen. So war Monsignore Brighenti nach Castiglioncello gefahren, in die Villa Pamphili, ohne zu ahnen, daß dieser kurze Urlaub für immer sein Leben prägen würde.

Sebastiano wußte, daß viele Priester ihr Keuschheitsgelübde brachen, aber er hätte sich nie vorgestellt, daß auch er sich eines Tages dieses Vergehens schuldig machen würde. Er hatte monatelang gelitten und geschwiegen, aber als Ester ihm die Nachricht von Lolas Geburt zukommen ließ, hatte er das Geheimnis seinem Bischof gebeichtet. Nicht um sein Gewissen zu erleichtern, sondern um einen guten Rat zu bekommen und zu begreifen, inwieweit seine religiöse Berufung dadurch beeinträchtigt war.

»Und was möchten Sie jetzt machen, Monsignore?« hatte der Kardinal ihn gefragt, ohne selbst ein Urteil zu äußern.

»Am liebsten würde ich umkehren, aber das ist nicht möglich«, erwiderte Sebastiano.

»Dann gehen Sie weiter«, riet ihm der Kardinal. »Aber nur, wenn Sie sich stark genug fühlen, Ihren Weg fortzusetzen.«

Einen Tag später war Sebastiano Brighenti nach Lausanne abgereist.

An diesem verregneten Morgen nun zelebrierte er um sechs Uhr die erste Messe und kehrte danach in seine Wohnung zurück, wo Schwester Imelda das Frühstück vorbereitet hatte. Auf dem Eßzimmertisch lagen verschiedene Tageszeitungen, die er beim Frühstücken rasch durchblätterte.

Das Telefon läutete, und Schwester Imelda beeilte sich, den Hörer abzunehmen.

»Für Sie. Aus Mailand«, teilte sie dem Monsignore mit.

»Legen Sie das Gespräch in mein Büro«, ordnete er an und ließ sein Frühstück stehen, zum großen Bedauern der Nonne, die sich so viel Mühe damit gegeben hatte.

An einer sonst völlig kahlen Wand seines Arbeitszimmers hing ein leidender Christus aus Holz. Die anderen Wände waren mit dicht besetzten Bücherregalen ausgestattet. In der Mitte des Büros befand sich ein großer Schreibtisch mit glänzender Tischplatte, auf der das Telefon stand.

»Mit wem spreche ich?« fragte er in der Annahme, mit dem Büro des Bischofs verbunden zu sein.

»Hier ist Giuseppe Arisi«, sagte eine Stimme, die sich ihren Weg durch einen Dschungel von Krächzgeräuschen bahnte.

»Worum geht es?« fragte Sebastiano, alle einleitenden Floskeln überspringend.

Giuseppe Arisi erzählte seinem Freund die Geschichte, in die Pier Giorgio Comotti hineingeraten war.

»Was meinst du dazu?« fragte Sebastiano ruhig.

»Daß Pier Giorgio unschuldig ist, was die Anklage auf Drogenhandel betrifft. Und der Vorwurf der Homosexualität muß erst bewiesen werden.«

»Ist er verhört worden?«

»Ich glaube nein. Aber sicher weiß ich es nicht. Ich habe noch nicht die Erlaubnis bekommen, ihn zu sehen«, beklagte sich der Anwalt. »Hast du einen Rat für mich?«

»Tu, was du für richtig hältst. Was mich angeht, so will ich nichts unversucht lassen, um einen Unschuldigen freizubekommen«, versicherte der Geistliche ihm, bevor er einhängte. Dann meldete er ein dringendes Gespräch in den Vatikan an.

»Der Pfarrer von Sankt Ambrosius hat bald Geburtstag«, sagte er mit deutlich vernehmbarer Stimme zu der Person am andern Ende der Leitung. »Wir müssen ihn würdig feiern, bevor uns jemand zuvorkommt.«

Das war eine verschlüsselte Botschaft, die übersetzt ungefähr so gelautet hätte: »Unser Kontaktmann in Mailand ist verhaftet worden. Wir müssen eingreifen, bevor er einem Verhör unterzogen wird.«

Danach tätigte er einen zweiten Anruf.

»Hier ist Monsignore Sebastiano Brighenti. Ich möchte mit Monsieur David Dublanc sprechen«, sagte er zu der Frau, die sich am Apparat meldete.

»Einen Moment bitte«, erwiderte die Telefonistin.

Wenige Sekunden später wurde er von einer männlichen Stimme begrüßt.

»Womit kann ich Ihnen dienen, Monsignore?«

»Ich muß dringend nach Italien fliegen«, sagte der Geistliche.

Sein Gesprächspartner war ein jüdischer Bankier, der mit all jenen Kräften zusammenarbeitete, die sich auf die eine oder andere Weise den Rassenverfolgungen widersetzten. Er hegte große Bewunderung für Monsignore Sebastiano Brighenti und schätzte seine Intelligenz, seine moralische Integrität und seinen Mut.

»Wann?« fragte David Dublanc, während er im Kopf rasch die Schwierigkeiten überschlug, die es für eine solche Operation zu überwinden galt.

»So bald wie möglich«, entgegnete Sebastiano.

»Setzen Sie sich mit meinem Piloten in Verbindung, damit er die technischen Vorbereitungen treffen kann. Dann übernehmen Sie das Kommando der Operation«, sagte Dublanc, ohne sich auch nur nach dem Grund für die Anfrage zu erkundigen.

Sebastiano verließ sein Büro und kehrte, laut nach Schwester Imelda rufend, ins Eßzimmer zurück.

»Was ist los, schlafen Sie?« herrschte er die Nonne an, die leise herbeieilte. Schwester Imelda war an die schroffen Manieren des Monsignore gewöhnt, aber diesmal wirkte er noch nervöser und mürrischer als sonst. Sie blieb vor ihm stehen, um seine Anweisungen entgegenzunehmen.

»Schicken Sie mir Padre Thomas. Und dann räumen Sie dieses Chaos weg«, sagte er und deutete auf das Frühstück, das längst kalt geworden war.

»Padre Thomas ist in der Kirche und nimmt die Beichte ab«, murmelte die Schwester.

»Ich will ihn hier haben. Auf der Stelle«, beharrte er in einem Ton, der keine Widerrede zuließ.

Schwester Imelda neigte gehorsam den Kopf und verschwand so lautlos, wie sie gekommen war.

Padre Thomas, ein gebürtiger Waliser und überaus tüchtiger Mann, war Monsignore Brighentis Sekretär.

Sebastiano ging in sein Schlafzimmer und entledigte sich

seines Priestergewands, um einen braunen Cordanzug und einen Wollpullover anzuziehen. Dann holte er aus einem kleinen Safe, der hinter der Kopie eines berühmten Madonnenbildes versteckt war, ein Bündel Schweizer Banknoten und einen Packen italienischer Geldscheine und steckte beides in die Innentasche seiner Jacke.

Als er in sein Arbeitszimmer zurückkam, wurde er bereits von Padre Thomas erwartet, der eher einem jungen Seminaristen als einem Priester glich. Er war groß und blond, hatte einen leicht gekrümmten Rücken und aufmerksame, flinke Augen. Um seine schmalen Lippen spielte ständig ein schüchternes Lächeln. Sein Gesicht war schwer von Akne gezeichnet. Sebastiano hatte ihn im Vatikan ausgewählt, um ihn später nach Mailand und dann nach Lausanne mitzunehmen. Er war ein kluger Mann und ein wertvoller Mitarbeiter.

Sebastiano setzte sich an den Schreibtisch und reichte Padre Thomas einige Briefe, die er während der vergangenen Nacht entworfen hatte.

»Die tippen Sie persönlich ab und verschicken sie«, wies er ihn an, während er ihm die Blätter gab. »Und sagen Sie alle meine Termine für heute und die nächsten zwei Tage ab.«

Padre Thomas nickte und behielt seine brennende Neugierde für sich.

»Verlassen Sie sich ganz auf mich«, sagte er.

»Ich muß nach Mailand«, teilte Sebastiano ihm mit. »Es geht um eine dringende und sehr heikle Angelegenheit. Außer Ihnen weiß keiner von dieser Reise. Ich rechne auf Ihre Diskretion.«

»Wie immer«, betonte Padre Thomas.

Sebastiano sah sich um, als habe er noch etwas vergessen.

»Rufen Sie Professore Mingardi an«, fügte er dann hinzu, »und sagen Sie ihm, er soll so schnell wie möglich zum Flughafen kommen. Ich erwarte ihn dort.«

»Sie fliegen?« Der junge Mann wurde rot, nicht so sehr

wegen der Gefahren, die ein Flug in Kriegszeiten mit sich brachte, sondern vor allem, weil es ihm nicht gelungen war, sich zu beherrschen.

»Ja, mit der Maschine von Monsieur Dublanc«, erklärte der Prälat.

»Verstehe«, murmelte Padre Thomas, der mit dem Bankier längst nicht so vertraut war wie sein Vorgesetzter. »Ich bete für Sie«, fügte er hinzu.

»Gott möge Sie erhören«, erwiderte Sebastiano mit dem Anflug eines Lächelns.

Als Sebastiano mit dem Auto, das Dublanc ihm zur Verfügung gestellt hatte, am Flughafen ankam, wurde er bereits von Professore Mingardi erwartet.

Er hakte sich bei dem Freund unter und schlenderte mit ihm zum Abstellplatz der Maschine.

»Pier Giorgio ist verhaftet worden«, teilte er ihm leise mit.

»Wann?« fragte der Professor besorgt.

»Gestern, in Mailand«, erwiderte Sebastiano. »Ich fürchte, Sie werden seine Wohnung durchsuchen.«

»Soviel steht fest«, bestätigte der andere. »Aber Pier Giorgio ist ein vernünftiger Mann. Er würde nie kompromittierendes Material bei sich aufbewahren. Mir macht vielmehr das Verhör Sorgen. Diese Leute sind nicht zimperlich.«

Professore Mingardi war ein feinsinniger, gebildeter Mann, ein angesehener Gelehrter, der gleichermaßen im Zivil- und Strafrecht zu Hause war.

»Als erstes müssen wir seinen Kontaktmann in Como informieren, damit er alle Unterlagen verschwinden lassen kann. Sonst werden noch andere Leute in die Sache hineingezogen«, riet der Prälat.

Die antifaschistische Widerstandsgruppe, der Mingardi angehörte, war noch keine besonders stabile Organisation. Sie wurde vom humanitären Engagement weniger Idealisten getragen, die politisch Verfolgten und Opfern der Rassenpolitik Hilfe leisteten. Die katholische Kirche hatte, ohne offiziell etwas verlauten zu lassen, die Gründung einer Solidaritätsbewegung innerhalb des Vatikans begünstigt, der auch Monsignore Brighenti angehörte. Und dieser arbeitete unter anderem mit Mingardis Gruppe zusammen.

Sebastiano hatte sich nach seiner Ankunft in Lausanne im Auftrag der Kirche sofort mit Professore Augusto Mingardi in Verbindung gesetzt und bald entdeckt, daß Pier Giorgio Comotti zu den maßgeblichen Persönlichkeiten der geheimen Verbindung gehörte.

Sebastianos Eltern waren mit dem Grafen Comotti und seiner Familie befreundet, aber er und Pier Giorgio hatten nie engen Kontakt miteinander gehabt.

»Warum ist er verhaftet worden?« wollte Mingardi wissen.

»Homosexuelle Kontakte«, erwiderte der Prälat kurz. »Wahrscheinlich haben die Polizei und das Regime einfach nach einem Grund gesucht. Es ist auch die Rede von Kokain.«

»Mit anderen Worten, eine Denunziation«, schloß der Professor.

»Darauf gehen bekanntlich alle spektakulären Polizeiaktionen zurück. An wen kann ich mich in Como wenden?« fragte er Mingardi.

»An den Buchdrucker Giovanni Lippi. Er ist absolut zuverlässig und hat viele Beziehungen.«

»Bei meiner Ankunft in Italien brauche ich einen Wagen.«

»Den sollen Sie haben. Ich werde alles Nötige veranlassen.«

Die beiden Männer verabschiedeten sich mit einem herzlichen Händedruck.

Vor der kleinen Maschine wartete der Pilot auf Sebastiano.

»Sind Sie der Passagier, den ich nach Italien bringen soll?« wollte er wissen.

»Der bin ich. Und ich bin abflugbereit«, sagte Sebastiano.

»Tut mir leid, Monsieur«, widersprach der Pilot. »Das Wetter läßt es nicht zu. Es sind schwere Gewitter angesagt.«

»Welche Anweisung haben Sie von Monsieur Dublanc erhalten?«

»Sie nach Como zu fliegen.«

»Dann tun Sie das, bei Gott«, donnerte Sebastiano und kletterte rasch in die Maschine.

Der Pilot sah ihn verdutzt an.

»Sind Sie je geflogen, Monsieur?«

»Ja, ja, ich bin schon geflogen«, erwiderte Sebastiano ärgerlich.

»Bei solchen Witterungsverhältnissen?«

»Auch bei noch viel schlechterem Wetter.«

In diesem Augenblick kam ein Fetzen blauer Himmel zwischen den Wolken zum Vorschein.

»Wer weiß, vielleicht haben wir ja Glück«, murmelte der Pilot bei sich. »Sie müssen einen besonderen Schutzengel haben«, sagte er im Scherz.

»Ich glaube schon, obwohl ich ihn nicht verdient habe«, erwiderte der Priester ernst.

4

Der kleine Fabrizio baute einen bösen Sturz mit seinem Fahrrad, direkt vor Emilianos Augen, der auf seinem feuerroten *Velox* hinter ihm hergeradelt war. Glücklicherweise zog er sich bei dem Unfall keine größeren Verletzungen zu, nur ein aufgeschlagenes Knie an seinem rechten Bein, auf dem er seit seiner Kinderlähmung hinkte.

Emiliano eilte ihm sofort zu Hilfe und blies auf die Platzwunde, damit sie weniger brannte.

»Ist nicht so schlimm«, meinte Fabrizio und biß die Zähne zusammen.

»Aber es tut weh«, sagte Emiliano, der die Tapferkeit und den Mut des Kleinen bewunderte. »Meinst du, daß du gehen kannst?« fragte er.

Fabrizio sah ihm in die Augen und lächelte ironisch.

»Ich schaffe es um die ganze Welt mit meinem Hinkebein«, scherzte er.

Emiliano hegte große Zuneigung für den kränklichen, schüchternen und zugleich willensstarken Jungen, der von Gianni und Wally ständig gehänselt und ausgelacht wurde. Sie betrachteten Fabrizio als einen störenden Eindringling.

»Besser, du setzt dich auf meine Fahrradstange«, sagte Emiliano, denn er sah, daß ihm das Gehen schwerfiel.

»Wenn das nicht zu anstrengend für dich ist«, willigte Fabrizio ein.

So gut es ging, nahm Emiliano den Jungen vor sich auf die Stange und radelte dann auf der verlassenen Straße weiter auf die Villa zu, bis zu der es nur noch ein paar hundert Meter waren.

Emiliano trat ohne große Anstrengung in die Pedale. Fabrizio drehte sich zu ihm um und lächelte ihn dankbar an.

»Geht's?« fragte er.

»Überhaupt kein Problem«, erwiderte Emiliano.

Der erste Kriegswinter stand unmittelbar bevor. Niemand glaubte mehr an ein baldiges Ende des Konflikts, der sich im Gegenteil von Tag zu Tag noch mehr ausweitete.

Emiliano wußte, daß er einer privilegierten Schicht angehörte. Die Mehrheit der Italiener mußte sich dem Gesetz der Rationierung beugen. Es mangelte an Heizkohle, und Lebensmittel konnten nur mit entsprechenden Marken gekauft werden. Die Montaltos dagegen besaßen ein landwirtschaftliches Gut, von dem sie mit Fleisch, Butter, Mehl und Eiern versorgt wurden.

Die Kinder der Familie besuchten ganz normal die Schule in Mailand und verbrachten ihre Wochenenden in der friedlichen Villa Ester, wo sie von Gilda bekocht wurden.

Emiliano warf einen Blick auf seine moderne Armbanduhr, auf die er sehr stolz war. Es war zwölf. In einer halben Stunde würde das Mittagessen aufgetragen. Seit er elf Jahre alt war, durfte er mit seinen Eltern und deren Freunden essen. Für seine jüngeren Geschwister wurde ein Tisch in der Küche gedeckt. Als Emiliano und Fabrizio noch ungefähr hundert Meter vom Tor der Villa entfernt waren, wurden sie von einem großen Automobil überholt. Es war ein schwarzer Fiat 1500, der wenige Meter vor ihnen anhielt.

Ein noch ziemlich junger Mann von mächtiger Gestalt stieg aus dem Wagen. Er trug einen dunklen Rollkragenpullover und einen braunen Anzug aus Cordsamt.

Er erinnerte Emiliano an Dick Fulmine, den Helden einer abenteuerlichen, bei Kindern sehr beliebten Comic-Geschichte. Der Junge betrachtete ihn voller Bewunderung und ein bißchen neidisch. Zu seinem Erstaunen rief ihn der Unbekannte beim Namen.

Emiliano erkannte jetzt seine Stimme. Er war ein wenig enttäuscht darüber, daß sich hinter dem tollen Dick Fulmine kein anderer verbarg als Monsignore Sebastiano Brighenti, ein Freund der Familie, den er seit Monaten nicht mehr gesehen hatte.

»Guten Tag, Monsignore«, sagte er und radelte ihm entgegen.

Der Geistliche hielt den Lenker fest und half ihm abzusteigen.

»Wie ich sehe, hast du einen Verletzten an Bord«, stellte er fest.

»Nur eine Platzwunde«, meinte Fabrizio und rutschte von der Stange.

Zu seiner großen Freude hob Sebastiano ihn hoch und setzte ihn auf den Rücksitz des fabelhaften Autos.

»Ich öffne Ihnen sofort das Tor«, sagte Emiliano beflissen. »Ich wußte gar nicht, daß Sie mit uns zu Mittag essen.«

»Keiner weiß, daß ich hier bin. Ich wollte nur mit dir sprechen.«

Der Junge fühlte sich geschmeichelt und wurde rot.

»Wer ist der Verletzte?« wollte Sebastiano wissen.

»Der Sohn unserer Köchin Gilda«, antwortete Emiliano. »Er wohnt bei uns.«

In nur wenigen Sekunden hatte Sebastiano sich einen Plan zurechtgelegt. Es tat ihm leid, ein unschuldiges Kind in die Sache hineinziehen zu müssen, aber er hatte keine andere Wahl: er mußte sich des Jungen bedienen. Er ging zum Kofferraum seines Wagens.

»Kannst du ein Geheimnis für dich behalten?« fragte er.

Emiliano warf ihm einen stolzen Blick zu.

»Ich kann schweigen wie ein Grab«, beteuerte er pathetisch.

»Und dein kleiner Freund?«

»Der tut, was ich von ihm verlange«, erwiderte Emiliano überzeugt.

Sebastiano öffnete die Kofferraumklappe des Autos und holte ein kleines, abgeschlossenes Köfferchen hervor. »Dann hör mir gut zu, Emiliano«, sagte er. »Ich muß diesen Koffer loswerden.«

»Soll ich ihn in den See werfen?« fragte der Junge.

»Nein, du sollst ihn aufbewahren. Weißt du einen sicheren Ort?«

»Ich habe ein todsicheres Geheimversteck«, entgegnete der Junge, ganz begeistert von diesem unerwarteten und spannenden Abenteuer.

»Dann bring den Koffer in dein Versteck«, sagte Sebastiano und reichte ihn ihm. »Los, ab damit!«

Emiliano rannte so schnell er konnte zu dem Pavillon am Ende des Parks, lockerte eine Planke des Holzgerüsts, auf dem das Häuschen ruhte, und verstaute in dem Hohlraum darunter den kleinen Koffer. Dann rückte er das Brett wieder zurecht und lief zum Tor zurück.

Sebastiano hatte ihm aus der Ferne zugeschaut. »Jetzt kann ich beruhigt gehen«, sagte er dankbar und drückte ihm die Hand. »Eines Tages komme ich oder jemand in meinem Auftrag zurück und hole ihn ab. Jetzt hängt die

Sicherheit, das Wohlbefinden, ja sogar das Leben vieler Menschen von dir ab.«

Emiliano gelangte immer mehr zu der Überzeugung, daß dieser Mann nicht Monsignore Sebastiano Brighenti war, sondern Dick Fulmine, sein Lieblingsheld, dem er bei einem phantastischen Abenteuer helfen mußte.

»Von mir erfährt keiner, daß Sie hier gewesen sind«, schwor er.

»Ich verlasse mich auf dich«, erwiderte Sebastiano, wobei er ihm in die Augen sah und mit der Hand seine Schulter drückte.

Er hatte den Inhalt des Köfferchens nicht zerstören können. Die Dokumente waren unerläßlich, um das immer weiter werdende Netz von Verbindungen aufrechtzuerhalten.

Während des Fluges hatte er lange nachgedacht und schließlich beschlossen, sich dem Zufall anzuvertrauen.

Der unschuldige Junge war ihm genau im richtigen Augenblick über den Weg gelaufen. Was wäre passiert, wenn er statt seiner irgendein anderes Mitglied der Familie Montalto getroffen hätte? Der Himmel hatte ihm beigestanden. Jetzt waren die Dokumente in Sicherheit und würden bei Bedarf zur Verfügung stehen.

Nur eins bedrückte ihn: der Gedanke, daß Ester und seine Tochter praktisch in Reichweite waren und er sie trotzdem nicht sehen konnte.

»Sind daheim alle wohlauf?« fragte er.

»Ja, es geht allen gut«, erwiderte Emiliano. »Auch Mama, die nach Lolas Geburt ziemlich übel dran war.«

»Und Lola?« Die Stimme des Mannes zitterte leicht.

»Unausstehlich, wie alle meine Geschwister.«

»Was macht Papa?«

»Der schimpft auf die Papierfabriken, weil sie nicht spuren. Tante Polissena«, fuhr er fort, »hat endlich einen Geliebten. Und ich darf jetzt alleine ins Kino gehen.«

Sebastiano gratulierte ihm zu dieser Errungenschaft.

»Dann behältst du unser Geheimnis also für dich?«

»Aus mir kriegt keiner was heraus«, beteuerte Emiliano noch einmal. »Wann kommen Sie wieder?«

»Das weiß ich nicht. Aber denk dran: wenn eines Tages jemand in meinem Namen den Koffer verlangt, mußt du ihn ihm geben.«

»Versprochen«, sagte Emiliano. Dann ließ er Fabrizio aus dem Wagen aussteigen, nahm ihn wieder auf seine Fahrradstange und radelte auf die Villa zu, ohne sich noch einmal umzudrehen.

Beim Fahren beugte er sich über den Jungen und sagte: »Du und ich – wir haben den Mann und das Auto nie gesehen. Klar?« Fabrizio sah zu ihm auf.

»Das schwöre ich«, versprach er feierlich.

Emiliano lieferte den Kleinen in der Küche ab.

»Was hast du denn schon wieder angestellt?« schimpfte Gilda ihn liebevoll aus, als sie sein aufgeschlagenes Knie sah.

»Nichts Schlimmes«, erwiderte Fabrizio. »Ich bin nur vom Fahrrad gefallen.«

Emiliano lief ins Eßzimmer, wo bereits alle zu Tisch saßen. Er hielt dem Blick seines Vaters stand, der seine unentschuldigte Verspätung mit einem strengen Gesicht quittierte.

Als Pier Giorgio Comotti das Gefängnistor von San Vittore passierte, sah er einen Mann in dunklem Pullover und braunem Cordanzug, der auf ihn wartete. Seit seiner Verhaftung waren vierundzwanzig Stunden vergangen. Er hatte zerknitterte Kleider, ein schmutziges Gesicht und ein geschwollenes Auge als Folgen des Verhörs, dem er unterzogen worden war. Unmittelbar danach hatte ein Polizeikommissar ihn aufgeklärt: »Die Regierung interessiert sich sehr für Sie. Sie bekommen unsere Methoden also noch genügend zu spüren. Auf Anweisung der Staatspolizei werden Sie fürs erste nach San Vittore verlegt.«

In diesem Augenblick hatte der Journalist begriffen, daß seine Lage noch brenzliger war, als er befürchtet hatte.

Nach seiner Ankunft in San Vittore aber, als er sich bereits auf das Schlimmste gefaßt machte, war er plötzlich freigelassen worden.

»Ich bin Sebastiano Brighenti«, murmelte der Mann, der sich ihm zur Seite gestellt hatte. »Sprechen Sie nicht, und drehen Sie sich nicht um. Versuchen Sie, sich so natürlich wie möglich zu verhalten. Wir werden beobachtet.«

Der Journalist befolgte strikt die Anweisungen des Prälaten. »Steigen Sie nach mir in das Taxi«, befahl Sebastiano.

Eine Viertelstunde später setzte der Fahrer sie an der Porta Venezia ab. In einem Palazzo an der Ecke zur Via Malpighi befand sich die Kanzlei von Rechtsanwalt Arisi. Der Jurist empfing die beiden in den verlassenen Büroräumen. Seine Angestellten waren bereits nach Hause gegangen. Aufgrund der Verdunkelung brannte nirgends in der Stadt ein Licht.

Pier Giorgio begrüßte herzlich seinen Freund, bevor er sich in einen Sessel fallen ließ.

»Ich fühle mich wie im Paradies«, sagte er.

»Das ist alles sehr relativ«, entgegnete der Prälat.

Pier Giorgio befühlte instinktiv sein dickes, linkes Auge und die geschwollenen, bläulich verfärbten Lippen.

»Ich muß schrecklich zugerichtet sein«, sagte er.

»Davon ist bald nichts mehr zu sehen«, tröstete Sebastiano ihn und ging zum Fenster. Vorsichtig schob er den Vorhang ein wenig zurück und sah einen Mann, der den Eingang überwachte. »Den kriegen wir nicht so leicht wieder vom Hals«, sagte er dann mit Blick auf den Polizisten. »Wir werden kontrolliert«, erklärte er. »Und offensichtlich will die Polizei, daß wir das wissen, sonst würde sie es nicht so auffällig tun.«

»Wie dem auch sei«, entgegnete Pier Giorgio, »es ist jedenfalls schon ein Wunder, daß ich aus dem Gefängnis raus bin.«

»Das ist überhaupt kein Wunder«, behauptete der Prälat. »Wir haben ganz einfach im richtigen Moment das

Richtige gemacht und außerdem ein bißchen Glück dabei gehabt«, fügte er hinzu und trat vom Fenster zurück. »Nur sind Sie leider nutzlos für uns geworden, um ein häßliches, aber treffendes Wort zu gebrauchen. So dumm und blöd sie sind, sie haben das Gespür von Bluthunden. Und wenn sie einmal ihre Beute gewittert haben, lassen sie sich nicht so schnell wieder abschütteln.«

Pier Giorgio war sich seiner heiklen Lage bewußt. Aber der Gedanke, daß er bald in seine Wohnung zurückkehren konnte, wo er ein heißes Bad nehmen und erst einmal ausgiebig schlafen würde, bereitete ihm gute Laune. Er teilte den anderen mit, was er dachte.

Rechtsanwalt Arisi klopfte ihm freundschaftlich auf die Schulter.

»Die Idee, nach Hause zu gehen, schlägst du dir besser aus dem Kopf«, riet er ihm. »Jedenfalls für den Augenblick.«

»Habt ihr mir irgend etwas verschwiegen?« fragte Pier Giorgio erschrocken.

»Heute morgen hat ein Spezialkommando deine Wohnung auf den Kopf gestellt, während Anna Grisi bei mir im Büro war. Sie haben sogar die Matratzen zerstochen«, berichtete ihm der Anwalt.

»Wenn sie die Dokumente gefunden hätten, wären wir jetzt bestimmt nicht hier, um uns über Wunder zu unterhalten«, schloß Sebastiano.

»Ich habe sie nie zu Hause aufbewahrt. Haben Sie sie weggeschafft?« fragte Pier Giorgio.

»Sie sind an einem sicheren Ort. Zu unser aller Glück«, sagte der Prälat, dem es an der Zeit schien, sich zu verabschieden. Er spähte noch einmal durch die Gardinen. Der Mann stand noch immer auf der Straße, direkt neben dem Eingangsportal. »Gibt es eine Möglichkeit, ungesehen hier rauszukommen?« wollte er wissen.

»Vom Hof aus kann man ins Nachbarhaus gelangen. Und von dort erreicht man den Personaleingang des Diana-Theaters«, sagte der Anwalt.

»Dann bitte ich euch, ein paar Minuten zu warten, bevor ihr das Haus verlaßt. Ich gehe als erster. Wenn sie euch ohne mich sehen, werden sie in Aufruhr geraten, und vielleicht gelingt es euch dann, sie abzuhängen.«

»Fliegst du nach Lausanne zurück?« fragte Arisi.

»Wahrscheinlich«, antwortete Sebastiano ausweichend.

»Heute nacht?« wollte der Journalist wissen.

»So Gott will. Jedenfalls so früh wie möglich.«

Für Pier Giorgio war die Schweiz wie ein Traum, eine strahlende Insel inmitten des aufgewühlten Kriegsmeeres.

»Wie kann ich je all das wieder gutmachen, was Sie für mich getan haben?« fragte Comotti, dem gerade einfiel, daß er sich noch gar nicht bei Sebastiano bedankt hatte.

»Versuchen Sie, sich auszuruhen«, entgegnete der Prälat.

»Meine Leichtfertigkeit erfüllt mich mit Schmerz und Abscheu«, klagte Pier Giorgio sich an. »Sie hätte vielen Freunden das Leben kosten können.«

»Aber es ist noch einmal gutgegangen«, stellte Sebastiano fest. »Ihr Freund hat seine Nase offensichtlich nicht nur in dieses weiße Pulver gesteckt, sondern auch in eine größere Sache. Und dann hat er versucht, Sie im geeigneten Moment in die Zange zu nehmen.«

Der Journalist senkte den Blick und starrte auf die verstaubten Spitzen seiner Schuhe.

»Unsere Geschichte war längst zu Ende«, sagte er, um sich zu rechtfertigen. »Und andere soll es nie wieder geben, glaubt mir«, erklärte er mit fester Stimme.

»Wir zweifeln nicht an deinem guten Willen«, entgegnete der Prälat. »Aber die menschliche Natur läßt sich trotz der besten Vorsätze nicht immer kontrollieren«, stellte er traurig fest.

Dann drückte Sebastiano den beiden Männern die Hand und ging hinaus.

Die Familie 1943

1

Gianni Montaltos unschuldige Kinderaugen starrten verwundert auf die ineinander verschlungenen, keuchenden Körper, die eine dunkle Sehnsucht in ihm weckten. Die gewalttätige und zugleich zärtliche Szene schreckte ihn ab und zog ihn an wie ein Abgrund.

Tante Polissena stand an eine Säule des Pavillons gelehnt, während Maestro Gavazzi, sein und Wallys strenger Hauslehrer, sich an ihr rieb, als müßten ihre Körper jeden Augenblick miteinander verschmelzen.

Aus Polissenas hellblauer Bluse, die vollständig aufgeknöpft war, quoll ein riesiger Busen, auf den sich der Maestro mit der Gier eines Neugeborenen stürzte, während seine Hand unter ihrem Faltenrock wühlte.

»Nicht so, Maestro. Nicht jetzt«, hauchte die Frau.

»Signorina Polissena, ich respektiere Ihre Jungfräulichkeit, glauben Sie mir«, sagte der Mann, ohne seiner Hand, die mittlerweile ihr Ziel erreicht hatte, Einhalt zu gebieten.

»Lügner«, wimmerte das verblühte Mädchen, das sich immer schwächer zur Wehr setzte.

»Geben Sie mir nur einen winzigen Beweis Ihrer Zuneigung«, bat der Maestro, während er mit der freien Hand seine Barchenthose aufknöpfte und ein beachtliches Gerät zutage förderte, prall und feuerrot.

Polissena war im Begriff, ihm nachzugeben; es galt nur noch einen letzten Widerstand zu brechen.

»Nur ein Zeichen«, beschwor der Mann sie und ließ sein Instrument zwischen Polissenas nackte Schenkel gleiten, die einen leisen Klagelaut ausstieß.

»Wenn Sie wüßten, wie sehr ich Ihre Gefühle erwidere«, flüsterte sie und fühlte eine übermächtige Welle der Lust in sich aufsteigen.

»Dann lassen Sie uns so bald wie möglich heiraten«, sagte er in einem Atemzug, nahe daran, vom Orgasmus überwältigt zu werden.

Gianni war unfähig, sich vom Fleck zu rühren. Er stand völlig im Bann des seltsamen Taumels, den die Szene in ihm auslöste.

Als Maestro Gavazzi sich nach vielem Stöhnen und Keuchen von Polissena löste und beide rasch ihre Kleider in Ordnung brachten, verließ Gianni seinen Posten unterhalb des Pavillons, wo er sich in einem dichten Gebüsch rosaroter Hortensien versteckt hatte. Ein Stück weit kroch er mühsam auf allen vieren. Erst als er glaubte, daß er im Schutz der üppigen Parkvegetation war, stand er auf und rannte auf die Villa zu.

Er stürzte in den blauen Salon, wo Wally gerade dabei war, auf dem Klavier ihre Etüden zu klimpern.

»Wally, ich muß mit dir reden«, rief Gianni.

Seine Schwester zuckte nur mit der Schulter und fuhr beharrlich fort, auf dem Klavier zu spielen. »Siehst du nicht, daß ich beschäftigt bin?« sagte sie vorwurfsvoll. »Geh weg. Ich habe jetzt keine Zeit.«

Gianni packte sie am Arm und riß sie so heftig herum, daß sie beinahe von ihrem Drehhocker fiel.

»Bist du verrückt geworden?« schimpfte sie, nachdem sie sich wie durch ein Wunder gerade noch gefangen hatte.

»Es ist etwas Unglaubliches passiert«, verkündete der Junge und schilderte ihr in konfusen, aber wahrheitsgetreuen Worten, was er gesehen hatte. Seine stockende Erzählung wurde von seinem verwunderten Gesicht bestätigt, das ungewöhnliche Erregung verriet.

»Also gut, gehen wir«, sagte Wally und ließ sich von ihrem Bruder an die Hand nehmen und zu dem Pavillon führen.

»Da sind sie«, flüsterte Gianni, nachdem sie zwischen den Hortensien sicheren Posten bezogen hatten.

Tante Polissena und Maestro Gavazzi waren an eine Säule gelehnt und küßten sich mit der leidenschaftlichen Hingabe ihrer neu erlangten und bereits erprobten Intimität.

»Das ist noch gar nichts«, meinte Gianni. »Du hättest sie vorher sehen sollen.«

»Vielleicht haben sie Liebe gemacht«, raunte das Mädchen und tat mit seinen elf Jahren wie eine welterfahrene Frau. Gianni sah sie mißtrauisch an.

»Wie willst du wissen, daß sie Liebe gemacht haben, wenn du sie gar nicht gesehen hast?«

»Weil ich es mir vorstellen kann«, erwiderte sie in selbstsicherem Ton.

»Und was machen sie jetzt?« fragte Gianni provozierend.

Wally konnte ihm keine Antwort geben, denn in diesem Augenblick bekamen sie beide eine Kopfnuß verpaßt, die ihr Gespräch jäh unterbrach.

Edison Montalto, der wie sie gesehen hatte, was es zu sehen gab, zog sie in die Höhe. Mit Donnerstimme skandierte er den Namen seiner Schwester: »Polissena!«

Die überraschten Liebhaber fuhren auseinander und erstarrten zu Salzsäulen.

»Marsch nach Hause«, befahl Edison seinen Kindern, die ihm auf der Stelle gehorchten.

Als er den Pavillon betrat, hielt Polissena sich die Hände vors Gesicht und schluchzte, während Maestro Gavazzi entsetzt die Flucht ergriff.

»Wenn ich mir vorstelle, daß meine Kinder dieses schändliche Schauspiel mitangesehen haben, kriege ich

Lust, dir den Kopf abzureißen«, brüllte er die arme Frau an.

»Verzeih mir«, murmelte sie, aber ihr Bruder lief bereits mit raschen Schritten auf die Villa zu.

2

Sie war am Ende ihrer Kräfte, gefangen in einem Schacht, der sie einzwängte wie ein Panzer. Anna Grisi wollte sich an der Hand festhalten, die ihr jemand durch das kaputte Kellerfenster reichte, aber sie bekam sie nicht zu fassen. Sie probierte es noch einmal und konzentrierte sich dabei auf die männliche Stimme, die sie von draußen anspornte.

»Nur Mut«, sagte der unbekannte Helfer. »Suchen Sie mit dem Fuß nach einem Halt. Es ist genug Platz da. Versuchen Sie die Beine zu bewegen.«

Anna gehorchte und brachte es unter Aufbietung aller Kräfte fertig, sich ein wenig zu bewegen.

»Ich habe es geschafft«, rief sie.

»Sehr gut«, lobte sie der Unbekannte. »Suchen Sie jetzt irgend etwas, woran Sie sich abstützen können, und packen Sie meine Hand.«

Endlich fand Anna mit ihrem rechten Fuß eine Art Mauervorsprung. »Ich bin bereit«, sagte sie.

»Schön. Dann hören Sie mir zu. Probieren Sie jetzt, sich aufzurichten«, riet ihr der Mann. Anna machte einen Versuch, der jedoch zu nichts führte. Sie glaubte, ersticken zu müssen, was ihre panische Angst noch steigerte.

Als sie wieder zu Atem gekommen war, unternahm sie einen weiteren Anlauf, aber es wollte ihr auch diesmal nicht gelingen, sich mit den Beinen emporzustemmen. Dabei war es unendlich wichtig, daß sie aus dem zerbombten Keller freikam, denn sie sollte als erste gerettet werden und den Fluchtweg für die restlichen Überlebenden öffnen. Die jammernden und klagenden Stimmen hinter ihr verrieten, daß noch andere mit dem Leben davongekommen waren. Anna erinnerte sich an die angsterfüllten Gesichter der Kinder, die sich an ihre erschrockenen Mütter geklammert hatten, bevor die Bombe eingeschlagen war.

»Ich glaube, ich komme nie aus dieser Falle«, seufzte sie resigniert, während Schweißperlen auf ihre Stirn traten.

»Los, geben Sie sich einen letzten Ruck«, trieb der Mann sie an. »Signora, verstehen Sie, was ich Ihnen sage?« insistierte der Unbekannte.

»Hau ab«, murmelte Anna, die keine Energie mehr hatte, weiterzukämpfen, und in sich die Versuchung spürte, sich der dumpfen Fühllosigkeit zu überlassen, die über sie gekommen war. »Ich bin müde«, sagte sie und schloß die Augen.

»Hör zu«, sagte der Unbekannte und schlug plötzlich einen härteren Ton an. »Ich überblicke deine Lage von hier oben sehr gut«, log er, »und ich garantiere dir, daß du hier rauskommen kannst. Deshalb versuchst du es jetzt noch einmal«, befahl er ihr.

Anna raffte sich zu einem letzten, verzweifelten Versuch auf. Mit größter Anstrengung schaffte sie es endlich, die Hand zu packen, die ihr gereicht wurde.

Der unbekannte junge Mann zog sie energisch hoch und schrie: »Kann mir jemand helfen? Hier sind noch andere, die wir retten müssen.«

Soldaten, Feuerwehrmänner, Krankenpfleger und Freiwillige eilten hin und her und halfen, wo sie gerade gebraucht wurden. Auf der zerstörten Straße standen Krankenwagen, die auf Verletzte warteten. Ein Arzt legte Anna auf eine Tragbahre und gab ihr aus einem Aluminiumbecher Wasser zu trinken.

»Trinken Sie langsam, in kleinen Schlücken«, ermahnte er sie mit ruhiger, sicherer Stimme.

Annas Kehle war wie zugeschnürt und brannte, ihre Lippen waren spröde und rissig.

»Wie fühlen Sie sich?« fragte der Mann.

Anna antwortete nicht. Sie vernahm den Klang seiner Stimme, begriff aber nicht, was er zu ihr sagte.

Der Arzt half ihr auf die Beine.

»Können Sie gehen?« fragte er besorgt.

Als Anna gerade glaubte, sich wieder im Griff zu haben, sank sie ohnmächtig in die Arme des Arztes, der sie auf die Bahre zurücklegte.

Dann wurde er zu einem Verwundeten gerufen, dem es noch schlechter ging als ihr. Nur sich selbst überlassen, kam Anna nach wenigen Minuten wieder zu sich. Sie sah unzählige Menschen, die zwischen den Trümmerhaufen umherwimmelten, sie hörte Schreie, Wehklagen und laute Stimmen, die Befehle erteilten.

Den Blick zum Himmel gewandt, schoß ihr plötzlich durch den Kopf, daß ihr bester Freund, Pier Giorgio Comotti, als einer der ersten ums Leben gekommen war. Ein herabstürzender Balken hatte ihm den Brustkorb eingedrückt. Obwohl sie nur eine Armlänge von ihm entfernt gewesen war, hatte sie – gefangen, wie sie war – nichts für ihn tun können, außer seinen tragischen Tod mitanzusehen und zu hoffen, Gott würde ihm gnädig sein und ihn nicht allzu lange leiden lassen. Statt dessen hatte Pier Giorgio noch fast eine Stunde geröchelt, bevor das Leben endgültig von ihm gewichen war. In diesem Moment war sie, am Ende ihrer Kräfte, ohnmächtig geworden. Dann hatte der junge Helfer sie wachgerufen und gerettet. Saverio, der treue alte Butler, war ebenfalls ganz in ihrer Nähe gestorben.

Bijou, ihr kleiner Hund, war in panischer Angst geflohen. Jetzt sah sie ihn auf dem geborstenen Pflaster liegen, als würde er schlafen. Aber auch er war tot. Anna beugte sich über ihn und streichelte sein hellbraunes Fell. Dann sah sie zu ihren Helfern auf.

»Ich habe hier gewohnt«, sagte sie leise zu den beiden Bahrenträgern, die sie in den Krankenwagen verfrachten wollten.

Irgend jemand schrie: »Wir brauchen eine Bahre!«

Anna bot an, ihre Bahre freizumachen. Die beiden Männer gingen auf ihr Angebot ein. Sie halfen beim Aufstehen und zeigten ihr einen Lastwagen des Roten Kreuzes.

»Bist du sicher, daß du es schaffst?« fragte sie der ältere der beiden.

»Danke. Macht euch keine Sorgen«, erwiderte sie und riß sich zusammen.

Auf der Ladefläche des Lastwagens waren zwei Bänke festgeschraubt, die bereits dicht besetzt waren. Was für einen Sinn hatte es, sich ins Krankenhaus bringen zu lassen, wo sie doch gehen konnte? Anna machte sich inmitten der Trümmer auf den Weg und tauchte bald im Strom der Menschen unter, die durch die zerstörte Stadt irrten. Sie kam an einem Geschäft vorbei, dessen eiserner Rolladen wellenförmig verbogen war. Auf dem Boden lag ein altes Schild, auf dem man noch die Aufschrift »Fleischwaren« und daneben einen von naiver Hand gemalten Kalbskopf erkennen konnte.

Jemand hatte mit weißer Farbe darübergeschrieben: »Frieden, Fleisch und Freiheit. Das Schwein ist tot. Es lebe Badoglio!«

Mit dem Schwein war Mussolini gemeint, dessen vorübergehender Ausschluß aus der Partei keinerlei Einfluß auf den Kriegsverlauf gehabt hatte. Im Gegenteil, es wurde von Tag zu Tag noch schlimmer.

Anna wandelte zwischen Häuserruinen umher und versuchte sich zu orientieren. Endlich erkannte sie zu ihrer Rechten die mächtige und düstere Fassade des *Diana Hotels*. Sie mußte stehenbleiben, um eine Familie vorbeizulassen, die einen Karren voll mit Hausrat vor sich herschob: zusammengerollte Matratzen, Bettroste, Töpfe, alte Koffer.

Ein Mann auf der anderen Straßenseite hatte sie inmitten der surrealen Atmosphäre dieses Augustmorgens erkannt und steuerte zielstrebig auf sie zu.

Als er bei ihr war, hielt er sie am Arm fest und sagte: »Sind Sie Anna Grisi?«

»Ja, das bin ich. Verzeihen Sie, aber ich glaube nicht, daß ich Sie kenne«, wehrte Anna verwirrt ab.

»Ich bin Arisi«, sagte er, »Rechtsanwalt Giuseppe Arisi. Erinnern Sie sich?« beharrte er.

Anna ließ in Gedanken rasch die Ereignisse der letzten Tage Revue passieren. Plötzlich fiel ihr ein, daß sie sich wirklich kannten. Natürlich, das war doch Pier Giorgio Comottis Freund, der Anwalt, der ihn nach seiner Verhaftung im Stadtpark aus dem Gefängnis geholt hatte. Die Tragödie der vergangenen Nacht hatte Annas Reaktionsvermögen stark beeinträchtigt. Außerdem war der Mann kaum wiederzuerkennen: Sein Haar und sein Gesicht waren voller Staub, seine Kleider schmutzig und zerrissen.

»Natürlich erinnere ich mich an Sie«, sagte Anna ergriffen.

»Mein Gott. Wie Sie zugerichtet sind«, entfuhr es dem Mann, dessen Augen sich beim Weitersprechen mit Tränen füllten: »Meine Frau ist unter den Trümmern gestorben. Sie war so empfindsam und hatte vor allem Angst. Dauernd las sie Romane und ging völlig darin auf. Aber sie hatte sich an die Bombenangriffe gewöhnt und war überzeugt, daß ihr nie etwas passieren würde... Deshalb wollte sie auch gestern abend nicht in den Luftschutzkeller hinunter. Das hat sie von Anfang an abgelehnt. Sie sagte, sie wolle nicht sterben wie eine Maus in der Falle. Und evakuieren lassen wollte sie sich auch nicht. Sie sagte, wenn ich in der Stadt bliebe, dann könne sie das erst recht. Ich bin auch nicht in den Keller gegangen«, fuhr er nach einer kurzen Pause fort. »Nur daß sie gestorben ist und nicht ich.«

»Wie schrecklich«, erwiderte Anna leise. Ihre Kehle und ihre Lippen brannten fürchterlich. »Ich muß dringend ein bißchen Wasser finden«, sagte sie und fuhr sich mit der Hand über die schweißbedeckte Stirn.

»Entschuldigen Sie. Ihnen geht es nicht gut. Mein Büro ist ganz in der Nähe. Das Haus wurde von den Bomben nicht getroffen«, sagte Arisi in fürsorglichem Ton.

Anna lächelte.

Eingehängt bahnten sie sich einen Weg durch die Trümmer und stützten sich gegenseitig. Sie unterhielten sich darüber, wann sie sich wohl in einer der umliegenden Bars zu einer Tasse duftendem Kaffee und heißen Hörnchen einladen konnten. Sie sprachen nicht über den Krieg, dessen Auswirkungen sie vor Augen hatten. Es gelang ihnen, dieses Thema auszuklammern, bis sie zum Portal des Hauses kamen, in dem sich Arisis Anwaltskanzlei befand. Anna fragte: »Was für ein Tag ist heute?«

»Der 19. August«, erwiderte Arisi. »Die Amerikaner haben Sizilien befreit.«

Das war eine gute Nachricht, aber Anna konnte sich nicht darüber freuen. Sie senkte den Kopf und sagte: »Ich war so lange in dem Luftschutzkeller und dachte, da komme ich nie wieder raus. Ich habe alles bei den Bombenangriffen verloren. Ich habe keine Wohnung und keine Freunde mehr. Ich bin alleine und habe entsetzlichen Durst. Mir ist alles egal, so egal . . .« Ohnmächtig sank sie in die Arme des Mannes.

Anna und Giuseppe Arisi fuhren mit ihren Fahrrädern in die Richtung des Corso Sempione. Der Lancia Aprilia des Anwalts war wie viele andere Autos konfisziert worden. Die Überlebenden hatten mit Hilfe der wenigen Freunde, die ihnen geblieben waren, ihre Toten begraben. Und dann hatten sie wieder Schlange gestanden, um Zündhölzer, Zigaretten oder Salz zu kaufen, stets bereit, ihre Lebensmittelmarken gegen ein bißchen Schwarzbrot einzutauschen.

Anna war ohne Wohnung und ohne Arbeit geblieben. Der Rovesti Verlag hatte die Veröffentlichung seiner Wochen- und Monatszeitschriften vorübergehend eingestellt, und sie hatte keinen Mut, den Verleger um Hilfe zu bitten. Auch weil Rovesti sich zurückgezogen und die Leitung der Firma ganz seinem Generaldirektor überlassen hatte, um später nicht der Kollaboration angeklagt zu werden. Denn die Faschisten benützten den Verlag ungeniert für ihre Propagandazwecke.

Anna fühlte sich noch schwach und hatte große Mühe, die Pedale zu treten, ohne daß ihr der kleine Koffer, in dem sich ihre wenigen Habseligkeiten befanden, vom Gepäckträger rutschte. Der Himmel war blau, und die Hitze machte ihnen zu schaffen. Sie hatten inzwischen die Stadt hinter sich gelassen und fuhren nun über die Landstraße, auf der ihnen ab und zu ein Auto entgegenkam. Die meisten Wagen hatten einen Gastank auf dem Dach, nur der eine oder andere Militärlaster wurde noch mit Benzin betrieben.

Pappelreihen und Maulbeerhecken ragten aus der gelb verdorrten Landschaft auf.

Ihr Ziel war Bellagio, wo Rechtsanwalt Arisi von einem befreundeten Notar ein sicherer Unterschlupf angeboten worden war. Giuseppe hatte Anna davon erzählt und ihr vorgeschlagen, mit ihm zu kommen. Nach kurzem Zögern hatte sie eingewilligt. Sie waren beide alleine; so konnten sie sich gegenseitig helfen und Gesellschaft leisten, ihre Sorgen und ihre Hoffnungen teilen. Anna äußerte den Wunsch, eine Verschnaufpause einzulegen.

»Fahren wir noch bis zu dem Bauernhaus dort«, schlug Giuseppe vor.

»Einverstanden«, erwiderte Anna.

Sie lehnten ihre Fahrräder an die Hausmauer und flüchteten sich in den Schatten eines Bogengangs. Eine Bäuerin begrüßte sie freundlich.

»Stören wir?« fragte Arisi.

»Überhaupt nicht«, lächelte die Frau, die einen stattlichen, wohlgenährten Eindruck machte.

Hühner scharrten in der Nähe einer Mistgrube den Boden.

Zwei Kinder, ein Junge und ein Mädchen, kamen angerannt und wollten mit den Fremden Freundschaft schließen.

Anna und Giuseppe erzählten von den Bombenangriffen auf Mailand, die immer häufiger wurden.

Die Bäuerin lebte mit ihren Eltern und ihrem Mann auf dem Hof. Einer ihrer beiden Brüder war in Rußland, der andere in Sizilien. Sie hoffte auf ein Wiedersehen nach Kriegsende. Ihr Mann hatte gleich zu Beginn an der französischen Front eine Hand verloren – Gott sei Dank die linke, wie er sagte, als er sich zu ihnen gesellte.

Er war ein junger, kräftig gebauter Mann mit vertrauenerweckendem Lächeln.

»Fahren Sie weit?« wollte er wissen.

»So weit unsere Beine es schaffen«, erwiderte Giuseppe. »Aber mit unserer Ausdauer ist es nicht weit her«, gestand er.

Der junge Mann lachte.

»Man sieht Ihnen gleich an, daß Sie nicht mit den Händen arbeiten«, sagte er.

Als der Bauer und seine Frau erfuhren, daß Giuseppe Rechtsanwalt und Anna Schriftstellerin war, betrachteten sie die beiden voller Bewunderung.

»Wir wollten gerade zu Mittag essen«, sagte der Mann. »Essen Sie doch mit uns«, schlug er vor.

Anna und Giuseppe warfen sich einen fragenden Blick zu, dann nahmen sie dankend an.

»Bohneneintopf und ein Stück Käse«, sagte die Frau, als müsse sie sich entschuldigen.

»Eine königliche Mahlzeit«, erwiderte Giuseppe begeistert.

Mit Essen und Plaudern verbrachten sie eine gute Stunde in der großen Küche.

Irgendwann tauchte auf dem Tisch auch eine Flasche junger Wein auf, dem alle zusprachen, sogar die Kinder. Am frühen Nachmittag schieden sie als Freunde voneinander, mit dem Versprechen, sich wiederzusehen, sobald der Krieg zu Ende sei.

Mit Einbruch der Dunkelheit erreichten sie Como. Anna war völlig erschöpft, und Giuseppe bemühte sich vergeblich, seine lähmende Müdigkeit zu überspielen. Am Stadtrand weckte das Schild eines Gasthofes neues Leben in ihnen. Die wenigen Zimmer waren von Evakuierten belegt, aber die Wirtsleute, die sie wie selbstverständlich als Mann und Frau betrachteten, stellten für sie ein Bett in einem Lagerraum auf.

»Sie haben Glück, daß es in diesen Zeiten so wenig zu lagern gibt«, sagte der Wirt, der sie begleitete.

Seine Frau hatte versucht, es ihnen so gemütlich wie möglich zu machen, indem sie duftende Leinentücher und eine weiße Cretonne-Decke auf dem Bett ausgebreitet hatte. Anna und Giuseppe zogen sich aus und legten sich ohne jede Scheu nebeneinander schlafen. Er glich einem treuen, etwas altmodischen Ehemann, sie seiner jungen, ergebenen Frau. Sie paßten gut zueinander.

In der Dunkelheit berührten sich ihre Körper, und ihre Lippen fanden sich in einem vorsichtigen Kuß, der etwas von jugendlicher Unbeholfenheit hatte. Sie sahen keinen strahlenden Regenbogen aufgehen, aber sie liebten sich mit der natürlichen Zärtlichkeit von zwei Eheleuten, die ein gemeinsam verbrachtes Leben miteinander verbunden hatte, in einer Stille, die betont wurde durch ihren kaum merklich beschleunigten Atem und durch ihr Bedürfnis nach Liebkosung.

3

Das war der Krieg in seiner ganzen, tragischen Realität. Der Gestank des Todes, das zu Staub geronnene Blut an den Wänden der zerstörten Häuser, die von Splitterbomben durchlöcherten Fassaden, die Berge von Leichen auf den Lastwagen, die in kleinen Gruppen über das Land irrenden Obdachlosen.

Was hatte der Krieg bis zu diesem Augenblick schon für ihn bedeutet? Ein Konversationsthema, die eine oder andere Entbehrung, kleine Hindernisse, geringfügige Verluste, aber auch lukrative Privilegien.

Edison Montalto dachte über die Gründe nach, die ihn bewogen hatten, für den Faschismus so große Sympathie zu hegen und für das Regime einzutreten.

Jetzt war die Stunde der Wahrheit gekommen, der Moment der Abrechnung mit seinem Gewissen und mit der konkreten Wirklichkeit.

Die Nachricht von der Zerstörung der Verlagsdruckerei in der Nähe Modenas, die bei einem nächtlichen Luftangriff von den Engländern bombardiert worden war, hatte seine letzten Illusionen zunichte gemacht.

Er war vom Werksdirektor in einem mehrmals unterbrochenen und immer wieder gestörten Telefonanruf davon unterrichtet worden. Trauer, Wut und die schlechte Verbindung hatten Giacomo Minettis Stimme so verzerrt, daß sie kaum zu erkennen gewesen war.

Die nächtlichen Fliegerangriffe auf Mailand hatten den Verleger veranlaßt, vorsichtshalber in der Villa am Comer See zu übernachten. Den Tag verbrachte er in der Redaktion im Corso Monforte, wo die Arbeit weiterging, wenn auch unter tausend Schwierigkeiten. Die Wochenzeitschriften und Bücher erschienen nach wie vor, allerdings in stark verringerter Auflage.

Während der vergangenen Nacht hatte er den Himmel über Mailand im Schein der bengalischen Feuer glühen sehen und danach das dumpfe Grollen der Bombardements gehört. Als im Morgengrauen das Telefon schellte, dachte er sofort an das Mailänder Büro. Dann erfuhr er aber, daß das Herzstück des Montalto Verlags getroffen worden war, und das Blut gefror ihm in den Adern.

Die Druckerei war sein ganzes Leben, der Ausdruck seines Vermögens und seines Ansehens.

Er rief seinen Chauffeur.

»Wir fahren sofort los«, sagte er. »Nach Modena.« Michele nickte gehorsam. Edison ging ins Schlafzimmer seiner Frau. Ester und Lola lagen eng aneinandergeschmiegt im Bett. Edison blieb gerührt stehen und betrachtete das unschuldig schlummernde Kind und seine Mutter. Schließlich berührte er Ester sacht an der Schulter. Sie öffnete sofort die Augen.

»Ich fahre nach Modena«, teilte er ihr mit.

»Nach Modena?« flüsterte sie.

»Die Druckerei ist bombardiert worden«, sagte er. Ester löste sich vorsichtig von Lola, glitt aus dem Bett, schlüpfte in einen Morgenmantel und begleitete ihren Mann zum Auto. »Ruf an, wenn du kannst«, sagte sie und hauchte ihm einen Kuß auf die Wange.

»Ich will es versuchen«, versprach Edison.

Nach dem Untergang des Faschismus und der Entmachtung Mussolinis hatten sich die Ereignisse überschlagen, und nur die verbohrtesten Anhänger des Regimes glaubten, aller Vernunft zum Trotz, noch an den Endsieg. Edison gehörte mittlerweile nicht mehr zu ihnen.

Es war eine fürchterliche Fahrt durch die gespenstische Kriegslandschaft. Der Wagen holperte über aufgerissene Straßen und staubige Feldwege.

Sie brauchten einen Tag und eine Nacht, um bis Nonantola zu gelangen, obwohl der Ort nur wenige Kilometer von Modena entfernt lag. Unterwegs gerieten sie immer wieder unter MG-Beschuß. Viele Straßen waren aufgerissen, viele Brücken gesprengt.

In der Abenddämmerung des zweiten Tages erblickten sie das verkohlte und noch rauchende Skelett des Gebäudes, in dem bis vor wenigen Tagen eine riesige Druckerei untergebracht gewesen war. Wo vorher die Rotationsmaschinen gestanden hatten, häuften sich jetzt Trümmer. Die modernen amerikanischen und deutschen Druckerpressen glichen unförmigen Monstern. Nutzloser Schrott.

Die Bücher bildeten eine einzige Schicht eingeäscherten Papiers, und der Grundriß der ganzen Anlage war nur noch aus den rußigen Außenmauern zu erahnen.

Der Wagen hielt auf dem Vorplatz, der zum Werkseingang führte. Edison stieg aus und ging zu einem Mann, der auf ihn wartete.

»Was ist geblieben?« fragte der Verleger, mehr sich selbst

als Giacomo Minetti, den Werksdirektor, der vor ihm stand.

»Das, was Sie sehen«, erwiderte der Direktor.

Michele, der Chauffeur, betrachtete vom Wagen aus die beiden Männer in ihrer Verzweiflung. Das riesige Gebäude war definitiv zerstört. Es mußte ein völlig neues errichtet werden, nur um an den Ausgangspunkt zurückzukehren und dem Warten der Typographen, Setzer, Büroangestellten, Lageristen, Mechaniker, Arbeiter und Arbeiterinnen einen Sinn zu geben, die schweigend vor den Trümmern harrten.

Genau diese Menschen, die seit der Gründung in dem Verlag arbeiteten, waren es gewesen, die das Produktionswunder hier zustande gebracht hatten, in einer Gegend, in der traditionellerweise nur Landwirtschaft betrieben wurde. Jetzt standen sie ohne Arbeit und ohne Lohn da; ihre Familien waren vom Krieg dezimiert, ihre Häuser größtenteils zerstört; die weniger Betroffenen rückten großzügig zusammen, um den Überlebenden Platz zu machen.

Es gab keinerlei Befehl von oben, nur spontane Solidarität, in der die Frauen und Männer eine Möglichkeit sahen, dem Ungeheuer zu entrinnen, das Menschen und Dinge verschluckte. Sie alle kannten Edison Montalto, und von seiner politischen Haltung einmal abgesehen, schätzten sie den Verleger, seinen Unternehmergeist, seine Kapitalkraft.

Aber die Logik des »Alles-ist-machbar« war von den Brandbomben zerstört worden, und große Reden waren in diesem Augenblick unpassender denn je, ja völlig fehl am Platze.

Trotzdem erwartete die Belegschaft etwas von ihrem Arbeitgeber, der vor ihnen stand, einsam, verzweifelt und machtlos.

Edison Montalto wurde in diesem Augenblick von einer Erinnerung gequält, die fortan sein Leben prägen sollte. Er wünschte sich nur eins: diese quälende Last von seinem Gewissen zu wälzen, diese Menschen, die sich wider jede Vernunft von ihm eine zukunftsweisende Entscheidung erhofften, um Verzeihung zu bitten. Jetzt hätte er gerne als Fehler gebeichtet, was er bis vor kurzem begeistert gepredigt hatte:

»Der Faschismus wird uns helfen zu wachsen, den mittelalterlichen Zuständen unserer Wirtschaft zu entrinnen.«

Heute schämte er sich dieser Worte und des Pathos, mit dem er sie ausgerufen hatte.

Edison wandte sich an Minetti, den jungen Ingenieur mit dem entschlossenen Gesichtsausdruck und den ehrlichen Augen. Er war groß und schlank, aber kräftig gebaut. »Mein Freund«, sagte er, »dann sind wir also beim letzten Akt angelangt?«

Ein zuversichtliches Lächeln hellte das schöne Gesicht des Mannes auf: »Die Asche ist ein fruchtbarer Boden, auf dem mit unser aller Hilfe die kühnsten Träume wachsen«, sagte er. »Aber was machen diese Leute bis zum Tag des Neubeginns? Wie sorgen sie für ihre Familien?« Edison musterte einen nach dem andern mit seinen Blicken: den technischen Leiter, den Meister, den Zeilensetzer, den Drucker. Mit Hilfe der Phantasie rief er sich ihre Arbeitsplätze vor Augen und sah sie in der großen Halle vor sich, wie sie Buchstabe um Buchstabe, Zeile für Zeile, das Werk eines Schriftstellers zusammensetzten, den Artikel eines Journalisten, Sonderberichterstatters, Korrespondenten oder die bescheidenere, aber nicht minder wichtige Nachricht eines Lokalreporters.

Er sah wieder die Setzerei vor sich, wo die Maschinen, zahllosen Wirbeln gleich, das Rückgrat eines prähistorischen Ungeheuers zu bilden schienen.

Genau dort hatten die langen Reihen von Werkbänken gestanden, auf denen die Zeitungen umbrochen wurden, und auf einem Podest der Schreibtisch des technischen Leiters, der von dort oben alles kontrollierte. Edison dachte an den alten Korrektor, dem ein Blick genügte, um einen Fehler, einen Schnitzer zu entdecken und auszumerzen.

Die Druckerei in Nonantola war sein ganzer Stolz gewesen, sein Leben. Er dachte an Ester, die er aus Berechnung geheiratet hatte, um mit ihrem Vermögen die riesige Anlage aufzubauen. Außer in seinem Beruf als Verleger hatte er nie etwas aus Leidenschaft getan. Er war ein denkbar schlechter Ehemann und ein noch schlechterer Vater gewesen, dafür aber ein großer Verleger und genialer Unternehmer. Jetzt war er nur noch ein Mann mit verbittertem Herzen, der ratlos vor einem Haufen Trümmer stand.

Die Bomben hatten alles weggerissen: die Mühen, die Freuden, die Sorgen, die Hoffnungen, die Träume eines ganzen Lebens.

»Wir zahlen ihnen zwei Monatsgehälter«, sagte er mit fester Stimme zum Werksdirektor.

»Zwei Gehälter?« fragte Ingenieur Minetti zweifelnd.

»Jawohl, zwei Gehälter«, bestätigte der Verleger, der seine augenblicklichen finanziellen Möglichkeiten rasch im Kopf überschlagen hatte. »Das ist alles, was ich für sie tun kann. In der Hoffnung, daß die Alliierten inzwischen reinen Tisch mit den Faschisten und den Deutschen machen«, sagte Edison. »Und wenn dieser Tag angebrochen ist«, fuhr er laut fort, damit alle ihn hören konnten, »wird die Druckerei wieder aufgebaut. Und ihr alle arbeitet an ihrem Aufbau mit. Aber bis dahin gibt es für jeden von uns nur ein einziges Ziel: diese Katastrophe heil zu überstehen.«

Alle hatten ihn gehört, und alle hatten zum erstenmal wirklich das Gefühl, daß ihr Chef ihren Standpunkt eingenommen und in ihrem Interesse gehandelt hatte. Sie waren noch nie so vereint gewesen.

Edison drehte sich um und ging zum Auto zurück. Giacomo Minetti begleitete ihn, während die Belegschaft sich zerstreute.

»Und Sie, Minetti, was haben Sie vor?« fragte der Verleger und öffnete die Wagentür.

Der Ingenieur zog ein leicht ironisches Gesicht. »Ich werde versuchen, mich nützlich zu machen.«

»Wie meinen Sie das?« fragte Edison Montalto.

»Ich will helfen, die Deutschen und die Faschisten zu vertreiben«, erwiderte Minetti. »Ich gehe in die Berge. Dort bilden sich bewaffnete Partisanengruppen. Es werden Männer und Ideen gebraucht.«

»Verstehe«, sagte Edison.

Er hatte von diesen Freiwilligen gehört, die nach dem 8. September begonnen hatten, sich zu organisieren. Bestimmt gab es sie auch in den Bergen um den Comer See, aber Edison hatte nie erwogen, die Deutschen und die Faschisten im eigentlichen Sinne des Wortes zu bekämpfen. Er bewunderte die Menschen, die den Mut zu einer solchen Entscheidung aufbrachten. Aber in seinen Augen waren die Comer Berge kein Ort des Widerstands, sondern die Grenze zu einem freien Land, die Brücke zwischen Krieg und Frieden, über die er sich selbst und seine Familie in Sicherheit bringen wollte. Michele war eingestiegen und hatte den Motor angelassen.

»Wir sehen uns wieder, wenn alles vorbei ist«, sagte Minetti und reichte dem Verleger die Hand, die dieser ihm kräftig drückte.

»So Gott will«, murmelte Edison, bevor er neben dem Chauffeur Platz nahm.

Edison und Michele machten in dem an der Villa Emilia gelegenen Ort Rubbiera Rast. Sie waren völlig erschöpft. Der Verleger hatte das alte Schild eines Gasthauses wiedererkannt, des *Leon d'oro*, in dem er als Kind oft mit seinem Vater abgestiegen war. Dieser war Viehhändler gewesen, ein großer Esser, großer Trinker und leidenschaftlicher Spieler, und hatte auf der Suche nach interessanten Geschäften, leichten Frauen und ausgelassenen Saufkumpanen die Märkte der Gegend abgeklappert. Manchmal war sein Sohn mitgekommen, dem er zu Ehren des Erfinders der Glühbirne, des großen Thomas Alva, den Namen Edison gegeben hatte.

Der Verleger war ganz unerwartet auf das verwitterte

Schild gestoßen, das ihm ein lautes, rauchiges Lokal voll köstlicher Düfte ins Gedächtnis rief: roten, prickelnden Lambrusco, leckere Speisen, knuspriges, frisches Brot, geräucherte Würste. Er erinnerte sich an die runden, braunen Arme einer Frau mit sinnlichen Lippen und schmachtenden Augen, die mit einer Wurzelbürste und Seifenlauge die Tische scheuerte, wobei zwischen ihren üppigen Brüsten ein tiefer, weißer Schlitz zum Vorschein kam.

Sie hieß Miles. Ein unvergeßlicher Name, dessen Bedeutung er nicht kannte, den er aber so süß fand wie ihre betörenden Blicke. Wenn ein gebildeter Gast Miles darauf hinwies, daß ihr Name übersetzt Soldat hieß, lachte sie nur und bekannte sich weiter so stolz zu ihm, als wäre er der Inbegriff von Sanftmut und Weiblichkeit. Miles hatte die stämmige Statur einer Wirtsfrau aus der guten alten Zeit. Man sagte ihr viele Abenteuer nach, aber sie hatte keinen festen Lebensgefährten und keine Kinder, obwohl sie gerne welche gehabt hätte und zu Tränen gerührt sein konnte, wenn sie eines sah. Edison hatte in seiner Kindheit die Wärme ihrer Arme gespürt und ihren schwindelerregenden, weiblichen Duft eingesogen, der so anders war als der Geruch seiner früh verstorbenen Mutter.

Seitdem Krieg herrschte, waren die öffentlichen Lokale voll von Greisen. Aber die Gäste des *Leon d'oro* schienen hier alt geworden zu sein, zwischen diesen Wänden, deren Putz von Jahr zu Jahr mehr abbröckelte. Die Männer zielten auf einen mit weißem Pulver gefüllten Spucknapf, der in einer Ecke stand. Edison blickte sich in der Wirtsstube um und sah eine bucklige, alte Frau mit trüben, kleinen Augen, runzligem Gesicht und ausgemergeltem Körper, die auf einem Hocker hinter der Theke saß.

»Miles«, rief der Verleger leise aus.

»Zu ihren Diensten, Signore«, erwiderte Miles und forschte mit zusammengekniffenen Augen nach einem vertrauten Zug in dem Gesicht des gut gekleideten Herrn, der in Begleitung einer etwas zwielichtig wirkenden Gestalt eingetreten war.

»Miles, erinnerst du dich an mich?« fragte Edison mit einem schwachen Lächeln. Die Jahre waren auch an ihm nicht spurlos vorübergegangen, und nach den letzten Ereignissen und drei schlaflos verbrachten Nächten wirkte er noch älter.

Im *Leon d'oro* hatten viele Oppositionelle und Flüchtlinge Unterschlupf gefunden. Miles war für ihre revolutionäre Gesinnung bekannt und hatte deshalb allen Grund, vor faschistischen Geheimagenten und Spionen auf der Hut zu sein. Jeder Fremde war ein potentieller Feind.

»Warum sollte ich Sie kennen?« fragte sie, wieder angriffslustig wie früher.

»Ich bin Edison«, erklärte er ihr. »Der Sohn des Viehhändlers Silla Montalto. Ich war als Kind oft hier. Erinnerst du dich?«

Die Lippen der Frau zitterten vor Ergriffenheit. »Du bist der Sohn von *Eisenbart«*, sagte sie endlich mit feuchten Augen. »Er war ein schöner Mann, dein Vater. Ich war eine schöne Frau. Und du warst ein schönes Kind.«

»Das waren andere Zeiten«, entgegnete Edison und erinnerte sich an die Abende, an denen er am Tisch eingeschlafen war, den Kopf auf die verschränkten Arme gelegt und der beruhigenden Stimme seines Vaters lauschend, der mit seinen Freunden zechte.

»Ich habe gehört, daß du ein reicher Mann geworden bist«, sagte die Alte zu seiner Überraschung. »Es wurde viel geredet von dir und deinem Geld.«

»Reichtum kommt und vergeht«, seufzte Edison und ließ sich an einem Tisch nieder. Michele folgte seinem Beispiel. »Wir haben Hunger. Gibt es etwas zu essen?«

»Viel ist nicht da, mein Sohn«, klagte die Alte. »Aber verhungern lasse ich euch nicht«, versprach sie ihm und verschwand im Hinterzimmer des Lokals, wo die Küche untergebracht war. Edison und Michele warteten schweigend, bis sie mit dem Essen zurückkam.

Miles erschien nach wenigen Minuten mit zwei Stücken Schwarzbrot, etwas Käse und ein paar Scheiben Salami.

»Ich schäme mich fast, euch ein so ärmliches Mahl servieren zu müssen«, entschuldigte sie sich. Dann setzte sie sich zu den beiden Männern, in der Hoffnung, noch die eine oder andere Erinnerung an die vergangenen Zeiten wachrufen zu können. Sie stützte die Ellbogen auf den Tisch und verschlang ihre knotigen, schwielenbesetzten Finger ineinander.

»Die vornehmen Herren sind alle untergetaucht. Wieso bist du noch hier?« fragte sie etwas mißtrauisch.

»Weil ich kein vornehmer Herr mehr bin«, erklärte ihr Edison offen. »Der Krieg hat alles zerstört, was ich besaß.«

»Der Krieg«, wiederholte die Alte und fixierte einen Punkt in der Ferne. »Auf einem Abstellgleis im Bahnhof steht eine Reihe Viehwaggons. Da haben die Deutschen unsere Soldaten wie Tiere hineingetrieben. Heute nacht bringen sie sie nach Deutschland.« Das Pfeifen eines Zugs in der Ferne unterstrich die Worte der Alten, während sie fortfuhr: »Es sind keine Jungen aus der Gegend. Sie kommen aus Venetien und Unteritalien. Ein paar Frauen hatten den Mut, sich ihnen zu nähern, um ihnen zu essen und zu trinken zu geben. Aber sie wurden mit Gewehrkolben zusammengeschlagen. Vier von ihnen mußten ins Krankenhaus.«

»Auch in Modena, Parma und Mailand nehmen sie alle Männer gefangen«, bestätigte Michele.

»Heute morgen«, berichtete Miles weiter, »ist eine ganze Gruppe von den unseren ein paar Deutschen in die Hände gefallen. Hinter der alten Brücke. Die beiden Söhne meiner Nichte Tersilia waren auch dabei. Die Soldaten hatten niemanden, der ihnen Befehle gab, ihre Offiziere waren alle abgehauen. Aber die Jungs haben es geschafft zu entkommen. Sie kennen sich in der Gegend aus und sind in die Berge geflohen, zu den Partisanen. Mussolini und Hitler soll der Teufel holen. Wer weiß, ob ich die beiden je wiedersehe«, sagte sie, den Tränen nahe.

»Du siehst sie bestimmt wieder«, versuchte Edison sie zu trösten, aber er klang nicht sehr überzeugt. Er setzte wenig Hoffnung in die neuen Partisanen, schlecht bewaffnete und noch schlechter ausgerüstete Soldaten, ohne genaue Vorstellungen und Pläne.

Seine Hoffnung ruhte auf den Alliierten und diesen gottverdammten Bombern, die seine Druckerei dem Erdboden gleichgemacht hatten.

Sah man von dem Vormarsch der Amerikaner und Engländer ab, so stellte die Schweiz die einzige echte Alternative dar. Nur dort konnte Edison Rettung und Sicherheit für sich selbst und für seine Familie finden.

»Du siehst sie bestimmt wieder«, sagte er noch einmal und trank ein Glas Wein, um sich zu betäuben und später leichter Schlaf zu finden.

Als sie gehen wollten und Edison Anstalten machte zu zahlen, wies Miles sein Geld mit Tränen in den Augen zurück: »Du hast mir Erinnerungen geschenkt, die keinen Preis haben. Sie werden mir wenigstens eine Zeitlang Gesellschaft leisten.«

Die Rückfahrt verlief einfacher und schneller. Viele Straßen waren bereits repariert und die zerstörten Brücken durch Pontonbrücken ersetzt worden.

Als Edison endlich die Parkbäume der Villa Ester erblickte, verspürte er große Erleichterung. Er freute sich auf ein heißes Bad, eine anständige Mahlzeit und ein bequemes Bett. Michele bog in die Auffahrt ein, lenkte den Wagen um eine Kurve, die links und rechts mit Buchen bestanden war, und verlangsamte kurz vor der Haselnußhecke das Tempo. Den Blick auf die Villa gerichtet, gewahrte er einen getarnten Mercedes. Instinktiv bremste er ab.

»Die Deutschen sind in der Villa«, sagte er.

»Denen gehen wir lieber aus dem Weg«, erwiderte Edison erschrocken. »Jedenfalls solange wir nicht wissen, was sie wollen. Beim augenblicklichen Stand der Dinge ist mit allem zu rechnen.«

Michele machte mit einer raschen und geschickten Wendung kehrt und fuhr in hohem Tempo davon.

4

Ester saß nachdenklich auf einer Steinbank unter der großen Trauerweide, deren herabfließende Äste das reglose Wasser des Teichs berührten. Rosafarbene Seerosen leuchteten in ihren breiten, fleischigen Blättern, Schwäne ruderten träge und feierlich durchs Wasser und zeigten ihr edles Profil.

Ester wurde von Unruhe und Zweifeln geplagt. Edison war vor vier Tagen mit Michele im Auto nach Modena gefahren und hatte noch immer nichts von sich hören lassen. Das Büro im Corso Monforte hatte auch keine Nachrichten.

Der Generaldirektor rief immer wieder aus Mailand an, um sich nach Edison zu erkundigen, aber man merkte, daß er mehr um sich selbst und seine Zukunft besorgt war als um den Verbleib des Verlegers.

Ester beobachtete ihre Kinder. Sie war froh, sie alle bei sich zu haben, hier an diesem abgeschiedenen, friedlichen Ort, obwohl das Leben auch für Menschen mit viel Geld schwierig und gefährlich geworden war.

Die Kinder ihrer Bekannten waren vorsichtshalber im Internat untergebracht. Edison dagegen hatte sich als Sympathisant der Faschisten unverwundbar gefühlt und seiner Familie den Aufenthalt in Bellagio verordnet, wo sie seiner Meinung nach absolut sicher war.

Wally, die gerade zwölf Jahre alt war, hatte für sich die Rolle der strengen Lehrerin ausgewählt und tyrannisierte ihre jüngeren Geschwister, Lola eingeschlossen. Sie diktierte ihnen absichtlich schwierige Wörter, damit sie Fehler machten und gehörig von ihr bestraft werden konnten.

Die knapp drei Jahre alte Lola, die auf den weißen Seiten eines Malbuchs herumkritzelte, wurde von Wally für ihre Schlampigkeit gerügt und in die Ecke geschickt. Fabrizio beugte sich Wally aus Angst vor Repressalien, während Gianni insgeheim die fürchterlichsten Rachepläne schmiedete.

Emiliano, der mit Hilfe einer langen Leiter auf die große Sumpfzypresse geklettert war, sah auf alle herab. Er war vierzehn und las begeistert Balzacs *Suche nach dem absoluten Prinzip.* Die Vorstellung, daß der Krieg eines Tages zu Ende sein würde, stimmte ihn fast etwas wehmütig, denn mit ihm würden auch die dröhnenden Karusselle verschwinden, all die Motoren und Propeller, die Paraden der Luftgiganten, der silberne Schimmer des Himmels über den Hügeln und dem See.

Angelinas Stimme unterbrach Ester in ihren Gedanken.

»Entschuldigen Sie bitte«, sagte das Dienstmädchen. »Der Klavierstimmer ist gekommen und hat nach Ihnen gefragt.«

Der schmächtige kleine Mann trug einen herabhängenden Schnurrbart und dicke Augengläser, die in groteskem Widerspruch zu seinem Gesicht standen, das an ein früh gealtertes Kind erinnerte. Er war der Organist der Kirche von San Giacomo und kam pünktlich einmal pro Jahr in die Villa, um den Flügel und das Klavier zu stimmen, die man auf Edisons Wunsch für die Kinder angeschafft hatte.

Diese ließen widerwillig die Klavierstunden einer alten Lehrerin über sich ergehen, die sie »die Haarige« nannten, weil sie ein großes, dichtbehaartes Muttermal auf der rechten Wange hatte. Sie war ein sanftes, geduldiges Fräulein, das seine Rolle schrecklich ernst nahm und sich von den lust- und interesselosen Schülern nicht demoralisieren ließ. Gianni haßte den Klavierunterricht so sehr, daß er eines Tages den Schlüssel des Instruments aus dem Fenster geworfen hatte, und es war einzig dem scharfen Auge und der beharrlichen Ausdauer der Lehrerin zu verdanken gewesen, daß man ihn wiedergefunden hatte.

Nur Fabrizio machten die Klavierstunden Spaß. Er war musikalisch veranlagt und betrachtete es als Privileg, wie ein Monalto-Kind am Musikunterricht teilnehmen zu dürfen.

Der Klavierstimmer hieß Lodovico Gilardi. Ester traf ihn in der Eingangshalle und sah ihn verwundert an.

»Hat Sie jemand für heute herbestellt?« fragte sie ihn höflich, nachdem sie sich begrüßt hatten. Es war bisher noch nie vorgekommen, daß Maestro Gilardi erschien, ohne ausdrücklich von Ester darum gebeten worden zu sein.

»Nein, Signora«, erwiderte der Mann und wurde dabei rot. »Ich bin nicht gekommen, um die Klaviere zu stimmen«, gestand er.

»Möchten Sie mir dann den Grund ihres Besuchs nennen?«

»Es handelt sich um eine sehr delikate Angelegenheit«, sagte Gilardi, der seine Notenmappe in der Hand hielt und sich leicht auf den Beinen wiegte, um seine Verlegenheit zu überspielen.

»Sprechen Sie nur«, sagte Ester und bedeutete ihm mit einer Geste, sich auf dem kleinen Empiresofa niederzulassen.

Der Mann sah sich mißtrauisch um und konnte sich nicht entschließen, Platz zu nehmen.

»Bitte mißverstehen Sie mich nicht, Signora Montalto«, sagte er, »aber ich möchte sicher sein, daß keiner uns hören kann.«

Maestro Gilardi wirkte so besorgt, daß Ester allmählich unruhig wurde.

»Wir sind völlig alleine«, versicherte sie ihm in höflichem Ton. »Aber spannen Sie mich um Himmels willen nicht länger auf die Folter und sagen Sie mir, um was es geht.«

»Also, Signora, ich soll einen Gegenstand abholen, der vor ein paar Monaten in Ihrem Garten versteckt wurde.«

Ester beobachtete das Gesicht ihres Besuchers, das hochrot angelaufen war.

»Was für einen Gegenstand?« fragte sie alarmiert.

»Einen kleinen Koffer, wenn ich recht verstanden habe«, erwiderte er in einem Atemzug. »Oder vielmehr die Dokumente, die in einem kleinen Koffer enthalten sind.«

»Was für Dokumente?«

»Geheime Unterlagen, deren Inhalt man besser nicht kennt. Und ich kenne ihn ganz bestimmt nicht, Signora Montalto.«

Esters armes Herz begann wild zu pochen.

»Wer hat diese geheimen Papiere in meinem Haus versteckt?« hakte sie nach. »Und wo genau wurden sie versteckt?«

»Unter dem Bretterboden des Pavillons«, eröffnete ihr der Klavierstimmer, indem er nur auf ihre zweite Frage antwortete.

»Aber wer hat sie dort versteckt?« drang Ester in ihn.

»Das kann ich Ihnen nicht sagen, weil ich es nämlich nicht weiß. Das schwöre ich Ihnen, Signora Montalto«, sagte der Musiker, der jeden Moment in Tränen auszubrechen schien.

»Warum sollte ich Ihnen glauben?« fragte sie.

Gilardi öffnete seine Notenmappe, zog einen versiegelten Umschlag heraus und reichte ihn Ester.

»Das ist alles, was ich tun kann, um Ihr Vertrauen zu gewinnen«, sagte er.

Ester nahm den Umschlag mit zitternden Händen entgegen. Er war schwer und schien etwas Hartes, Festes zu enthalten. Es kostete sie einige Kraft, das Siegel aufzubrechen.

Der Umschlag enthielt nichts als ein kleines Schildpattkämmchen. Ester erkannte es sofort und spürte, wie ihr Herz einen Sprung machte. Sie konnte es eindeutig identifizieren, weil an einem Ende ein winziges silbernes Blümchen eingelassen war. Sie erinnerte sich daran, daß sie es vor vielen Jahren lange gesucht hatte, in Castiglioncello, nach ihrer Liebesnacht mit Sebastiano. Sie hatte das ganze Schlafzimmer auf den Kopf gestellt, um es zu finden, aber die Mühe war umsonst gewesen, und so hatte sie das verbleibende Gegenstück schließlich in einer Schublade ihres Toilettentischs verstaut.

»Haben Sie die Güte, einen Augenblick auf mich zu warten«, sagte sie zu Gilardi.

Sie ging in das obere Stockwerk hinauf, öffnete zielsicher die Schublade, in der sich der kleine Schildpattkamm befand, und verglich ihn mit dem, den der Klavierstimmer ihr gegeben hatte. Die beiden Kämme waren völlig identisch.

»Dann hast du ihn also mitgenommen«, sagte sie leise, als spreche sie zu Sebastiano. Einen Augenblick lang fühlte sie sich glücklich. Sebastiano hatte also all die Jahre über ein kleines Andenken an sie aufbewahrt. Jetzt schickte er es ihr zurück, um ihr zu verstehen zu geben, daß er sie liebte und daß sie Maestro Gilardis Worten glauben konnte.

Ester steckte die beiden Kämme in ihre Rocktasche und kehrte zu ihrem Gast zurück.

»In Ordnung, Signor Gilardi«, erklärte sie. »Sagen Sie mir, was ich für Sie tun kann.«

»Mir den Zugang zum Pavillon in Ihrem Garten gestatten. Und vielleicht darauf achten, daß mich keiner sieht.«

Es war etwas Heldenhaftes an dem kleinen, schüchternen Mann, und Ester empfand einen Moment lang aufrichtige Bewunderung für ihn.

Sie gingen gemeinsam hinaus, und Ester zeigte ihm den Pavillon. »Erledigen Sie, was Sie zu erledigen haben. Ich sorge dafür, daß Sie von niemandem gestört werden«, versprach sie dem Maestro.

Fabrizio humpelte zu der Zypresse und hob das Gesicht zu Emiliano auf, der in seine Lektüre versunken auf einem Ast hockte. Die beiden hatten die Angewohnheit, ihre geheimen Treffs mit einem fröhlichen Kinderreim zu eröffnen.

»Tock-Tock, darf ich herein?« fing Fabrizio an.

»Tock-Tock, ich lasse dich ein«, entgegnete Emiliano von oben. Dann kletterte er von dem Baum herunter und stellte sich vor seinen Halbbruder.

»Komm mit«, forderte Fabrizio ihn auf und hinkte ihm voraus den Weg entlang, der zum Pavillon führte.

Als sie am Fuß der eleganten Pergola angelangt waren,

fragte Emiliano: »Was gibt es denn so Wichtiges?« Er wirkte ernst und besorgt.

»Ich habe vorhin Maestro Gilardi hier gesehen. Er hat an dem Brett dort herumhantiert«, sagte er und deutete genau auf die Stelle, wo Emiliano das Köfferchen versteckt hatte, das ihm von Monsignore Brighenti ausgehändigt worden war.

Emiliano sah sich um: weit und breit keine Menschenseele. Andererseits hatte er keinen Grund, an Fabrizios Worten zu zweifeln.

Mit Hilfe des Taschenmessers, das er immer bei sich trug, lockerte er die Planke. Der kleine Koffer war unverrückt an seinem Ort.

»Es ist alles in Ordnung«, beruhigte er Fabrizio.

»Gott sei Dank«, erwiderte der Junge und seufzte erleichtert. Emiliano fragte sich jedoch besorgt, was Maestro Gilardi im Pavillon wohl zu suchen gehabt hatte.

5

Das kleine, mit einem Türmchen bewehrte Jugendstilhaus gehörte Anwalt Arisis Freund, dem Notar. Es hatte einen hübschen Garten, in dem die Kinder zweier jüdischer Familien spielten, die aus Mailand evakuiert worden waren. Ihre Eltern, die noch arbeiteten, waren in der Stadt geblieben und kamen nur samstags und sonntags nach Bellagio. Seit den schrecklichen Bombenangriffen im August, bei denen die Stadt verwüstet worden war, stellte die Reise von Mailand an den Comer See ein sehr beschwerliches Unternehmen dar. Mit jedem Besuch wurden die Schilderungen der Wochenendpendler dramatischer. Sie brachten Nachrichten mit, die in keiner Tageszeitung erschienen. Die Presse erging sich in patriotischen Schwärmereien, statt von Elend, Übergriffen und Terror zu berichten, von Amtsverbrechen, Zerstörung und Tod.

Der Notar hatte sich für seine Arbeit zwei Räume im Erdgeschoß der Villa reserviert, während Giuseppe Arisi und Anna Grisi zwei Zimmer in dem Turm bewohnten, von dem man einen herrlichen Blick auf den Comer See hatte. Der Rechtsanwalt widmete sich in seiner Freizeit – und davon hatte er genug – seinem Lieblingssport, dem Angeln, und bereicherte auf diese Weise die Mahlzeiten, die den Umständen entsprechend immer kärglicher wurden. Giuseppe sorgte mit fetten Flußaalen, schmackhaften Barschen, zarten Seezungen und delikaten Hechten für kräftigende Eiweißzufuhr.

In diesen Tagen schätzte man an Giuseppe Arisi weit mehr den Angler als den berühmten Anwalt.

Die Fische wurden gleich am See geputzt und ausgenommen, so daß Anna sich zu Hause nur noch für eines der vielen Rezepte zu entscheiden brauchte, die sie alle meisterhaft beherrschte.

Auch der Notar ging einer Nebenbeschäftigung nach, die nichts mit seinem Beruf zu tun hatte. Mit Hilfe einer Drechselbank stellte er aus Olivenbaumholz Dosen, Schüsseln und kleine Skulpturen her und entwickelte dabei eine ungeahnte Kreativität.

Sonntags morgens besuchten Anna und Giuseppe die Messe in der romanischen Basilika San Giacomo. Diese erhob sich auf einem Platz, den man den »Dorfplatz« nannte, um ihn von der *Riva* zu unterscheiden, dem großen, für seine Cafés berühmten Platz am See, wo die Autobusse hielten und die Dampfer anlegten.

Sie hatten sich daran gewöhnt, dieselben Dinge zu lieben und ihre Beziehung in heiterer Balance zwischen Freundschaft und gedämpftem Verlangen zu halten. Gemeinsam hatten sie den Wert kleiner Alltagsgesten und freundlicher Worte entdeckt, die das Herz erwärmten und Gefühle untermauerten.

Er hatte in Anna eine intelligente, aufgeschlossene und zärtliche Partnerin gefunden.

Sie hatte in Giuseppe einen verläßlichen und höflichen

Gefährten entdeckt, der ihren Bedürfnissen entgegenkam und ihre Ideen und Interessen respektierte.

Obwohl sie erst seit wenigen Monaten zusammenlebten, war es, als hätten sie sich schon immer gekannt.

Eines Abends, als Giuseppe wieder einmal mit reicher Beute vom See zurückkehrte, überreichte er Anna neben einem Korb voller Forellen auch ein braunes Samtetui, das einen goldenen Ring mit Granaten enthielt.

Anna hatte die Fische, mit denen sie ein Abendessen für viele Personen zubereiten konnte, erfreut entgegengenommen, aber den Ring sah sie etwas verblüfft an.

»Was soll das bedeuten?« fragte sie nur.

»Das, was ein Ring eben für dich bedeutet. Oder, um es anders auszudrücken, was er in deinem Herzen symbolisiert.«

Anna nahm den Ring und ging ans Fenster, um ihn besser betrachten zu können. Es war ein bescheidenes Schmuckstück, ganz anders als die Juwelen, an die Edison Montalto sie gewöhnt hatte.

»Was symbolisiert er denn für dich?« fragte sie zögernd.

»Einen Freundschaftspakt«, entgegnete Giuseppe, während sein gutmütiger Blick Annas leuchtenden Augen begegnete. »Und den Vorschlag zu heiraten: Wenn du möchtest, wie du möchtest, und wann du möchtest.«

Obwohl der Tod seiner Frau erst wenige Wochen zurücklag, kamen Giuseppe die leidenschaftlichen Worte ganz natürlich über die Lippen, denn wieder einmal hatte die Liebe über den Tod gesiegt.

Anna war zutiefst gerührt und umarmte ihn, damit er die Tränen in ihren Augen nicht sah.

»Laß uns warten, bis der Krieg vorbei ist«, schlug sie vor. »Dann heiraten wir.«

Giuseppe fuhr sich nervös mit der Hand durchs Haar.

»Warum nicht gleich?« fragte er etwas enttäuscht.

»Weil ich ein schönes Fest möchte, ein weißes Kleid und viele strahlende Menschen um mich herum. Jetzt ist es keinem nach Strahlen zumute.«

»Ich liebe dich, Anna. Du hättest mehr und etwas Besseres vom Leben verdient.«

»Das laß nur meine Sorge sein«, entgegnete sie.

Er küßte sie sanft auf die Lippen.

»Wir müssen unbedingt feiern. Warum laden wir nicht unsere Freunde zum Abendessen ein?« fragte Anna.

»Eine ausgezeichnete Idee«, stimmte Giuseppe ihr bei.

Anna dünstete die Forellen und kochte einen großen Topf Kartoffeln. Ihr Vorschlag, im Garten zu Abend zu essen, stieß bei dem Notar und den anderen Evakuierten auf begeisterte Zustimmung. Die Kinder sammelten wilde Brunnenkresse als Zutat zu Annas Kartoffelsalat, während wie durch Zauberhand ein wertvolles Service und silbernes Besteck zum Vorschein kamen. Der Notar entkorkte zwei Flaschen Wein, den er für besondere Gelegenheiten aufbewahrt hatte. Den Frauen gelang es, aus Brot, Milch und Rosinen einen Kuchen herzustellen. Auch ein letztes Glas Marmelade holte man aus seinem Versteck.

Es wurde ein wunderschönes Fest.

Nachdem alle Gäste verabschiedet waren, legten Giuseppe und Anna sich in ihr großes Bett aus antikem Nußbaum und plauderten miteinander.

»Wie hattest du dir dein Verlobungsfest vorgestellt?« fragte er.

»Eigentlich gar nicht, um ehrlich zu sein«, erwiderte Anna. »Ich hatte andere Dinge im Kopf. Ich war auf Erfolg und Bewunderung aus. Alle Türen sollten sich bei meinem Erscheinen auftun. Ich wollte das Elend für immer vergessen.«

»Du wolltest ein Wunder«, unterbrach Giuseppe sie.

»Ich habe von hinreißenden Liebschaften geträumt«, erzählte Anna, wobei sie sich zusehends ereiferte. »Ich liebte es, mich wie eine Diva zu schminken, Modellkleider zu tragen, in Luxusautos spazierenzufahren und mit Leuten zu verkehren, die ich für wichtig hielt, obwohl sie es vielleicht gar nicht waren.«

»Was soll diese ausführliche Beichte?« fragte Giuseppe erschrocken.

»Ich will begreifen, weshalb ich eine Wahl getroffen habe, zu der ich weder vom Zufall noch von der Notwendigkeit gezwungen wurde«, sagte sie.

»Dabei gibt es genug Gründe, die für letztere Version sprechen«, entgegnete Giuseppe, um auf den Boden der Tatsachen zurückzukehren.

Der Wind wehte den Geruch des Sees und ein fernes Grollen herbei.

»Was das wohl ist – Donner oder Bomben?« fragte Anna besorgt.

»Donner hoffentlich«, sagte Giuseppe.

»Ich spürte, daß meine Begeisterung nachließ, je näher ich an meine Ziele gelangte«, erzählte Anna weiter. »Die Dinge, die ich begehrte und endlich bekam, waren uninteressant, kalt. Ich bezahlte sie mit einem Teil meiner selbst. Bis ich mich entschloß, sie wegzuwerfen.«

»Warum bist du so selbstkritisch?« tadelte Giuseppe sie freundlich.

Statt seine Frage zu beantworten, fuhr Anna fort: »Weißt du was, Giuseppe? Ich hatte angefangen, mir eine Aussteuer anzulegen. Ist das nicht komisch?«

»Nein, das finde ich ganz normal«, entgegnete er.

»Ich habe vor dem Krieg Bettücher aus reinem Leinen gekauft und sie abends, im Wohnzimmer, bestickt, während ich mit Pier Giorgio plauderte. Weißt du, woran ich in der letzten Nacht gedacht habe, als wir im Keller saßen und die Bomben über uns einschlugen?«

Giuseppe nahm ihre Hand und drückte sie sacht.

»Woran hast du gedacht?« fragte er, überzeugt daß solche Aussprachen ihr gut taten.

»Ich dachte daran, daß ich das Leinentuch, an dem ich gerade stickte, nicht ordentlich zusammengefaltet hatte, um ja schnell in den Keller zu kommen. Langweile ich dich?« fragte sie nach einer kurzen Pause.

»Nein, ich höre dir gerne zu«, versicherte Giuseppe ihr. »Sag mir noch eins«, fuhr er fort. »An was für eine Art von Ehemann hast du damals gedacht?«

»Damals an gar keinen. Aber jetzt . . . Jetzt habe ich eine sehr genaue Vorstellung von ihm«, fügte Anna hinzu und schmiegte sich zärtlich in seine Arme. Von der Straße drang durch die offene Balkontür das Geräusch martialischer Schritte zu ihnen herauf.

»Das ist die Militärstreife der Deutschen«, sagte Giuseppe. Die Schritte der italienischen Faschisten klangen weniger hart und lange nicht so rhythmisch.

In Bellagio war seit einigen Wochen zur Unterstützung der italienischen Luftwaffe eine deutsche Flugstaffel stationiert.

Um eine geeignete Landebahn für die Aufklärungsflugzeuge anlegen zu können, hatten die Oberkommandos der beiden Achsenstaaten angeordnet, den riesigen Olivenhain der Villa Giulia einzuebnen.

Der militärische Führungsstab hatte sich in der Villa Serbelloni eingerichtet, deren Besitzerin, die Prinzessin Torre Tasso, in die Schweiz geflohen war. Überhaupt setzten sich in letzter Zeit immer mehr Menschen, die in Bellagio Schutz vor dem Krieg gesucht hatten, über die Grenze in den Nachbarstaat ab, so riskant das auch war. Bei den Flüchtlingen handelte es sich vorwiegend um Juden, die den immer schärfer und grausamer werdenden Rassenverfolgungen zu entkommen suchten.

»Hoffen wir, daß sie keinen verhaften«, sagte Anna.

»Sie entfernen sich schon wieder«, entgegnete Giuseppe, um sie zu beruhigen. »Hörst du?« Die Stechschritte der Soldaten waren kaum noch zu vernehmen. Bald würde wieder völlige Stille herrschen.

Anna und Giuseppe umarmten sich, als wäre ihre gegenseitige Hilfsbedürftigkeit noch gestiegen, und schliefen in dieser Haltung ein.

Giuseppe erwachte im Morgengrauen aus einem unruhigen Schlaf. Er streckte seinen Arm nach Anna aus, fand ihre Bettseite jedoch leer. Er stand auf, suchte sie im Bad und in der Küche. Nichts. Während die Schlaftrunkenheit langsam von ihm wich, merkte er, daß viele Dinge nicht mehr an ihrem Platz waren und daß auch Annas beide Koffer fehlten.

Anna war in der Nacht gegangen. Aber warum hatte sie ihm davon nichts gesagt? Warum hatte sie ihn nach all den Liebesversprechungen und Schmeicheleien zum Narren gehalten und sich heimlich davongestohlen? Giuseppe begann hektisch nach irgend etwas zu suchen, das ihm den Grund für diese Flucht erklärt hätte. Dabei übersah er in seiner Aufregung beinahe den Zettel, der auf dem dunklen Nußbaumtisch lag.

Die Nachricht lautete:

Lieber Giuseppe,
aus Angst, Dich in Gefahr zu bringen, habe ich Dir nie gesagt, daß mein Großvater Jude war. Wie Du weißt, spielt es überhaupt keine Rolle, daß meine Eltern und ich selbst katholisch getauft sind. Die Deutschen deportieren jeden, unter dessen Vorfahren sich auch nur ein einziger Jude befindet. Ich konnte nicht länger mit dieser Angst leben und möchte nicht, daß auch Du in diese schreckliche Sache hineingezogen wirst.

Ich versuche, in die Schweiz zu fliehen.

Liebling, das ist die einzige Rettung, für mich und für Dich.

Wir sehen uns wieder, sobald diese unmenschlichen Verfolgungen aufgehört haben. Vernichte diesen Zettel und versuche nicht, mich zu finden. Darum bitte ich Dich – um meinet- und um deinetwillen.

Sei ganz fest umarmt. Ich liebe Dich
Anna.

Anna – eine Jüdin. Anna, die sich großherzig von ihm zurückzog, um ihn nicht mit sich ins Verderben zu reißen. Anna, die bis vor wenigen Stunden in seinen Armen gelegen hatte, war Unbekannten ausgeliefert, die die Notlage wehrloser, verfolgter Menschen ausnützten, um sie ihrer Habseligkeiten zu berauben und womöglich zu töten.

Giuseppe fühlte sich in seiner Machtlosigkeit gefangen. Er dachte an die Juden, die man geplündert und mit durchschnittener Kehle jenseits des Boffalora-Passes aufgefunden hatte. Sie waren für ein Säckchen Schmuck ermordet worden. Alle wußten, daß es Bergführer gab, die Juden überfielen, aber keiner hatte den Mut, sie anzuzeigen. Giuseppe weinte. Er mußte Anna ausfindig machen, sie verteidigen, beschützen. Plötzlich erinnerte er sich an jemanden, an einen absolut zuverlässigen Kontaktmann Sebastiano Brighentis, der einflußreiche Beziehungen hatte. Er war der einzige, der ihm helfen konnte, Anna wiederzufinden. Giuseppe war entschlossen, alles zu wagen, denn er wußte, daß er ohne Anna nicht mehr leben konnte.

Auf der Stelle verließ er das Haus, um Lodovico Gilardi aufzusuchen, den Organisten der Kirche San Giacomo.

6

Mit den Schäften ihrer Gewehre hatten sie Frauen, Kinder und Greise auf dem Dorfplatz zusammengetrieben. Nur den jüngeren und kräftigeren Männern war es gelungen zu entkommen. Die übrigen standen nun da, vor Angst versteinert, und harrten der Tragödie, die sich vor ihren Augen abspielen sollte. Die reglose Menschenmenge in der Mitte des Platzes starrte auf zehn Männer, die in einer Reihe, die Hände auf den Rücken gebunden, an der Wand eines antiken Palazzos standen, aufgestellt vor einem Exekutionskommando deutscher Soldaten.

General Kesselring hatte öffentlich bekanntgeben lassen, daß für jeden getöteten deutschen Soldaten fünf italienische Zivilisten hingerichtet würden. Die Geiseln waren ohne ein bestimmtes Kriterium unter den Häftlingen des Gefängnisses von Como ausgewählt worden, um zwei deutsche Soldaten zu rächen, die bei einem Anschlag den Tod gefunden hatten.

Sie waren Todeskandidaten, wehrlose Opfer eines barbarischen Gesetzes und des Leichtsinns zweier Partisanen, die auf eine deutsche Militärpatrouille geschossen hatten, obwohl sie wußten, welche Gefahr dies für das ganze Dorf bedeutete.

Der Kommandant befahl seinen Männern, sich bereit zu machen. In dem Augenblick, in dem die Soldaten ihre Gewehre anlegten, brach einer der Gefangenen, ganz am rechten Ende, blitzartig aus der Reihe aus und verschwand hinter der Ecke des Gebäudes. Von den Geschossen durchlöchert, sackten die übrigen Opfer zusammen, während der Flüchtling durch Büsche und Hecken brach, verfolgt vom Gewehrfeuer einiger Soldaten, die von einem auf der anderen Seite des Platzes geparkten Lastwagen gesprungen waren.

Zwei Motorradfahrer der Feldgendarmerie, die sahen, wie ein Schatten den Hügel erklomm, nahmen mit rasender Geschwindigkeit ein paar Kurven, um den Flüchtling zu stellen, aber der Mann war bereits in der dichten Vegetation untergetaucht.

Die Deutschen durchkämmten das ganze Gebiet und schossen aufs Geratewohl in die Richtung, in der sie den Flüchtling vermuteten. Irgendwann entdeckte einer der Verfolger eine Blutspur auf dem Boden. Sie führte zur Gartenmauer der Villa Ester. Offensichtlich war es dem Mann gelungen, die Hände frei zu bekommen. Und schwer verletzt konnte er auch nicht sein, wenn er es geschafft hatte, über die Mauer oder das Tor zu klettern. Innerhalb von wenigen Minuten war der Park der Villa von Deutschen umstellt. Die Kinder der Familie Montalto, die gerade am Schwanenteich spielten, rannten ins Haus, um Ester, Gilda und Angelina Bescheid zu geben. Sie waren nicht besonders erschrocken. Nur Emiliano schien diese plötzliche und scheinbar grundlose Belagerung gewisse Sorgen zu machen.

Auf der Türschwelle der Villa erschien der Kommandant der Deutschen, ein vierschrötiger Kerl mit rot geädertem Säufergesicht und ungehobeltem, herrischem Auftreten.

»Wir suchen einen entflohenen Häftling, der sich in Ihrem Haus versteckt hat«, sagte er in korrektem Italienisch.

»Ich bin die Signora Montalto«, erwiderte Ester, die ihm entgegengetreten war. »Mir ist nicht bekannt, daß jemand in mein Haus gekommen ist. Deshalb möchte ich Sie bitten zu gehen. Meine Kinder haben sich erschrocken. Ist Ihnen das klar?« Ein einziger Blick hatte ihr genügt, um den Deutschen einzuordnen.

»Die Signora Montalto kann gar nicht wissen, ob ein Häftling in den Park ihrer Villa oder in die Villa selbst gekommen ist«, schnauzte der Offizier sie an. »Die Signora Monalto«, fuhr er voll beißender Ironie fort, »ist verpflichtet, uns zu unterstützen. Andernfalls wird sie nämlich der Subversion und des Verrats angeklagt«, sagte er, wobei er sie mit einem höhnischen Grinsen provozierte. Ester war klar, daß dieser Mensch keine leeren Drohungen machte. Sie dachte an die Kinder, die im Wohnzimmer zuhörten, an Edison, der sich nicht mehr gemeldet hatte, seit er nach Modena gefahren war.

»Ich bin die Frau von Edison Montalto«, sagte sie in der Hoffnung, der Namen ihres Gatten würde ihr in dieser Situation weiterhelfen.

»Und ich bin Oberleutnant Klaus Rungaldier«, erwiderte der Deutsche mit einem ironischen Unterton und stellte damit seine Autorität und Macht einem Namen gegenüber, der für ihn keinerlei Bedeutung hatte. Die Villa und ihre Einrichtung, der große Park und Esters selbstsicheres Auftreten sagten ihm zwar, daß er nicht bei irgendeiner Familie eingedrungen war, aber diese hochmütige Löwin sollte ihn nicht daran hindern, seine Pflicht zu tun.

Immerhin sparte er sich jetzt sein herausforderndes Lächeln und benahm sich eine Spur zivilisierter. Die stolze Signora, die seinem wilden Blick furchtlos standhielt, kannte womöglich einflußreiche Persönlichkeiten, auch im deutschen Führungsstab.

»Ich bitte Sie um Erlaubnis, den Park durchsuchen zu

dürfen«, sagte er mit gekünstelter Höflichkeit. »Keiner meiner Männer betritt Ihr Haus. Jedenfalls für den Augenblick.«

»Tun Sie, was Sie für nötig halten. Wir haben nichts zu verheimlichen«, erwiderte Ester. Damit drehte sie sich um und ließ ihn allein in der Eingangshalle stehen.

Der Offizier ging hinaus und erteilte den wartenden Soldaten ein paar kurze Befehle. Die Männer schwärmten aus und klopften schnell und methodisch jeden Winkel des Parks, jeden Busch ab. Im Schutz der Gardinen sahen die Montaltos den Soldaten von den Fenstern aus zu und hofften dabei inständig, der Flüchtling würde ihnen durchs Netz gehen.

»Wenn er es geschafft hat reinzukommen, erwischen sie ihn bestimmt«, dachte Ester, die um das Leben des Unbekannten bangte. Polissena war mit Angelina in das obere Stockwerk geflohen. Emiliano hielt sich mit Gilda und Fabrizio in der Küche auf. Er sah, wie zwei Soldaten um den Pavillon herumgingen, worauf einer der beiden mit dem Gewehrschaft das Podest der eleganten Konstruktion abklopfte.

Sein Herz machte einen Sprung. Er dachte an Monsignore Brighentis kleinen Koffer, der in dem Pavillon versteckt war, und an sein feierliches Versprechen, keinem Menschen dieses Geheimnis zu verraten. Was würde geschehen, wenn die Soldaten den Koffer entdeckten?

Er sah Fabrizio an, der seine Befürchtungen teilte.

»Monsignore Brighentis Koffer«, raunte Emiliano dem anderen zu. Fabrizio gab ihm zu verstehen, daß sie nichts tun konnten, um das Unheil abzuwenden.

»Was redet ihr da?« fragte Gilda, der das komische Verhalten der beiden Jungen auffiel.

»Das ist ein Geheimnis, Gilda«, erwiderte Emiliano erschrocken.

»Wir müssen etwas tun«, schaltete Fabrizio sich ein, dessen Angst von Minute zu Minute wuchs.

»Was wollt ihr mir verheimlichen?« fragte Gilda und

packte die beiden Jungen am Arm. »Ich glaube, es ist für uns alle das Beste, wenn ihr mir erzählt, was da los ist.«

Die Deutschen waren schon dabei, mit ihren Gewehrkolben den Bretterboden des Pavillons zu zerstören. Sie durften keine Zeit verlieren.

»Es geht um einen kleinen Koffer«, sagte Emiliano endlich. »Monsignore Brighenti hat ihn mir vor einem Jahr gegeben. Ich habe keine Ahnung, was er enthält. Der Monsignore hat mich gebeten, mit niemandem darüber zu sprechen. Er hat mir vertraut«, fügte er stolz hinzu. »Ich habe den Koffer unter dem Pavillon versteckt. Und dort sollte er bleiben, bis irgend jemand ihn in seinem Namen abholen würde.«

»O mein Gott!« rief Gilda aus und schlug sich die Hände vors Gesicht. Bestimmt handelte es sich um kompromittierendes Material, vielleicht politische Dokumente. Schlagartig wurde ihr klar, daß das Leben der ganzen Familie auf dem Spiel stand. Sie drückte die beiden Jungen an sich, während in ihrem Kopf blitzschnell ein Plan reifte. Gilda hatte alles getan für dieses Haus, für ihre Arbeitgeber und deren Kinder, die sie mehr liebte als sich selbst. Sie hatte nur für sie gelebt, fügsam die brutalen Überfälle Edisons hingenommen, hingebungsvoll Ester zur Seite gestanden, liebevoll die Kinder umhegt und ihnen all die Aufmerksamkeit gewidmet, die sie lange Zeit ihrem eigenen Sohn nicht hatte schenken dürfen. Sie hatte die qualvollen Geburten ihrer Herrin miterlebt und die Wutanfälle ihres Herrn, dessen Seitensprünge und Laster sie besser kannte als sonst irgendein Mensch.

Es war eine unausgeglichene, komplizierte, schwierige Familie. Aber es war die einzige Familie, die sie hatte, und Gilda war zu jedem Opfer bereit, um sie vor dem Ruin zu retten.

In dem Augenblick, in dem Gilda und die Jungen vom Küchenfenster aus sahen, daß ein deutscher Soldat Monsignore Brighentis schwarzes Köfferchen aus dem Hohlraum unter dem Pavillon herauszog, nahm eine absolut wahnsinnige Idee Gestalt in ihr an. Gilda rannte in den Park und näherte sich lächelnd dem Deutschen. Dieser erkannte in den runden Formen der Frau die Möglichkeit einer willkommenen Abwechslung von der züchtigen Monotonie des Soldatenlebens. Er war ein dunkelhaariger Bursche mit blauen Augen. Als er Gilda ein unverständliches Kompliment in seiner Sprache zurief, wurde ihr Lächeln noch breiter, während sie endgültig auf ihn zutrat. Der Deutsche war alleine, und Gilda streichelte sein Gesicht in einem unbeholfenen, aber wirkungsvollen Annäherungsversuch.

Kaum lockerte der Soldat ein wenig den Griff, als Gilda ihm den Koffer aus der Hand riß und damit ans Geländer des Pavillons rannte, um ihn in den See zu schleudern, der weit unter ihnen lag. Eine Maschinengewehrsalve mähte die Frau nieder, noch bevor der Koffer auf der Wasserfläche aufschlug.

Den verletzten Flüchtling fand man verblutet am Ufer des Schwanenteichs. Ester wurde von den Kindern und ihrer in Tränen aufgelösten Schwägerin getrennt. Dann unterzog Klaus Rungaldier sie einem langen Verhör, fest entschlossen, Licht in diese dunkle Angelegenheit zu bringen.

7

Edison sog den Geruch des Waldes ein, in dem er sich versteckt hielt, während Michele im Dorf herauszufinden suchte, was die Deutschen in die Villa Ester geführt hatte. Das Auto hatten sie auf einem Trampelpfad geparkt.

Er war wütend. Um seine Nerven zu beruhigen, paffte er eine Zigarette nach der anderen. Warum dieses instinktive Bedürfnis, sich zu verbergen? Warum hatte er eine Begegnung vermieden, die seinen bösen Vorahnungen zum Trotz völlig harmlos sein konnte? Edison fand, daß er sich kindisch verhalten hatte: Er hatte mehr der Angst als der

Vernunft gehorcht. Aber was war schon vernünftig in dieser vom Krieg zerrütteten Welt?

Lange Zeit hatte er geglaubt, die Deutschen und die Faschisten brächten ihm Glück, und darum ihre Ideen und Ziele unterstützt, ihre Programme und Strategien. In diesem Augenblick aber betrachtete er sie als den übelsten Auswuchs einer despotischen Macht, der man sich nur durch die Flucht entziehen konnte.

Im hintersten Winkel seines Gewissens regte sich die Sorge um seine Familie, die er im Stich gelassen und seiner Angst geopfert hatte. Er war am Ende seiner Kraft und bezweifelte ernsthaft, daß es ihm gelingen würde, die Depression, in die er verfallen war, noch einmal zu überwinden.

Er, der große Edison Montalto, das glänzende Vorbild, der Mann, der immer einen Rat wußte, war in eine Sackgasse geraten und darauf angewiesen, daß sein Chauffeur zurückkam und ihm einen Weg aus dem Labyrinth wies.

Ein stark einsetzender Regen zwang Edison, in den Wagen zu flüchten. Er zündete sich eine neue Zigarette an. Regen haßte er so sehr, wie er Schnee liebte. Er erinnerte sich an die Schneefälle in seiner Kindheit, die drei gedämpfte Glockenschläge der San-Pietro-Kirche im Morgengrauen ankündigten. Er hatte sich die Nase am Fenster seines Zimmers plattgedrückt, das auf eine Kaserne hinausging, und zugesehen, wie die Soldaten den Hof freischaufelten, während die Straße von eigens dafür angestellten Schneeschippern geräumt wurde. Später war der Schnee dann auf fröhliche blaue Karren geladen und in offene Straßenschächte gekippt worden.

Der Gedanke an all die Stimmen, die dumpfen Schläge der Schippen, das träge, aber unaufhörliche Rattern der Karrenräder auf der Straße riefen ihm heitere Zeiten in Erinnerung, in denen es keine Angst und keine Kriegsmassaker gegeben hatte. Im unablässigen Rauschen des Regens vernahm er endlich Schritte und sah kurz darauf Micheles unverwechselbare Gestalt näherkommen.

Der Chauffeur war bis auf die Haut durchnäßt und schnaufte vom Anstieg. Er ließ dem Verleger, der die Wagentür aufgestoßen hatte, nicht einmal Zeit, den Mund zu öffnen.

»Wir müssen sofort zum Gasthaus *Tre Re*«, verkündete er hastig, wobei er seine nasse Jacke auszog und sich ans Steuer setzte.

»Warum?« fragte Edison, während der Chauffeur den Motor anließ.

»Weil Signora Ester dort auf uns wartet«, erwiderte Michele und steuerte den Wagen geschickt über den schlammigen Weg, der sie zur Hauptstraße zurückbrachte.

»Erzähl schon, bevor ich noch verrückt werde«, fuhr Edison ihn an.

»Sie sind alle im *Tre Re*«, sagte Michele. »Durch den unterirdischen Gang vom Keller zur Schiffsanlegestelle sind sie an den See gelangt. Die Villa wird von den Deutschen überwacht. Im Dorf sind heute schlimme Sachen passiert und ...« Michele hatte nicht den Mut weiterzusprechen und ihm von Gildas Tod zu berichten.

»Was ist passiert? Ist irgend jemand aus der Familie ...« Edison hatte zu große Angst, um das Schreckliche auszusprechen.

»Es geht allen gut«, log der Chauffeur. »Signora Ester hat alleine in der Villa gewartet, um uns vor der Gefahr zu warnen. Inzwischen wird auch sie in dem Gasthof sein«, beruhigte er Edison. Auch diesmal gelang es ihm nicht, zu Ende zu erzählen. Er war bis zur Gartenmauer vorgedrungen. Dort hatte er gemerkt, daß er nicht in die Villa kam, weil der Park von den Deutschen überwacht wurde. Deshalb hatte er sich durch den Wald zum See durchgeschlagen und war von dort durch den unterirdischen Gang ins Haus gelangt.

Der Regen peitschte so heftig gegen die Windschutzscheibe, daß die Scheibenwischer kaum nachkamen. Die Scheinwerfer, die aufgrund der Verdunkelung abgedeckt werden mußten, spendeten gerade einen schmalen Streifen

Licht, so daß Michele nur im Schrittempo fahren konnte, innerlich betend, nicht in eine deutsche Kontrolle zu geraten.

Das Gasthaus *Tre Re*, eine bäuerliche Trattoria, lag halb versteckt in einer schattigen Einbuchtung am Fuß des Hügels, auf dem die Villa Ester stand. Mehr als einmal waren die Kinder auf der Rückkehr von einem Ausflug an den See bei den Mossottis – so hießen die Wirtsleute – eingekehrt, um sich dort die gerade geangelten Fische zubereiten zu lassen. Signore Mossotti, der die Trattoria seit ewigen Zeiten betrieb, behandelte die Montaltos besonders zuvorkommend, vor allem seit Edison seinen Lieblingsneffen als Laufburschen im Verlag eingestellt hatte.

»Was hat dir meine Frau noch erzählt?« wollte Edison wissen.

»Sonst nichts. Ich glaube, es geht alles gut, wenn wir die Anweisungen der Signora befolgen«, erwiderte der Chauffeur ziemlich kurz angebunden, denn er hatte schon genug damit zu tun, seine eigenen trüben Gedanken unter Kontrolle zu halten.

Endlich verließen sie den Waldweg und gelangten auf die Hauptstraße, die völlig verlassen dalag. Zu ihrem großen Glück hatte der strömende Regen offensichtlich auch die Deutschen davon abgehalten, die üblichen Posten aufzustellen.

Edison gelang es trotz allem, Freude zu empfinden, wenn er daran dachte, daß er in Kürze seine Frau wiedersehen würde. Seit er sie kannte, hatte er sich noch nie so sehr nach ihr gesehnt.

Mossotti erwartete sie, mit einem Regenmantel bekleidet, auf dem lehmigen Vorplatz der Trattoria. Wild gestikulierend wies er ihnen den Weg. Michele lenkte den Wagen um das Gebäude herum zu einer Scheune mit weit geöffnetem Tor. Im Nu war das Auto unter einem Haufen Heu versteckt.

»Willkommen, Signore Montalto«, sagte Mossotti in

ehrerbietigem Ton. Er war bemüht wie immer, aber sichtlich nervös.

»Was ist passiert?« platzte der Verleger heraus.

»Die Signora wartet drinnen auf Sie und wird Ihnen alles erklären. Ich für meinen Teil kann Ihnen nur garantieren, daß Ihr Auto vorerst in Sicherheit ist. Und was die Reise betrifft: Ich habe bereits jemanden benachrichtigt, der Sie heute nacht zur Grenze bringt«, teilte er ihnen mit.

Edison war müde und verwirrt. Ohne weitere Fragen zu stellen, betrat er ein Zimmer mit niedriger Decke, das halb Schenke, halb Bauernküche war. Auf einem Holzregal an der Wand standen, sorgfältig aneinandergereiht, Wein- und Schnapsflaschen. Es gab einen langen Schanktisch, eine Espressomaschine und im vorderen Teil des Zimmers, zwischen zwei Fenstern, eine Kredenz, in der sich Teller, Schüsseln und Gläser stapelten; außerdem ein paar viereckige Tische mit gedrechselten Beinen, auf denen etwas abgenützte, gelbliche Baumwolltücher lagen, und um die Tische herum Stühle mit Sitzflächen aus Bast. Die gestärkten und mit Stickereien verzierten Gardinen an den Fenstern waren das einzig Freundliche in dem Lokal, in dem es nach Rauch und Wein roch sowie nach dem Holzfeuer, das in dem breiten Natursteinkamin prasselte.

Ester hockte zusammengekauert auf einem Stuhl am Feuer. Sie trug einen hellen Pullover aus grober Wolle und einen blauen Umhang, der sich in dicke Falten legte. Ihr blondes Haar schimmerte im Schein der Flammen.

Edison blieb in der Mitte des Zimmers stehen und starrte sie schweigend an. Sie begegnete seinem Blick, betrachtete ihn ihrerseits und sah einen müden Mann mit langen Bartstoppeln, leidgezeichnetem Gesicht und zerknitterten Kleidern. Von tiefem Mitleid ergriffen, stand sie auf, ging ihm ein paar Schritte entgegen und streckte die Arme nach ihm aus. Edison umarmte sie stürmisch. So blieben sie eine Weile eng umschlungen stehen.

»Komm«, sagte sie und zog ihn ans Feuer. »Wir müssen miteinander reden.«

»Was ist hier los? Wo sind die Kinder?« fragte er und ließ sich schwer auf einen Stuhl fallen.

»Die Kinder sind alle oben in einem Zimmer und schlafen. Angelina ist bei ihnen«, erklärte Ester ihm.

»Und Gilda?« fragte Edison zaghaft.

»Gilda ist . . . tot. Sie liegt in der Kapelle. Polissena hält die Totenwache. Die Deutschen haben sie umgebracht. Vor ein paar Stunden«, hauchte Ester.

Schweigen legte sich über sie. Das Prasseln des Feuers, dessen Flammen in den Abzug hinaufloderten, betonte die Stille noch.

»Warum?« fragte Edison kaum vernehmlich.

Ester erzählte ihm, was vorgefallen war.

»Ich muß sie sehen«, sagte Edison aufgewühlt. »Sie ist die Mutter eines meiner Söhne.«

»Gib Fabrizio deinen Namen«, riet Ester ihm.

»Ich muß sie sehen«, wiederholte er. »Gilda muß ein würdiges Begräbnis bekommen, um ihres Sohnes willen. Ich bitte dich, wecke Fabrizio auf und bring ihn zu mir. Ich warte hier draußen auf ihn.«

Er stand auf, durchquerte das Zimmer und ging hinaus.

Edison und Fabrizio knieten nebeneinander in der von Kerzen erleuchteten Kapelle. Nach langem Schweigen legte der Mann einen Arm um die Schulter des Jungen, der reglos auf das Gesicht seiner Mutter starrte.

»Weißt du, was in dem Koffer war, den deine Mutter in den See geworfen hat?« fragte er leise.

Fabrizio schüttelte nur den Kopf, ohne eine Antwort zu geben.

»Hatte sie Kontakt zu Partisanen?« wollte der Verleger wissen.

»Mama war immer mit uns zusammen«, erwiderte der Junge kaum hörbar.

»Stimmt«, pflichtete Edison ihm bei. Aber er kannte Gildas Diskretion. Er wußte, wie schamhaft sie die Geburt dieses unehelichen Sohnes vor der Welt verborgen hatte.

Nie hatte sie irgend jemandem gesagt, oder auch nur angedeutet, daß er Fabrizios Vater war, und hätte Ester nicht eingegriffen, so würde der Junge heute noch bei seinen Großeltern auf dem Land leben. Gilda hatte mehr als ein Geheimnis mit ins Jenseits genommen. Auch das ihrer Liebe zu ihm. Heute war ihm das klar.

Die beiden hatten leise miteinander gesprochen, verbunden von einem neuen Gefühl, das zwischen ihnen wuchs.

Edison betrachtete Fabrizio voller Rührung. Die Haltung des Jungen, seine würdevolle Gefaßtheit in diesem tragischen Moment, rief Reue in ihm hervor.

»Wenn du einverstanden bist, möchte ich von jetzt an der Vater sein, der dir immer gefehlt hat.«

Fabrizio nickte mit dem Kopf. Man sah ihm an, wie schwer er litt, aber Edison las in seinem ausdrucksvollen, intelligenten Gesicht auch eine angeborene Güte, die ihn sehr an Gilda erinnerte.

»Meinst du, es gelingt dir, mich Papa zu nennen?« fragte Edison zögernd.

»Ich will es versuchen«, entgegnete der Junge.

»Dann laß uns in mein Büro gehen und den Pfarrer anrufen. Deine Mutter wird nur vorläufig auf dem Friedhof von Bellagio begraben. Wenn der Krieg zu Ende ist, holen wir sie nach Modena, in die Grabkapelle der Montaltos«, schloß er und erhob sich.

Er beugte sich über Gilda und berührte ihre Stirn mit den Lippen. Dann nahm er den Jungen an die Hand und führte ihn durch den unterirdischen Korridor ins Innere der Villa.

8

Emiliano fand den Gedanken an die weite und beschwerliche Reise in das fremde Land, von dem alle sprachen, schrecklich aufregend. Sie würden den Comer See überqueren, Berge erklimmen und tausend Gefahren begegnen. Der Junge schloß die Augen und stellte sich die Moore am Ganges vor, wie Emiliano Salgari sie beschrieb: bevölkert von Tigern, Nashörnern, Schlangen und Krokodilen. Er war ein wenig enttäuscht, als er feststellen mußte, daß der kühne Kammamuri in Wirklichkeit das gemütliche, etwas platte Gesicht des Gastwirts Mossotti hatte.

»Die *Batèl* ist bereit«, sagte Mossotti, nachdem er höflich angeklopft hatte und nun den Kopf zur Tür des Zimmers hereinstreckte, das die Familie Montalto bewohnte. »Der Fischer wartet auf Sie«, fügte er hinzu.

Die *Batèl* war ein langsames, stabiles Fischerboot, das beträchtliche Lasten transportieren konnte. Die Flüchtlinge trugen nichts als die Kleider, die sie auf dem Leib hatten. Außer der Familie Montalto, fünf Kinder und zwei Erwachsene, sollte sich auch noch eine Frau aus Mailand einschiffen und ein Mann, der im letzten Moment dazugekommen war. Mossotti hatte ihnen dazu keine Erklärungen abgegeben.

Edison öffnete die Tür. Er trug die schlafende Lola auf dem Arm. Hinter ihm folgten die Kinder und ganz am Schluß Ester.

»Ich gehe voraus«, sagte der Wirt. »Heute abend sind die Deutschen später gegangen als gewöhnlich. Dafür haben sie sich ordentlich vollaufen lassen. Sie sollten also schlafen wie Wackersteine.« Die deutsche Wache war mit Hilfe eines herben Weines aus der Gegend, der es in sich hatte, ausgeschaltet worden.

Die Idee der Flucht stammte von Ester. Edison hatte ihr zugestimmt; die Kinder betrachteten sie als ein großes, geheimnisvolles Abenteuer. Keiner von ihnen war in der Lage zu sagen, wie viele Personen an der Operation beteiligt waren, welche mysteriösen Mittelsmänner sie in die Wege geleitet hatten.

Der Gastwirt war in dieser Schachpartie nur ein einfacher Bauer; außer ihm gab es die Fährschiffer, die Bergführer und die mysteriösen Gestalten, die sich mit der Organisation befaßten. Zu ihnen gehörte der Organist der Kirche San Giacomo.

Der Fischer erwartete sie bei seinem Boot, das an einem Holzpfahl vertäut war und leicht auf dem Wasser schaukelte. Neben ihm stand reglos eine Frau, die schweigend auf den See hinausblickte. Plötzlich vernahm man den leisen Klang von Schritten, und aus der Dunkelheit tauchte die Gestalt eines Mannes auf, der rasch auf sie zueilte.

»Giuseppe«, murmelte die Frau und umarmte ihn.

»Ich hätte lieber die ganze Welt auf den Kopf gestellt, als dich alleine zu lassen«, flüsterte er.

»Wie hast du es geschafft, mich zu finden?« fragte sie besorgt.

»Mit Hilfe eines Freundes. Sei ganz ruhig. Später erzähle ich dir alles.«

Die Familie Montalto überquerte den Landungssteg und erreichte das Boot, während der Fischer Anna und Giuseppe einen Platz im Bug zuwies. Ester kletterte als erste an Bord. Edison reichte dem Fischer die kleine Lola, der sie an Ester weitergab. Dann stiegen die Kinder ein und als letzter Edison.

Mossotti winkte ihnen zum Abschied zu. Der Fischer fing das Seil auf, das der Wirt ihm zuwarf, und legte sich dann in die Riemen. Dunst lag über dem See, und der Mond verbarg sich hinter dicken Wolken. Das Schiff glitt langsam dahin. Emiliano sah in seiner Phantasie die hohen Dächer der Pagoden in der schwarzen Stadt vor sich und die Schaluppe Sandokans, wie sie von der *Marianna* ablegte und von den acht kräftigsten Malaien der Mannschaft den Fluß hinaufgerudert wurde.

Hier dagegen gab es nur einen einzigen, nicht einmal besonders muskulösen Fischer, der für die zwei Kilometer bis zum anderen Ufer mindestens eine Stunde brauchen würde. Dort mußten sie dann über die Berge bis zur Schweizer Grenze wandern.

Ester litt aufgrund ihres kranken Herzens besonders, aber sie ließ sich nichts anmerken. Sie dachte an Polissena, an Angelina und Michele, die in der Villa zurückgeblieben waren, um sie zu bewachen. Die Vorstellung, daß Gilda ihr junges Leben geopfert hatte, um ein Geheimnis zu hüten, das bereits gelüftet worden war, ließ ihr keine Ruhe.

Ester trug ihren gesamten Schmuck im Futter ihres Pelzmantels bei sich. Edison verwahrte in der Jackentasche eine große Summe Schweizer Franken.

Als sie fast bei der Anlegestelle waren, erhob sich ein leichter Wind und fegte die Wolken vom Himmel. Im silbernen Licht des Mondes erkannte Ester in der Frau, die neben ihr im Bug des Bootes saß, die Schriftstellerin Anna Grisi, die sie ihrerseits identifizierte.

»Ja, das bin wirklich ich«, murmelte die Schriftstellerin als Antwort auf den fragenden Blick der Signora Montalto.

»Dann sind also auch Sie in dieses schlimme Abenteuer verwickelt«, stellte Ester leise fest. Edison, der gedankenversunken im Heck des Bootes hockte, merkte nur, daß seine Frau und die Unbekannte miteinander flüsterten.

»Das ist Rechtsanwalt Arisi«, sagte Anna. »Signora Montalto«, fügte sie an Giuseppe gewandt hinzu.

Jetzt hatte auch Edison sie erkannt, aber er grüßte sie nicht und gab keinerlei Kommentar ab.

Endlich legte das Boot am verlassenen Ufer von Lenno an, und die Passagiere gingen ohne ein Wort an Land, selbst die Kinder, die sich der gefährlichen Situation bewußt zu sein schienen.

Der Fischer zeigte auf einen großen, mageren Mann, der auf sie zukam. Er trug eine Barchenthose und eine dicke Windjacke.

»Viel Glück«, wünschte ihnen der Fährmann. »Jetzt seid ihr in ihren Händen«, fuhr er fort, wobei er auf eine vierschrötige Gestalt deutete, die sich der ersten anschloß.

Der kleine, stämmige Mann stellte sich an die Spitze der Gruppe, die im Gänsemarsch am Ufer entlangging. Sein großer Kamerad bildete das Schlußlicht.

Die Männer, Frauen und Kinder marschierten auf einem

Kiesweg um Lenno herum zum Fuß der Berge. Alle waren aufs äußerste gespannt und besorgt, aber keiner wagte es, eine Frage zu stellen. Sie kannten weder ihre Marschroute noch die Namen ihrer Führer. Sie hatten eine große Summe Geld bezahlt, mußten diesen Männern blind vertrauen und sich auf ihre Fähigkeiten verlassen. Edison hatte Lola auf dem Arm, die immer noch schlief. Als der Weg anzusteigen begann, verlangsamte der Verleger seinen Schritt, da seine Tochter mit einem Mal ein Vielfaches zu wiegen schien.

Giuseppe trat zu dem Verleger und sagte: »Geben Sie die Kleine eine Weile mir.«

Edison reichte ihm das Kind erleichtert.

»Ich muß zugeben, daß ich kaum noch konnte«, gestand er. »Haben Sie vielen Dank.«

Der Mann an der Spitze blieb an einer Stelle stehen, wo der Weg sich ein wenig verbreiterte. Er wartete, bis alle versammelt waren, und sagte dann leise: »Dort ist der Boffalora-Paß.« Er deutete auf den Gipfel eines Berges. »Wir marschieren im Schutz des Waldes auf halber Höhe. Es muß allen klar sein, daß wir hier keinen Sonntagsausflug machen. Seht also zu, daß keiner zurückbleibt. Ich habe keine Lust, mich wegen euch von irgendwelchen Gewehrkugeln durchlöchern zu lassen. Bei Sonnenaufgang müssen wir an der Grenze sein. Habe ich mich deutlich ausgedrückt?« Keiner wagte zu widersprechen.

Als der Mann sich wieder in Bewegung setzte, begriffen die Flüchtlinge sofort, was sie erwartete. Ihr Führer hatte ein Marschtempo angeschlagen, mit dem mancher von ihnen kaum mithalten konnte.

»Ich schaffe es nicht«, murmelte Ester schwach. Sie war blaß und schnappte nach Luft.

Auch Fabrizio hatte alle Mühe, mit seinem lahmen Bein nachzukommen. Aber er sagte nichts. Er dachte an seine Mutter, die er nie mehr wiedersehen würde, selbst wenn er das Ende des Krieges erlebte und nach Hause zurückkehren konnte. Während er leise vor Schmerz und Wut weinte, fand er die Kraft, der Karawane zu folgen.

Sie befanden sich in einem Wald aus Buchen, Kastanien und Lärchen. Es war finster, da die Wolken mittlerweile wieder den Mond verdeckten. Fabrizio fröstelte am Körper und im Herzen.

Da fühlte er Emilianos Hand auf der Schulter.

»Kann ich dir helfen?« flüsterte der größere Junge ihm ins Ohr.

»Ich versuche, dir zu folgen«, entgegnete Fabrizio und unterdrückte einen Schluchzer.

»Nur Mut, kleiner Tiger«, spornte Emiliano ihn an und legte sich einen Arm des Jungen um den Hals, um ihn zu stützen. Anna bot Ester ihren Arm an.

»Kommen Sie. Ich glaube, ich bin stark genug für zwei.«

Ester dankte ihr mit einem schwachen Lächeln.

Anna empfand unendliches Mitleid mit dieser Frau, die vielleicht noch nie die Liebe eines guten, großherzigen Mannes erfahren hatte. Es mußte Ester wie ihr gehen, bevor sie Giuseppe Arisi begegnet war.

Der Führer, der hinten ging, näherte sich dem Anwalt.

»Geben Sie das Kind her«, knurrte er ihn an, aber seine Stimme klang gutmütig. Giuseppe Arisi gehorchte gerne. Lolas Gewicht war beinahe unerträglich geworden, aber er hatte es nicht gewagt, um Hilfe zu bitten. Etwa eine halbe Stunde lang ging es bergauf, dann begann zur großen Erleichterung aller der Abstieg nach Laino, einem verschlafenen Bergdorf auf halber Höhe. Dort schlugen sie den Weg zur Scharte von Orimento ein.

Gianni und Wally waren ungewöhnlich still. Edison schwieg. Er war erschöpft und ein wenig verärgert darüber, ausgerechnet Anna Grisi als Fluchtgenossin zu haben. Drei Jahre waren vergangen, seit diese Frau ihn einfach zum Teufel gejagt hatte, ohne sich von seiner Macht oder seinem Reichtum einschüchtern zu lassen.

Damit nicht genug, fraternisierte sie jetzt auch noch mit seiner Frau und brütete weiß Gott was mit ihr aus.

Es war drei Uhr früh, als sie die Gotta-Alm erreichten, die im Schutze eines kleinen Waldes lag.

Der große, schlanke Führer trat auf Edison zu. »Wir sind schneller vorangekommen als geplant und können uns eine halbe Stunde Pause gönnen«, sagte er leise. »Nehmen Sie Ihr Kind«, murmelte er dann, »und sehen Sie zu, daß es nicht zu weinen anfängt, falls es aufwacht.«

Es war bitterkalt, und die Müdigkeit lastete auf allen, auf den Erwachsenen wie auf den Kindern, aber keiner traute sich zu klagen. Lola begann zu gähnen und öffnete die Augen.

»Daß sie ja den Mund nicht aufmacht«, zischte der untersetzte Schmuggler. »Hier in der Gegend ist eine Abteilung der Gebirgsjäger stationiert. Die Faschisten nehmen es einem ziemlich übel, wenn man sie aus dem Schlaf reißt«, sagte er und grinste, als habe er Spaß daran, Angst zu verbreiten.

Ester trat dazwischen und nahm ihm das Kind ab.

»Mama, ich habe Durst«, jammerte Lola.

»Still, mein Kleines. Hab ein wenig Geduld«, sagte Ester, die an diese Möglichkeit überhaupt nicht gedacht hatte und ziemlich ratlos war.

»Hier ist ein wenig Wasser«, sagte Anna und zog einen Flachmann aus der Tasche. Lola trank gierig aus dem Deckel, der ihr als Becher diente.

»Ich bin Ihnen unendlich dankbar«, murmelte Ester.

»Das ist doch nicht der Rede wert, Signora Montalto.«

Edison beobachtete verblüfft die Szene, ohne einzugreifen. Rechtsanwalt Arisi zog eine Handvoll Zuckerwaffeln aus der Jackentasche und verteilte sie an die Kinder.

Lola schlief in den Armen ihrer Mutter wieder ein, nachdem sie getrunken hatte. Hinter den Flüchtlingen lag ein langer Marsch. Der Boffalora-Paß und die Scharte von Orimento hatte sie über die Luria-Berge geführt; dann waren sie das San-Fedele-Tal hinuntergewandert, hatten das Muggio-Tal durchquert und waren auf der anderen Seite den Monte Generoso hinaufgeklettert. Sie waren drei Stunden ohne Rast gewandert und befanden sich jetzt in der Nähe von Scudellate.

Emiliano ließ sich von den Flügeln der Phantasie tragen. Er verwandelte die Wälder in einen einzigen Dschungel, soweit das Auge reichte; nur hier und da ragte aus der einförmigen, traurigen Wildnis eine majestätische Kokospalme mit langen, grünschillernden Blättern empor.

Die eigentlichen Feinde dieser phantastischen Urwaldexpedition waren menschenfressende Tiger, die innerhalb von nur zwei Wochen mehr als sechzig indische Soldaten samt ihres Sergeanten auf dem Weg nach Sonapore verschlungen hatten.

Es war der Augenblick gekommen, die Elefanten zu satteln, um in den Dschungel einzudringen und sich einen Weg durch die riesigen, bis zu achtzehn Meter hohen Bambusbäume zu bahnen.

Aber er sah keinen einzigen Elefantenführer. Der einzige Krieger, der sich zur Jagd rüstete, war der magere Bergführer, der seine Schuhe abstreifte, Jutefetzen aus der Tasche zog und begann, sich damit die Füße zu umwickeln.

Emiliano sah ihm begeistert zu und stellte sich weiß Gott was vor.

Der Schmuggler lächelte ihn an.

»Weißt du, was das ist?« fragte er ihn.

»Nein, aber ich wüßte es gerne«, erwiderte der Junge.

»Das sind Spezialschuhe«, erklärte ihm der Mann. »Die machen keinen Lärm, und wenn sie verbraucht sind, wirft man sie einfach weg. Sie kosten wenig und sind sehr praktisch. Aber jetzt schlaf wieder. Du kannst noch zwanzig Minuten ausruhen. Ich gehe mal da runter und schaue mich ein wenig um.«

Bald darauf kam er zurück, und die Rast war leider zu Ende.

»Aufstehen«, befahl der große Führer. »Wir müssen weiter.« Er deutete auf den Rücken eines Hügels jenseits des Waldes. »Da müssen wir rauf«, erklärte er. »Dahinter ist die Straße nach Mendrisio.«

Er trat an Ester heran. »Geben Sie mir das Kind«, sagte er.

Die Frau gehorchte ihm.

»Ich gehe mit der Kleinen und mit Ihnen, Signora, voraus. Ihr anderen zählt bis hundert, dann schickt ihr die drei Jungen los. Nach zwei Minuten sind der Herr und das Mädchen an der Reihe«, fuhr er fort und zeigte dabei auf Giuseppe Arisi und Wally. »Als letzte folgen, zwei Minuten später, Sie«, sagte er an Edison gewandt, »und die Signora«, schloß er mit einem Blick auf Anna.

»Ich bin der Schlußmann«, schaltete sich der untersetzte Schmuggler ein.

Lola schlief ruhig auf dem Arm des großen Führers. Ester und der Mann traten gleichzeitig aus dem Wald. Die anderen sahen ihnen nach, wie sie hinter der Kuppe des Hügels verschwanden. Emiliano übernahm es, langsam bis hundert zu zählen.

»So, die sind jetzt schon in der Schweiz«, sagte der vierschrötige Mann.

»Und wenn sie geschnappt worden sind?« fragte Edison in einem Atemzug.

»Das hätten wir gehört«, entgegnete der Führer zynisch.

Edison unterdrückte einen heftigen Wutanfall und befahl: »Los, Jungs, jetzt seid ihr an der Reihe.«

Emiliano, Gianni und Fabrizio stürmten aus dem Wald.

Nach zwei Minuten gab der Führer Giuseppe Arisi und Wally ein Zeichen.

»Sie sind dran, Signore. Nehmen Sie das Kind und dann los!«

»Könnte nicht ich mit meiner Tochter gehen?« fragte Edison.

»Wir haben keine Zeit zum Diskutieren. Hier wird gemacht, was mein Kamerad gesagt hat.«

Giuseppe Arisi nahm Wally an der Hand und machte sich auf den Weg.

Anna blieb von tiefer, grenzenloser Angst erfüllt neben Edison stehen.

»Jetzt sind wir an der Reihe«, flüsterte Edison ihr zu, ohne sie anzusehen.

»Vorher bezahlst du mich aber«, zischte der Führer völlig unerwartet.

»Sie sind schon bezahlt worden«, erwiderte der Verleger. »Und zwar reichlich«, fügte er hinzu.

In der Hand des Schmugglers blitzte die Klinge eines Klappmessers auf.

»Ich will das Geld und den Schmuck«, sagte er drohend und setzte Edison die Messerspitze an die Kehle.

»Das ist ein Überfall«, stammelte der Verleger, vor Angst schlotternd.

»Und wenn ich schreie?« fragte Anna mit dem Mut der Verzweiflung. »Was passiert, wenn ich um Hilfe schreie?«

»Dann haben wir in zwei Sekunden die Gebirgsjäger hier«, entgegnete der Führer mit einem hämischen Grinsen. »Und bei denen habe ich viele Freunde. Aber euch beide machen sie kalt«, sagte er höhnisch.

»Edison, gib ihm alles, was du hast«, befahl Anna, von Entsetzen gepackt.

»Sie ist eine Jüdin«, verriet sie der Verleger. »Sie hat das Geld und den Schmuck«, log er.

»Jüdin?« murmelte der Schmuggler und lockerte einen Augenblick den Griff. Edison nutzte sein Zögern; mit ungeahnter Wendigkeit und Kraft riß er sich von dem Mann los und rannte aus dem Wald.

Mit Anna hatte der Führer eine noch leichtere Beute in der Hand. In diesen Zeiten stellte kein Mensch Nachforschungen über den Tod einer Jüdin an, die irgendwo im Gebüsch überfallen worden war. Und selbst wenn ihn jemand anzeigen sollte, so fand sich mit Sicherheit niemand, der die Strafe vollzog.

Der Schmuggler warf sich mit seinem ganzen Gewicht auf Anna und drückte sie zu Boden.

Obwohl Anna wußte, daß dies ihr Ende war, setzte sie sich mit allen Kräften zur Wehr. Das einzige Schmuckstück, das sie bei sich trug, war der kleine Granatring, den Giuseppe ihr geschenkt hatte.

»Ein Schakal! Das bist du!« Die gedämpfte, wuterfüllte

Stimme des Mannes wurde von einem Faustschlag begleitet, der den Angreifer mitten ins Gesicht traf und ihn zwang, Anna loszulassen. Weitere Schläge folgten, bis der Mann an einen Baum prallte.

In der Dunkelheit erkannte Anna den Führer, der Ester zur Grenze begleitet hatte.

»Laufen Sie, schnell«, befahl er ihr. »Die anderen warten auf Sie.«

Arlette 1990

1

Meine Mutter sprach von Macht, Geld, von den Verantwortungen eines Menschen, der plötzlich entdeckt, Hauptaktionär eines riesigen Konzerns zu sein, wie der Montalto Verlag einer war.

Sie wirkte unglaublich jung in diesem Augenblick, lebhaft, entschlossen. Endlich sollte sie die Früchte ernten, auf die sie so geduldig gewartet hatte.

Ihrer Meinung nach war alles klar, aber ich tappte immer noch im dunkeln. Ich war konfus und desorientiert und wartete auf Tips und Ratschläge von ihr. Nach langem Schweigen fragte meine Mutter: »Woran denkst du?«

»Ich fühle mich, als hätte mich ein Lastwagen überfahren«, sagte ich endlich. »Ich brauche ein bißchen Zeit, um mich zu erholen.«

»Meine kleine Arlette«, sagte sie lächelnd und ergriff meine Hände. »Ich habe dich nie aus den Augen verloren, auch wenn du selbst vielleicht einen anderen Eindruck hattest, und ich bin überzeugt, daß du deiner neuen Rolle ganz und gar gewachsen bist.«

Ich schüttelte nervös den Kopf.

»Wie kommst du dazu, das so sicher zu behaupten?« fragte ich und sah ihr in die Augen.

»Weil ich deine Fähigkeiten und deinen Instinkt kenne«,

erwiderte Anna fest. »Dazu kommen noch die Demütigungen, die du in den letzten Jahren einstecken mußtest«, fuhr sie fort, »und deine angestaute Wut.« Ihr schönes Gesicht hatte plötzlich einen harten Ausdruck angenommen.

»Willst du damit sagen, daß wir uns jetzt endlich an der Familie Montalto rächen können?« fragte ich mit tonloser Stimme.

Meine Mutter schüttelte den Kopf.

»Was mich betrifft, so hat mir das Schicksal schon längst Gerechtigkeit verschafft.«

Edison Montalto war wenige Jahre nach dem Wiederaufbau des Verlags an einem Herzinfarkt gestorben, während Ester sich seit einer Bypass-Operation in Houston, Texas, bester Gesundheit erfreute und ein nahezu normales Leben führte.

»Und du, meine kleine Arlette«, fuhr Anna nach einer kurzen Pause fort, »bist jetzt eine reiche, mächtige Frau. Mehr brauchst du nicht«, schloß sie zufrieden.

»Ich weiß ja nicht einmal, wo ich anfangen soll, mich reich und mächtig zu fühlen, wie du sagst«, gestand ich.

»Mach es nach der guten, alten Art«, riet sie mir. »Fang einfach vorne an.«

»Wie meinst du das?« fragte ich verzagt.

»Der erste Schritt ist einfach. Nimm Kontakt mit Anwalt Ovide Décroly in Genf auf. Du kannst ihn jederzeit anrufen. Jetzt gleich, wenn du willst«, sagte sie, glücklich, mir helfen zu können.

Ovide Décroly. Noch so ein Name aus der Vergangenheit. Ich erinnerte mich sehr gut an den Schweizer Juristen. Ein hagerer, pfiffiger Typ mit blitzenden Augen. Wir hatten ein paarmal miteinander zu Mittag gegessen, als Emiliano noch lebte. Ich hörte ihren ruhigen Unterhaltungen zu, in denen sie scharfsinnig die betriebliche Situation analysierten und mit Blick auf neue Machtkonstellationen und Allianzen Prognosen über mögliche und wünschenswerte Entwicklungen anstellten. Ich folgte ihren Gesprächen mit großer Neugier, nicht ahnend, daß sie mir eines Tages sehr nützlich sein würden. Es machte mir Spaß, die beiden Männer miteinander zu vergleichen: der kalte, rationale Charakter des Anwalts auf der einen Seite, Emilianos verträumte, kreative Art auf der anderen.

»Ich fühle mich nicht bereit, Mama«, sagte ich in einem Atemzug. Ehrlicher hätte ich nicht sein können.

Anna antwortete mir in dem leidenschaftlichen Ton ihrer Romanheldinnen: »Was soll das heißen?« fragte sie entrüstet.

Meine Tochter Emy, die mit verschlafener Stimme aus ihrem Zimmer nach mir rief, rettete mich vor einem mühsamen Kreuzverhör.

Ich erhob mich und ging auf die angelehnte Tür zu, aus der das bläuliche Licht einer kleinen Lampe schimmerte, die wir die ganze Nacht brennen ließen, weil Emy sich vor der Dunkelheit fürchtete.

Ich drückte die Tür auf und trat an ihr Bett.

»Ich habe Durst«, jammerte sie im Halbschlaf, ohne die Augen zu öffnen. Auf dem weißen Nachttisch neben ihrem Bett stand ein Glas Wasser bereit. Ich legte ihr den Arm um die Schulter und zog sie ein wenig hoch. Nachdem sie gierig getrunken hatte, tat sie einen tiefen Seufzer, schlug die Augen auf und erkannte mich.

»Mama, endlich bist du gekommen!« rief sie glücklich aus. »Ist es schon morgen?« fragte sie, da ihr plötzlich wieder mein Telefonanruf einfiel.

»Nein, Schätzchen. Es ist noch heute«, erwiderte ich und gab ihr einen sanften Kuß.

»Du wolltest doch morgen kommen«, protestierte sie schwach und gähnte.

»Ja, aber dann hat es eine Änderung gegeben«, erklärte ich ihr und deckte sie besser zu.

»Was für eine Änderung?« murmelte sie kaum vernehmlich.

»Ein Zwischenfall, ein hübscher kleiner Zwischenfall«, sang ich zur Melodie eines Schlaflieds und streichelte ihr Haar, das blond und dicht war wie das von Emiliano.

»Gute Nacht, mein Schatz«, flüsterte ich ihr ins Ohr.

»Nacht, Mami«, antwortete sie und schlief auf der Stelle ein.

Ich blieb neben ihrem Bett stehen und schaute sie an. Ich liebte meine Tochter mehr als mich selbst. Weil sie so zart, so unschuldig war – und der lebende Beweis einer großen Liebe, die mich noch immer beherrschte.

Ich ließ meinen Blick durch das kleine Zimmer mit seinen Pastellfarben schweifen: Es war voll mit Plüschtieren und allem möglichen teuren, nutzlosen Kram, der mehr mein Bedürfnis zu schenken befriedigte als Emys Bedürfnis zu besitzen.

Dann schlich ich auf Zehenspitzen hinaus und lehnte die Tür hinter mir an. Meine Mutter traf ich in der Küche an, wo sie gerade dabei war, in einer großen Glasschüssel vorsichtig einen bunten Salat zu vermischen.

»Ich nehme an, du hast noch nichts gegessen«, sagte sie.

»Stimmt«, gab ich zu.

Wir setzten uns an den Tisch und aßen lustlos in Scheiben geschnittenen, kalten Hackbraten und Salat. Aber unsere Gedanken waren anderswo. Ich hatte mir eine Frage aufgespart, die ich meiner Mutter stellen wollte. Vielleicht war das der richtige Augenblick.

Aus der Nachbarwohnung, in der Signorina Waltraude wohnte, drangen die Töne einer hübschen Komposition für Streicher.

Signorina Waltraude war Violinlehrerin gewesen und versammelte noch heute, mit achtzig Jahren, jede Woche an einem Abend ihre wenigen noch lebenden Freundinnen um sich, um gemeinsam zu musizieren.

Während der gedämpfte Klang der Instrumente sämtliche Schattierungen menschlicher Gefühle heraufbeschwor, stellte ich meiner Mutter die Frage, die mir auf der Zunge brannte.

»Wußte Emiliano, daß ich ein Kind von ihm erwarte?«

Anna stützte die Ellbogen auf den Tisch und legte ihren Kopf in die Hände – eine für sie typische Haltung.

»Ja, das wußte er«, antwortete sie. »Er hat es mir einmal am Telefon gesagt«, fügte sie hinzu, »einen Monat, bevor ich es von dir erfuhr.«

»Wieso hast du mir das nicht erzählt?« fragte ich verblüfft.

»Weil ich dich in deinen Entscheidungen nicht beeinflussen wollte«, erklärte sie.

Ich trat auf den kleinen Küchenbalkon hinaus und sah in den engen Innenhof hinab, in dem vier rötliche Lampen brannten.

»Hat er dich darum gebeten zu schweigen?« hakte ich nach.

»Nein, aber ich habe gespürt, daß ihm das lieber gewesen wäre. Er hatte eine ganz eigene Art, sich mitzuteilen, der Junge ...« Meine Mutter lächelte bei dem Gedanken an Emiliano, den sie als heranwachsenden Jungen kennengelernt und nie wieder vergessen hatte.

»Habe ich dir je erzählt, wie ich mit der Familie Montalto in die Schweiz geflohen bin?« fragte sie mich.

»Ja, sehr oft«, erwiderte ich. »Aber Papas Erzählungen haben mir besser gefallen. Sei mir deshalb nicht böse.«

Die Augen meiner Mutter wurden feucht, und ihre Stimme begann kaum merklich zu zittern.

»Dein Vater konnte phantastisch erzählen«, gab sie zu. »Aus ihm hätte ein echter Romanschriftsteller werden können, wenn er es verstanden hätte, eine Handlung aufzubauen ... Wie dem auch sei«, fuhr sie fort, »meine Gefühle für den jungen Emiliano kann er dir nicht geschildert haben.« Die Rückkehr in die Vergangenheit schien sie um Jahre zu verjüngen. »Er hatte etwas, das mich zutiefst rührte«, sagte sie. »Seine Augen verrieten riesige Abenteuerlust.«

»Du schaffst es nicht, über jemanden zu reden, ohne eine Romanfigur aus ihm zu machen«, scherzte ich.

Das Gesicht meiner Mutter wurde traurig.

»Emiliano war eine Romanfigur«, erklärte sie. »Sein kurzes Leben ist der Beweis.«

»Er hat dir gesagt, daß ich schwanger bin, als ich gerade im zweiten Monat war?« fragte ich.

»So ist es.«

»Und ohne daß er es ausdrücklich von dir verlangt hat, hast du beschlossen, nicht mit mir darüber zu reden, nur weil du glaubtest, das wäre ihm lieber?«

»Das ist die Wahrheit, Arlette.«

Emilianos Faszination brachte alles zustande. Er brauchte nicht zu bitten, um etwas zu bekommen. Ich versuchte angestrengt, mich zu erinnern, wie sich die Dinge in jenem Sommer abgespielt hatten, als ich erfuhr, daß ich schwanger war.

Wir waren wieder einmal im *Grand Hotel* in Rimini. Emiliano und ich sonnten uns am Rand des Swimmingpools. Nein, so war es nicht gewesen. Ich sonnte mich. Er saß unter einem Sonnenschirm, trank eisgekühlten Champagner und las einen langen Bericht des Verwaltungsrats seines Verlags.

»Weißt du was, Arlette?« sagte er, von seiner Lektüre aufblickend. »Meine Schwestern und ihre Ehemänner sind Schafsköpfe.« Eigentlich haßte er Schimpfwörter und gebrauchte sie nur, wenn es gar nicht anders ging, wenn er partout keinen anderen passenden Ausdruck finden konnte.

»Das ist doch nichts Neues«, erwiderte ich lachend.

Emiliano hörte auf zu lesen; er verstaute die Blätter in einer Ledermappe und richtete seine blauen Augen auf mich.

»Sie sind überzeugt, daß es genügt, den Karren an irgendeine mächtige, politische Bewegung anzuhängen, damit sich seine Räder wieder drehen.«

»Liegen sie da so falsch?« fragte ich. »Ohne eine Partei im Rücken läuft heutzutage doch kaum etwas.«

Emiliano leerte sein letztes Glas Champagner.

»Das ist ja gerade der Irrtum, dem viele verfallen«, lächelte er und betrachtete mich mit geduldiger Miene. »Die Politik lebt von Intrigen, weshalb ein stabiler, unabhängiger Verlag jedem Politiker ein Dorn im Auge ist. Ein mächtiger Verlagskonzern kann der Wahrheit dienen, aber nicht der Politik. Wahrheit und Politik sind unvereinbar miteinander. Verlage, Rundfunk, Fernsehen«, fuhr er fort, »stellen eine große Verlockung für diese Leute dar, die nur daran denken, wie sie ihren Einfluß noch mehr ausweiten können. Sie sind ganz versessen darauf, ihre Leute in allen möglichen Schlüsselpositionen unterzubringen, um sie später im geeigneten Moment zu benutzen.«

Er machte eine kurze Pause. Dann fuhr er fort: »Meine Familie hat noch immer nicht begriffen, daß unser Verlag zu einer Machtzentrale im Dienst irgendeiner Partei herunterkommt, wenn wir uns weiter auf diese suspekten, gefährlichen Allianzen einlassen. Nur einer hat das Risiko erkannt, der letzte im Bunde, ein Fremder: Franco Vassalli. Vielleicht wüßte er sogar, was zu tun ist, aber sein Aktienpaket ist so klein, daß ihm die Hände gebunden sind. Sicher, wenn wir uns mit ihm einigen würden, könnte man...«

»Was könnte man?« fragte ich, neugierig geworden.

»Dann könnte man den Herren Ministern die Tür vor der Nase zuschlagen, indem man einfach ihre Lakaien und Schleppenträger feuert, die wie unheilvolle Geier in den Korridoren unseres Verlags herumlungern.«

»Und wer hindert dich daran?« fragte ich in meiner unendlichen Ignoranz. Emiliano betrachtete mich mit dem lächelnden Verständnis, das man einem Kind entgegenbringt.

»Lola und Wally. Die hindern mich daran«, erklärte er. »Es sei denn, wir ändern die Verhältnisse innerhalb unserer Gesellschaft. Der einzige, der sie hätte im Zaum halten können, ist mein Bruder Gianni, der aber mischt ja nicht mehr mit. Er war auch nicht entschlossen zum Kampf, sonst hätte er sich nicht so einfach mit ein paar Milliarden Lire abspeisen lassen.«

»Aber du«, stichelte ich, »du könntest doch etwas unternehmen. Warum greifst du nicht ein?«

Ich erwartete keine Antwort. Ich genoß die heiße Sonne, während eine lärmende Gruppe junger Leute sich über eine Rutschbahn ins Wasser gleiten ließ. Das Spiel, das von Gelächter und fröhlichem Geschrei begleitet wurde, hätte auch mir gefallen, aber ich fühlte mich zu alt. Ich war fünfunddreißig.

Emilianos Antwort kam genau in dem Moment, als ich schon glaubte, unser Gespräch über das Unternehmen und die Politik sei endgültig abgeschlossen.

»Ich greife nicht ein, weil mir die Lust dazu fehlt. Wenn ich einmal einen Tag oder eine Woche frei habe, verbringe ich sie lieber mit dir, als daß ich sie mit Familienstreitereien vergeude.«

»Aber es geht doch um deinen Verlag«, insistierte ich. Das Wasser lockte mich, aber in diesem Augenblick merkte ich, daß mein psychophysisches Gleichgewicht ins Wanken geriet.

»Ich habe mein Schäfchen im trockenen, das kann mir keiner nehmen«, beruhigte er mich. Ich fuhr mir mit der Hand über die Stirn und spürte, daß sie mit kalten Schweißperlen bedeckt war. Vielleicht hatte ich zu viel Sonne abbekommen und fühlte mich deshalb unwohl.

Ich ließ mich ins Wasser gleiten und zuckte wegen des abrupten Temperaturwechsels einmal kurz zusammen. Träge schwamm ich zwei Bahnen. Ich schwamm gut und freute mich, daß den andern mein guter Stil auffiel.

Als ich mich von der Brust auf den Rücken drehte, spürte ich ein alarmierendes Leeregefühl zwischen Magen und Kopf. Instinktiv hielt ich Ausschau nach dem Rand des Schwimmbeckens. Mit ein paar Zügen hatte ich ihn erreicht und klammerte mich dort fest. Mir ging es wirklich schlecht. Ich hatte das Gefühl, sterben zu müssen, und war fürchterlich erschrocken. Ich kletterte die Leiter hoch und schlüpfte in meinen Bademantel.

»Ich gehe aufs Zimmer«, sagte ich zu Emiliano.

»Was ist los? Fühlst du dich nicht wohl?« fragte er besorgt.

»Nur ein bißchen übel«, versuchte ich ihn zu beruhigen, da es sinnlos gewesen wäre zu leugnen. »Ich habe in den letzten Tagen mit dem Essen übertrieben«, lächelte ich, »und du weißt ja, daß mein Magen mir das nicht verzeiht. Für jeden Fehltritt muß ich zahlen«, sagte ich und machte mich zur Eingangshalle des Hotels auf, um so schnell wie möglich in unsere Suite zu kommen. Ich war fest überzeugt, daß alles vorbei war, sobald ich mich ein wenig aufs Bett legte. Emiliano folgte mir.

»Was hast du genau? Soll ich einen Arzt rufen?« Er, der in den schwierigsten Situationen einen kühlen Kopf bewahrte, regte sich auf, weil ich einen kleinen Anfall von Übelkeit hatte.

»Mir ist wirklich nur ein bißchen schlecht. Ich brauche keinen Arzt.«

Während wir im Aufzug nach oben fuhren, umarmte Emiliano mich.

»Denk nur, wie schön es wäre, wenn du schwanger wärst«, flüsterte er mir ins Ohr, während sich der Lift auf dem Korridor der zweiten Etage öffnete.

»Das bin ich aber nicht«, entgegnete ich schroff.

Wir wußten beide, daß ich keine Kinder haben konnte. Die Diagnose des Gynäkologen war eindeutig gewesen. Aufgrund eines Eileiterdefekts konnte keine Befruchtung stattfinden, jedenfalls im Augenblick nicht, vielleicht sogar nie.

Mich hatte das Ergebnis der Untersuchung nicht besonders getroffen, zumal ich mich mit dem Gedanken, Mutter zu werden, nie so richtig angefreundet hatte.

Die Diagnose des Gynäkologen und meine Übelkeit trugen einen harten Kampf miteinander aus, bis ein in jeder Apotheke erhältlicher Test Klarheit schaffte: Ich war wirklich schwanger. Der Test und eine Reihe körperlicher Anzeichen sagten mir, daß ich ein neues Leben in mir trug. Emy hatte bereits angefangen zu existieren. Der Frauenarzt, den ich erneut aufsuchte, erklärte mir, daß mein Fall zu den vielen noch ungelösten Rätseln der Medizin gehörte.

»Wie konnte Emiliano dir etwas mitteilen, wovon nur ich wußte?« fragte ich meine Mutter. »Wie konnte er wissen, daß ich schwanger war?«

Meine Mutter lächelte.

»Er hat ganz einfach den Gynäkologen angerufen.«

»Und trotzdem hat er sich umgebracht«, sagte ich wütend, während mir Tränen in die Augen stiegen. Ich verspürte den verzweifelten Wunsch, von diesem Alptraum zu erwachen. Meine Mutter kam zu mir und legte mir den Arm um die Schulter.

»Jetzt fängt alles neu an, Arlette«, flüsterte sie mir ins Ohr, um mir Mut zu machen. »Weil er es so gewollt hat. Sein letzter Gedanke galt dir und dem Wesen, das in dir heranwuchs. Er hat euch seine Liebe bewiesen und euch die Mittel in die Hand gegeben, um die letzte große Schlacht zu gewinnen.«

Ich kehrte ins Wohnzimmer zurück. Ich war müde und verwirrt, konnte mich aber nicht entschließen, ins Bett zu gehen. Meine Mutter gesellte sich wenige Minuten später mit ihrem Abendtee zu mir, von dem sie mir auch heute anbot, obwohl ich grundsätzlich ablehnte.

»Also, was ist? Rufst du Décroly an?« fragte sie, schlürfte an dem duftenden Tee und sah mich an.

»Natürlich rufe ich ihn an«, erwiderte ich.

»Jetzt gleich?« Sie lächelte mir aufmunternd zu.

»Nein, morgen. Ich würde gerne Emilianos Mutter treffen. Meinst du, sie empfängt mich?«

»Ich glaube, sie wäre entzückt, dich zu sehen«, rief Anna aus.

»Du sprichst, als wäre sie eine deiner besten Freundinnen«, erwiderte ich verwundert.

Meine Mutter setzte sich in einen Sessel und stellte ihren dampfenden Tee auf den Glastisch.

»Ester ist mehr als eine Freundin. Sie ist Emys Großmutter«, sagte sie.

»Eine Großmutter, die ihr Enkelkind noch nie zu Gesicht bekommen hat«, entgegnete ich trocken.

»Sie sieht Emy fast jeden Tag«, gestand Anna und wartete auf meine Reaktion. »Wenn ich Emy in den Park bringe, erwartet Ester uns schon auf einer Bank.«

Ich verspürte rasende Lust loszuschreien, kontrollierte mich aber. Das war dumm, denn ein befreiender Schrei hätte mir in meiner ohnmächtigen Wut bestimmt gut getan.

Ich war überzeugt gewesen, die Überraschungen seien zu Ende. Aber nein, da wurde noch eine letzte Katze aus dem Sack gelassen. Jahrelang war meine Tochter unter Mithilfe meiner Mutter zu der Witwe Montalto gebracht worden, ohne daß ich das geringste davon wußte.

»Habt ihr mich eigentlich für eine Idiotin gehalten?« platzte ich heraus.

Anna begegnete meiner unbeherrschten Aggressivität mit völliger Gelassenheit.

»Ja, allerdings«, erwiderte sie mit einem milden Lächeln. »Du hast fünf Jahre lang in den Wolken geschwebt. Du hattest jeden Kontakt zur Realität verloren.«

»Darüber möchte ich jetzt nicht diskutieren«, entgegnete ich.

»Ich bin völlig deiner Meinung.«

»Ich habe keine Lust zu streiten, aber ab sofort treffe ich die Entscheidungen«, sagte ich. »Und wenn meine Tochter Leute besucht, so nur mit meinem Einverständnis.«

2

Emys leichter Atem in meinem Nacken holte mich aus dem Schlaf. Ich überlegte, was ich gerade geträumt hatte, erinnerte mich aber nur an ein Gefühl seliger Selbstvergessenheit. Emy schlief an meinen Rücken geschmiegt. Sie verstand sich meisterhaft darauf, heimlich ein Plätzchen neben mir zu ergattern. Es gelang mir nie, sie in flagranti zu ertappen. Ich glitt vorsichtig aus dem Bett.

Ich wunderte mich, daß sie um neun Uhr noch zu Hause war, wo sie doch längst im Kindergarten sein sollte. Offensichtlich hatten sich weder meine Mutter noch Fedora um die Erfüllung dieser täglichen Pflicht gekümmert. Fedora war unsere Hausangestellte. Seit dem Tod meines Vaters verbrachte sie die meiste Zeit bei uns, obwohl sie eine eigene Wohnung hatte, in der sie mit einer verheirateten Schwester lebte. Wir betrachteten sie als ein Mitglied der Familie, und sie fühlte sich bei uns wohler als bei sich zu Hause.

Während ich den Korridor zum Bad entlangging, hörte ich Fedora in der Küche wirtschaften und meine Mutter in ihrem Arbeitszimmer auf der Schreibmaschine tippen.

Es schien ein Morgen wie jeder andere im Hause Arisi zu sein, aber es lag »etwas Neues, etwas Besonderes« in der Luft, wie meine Mutter zu sagen pflegte. Die »arme Arlette«, wie meine vom Glück etwas verwöhnteren Kolleginnen mich nannten, hatte eine radikale Metamorphose durchgemacht: Aus dem Ei der Arbeits-Biene war eine Königin geschlüpft. Ich suchte im großen Spiegel des Badezimmers nach Veränderungen, nach einer Arlette mit energischer Miene und forschem Blick, der man ihre Führungseigenschaften ansah. Aber ich fand nur dasselbe »ewig junge Mädchen« mit verschlafenem Gesicht und zerzaustem Haar.

Ich nahm eine Bürste und versuchte, ein wenig Ordnung in meine Mähne zu bringen. Ich verzog den Mund und schnitt komische Grimassen, um meine Haut zu straffen. Alles umsonst: Meine Züge blieben regelmäßig, ein Gesicht wie viele andere. Glattes, braunes Haar, der beleidigte Blick eines Kindes, das aus dem Schlaf gerissen wurde, dichte, dunkle Augenbrauen, die mich an meinen Vater erinnerten und mich ein wenig mit meinem Spiegelbild versöhnten.

Ich dachte an meinen Vater, rief mir seine kräftige, angenehme Stimme ins Gedächtnis zurück, sein Lächeln, wenn er mich ansah, seine beinahe abgöttische Liebe zu mir. Er hätte mir nie einen Wunsch abgeschlagen, obwohl seine Augen Entschlossenheit verrieten, auch wenn er mir entgegenkam. Er hatte Kraft und Sicherheit ausgestrahlt. Ich ähnelte aber auch meiner Mutter. Von ihr hatte ich meine geschwungene Nase und die vollen Lippen. Unsere jüdische Abstammung war unverkennbar und schlug selbst bei Emy noch durch. Das Mädchen sah in allem ihrem Vater gleich, nur die Nase hatte es von den Grisis.

Der warme Strahl der Dusche half mir nicht, die wirren Gedanken zu verscheuchen, die in meinem Kopf durcheinanderwirbelten. Ich ging die Gestalten der Galerie durch, eine nach der andern: Ovide Décroly, Emiliano, meine Mutter, Ippolita Crivelli, die schrecklichen Montalto-Schwestern, meine Kollegen, die Verlagsdirektoren mit ihren gravitätischen Mienen, Domenico, der Barkeeper des *Grand Hotels*, der Pianist der Bar, Gianni Luda, die wehmütige Melodie eines neapolitanischen Volkslieds. Und dann wieder Emiliano; seine ruhige, wohlklingende Stimme; seine behutsamen, kräftigen Hände, die mein Gesicht umschlossen; seine markante, geradlinige Nase, mit der er die Spitze meiner Nase berührte; und seine leidenschaftlichen Lippen, die meine Lippen suchten.

»Ich wußte schon immer, daß es dich gab, daß du irgendwo auf mich wartest«, hatte er zu mir gesagt, als er mich zum erstenmal küßte.

Ich hielt das für eine belanglose Phrase, eine Untermalung unserer ersten Liebesbegegnung, die schon bald der Vergangenheit angehören würde, ohne eine Spur zu hinterlassen. Wahrscheinlich war mein Pessimismus eine Art von Selbstverteidigung.

Es war während unserer ersten Reise nach Paris passiert. Nachdem wir auf dem Flughafen Charles de Gaulle gelandet waren, hatte eine elegante Limousine uns in die Rue de Sèvres gebracht und vor einem großen, düster wirkenden Haus aus dem neunzehnten Jahrhundert abgesetzt.

»Warte bitte hier auf mich«, sagte er. »Ich brauche nicht lange.«

Ich sah ihm nach, wie er mit seiner Aktentasche und einem winzigen Päckchen in dem Gebäude verschwand. Er war mit einem berühmten Schriftsteller und dessen Agenten verabredet, mit denen er bereits alles besprochen und abgemacht hatte. Es ging nur noch um die Unterschrift des Vertrags, der Emiliano das Recht zusicherte, eines der wichtigsten Bücher in Italien zu veröffentlichen, das je in seinem Verlag erschienen war.

Ich wußte, daß das kleine Päckchen ein paar goldene Manschetten von Buccellati enthielt. So viel hatte ich im Umgang mit ihm bereits gelernt: Autoren mußte man wie Kinder umhegen und wie Primadonnen verwöhnen, auch wenn sie es oft nur durch pures Glück geschafft hatten, sich von der Menge abzuheben.

Meine Mutter war ja auch Schriftstellerin, und obwohl ihre Berühmtheit sich in Grenzen hielt, wurde sie von ihrem Verleger auf Händen getragen.

Ich bedauerte es sehr, ihr erzählerisches Talent nicht geerbt zu haben. Da mir zum Schreiben von Romanen die nötige Kreativität fehlte, hatte ich mich vom Journalismus verlocken lassen. Journalisten müssen, von wenigen Ausnahmen abgesehen, immer mit den Wölfen heulen und werden mit Sicherheit schlechter behandelt als der bescheidenste Schriftsteller.

Wenn schon, dann war ich diejenige, die andere Menschen ertragen und verhätscheln mußte – wenn ich nämlich von ihnen eine Stellungnahme oder ein Interview wollte. Ganz zu schweigen von den Direktoren und Verlegern, die selbst dem schwächsten und wehrlosesten Redakteur grundsätzlich einig und solidarisch gegenübertraten.

Emiliano ließ länger als vorgesehen auf sich warten. Ich sagte dem Chauffeur, daß ich einen kleinen Spaziergang machen wollte, und stieg aus dem Wagen. Ich kannte Paris und liebte die Straßen und Gassen der Rive Gauche, die ich in einem Kurzurlaub mit meiner Mutter und während einer Studienfahrt des Gymnasiums erkundet hatte, später dann auch beruflich als Reporterin.

Ich streifte lange durch das Labyrinth von Gäßchen zwischen der Rue de l'Université und dem Boulevard St. Germain, bis ich schließlich in die Rue de Grenelle kam, wo noch immer die berühmte Pariser Atmosphäre herrschte, die Proust in seiner *Recherche* beschreibt.

Ich überlegte mir, ob ich die Rue de Varenne einschlagen und die Rue de Lille, an St. Dominique vorbei, hinabspazieren sollte. Aber am Ende beschloß ich, in dem kleinen Garten hinter der Kirche St. Germain, der ältesten Kirche von Paris, zu bleiben. Ich kannte sie gut, denn ich hatte einmal ein kunstgeschichtliches Referat über sie geschrieben. Ich mochte ihre Formen, die größtenteils romanisch waren, den dreihundert Jahre alten Portikus auf der Vorderseite, den romanischen Glockenturm, der an den Ecken von mächtigen Stützpfeilern gehalten wurde, die Überreste der beiden Türme, die früher einmal den Chor flankiert hatten, und die strengen, aufstrebenden Fenster aus der Gotik.

Ich ließ mich im Schatten eines großen Baumes auf einer Bank nieder und betrachtete die moderne Büste Apollinaires. Auf dem Kiesweg ging eine alte Frau an mir vorbei. Sie war klein, dick und schlecht gekleidet und schob einen Kinderwagen vor sich her, der genauso heruntergekommen wirkte wie sie selbst.

Ich hielt Ausschau nach dem Baby, das ich darin vermutete, erblickte statt dessen jedoch ein müdes, altes Hündchen undefinierbarer Rasse, das mit halbgeschlossenen Augen und gespitzten Ohren den Liebesworten seines Frauchens lauschte. Sie nannte es *mon chou*, *mon petit lapin*. Bei näherer Betrachtung fand ich die Frau und ihren Hund auf einmal sehr schön, ja vornehm; sie schienen mir glücklich in ihrer Welt aus Liebe, in der sie sich gegenseitig beschenkten.

Ich beobachtete die Alte und den Hund, betrachtete Apollinaire, erinnerte mich an mein kunstgeschichtliches Referat und fand es komisch, in Paris zu sein – einfach so, ohne einen bestimmten Grund. Meine ungerechte, demütigende Entlassung brannte immer noch wie eine Wunde in meiner Seele.

Eine ruhige, wohlklingende Stimme riß mich aus meinen Gedanken.

»Ich wußte, daß ich dich hier finden würde«, sagte Emiliano.

Ich sprang von der Bank auf, fast als hätte ich Angst, er würde mit mir schimpfen, weil ich nicht wie abgemacht im Wagen auf ihn gewartet hatte.

Wir standen so dicht beieinander, daß ich seinen Duft atmen konnte. Er legte den Arm um meine Schulter, zog mich an sich und küßte mich. Dann sagte er: »Ich hätte dich so oder so gefunden, egal wie und egal wo.«

Er überschüttete mich mit all den unsinnigen Gemeinplätzen, die Männer von sich geben, wenn sie einer Frau den Hof machen, aber ich genoß sie wie frisches Wasser in der Sommerhitze. Übertriebene Worte, verstiegene Träume, die einer vergangenen, unwiederholbaren Zeit angehörten, wie bestimmte, nie vergessene Motive, die meine Wehmut schürten und sich in Tränen verwandelten.

Jetzt, wo ein neues Leben für mich beginnen sollte, fehlte mir seine Stütze, seine Gegenwart, die Gewißheit, endlich die Liebe meines Lebens gefunden zu haben.

Die feinen, spitzen Wasserstrahlen massierten meine Haut, und ich weinte unter der Dusche.

Ich dachte an Emiliano, sprach mit ihm. Es antwortete mir die Stimme unserer Tochter: »Mama, darf ich zu dir unter die Dusche kommen?« fragte sie.

Ich schob die Glastür zurück und zog sie herein. Emy brach in Gelächter aus und klammerte sich an meine Beine, während sich ihr St. Galler Nachthemd mit Wasser vollsog, bis es ganz an ihrem geschmeidigen, kindlichen Körper klebte.

»Ob Emiliano uns wohl gerne so gesehen hätte?« dachte ich.

»Warum bist du heute morgen nicht im Kindergarten?« fragte ich Emy.

»Warum bist du heute morgen nicht bei der Arbeit?« konterte sie.

»Da gehe ich jetzt gleich hin«, erwiderte ich, stieg aus der Dusche und schlüpfte in einen Bademantel.

»Ich gehe auch gleich hin«, plapperte sie mir nach, während sie ihr klatschnasses Nachthemd auszog und sich in ein Frotteehandtuch wickelte.

Als wir in die Küche kamen, war unser Frühstück bereits fertig. Fedora hatte uns Tee und Toastbrote mit Honig und Marmelade auf den Tisch gestellt.

»Ihr habt so tief geschlafen, daß Signora Anna es nicht übers Herz brachte, euch zu wecken«, sagte die Hausangestellte, um zu erklären, weshalb Emy nicht im Kindergarten war.

Meine Mutter, die sonst so spartanisch war, hatte also bereits ihr Verhalten geändert und behandelte mich mit der Rücksichtnahme, die man wichtigen Persönlichkeiten angedeihen läßt. Aus ihrem Arbeitszimmer drang weiter das Geklapper ihrer Schreibmaschine, freundlich und frisch wie ein Frühlingsregen. Sie hatte ihren Tag pünktlich um acht Uhr begonnen und würde bis zum Mittagessen durcharbeiten. Bis dahin wollte sie von niemandem gestört werden. Sie schrieb ausschließlich am Vormittag und produzierte in vier Stunden rund zehn Seiten.

»Mama, spielst du heute morgen mit mir?« fragte Emy und leerte ihre Teetasse.

»Ich muß ein paar Telefonate führen«, entgegnete ich ausweichend.

»Das ist keine Antwort«, erwiderte sie in gelassenem Ton. Sie ähnelte ihrem Vater auf geradezu besorgniserregende Weise. Und die kleine Falte auf ihrer Stirn wurde von Tag zu Tag deutlicher.

In meinem Gedächtnis tauchte plötzlich wieder ein Satz auf, den Emiliano zu mir gesagt hatte, nachdem ich von Lola und Wally entlassen worden war und mir von ihm eine Wiedergutmachung erhoffte: »Ein Montalto frißt keinen Montalto.«

»Es ist die einzige Antwort, die ich dir geben kann«, entgegnete ich genauso ernst. »Und jetzt gehst du und ziehst dich an.« Ich lächelte, war aber entschlossen, meine Autorität durchzusetzen.

Emy gehorchte, und ich ging in mein Schlafzimmer und schloß die Tür hinter mir. Im Gegensatz zu meiner Mutter besaß ich kein eigenes Büro, in das ich mich zurückziehen konnte. Telefonate empfing und führte ich im Wohnzimmer, wo ich auch meinen alltäglichen Bürokram erledigte, und wenn ich ein wenig für mich sein wollte, flüchtete ich mich in mein Schlafzimmer. Ich mußte unbedingt Kontakt mit Anwalt Décroly in Genf aufnehmen, und zwar sofort. Doch dazu brauchte ich absolute Ruhe.

»Monsieur Décroly ist nicht in Genf«, erwiderte mir mit klarer, wohlerzogener Stimme eine Sekretärin, die ziemlich teilnahmslos klang.

»Wann kann ich ihn denn erreichen?« fragte ich, ohne meine Enttäuschung darüber zu verbergen, daß gleich mein erster Anlauf schiefgegangen war.

»Ich fürchte, nicht vor Ende des Monats«, teilte die Frau mir mit. »Würden Sie mir bitte Ihren Namen wiederholen?« sagte sie.

»Arlette Arisi«, entgegnete ich.

»Gut, Signora«, bestätigte die Sekretärin mit blasser Stimme. Ich legte enttäuscht den Hörer auf die Gabel zurück. Mein erster Auftritt als reiche und mächtige Frau war ja nicht sehr glänzend gewesen. Die Worte und der Enthusiasmus meiner Mutter hatten mich zu der Annahme verleitet, Décroly warte nur auf mich. Statt dessen mußte ich mich weiß Gott wie lange gedulden, bis ich zu dem berühmten Anwalt vorgelassen wurde, dem Emiliano sein und mein Vermögen anvertraut hatte. Ich verließ das Zimmer. Emy kauerte vor der Tür auf dem Boden und sah mich auffordernd an. Sie war ausgehbereit und schien völlig darauf konzentriert zu sein, eine scheußliche Plastikpuppe mit Teenagergesicht anzuziehen.

»Spielst du mit mir?« fragte sie und warf mir einen Blick zu, der halb Bitte, halb Drohung war.

»Also gut«, sagte ich und kapitulierte. »Laß mich rasch ein Kleid anziehen und dann gehen wir zusammen raus«, versprach ich ihr.

Sie ließ mir keine Zeit, meinen Gedanken nachzuhängen. Das ist typisch für Kinder und für alte Leute: Sie verlangen, daß man sich ihnen mit Haut und Haaren widmet.

Fedora erwischte uns gerade noch, als wir schon in der Haustür waren.

»Ein Anruf für dich, Arlette«, teilte sie mir atemlos mit.

»Wer kann das um diese Uhrzeit sein?« fragte ich, während Emy ihren Traum dahinschwinden sah und ein betrübtes Gesicht machte.

»Ein Signore Décroly, wenn ich richtig verstanden habe«, erklärte Fedora.

Ich versuchte meine Tochter mit einem vielversprechenden Blick zu beruhigen, aber sie hatte schon genug Erfahrungen in solchen Situationen und wußte, daß bei uns ein Telefonanruf fast immer mit einer sofortigen Abreise verbunden war, oder mindestens mit einer langen Wartezeit. Ihr schöner Morgen war dabei, sich in Nichts aufzulösen.

»Signora, ich rufe Sie aus London an«, sagte der Genfer Rechtsanwalt. Unter wichtigen Persönlichkeiten schienen Nachrichten sich wie Lauffeuer zu verbreiten.

»Ich glaube, wir sollten uns treffen«, hauchte ich mit ersterbender Stimme. Jetzt, wo ich ihn am Apparat hatte, war ich auf einmal verzagt und konfus.

»Das glaube ich auch, Signora«, stimmte er mir zu. Seine Stimme klang kräftig und klar. »Würde es Ihnen morgen passen?«

»Sicher«, stammelte ich. »Morgen paßt es mir gut. Wo?«

»Bei Ihnen zu Hause natürlich. Ich rufe Sie im Verlauf des morgigen Vormittags noch einmal an, um Ihnen meine genaue Ankunftszeit mitzuteilen.« Er klang sehr herzlich, beinahe fröhlich. Ich dagegen fühlte mich unsicher und verstört.

»Dann warte ich auf Ihren Anruf«, sagte ich.

Décroly mußte gemerkt haben, wie es mir ging, denn er hielt es für nötig, mich zu trösten.

»Seien Sie beruhigt«, sagte er mit Streichelstimme, »es wird alles gutgehen.«

Ich griff instinktiv nach Emilianos goldener Krawattennadel, die ich im *Grand Hotel* gefunden hatte und seither immer ansteckte.

»Wenn Sie das sagen, dann glaube ich es«, murmelte ich und hängte ein.

Statt vor der Haustür auf mich zu warten, war Emy wieder hereingekommen. Aufrecht wie eine Rachegöttin stand sie in der Wohnzimmertür und musterte mich mit finsterer Miene.

»Was gibt es denn, daß du so ein Gesicht machst?« fragte ich sie.

Sie biß sich auf die Unterlippe und sagte: »Du hast mir versprochen . . .«

»Was habe ich dir versprochen?« fragte ich lächelnd.

»Daß wir zusammen spazierengehen.«

»Und du hast es dir anders überlegt. Schade.« Ich tat, als wäre ich traurig und überrascht.

»Wer hat es sich anders überlegt?« schrie sie. »Ich habe es mir überhaupt nicht anders überlegt. Ich will mit dir spazierengehen.« Sie rannte auf mich zu, fiel mir um den Hals und erfüllte das Haus mit ihrem silbernen Gelächter. Ihre Miene hatte sich im Nu aufgehellt.

Ich hatte mit Anwalt Décroly gesprochen. Nach all den rosigen und ehrgeizigen Gedanken konnte ich mich jetzt ganz meiner Tochter widmen, dem sonnigen Morgen, der uns erwartete, und dem endlosen Geplauder mit ihr über belanglose, nebensächliche Dinge, die so angenehm waren.

Wenige Minuten später verließen wir Hand in Hand das Haus.

»Mami, wohin bringst du mich?« wollte sie wissen.

»Wohin du möchtest«, erwiderte ich.

»Zu Fuß oder mit Camilla?« fragte Emy weiter. Auch sie nannte meinen Wagen Camilla. Bei uns hatten viele Dinge einen Namen. Die Spülmaschine hieß Guendalina, der Kühlschrank Bernardo und der Mixer Gig-Robot.

Camilla war noch da. Sie stand unverrückt und dicht an den Bordstein gedrängt an der Stelle, an der ich sie am Abend zuvor nach meiner Rückkehr aus Rimini geparkt hatte.

Ich gab ihr im Vorbeigehen einen freundschaftlichen Klaps auf den Kofferraum.

»Wir gehen zu Fuß«, beschloß ich. »Das macht mehr Spaß, ist umweltfreundlicher, bequemer und außerdem gesünder.«

»Ciao, Camilla«, rief Emy ihr zu. »Heute ist dein freier Tag«, sagte sie, Fedora nachäffend, »du kannst machen, was du willst.«

»Fangen wir mit den Nachrichten an«, schlug ich vor. »Laß uns die Zeitung kaufen.« Ich zeigte auf den Kiosk an der Straßenecke auf der anderen Seite.

»Darf ich auch ein Heftchen aussuchen?« fragte Emy.

»Natürlich.« Heute hätte ich ihr sogar den Mond vom Himmel geholt, wenn sie mich darum gebeten hätte.

Wir überquerten die Straße. Wenige Schritte vom andern Bordstein entfernt, hörte ich einen Schrei: »Vorsicht!«

Ich sah gerade noch, wie Emy, der ich instinktiv einen Stoß gegeben hatte, auf den Gehweg sprang, und hörte einen gellenden Schrei, bevor ich von einem Ungetüm aus Blech ins Nichts katapultiert wurde. Danach trat Stille ein.

3

Ich wußte weder wo noch wie – ich wußte nur, daß ich mich bewegte. Oder vielmehr, daß sich irgend etwas unter mir bewegte. Das einzig sichere war Emys Hand, die ich drückte. Ich hörte Geräusche in der Ferne, rätselhafte

Echos. Jetzt bewegte ich mich nicht mehr. Ich lag reglos auf einem Rollsteig, der mich durch die Dunkelheit transportierte. Das Knacken der Zahnräder, die das Förderband antrieben, hämmerte mir schmerzhaft in den Schläfen.

Ich stieß einen Klagelaut aus, der meine Schmerzen noch steigerte.

»Sieht aus, als würde sie aus dem Koma aufwachen«, sagte eine Stimme, die aus einer tiefen Höhle zu kommen schien. Ich litt fürchterlich.

»Das Ohr läuft immer noch«, sagte die Stimme. »Morgen machen wir noch mal eine Computertomographie. Alle anderen Untersuchungsergebnisse sind gut.«

Emys kleine Hand war mein einziger Trost.

»Arlette«, rief eine Frauenstimme. »Arlette, hörst du mich?«

Wer war Arlette? Die Schmerzen ließen etwas nach, waren aber immer noch sehr stark.

»Mir tut alles weh«, klagte ich.

»Sie hat gesprochen«, sagte die Stimme von vorher. Ich versank im Nichts, während sich das Schwarz in ein milchiges Grau verwandelte. Befand ich mich im Nebel oder in einer Wolke? Die Schmerzen waren jetzt erträglich. Durch den gräulichen Schleier hindurch nahm ich eine leuchtende Scheibe wahr. Eine Uhr, auf der es vier war, tauchte aus dem Nebel auf und holte mich in die Wirklichkeit zurück. Man transportierte mich auf einer Rollbahre.

Auch als Emiliano und ich den Flughafen Linate verließen, zeigte eine ähnliche Uhr vier. Wir kehrten von unserer ersten Reise nach Paris zurück.

Während des Rückflugs nach Mailand hatten wir einander in der Maschine gegenüber gesessen, getrennt von einem Tischchen, das in den Speisewagen des Orientexpresses gepaßt hätte. Emiliano hatte auf die polierte Tischplatte einen Stoß Blätter gelegt, die er aufmerksam studierte. Er hörte auf zu lesen, um mir zu sagen, daß ich gerade dabei sei, sein Leben und seine Einstellung zur Welt zu verändern. Ich antwortete, er solle sich nicht über mich lustig machen, und fragte ihn, ob das zu seinen Verführungstechniken gehörte. Ob das die Taktik war, die er – mehr oder weniger intelligent abgewandelt – bei allen Frauen verfolgte, die er ins Bett kriegen wollte.

Dann forderte ich ihn auf, mir meine Hand zurückzugeben, von der er Besitz ergriffen hatte. Aber er machte keine Anstalten, sich von ihr zu trennen. Er drückte sie mir nur noch fester, warf mir leidenschaftliche Blicke zu und flüsterte Liebesworte.

»Ich lass' dich nicht mehr los«, sagte er mit dem Überschwang eines Jugendlichen, der sich zum erstenmal verliebt hat.

»Und woher willst du wissen, daß ich einverstanden bin?« fragte ich, um ihn herauszufordern.

»Ich weiß es, und damit basta«, erklärte er ohne die Spur eines Zweifels.

Er hatte recht. Ich war bereits so weit, daß ich ihm bis ans Ende der Welt gefolgt wäre. Und ich hätte in jeden Vorschlag eingewilligt, den er mir machte. Er gefiel mir; ich mochte seinen Blick, die Art, wie er sprach, wie er auftrat. Selbst seine jugendliche Dreistigkeit faszinierte mich.

Emiliano schob seine Blätter beiseite und nahm auch meine andere Hand.

»Ich frage mich, wie ich all diese Jahre ohne dich leben konnte«, sagte er mit sanfter Stimme und sah mir in die Augen.

»Aber du weißt ja kaum, wie ich heiße«, erwiderte ich. Die Stewardeß servierte uns in einem Eiskübel eine Flasche Cristal. Das war der einzige Moment, in dem mir die Sache ein bißchen peinlich wurde, denn ich stellte mir vor, die junge Frau müsse diese Szene bereits hundertmal erlebt haben.

Ihr distanziertes Lächeln und die Fähigkeit, sich im richtigen Augenblick elegant zurückzuziehen, verrieten eine Professionalität, die allen Respekt verdiente.

»Ich weiß alles über dich«, sagte Emiliano.

»Dann bin ich aber gespannt«, forderte ich ihn auf.

»Promotion in Literaturwissenschaft mit *summa cum laude*. Als Fahnenkorrektorin im Verlag eingestellt. Kurze Erfahrung in der Nachrichtenabteilung. Nach sechs Monaten Redakteurin von *Universo donna*. Ein Jahr später Versetzung in die Redaktion von *Orizzonti* samt Beförderung. Nach einem kurzen Praktikum dort Sonderberichterstatterin. Soll ich weiterreden?« fragte er.

»Nur zu«, sagte ich.

»Reporterin warst du bis zum Tag deiner Entlassung. Also bis gestern«, fuhr er fort. »Du hattest eine ziemlich ernste, aber nicht sehr erbauliche Geschichte mit dem Architekten Giovanni Poletti, der als Fachberater für eine unserer Editionen arbeitet. Nach längerem Hin und Her hast du ihn verlassen. Dann bist du eine, wenn auch nicht besonders feste Bindung mit Arrigo Biondi eingegangen, dem Starfotografen von *Orizzonti*. Seit einem Jahr bist du mit niemandem liiert. Du hast viele Verehrer, legst aber ein geradezu besorgniserregendes Desinteresse für das andere Geschlecht an den Tag.«

Ich lief puterrot an, so wütend war ich und so gedemütigt fühlte ich mich.

»Umfassender könnte meine Personalakte nicht sein.« Ich zog meine Hände mit einer Entschlossenheit und Kraft zurück, derer ich mich kaum für fähig gehalten hätte.

»Deine Informanten sind also bis in mein Schlafzimmer vorgedrungen«, stellte ich entrüstet fest.

Emiliano lächelte versöhnlich.

»Nein, in deinem Fall haben sie sich auf eine oberflächliche Beobachtung beschränkt. Als Journalistin solltest du bestimmte Mechanismen doch kennen!«

»Perverse und heimtückische Mechanismen«, platzte ich heraus und schenkte mir zu trinken ein.

»Wußtest du wirklich nicht, daß viele Firmen ein Dossier über ihre Mitarbeiter anlegen, die sich irgendwie hervortun?« hakte er nach.

»Nein, ich dachte, solche Polizeimethoden seien aus der

Mode gekommen«, erwiderte ich. Emiliano brach in schallendes Gelächter aus.

»Dann haben sie gut daran getan, dich zu entlassen«, scherzte er. »In einer Welt, die von Erpressung lebt, sind gewisse Informationen unentbehrlich. Ich habe persönlich die elektronischen Wanzen aus meinem Büro entfernen lassen. Ich schließe deshalb nicht aus, daß ebensolche auch in anderen Räumen des Verlags installiert worden sind.« Ja, ich hatte wohl von gewissen Überwachungssystemen gehört, aber ich hielt mich nicht für so wichtig, als daß ich derartige Aufmerksamkeiten verdient hätte.

»Das sind hundsgemeine Methoden«, griff ich ihn an.

»Da stimme ich dir völlig zu. Das ändert die Sachlage aber nicht wesentlich«, meinte Emiliano.

»Ich vermute, deine Schwestern verwalten diesen heiklen Betriebsbereich«, sagte ich abfällig. »Wenn er nicht sogar ihre eigene Erfindung ist.«

»Diesmal muß ich dich enttäuschen«, entgegnete er. »Die Idee stammt von Edison. Er war der Ansicht, sein Verlag müsse eine Familie sein, in der es keine Geheimnisse gibt.«

»Die eigenen hat er aber gehütet wie seinen Augapfel«, warf ich ein.

»Das ist anzunehmen«, gab Emiliano zu.

Das Flugzeug landete. Wir wurden von einer luxuriösen Limousine erwartet. Es war vier Uhr nachmittags.

»Ich glaube, wir sehen uns nie wieder«, sagte ich und steuerte auf die Reihe gelber Taxis zu. Ich fühlte mich von diesem Einbruch in mein Privatleben verletzt, fast vergewaltigt.

»Doch, wir sehen uns wieder, Arlette. Und viel früher, als du denkst«, prophezeite er.

Ohne sich um all die Menschen zu kümmern, die endlos kamen und gingen, küßte er mich auf eine so grobe und aggressive Weise, daß es mir den Atem verschlug.

»Bring die Signorina nach Hause«, befahl er dem Chauffeur. Dann lächelte er mich an und sagte:

»Ich fahre mit einem Taxi zum Verlag. Ruh dich aus.

Um acht Uhr hole ich dich ab. Wir essen zusammen zu Abend.«

»Ich werde nicht zu Hause sein«, log ich, um ein Minimum an Würde zurückzuerlangen.

»Wetten, daß?« lächelte er.

Vor Emilianos Gesicht schob sich das meiner Mutter, die mich liebevoll ansah.

»Ciao«, murmelte ich, wobei ich den Klang meiner eigenen Stimme kaum hörte.

»Herzlich willkommen wieder daheim«, sagte sie.

»Warum? Wo war ich?«

»Du warst zwei Wochen im Koma. Heute sind es exakt vierzehn Tage.«

»Was ist passiert?« fragte ich.

»Du bist von einem Lieferwagen angefahren worden. Vor unserem Haus. Erinnerst du dich?«

»Wo ist Emy?« fragte ich sofort, voller Angst, ihr könne etwas zugestoßen sein.

»Zu Hause. Sie ist wohlauf.«

»Und wo bin ich?«

»In der Universitätsklinik.«

»Ich habe schreckliche Kopfschmerzen«, sagte ich. »Deine Stimme höre ich nur ganz gedämpft, als wären meine Ohren verstopft.«

»Das kommt von den Wattepfropfen in deinen Ohren«, erklärte mir meine Mutter. »Du hattest starken Lymphausfluß. Aber es ist schon weniger geworden. Jetzt mußt du nur Geduld haben. Das Schlimmste ist überstanden.«

Es dauerte ein paar Tage, bis die Kopfschmerzen erträglich wurden.

Meine linke Gesichtshälfte war gelähmt, und ich wurde mit einer Sonde ernährt. Meine Augen waren so dick, daß ich sie kaum öffnen konnte, und meine Lippen waren fürchterlich geschwollen.

»Ihre Heilung geht in Riesenschritten voran«, versicherte mir der Chefarzt, der sich mit großer Geduld und Ausdauer um mich kümmerte. »Wir müssen noch ein paar

Kontrollen machen, aber Sie sind außer Gefahr. In zwei oder drei Wochen ist auch Ihr Gesicht wieder völlig normal.« Er machte den Eindruck, als verstehe er etwas von seinem Handwerk.

»Danke, Professore.«

»Danken Sie Ihrem Schutzengel. Einen solchen Unfall übersteht man nur durch ein Wunder.«

Ich schwor mir, seiner Aufforderung so bald wie möglich nachzukommen.

Die unmittelbare Vergangenheit war eine Lücke voller Fragezeichen für mich. Ich konnte mich daran erinnern, daß ich mit meiner Tochter das Haus verlassen hatte und unterwegs zum Zeitungskiosk war. Alles, was danach kam, war aus meinem Gedächtnis gelöscht.

Aber körperlich ging es mir wirklich besser, und ich sah schon fast wieder wie ein Mensch aus: Die Schwellungen gingen zurück, und mein Mund nahm nach und nach wieder seine natürliche Form an. Mein rechtes Ohr war frei, das linke würde es bald werden. Die Kopfschmerzen traten nur noch auf, wenn ich irgendeine abrupte Bewegung machte. Eines Tages richtete man mich im Bett auf und servierte mir eine Nudelsuppe.

»Was für ein Tag ist heute?« fragte ich meine Mutter, die praktisch bei mir im Krankenhaus lebte.

»Der 21. Juni.« Drei Wochen waren seit meinem Unfall vergangen.

»Wenn du nicht bald Emy zu mir bringst, werde ich verrückt«, protestierte ich.

»Ich spreche mit dem Arzt, dann bringe ich sie dir«, versprach sie mir. »Glaub mir, bis vor ein paar Tagen hätte sie dich überhaupt nicht erkannt.«

Erst später berichtete mir meine Mutter, daß Emy mehrere Tage unter Schock gestanden hatte. Sie hatte den Anblick nicht verkraftet, wie ich angefahren und in die Luft geschleudert worden war, um danach wie eine Marionettenpuppe auf den Asphalt zu schlagen. Sie erzählte mir auch von den häufigen Besuchen Rechtsanwalt Décrolys, der nur auf einen Telefonanruf wartete, um nach Mailand zu fliegen und meine Stellung innerhalb des Verlags offiziell bekanntzugeben.

Dann aber machte sie mir noch eine weitere, niederschmetternde Eröffnung: Der Fahrer des roten Lieferwagens, von dem ich angefahren worden war, hatte mich umbringen wollen. Es war kein Unfall gewesen, sondern ein Mordversuch, kurz vor meinem Einzug in den Montalto Verlag.

4

Ich verließ die Universitätsklinik an einem strahlend schönen und warmen Sommertag. Ich hängte mich bei meiner Mutter ein und betrachtete die Welt, als sehe ich sie zum erstenmal. Der Himmel war wolkenlos und azurblau, die Luft klar, die Farben leuchtend. Vom Glockenturm einer Kirche schlug es zwölf Uhr.

Meine Mutter fuhr mich in ihrem grünen Mercedes 240, Baujahr '74, nach Hause. Ich fühlte mich wie eine Königin. Die Geranien und Petunien auf unserer Terrasse blühten üppig und die blassen Blüten des Storchschnabels verbreiteten einen intensiven Duft nach Teerosen.

Fedora empfing mich mit offenen Armen in der Haustür. Meine kleine Emy versteckte sich fast hinter ihr und sah mich aus ihren großen, unschuldigen Augen ungläubig und immer noch ängstlich an. Mein Unfall hatte sie schwer mitgenommen, und es hatte der ganzen Geduld Fedoras sowie der liebevollen Ausdauer meiner Mutter bedurft, um ihr über das dramatische Erlebnis hinwegzuhelfen.

Ich wußte, daß Emy manchmal im Schlaf schrie, und war zu der Überzeugung gelangt, daß nur die Zeit diese Erinnerung aus ihrem Gedächtnis löschen würde. Unsere Wohnung glich einem Gewächshaus. Wohin ich auch sah, überall waren Blumen: von unseren Hausnachbarn, von den Arbeitskollegen, von ein paar Verehrern, die sich trotz meines ablehnenden Verhaltens nicht geschlagen geben wollten. Ich schloß mein Töchterchen in den Arm und flüchtete mich mit ihr in ihr kleines Zimmer.

»Spielen wir?« schlug Emy vor und ließ mir nicht einmal Zeit, mich umzusehen. Ich hockte mich neben sie auf den Teppich, um ihr meine Bereitschaft möglichst konkret zu demonstrieren.

»Was möchtest du denn spielen?« fragte ich sie. Emy fuhr sich mit den Händen durchs Haar, als denke sie angestrengt nach.

»Das Spiel, das Spiel, das Spiel . . . das Einkaufsspiel«, erwiderte sie nach einer langen Pause.

»Was muß ich tun?«

»Du bist die Kundin. Du kommst in mein Geschäft, und ich verkaufe dir, was du brauchst. Du bezahlst, und ich gebe dir das Restgeld.« Zu ihren Spielsachen gehörte ein kleiner Kaufladen, in dem es alles mögliche gab.

»Buon giorno, Signora«, begrüßte sie mich wie eine geübte Verkäuferin. »Was darf es sein?«

»Ich hätte gerne ein Kilo Tomaten«, sagte ich.

Emy sah mich an, ohne auf meinen Wunsch einzugehen, machte ein ernstes Gesicht und fragte mich: »Wie geht es Ihnen, Signora? Ich habe Sie länger nicht gesehen«, meinte sie. »Hatten Sie Probleme mit der Gesundheit?« wollte sie wissen.

Sie ahmte die Erwachsenen nach, die sie tausendmal über solche Themen hatte reden hören. Gleichzeitig aber legte sie mir einen Köder aus und wollte, daß ich anbiß.

»Ich hatte einen schlimmen Unfall«, erwiderte ich wahrheitsgetreu.

»Oh, Sie Arme«, bedauerte sie mich.

»Ich ging nichtsahnend mit meiner Tochter spazieren, als mich irgend so ein Straßenpirat angefahren hat. Danach hat er Fahrerflucht begangen«, erklärte ich.

Emy faßte sich mit ihren Händchen an die Wangen und riß ihre blauen Kulleraugen auf.

»Sie Ärmste«, sagte sie. »Das muß ja schrecklich gewesen sein.«

»Zum Glück erinnere ich mich überhaupt nicht an den Unfall«, fuhr ich fort.

»Sie könnten tot sein«, stellte sie fest.

»Ja, aber mein Schutzengel hat mich gerettet«, erwiderte ich.

»Nur gut, daß er aufgepaßt hat«, meinte sie. »Und Ihre Tochter?« fügte sie hinzu. »Der muß es ja schrecklich gegangen sein«, rief sie aus.

Das war also das Thema, das sie beschäftigte. Emys Gesichtsausdruck veränderte sich, und ich merkte, daß sie kurz davor war, in Tränen auszubrechen.

»Gott sei Dank ist meine Tochter ein mutiges Mädchen«, sagte ich, um sie aufzumuntern.

»Aber jetzt geht es Ihnen doch wieder gut, oder?« fragte sie mit aufrichtiger Anteilnahme. »Jetzt geht es dir gut!« rief sie aus, vom Spiel zur Wirklichkeit überwechselnd.

»Ja, Liebling, es geht mir gut«, versicherte ich ihr und streichelte ihre Wange.

»Als ich dich mit Oma im Krankenhaus besucht habe«, gestand sie, »hast du schrecklich ausgesehen. Deine Augen waren dick, deine Nase mit Pflastern verklebt und dein Mund ganz schief. Ich dachte schon, du bleibst immer so.«

Ich sah, daß ihre Augen glänzten, während mir ein Knoten den Hals zuschnürte.

»Glaub mir, Mama, ich hätte dich trotzdem gern gehabt«, gestand sie mir schluchzend.

Wir umarmten uns und heulten zusammen. Die Tränen verschafften uns Erleichterung und taten uns beiden gut.

Rechtsanwalt Ovide Décroly kam ein paar Tage später zu uns. Er war jünger und attraktiver, als ich ihn in Erinnerung hatte. Ein schöner Mann. Ich hatte ihn nie unter diesem Aspekt betrachtet.

Ich empfing ihn mit meiner Mutter in deren Büro, einem sehr gemütlichen Zimmer mit typisch weiblicher Ausstrahlung. Lavendel, den meine Mutter in großen Töpfen auf sämtliche Möbel verteilte, erfüllte es mit frischem Duft. Ihr Schreibtisch war ein strenger, schwerer Klostertisch, über den in angenehmer Unordnung Bücher, kleine Objekte und Fotografien in Silberrahmen verteilt waren. In der Mitte thronte ihre ruhmreiche, rote *Valentina*, mit der sie unzählige Romane geschrieben hatte. Die Tapeten waren aus rosa moirierter Seide. Zwei kleine Sofas mit geblümtem Stoffbezug standen einander gegenüber, getrennt von einem niederen Tischchen, auf dem sich Bücher und Zeitschriften häuften.

»Wo waren wir stehengeblieben?« fragte ich den Genfer Anwalt. Ich freute mich, mit ihm heute wieder einen Kontakt anknüpfen zu können, der so jäh unterbrochen worden war.

»Bei den Präliminarien«, sagte er. »Ich war unterwegs zu Ihnen, als Sie Opfer eines Anschlags wurden«, fügte er als praktisch veranlagter Mann hinzu, daran gewöhnt, die Dinge beim Namen zu nennen, auch wenn sie unangenehm waren.

Im Grunde wollte ich diese Tatsache immer noch nicht wahrhaben und hielt an dem Glauben fest, bei meinem Unfall habe es sich um eine der vielen absurden Episoden von Straßenpiraterie gehandelt. Ich erschrak, als Ovide mir mitteilte, er habe ein internationales Detektivbüro damit beauftragt, den Fall zu untersuchen und mich zu überwachen.

»Hätte die Polizei nicht gereicht?« fragte ich.

Ovide Décroly begann mit ruhiger Stimme eine Reihe von Fakten aufzuzählen. Nicht nur Emy hatte den roten Lieferwagen gesehen, der auf mich zusteuerte, als wäre ich eine Zielscheibe. Auch Signorina Waltraude, unsere Wohnungsnachbarin, hatte zu Protokoll gegeben, sie habe beobachtet, wie der Lieferwagen zuerst beschleunigte und mich dann erfaßte. Auf dem Asphalt hatte man keine Bremsspuren feststellen können. Nachdem mich das Auto angefahren und in die Luft geschleudert hatte, war es mit unverminderter Geschwindigkeit weitergerast und dann in die Via Gran Sasso abgebogen, während ich wie ein Sack auf die Straße fiel.

Signorina Waltraude war nicht in der Lage, den Typ des Lieferwagens anzugeben, aber sie erinnerte sich sehr gut an den Fahrer: ein bärtiger, relativ junger Mann mit einem dichten Schopf langer schwarzer Lockenhaare. »Er sah aus«, sagte sie, »wie der farbige Fußballspieler einer Mannschaft, deren Name mir jetzt nicht einfällt.« Bestimmt handelte es sich um eine Gullit-Perücke, wie sie von fliegenden Händlern vor dem Stadion zu Tausenden verkauft wurden.

Anderen Zeugen war das riesige Abziehbild eines Indianers auf dem hinteren Teil des Wagens aufgefallen. Wieder ein anderer behauptete, das Lieferauto sei schwarz und rot angemalt gewesen. Es gab demnach genügend Hinweise, nur die Autonummer fehlte. Meine Mutter und ich hatten dem Bericht des Anwalts aufmerksam gelauscht.

»Es steht also nichts sicher fest«, warf ich ein.

»Nichts, was die Polizei veranlaßt hätte, weitere Nachforschungen anzustellen«, entgegnete Ovide. »Aber das Detektivbüro, dem ich den Fall übergeben habe, ist in der Nähe eines Zigeunerlagers am Ende der Via Palmanova auf einen Lieferwagen gestoßen, der dem von den Zeugen beschriebenen ziemlich ähnlich sieht. Er war halb ausgebrannt, ohne Nummernschild, und die Fahrgestellnummer war unkenntlich gemacht worden. Auf den Resten der Sitze fand man lange schwarze Fäden. Eine erste Untersuchung hat ergeben, daß es sich dabei um die synthetischen Haare einer billigen Perücke handelt.«

Ich fühlte erneut Panik in mir aufsteigen.

»Was sagt die Polizei dazu?« fragte ich.

»Nichts. Auch weil jedes Tatmotiv fehlt«, erwiderte Ovide.

»Eben...« nickte ich. »Wer kann es auf mein Leben abgesehen haben? Und warum?« Dieser Gedanke war so beängstigend, daß ich die erste war, die ihn von sich wies. Ich konnte mir beim besten Willen nicht vorstellen, daß irgend jemand auf der weiten Welt meinen Tod wollte, noch dazu mit solcher Macht, daß er sich genötigt fühlte, sich in einem Lieferwagen wie ein Kamikaze auf mich zu stürzen.

Auch Décroly fragte sich, wer daran interessiert sein konnte, mich umzubringen. Ich mußte instinktiv an die Montaltos denken, obwohl ich mir kaum vorstellen konnte, daß sie in Frage kämen. Ovide schloß sie grundsätzlich aus. Sie waren über meine neue Position im Verlag noch nicht unterrichtet und hatten deshalb keinen Grund, mich aus der Welt zu schaffen.

»Wir sollten unsere Untersuchungen in eine andere Richtung lenken. Aber Sie müssen den Detektiven helfen«, sagte er.

»Ich weiß ja gar nicht, wo ich anfangen soll!« rief ich ratlos aus.

»Sprechen Sie mit ihnen, und Sie werden sehen, daß Sie Ihnen bei der Orientierung helfen. Meine Aufgabe ist jedoch eine andere.«

Mir fiel ein, daß ich Emy versprochen hatte, sie im Kindergarten abzuholen. So wie es aussah, würde mich Décrolys Aufklärung davon abhalten. Aber da war nichts zu machen. Dann mußte meine Mutter eben für mich einspringen.

Der Genfer Anwalt begann unterdessen, mir detailliert die Gesellschaftsform des Verlags zu erklären, die auf einem alten, noch von Edison eingeführten Statut basierte. Genau diesem Statut war es zu verdanken, daß ich seit fünf Jahren einen Teil des Verlagshauses besaß, ohne daß irgend jemand etwas davon wußte, einschließlich meiner eigenen Person.

Emiliano hatte sein Aktienpaket einer Treuhandgesellschaft übergeben, bei der es unter dem Namen meiner Mutter, Anna Grisi, eingetragen war. Diese hatte sich verpflichtet, es an mich abzutreten, sobald ich dies von ihr verlangte. Emiliano hatte, wie seine Schwestern, zwanzig Prozent der Aktien besessen; aber es war ihm gelungen, auch noch die Vollmacht über die vierzehn Prozent seiner ersten Ehefrau, Ippolita Crivelli, zu bekommen sowie über die elf Prozent, die seiner Mutter Ester gehörten. Auf diese Weise verfügte ich über fünfundvierzig Prozent aller Aktien. Das war zwar nicht die absolute Mehrheit, aber doch immerhin mehr als Lola, Wally und der Finanzier Franco Vassalli jeder für sich besaßen.

Emiliano war fest davon überzeugt gewesen, daß der Eintritt Vassallis, eines Fremden, in den Familienbetrieb zur weiteren Zersplitterung des Verlags beitragen und auf lange Sicht die völlige Fremdherrschaft für den ruhmreichen Konzern bedeuten würde.

Ebenso fest war Emiliano davon überzeugt gewesen, daß der finanzielle Niedergang der Firma von seinen Schwestern und deren Ehemännern verursacht worden war. Diese hatten den Kauf eines privaten Fernsehsenders durchgesetzt, mit dem aber keiner von ihnen etwas anzufangen wußte, aus Mangel an Erfahrung und Sachverstand.

Emiliano war auch nie mit dem Ausschluß seines jüngeren Bruders Gianni einverstanden gewesen, dessen unternehmerischer Spürsinn dem Verlag von großem Nutzen hätte sein können.

Aber Lola und Wally hatten seinen Kopf gefordert.

Während der letzten fünf Jahre hatte sich der Montalto Verlag noch weiter verschuldet, und zwar bei einer Schweizer Finanzierungsgesellschaft, die von Monsieur David Dublanc kontrolliert wurde. Nur Emiliano war davon unterrichtet gewesen, daß die Kredite, für die sehr hohe Zinsen bezahlt werden mußten, aus einem Fonds seiner ersten Frau Ippolita Crivelli stammten. Und dieser Fonds wurde von Ovide Décroly für mich verwaltet. So war de facto ich die alleinige Besitzerin des Verlags, obwohl ich nur fünfundvierzig Prozent seiner Aktien hielt.

»Ist jetzt alles klar?« fragte Ovide Décroly mit einem triumphierenden Lächeln.

»So klar wie ein schönes Märchen«, erwiderte ich. »Nur daß schöne Märchen immer gut ausgehen«, sagte ich.

»Alles deutet darauf hin, daß auch Ihr Märchen mit dem berühmten Satz ›Und sie lebten glücklich und zufrieden‹ noch ein rosa Ende finden wird.«

Ich kreuzte abergläubisch die Finger.

»Hoffen wir es«, seufzte ich und sah meine Mutter an. »Wir hätten es alle nötig. Es gibt da aber noch etwas, das ich nicht verstehe«, fügte ich hinzu. »Warum hat Ippolita ihre Aktien an Emiliano abgetreten, obwohl sie schon längst von ihm geschieden war?«

Anwalt Décroly zog plötzlich ein ernstes Gesicht.

»Weil Ippolita wollte, daß er ihr einen schweren Fehltritt verzieh«, eröffnete er mir. »Davon abgesehen hat sie immer an Emilianos unternehmerische Fähigkeiten und an seine Ehrlichkeit geglaubt.«

»Was für einen Fehltritt?« hakte ich nach.

Ovide fuhr sich mit der Hand über die Stirn, fast als wolle er einen lästigen Gedanken verscheuchen.

»Um Ihnen das zu erklären, müssen wir in das Jahr 1944 zurückkehren, als die Familie Montalto bereits zwölf Monate in der Schweiz lebte und durch den Krieg alles verloren hatte. Der Wiederaufbau des Verlags sollte erst ein Jahr später, nach Kriegsende, beginnen, als die Familie nach Italien heimkehrte«, sagte er. »Das ist eine lange und häßliche Geschichte«, fuhr er fort. »Emiliano hat sie mir erzählt, für den Fall, daß Sie mich eines Tages danach fragen.«

Ich lauschte Ovide Décrolys Bericht, während meine Mutter für mich Emy im Kindergarten abholte. Als der Genfer Jurist sich von mir verabschiedete, wußte ich, daß ich eine reiche und mächtige Frau war. Aber ich wußte nicht, ob mein Märchen je glücklich enden würde.

Die Familie 1944

1

Die Familie Montalto lebte inzwischen mehrere Monate in der Schweiz. Edison hatte alles verloren: Geld, Ansehen, Macht. Aber er befand sich in guter Gesellschaft, denn viele hatten wie er in dem kleinen Nachbarstaat Zuflucht gesucht. Er zweifelte nicht daran, daß er sein Verlagsimperium eines Tages wieder aufbauen würde. So wartete er geduldig auf das Ende des Krieges, um sich erneut an die Arbeit zu machen.

Das einzige, was ihn bedrückte, war die Erinnerung daran, wie er sich auf der Flucht aus Italien Anna Grisi gegenüber verhalten hatte. Jetzt, wo keine Gefahr mehr drohte, schien es ihm unverzeihlich, daß er sie als Jüdin verraten hatte, um sein eigenes Leben zu retten. Er rechtfertigte sich mit dem Gedanken, der Selbsterhaltungstrieb habe ihn überwältigt. Edison ertappte sich manchmal bei der Überlegung, daß er sich weniger schuldig fühlen würde, wenn der Bergführer Anna umgebracht hätte. Dann würde ihre Existenz ihn nicht ständig an seinen feigen Akt erinnern. In solchen Augenblicken war es ihm ein Trost, den Menschen als ein Wesen voller Widersprüche zu betrachten. »Es ist unmöglich, die Abgründe menschlicher Niedertracht und Perversion zu erforschen«, sagte er gerne, ein Buch zitierend, das er in seiner Jugend gelesen hatte. Auf diese Weise schob er die Schuld von sich auf die menschliche Natur und sprach sich frei.

Aber wenn er dann Anna Grisi, die wie er in Lugano lebte, wieder einmal begegnete, begann sein schlechtes Gewissen von neuem an ihm zu nagen. In diesen Momenten fragte er sich, ob seine Frau, deren Urteil er fürchtete, und Rechtsanwalt Arisi von der Sache wußten. So, wie er Anna kannte, hätte er allerdings geschworen, daß nie auch nur ein Sterbenswort über ihre Lippen gekommen war.

Trotzdem wollte es ihm nicht gelingen, den Schatten dieses gerade noch verhinderten Verbrechens loszuwerden, und er fürchtete, daß sich der Vorfall mit der Zeit zu einer regelrechten Obsession für ihn entwickeln würde.

Als er Anna Grisi eines Tages in einer Luganer Buchhandlung traf, beschloß er darum, dieses quälende Kapitel seines Lebens ein für allemal zu beenden.

Anna war immer noch wunderschön. Vielleicht war sie sogar noch schöner als zur Zeit ihres Verhältnisses. Ihr Gesicht leuchtete förmlich. Es hatte jetzt nicht mehr den puppenhaften Ausdruck, von dem er so entzückt gewesen war, sondern strahlte eine gefaßte Heiterkeit aus, die sie noch attraktiver machte.

Edison wußte, daß Anna und seine Frau sich ab und zu in einem Teesalon unter den Arkaden trafen, gleich bei dem großen Platz in der Unterstadt. Er hätte weiß Gott was dafür gegeben, ihren Unterhaltungen lauschen zu können, obwohl er sicher war, daß sie über alles sprachen, nur nicht über ihn. Allein die Tatsache, daß die beiden Frauen Freundinnen geworden waren, störte ihn, und zwar gewaltig.

»Es ist wohl sinnlos, dich um Verzeihung zu bitten«, fing der Verleger an und gab sich dabei Mühe, locker zu wirken.

»Sinnlos, vulgär und beleidigend«, erwiderte Anna eiskalt und fügte hinzu: »Freut mich, dich bei guter Gesundheit anzutreffen. Ich möchte dir nämlich noch viele schlaflose Nächte bereiten und der Grund dafür sein, wenn du dein miserables Leben eines Tages beschließt.«

Edison war rot angelaufen und hatte unter Annas haßerfülltem Blick den Kopf gesenkt. Die Angst breitete sich in ihm aus wie der Gestank von fauligem Wasser. Er wischte sich den kalten Schweiß von der Stirn.

»Und wenn ich dir sagen würde, daß ich es gewesen bin, der dir den andern Führer zu Hilfe geschickt hat, nachdem ich dich verraten habe?« fragte er mit herausforderndem Blick, alle seine Kräfte aufbietend, um glaubhaft zu wirken.

»Sinnlos und lächerlich«, entgegnete Anna unnachgiebig, obwohl Edison sie mit einem Argument konfrontiert hatte, das sie nicht mit völliger Sicherheit abweisen konnte.

Edison merkte sofort, daß Annas Verteidigung ins Wanken geraten war, und glaubte nun zu wissen, wo er ansetzen mußte, um seiner Version Glaubwürdigkeit zu verschaffen.

»Was wäre, wenn der Mann, der dich gerettet hat, zu meinen Gunsten aussagen würde?« drang er in sie.

»So, wie ich dich kenne, würde ich glauben, du hast ihn bestochen«, entgegnete sie scheinbar überzeugt; insgeheim aber war ihr doch etwas unwohl zumute.

»Wenn du so schlecht von mir denkst, warum hast du mich dann nicht schon längst angezeigt?« bohrte er weiter, seiner Sache schon beinahe sicher.

Anna sah ihn verächtlich an.

»Anzeigen? Wo denn? Wann? Warum?« Ihre Fragen kamen wie aus einer Maschinenpistole geschossen. »Du weißt genau, daß es nicht mein Stil ist, Prozesse zu führen, um zu meinem Recht zu kommen. Das habe ich damals nicht getan, und das tue ich heute nicht. Außerdem«, fügte sie mit feiner Perfidie hinzu, »macht es mir Spaß, dich bis zum Tag meiner Rache schmoren zu lassen. Es dürfte dir wohl klar sein, daß ich mich eines Tages an dir räche, auch wenn ich noch nicht genau weiß wie und wo.« Auf Edisons Stirn traten erneut Schweißperlen. Er setzte zu einem distanzierten Lächeln an, das sich jedoch in eine Angstgrimasse verwandelte.

»Ich erkenne dich nicht wieder«, seufzte er mit schmerzerfüllter Stimme. Er sah wieder das schöne, verschüchterte Dorfmädchen vor sich, das sich ihm 1938 mit abgetragenen Kleidern, einem entzückenden Gesicht und einem Kopf voller Träume präsentiert hatte. Wie lange schien das her.

Er war es gewesen, der sie den Lesern aufgezwungen, mit ausgesuchter Eleganz eingekleidet und mit wertvollem Schmuck behängt hatte; der ihr eine Wohnung gegeben und sie den richtigen Leuten vorgestellt hatte. Sicher, er hatte das alles getan, um seinen Eroberungstrieb zu befriedigen, und als Anna begann, sich zu einer selbstsicheren Frau zu entwickeln, hatte er beschlossen, sie zu verlassen. Sie war ihm allerdings zuvorgekommen.

»Ich dagegen lerne dich immer besser kennen«, sagte Anna. »Als ich meine Beziehung zu dir abgebrochen habe, kannte ich dich kaum, aber selbst damals habe ich mir keine großen Illusionen gemacht. Du hast mir versprochen, mich unter deine schützenden Fittiche zu nehmen und in die Welt der Literatur einzuführen. Aber nebenbei hast du dir das Recht erkauft, mit mir ins Bett zu gehen. Und als dir klar wurde, daß ich wirklich schreiben konnte, hast du alle Hebel in Bewegung gesetzt, damit ich nirgends ankam.«

»Du bist ungerecht«, klagte Edison. Er hatte jetzt den zahmen Gesichtsausdruck eines Menschen, der zu allem bereit ist, nur um die verlorene Zuneigung zurückzuerlangen. »Nun ja, es stimmt. Du hattest ein gutes Buch geschrieben«, lobte er sie. »Ich habe dich daran gehindert, es bei einem anderen Verleger zu veröffentlichen, weil ich eifersüchtig und gekränkt war. Das werde ich mir nie verzeihen können. Aber das ist die einzige Schuld, die ich dir gegenüber habe.«

»Du verstehst es meisterhaft, die Leute einzuwickeln, Edison Montalto«, sagte Anna. Die Kunden der Buchhandlung hatten gemerkt, daß zwischen dem italienischen Verleger, den sie gut kannten, und der schönen Frau ihm gegenüber ein Streit im Gange war, und hatten sich diskret zurückgezogen.

»Verzeih mir, Anna«, kapitulierte Edison. »Ich sorge dafür, daß du den Vertrag bekommst, der dich an meinen Verlag bindet, damit du ihn vernichten kannst. Für mich ist dieses Kapitel abgeschlossen. Was die andere Sache betrifft, so kannst du mir glauben oder nicht. Ich habe dir jedenfalls die Wahrheit gesagt.« Anna bemühte sich, dem freundlichen, beschwörenden Ton Edisons nicht gleich nachzugeben. Ohne einen weiteren Kommentar drehte sie sich um und verließ den Laden.

Nur die Aussage des Mannes, der ihr das Leben gerettet hatte, konnte Edisons Behauptung bestätigen. Anna begann sich vorsichtig zu informieren, um ihn ausfindig zu machen. Dabei erfuhr sie, daß man ihn vor kurzem mit durchschnittener Kehle an der Grenze aufgefunden hatte. Sie bekam einen heftigen Weinkrampf. Seit diesem Augenblick wartete sie auf den Tag ihrer Rache.

2

Edison stieg aus der Seilbahn, mit der er in die Oberstadt hinaufgefahren war, und ertappte sich dabei, daß er die Leute auf der Straße anlächelte. Die Begegnung mit Anna Grisi war günstiger verlaufen, als er gehofft hatte, und so konnte er jetzt froh in die Zukunft sehen.

Lugano gefiel ihm. Er fand, die Stadt ähnle einer faszinierenden, eleganten Dame, die kaum geschminkt, wohlerzogen und ein wenig schüchtern war. Sie glich Ester, seiner treu ergebenen Frau, die sich seit dem Tag der Flucht in die Schweiz unablässig für ihn und ihre Kinder aufopferte. Lugano hatte die heitere Stille eines unberührten Gartens, fernab von allen Kriegswirren. Millionen von

Uhren skandierten mit ihrem Ticken die Zeit und bildeten neben Schokolade, Zigaretten, Käse und Banken die wirtschaftliche Grundlage des »heimlichen Imperiums«, wie der Historiker Lorenz Stucki die Schweiz später einmal nennen sollte.

Solchen Gedanken nachhängend, erreichte Edison die Villa Céleste, ein stattliches Gebäude der Jahrhundertwende mit ovalen Fenstern und Balkonen voll blühender Kletterpflanzen, in dem die Familie Crivelli lebte. Die Hausherrin hieß Céleste Régazz. Sie stammte aus einer Schweizer Bankiersfamilie und war wie Edison knapp über vierzig. Céleste war klein und rundlich, ihre Haut butterweich, ihre Augen himmelblau wie ihr Name und ihr Gesichtsausdruck verklärt wie der einer Renaissance-Madonna.

Ihr Gatte, Agenore Crivelli, ein wohlhabender Brianzer Baumwollfabrikant und außerdem ein gebildeter und willensstarker Mann, hatte seine Weberei ein Jahr vor dem Kriegseintritt Italiens verkauft und alle nur denkbaren Vorteile aus dieser Transaktion gezogen, bevor er mit seiner Familie nach Lugano in die Villa Céleste umgezogen war.

Agenore Crivelli war schon immer ein Gegner des Regimes gewesen und deshalb von den Faschisten verfolgt worden. Als viele noch das Achsenbündnis feierten und große Siege prophezeiten, hatte er bereits die Niederlage der Nazis vorhergesehen und entsprechend gehandelt. Er war unter die goldenen Fittiche der Familie Régazz ins friedliche Tessin geflüchtet, wo er auf bessere Zeiten wartete. Im Kreis der italienischen Flüchtlinge war der Baumwollfabrikant eine wichtige Figur und sein Haus Pflichtstation für alle, die eines Tages wieder ins große Geschäft einsteigen wollten.

Die Montaltos und die Crivellis waren zufällig miteinander bekannt geworden, da Emiliano und Agenores Sohn Fabian dieselbe Schule besuchten. Die beiden Jungen hatten sich sofort miteinander angefreundet. Emiliano brillierte aufgrund seiner etwas verträumten Intelligenz, Fabian wegen seines Realitätssinns und Durchsetzungsvermögens. Sie ergänzten sich fabelhaft und brachten beide ausgezeichnete schulische Leistungen heim. In ihrem jugendlichen Elan wurden sie nicht müde, über alles mögliche zu diskutieren, und hatten großen Spaß miteinander.

Aus diesem Grund hatten die beiden Familien begonnen, sich gegenseitig häufig zu besuchen. Bald entstand daraus eine feste Freundschaft. Ester trank mit Céleste Tee und hörte sich die Klagen über deren älteste Tochter Ippolita an, die von ihrer Mutter als ein närrisches, unruhiges und ausschweifendes Mädchen hingestellt wurde. Edison und Agenore gaben sich unterdessen dem Genuß von Opernmusik hin, unterhielten sich über die Stimmen Tito Schipas und Beniamino Giglis und verirrten sich zum Schluß in dem großen Labyrinth der Politik und der Geschäfte.

Heute ging Edison in die Villa Céleste, um James Wilding zu treffen, einen überaus erfolgreichen und begabten Schriftsteller aus den USA, der bei den Lesern nordamerikanischer Literatur in Europa bestens bekannt war. Seine Bücher waren bisher noch nicht übersetzt und nur in der Originalsprache im Verkehr.

»Warum sicherst du dir nicht die Rechte?« hatte Agenore dem Verleger vorgeschlagen. »Nach Kriegsende hast du mit dem Amerikaner einen Schatz in der Hand, und jetzt kommst du billig davon, wenn du ihn bar bezahlst. Er ist ein großer Verschwender. Er trinkt, er spielt und verliert, wie alle Spieler. Er ist ständig in Geldnot.«

Der Baumwollfabrikant selbst las keine Romane, wohl aber seine Tochter Ippolita. Ihr gefielen die Geschichten des Amerikaners, die voll von seltsamen Figuren und ungewöhnlichen, packenden Situationen waren. Ippolita hatte mit ihrem Enthusiasmus am eifrigsten für Wilding plädiert.

»Meine Goldader geht langsam zur Neige«, hatte der Verleger seinem Freund Crivelli gestanden. Edison hatte seine Ersparnisse in der Schweiz dazu verwendet, einer ganzen Reihe europäischer und italienischer Autoren die Veröffentlichungsrechte ihrer Bücher abzukaufen, was im Hinblick auf den Wiederaufbau seines Verlags nach Kriegsende eine ausgezeichnete Investition war.

»Das ist kein Problem. Ich kann dir das Geld vorschießen«, hatte Crivelli ihm versichert. Seine Großzügigkeit hatte weniger mit Freundschaft zu tun als mit seinen Zukunftsplänen. Und mit dem uneingeschränkten Vertrauen, das er in Edison Montaltos unternehmerische Fähigkeiten setzte.

An diesem Tag also läutete Edison an der Villa. Ein Hausangestellter öffnete ihm das Gartentor. Er ging den von üppigen Hibiskushecken gesäumten Kiesweg entlang, der zu einer Freitreppe aus rosarotem Sandstein führte. An dieser vorbei gelangte er in den Innengarten mit seinen gelben Orchideenbeeten, aus denen hier und da eine weiße Königslilie aufragte. Schließlich kam er zu einer Pergola, an der sich blühendes Geißblatt emporrankte. Diese Ecke des Gartens erinnerte ihn an den Pavillon der Villa Ester. Edison liebte seine Villa am Comer See und hatte erst in diesen Tagen von seiner Schwester Polissena beruhigende Nachrichten erhalten. Es war noch alles wie bei seiner Abreise; die Deutschen hatten nicht gewagt, das Haus zu plündern.

Unter der Pergola sah er Agenore und eine Art Riesen mit kindlichem Gesichtsausdruck. Das mußte der Amerikaner James Wilding sein.

Der Verleger stellte sich vor und versuchte dann angestrengt, sich in das Gespräch der beiden Männer einzuschalten. Hin und wieder nippte er an dem Whisky, den man ihm angeboten hatte, und beobachtete dabei den Schriftsteller wie ein Boxer, der seinen Gegner studiert, bevor er entscheidet, ob er angreifen oder sich verteidigen soll.

Da er kaum Englisch sprach, hatte er Mühe, dem Amerikaner zu folgen. Wilding machte auf ihn den Eindruck eines Intellektuellen bäuerlicher Abstammung, mit gesundem Menschenverstand und dem Pioniergeist eines Abenteurers. Er wußte eine Unmenge von Geschichten zu erzählen, besaß ein phantastisches Gedächtnis für Personen und Ereignisse und übte große Faszination auf seine Zuhörer aus.

Über Edison Montaltos Talent als Verleger kursierte eine Anekdote. Menschen, die ihn gut kannten, behaupteten, daß es ihm genügte, ein druckfrisches Buch ungelesen auf dem Handteller zu wiegen, seine Nase kurz in die noch nach Druckerschwärze riechenden Blätter zu stecken und an diesen einmal mit seinem Daumen entlangzufahren, um vorauszusagen, ob es ein Erfolg oder ein Mißerfolg werden würde. In den meisten Fällen stellten seine Prognosen sich als richtig heraus. Denselben beinahe schon übernatürlichen Spürsinn bewies er im Umgang mit Autoren.

Während die Unterhaltung weiterging und Edison den Hünen unentwegt beobachtete, gelangte er zu der Einsicht, daß der Amerikaner vielleicht nicht in die Literaturgeschichte eingehen, mit Sicherheit jedoch den Verleger bereichern würde, der seine Romane veröffentlichte. Im Nu entwickelte sich ein tiefes Gefühl von Einverständnis zwischen ihnen und sie schlossen Freundschaft.

Als Edison Wilding einen Vertrag reichte, der dem Montalto Verlag die Übersetzerrechte seiner Werke zusicherte, unterzeichnete dieser blind.

Der Amerikaner verabschiedete sich, und Crivelli, der ans Telefon gerufen wurde, ging ins Haus und ließ Edison alleine unter der Pergola zurück. Der Duft des Geißblatts war berauschend, aber noch berauschender waren seine Zukunftsaussichten. Er trank in einem Zug sein Whiskyglas leer, zündete sich eine Zigarette an und lehnte sich hochzufrieden in die Polster des Korbsessels zurück.

Als er sie sah, mußte er an ein Wesen aus der nordischen Heldensage denken. Sie wirkte geschmeidig, fein und vornehm. Sie hatte das zarte Gesicht einer Halbwüchsigen und den reifen Körper einer Frau. Sie trug einen elastischen, dotterblumengelben Badeanzug. Ihr langes, glattes Haar leuchtete wie Ähren. Sie kam vom Ende des Gartens auf ihn zu, wo sich der blaue Streifen eines Schwimmbeckens gegen die grünschattige Vegetation abhob. »Salve!« sagte sie.

Edison, den ihre Erscheinung förmlich aus seinen Gedanken gerissen hatte, sprang auf.

»Haben Sie mich wirklich nicht erkannt?« fragte sie. »Dabei bin ich immer noch dieselbe, Ippolita Crivelli«, fügte sie lächelnd hinzu.

»Nun ja, Ihre . . . Ihre Bekleidung, die Sonne, das alles hat mich ein bißchen verwirrt. Jetzt erkenne ich dich natürlich wieder. Salve«, erwiderte Edison verlegen.

Ippolita ließ sich in einen Sessel fallen und forderte den Verleger auf, ebenfalls Platz zu nehmen. Die Art und Weise, wie sie ihn ohne jede Scham anblickte, berührte Edison peinlich.

»Darf ich Ihre Verwirrung als Kompliment auffassen?« fragte sie.

»Ich würde sagen ja«, erwiderte er, wobei er zu seinem gewohnten selbstsicheren Ton zurückfand. Dann beugte er sich ein wenig zu ihr hinüber und fügte hinzu: »Ich bin dir sehr zu Dank verpflichtet.«

»Warum?« tat sie verwundert.

»Weil du einen wichtigen Schriftsteller entdeckt hast, der jetzt zu meinen Autoren zählt. Du hast mich auf ihn aufmerksam gemacht.«

Ippolita klimperte mit ihren langen schwarzen Wimpern und sah ihn spitzbübisch an.

»Ein Mann wie Edison Montalto ist nur sich selbst zu Dank verpflichtet«, entgegnete sie mit einstudiertem Nachdruck und fischte sich dabei eine Zigarette aus einer Holzschachtel, die auf einem kleinen Tisch neben ihrem Sessel stand.

»James Wilding ist ein genialer Erzähler, auf den ich ohne deine Hilfe nie gestoßen wäre«, entgegnete Edison unbeirrt. Während er Ippolita Feuer gab, versuchte er sich an ihr Alter zu erinnern. Er fragte sich, wie er wohl reagieren würde, wenn seine Tochter Wally sich so ungezwungen benähme. Zum Glück war Wally gerade erst zwölf Jahre alt, während Ippolita, jetzt erinnerte er sich wieder daran, vor kurzem ihren achtzehnten Geburtstag gefeiert hatte. Außerdem war Wally ziemlich häßlich, und das beruhigte ihn.

Er betrachtete das Mädchen, das ihm gegenüber saß. Wenn es nicht Ippolita Crivelli gewesen wäre, hätte Edison sich natürlich ganz anders verhalten. Dann wäre er auf die Erwartungen eingegangen, die das Mädchen offensichtlich in ihn gesetzt hatte. Aber es war ihm klar, daß er unter den gegebenen Umständen größte Vorsicht walten lassen mußte. Ippolita musterte ihn unterdessen amüsiert, fast als errate sie die Gedanken, die ihm durch den Kopf gingen.

»Wissen Sie eigentlich, Signore Montalto, daß ich eine Schwäche für erfolgreiche Männer habe?« begann sie ihn zu reizen.

Edison erinnerte sich an die Gerüchte, die über die sexuellen Gelüste der jungen Crivelli kursierten. Sie war das schwarze Schaf der Familie. Da sie aus sämtlichen Internaten, in die ihre Eltern sie gesteckt hatten, in kürzester Zeit wieder hinausgeflogen war, blieb den Crivellis nichts anderes übrig, als auf einen energischen Ehemann zu hoffen, der sie zur Räson bringen konnte. Aber trotz ihrer Schönheit und ihres Reichtums hatte sich noch kein Kandidat gefunden, der mutig genug gewesen wäre, um ihre Hand anzuhalten.

»Ich muß jetzt gehen, Ippolita«, sagte Edison, während ihre Blicke immer verführerischer wurden.

»Angst?« fragte sie mit einem betörenden Lächeln. »Dabei finde ich reife Männer so umwerfend.«

»Ich bin sicher, du findest den Mann, der deinen Wünschen entspricht«, erwiderte Edison und erhob sich.

»Und wenn ich ihn bereits gefunden hätte?« fragte sie mit einem Augenzwinkern.

»Dann kann ich dir nur gratulieren«, entgegnete der

Verleger ihr schroff. Mit einem Blick auf seine Armbanduhr fügte er hinzu: »Jetzt muß ich aber wirklich gehen. Richte deinem Vater bitte viele Grüße von mir aus.« Hastig verließ er die schattige Laube, gefolgt von einem kurzen, schrillen Lachen des Mädchens.

3

Ester saß am Fenster und nützte das letzte Licht des Tages aus, um die Strümpfe ihrer Kinder zu stopfen.

Sie hatte ein Anpassungsvermögen und eine Geschicklichkeit entwickelt, die sie selbst überraschten. Außerdem hatte sie gemerkt, daß Handarbeiten, vor allem solche, bei denen sie nicht besonders aufpassen mußte, ihr Gelegenheit gaben, ihren Gedanken und Phantasien nachzuhängen. Im Augenblick fehlte der Familie jede Einkommensquelle. Glücklicherweise gab es den Schmuck, den Ester im Verlauf der Jahre angesammelt hatte. Er ermöglichte es den Montaltos, einigermaßen über die Runden zu kommen, obwohl ihr Lebensstandard natürlich gesunken war.

Es war kein großer Trost zu wissen, daß es unter den Flüchtlingen Menschen gab, die noch schlechter dran waren als sie. Die Nachrichten, die von Rundfunk und Presse verbreitet wurden, ließen durchblicken, daß das Ende des Krieges nicht mehr weit sein konnte. Die Alliierten waren mittlerweile bis nach Rom vorgerückt, und die Deutschen rächten sich mit Unterstützung der Faschisten an der Zivilbevölkerung.

»Mama, hilfst du mir bei einem Aufsatz?« fragte Fabrizio und näherte sich ihr mit seinem leicht hinkenden Gang. Er hatte ein Heft und einen Füller in der Hand. Ester empfing ihn mit einem warmen Lächeln.

»Natürlich, mein Kleiner. Komm und setz dich neben mich«, erwiderte sie freundlich. Ester kam es noch etwas komisch vor, daß das schüchterne, ruhige Kind, das gar nicht ihr eigenes war, sie Mama nannte. Fabrizio hatte, kurz nach ihrer Flucht in die Schweiz, eines Tages selbst damit angefangen.

Ester legte Nadel und Faden auf den Tisch, streckte eine Hand nach ihm aus und zog ihn zu sich.

»Wie lautet denn das Thema des Aufsatzes?« fragte sie.

»Mein bester Freund«, sagte Fabrizio.

»Gefällt dir das Thema?« wollte sie wissen.

»Es geht«, erwiderte er.

»Hast du schon eine Vorstellung, was du schreiben möchtest?«

»Ja, ich habe schon angefangen. Ich habe geschrieben: Mein bester Freund ist mein Bruder Emiliano. Aber jetzt weiß ich nicht, wie ich weitermachen soll.«

»Fehlen dir denn die Argumente?«

»Nein, ich habe viel zu viele und weiß nicht, wie ich sie ordnen soll.«

»Zähle sie doch einfach eins nach dem andern auf.«

»Ich könnte schreiben, daß Emiliano kein richtiger Bruder von mir ist, aber daß er mir viel mehr bedeutet, als wenn er es wäre«, schlug der Junge vor, kaum daß er Luft holte. Die letzten Worte hatte er so leise gesprochen, daß man sie kaum noch verstehen konnte.

Er hatte eine schüchterne, zaghafte Stimme und große dunkle Augen, die unendlich sanft blickten. Seit Gilda, seine richtige Mutter, tot war, hatte Fabrizio nie wieder von ihr gesprochen, und wenn jemand aus der Familie Erinnerungen an sie wachrief, verließ er, wenn es nur irgendwie ging, das Zimmer.

Niemand würde ihm jemals seine Mutter ersetzen können, aber Ester war die Frau, die er am liebsten hatte. Maria, ein Dienstmädchen, das seit kurzem stundenweise bei der Familie aushalf, unterbrach die Unterhaltung.

»Entschuldige, Fabrizio, aber ich muß dringend mit der Signora reden«, sagte die Frau. Sie war ins Wohnzimmer gekommen, ohne auch nur anzuklopfen.

»Was bringst du uns aus der Welt?« fragte Ester lächelnd.

»Schokoladenduft«, scherzte die junge Frau, die in einer Schokoladenfabrik arbeitete. Ihr Lohn war nicht besonders gut, aber sie gab sich damit zufrieden. Sie lebte in einem Flüchtlingslager und verbrachte jede freie Minute bei den Montaltos, wo es immer etwas zu tun gab.

»Der Architekt Franzi und seine Frau sind an der Tür«, erklärte das Dienstmädchen. »Sie möchten mit Ihnen sprechen.«

Ester wurde blaß. Ettore und Emanuela Franzi, die Florentiner Antiquitätenhändler, mit denen sie und ihr Mann vor dem Krieg in Castiglioncello befreundet gewesen waren, hatten sich unmittelbar nach Proklamation der faschistischen »Republik von Salò« ebenfalls in die Schweiz abgesetzt.

Wie alle Flüchtlinge waren sie knapp an Geld und deshalb schon mehrmals auf sie zugekommen. Ester hatte ihnen im Rahmen des Möglichen ausgeholfen, aber mittlerweile waren auch ihre Ersparnisse so geschrumpft, daß sie ihnen nichts mehr borgen konnte. Außerdem störte sie ein wenig die aufdringliche Art der Franzis. Vor ein paar Tagen waren sie gekommen und hatten Ester wieder um Geld gebeten, obwohl sie ihnen bereits wiederholt abschlägigen Bescheid erteilt hatte.

»Die Zeiten sind für alle hart«, hatte Ester sich gerechtfertigt, »und wir wissen nicht, wann wir wieder nach Hause zurückkönnen.«

»Aber ihr habt die Möglichkeit, auch hier an Geld zu kommen«, meinte Emanuela.

»Was veranlaßt dich zu dieser Vermutung?« fragte Ester sie etwas ärgerlich.

»Eure Bekanntschaften«, schaltete Ettore sich ein. »Hier wissen doch alle, daß die Crivellis euch gegenüber besonders großzügig sind.« Ester sah zuerst den Mann und dann die Frau mit strengen Blicken an.

»Ich fürchte, ich habe nicht recht verstanden.« Das klang ja beinahe, als wolle man sie erpressen. »Was haben die Crivellis damit zu tun?«

Ettore beugte sich mit honigsüßem Lächeln zu ihr vor. »Du bist dir dessen vielleicht nicht bewußt, aber wir haben dir einen großen Gefallen getan«, sagte er. Ester fragte sich, worauf er anspielte.

»Komisch, davon habe ich gar nichts gemerkt«, erwiderte sie verwundert. »Aber selbst wenn ihr mir einen Gefallen getan hättet, ich wüßte nicht, wie ich euch noch mehr Geld leihen könnte, wo ich selbst nicht genug zum Leben habe.«

Ettore redete irgendein ungereimtes Zeug daher, das vage nach einer Entschuldigung klang. Die Rolle des Erpressers machte ihm offensichtlich Probleme.

Emanuela eilte ihrem Mann zu Hilfe.

»Hier geht's ums Überleben«, sagte sie und griff zu einem Gleichnis. »Es gibt ein einziges Rettungsboot, und wir wollen nicht auf dem sinkenden Schiff bleiben. Ich möchte aber klarstellen, daß wir uns weiter als deine Freunde betrachten.«

»Daran beginne ich ernsthaft zu zweifeln. Aber lassen wir doch Wortspiele und Orakelsprüche und kommen zur Sache.«

»Das ist ganz in meinem Sinn«, sagte Emanuela. Trotzdem hatte sie noch Schwierigkeiten, auf das Thema zu kommen.

»Du mußt zugeben, daß wir ein Geheimnis hüten können, auch ein sehr delikates«, fuhr sie fort. »Das beweist die Tatsache, daß wir nie jemandem erzählt haben, wie du dich in der Villa Pamphili in Castiglioncello mit einem sehr charmanten Herrn getroffen hast.«

Ester wurde rot.

»Was erfindet ihr da?« versuchte sie sich zu verteidigen.

»Dein Mann war nach Amerika verreist«, begann Ettore zu erzählen, dem die Verhandlung peinlicher zu sein schien als Emanuela. »Erinnerst du dich?« fügte er hinzu.

»Woran soll ich mich erinnern?« Ester bemühte sich, nicht die Beherrschung zu verlieren.

»Daran, daß du dich in deiner Einsamkeit mit einem

Mann eingelassen hast, der nicht dein Gatte war«, schloß Ettore.

»Andere hätten an unserer Stelle Klatsch und Tratsch in Umlauf gesetzt«, fiel Emanuela ein, »mit Folgen, die wir uns alle ausrechnen können. Wir aber haben geschwiegen.«

»Solange es euch in den Kram paßte. Dann seid ihr zur offenen und vulgären Erpressung übergegangen. Und wenn ich euch sagen würde, daß ihr euch getäuscht habt?«

Emanuela strahlte. Auf diesen Satz schien sie nur gewartet zu haben.

»Getäuscht?« spöttelte sie. »Dann müßtest du aber auch abstreiten, daß es sich bei dem Betreffenden um einen hohen Prälaten handelte, der vor seiner Versetzung von Rom nach Mailand ein paar Tage Urlaub in Castiglioncello gemacht hat.«

Das war vorsätzliche Erpressung, ein Trumpfas, das die beiden im Ärmel versteckt hatten, um es im geeigneten Moment auszuspielen, ein Wechsel ohne Fälligkeitsdatum, den sie jetzt einlösen wollten.

Ester hatte nicht die Kraft, auch nur ein Wort zu erwidern.

»Versuch uns zu verstehen, Ester«, fuhr Ettore fort. »Wir brauchen Geld. Wir möchten nicht in einem Flüchtlingslager landen. Im Grunde tun wir dir einen Gefallen, und du tust uns einen«, stellte er fest.

Ester zitterte bei dem Gedanken, diese Episode ihres Lebens, die ihr so viel bedeutete, könne zum Thema anonymer Briefe oder offener Anschuldigungen werden.

Sie beschloß, von einer moralischen Beurteilung der beiden Erpresser und von Fragen des Prinzips abzusehen und ihre Notlage realistisch anzugehen. Die Summe, die die beiden verlangten, war hoch: fünftausend Schweizer Franken. Außerdem ahnte sie bereits, daß diese Zahlung trotz aller Schwüre nicht die letzte sein würde, daß sie auch in Zukunft mit Belästigungen der beiden Schakale zu rechnen hatte.

Um Zeit zu gewinnen, hatte sie erst einmal um ein paar Tage Aufschub gebeten, den die Franzis ihr großzügig gewährten, damit sie wenigstens einen Teil der verlangten Summe auftreiben konnte. Ester hatte nach Lausanne angerufen und mit Sebastiano Brighenti gesprochen.

»Ich muß dich treffen«, hatte sie zu ihm gesagt.

Er war noch am selben Tag in ein kleines Hotel außerhalb der Stadt gekommen, wo sie auf ihn wartete.

»Wie zwei heimliche Liebhaber«, sagte Ester gerührt, als Sebastiano die Tür des Zimmers öffnete, das sie unter falschem Namen reserviert hatte.

Es hatte ihr fast das Herz zerrissen, den Mann wiederzusehen, den sie liebte, und dabei dem Wunsch widerstehen zu müssen, sich in seine Arme zu werfen. Ihre erste Begegnung lag fünf Jahre zurück, aber es war, als hätten sie sich nie getrennt.

»Wie ein Mann und eine Frau, die kein Recht haben, sich zu lieben«, erwiderte Sebastiano. Seine brennenden Augen widersprachen seinen ruhigen Worten und den gemessenen Handbewegungen, mit denen er sie aufforderte, in den angrenzenden Salon zu treten. Der kleine Raum war mit provenzalischen Tapeten ausgekleidet. Das Fenster mit den hellblauen Samtvorhängen rahmte eine blühende Wiese ein.

»Wie geht es dir?« fragte Sebastiano. Er trug einen grauen Flanellanzug, ein blütenweißes Hemd und eine dunkelblaue Krawatte. In seinem dichten dunklen Haar glänzten vereinzelte silberne Fäden.

»Jemand hat unsere Geschichte entdeckt«, sagte sie.

»Ich habe dich gefragt, wie es dir geht«, wiederholte Sebastiano und betrachtete sie voller Liebe.

»Einerseits phantastisch, weil ich dich endlich wiedersehe, aber andererseits scheußlich, weil ich erpreßt werde«, entgegnete Ester, wobei sie es vermied, ihm in die Augen zu sehen.

Sie waren sich zum letztenmal bei Lolas Taufe begegnet. Sebastiano hatte von der Flucht der Montaltos in die

Schweiz erfahren und sich persönlich dafür eingesetzt, daß sie nach der Polizeikontrolle nicht in ein Flüchtlingslager gesteckt wurden.

Das wußte Ester von ihrem Mann.

»Monsignore Brighenti hat unser Problem gelöst«, hatte Edison ihr mitgeteilt. »Wir bekommen bald eine Wohnung zugeteilt. Er läßt inzwischen Grüße ausrichten. Wir müssen uns unbedingt für seine Unterstützung bedanken«, meinte er.

Ester hatte ihm tausendmal am Tag im Geiste gedankt. Jetzt war er hier, stand vor ihr, und sie wagte nicht einmal, ihn anzusehen.

»Und wie geht es dir?« fragte sie zurück und fand endlich den Mut, ihm in die Augen zu sehen.

»Es geht«, erwiderte er. »Ich denke ständig an dich und an das Kind«, gestand er ihr.

Ester war schön und begehrenswert in dem Kleid aus erdbeerfarbener Schantungseide, einem Geschenk von Céleste Crivelli. Sie hatte ihr Haar im Nacken zu einem weichen Knoten aufgesteckt und sich sorgfältig geschminkt.

»Du bist schön, Ester«, flüsterte Sebastiano und näherte sich ihr. »Und das, was man äußerlich sieht, ist nur ein schwacher Abglanz deiner inneren Schönheit.«

Ester legte eine Hand auf seinen Arm. Sebastiano ergriff die Hand, führte sie an seine Lippe und küßte sie.

»Ich begehre dich«, murmelte er.

»Wäre es denn wirklich eine so große Sünde, wenn wir miteinander schlafen?« Es war ein zögernder Versuch.

»Wir dürfen nicht ...«

Ester ließ ihn nicht zu Ende sprechen.

»Ich weiß, was du mir sagen willst. Du hast es mir schon einmal erklärt und mich nicht überzeugt.« Sie lächelte; ihre etwas heiser klingende Stimme drückte Ironie und Verlangen aus.

»Über solche Dinge scherzt man nicht«, entgegnete er vorwurfsvoll.

»Ja, ich weiß. Aber im andern Zimmer steht ein großes Bett, und ich sehne mich so nach deinem Körper. Ich muß dich in mir fühlen, um zu begreifen, daß ich noch lebendig bin«, flehte sie ihn an und berührte seine Lippen mit den Fingern.

Sebastiano entfernte kraftlos ihre Hand und senkte den Kopf, um seine Gefühle zu verbergen.

Große, heiße Tränen rannen aus Esters Augen.

»Dein Verhalten demütigt mich«, protestierte sie. »Glaubst du, du kannst deine Seele retten, wenn du uns zu dieser absurden Keuschheit zwingst?« sagte sie laut. »Ich begehre dich wie am ersten Tag. Ich habe dich nie aufgesucht, aber jetzt sind wir hier, alleine, du und ich. Ich gehe nicht von hier fort, ohne meinen Teil Liebe bekommen zu haben.« Ihre Stimme klang fest, entschlossen, obwohl ihr Gesicht von Tränen überströmt war. Sebastiano schloß sie in die Arme.

»Ester, mein Liebling«, flüsterte er ihr ins Ohr, »ich wollte dich nie demütigen.« Er drückte seine Lippen auf ihre Lippen. Dann endlich explodierte das Glück zum zweitenmal in ihrem Leben.

In dieser verzauberten Stimmung vergingen die Stunden. Erst mit Einbruch der Dämmerung befaßten sie sich mit dem heiklen Thema, das der Grund für ihr Treffen war.

Ester erzählte ihm von der Erpressung der Franzis.

»Was soll ich tun?« fragte sie am Schluß.

Sebastianos Antwort war eindeutig und präzise.

»Laß dich auf keinen Fall auf die Erpressung ein«, sagte er.

»Und wenn sie den Mund aufmachen?«

»Das würden sie früher oder später sowieso tun. Dann gehen wir das Risiko lieber gleich ein. Was mich betrifft, so bin ich bereit, es mit jeder Situation aufzunehmen«, erklärte er entschlossen. »Und du?« fragte er.

»Ich glaube, du hast recht«, sagte sie. »Ich fühle mich meinem Mann gegenüber schuldig, weil ich ihn betrüge, weil ich ein Kind als seine Tochter erkläre, das nicht seine

Tochter ist. Aber wegen dem, was zwischen uns war, wegen meiner Gefühle für dich, habe ich niemandem gegenüber ein schlechtes Gewissen.«

Ester überlegte, wie Edison wohl reagieren würde, und kam zu dem Schluß, daß so, wie die Dinge lagen, es keine andere Möglichkeit für sie gab, als Farbe zu bekennen. Sie stand als erste auf, las ihre über den Boden verstreuten Kleider auf, ging ins Bad, zog sich an, ordnete sorgfältig ihr Haar und kehrte dann ins Schlafzimmer zurück.

Sebastiano war tief eingeschlafen und bot einen Anblick der Kraft und Selbstvergessenheit. Sein Schlaf erinnerte sie an den unschuldigen Schlummer ihrer Kinder. Ester betrachtete ihn und beschloß, ihn nicht zu wecken. So mußte sie nicht Abschied von ihm nehmen und keine Fragen über ihre Zukunft, über das Schicksal ihrer Liebe stellen. Sie hatten ihren Durst an einer wundervollen Quelle gestillt und wußten, daß ihnen das Leben dafür schon die Rechnung präsentieren würde. Es war sinnlos, sich weitere Strafen aufzuerlegen. Sie strich ihm sanft übers Haar und verließ leise das Zimmer.

Zur Abendessenszeit kehrte sie mit einem Teller Feingebäck, das sie in der Stadt gekauft hatte, nach Hause zurück und schenkte allen ein strahlendes Lächeln. Edison betrachtete sie voller Verwunderung: Er hatte sie noch nie so entspannt, zufrieden und glücklich gesehen. Die andern wurden alle von ihrer Fröhlichkeit angesteckt, und der zarte Flügelschlag des Glücks streifte jeden von ihnen.

Dieser begnadete Zustand hielt aber nicht lange an.

Marias Ankündigung entsprechend hatten sich die Franzis pünktlich zum vereinbarten Termin eingefunden. Ester wußte, wie sie die häßliche Partie beenden würde. Ettore und Emanuela wollten ihr mit einem verlegenen Lächeln entgegentreten, aber Esters eiskalter Blick nagelte sie förmlich im Eingang der Wohnung fest.

»Gibt es irgendein Problem?« fragte Ettore, den Signora Montaltos Auftreten ein wenig einschüchterte.

»Nein, es ist alles in Ordnung«, erwiderte Ester mit unveränderter Miene.

»Ja, dann?« fragte Emanuela.

Ester blieb reglos wie eine Statue.

»Ja dann müßt ihr das Thema wohl mit meinem Mann besprechen«, sagte sie und brachte die beiden zum Erstarren. »Ihr könnt ihm die ganze Geschichte erzählen und sie mit den pikantesten Einzelheiten würzen.«

Ettore und Emanuela waren wie vor den Kopf gestoßen. Fragend sahen sie sich an.

»Das wolltet ihr doch tun, wenn ich nicht zahle«, fuhr Ester entschlossen fort. »Oder irre ich mich? Vielleicht habe ich eure Drohung nicht richtig verstanden? Wenn die Dinge noch so liegen wie vor ein paar Tagen, dann glaube ich, daß meine Lösung die korrekteste wäre.«

»So haben wir es nicht gemeint ...« stotterte Ettore, der nicht wußte, wie er sich aus dieser verzwickten Angelegenheit wieder herauswinden sollte.

»Wenn ihr mir ins Büro folgen wollt ... Ich glaube, Signore Montalto würde euch gerne ein halbes Stündchen opfern. Für gute alte Freunde nimmt man sich schließlich gerne Zeit«, erwiderte Ester, zu ihrer alten Ironie zurückfindend, die ihre beste Waffe war. Die beiden Erpresser waren von ihrer Reaktion völlig verunsichert und brachen wie ihr Projekt förmlich in sich zusammen.

»Nein, nein, wir möchten Edison nicht stören«, stammelte Emanuela.

»Ihr stört ihn überhaupt nicht. Bestimmt nicht«, entgegnete Ester, den beiden die Stirn bietend.

»Bitte, verwechsle unsere Aufdringlichkeit und unsere Verzweiflung nicht mit ...« Sie stockte.

»Mit einer Erpressung?« führte Ester ihren Satz zu Ende.

Ettore versuchte, die ganze Sache als einen Scherz hinzustellen.

»Die Not gibt einem manchmal die falschen Worte ein«, sagte er, um sich mit einer plausibel klingenden Erklärung herauszureden. Die Vorstellung, dem Verleger gegenübertreten zu müssen, der immer noch auf die Unterstützung mächtiger Freunde rechnen und ihnen das Leben schwer machen konnte, war ihm höchst unangenehm.

»Vielleicht waren wir etwas vorschnell«, sagte Emanuela. »Aber sieh uns doch an«, fuhr sie mit ihrem breitesten Lächeln fort. »Sehen wir aus wie Leute, die zu einer Erpressung imstande wären?«

Ester antwortete ihnen mit ganz sanfter Stimme.

»Ich glaube, daß ihr zu den größten Gemeinheiten imstande wärt: angefangen vom Verrat bis hin zur Erpressung.«

Sebastiano hatte recht. Die beiden Erpresser streckten die Waffen. Der Antiquitätenhändler hatte bereits die Klinke der Wohnungstür in der Hand.

»Also, was ist?« sagte die Hausherrin auffordernd.

»Wir sind nur hier vorbeigekommen und wollten kurz bei euch reinschauen, mehr nicht.« Keiner von den beiden machte Anstalten, Ester zum Abschied die Hand zu reichen. Sie folgte ihnen auf den Treppenabsatz hinaus und sah ihnen nach, wie sie die Stufen hinabgingen: zwei elende Lumpen, Abschaum aus dem Geschlechte Kains. Der Krieg und die Not förderten die häßlichsten Seiten der menschlichen Natur zutage.

Ester hatte eine Schlacht gewonnen. Sie war stolz auf sich und dankte im Geiste Sebastiano, der ihr zu der erfolgreichen Strategie geraten hatte. Im Grunde hegte sie den beiden gegenüber weder Haß noch Rachegedanken.

Es tat ihr nur leid, nicht offen mit ihrem Mann gesprochen zu haben. Die Tatsache, daß Edison sie laufend betrog und hinterging, war für sie kein Trost. Ester hatte eine Gelegenheit verpaßt, die sich ihr vermutlich nie wieder bieten würde: die Gelegenheit zu einem freimütigen Geständnis.

4

Gianni Montalto war acht Jahre alt, ein intelligentes, lebhaftes Bürschchen, das unglaubliche Phantasie entwickeln konnte, wenn es darum ging, Geld aus einer Sache zu schlagen. Er schaffte es, fast jede Situation zu seinem Vorteil und Gewinn auszunützen.

An diesem Tag entdeckte er ein schmales Bogenfenster, an dessen Gitter sich eine duftende Wicke emporrankte. Das Fenster befand sich auf der Schmalseite eines der Gebäude, die zur Anlage des Golf Country Clubs am Stadtrand von Lugano gehörten. Aus dem kleinen Fenster drang in regelmäßigen Abständen das Rauschen einer Klospülung und dazwischen Stimmengemurmel.

Er sah sich um: weit und breit kein Mensch, nur eine riesige Tigerkatze, die im Gras lag und sich in der warmen Sonne räkelte. Unter einem Bogen aus Kletterrosen entdeckte er einen schmiedeeisernen Gartentisch. Eine Leiter wäre natürlich praktischer gewesen, aber wenn er auf den Tisch kletterte, war er auch hoch genug, um durch das Fenster zu sehen.

Gianni trug einen Sonntagsanzug, der zerknittern, schmutzig werden und vielleicht sogar zerreißen konnte. Aber seine Neugierde war stärker als die Vorsicht. Er zerrte das eiserne Gestell mühsam zur Mauer des Gebäudes und stellte es genau unter das kleine Fenster. Die Katze folgte aus halb geschlossenen Augen jeder seiner Bewegungen.

Der Junge untersuchte das Gestell, überlegte, wie er an einem der eisernen Beine hochklettern konnte, um auf die runde Tischfläche zu gelangen. Es dauerte nicht lange, bis er die Lösung gefunden hatte. Er lächelte. Die Hauswand war unten mit einem leicht hervortretenden Steinsockel versehen, auf dem er sich mit einem Fuß abstützte, während seine Hände nach der Tischkante griffen. Dann stemmte er sich mit dem anderen Bein auf dem hohen Tonkrug ab, aus dem die Kletterpflanze emporwuchs – und schon hatte er es geschafft.

Im nächsten Augenblick wäre er beinahe gestürzt, weil das wackelige Metallgestell unter seinem Gewicht gefährlich zu schwanken begann. Instinktiv klammerte Gianni sich an dem Gitter des Fensters fest und stellte so das Gleichgewicht wieder her.

Er steckte seinen Kopf zwischen die blühenden Äste und hatte so einen hervorragenden Blick in den intimen kleinen Raum: die Damentoilette, die im Augenblick nicht besetzt war. Der Junge betrachtete die mit venezianischem Stuck verzierten Wände, die Kloschüssel aus weißem Porzellan, das in ein dunkles Schränkchen eingelassene Waschbecken, den großen Spiegel über der weißen Marmorkonsole, auf der sich alles mögliche befand: ein Stapel weicher Handtücher aus blütenweißem Leinen, Parfumflakons, Bürsten und Kämme.

Dann ging die Tür auf, und vor Giannis Augen tauchten die beeindruckenden Formen einer Signora auf, die mit anmutigen, obwohl hastigen Bewegungen ihren blauen Chiffonrock hob, den Schlüpfer hinunterstreifte und sich auf die Kloschüssel setzte.

Das erste unfreiwillige Opfer war Signora Laura Scavini, die Mutter eines Schulkameraden, den Gianni haßte, weil er ihn nie die Hausaufgaben abschreiben ließ und sich bei der Lehrerin über seine Korsarenüberfälle beschwerte.

Die Scavinis besaßen zwei große Juweliergeschäfte in Lugano, und Gianni wußte, daß seine Mutter sich mehr als einmal an Signora Scavini gewandt hatte, um ein paar Ringe zu einem guten Preis zu verkaufen. Er fand die Frau lächerlich, wie sie auf der Kloschüssel saß und sich mit puppenhaften Gesten den Schleier ihres pfauenblauen Hütchens zurechtzupfte.

Aber das ungewöhnliche Schauspiel ließ ihn trotzdem nicht kalt, ja es erfüllte ihn mit tiefer Unruhe.

Seine psychologische Reaktion trat allerdings bald hinter der kommerziellen Bewertung der Situation zurück. Genau in diesem Moment ging Gianni nämlich ein Licht auf, wie er seine Entdeckung in Geld verwandeln konnte.

Er ließ sich vorsichtig von dem Tisch gleiten, ging um das Haus herum und schlüpfte in den großen Saal, in dem das Hochzeitsfest im vollen Gange war: Marie-Claire Régazz, die Tochter des Bankiers Carlo Régazz, hatte sich mit Auguste Dublanc, dem Sohn des Bankiers David Dublanc, vermählt, und dieses Ereignis wurde mit einem prächtigen Empfang gefeiert. Marie-Claire war eine Kusine Ippolita Crivellis, da ihr Vater und Ippolitas Mutter Céleste Geschwister waren. Die prunkvolle Trauung hatte in der gotischen Kathedrale San Lorenzo stattgefunden.

Monsignore Sebastiano Brighenti war eigens aus Lausanne angereist, um die Messe zu zelebrieren. Der Prälat war seit langem eng mit dem Vater des Bräutigams befreundet.

Brautpaar und Gäste hatten sich gleich nach der Trauung zum Empfang in die vornehmen Räumlichkeiten des Golfclubs begeben. Zu den sorgfältig ausgewählten Gästen gehörte auch die Familie Montalto. Ippolita Crivelli und Wally waren die Brautjungfern gewesen.

Ester hatte sich alle Mühe gegeben, Wally für die Hochzeit entsprechend auszustaffieren, damit sie nicht völlig hinter Ippolitas aggressiver Schönheit und Eleganz verschwand.

Sie hatte sie sorgfältig gekämmt, ihr Haar mit einer heißen Lockenschere in Form gebracht und die langen Löckchen dann im Nacken zusammengefaßt. Wie im Haar, so trug Wally auch um die Taille eine Girlande aus gelben Stoffprimeln, die das Mieder aus Tüll und Atlasseide vom Rock absetzten.

»Immer lächeln, Wally«, hatte sie ihre Tochter ermahnt und dabei besorgt ihr Gesicht betrachtet, dem es an jedem Reiz fehlte.

Auch die kleine Lola, die gerade vier Jahre alt war, hatte eine Rolle in dem grandiosen Spektakel zugeteilt bekommen. Sie war mit anderen Mädchen hinter der Braut hergegangen und hatte ihren Schleier getragen. Sie sah sehr niedlich aus, wie sie in ihrem Tüllkleid mit den Puffärmelchen zwischen den Gästen umherstolzierte. Die Damen trugen extravagante, sündhaft teure Hüte und Modellkleider zur Schau, die Herren waren in Frack und Zylinder.

Gianni betrat den Salon und vollführte auf der Suche nach ein paar Freunden einen Slalom durch die festlich gekleidete Menge. Endlich fand er zwei Schulkameraden, die sich mit Sahnetörtchen vollstopften.

»Kommt mit«, befahl er ihnen im Ton des Bandenführers. Die beiden folgten ihm, ohne eine Erklärung zu verlangen.

»Wollt ihr eine Frau beim Pipimachen sehen?« fragte er sie mit der Leidenschaft eines Handelsvertreters, der gerade seinen Musterkatalog präsentiert. Unterdessen gewahrte er besorgt die große Katze, die es sich auf dem eisernen Gartentisch bequem gemacht hatte und sein Projekt behinderte. Die beiden Freunde starrten ihn ungläubig an.

»Machst du Witze?« fragte ihn einer der beiden.

»Nein, das ist die reine Wahrheit«, entgegnete Gianni.

»Und wo soll die Frau sein?« fragte der andere skeptisch.

Gianni hielt ihm die offene Hand hin, entschlossen, seine Entdeckung nur gegen Bargeld zu verraten.

»Einen halben Franken«, sagte er, »wenn du eine sehen willst. Einen Franken und zwanzig Rappen für drei«, fügte er hinzu und streckte die offene Hand aus.

»Ich bin dabei«, erklärte der zweite Freund und legte einen glänzenden Franken auf Giannis Handteller.

»Möchtest du den Rest zurück oder legst du noch zwanzig Rappen drauf?« wollte Gianni wissen.

»Ich lege noch zwanzig Rappen drauf«, entschied sein Freund, während er das Geld aus seiner Hosentasche angelte.

Gianni kassierte ein.

»Jetzt mußt du auf den Eisentisch klettern. Von dem kleinen Fenster aus siehst du direkt ins Klo.«

Sein Freund betrachtete mißtrauisch das wacklige

Gestell und die große Katze, die feierlich wie ein Löwe von San Marco darauf thronte.

»Es ist ganz einfach hochzuklettern«, machte Gianni ihm Mut. »Ich habe Signora Scavinis Hintern gesehen. Mit ein bißchen Glück siehst du den von Ippolita Crivelli«, stachelte er seinen Schulkameraden an.

»Und die Katze?« fragte der erste Kunde des improvisierten Handels.

»Du brauchst sie bloß zu verscheuchen«, erwiderte Gianni. »Ich helfe dir dabei. Wir dürfen aber keinen Lärm machen. Wenn die uns drinnen hören, geht's uns schlecht.«

Die Katze verteidigte fauchend und zähnebleckend ihre Position, aber am Ende sprang sie ins Gras und schlich ärgerlich davon. Jetzt stand den drei Jungen nichts mehr im Wege.

Sie waren neugierig und ziemlich gespannt im Bewußtsein des Abenteuers, zu dem sie sich anschickten. Gianni, der die Geldmünzen in seiner Hosentasche hatte verschwinden lassen, hielt den Tisch fest, während sein Freund hinaufkletterte.

Der Junge bezog seinen Posten. Den Kopf hielt er im dichten Laubwerk der Kletterpflanze versteckt, mit den Händen umklammerte er das Fenstergitter. Seine beiden Freunde am Boden beobachteten ihn mit aufgerissenem Mund. Vor Aufregung und vor Angst, entdeckt zu werden, hielten alle drei den Atem an.

Ohne den Kopf zu bewegen, streckte der Junge auf dem Eisentisch einen Arm nach hinten und zeigte mit Daumen und Zeigefinger an, daß zwei Frauen in der Toilette waren. Nach dem Rauschen der Klospülung drehte er sich um. Er war rot wie eine Tomate.

»Zwei«, zischte er und konnte kaum einen Triumphschrei unterdrücken. »Zwei Hintern auf einen einzigen Schlag!«

Die beiden Freunde am Boden sahen ihn voller Neid und Bewunderung an. Als die Toilette frei war, sagte er:

»Eine von den beiden war deine Schwester Wally.«

»Wer?« Gianni verschluckte sich beinahe.

»Deine Schwester«, wiederholte der Beobachter. »Die andere war diese Zimperliese von Marisa Meli. Was für Arschbacken, Jungs!« jubelte er.

Gianni wurde plötzlich klar, daß die Ehre seiner Familie auf dem Spiel stand.

»Meine Schwester nicht!« brüllte er. »Du gemeines Schwein. Komm sofort runter!«

Der Junge rührte sich nicht vom Fleck.

»Ich habe für drei bezahlt, also steht mir noch einmal zu«, protestierte er.

»Aber meine Schwester war nicht vorgesehen. Steig runter, oder ich breche dir sämtliche Knochen«, drohte Gianni ihm.

»Ich gebe dir noch einen Franken«, sagte sein Freund, der seine Geldgier kannte, um ihn umzustimmen.

Doch der kleine Montalto war wirklich außer sich und nicht bereit, sich auf irgendwelche Kompromisse einzulassen.

»Wenn du nicht runterkommst, werfe ich den Tisch um«, prophezeite er.

Sein Freund gab sich nicht geschlagen. Er hatte bezahlt und wollte sich nichts von dem Schauspiel entgehen lassen.

Da begann Gianni am Fuß des Eisentischs zu rütteln, so daß der andere gezwungen war, sich am Gitter des Fensters festzuhalten, um nicht das Gleichgewicht zu verlieren.

»Was zum Teufel habt ihr hier zu suchen?« fragte eine Stimme hinter ihnen.

Die drei drehten sich um und sahen Fabrizio, Giannis Halbbruder, der hinkend auf sie zukam.

»Die schauen sich Frauenärsche an«, sagte der Junge, der neben Gianni am Boden stand.

»Ihr seid eine Bande von Schmutzfinken«, schimpfte Fabrizio sie aus. »Und du kommst sofort da runter«, befahl er dem andern.

Der Beobachter behauptete hartnäckig seinen Posten, voll und ganz überzeugt, im Recht zu sein.

»Ich denke ja im Traum nicht daran«, sagte er. »Ich habe einen Franken und zwanzig Rappen für drei Hintern bezahlt. Und drei möchte ich sehen. Ich habe schon die Arschbacken deiner Schwester Wally gesehen«, meinte er mit einem spitzbübischen Lächeln. »Phantastisch.«

Fabrizio sah Gianni an. Kein anderer als er konnte diesen Handel organisiert haben.

»Gib ihm das Geld zurück«, befahl er ihm. »Und du kommst da runter.«

Die drei Jungen verzogen das Gesicht, und Fabrizio versetzte Gianni einen Stoß, so daß er rückwärts ins Gras fiel. Aber er rappelte sich sofort wieder auf und gab Fabrizio einen Faustschlag in den Magen.

Der Beobachter verließ seinen Posten. Zusammen mit seinem Freund betrachtete er die beiden Brüder, die in einen wilden Ringkampf verwickelt waren. Nach einem kurzen Blickwechsel mit dem anderen beschloß er, auf das Spiel zu verzichten, das langsam brenzlig zu werden begann.

Gianni und Fabrizio hörten nicht auf, sich zu prügeln, und ihre Anzüge, die extra für die Hochzeit beim Schneider bestellt worden waren, litten schwer unter dem Kampf, der – wie viele Kriege – mit zwei Verlierern und ohne Sieger enden sollte. Plötzlich packte sie von hinten eine kräftige Hand und riß sie auseinander. »Den Rest macht ihr mit Mama aus«, sagte eine strenge Stimme.

Die beiden Kampfhähne boxten mit ihren Fäusten noch ein paarmal in die Luft, um sich dann langsam wie ein abgelaufenes Uhrwerk zu beruhigen. Vor ihnen stand Emiliano.

»Er hat angefangen«, sagte Gianni und zeigte mit dem Finger auf Fabrizio.

»Warum?« wollte Emiliano wissen. Die beiden Kampfhähne und ihre Kleider waren in einem erbärmlichen Zustand.

Fabrizio schwieg.

»Weil er ein Bastard ist!« schrie Gianni, um seinen Halbbruder zu beleidigen.

»Das hättest du nicht sagen sollen«, herrschte Emiliano ihn an. »Und jetzt seht zu, daß ihr euch irgendwie in Ordnung bringt, damit Mama euch so nicht sieht!«

Fabrizio rann Blut aus der Nase, und Gianni hatte ein geschwollenes Auge. Sie atmeten beide erleichtert auf. Wenn Edison sie aufgestöbert hätte, wäre die Sache nicht so glimpflich abgelaufen. Emiliano bestand zu ihrem Glück nicht darauf, den Grund des Streites zu erfahren. Er glaubte, es handle sich um eine ihrer üblichen Raufereien. Wenn sie dagegen von ihrem Vater erwischt worden wären, hätte es einen regelrechten Prozeß gegeben, an dessen Folgen vor allem Gianni gar nicht zu denken wagte.

Giannis anstößiger Handel würde ein Geheimnis bleiben, das die drei Jungen niemandem verraten würden, da jeder von ihnen in die Geschichte verwickelt war.

Emiliano ging weg und überließ seine beiden Brüder ihrem unausweichlichen Schicksal: einer strengen Rüge und einer angemessenen Strafe für ihre Rauferei.

Er suchte Ippolita in der Ecke des Gartens, in der er sie hatte stehenlassen, aber er fand das Mädchen nicht. Er wurde von unbändiger Wut auf die beiden Idioten gepackt, die seinen Versuch vereitelt hatten, Ippolita von der Gruppe ihrer hartnäckigen Verehrer zu isolieren.

Ippolita sah auf Jungen in seinem Alter gewöhnlich herab. Deren unbeholfene und plumpe Annäherungsversuche ödeten sie an. Bei ihm aber schien sie eine Ausnahme zu machen. Sie hatte ihm mehrmals deutlich zu verstehen gegeben, daß sie ihn den andern vorzog.

Wenn sie und Emiliano sich alleine unterhielten, was selten genug vorkam, machte sie keinen Hehl aus ihrem Interesse an ihm und seiner Familie. Für Ester hegte sie große Bewunderung und definierte sie als »bildschöne Frau mit sehr viel Klasse«. Und Edison hatte sie einmal als Mann bezeichnet, »der die Zeichen der Macht und des Erfolgs auf der Stirn trägt«.

Emiliano lächelte über die übertriebene Interpretation,

die sie diesem kleinen Mal gab, handelte es sich doch nur um eine ganz normale Falte, die weniger auffiel als ein Grübchen im Kinn und nur eine Art Markenzeichen der Familie Montalto war. Auch er trug sie auf der Stirn. Die kleine Lola war die einzige, der dieses Kennzeichen fehlte, aber im Lauf der Jahre würde es sicher auch bei ihr noch in Erscheinung treten.

Emiliano unterhielt sich gerne mit Ippolita, weil sie sich im Gegensatz zu den anderen Mädchen, die nur über Kleider und Jungs sprachen, für Bücher und Schriftsteller interessierte, für Filme und Regisseure, für Jazz und klassische Musik. Sie liebte Gershwin, schwärmte für Cole Porter und Carmichael und hatte die Musik von *Stardust*, die mit der amerikanischen Armee über den Ozean gekommen war, zur »Filmmusik ihres Lebens« erklärt.

Sie beeindruckte Emiliano mit ihrer kulturellen Bildung und ihren eigenwilligen Ansichten, deren Originalität ihn begeisterte. Vor allem aber hatte es ihm die Schönheit des Mädchens angetan, das fast schon eine Frau war, und die duftende Wärme, die sie verströmte. Emiliano fühlte sich unwiderstehlich von ihrem zarten und zugleich kräftigen Körper angezogen. Er war fest davon überzeugt, daß sich in Ippolita die Sinnlichkeit einer Emma Bovary, einer Anna Karenina, einer Lady Chatterly verbarg.

Entschlossener denn je, sie ausfindig zu machen, mischte Emiliano sich unter die Gäste, die sich im Patio des Clubs aufhielten, aber er konnte sie beim besten Willen nicht finden. Er setzte seine Suche im Innern des Gebäudes fort, wo er sie endlich in einem Saal fand. Ippolita stand in einer Gruppe von Mädchen, zu denen auch die Braut und seine Schwester Wally gehörten. Sie tuschelten miteinander und kicherten geheimnistuerisch.

»Komm, Marie-Claire, warum erzählst du uns nicht, was du heute nacht mit Auguste machst?« stachelte eine Freundin die Braut an.

»Weil das eine Beleidigung für deine keuschen Ohren wäre«, erwiderte die Tochter des Bankiers scherzend.

»Sie macht heute nacht, was sie schon seit einer ganzen Weile tut«, warf Ippolita mit gelangweilter Miene ein.

»Was tut sie schon seit einer ganzen Weile?« fragte Wally mit glänzenden Augen und dachte daran zurück, wie Maestro Gavazzi ihre Tante Polissena verführt hatte.

»Sie reitet ihr Fohlen«, sagte eine andere Freundin mit schelmischem Gesichtsausdruck.

Ein paar Mädchen taten schockiert, andere lachten.

»Das würde doch jede von euch gerne machen, wenn sie nur könnte«, konterte Marie-Claire.

Ippolita sah die Mädchen mitleidig an.

»Ich finde euch alle sehr albern und kindisch. Einerseits brennt ihr förmlich darauf, mit einem Mann zu schlafen, euch abknutschen und betatschen zu lassen, andererseits habt ihr Angst davor«, sagte sie in verächtlichem Ton und schickte sich an zu gehen. Emiliano versperrte ihr an der Saaltür den Weg, als sie gerade den Korridor einschlagen wollte, der ins obere Stockwerk führte, wo die Herrenzimmer lagen.

»Ich habe dich gesucht«, sagte er und hielt sie am Arm fest.

»So? Ich dich nicht«, erwiderte sie und sah ihn an, als wäre er ein Fremder. Ihre Augen hatten einen seltsamen Ausdruck, der ihn in Verlegenheit brachte.

»Entschuldige, ich dachte nicht, daß...« stammelte er und trat einen Schritt zurück. Ippolitas Verhalten verwirrte ihn.

Ippolita entfernte sich nicht, sie floh förmlich vor ihm. Sie suchte ihren Vater, aber im oberen Stockwerk stieß sie auf Edison Montalto.

»Salve«, sagte sie, während ihre Miene sich aufhellte.

»Hier oben ist niemand«, entgegnete Edison. »Die sind anscheinend alle in den Garten hinausgegangen.«

Ippolita zeigte sich hocherfreut über die Mitteilung.

»Um so besser«, sagte sie und näherte sich dem Mann. »Dann sind wir endlich alleine«, fügte sie in unmißverständlichem Ton hinzu.

»Die Einsamkeit ist schaurig, mein Kind«, erwiderte Edison, um ihr den Wind aus den Segeln zu nehmen.

»Aber schrecklich aufregend«, stellte Ippolita fest.

Die etwas heisere Stimme des Mädchens, ihr keuchender Atem und ihre Schönheit irritierten ihn.

»Wäre es nicht besser, wir gehen auch in den Garten?« schlug Edison vor, aber er klang nicht sehr überzeugend.

Ippolita schlang ihm die Arme um den Hals und zog ihn an sich. »Hast du wirklich solche Angst vor mir?« flüsterte sie ihm ins Ohr. Edison rieselten lustvolle Schauer über den Rücken.

»Ich zittere geradezu«, gestand er ihr.

»Ist das dein Ernst?« fragte sie mit verführerischer Stimme, während sie sich an ihn preßte und deutlich spüren konnte, wie sehr er sie begehrte.

Edison Montalto reagierte schroff.

»Basta, Ippolita«, sagte er, packte sie an der Schulter und schob sie entschlossen von sich.

Das Mädchen sah ihn an. Ihre Augen glänzten vor Verlangen.

»Du bist ein Esel, Edison Montalto«, sagte sie. »Ich könnte alle Männer haben, die ich will. Jüngere und schönere als dich. Aber ich will dich. Hier. Sofort.«

Er ließ sich von ihr in einen kleinen Salon ziehen, der durch einen schweren Samtvorhang vom Billardzimmer abgetrennt war. Die Fenster waren zu, die Läden geschlossen, und es roch angenehm nach Tabak. In diesen ruhigen Winkel zogen sich die Clubmitglieder zurück, wenn sie die Zeitung lesen oder sich ungestört unterhalten wollten. Er hatte praktisch nichts zu tun: Ippolita machte alles und obendrein sehr schnell.

Edison ließ sich von der reichen, schönen jungen Frau vergewaltigen. Ippolita bewies, daß sie alle Spielarten der Liebe und der Erotik kannte. Ihre Aggression war unendlich sanft, und die Angst, entdeckt zu werden, das Bewußtsein, etwas Verbotenes zu tun, stimulierte ihn nur noch mehr.

»Bist du dir im klaren, was für ein Risiko wir eingegangen sind?« fragte er sie danach, während er seine Kleider in Ordnung brachte.

»Was für ein Risiko du eingegangen bist«, präzisierte sie zu seinem Entsetzen. »Ich bin als verrücktes Huhn bekannt. Meine Eltern haben sich längst daran gewöhnt, mich so zu nehmen, wie ich bin. Aber du«, fuhr sie fort, »hast keinerlei Möglichkeit, dein Verhalten zu rechtfertigen«, schloß sie voller Genugtuung.

»Du bist wirklich wahnsinnig«, entgegnete Edison. »Völlig übergeschnappt.«

»Das kann ich nicht beurteilen. Aber wenn mir etwas gefällt, dann nehme ich es mir, ohne lange Fragen zu stellen«, sagte sie mit einem gurgelnden Lachen.

Ippolita strich sich ihr schönes Brautjungfernkleid glatt und fuhr sich mit den Fingern durchs Haar.

»Was ist schon dabei?« meinte sie. »Ich bin jung, reich und schön. Ich kann alles haben. Jetzt zum Beispiel hätte ich Lust, noch einmal von vorn zu beginnen«, sagte sie zu seiner Überraschung und begann, an seinem Hosenladen herumzufingern.

»Du willst mich ruinieren«, erwiderte er erschrocken.

»Nur noch ein paar Sekunden«, flehte sie ihn an.

Edison war bereits die Treppe hinabgestürzt.

Er keuchte vor Aufregung und Angst und torkelte ein wenig, aber das fiel niemandem auf. Die Gäste hatten getrunken und waren alle in weinseliger Stimmung.

Als er ins Freie trat, mußte er die Augen zusammenkneifen, weil die Nachmittagssonne ihn blendete. Die Gäste waren verschwommene Gestalten, die er wie durch das Objektiv einer Fotokamera einzeln anvisieren mußte, um sie scharf zu sehen.

Er blieb ein paar Minuten im Schatten eines Vordachs stehen und wartete, daß die Sehstörung vorbeiging. Er erkannte Ester, die Lola an der Hand hielt und mit Monsignore Sebastiano Brighenti sprach. Der Prälat streichelte die Locken des Kindes. Dann beugte er sich über die

Kleine, umarmte sie und drückte sie an sich. Edison glaubte, in den blauen Augen seiner Frau Tränen zu erkennen. Auch ihr Gesicht machte einen komischen Eindruck, als wäre sie gerührt. Aber das kam bestimmt von seinem Erlebnis und der damit verbundenen Aufwallung. Er mußte sich erst noch an das gleißende Sonnenlicht gewöhnen, er stand noch völlig unter dem Einfluß des gerade erlebten Abenteuers. Edison hatte Angst. Nicht nur, weil die Geschichte herauskommen konnte, sondern auch und vor allem, weil er spürte, daß ein ganz neues Gefühl in ihm wuchs. Was er für dieses Mädchen empfand, hatte er noch für keine andere Frau empfunden. Ippolita hätte seine Tochter sein können, aber sie beherrschte ihn mit ihrer Sinnlichkeit.

5

Polissena Montalto stand in ihrem Zimmer und schob vorsichtig die Musselingardine vom Fenster zurück, um auf die Auffahrt der Villa Ester hinabzuspähen. Sie sah, wie Michele das Tor öffnete, um den deutschen Soldaten mit seinem Motorrad einzulassen. Es handelte sich um eine Puck 500 mit Zweitaktmotor, die mit Kraftstoffgemisch betrieben wurde und einen Höllenlärm verursachte.

Seit Gildas Tod und der Flucht der Familie Montalto machten die Deutschen jede Woche eine Inspektion in der Villa. Hinter diesem Ritual steckte zweifellos Methode, aber keine Intelligenz. Es war wie im Sprichwort: sie hatten den Stall geschlossen, als die Ochsen schon davongelaufen waren. Und nichts ließ vermuten, daß sie in nächster Zeit zurückkommen würden.

Wie auch immer, die ebenso romantisch wie mutig veranlagte Polissena Montalto, der die Überwachung und Pflege des Hauses anvertraut worden war, betrachtete den wöchentlichen Besuch als festen Bestandteil ihres monotonen Alltags. Wie immer zupfte sie sich vor dem Spiegel ihres Toilettentischs schnell noch einmal das Haar zurecht, gab sich auf Hals und Handgelenke zwei Tropfen wertvolles Chanel, das noch aus der Vorkriegszeit stammte, strich sich die Falten ihres Prinzeßkleides aus geblümter Seide glatt, dem man keineswegs ansah, daß es bereits vier Jahre alt war, und ging ins Erdgeschoß hinunter, um den Oberleutnant der Wehrmacht zu empfangen, der mit der Kontrolle der Villa beauftragt war und das Ergebnis seiner Inspektion dem deutschen Kommando melden mußte.

»Guten Tag, Signorina Montalto«, sagte der Mann, schlug die Hacken zusammen und stand stramm.

»Guten Tag, Herr Stauder«, erwiderte Polissena mit einem koketten Lächeln. Die Not hatte sie härter gemacht und ihr die jungfernhafte Albernheit genommen. Durch die Verantwortung war sie in gewisser Weise schöner und reifer geworden.

Michele, der reglos in der Tür stand, musterte die beiden mit kritischem Blick.

»Wie kommt es, daß Sie heute morgen alleine sind?« fragte Polissena den Deutschen und ging ihm voraus in die Küche. Oberleutnant Stauder, ein großer, schlanker Mann, erschien gewöhnlich in Begleitung eines Soldaten, den Polissena als seinen Knappen betrachtete.

Der Offizier antwortete nicht.

Die Villa Ester glich einem abgetakelten Schiff: Nicht nur die Gemälde an den Wänden waren verschwunden, auch das Silbergerät, die Nippesgegenstände, die Orientteppiche und die Porzellanservice. Die Schränke und Sofas waren mit großen, weißen Tüchern abgedeckt, und die einzigen Räume, die noch benützt wurden, waren die Küche im Erdgeschoß und Polissenas Schlafzimmer in der ersten Etage. Alle andern waren abgeschlossen. Michele und Angelina schliefen in den Kammern der Dienerschaft unterm Dach.

Wenige Monate zuvor war das Gerücht umgegangen, das deutsche Oberkommando habe die Absicht, ganz oder mindestens teilweise in die Villa Ester umzuziehen. Als das Gerücht bereits konkret zu werden drohte, hatte ein maßgeblicher Offizier seine Meinung geändert, weil der Ort angeblich nicht sicher genug war vor den Angriffen der Rebellen. Aus diesem Grund war das Haus der Montaltos schließlich doch nicht von den Deutschen besetzt worden.

Als sie in der Küche waren, kam Oberleutnant Stauder Polissenas Aufforderung nach und setzte sich an den weiß gestrichenen Holztisch.

»Sie haben mich gefragt, Signorina, warum ich heute morgen alleine gekommen bin«, entgegnete er, wenn auch etwas verspätet, auf ihre Frage.

»Wenn es sich um ein Militärgeheimnis handelt, brauchen Sie es mir nicht zu verraten«, scherzte die Frau.

»Nein, nein«, lächelte Stauder. »Das ist überhaupt kein Geheimnis. Nur daß Fritz gestern zu viel Bier getrunken hat und deshalb schrecklich verkatert ist. Außerdem ist er ein großer *Seduttore*«, fügte er hinzu.

»*Seduttore?* Sie meinen, er verführt viele Frauen?« fragte Polissena verwundert bei dem Gedanken an den gutmütig, aber alles andere als anziehend wirkenden Soldaten.

»Nein. Ich dachte *Seduttore* kommt von *sedere*, sitzen. Ich wollte sagen, daß er ein großer Stubenhocker ist«, erklärte der Offizier. »Und sein Kater hat ihm dazu als Ausrede gedient.«

Polissena brach in schallendes Gelächter aus. Oberleutnant Stauder machte ein gekränktes Gesicht, aber als Polissena ihm den Unterschied zwischen *Seduttore*, Verführer, und *Sedentario*, Stubenhocker, erklärte, stimmte er in ihr Gelächter ein.

Dann kehrte ihr Gespräch unweigerlich zum Thema der allwöchentlichen Inspektionen zurück. Der Leutnant beschloß, diesmal die Wahrheit zu sagen.

»Sie werden mir sicher zustimmen, Signorina, daß meine wöchentlichen Besuche und die systematische Kontrolle der Zufahrtswege zur Villa allmählich lächerlich geworden sind«, fing er an. Dann fuhr er fort: »Sie behaupten, daß Sie nichts von Ihrem Bruder und seiner Familie wissen, und wir tun, als würden wir Ihnen das abnehmen«, gestand er ihr mit einem resignierten Lächeln.

Er war um die Vierzig, hatte aber ein naives Jungengesicht, in dem große, graue Augen leuchteten. Sein Haar war rotblond, seine Haut rosig und sein Blick melancholisch. Er trug seine Uniform nachlässig, obwohl sie natürlich völlig perfekt war. Für Polissena hegte der Leutnant große Bewunderung. Die Frau ging zum Spülstein, füllte ein kleines Töpfchen mit Wasser und stellte es auf die Gasflamme.

»Ich habe Sie nie belogen, Oberleutnant«, protestierte Polissena und hantierte mit einer Dose herum, in der sich *Frank-Kaffee* befand, eine seltsame Mischung, die mit echtem Kaffee nicht das geringste zu tun hatte.

Oberleutnant Karl Stauder war eines Tages mit einer Packung echtem Bohnenkaffee in der Villa erschienen, aber Polissena hatte sein Geschenk freundlich abgelehnt.

»Tut mir leid, aber das kann ich nicht annehmen«, hatte sie sich entschuldigt. »Es wäre nicht richtig, daß ich etwas habe, auf das viele meiner Landsleute verzichten müssen.«

»Sie reden ja wie die faschistische Propaganda«, entgegnete der Offizier ironisch.

»Das ist hoffentlich kein Vergehen«, sagte Polissena.

Der deutsche Offizier betrachtete die Frau, die sich etwas Kindliches bewahrt hatte, obwohl sie bereits in einem fortgeschrittenen Alter war. Er sah sie plötzlich in einem ganz neuen Licht. Sie, die Tochter eines schwächlichen, feigen, furchtsamen Volkes von Verrätern, hielt ihn seit Monaten in Schach und bot ihm und den Schwarzen Brigaden der Republik von Salò die Stirn.

Oberleutnant Stauder war klar, daß er instinktiv, fast unbewußt, Polissenas Partei ergriffen hatte, indem er sie vor den Angriffen der Gestapo und der Ovra, des italienischen Geheimdienstes, in Schutz nahm, die längst ihren Kopf forderten. Aber er fühlte, daß er sie gern hatte.

Ein absurder Krieg trennte sie, aber sie vereinte eine

große Leidenschaft für klassische Musik. Sie schwärmten beide für Beethoven und besonders für dessen Violinkonzerte.

Karl Stauder erfuhr von Polissena, daß Beethoven sein berühmtes Violinkonzert kurz nach Vollendung seines vierten Klavierkonzerts komponiert hatte, als er bereits völlig taub war.

Polissena sprach mit einer solchen Begeisterung, daß sie den Leutnant mit ihrer Euphorie ansteckte.

Gleich nach dem Begräbnis von Gilda Tusini, Fabrizios Mutter, waren die Deutschen in der Villa erschienen, um Edison Montalto zu verhaften. Aber sie hatten nur Michele, den Chauffeur des Verlegers, angetroffen, der alleine nach Hause zurückgekehrt war.

Der Tod Gildas, die ihr Leben für einen leeren Koffer geopfert hatte, der nach langer Suche aus dem See gefischt worden war, gehörte zu den vielen Rätseln dieser Villa.

»Der Signore ist mit seiner Familie nach Florenz gefahren«, hatte man den Deutschen mitgeteilt, und von dieser Version waren Michele und Polissena bis heute nicht abgewichen.

Eines Tages waren zwei Soldaten mit einem unverständlichen Befehl in der Villa aufgekreuzt und hatten eine Razzia veranstaltet, in deren Verlauf sie sämtliche Gemälde und Einrichtungsgegenstände der Villa fortschafften. Polissena hatte protestiert und sich zum Kommando der Militärpolizei in Como begleiten lassen, um sich über diesen »Piratenakt« zu beschweren. Obwohl sie sich vor möglichen Repressalien fürchtete, war sie entschlossen, sich gegen den Übergriff zur Wehr zu setzen. Trotzdem wunderte sie sich sehr, als sie am nächsten Morgen einen Lastwagen vorfahren sah, aus dem drei Soldaten das tags zuvor beschlagnahmte Material ausluden, um es wieder in die Villa zu tragen, nicht ohne sich im Namen des Kommandos bei ihr zu entschuldigen. »Was für Unterschiede in dieser Welt, in der doch angeblich alle gleich behandelt werden«, dachte Polissena. Die kleine Einheit, die ihr die unrechtmäßig weggeschafften Sachen zurückbrachte, hatte Oberleutnant Karl Stauder kommandiert. Seit diesem Tag war eine Art Nervenkrieg zwischen ihnen im Gange. Er kam pünktlich jeden Montag in die Villa, um sie nach den Montaltos zu fragen, und Polissena lud ihn und seinen Untergebenen, Feldwebel Fritz Lang, in die Küche ein, wo sie von Michele mit strengem Blick überwacht wurden. Sie bot ihnen eine Tasse Kaffee-Ersatz an und wiederholte ihnen dann die übliche Version: Sie wisse nichts Neues von ihrer Familie, hoffe aber, daß es ihr gutgehe.

In Wirklichkeit erhielt Polissena sporadisch Nachrichten von ihrem Bruder, die ihr der Gastwirt Mossotti übermittelte. Auf dem gleichen Weg erfuhr Edison, daß es auch Polissena gutging und daß sie bislang nicht von den Deutschen belästigt worden war.

»Ich bin sicher, daß Sie mir einen Bären aufbinden, Signorina«, sagte der deutsche Offizier. »Persönlich bin ich der Meinung, daß Sie das Recht dazu haben.«

»Nein, das ist die Wahrheit«, beteuerte Polissena, doch verriet sie sich dadurch, daß sie hochrot anlief. Der Mann tat, als sehe und höre er nichts. Er gab einen Löffel braunen Zucker in seinen *Frank-Kaffee*, rührte ein paarmal um und leerte die Tasse dann in einem Zug, als handle es sich um eine bittere, aber notwendige Medizin.

»Ich bin Ihnen nicht böse, weil Sie mich beschwindeln, sondern weil Sie mir jedesmal dieses schreckliche Gebräu vorsetzen, das ich nur trinke, um Ihnen einen Gefallen zu tun.«

Michele hatte begonnen, mit Werkzeug unterm Spülstein herumzuhantieren, als gäbe es dort etwas zu reparieren. Wenn sich der Deutsche mit seiner Herrin unterhielt, fand Michele immer irgendeine Ausrede, um sich in ihrer Nähe aufzuhalten.

»Die Zeiten sind hart, Oberleutnant«, erwiderte Polissena. »Ich biete Ihnen an, was ich habe. Und das ist wenig, ich weiß«, spöttelte sie. Ihr gefiel der schüchterne Mann, der ihr freundliche Worte und Aufmerksamkeit schenkte wie noch nie jemand zuvor.

Oberleutnant Stauder unterhielt sich mit Polissena gerne über sein Privatleben. Als sie sich über die harten Kriegsgesetze beschwerte, denen sich alle ohne Unterschied beugen mußten, erzählte er ihr von seiner Mutter und einer Schwester, die bei Bombenangriffen ums Leben gekommen waren. Von seinem Vater und seinen anderen beiden Schwestern hatte er schon lange keine Nachricht mehr erhalten.

»Wir sind Bauern«, erzählte er ihr. »Wir leben in Bayern. Mein Dorf ist nicht einmal auf der Landkarte verzeichnet. Ein winziges Nest«, fuhr er mit einem bitteren Lächeln fort, »aber nicht mal das hat der Krieg verschont.«

Der Mann schwieg, und auch Polissena wußte nicht, was sie sagen sollte. Selbst Michele, der wie immer aufmerksam lauschte, hatte aufgehört, an dem Abflußrohr herumzuklopfen, und kauerte reglos unter dem Spülbecken, als denke er angestrengt nach.

»Der Krieg ist etwas Scheußliches«, sagte er, als wolle er dem Deutschen vorwerfen, ihn vom Zaun gebrochen zu haben.

»Ich habe ihn nie gewollt«, verteidigte Stauder sich.

Es folgte neuerlich ein langes Schweigen, das nur vom eintönigen Tropfen des Wasserhahns unterbrochen wurde.

»Er wird bald zu Ende sein«, sagte Polissena. »Wir werden über den Tod unserer Angehörigen hinwegkommen und ein neues Leben beginnen. Sie kehren zu Ihrer Frau und Ihren Kindern zurück . . .«

»Ich bin nicht verheiratet«, fiel der Deutsche ihr ins Wort, fast als wäre er stolz darauf. »Ich bin nicht verheiratet, Signorina Polissena«, wiederholte er im nächsten Augenblick noch einmal.

Es war das erste Mal, daß er sich zu einer so vertraulichen Mitteilung hinreißen ließ.

»Ich hatte nie Zeit, mir eine Frau zu suchen«, fuhr er fort. »Ich habe mein Leben auf den Feldern verbracht, gepflügt, gesät und geerntet. Ich habe das Wetter beobachtet und auf eine gute Ernte gehofft.

Mein Vater, meine Mutter, meine Schwestern und ich waren eine Familie, die immer zusammenhielt. Wir haben im Schweiße unseres Angesichts geschuftet und das Land fruchtbar gemacht. Aber wenn ich an meine Mutter und an meine Schwester denke, die jetzt tot sind«, fuhr er mit feuchten Augen fort, »dann komme ich zu dem Schluß, daß für mich der Krieg nie zu Ende sein wird.«

Polissena beschloß, das Thema zu wechseln, um ihn von seinen traurigen Gedanken abzulenken.

»Wo haben Sie unsere Sprache so gut gelernt?« fragte sie ihn.

»In Bologna. Ich habe 1938 dort einen landwirtschaftlichen Fortbildungskurs besucht.«

»Ich komme aus Modena!« jubelte Polissena, als hätten sie und der Offizier plötzlich entdeckt, miteinander verwandt zu sein. »Das ist kaum vierzig Kilometer von Bologna entfernt. Man kann die Strecke sogar mit dem Fahrrad schaffen. Mein Vater war Viehhändler und auf allen Märkten der Gegend bekannt. Ich bin zwischen Ställen und Äckern aufgewachsen«, fuhr sie fort und freute sich, daß es noch mehr Gemeinsamkeiten zwischen ihnen gab.

Der Deutsche schenkte ihr ein warmes Lächeln.

»Ich danke Ihnen für Ihre Gastfreundschaft«, sagte er. Dann stand er auf und schlug die Hacken zusammen.

Polissena trat auf ihn zu und legte ihm vertraulich eine Hand auf die Schulter.

»Wissen Sie, daß ich Ihnen die Geschichte von Ihrem Feldwebel und seinem Kater nicht geglaubt habe?«

Der deutsche Oberleutnant wurde rot bis unter die Haarwurzeln.

»Ich hatte Lust, ein bißchen unter vier Augen mit Ihnen zu plaudern«, gestand er ihr. »Ich wollte Ihnen von mir erzählen und Ihnen sagen, was ich denke.« Er griff nach der Hand, die Polissena auf seine Schulter gelegt hatte, und küßte sie.

Polissena sah ihm vom Fenster aus nach, wie er auf sein Motorrad stieg. Dabei fühlte sie, daß sie ihn liebte.

6

Als Ester das *Caffè Gambrinus* betrat, überkam sie augenblicklich ein Gefühl der Seligkeit. Die Wärme, die sie dort empfing, duftete nach Zimt und Vanille und bildete einen angenehmen Kontrast zur nassen Kälte auf der Straße. Es war kurz vor Weihnachten. Nachdem es zwei Tage ununterbrochen geschneit hatte, war nun alles weiß: die umliegenden Berge, die kahlen Bäume, die Dächer der Häuser. Aber heute war der Schnee einem lauen Südwind und einer blassen, beinahe frühlingshaften Sonne gewichen, die gar nicht in die Jahreszeit paßten.

Ester reichte dem Garderobenfräulein ihren wertvollen Lodenmantel, der mit Eichhörnchenfell gefüttert war, und den grünen Filzhut und begab sich dann in das gemütliche Dämmerlicht eines holzvertäfelten Nebenzimmers, in dem kleine Tische mit blütenweißen Spitzendeckchen säuberlich angeordnet waren.

Anna erwartete sie am gewohnten Tisch, gleich beim Fenster, vor dem eine Halbgardine aus gemusterter Seide hing. Ein großer, grüner Kachelofen in der Zimmerecke verbreitete wohlige Wärme.

»Entschuldige meine Verspätung«, sagte Ester, während eine Kellnerin den Tisch ein wenig vorzog, damit sie neben ihrer Freundin auf dem Sofa Platz nehmen konnte.

Anna verzieh ihr mit einem Lächeln.

»Wie du siehst, habe ich die Zeit genützt, um die Druckfahnen meiner letzten Erzählung zu korrigieren«, erwiderte sie, worauf sie die bedruckten Bögen in einen Umschlag steckte. »Mach dir also keine Sorgen.«

Anna war es gelungen, eine Arbeit zu finden. Sie schrieb Erzählungen für den Tessiner *Corriere*. Sie hatte mit einer Novelle pro Monat begonnen, aber die begeisterten Leserzuschriften hatten den Chefredakteur bewogen, ihr zwei Novellen pro Woche in Auftrag zu geben, ein Rekord für das Luganer Blatt, das sehr gut bezahlte.

»Ich frage mich, wie du es schaffst, so viel zu schreiben«, bemerkte Ester.

»Das kostet mich überhaupt keine Mühe. Ich schreibe einfach hin, was mir so einfällt«, lächelte Anna. »Und das macht mir riesigen Spaß«, fügte sie hinzu.

Ester wunderte sich über die natürliche Art, mit der Anna über ihr Naturtalent sprach. Die Autoren, die Ester kannte, schufen ihre Werke unter tausend Qualen und verbrachten ihre Tage damit, Adjektive und Substantive auszubrüten, mit der fürchterlichen Besessenheit des Künstlers, der leiden muß für seine Schöpfung. Anna dagegen wirkte immer fröhlich und vermittelte den Eindruck eines zufriedenen Menschen, dem seine Arbeit Vergnügen bereitet. Ester, die sie manchmal bei der Arbeit beobachtete, war aufgefallen, daß ihre Blätter fast ohne Korrekturen waren. Sie schrieb, wie es ihr aus der Feder floß, ohne sich mit stilistischen Feinheiten abzuplagen.

»Du bist einfach gut«, lobte Ester sie, die eine leidenschaftliche Leserin ihrer Geschichten war.

»Ich produziere Massenware«, wehrte Anna ab. »Große Literatur ist etwas anderes, die bringe ich nicht zustande. Stell dir nur vor«, fuhr sie fort, um Ester ein Geheimnis zu verraten, »ich habe öfters versucht, einen Satz oder einen ganzen Abschnitt in eine geschliffenere Form zu bringen. Am Ende mußte ich es immer aufgeben. Ich habe einfach gemerkt, daß ich es nicht besser kann. Alles in allem bin ich aber zufrieden mit meiner Arbeit. Im Grunde kann ich mich glücklich schätzen. Das Schreiben macht mir Spaß. Die Leser drücken mir ihre Zustimmung aus. Ich vergnüge mich, fühle mich anerkannt und verdiene mir mein tägliches Brot. Was kann ich mehr verlangen?«

Ester nickte.

Anna zog einen versiegelten Umschlag aus ihrer Handtasche und reichte ihn ihrer Freundin.

»Den habe ich heute morgen bekommen«, sagte sie.

Ester schaute auf das Kuvert und erkannte sofort die Handschrift ihrer Schwägerin.

»Der ist ja von Polissena«, rief sie aus.

Der Brief war nicht frankiert. Über mysteriöse Kanäle, die selbst die Schriftstellerin nicht kannte, war er in die Schweiz gelangt. Ihre Aufgabe bestand darin, einmal pro Woche in Mendrisio eine Unbekannte zu treffen, die im Hinterzimmer der größten Apotheke des Ortes saß. Anna überreichte ihr Geld und erhielt dafür von ihr die Briefe, die aus Italien kamen.

Die Kellnerin stellte eine dampfende Teekanne und einen Teller mit Cremetörtchen auf den Tisch, nach denen die beiden Frauen ganz verrückt waren, während Ester rasch den Brief durchlas:

Liebe Ester,
bitte rede mit keinem über das, was ich dir jetzt mitteile. Es ist streng vertraulich und muß unter uns Frauen bleiben. Ich habe mich verliebt. Er ist ein anständiger Mann und hat mich wirklich lieb. Bitte glaube mir, daß ich mich diesmal nicht irre. Er stammt aus einer Bauernfamilie wie ich. Er schwärmt wie ich für klassische Musik. Und genau wie ich hat er nie viel Glück in der Liebe gehabt. Schade nur, daß er ein Deutscher ist. Er heißt Karl Stauder, ist Offizier . . .

»O Gott! Fängt das schon wieder an«, stöhnte Ester.

»Was ist passiert?« erkundigte sich ihre Freundin.

»Meine Schwägerin hat sich wieder einmal einen Ausrutscher geleistet«, entgegnete sie. »Nur daß sie sich diesmal wirklich den falschen Mann ausgesucht hat«, erklärte sie Anna und las den Brief dann zu Ende. Er enthielt keine wesentlichen Neuigkeiten im Vergleich zum letzten Brief, den sie vor zwei Wochen bekommen hatte. Die wichtigste Nachricht hatte Polissena gleich an den Anfang gestellt.

»Jedenfalls kein Grund zur Sorge, oder?« erkundigte sich Anna.

»Bei meiner Schwägerin weiß man nie«, erwiderte Ester lächelnd, während sie den Brief in ihre Handtasche steckte.

Die beiden Frauen unterhielten sich über die letzten Neuigkeiten, die Giuseppe Arisi Anna erzählt hatte. Der Anwalt unterhielt Kontakte zu verschiedenen Personen, die in Italien geblieben waren, und zu Flüchtlingen aus halb Europa, die sich in der Schweiz aufhielten.

»Mussolini hat in Mailand wieder eine Rede gehalten«, berichtete Anna. »Er hat sich dazu extra auf einen Panzer gestellt. Aber die kriegerische Inszenierung konnte nicht darüber wegtäuschen, daß er müde und krank aussah. Er hat gesagt, daß der glorreiche Frühling des Vaterlandes unmittelbar bevorsteht. Aber sein verzweifeltes Gesicht deutete eher auf die unmittelbar bevorstehende Niederlage hin.«

Ester trank einen Schluck Tee.

»Das ist schon das fünfte Kriegsweihnachten«, sagte sie traurig.

»Es wird auch das letzte sein«, entgegnete die Schriftstellerin.

»Hoffen wir es«, sagte Ester, die aus Aberglauben den Tag nicht vor dem Abend loben wollte.

»Ich habe erfahren, daß Tommaso Marinetti in Bellagio gestorben ist«, teilte Anna ihr mit.

»Das tut mir leid«, meinte Ester.

»Ich hoffe, er hatte noch Gelegenheit, seine Vorstellungen über den Krieg zu korrigieren. ›Wir wollen den Krieg preisen, er allein säubert die Welt‹«, zitierte Anna aus dem *Futuristischen Manifest*, mit dem das Mitglied der italienischen Akademie im Jahre 1909 an die Öffentlichkeit getreten war.

»Ich habe ihn persönlich kennengelernt«, sagte Ester.

»Von seinem Extremismus abgesehen, war er durchaus ein achtbarer Mann.«

»Aber sehr unbesonnen«, entgegnete Anna.

Ester betrachtete ihre Freundin. Anna war genau zehn Jahre jünger als sie und hatte sich die Fähigkeit bewahrt, Entrüstung zu empfinden. Sie dagegen hatte dieses vitale Grundgefühl längst verloren und nahm resigniert hin, was das Leben ihr bot.

Sie hegte liebevoll die schöne Erinnerung an ihre letzte, kurze Begegnung mit Sebastiano Brighenti und fand Trost darin, sich ihren Kindern zu widmen, die ihre Mutter, ihren Schutz, ihre Zuneigung immer noch brauchten.

Sie ignorierte Edisons Bettgeschichten, ging ihren gesellschaftlichen Verpflichtungen nach und genoß es, gute Bücher zu lesen und sich ab und zu mit ein paar Freundinnen zu treffen.

Anna Grisi, die ehemalige Geliebte ihres Mannes, war für sie die wichtigste Person in ihrem kleinen Bekanntenkreis geworden.

»Was machst du über Weihnachten?« wollte Ester wissen.

Die Schriftstellerin begann zu lachen.

»Giuseppe und ich haben einen phantastischen Plan«, erwiderte sie. »Aber wir finden, es ist noch zu früh, ihn bekanntzugeben. Und du?« fragte sie zurück.

»Die Kinder gehen mit den Crivellis nach Sankt Moritz«, erwiderte Ester. »Edison fährt nach Zürich, um mit einem Literaturagenten zu verhandeln, der zwei sehr interessante deutsche Autoren vertritt.«

Anna glaubte zu wissen, wer die beiden Autoren waren, die Montalto für seinen Verlag gewinnen wollte, aber sie wollte lieber nicht über das Thema sprechen.

»Und du?« fragte sie.

»Ich bleibe mit meinem Juwelchen hier.« Ester lächelte.

»Mit deinem Juwelchen?« fragte Anna verwundert. Sie konnte sich nicht erinnern, diesen Kosenamen je gehört zu haben.

»Ich spreche von Lola. Ich nenne sie Juwelchen.« Ihre Augen leuchteten vor Glück, wenn sie ihre kleinste Tochter erwähnte. Um zu vermeiden, daß ihre Freundin neugierig wurde und womöglich nachhakte, gab sie dem Gespräch eine andere Richtung. »Willst du mir deinen tollen Weihnachtsplan wirklich nicht verraten?«

Annas schönes Gesicht begann zu strahlen. Sie konnte einfach nicht der Versuchung widerstehen, Ester ihr großes Geheimnis anzuvertrauen.

»Ich heirate, Ester. Giuseppe und ich heiraten«, teilte sie ihr mit, aufgeregt wie ein kleines Schulmädchen. »Wir gehen nach Lausanne und lassen uns von Monsignore Brighenti trauen.«

Esters müdes Herz begann wild zu galoppieren.

Anna beugte sich zu ihrer Freundin. »Es wird eine sehr intime Feier«, flüsterte sie ihr ins Ohr. »Wir, der Priester und die Trauzeugen. Und wenn du möchtest, du und deine kleine Lola.«

Ester, die im ersten Moment blaß geworden war, schoß mit einem Mal das Blut ins Gesicht. Anna schrieb das der Hitze zu, die der Kachelofen verbreitete. Den wahren Grund für Esters plötzliche Gefühlsaufwallung hätte sie sich bei aller Phantasie nicht ausmalen können.

»Ich freue mich so für dich«, sagte Ester und unterdrückte einen Schluchzer. Dann fügte sie hinzu: »Verzeih mir die Tränen. Mit fortschreitendem Alter wird es immer schwieriger, die eigenen Gefühle zu beherrschen.«

Anna versuchte sie zu trösten.

»Was redest du da für Unsinn«, schimpfte sie. »Du bist jung und bildschön.«

»Das war ich vielleicht einmal«, scherzte Ester. »Ich möchte dir etwas schenken«, sagte sie dann und griff sich mit der Hand an den Ausschnitt ihres Kleides, an dem eine goldene Brosche in Form eines Maiglöckchens steckte. Die Blüten waren aus weißen Korallen, die Blätter aus grüner Jade. »Das ist mein Geschenk«, sagte sie, während sie das hübsche Schmuckstück abmachte und ihrer Freundin reichte.

»Ich danke dir, aber das kann ich nicht annehmen«, entgegnete Anna.

»Warum?«

»Weil ich nicht möchte, daß du auf etwas so Schönes und Wertvolles verzichtest.«

Auf Esters Gesicht erschien ein Lächeln, in das sich ein Anflug von Bitterkeit mischte.

»Wir beide wissen, was wirklich wertvoll ist im Leben. Das ist eine Blume, nicht mehr. Ein Andenken an meine Mutter. Ich würde sie nie verkaufen. Aber ich möchte, daß sie dir gehört, weil ich dich gern habe!«

Unter den Augen der wenigen Gäste, die um diese Uhrzeit im *Caffè Gambrinus* saßen, umarmten sich die beiden Frauen.

Nachdem Anna und Ester das Café verlassen hatten, gingen sie ein Stück Wegs zusammen. Dann verabschiedete die Schriftstellerin sich, um in der Zeitungsredaktion eine Erzählung abzugeben, während Ester den Heimweg antrat.

Als sie vor dem alten Haus ankam, in dem sie wohnte, wäre sie beinahe mit Ippolita Crivelli zusammengestoßen, die Hals über Kopf aus dem Portal stürzte.

»Warum rennst du so?« fragte sie das Mädchen, das ganz aufgelöst wirkte und völlig zerzaustes Haar hatte.

»Oh, guten Abend, Signora Montalto«, begrüßte Ippolita sie.

»Warst du bei uns?« forschte Ester mißtrauisch.

»Genau«, entgegnete das Mädchen, ohne zu zögern. »Ich wollte Emiliano besuchen. Aber er war nicht da. Ich habe nur Ihren Mann angetroffen.« Die letzten Worte sprach sie etwas verlegen aus.

Ester sah ihr an, daß ihr nicht recht wohl zumute war.

»Aber Emiliano ist doch mit deinem Bruder in der Sporthalle«, sagte sie. »Wußtest du das nicht?«

»Sind Sie sicher, Signora?« entgegnete Ippolita. »Vielleicht haben Sie recht«, stotterte sie. »Vielleicht ist Emiliano wirklich mit meinem Bruder in der Sporthalle. Ich habe ein Gedächtnis wie ein Sieb«, sagte sie. »Jetzt muß ich aber gehen. Auf Wiedersehen, Signora.«

Ippolita eilte hastig davon.

Ester schüttelte mitleidig den Kopf. Dieses närrische Mädchen brachte ihren Sohn um den Schlaf. Sie war keineswegs erbaut von dieser gefährlichen Abhängigkeit. Dabei störte sie nicht einmal so sehr der ausschweifende, zügellose Lebenswandel, den man Ippolita Crivelli nachsagte, als vielmehr der Blick dieses Mädchens. Er hatte etwas Mysteriöses, Unergründliches, das ihr gar nicht gefiel.

Zu Hause angekommen, fand sie ihren Mann im Wohnzimmer vor. Er wirkte verstört und stammelte einen flüchtigen Gruß, als er sie sah, um gleich wieder den Kopf über einen Stoß maschinengetippter Blätter zu beugen, der auf seinen Knien lag.

Ester zog Polissenas Brief aus der Tasche und wollte ihn Edison schon zeigen. Dann aber erinnerte sie sich an den ersten Satz ihrer Schwägerin: »Bitte rede mit keinem über das, was ich dir jetzt mitteile.« Also beschloß sie zu schweigen. Nicht etwa, um Edison einen weiteren Grund zur Sorge zu ersparen, sondern um ihn dafür zu bestrafen, daß er sie soeben betrogen hatte.

April 1945

Angelina, die treue Seele, bestand trotz schwerer Halsschmerzen und hohem Fieber darauf, ihre Pflichten im Haushalt zu erfüllen, bis sie beinahe umkippte. Erst dann war sie davon zu überzeugen, daß sie besser das Bett hütete. Der Hausarzt wurde gerufen und stellte eine böse Mandelentzündung fest.

Der junge Arzt namens Bossi praktizierte erst seit kurzem im Ort und genoß nicht völlig Polissenas Vertrauen. Sie war an das ernste Gesicht des alten Dottore Pozzi gewöhnt, den man 1944 wegen seiner antifaschistischen Gesinnung nach Deutschland deportiert hatte. Pozzi war ein ausgezeichneter Arzt gewesen. Diesem jungen Doktor dagegen wurde nachgesagt, er habe aufgrund faschistischer Verdienste promoviert und ein höchst eigenes, problematisches Verhältnis zur hohen Kunst der Medizin. Manche behaupteten sogar, er stehe dem Leiden seiner Patienten gleichgültig gegenüber. Wie dem auch sei, der elegant gekleidete und sehr gravitätisch auftretende Dottore Bossi verschrieb der kranken Angelina Sulfonamide, ein neuartiges Medikament, mit dem sich Infektionen wirkungsvoll bekämpfen ließen.

»Und was ist mit dem Chinin?« warf Polissena ein.

»Das verabreichen Sie ihr weiter wie vorgeschrieben«, sagte er. »Aber zusätzlich geben Sie ihr vier Tabletten Streptosil am Tag.«

»Sie will nichts essen«, bemerkte Polissena.

»Das ist verständlich«, erklärte der Arzt. »Ihr Hals ist stark geschwollen. Außerdem weiß der Kranke meist selbst, was gut für ihn ist. Hauptsache, sie nimmt die Arzneien und trinkt genug. Geben Sie ihr Zitronenlimonade mit viel Zucker.«

»In diesen Zeiten?« spöttelte die Frau.

»Geben Sie ihr, was Sie können«, erwiderte Dottore Bossi trocken und ging.

Polissena hatte eine kleine Zuckerreserve, die sie für Notfälle aufbewahrte, haselnußbraunen Zucker, der nicht sehr ansehnlich war. Mit ihm süßte sie auch den scheußlichen Kaffee-Ersatz, den sie jede Woche Oberleutnant Karl Stauder servierte und den der deutsche Offizier nur ihr zuliebe trank. Was die Zitronen betraf, so wußte Polissena wirklich nicht, wo sie die hernehmen sollte. An Südfrüchten mangelte es, seit die Alliierten Sizilien besetzt und vom Rest des Landes abgeschnitten hatten. Wäre wenigstens Michele dagewesen, um ihr bei der Suche zu helfen, aber der hatte das Haus früh am Morgen auf der Jagd nach etwas Eßbarem verlassen. Vor einer Woche hatte Polissena für ihren Mittagstisch das letzte Huhn geopfert, und was noch an Vorräten blieb, waren trostlose Reste: ein paar Gläser Marmelade, die die tüchtige Angelina im vorigen Sommer eingekocht hatte, ein trauriges Säckchen Reis, das gerade noch für zwei oder drei Portionen reichte, ein paar Hülsenfrüchte und ein Topf mit Schweineschmalz. Am Abend zuvor war das Gerücht aufgekommen, daß man Sonderrationen austeilen würde, wahrscheinlich um die mißmutige Bevölkerung zu besänftigen: fünf Kilo Kartoffeln und hundert Gramm *Roma-Käse* pro Kopf. Michele, der an chronischer Schlaflosigkeit litt, war noch vor Sonnenaufgang zum Marktplatz gegangen. Er hatte es geschafft, als zweiter in der langen Schlange zu stehen, die sich im Verlauf der Stunden bildete.

Polissena versorgte Angelina und kümmerte sich um den

Haushalt. Unter Aufbietung ihrer Autorität brachte sie es fertig, dem kranken Dienstmädchen etwas Zichorienkaffee einzuflößen, der mit Pflaumenmus gesüßt war. Angelina trank das scheußliche Gebräu mehr ihrer Herrin zuliebe; eine Linderung ihrer Halsschmerzen versprach sie sich davon kaum.

Der Rundfunk verbreitete spärliche Kriegsberichte: Der Feind rückte vor, was nicht seiner Übermacht zu verdanken war, sondern dem Umstand, daß die heldenhaften italienischen Truppen neue Stellungen bezogen, von denen aus sie die Situation besser kontrollierten und zum Gegenschlag ausholen würden, den der *Duce* für den kommenden Frühling angesagt hatte. Die Streiks abtrünniger Arbeitergruppen in Mailand erwähnte der Rundfunksprecher nur am Rande. Um so ausführlicher berichtete er dafür von der Erschießung einiger angloamerikanischer Spione.

Mittlerweile erfüllte ein herrlicher Frühling die Luft mit seinen Düften, aber der heroische Gegenangriff des ruhmreichen italienischen Heers war eine traurige Utopie Mussolinis geblieben. Polissena beschloß, einen kleinen Rundgang im Garten zu machen, in dem bis vor einem Jahr die schönsten Blumen geknospt hatten. Inzwischen war er auf rührend banale Weise den Bedürfnissen der Kriegszeiten angepaßt und in ein Gemüsegärtchen verwandelt worden, in dem Polissena Kopfsalat, Radieschen und Tomaten zog.

Die weißen Schwäne waren während des Winters an einer seltsamen Krankheit zugrunde gegangen, die sich keiner erklären konnte. Der schwarze Schwan, der die Seuche überlebt hatte, zog nun einsam und allein im Teich seine Bahnen und ernährte sich von den Küchenabfällen, die Michele ihm brachte.

Bis auf die prächtigen Apfelbäume, deren weiße Blüten zarten Schneeflocken glichen, waren alle Obstbäume erfroren.

Polissena ging ins Haus zurück und kontrollierte, ob

Angelina in ihrem Krankenbett alles Nötige in Reichweite hatte. Dann stieg sie aufs Fahrrad und radelte ins Dorf, um die Medikamente zu kaufen und irgendwo Zitronen aufzutreiben. Das Chinin befand sich bereits in der Hausapotheke. Während Polissena durch die Dorfgassen fuhr, in denen Deutsche und Faschisten die hektische Betriebsamkeit von Flüchtlingen entfalteten, mußte sie sich Mühe geben, um die gehässigen und kränkenden Bemerkungen zu überhören, die ihr von den Leuten nachgerufen wurden.

Signorina Montalto war für alle das Flittchen des deutschen Offiziers Karl Stauder. Die Feindseligkeit der Dorfbewohner nahm in gleichem Maße zu, wie die Position der Deutschen schwächer wurde, die an sämtlichen Fronten vor den alliierten Truppen zurückweichen mußten. Abgesehen von einer blutigen Vergeltungsmaßnahme, war die Wehrmacht in Bellagio weniger grausam als anderswo gegen die Zivilbevölkerung vorgegangen.

Die wöchentlichen Besuche, die Oberleutnant Stauder der Villa Ester abstattete, hatten Aufsehen erregt, und die Leute zerrissen sich das Maul über die Beziehung zwischen dem deutschen Offizier und der reifen Signorina Montalto. In ihren Augen handelte es sich um eine schäbige Bettgeschichte, aus der Polissena Profit zu schlagen suchte. Es gab Leute in Bellagio, die geschworen hätten, daß in den Salons der Villa mit den Vorräten des Offiziers üppige Bankette abgehalten wurden, während die Dorfbevölkerung am Hungertuch nagte. Man phantasierte von riesigen Gelagen, bei denen Kaviar und Champagner serviert wurden, Wildbret, Cremetorten, Schokolade und Kaffee.

Die schlimmsten Verdächtigungen besagten, Polissena arbeite als Spionin für die Deutschen, und manche behaupteten sogar, sie sei es gewesen, die Dottore Pozzi als Regimegegner denunziert hätte, damit er zusammen mit anderen Unglückseligen nach Deutschland deportiert würde.

Polissena spürte zwar die Feindseligkeit, mit der man ihr im Dorf begegnete, aber wie alle Unschuldigen begriff sie nicht, daß sie tatsächlich in Gefahr schwebte. Michele hatte sie mehrmals gewarnt, aber in ihrer Gutmütigkeit gab sie sich der Illusion hin, daß keiner so weit gehen würde, ihre zärtliche Beziehung in den Schmutz zu ziehen.

Als sie die Apotheke betrat, um Angelinas Arznei zu kaufen, ignorierte sie die boshaften Blicke, die sich auf sie hefteten. Sie lächelte den Apotheker an, während er ihr die Streptosil-Tabletten gab. Sie verabschiedete sich mit der gewohnten Höflichkeit und klapperte dann die Geschäfte auf der Suche nach Zitronen ab. Ein Ladenbesitzer nach dem anderen aber schüttelte den Kopf, leise Verwünschungen ausstoßend. Sie hätten ihr nie gegeben, was sie wollte, selbst wenn sie es gehabt hätten. Polissena aber lebte in ihrer Unschuld, fernab von aller Boshaftigkeit, in einer Welt, in der kein Raum für Niedertracht war. Als sie sah, daß alle ihre Bemühungen vergeblich waren, beschloß sie, sich an Mossotti zu wenden.

Sie erreichte die Trattoria um die Mittagszeit und wunderte sich, daß sie völlig leer war.

»Haben Sie geschlossen?« fragte sie erstaunt.

Mossotti war der erste, der ihr ein breites Lächeln schenkte.

»Die Köchin ist krank«, erwiderte er, »und das Schankmädchen hat sich den Knöchel verstaucht. Wie Sie sehen, bin nur ich übriggeblieben. Wenn ich Ihnen irgendwie helfen kann, stehe ich zu Ihrer Verfügung.«

»Unsere Angelina liegt mit einer Mandelentzündung im Bett«, erklärte Polissena ihm. »Der Arzt hat ihr Limonade aus frisch gepreßten Zitronen verschrieben, aber ich kann im ganzen Dorf keine finden.«

Der Wirt ging in die Küche und kam kurz darauf mit drei verschrumpelten Zitronen zurück.

»Die sehen zwar nicht mehr schön aus, aber etwas Saft sollten sie noch haben. Mehr kann ich leider nicht für Sie tun.«

Polissena war gerührt von seinem freundlichen Angebot.

»Ich möchte nicht unverschämt sein, aber Sie hätten nicht zufällig auch noch ein bißchen echten Zucker?« fragte sie zaghaft.

»Für Angelina bringen wir auch das Wunder noch zustande«, erwiderte Mossotti und zog ein tönernes Gefäß unter dem Tresen hervor, aus dem er ein Häufchen weißen Zucker auf ein Stück blaues Packpapier schüttete und einwickelte. »Hier«, sagte er und reichte Polissena das Päckchen, »und wünschen Sie der lieben Angelina gute Besserung von mir.«

»Post gibt es keine, oder?« fragte Polissena, obwohl sie wußte, daß die Frage überflüssig war. Wenn ein Brief für sie angekommen wäre, hätte Mossotti bereits einen Weg gefunden, ihn an sie weiterzuleiten.

»Leider nicht«, erwiderte er bedauernd.

»Jetzt sind es schon fast zwei Monate, daß ich nichts mehr von meiner Familie höre«, klagte Polissena.

»Sie werden bestimmt bald wieder Nachricht bekommen«, tröstete er sie.

Mossotti machte plötzlich ein nachdenkliches Gesicht.

»Ist irgend etwas los?« fragte Polissena besorgt. »Wissen Sie vielleicht etwas von meiner Familie, das ich nicht weiß?«

»Nein, was das betrifft, brauchen Sie sich keine Sorgen zu machen«, versicherte er ihr. »Aber ich möchte Ihnen einen Rat geben, wenn Sie erlauben.«

»Der Rat eines guten Freundes hat noch niemandem geschadet«, entgegnete Polissena.

»Gehen Sie in die Villa zurück. Und fahren Sie mit Ihrem Fahrrad nicht wieder in der Gegend herum. Wenn Sie etwas brauchen, sagen Sie es mir, und ich werde, soweit ich kann, dafür sorgen, daß Sie es bekommen!« Seine Stimme klang väterlich, aber sein Gesicht drückte Besorgnis aus.

»Warum?« fragte sie ihn verwundert.

Mossotti biß sich auf die Unterlippe, bevor er antwortete, und brauchte ein paar Sekunden, um die richtigen Worte zu finden.

»Sie müssen Vertrauen zu mir haben, Signorina Montalto«, sagte er fast flehentlich. »Hören Sie auf mich, und Sie werden es nicht bereuen«, fuhr er geheimnisvoll fort. »Lassen Sie diesen deutschen Offizier nicht mehr in Ihr Haus. Sie wissen, was ich meine, oder?«

Polissena schoß die Röte ins Gesicht.

»Aber was sagen Sie da, Mossotti?« rief sie aus. »Ich ... ich verstehe nicht ...«

»Da gibt es nichts zu verstehen, Signorina Montalto. Entweder Sie nehmen den Rat eines Freundes an oder nicht«, erwiderte er schroff. »Die Deutschen und die Faschisten sind am Ende«, fuhr er mit gesenkter Stimme fort. »Und hier kann jeden Moment die Hölle ausbrechen«, flüsterte er und legte sich den Zeigefinger an die Lippen.

Zwei Gäste, ein alter Mann und eine Frau um die Dreißig, traten in die Wirtsstube und musterten Polissena mit seltsamen Blicken.

»Drei Zitronen. Mehr kann ich Ihnen leider nicht geben«, sagte Mossotti so laut, daß die Neuankömmlinge ihn hören konnten. »Richten Sie Angelina viele Grüße von mir aus. Und daß sie bald wieder auf die Beine kommt«, fügte er zum Abschied hinzu.

Ziemlich verstört verließ Polissena die Trattoria. Sie legte die Zitronen und den Zucker in den Korb am Lenker, stieg auf ihr Fahrrad und fuhr die leicht ansteigende Straße hinauf, die aus dem Dorf hinausführte.

Die warm vom Himmel flutende Sonne heiterte sie auf. Sie fühlte sich wohl und dachte nicht mehr an Mossottis sorgenvolles Gesicht und an den Ernst des Augenblicks.

Sie war noch nicht weit gekommen, als sie aus einiger Entfernung deutsche Fahrzeuge auf sich zurollen sah, die den Anfang einer Wagenkolonne zu bilden schienen.

Polissena bremste und hielt am Straßenrand an. Es handelte sich tatsächlich um eine Wagenkolonne. Einen Fuß auf den Boden gestützt, beobachtete Polissena, wie die Kolonne sich mit ohrenbetäubendem Lärm heranwälzte, eingehüllt in eine Wolke von aufgewirbeltem Straßenstaub und dem Gestank von verbranntem Benzin. Die großen und kleinen Fahrzeuge kamen aus dem Dorf. Das Manöver konnte einen ganz normalen Stellungswechsel bedeuten, wie es in dieser Zeit bald jeden Tag einen gab, aber der Instinkt sagte ihr, daß hier ein regelrechter Rückzug im Gange war. Ihre Gedanken eilten zu Karl. Wenn die Deutschen sich vom Comer See zurückzogen, ging er natürlich auch. Ohne ein Zeichen des Abschieds? Ohne ein Wort? Sie fühlte, wie ihr Magen sich zusammenkrampfte, während ein unerträglicher Würgereiz ihr die Kehle zuschnürte.

Ihre große Liebe, das zärtliche Gefühl, das ihr all diese Monate über Gesellschaft geleistet hatte, war in Gefahr. War sie denn auf einmal erloschen, die warme, beruhigende Zuneigung, die Karl ihr mit zärtlichen Worten, kleinen Geschenken und vagen Andeutungen zum Ausdruck gebracht hatte, mit seinem unschuldigen Lächeln und seinen keuschen Küssen?

Starr wie eine Statue stand Polissena da, als sie Karl Stauder auf einem offenen, in Tarnfarben gestrichenen Wagen an sich vorbeifahren sah. Auch er erkannte sie und befahl dem Chauffeur, an den Straßenrand zu fahren und anzuhalten.

Während die Fahrzeugkolonne langsam weiterrollte, stieg der Offizier aus seinem Wagen aus und kam auf sie zu.

»Ich war in der Villa, um mich von Ihnen zu verabschieden, Signorina Polissena«, sagte er. Seine Augen glänzten, und er wirkte niedergeschlagen. »Aber es hat mir keiner geöffnet!«

»Ich war im Dorf«, erwiderte sie beinahe entschuldigend, als wären sie alleine, als existiere die lange Kolonne von Wagen nicht, als gäbe es keinen Lärm und keinen Staub in der Luft, die ihre leise gehauchten Worte erstickten.

»Wir haben unerwarteten Marschbefehl bekommen«, teilte der Oberleutnant ihr mit. »Wir kehren nach Hause zurück, Signorina Polissena«, erklärte er ihr.

»Das tut mir leid«, sagte sie mit tränenerstickter Stimme. Der Abzug der Deutschen bedeutete das Ende des Krieges. Aber ihr wäre lieber gewesen, der Krieg ginge weiter, wenn sie nur ihren Geliebten nicht verlieren mußte.

»Ich komme nach dem Krieg zurück«, versprach Karl. »Wenn Sie möchten.«

Polissena brachte kein Wort über die Lippen, ein Kloß schnürte ihr den Hals zu. Sie nickte deshalb nur mit dem Kopf.

»Ich liebe dich, meine Poli«, schrie der Deutsche ihr in seiner Sprache zu, um sicherzugehen, daß seine Worte nicht in dem ohrenbetäubenden Lärm der Motoren untergingen.

Polissena begann zu schwanken. Noch nie hatte ihr jemand eine so feierliche Liebeserklärung gemacht, und noch nie zuvor war sie von jemandem Poli genannt worden. Poli – der Name klang melodisch, beinahe fröhlich, und so wie Karl ihn aussprach, erinnerte er sie an Frühlingsdüfte und an das Rauschen von Flügeln.

Sie nahm ihre Brieftasche aus dem Fahrradkorb, öffnete sie und zog ihren Personalausweis hervor. Auf der zweiten Seite klebte ein altes Bild von ihr, eine sehr vorteilhafte Aufnahme, auf der ihr markantes Gesicht seltsam weich wirkte. Sie reichte Karl den Ausweis.

»Das ist für dich«, sagte sie, »damit du dich an mich erinnern kannst. Und zurückfindest«, flüsterte sie, während ihre großen, verträumten Augen sich mit Tränen füllten.

»Ich komme zurück«, versprach der Deutsche und steckte den Personalausweis in die Innentasche seiner Uniform. Einer alten Gewohnheit gehorchend, schlug er die Hacken zusammen und stand stramm; dann verneigte er sich leicht, drehte sich um und kletterte wieder in den Wagen, der auf ihn wartete. Das Auto fuhr los, um wieder seinen Platz in der Kolonne einzunehmen, die mittlerweile ganz an ihnen vorübergerollt war und sich zusehends entfernte.

»Ich liebe dich, meine Poli«, wiederholte Polissena und starrte ihm nach. Da ertönte auf einmal das Rattern von Maschinengewehren, und Handgranaten pfiffen durch die Luft.

Eine Gruppe von bewaffneten Männern hatte im Straßengraben gelauert und griff nun Karls zurückgebliebenen Wagen an. Als die Fahrzeuge der Kolonne zurückgebraust kamen, um den Angriff zu erwidern, hatten sich die Partisanen längst in Sicherheit gebracht.

Während die Farben und Klänge des Frühlings um sie herum erloschen, konnte Polissena endlich mit ihrem Karl sprechen. Sie sagte ihm, wie sehr sie ihn liebte, mit der ganzen Inbrunst ihres Herzens, als könne er sie hören. Hier endete ihre einzige, echte Liebesgeschichte, an einem staubigen Straßenrand.

Weinend und betend streichelte sie sanft das Gesicht des Offiziers, bis zwei Hände sie brutal von hinten packten und diesen letzten Abschied unterbrachen.

»Das ist sie!« schrie eine Frau und zeigte mit ausgestrecktem Finger auf sie. »Das ist die Hure des deutschen Offiziers!«

Wie um sich für all das Unrecht zu entschädigen, das der Krieg ihnen zugefügt hatte, stemmten zwei Partisanen Polissena in die Luft.

»Rauf auf den Lastwagen, und ins Rathaus mit ihr!« befahl einer der Männer, der ein Halstuch mit den Farben der italienischen Trikolore trug.

Was danach passierte, sollte Polissena erst viel später zu Bewußtsein gelangen. In diesem Moment hatte sie nur Karls lebloses Gesicht vor Augen.

Als sie in die Wirklichkeit zurückkehrte, glaubte sie in einen Alptraum geraten zu sein, so unbegreiflich war ihr alles, was sich um sie herum abspielte. Sie befand sich in einem dreckigen, kleinen Zimmer, das nach Zigarettenrauch stank. An der Wand standen zwei Schreibtische und mehrere kaputte Stühle. Auf dem Boden lag zwischen zerrissenen Plakaten von Mussolini und Vittorio Emanuele III. auch ein kleines, hölzernes Kreuz. Polissena wurde hochgehoben und grob auf einen der Stühle geworfen. Man fesselte ihr die Hände im Rücken, und eine Frau begann ihr mit einer großen Schere die schönen Locken abzuschneiden. Signorina Montalto ließ es geschehen, ohne eine Träne, ohne ein Wort des Protests.

»Das Fest ist aus, alte Hure!« giftete die Frau sie an. Sie war viel jünger als Polissena und trug derbe Hosen. In ihrem Gürtel steckte eine Pistole.

Polissena empfand keine Wut und keinen Schmerz, nur die Übermacht einer sinnlosen Brutalität.

Ein Junge, der ein Blechgefäß mit Wasser, ein Stück Kernseife und einen Pinsel in den Händen trug, kam herein. Er zog ein Rasiermesser aus der Jacke seines Kittels.

»So, Signorina, und jetzt muß ich Sie rasieren«, sagte er mit der unsicher klingenden Stimme eines Heranwachsenden.

Polissena erkannte ihn. Das war der Sohn des Dorfbarbiers. Er hieß Pierino und war ungefähr in Emilianos Alter. Die beiden Jungen hatten oft zusammen im Garten der Villa Ester gespielt, und sie hatte ihm ab und zu eine Tafel Schokolade geschenkt, weil er die so gerne aß.

»Du bist doch Pierino«, hauchte sie, während die junge Frau sich entfernte, »der Sohn des Barbiers, Antonio.«

»Signorina Montalto«, murmelte der Junge, der sie nun auch wiedererkannte. »Was haben Sie so Schlimmes angestellt?« fragte er, während die Schamröte in sein bartloses Gesicht stieg. »Ich muß Sie kahlrasieren, sonst bringen die mich um. Rühren Sie sich nicht. Ich tue Ihnen nicht weh«, fügte er leise hinzu und sagte dann: »Mussolini ist heute morgen in Giulino di Mezzegra erschossen worden.«

Kaum hatte der Junge in aller Eile seine Arbeit erledigt, als ein Mann mit einer Dose roter Farbe und einem Pinsel in der Hand auf Polissena zutrat und ihr Hammer und Sichel auf den geschorenen Schädel malte.

»So, die wäre auch bedient«, höhnte er, offenbar stolz auf seine Arbeit.

Wenig später fand Polissena sich auf dem Dorfplatz wieder. Eine aufgebrachte Menschenmenge stieß sie und andere Frauen unter Spottrufen und Beschimpfungen auf einen häßlichen Pfahl zu. Jetzt begann es ihr zu dämmern. Sie sollte an den Pranger gestellt werden, weil sie Umgang mit Karl Stauder gehabt hatte, dem getöteten Feind. Der einzigen großen Liebe ihres Lebens.

Ein Mann bahnte sich energisch einen Weg durch die Menge, bis er sie erreicht hatte, und eine vertraut klingende Stimme sagte: »Kommen Sie mit, Signorina Polissena.«

Es war Michele, den alle kannten und respektierten. Er bedeckte ihren Kopf mit einem großen, rot-weiß karierten Baumwolltuch.

»Saupack«, zischte er, während er ihr einen Arm um die Schulter legte und sie wegführte, um sie vor dem gefährlichen Spalier zu bewahren. Niemand hielt sie auf. Sie gingen etwa hundert Meter, dann zog Michele Polissena unter das Vordach eines alten Hauses.

Die Hände in den Taschen vergraben, den Blick ins Nichts gerichtet: so erwartete sie Edison Montalto. Polissena schlug die Augen nieder und fand keine Worte für ihren Bruder, den sie anderthalb Jahre nach seiner Flucht in die Schweiz nun zum erstenmal wiedersah.

Edison faßte sie unterm Arm und führte sie zu einem Auto, das in der Nähe geparkt war. Die hintere Wagentür stand offen, Polissena stieg ein und fand sich neben Ester wieder.

»Jetzt gehen wir nach Hause«, sagte ihre Schwägerin nur und umarmte sie.

Die beiden Frauen weinten leise, während Michele, der wie früher am Steuer saß, die Straße zur Villa Ester einschlug.

Der Krieg war zu Ende.

Mailand, Juni 1948

1

Signorina Grancini war eine Art preußischer Unteroffizier und spielte im Verlag die Rolle der Chefsekretärin Edison Montaltos. Sie hatte angefangen bei ihm zu arbeiten, als sie zwanzig Jahre alt war und aussah wie Vierzig. Jetzt ging sie auf die Fünfzig zu, sah aber immer noch aus wie Vierzig.

Sie war groß, nicht gerade dick, aber kräftig gebaut, hatte schwarzes Haar, das sie sich zu einem Zopf flocht und kranzförmig um den Kopf legte, und einen dichten Oberlippenbart, den sie vergeblich mit Wasserstoffsuperoxyd bleichte, um ihn unsichtbar zu machen. Eine auffällige Warze betonte ihr eckiges Kinn.

Über ihrem Kleid trug sie eine schwarze Kittelschürze, die in der Taille mit einem schlecht gebundenen Gürtel gerafft war und nur von einem weißen Schulmädchenkragen etwas aufgelockert wurde. Ihre Füße steckten in flachen Männerhalbschuhen, die im Winter schwarz und im Sommer braun waren. Ihre wachsweißen Hände waren groß und klobig.

Wie sie sich verhielt, hing ganz von der Person ab, mit der sie es jeweils zu tun hatte. Edison gegenüber war sie von blinder Unterwürfigkeit. Wenn sie mit ihren Familienangehörigen über ihn redete, nannte sie ihn »mein Chef«, und zwar in dem selben ehrfürchtigen Ton, in dem eine Nonne »mein Herr Jesus« gesagt hätte.

Im Umgang mit höheren Angestellten sprach und gebärdete sie sich wie eine Äbtissin. Allen andern gegenüber zeigte sie sich streng und bedrohlich.

Ihr Vater war gestorben, als sie noch das Lehrerinnenseminar besuchte. Also hatte sie ihr Studium abgebrochen, um zum Unterhalt der Familie beizutragen, und war auch gleich vom Montalto Verlag eingestellt worden, wo sie alsbald Karriere gemacht hatte.

Edison waren ihre Vorzüge und Schwächen während einer kurzen Vertretung aufgefallen, und er hatte sofort begriffen, daß sie die richtige Person für ihn war. Er instruierte und formte sie nach seinem Wunsch, bis sie einem treuen, zähnefletschenden Wachhund glich, der sich nur von ihm streicheln und füttern ließ, ansonsten jedoch Angst und Schrecken verbreitete.

In Signorina Grancinis persönlicher Rangliste kam Edison Montalto gleich nach dem lieben Gott. Sie hielt seine Feinde in Schach, schützte ihn vor aufdringlichen Freunden und wimmelte Störenfriede ab. Für Edison wäre sie, ohne mit der Wimper zu zucken, durchs Feuer gegangen, wenn er das von ihr verlangt hätte.

Sie verfügte über ein weitreichendes Netz von Informanten, von denen sie »die Spionin des Chefs« genannt wurde, obwohl sie ihr selbst zuarbeiteten. Signorina Grancini wußte alles über Edison. Seine moralischen Prinzipien waren von eiserner Härte, wenn es um die Arbeit ging, wurden aber weich wie Wachs, wenn eines seiner Liebesabenteuer auf dem Spiel stand, die sie alle kannte und nach Kräften unterstützte.

Als auch ihre Mutter wenige Jahre nach dem Tod des Vaters an einer Lungenentzündung starb, hatte sich die Situation ihrer Familie bereits gefestigt: Eine Schwester war Nonne geworden und lebte in einem Kloster in Riva del Garda, ihr Bruder übte in Sassuolo bei Modena das Amt des Gemeindepfarrers aus. Sie lebte jetzt mit einer jüngeren Schwester zusammen in einer Wohnung in der Via Solferino.

Ihre Schwester kümmerte sich um den Haushalt, und sie genoß in vollen Zügen das außerordentliche Privileg, die Vestalin des Chefbüros zu sein, in dem sie täglich zwölf Stunden verbrachte, von acht Uhr früh bis acht Uhr abends, oft auch samstags und wenn nötig sogar sonntags.

Sie hatte einen Taufnamen, der ausgezeichnet zu ihr paßte: Ulderica. Zu Hause wurde sie Richetta genannt. Im Verlag war sie Signorina Grancini. Dieser Name genügte, um Panik zu verbreiten oder Hoffnungen zu wecken. Selbst die tüchtigsten Angestellten wußten, daß ein Wort von ihr im passenden Moment den Ausschlag geben konnte.

Auf ihrem Schreibtisch standen ein Kruzifix, ein Fläschchen Weihwasser der Jungfrau von Lourdes und eine Fotografie ihrer Eltern und ihrer Schwester, der Nonne. In einem schwarzen Büchlein, das sie eifersüchtig in der Tasche ihrer Schürze verwahrte, notierte sie mit ihrer energischen Handschrift besondere Ereignisse des Tages. Abends, wenn Edison die Korrespondenz unterschrieben hatte, gab sie ihm Einblick in dieses Register, in dem die Guten und die Bösen verzeichnet waren. Sie verabreichte ihm häppchenweise die schmackhaftesten Leckerbissen und weidete sich an seinem Interesse für ihre Arbeit. Sie fühlte sich als Teil von ihm und als tragender Pfeiler einer Organisation, die auch durch ihr Wirken so reibungslos funktionierte. Ihre ausführlichen Berichte vermittelten ihm ein genaues Bild des innerbetrieblichen Lebens. Sie betrafen die Führungskader ebenso wie Arbeiter und Angestellte.

»Die neu eingestellte Packerin, eine gewisse Elide Conforti«, fing sie an, während sie vor Edison stand, »ist in der Pause bei Intimitäten mit dem Lagermeister erwischt worden.« Das war eine schwere Verfehlung, ein Grund für fristlose Entlassung; aber Edison konnte über gewisse

Fehltritte mit einem Lächeln hinweggehen, was nicht ausschloß, daß er sich ihrer im geeigneten Moment zu erpresserischen Zwecken bediente.

»Was für Intimitäten?« fragte der Verleger mit amüsierter Miene.

»Zwingen Sie mich nicht, das Unaussprechliche beim Namen zu nennen«, erwiderte Signorina Grancini und zierte sich wie ein Backfisch, schreckte dann aber nicht davor zurück, ihn mit pikanten Details zu ergötzen.

Manchmal ging es gleichzeitig um Sex und um Geld.

»Dottore d'Alessandri aus dem Einkauf«, fuhr sie unerbittlich fort, »hat sage und schreibe sechs Mittagessen mit seiner Geliebten bei *Savini* auf die Spesenrechnung gesetzt.«

»Sind Sie sich da sicher?« fragte Edison und wunderte sich, daß ein leitender Angestellter so naiv sein konnte, sich derartige Fahrlässigkeiten zuschulden kommen zu lassen.

»Todsicher«, schwor Signorina Grancini, bereit, auf Wunsch konkrete und unanfechtbare Beweise zu liefern. Unter Berücksichtigung dieser Informationen überdachte Edison kritisch die Stellung bestimmter Mitarbeiter. Wenn sich zu ihren Schwächen noch schlechte Leistungen gesellten, entließ er sie.

»Sonst noch was?« wollte der Verleger dann wissen.

»Signorina Margherita hat dreimal angerufen. Ich habe ihr gesagt, daß Sie in einer Sitzung sind«, beruhigte sie ihn mit einem Anflug von Perfidie.

Signorina Margherita war eine hübsche, junge Angestellte aus dem Archiv. Edison hatte ihr so lange den Hof gemacht, bis sie schwach geworden war. Dann hatte er ein paarmal mit ihr geschlafen und sie wieder vergessen. Sie konnte sich aber nicht mit der Rolle der Exgeliebten abfinden, die sie mit vielen weiblichen Angestellten des Verlags teilte.

Am Ende eines Arbeitstages, der zu seiner Zufriedenheit verlaufen war, gab Edison gewöhnlich immer denselben Kommentar ab:

»Wenn es sonst nichts Wichtiges gibt, rufen Sie meine Frau an und sagen Sie ihr, ich bin auf dem Heimweg.«

Heute nun erhielt Signorina Grancini vom Portier in der Eingangshalle die Mitteilung, eine Dame, die ihren Namen nicht nennen wolle, wünsche den Commendatore zu sprechen. Es war drei Uhr, ein heißer Sommernachmittag. Die Sekretärin überflog rasch Edisons Terminkalender, konnte daraus aber keine weiteren Verabredungen erkennen. Also sagte sie zu dem Portier: »Warten Sie meinen Bescheid ab, bevor Sie sie herauflassen.«

Signorina Grancinis Büro war durch eine schalldicht gepolsterte Tür mit Edisons Arbeitszimmer verbunden. Mit einer Gewohnheitsgeste rückte sie nun den weißen Kragen ihrer Uniform zurecht, setzte die Miene der ergebenen Magd auf und klopfte bei ihrem Chef an. Edison saß hinter seinem mit Papieren überhäuften Schreibtisch und machte sich gerade eine Notiz. Als die Sekretärin eintrat, sah er ärgerlich auf.

»Entschuldigen Sie die Störung, Commendatore«, fing sie an. »Unten beim Portier ist eine Signorina, die Sie sprechen möchte. Aber sie sagt ihren Namen nicht.«

»Das wird wieder irgend so eine Nervensäge mit einem Manuskript sein«, brummte Edison. Es kam oft vor, daß junge Autoren, durchdrungen von der Überzeugung, ein Meisterwerk verfaßt zu haben, einfach im Verlag hereinschneiten und darauf bestanden, zu Edison vorgelassen zu werden. »Halten Sie mir die bloß vom Hals«, setzte er hinzu und begann wieder zu schreiben.

Die Sekretärin schloß die Tür hinter sich und kehrte an ihren Schreibtisch zurück, um dem Portier mitzuteilen, er solle die Unbekannte wegschicken. Aber sie hatte noch nicht einmal den Telefonhörer abgenommen, als die unerwünschte Besucherin, ohne anzuklopfen, ins Büro trat. Signorina Grancini verschlug es bei ihrem Anblick förmlich den Atem: Vor ihr stand eine bildschöne, arrogant wirkende Frau, die nicht im geringsten dem Klischee der angehenden Schriftstellerin glich. Das traumhafte Geschöpf sah sie mit der Verachtung eines Menschen an, der einen Wurm in seinem Apfel entdeckt hat.

Sie war groß, blond, trug ein todschickes, blauseidenes Kostüm von Christian Dior, duftete wie eine Rose und bildete mithin einen schreienden Kontrast zu dem karg eingerichteten Büro.

Signorina Grancini mußte sich Mühe geben, um zu ihrer strengen, bedrohlichen Miene zurückzufinden.

»Und wer sind Sie?« fragte sie scharf, obwohl ihr klar war, daß sie es mit einer Person zu tun hatte, die sich von niemandem einschüchtern ließ. Um ihren Worten noch mehr Nachdruck zu verleihen, stützte sie sich mit den Fäusten auf der Tischplatte ab.

Die blonde Besucherin behielt ihren verächtlichen Blick bei, milderte ihn aber mit dem Anflug eines Lächelns und ließ ihre sanfte Stimme erklingen.

»Scheren Sie sich verdammt noch mal zum Teufel«, sagte sie in aller Gelassenheit.

Signorina Grancini hatte das Gefühl, ein Mühlstein sei ihr auf den Kopf gefallen. Sie strich sich die Schürze über der Brust glatt, um sich bewußt zu machen, daß sie noch sie selbst war. Wie kam eine Unbekannte, so schön und erhaben sie auch war, dazu, sie, Ulderica Grancini, auf so gemeine Weise anzupöbeln?

Die junge Frau steuerte unterdessen unbeirrt auf Edisons Büro zu. Mit ungeahnter Wendigkeit stürzte die Sekretärin hinter ihrem Schreibtisch hervor und packte sie am Arm, gerade als sie die Tür aufmachte.

Die Unbekannte schüttelte sie ab und blieb auf der Schwelle zu Edisons Büro stehen, der bei ihrem Anblick wie eine Feder in die Höhe schoß.

Er kam hinter seinem Schreibtisch hervor und ging ihr mit einem etwas verblüfften Lächeln entgegen.

»Dann warst du also die geheimnisvolle Besucherin«, sagte er und streckte ihr beide Arme entgegen.

Die junge Frau trat auf ihn zu, und Signorina Grancini begriff aus den vertraulichen Blicken, die sich die beiden zuwarfen, daß sie den Rückzug antreten und die Beleidigung einstecken mußte, die sie noch nicht verdaut hatte.

»Ich bin empört, Commendatore«, stammelte sie.

»Empören Sie sich woanders«, zischte die Blondine in herrischem Ton. Edison warf ihr einen vielsagenden Blick zu, und Ulderica schloß leise die Tür hinter sich, wobei sie sich die Hand vor den Mund hielt, um einen Schluchzer zu unterdrücken.

»Ungestüm wie ein Fohlen, meine kleine Ippolita«, sagte Edison und drückte sie an sich. »Abgesehen von allem andern hast du die Ärmste jetzt so schockiert, daß sie sich da drüben die Augen ausweint.«

»Den Schock hat sie sich selber eingehandelt«, erwiderte das Mädchen. »Ich zum Beispiel hätte viel mehr Grund, schockiert zu sein.«

»Was du nicht sagst«, spöttelte Edison, um die Lage zu entschärfen.

»Und in Kürze wirst auch du schockiert sein«, sagte Ippolita und ließ sich auf das Sofa fallen, das mit zwei Sesseln eine kleine Sitzgruppe vor dem Schreibtisch bildete.

»Ippolita Crivelli«, entgegnete Edison, »sitzt du etwa in der Klemme?« Er nahm seine goldgeränderte Brille ab und putzte sie mit einem Batisttaschentuch, obwohl sie völlig sauber war. Das tat er immer, wenn er nervös war.

»Ja«, gab sie zu, »ich sitze in der Klemme. Aber in die bin ich nicht alleine hineingeraten, sondern unter Mithilfe und direkter Beteiligung einer weiteren Person.«

Hier war eine Überraschung im Anzug, und Ippolitas Überraschungen hatten ihm schon öfter den Atem verschlagen. Die Jahre waren vergangen, aber sie war dieselbe geblieben und betrachtete auch heute noch den reifen Edison Montalto als einen unersetzlichen Liebhaber. Böses ahnend, wurde er blaß und verschanzte sich hinter seinem Schreibtisch. Dort fühlte er sich sicher.

Er zündete sich eine Zigarette an, vergaß jedoch, das Streichholz auszublasen, und warf es erst in den Aschenbecher, als er sich bereits die Fingerkuppen verbrannt hatte.

»Egal, worum es geht, wäre es nicht besser, wir sprechen heute abend bei uns zu Hause in aller Ruhe darüber?« schlug er vor, aber seine Stimme klang nicht besonders überzeugend.

»Nein«, erwiderte Ippolita trocken. »Ich muß auf der Stelle mit dir reden, sonst platze ich.« Sie fuhr sich mit der Hand an den Hals, als wäre sie im Begriff zu ersticken. »Intelligent, wie du bist, müßtest du eigentlich wissen, daß ich ohne einen triftigen Grund nie in dein Büro geplatzt wäre.«

Edison betrachtete das zarte Geschöpf, das sich in eine schreckliche Furie verwandeln konnte, und hatte Angst. Sie war seit vier Jahren seine Geliebte, aber sie hatte noch nie einen Fuß in das Verlagsgebäude gesetzt. Die Voraussetzungen für eine schlechte Nachricht waren also gegeben.

Er überflog im Geiste rasch alle Möglichkeiten und wählte die schrecklichste aus. Es gab nur eine, die ihm wahrhaft das Haar zu Berge stehen ließ. Um die mußte es sich handeln. Er spürte, wie sein Magen sich zusammenkrampfte.

»Dein Vater ist hinter unsere Affäre gekommen«, sagte er, während kleine kalte Schweißperlen auf seine Stirn traten.

»Ja, das wäre auch keine sehr erbauliche Nachricht«, erwiderte Ippolita zynisch. »Aber das ist es nicht.«

Edison fiel ein Stein vom Herzen, und sein Blut begann wieder normal zu zirkulieren.

Es wäre wirklich eine Katastrophe gewesen, wenn Agenore Crivelli, dem er eine Million Schweizer Franken schuldete, ihre Beziehung entdeckt hätte.

So sehr Edison sich auch dagegen gesträubt hatte, diesem verrückten Weibsstück war es gelungen, ihre verbotene Liebe in eine dauerhafte Bindung zu verwandeln. Drei Jahre waren seit Kriegsende vergangen, und in dieser Zeit hatte er mit den Darlehen des Baumwollfabrikanten nicht nur die Veröffentlichungsrechte der interessantesten ausländischen Autoren gekauft, sondern auch den Grundstock für den Wiederaufbau seiner Druckerei in Modena gelegt, die dank der Anschaffung neuer Maschinen auf vollen Touren lief. In dem neuen Werk wurden Bücher und Zeitungen in Auflagenhöhen gedruckt, die vor dem Krieg undenkbar gewesen wären.

Unter Einsatz aller seiner Kräfte und seines ganzen unternehmerischen Könnens hatte Edison den Verlag wieder zu einem Unternehmen gemacht, das in der Branche zählte. Für den Wiederaufbau der Druckerei, die total von den Bomben zerstört worden war, hatte er zum einen Gelder aus dem Fonds des vom amerikanischen Kongreß verabschiedeten Marshallplans in Anspruch genommen. Zum andern war es ihm gelungen, durch teuflische Schiebereien in den Genuß staatlicher Subventionen zu gelangen, die eigentlich für das wirtschaftlich unterentwickelte Süditalien bestimmt waren.

Dank des großzügigen Kredits einer Schweizer Bank hatte er sich ein neues Haus kaufen können, eine wahrhaft herrschaftliche Villa, die der Familie Montalto würdig war. Am meisten aber hatte ihn bei seiner unglaublichen Wiedergeburt Agenore Crivelli gefördert, der nicht nur über unbegrenzte Geldmittel und einflußreiche Beziehungen verfügte, sondern auch absolutes Vertrauen zu seinem Verlegerfreund hatte. Und das zu Recht – jedenfalls was die Geschäfte betraf.

Agenore Crivelli war ein weitblickender Mann. Er kannte den Charakter und die Schrullen seiner Tochter. Aber bei aller Toleranz wäre er alles andere als begeistert gewesen, wenn er erfahren hätte, daß sein bester Freund, ein reifer Mann fortgeschrittenen Alters und obendrein ein berüchtigter Schürzenjäger, seit Jahren ein Verhältnis mit Ippolita unterhielt. Edison hatte Ippolita im Lauf der Jahre mehrmals gebeten, ihre Beziehung abzubrechen, aber sie lachte immer nur über seine Ängstlichkeit und hielt an dem gefährlichen Spiel fest, das sie so sehr faszinierte. Und da auch er sich unwiderstehlich zu ihr hingezogen fühlte, war es ihm letztlich nicht gelungen, ihrem Bannkreis zu entfliehen.

Ippolita war keine Angestellte, die er abschieben konnte, wann es ihm paßte. Unter den gegebenen Umständen war sie die einzige, die sein soeben aus der Asche auferstandenes Unternehmen wie ein Kartenhaus zum Einsturz bringen konnte.

Wie um sich für diese Überlegenheit zu rächen und ihrer erregenden, gefährlichen Beziehung ein wenig die Spannung zu nehmen, ließ Edison sich auf jedes Abenteuer ein, das sich ihm bot. Doch dabei handelte es sich durchweg nur um Affären ohne Belang. Ippolita dagegen war ihm mit ihrer Schönheit, ihrer mysteriösen Sinnlichkeit und mit der Macht, die sie verkörperte, förmlich unter die Haut gegangen, und er brachte es nicht fertig, sich von ihr loszureißen.

»Also, willst du mir dein Geheimnis endlich verraten?« fragte Edison, wobei er sich erhob und auf sie zuging.

Ippolita sah ihm zärtlich in die Augen, während ihre Engelsstimme ihm weniger ein Geheimnis anvertraute, als einen Sachverhalt eröffnete, in den er ausweglos verwickelt war: »Ich bin schwanger«, sagte sie.

Ein unwirkliches Schweigen folgte auf ihr Geständnis.

Edison reagierte nicht. Er setzte sich neben sie, legte ihr einen Arm um die Schulter, beugte sich über ihren schönen Hals und berührte ihn mit den Lippen. Aber er sagte nichts, nicht zuletzt weil er unfähig war, irgendeinen Gedanken zu fassen.

»Hör auf, mich zu kitzeln«, lachte sie.

»Früher hat dir das mal gefallen«, erwiderte Edison, während seine Hand unter ihren seidenen Rock glitt und mit lähmender Langsamkeit auf ihre heiße Scham zukroch.

»Und das Kind?« protestierte Ippolita, die sich hilfreichere Unterstützung von ihm erwartet hatte.

»Ich habe den Herodes-Komplex«, scherzte er. Die Erregung war für ihn das einzige Mittel gegen die Angst. Später würde er wieder zu zittern beginnen, aber in diesem Augenblick fürchtete er nicht einmal den Teufel. »Ich hasse Kinder. Jetzt muß ich mich um die Mutter kümmern!« Er schob eine Hand unter das Gummiband ihres Schlüpfers und zerriß es mit einem Ruck.

»Willst du es etwa hier machen?« fragte Ippolita und lachte gurgelnd auf. In einer Aufwallung von Sinnlichkeit begann auch sie sich endlich etwas zu entspannen.

»Hier und sofort!« bestätigte er.

»Und was ist mit dem Mannweib, das da draußen ohne Maulkorb frei herumläuft?« fragte Ippolita ironisch in Anspielung auf Signorina Grancini.

»Die ist abgerichtet wie ein Polizeihund und wird sich hüten, uns zu stören«, erwiderte Edison, der seine Sekretärin nur zu gut kannte. Nicht einmal, wenn das ganze Haus in Flammen aufging, würde Signorina Grancini jetzt ihren Kopf zu dieser Tür hereinstrecken.

Edison hatte seine Hose aufgeknöpft und drang in sie ein, als wolle er sie nicht besitzen, sondern vergewaltigen, gleichsam als Rache für das, was sie ihm angetan hatte.

Ippolita protestierte nur schwach, denn ihr gefiel diese Aggressivität, diese Mischung aus Schmerz und Lust.

»Du bist ein Tier, Edison«, lachte sie mit Tränen in den Augen und gab seinem Drängen nach. »Ich verkünde dir ein Drama, und du ...«

»Und du?« erwiderte er höhnisch. »Was machst du?« Dann hatte er keine Gedanken mehr. Nur noch zwei Worte: »Ich sterbe ...« Und damit stürzte er ins Nichts.

Ippolita fühlte, wie sein Körper auf einmal mit vollem Gewicht auf ihr lastete. Sie sah ihn an. Sein Gesicht war aschfahl, seine Augen weit aufgerissen. Sie sprach ihn an, schüttelte ihn, aber er reagierte nicht.

Ippolita war erschrocken, aber sie verzagte nicht. Sie nahm ihre ganze Kraft zusammen, wälzte den schweren Mann von sich und ließ sich auf den Teppich gleiten. Dann stand sie auf, ging wieder zu ihm und versuchte erneut, ihn durch Rufen und Schütteln wiederzubeleben.

Edison gab keinen Ton von sich. Sein Atem ging flach. Ippolita dachte einen Augenblick daran, die Tür aufzureißen und nach Hilfe zu schreien. Dann fiel ihr Signorina Grancini ein und sie ließ es bleiben.

Statt dessen brachte sie Edisons Kleider in Ordnung, knöpfte seine Hose zu, lockerte den Knoten seiner Krawatte und öffnete den obersten Knopf seines Hemdes.

Edison ging es schlecht; sie mußte unbedingt etwas tun. Sie nahm den Telefonhörer ab und wählte die Nummer der Montaltos. Es dauerte ewig, bis jemand an den Apparat ging. Endlich hörte sie eine vertraute Stimme.

»Emiliano! Gott sei Dank! Du mußt sofort kommen. Deinem Vater geht es schlecht«, sagte sie.

»Wie, schlecht? Wo ist er?« wollte Emiliano wissen.

»In seinem Büro«, erklärte Ippolita, bevor sie einhängte und zu Edison zurückging. Tränen echter Verzweiflung rannen über ihr Gesicht.

2

Es war ein strahlender, warmer Juninachmittag. Schwalben schossen übermütig durch die klare Luft.

Emiliano trat auf den Balkon seines Zimmers hinaus und sah in den Garten hinab, der das Mailänder Haus der Montaltos umgab. Er war mit den prächtigsten Farben erfüllt. Die Zweige einer mächtigen Tanne berührten das Balkongeländer. Weiter hinten leuchteten vor dem dunklen Hintergrund zweier Magnolien Beete mit blühenden Nelken, scharlachroten Verbenen, buntem Wurzelkraut.

Diese Blumen, deren Wachstum Ester liebevoll überwachte, hatten sich zu Emilianos Leidenschaft entwickelt. Er schien als einziges der Kinder in die Fußstapfen seiner Mutter zu treten. Aufmerksam hörte er den faszinierenden Erklärungen Esters zu, die den Namen und die Herkunft jeder Pflanzenart kannte. Seine Geschwister fanden ihre

Erläuterungen langweilig und betrachteten sie als lästigen Zusatzunterricht zu dem ohnehin schon umfangreichen Lernprogramm, das sie für die Schule absolvieren mußten.

Emiliano sah dem Flug eines Amselpaares nach. Die beiden Vögel hatten im dichten Laubwerk einer großen Myrte ihr Nest gebaut. Das Tschilpen der hungrigen Vogeljungen drang bis zu ihm herauf und würde erst verstummen, wenn ihre Eltern ihnen Würmer und Insekten in die aufgesperrten Schnäbel steckten.

Der Garten, der ihm an diesem lauen Nachmittag im späten Juni Märchen aus alter Zeit zuraunte, erinnerte ihn an Ippolita. Ein Name, der in seiner Phantasie Einhörner und geflügelte Pferde heraufbeschwor. Der Mailänder Garten mit seinen Düften und seinen Geheimnissen glich dem unberechenbaren Wesen, das Emiliano den Frieden raubte.

Seit vier Jahren schwirrte er um sie herum. Ippolita hielt ihn hin; sie wies ihn nicht ab, noch zeigte sie Entgegenkommen. Nur eins hatte er begriffen: Sie zog ihn allen anderen Jungen ihres Alters vor und war gerne in seiner Gesellschaft, auf einer Ausstellungseröffnung ebenso wie bei einer Theaterpremiere oder im Kino.

»Du bist der einzige, bei dem ich mich richtig wohl fühle«, erklärte sie ihm einmal. »Außerdem kann ich viel von dir lernen«, gestand sie ihm.

»Kein Wunder«, erwiderte Emiliano, »schließlich verbringe ich mein ganzes Leben über Büchern, bei Konferenzen oder in Museen.«

»Man kann nicht gerade behaupten, daß Bescheidenheit zu deinen Tugenden gehört«, bemerkte Ippolita ironisch.

»Die von den Weisen so gern gepriesene Bescheidenheit ist oft nichts anderes als ein Ausdruck der menschlichen Beschränktheit.« Emiliano lief bei seiner hitzigen Bemerkung rot an.

»Warum regst du dich dann so auf?« fragte Ippolita.

»Ich rege mich auf, weil ich mit dir und für dich einfach nicht das sein kann, was ich gerne wäre.«

Ippolita erwiderte nichts, denn sie wußte genau, was er meinte. Im Grunde war Emiliano genau der Typ von Mann, mit dem sie gerne ihr Leben verbracht hätte. Der Erstgeborene der Montaltos hatte die ganze Schönheit der Familie in sich versammelt, eine männliche Schönheit, der man die letzten Zeichen der Adoleszenz gerade noch ansah. Er hatte eine ruhige, einnehmende Stimme und einen Blick, mit dem er das kühlste Mädchen erobern konnte. Aber Ippolita wollte ihn nur als Freund haben.

Wie viele Verehrer, deren Liebe nur teilweise erwidert wird, hatte Emiliano im Leben dieses wundervollen Wesens Ausschau nach einem Rivalen gehalten, aber keinen entdeckt. Die bösen Zungen, die ihr in der Vergangenheit einen unzüchtigen Lebenswandel nachgesagt hatten, schwiegen seit Jahren. Aus diesem Grund hielt er an seinen Hoffnungen fest, obwohl er erst neunzehn Jahre alt war und sie beinahe sechsundzwanzig.

Zur Zeit war er damit beschäftigt, sich auf das Abitur vorzubereiten. Aber wenn diese Hürde einmal hinter ihm lag, würde er schon einen Weg finden, um Ippolitas Widerstand zu brechen und sie trotz des großen Altersunterschiedes an sich zu binden. Er ging in sein Zimmer zurück und sah sich um. Überall lagen Bücher verstreut, aber obwohl die Unordnung geradezu chaotisch war, fand er sich bestens zurecht.

Augenblicklich arbeitete er Dantes *Paradiso* noch einmal durch. Er hatte eine Unmenge Verse seinem Gedächtnis einverleibt, doch haperte es manchmal noch bei der Interpretation des Werkes. Da Perfektion sein höchstes Ideal war, büffelte er nur um so verbissener.

Die Tatsache, daß die Lehrer an ihn als Sohn eines berühmten Verlegers besonders große Erwartungen stellten, beeinflußte sein Verhalten nicht im geringsten. Sein Wissensdrang war so stark, daß er keinen weiteren Ansporn brauchte, um sich immer noch mehr Kenntnisse anzueignen.

Ester freute sich, daß er ein so fleißiger Schüler war.

Tante Polissena, die seit den tragischen Ereignissen in Bellagio geschworen hatte, nie mehr einen Fuß dorthin zu setzen, hielt sich mit Wally und Lola in Castiglioncello auf, während Gianni und Fabrizio mit Angelina am Comer See waren.

Nur Emiliano und seine Eltern waren in dem neuen Haus, einer eleganten, dreistöckigen Villa in der Via Melzi d'Eril, zurückgeblieben.

Das Gebäude stammte vom Anfang des Jahrhunderts und hatte einer jüdischen Familie gehört, die zu Beginn des Krieges in die Vereinigten Staaten ausgewandert war. Die von einem anonymen Mailänder Architekten erbaute Villa liebäugelte mit dem Wiener Jugendstil, der mittlerweile aus der Mode gekommen war. Zum Zeitpunkt des Kaufes, im Jahre 1946, hatte sich das Haus in einem erbärmlichen Zustand befunden. Ein Jahr intensiver Renovierungsarbeiten war nötig gewesen, um die Villa in ihrer alten Pracht auferstehen zu lassen. Der Turiner Innenarchitekt Carlo Mollino hatte die komplette Einrichtung des Hauses besorgt: von den Spiegeln mit ihrem eindrucksvollen Perspektivenspiel über die Beleuchtung bis hin zu den Dekorationsstoffen, die eigens in Handarbeit bemalt und angefertigt worden waren.

Emiliano hatte darauf bestanden, daß sein Zimmer nicht in die Gesamtgestaltung einbezogen wurde. Es war karg wie die Zelle eines Franziskanermönchs: Wände voller Bücherregale, eine Schlafcouch und ein klobiger Küchentisch, der ihm als Schreibtisch diente. Auch ein altes Klavier und eine Gitarre gehörten zur Einrichtung, zwei grundverschiedene Instrumente, mit deren Hilfe der Junge seine Stimmungen ausdrücken und sich entspannen konnte. Ein riesiges Radio-Grammophon war das einzige Zugeständnis an die moderne Technik. Es lieferte ihm die neuesten Nachrichten aus aller Welt und beflügelte seine Laune mit den Schallplatten seiner Lieblingskomponisten und -interpreten. Emiliano hörte viel klassische Musik, aber auch Blues und Jazz von Louis Armstrong, ausländische Stücke, die nach dem Stumpfsinn der faschistischen Kulturpropaganda fast ebenso beliebt waren wie die italienischen Schlager der Nachkriegszeit.

Emiliano setzte sich an seinen Schreibtisch und vertiefte sich in Dantes *Paradiso*, aus dem er jedoch sofort wieder durch das Schrillen des Telefons vertrieben wurde.

Das Läuten kam aus dem Flur, in dem der einzige Telefonapparat der zweiten Etage stand. Seine Eltern hatten jeweils ein Telefon in ihrem Zimmer, aber sie fanden, für ihre Kinder sei ein solches Privileg überflüssig. Edison war ohnehin der Ansicht, ein Apparat für alle sei mehr als genug. Emiliano ließ das Telefon klingeln und hoffte, irgend jemand würde es abnehmen. Da aber niemand dem lästigen Lärm ein Ende machte, ging er selbst in den Flur hinaus und nahm den Hörer ab. Sofort erkannte er Ippolitas weiche Stimme, in der immer eine Spur Sinnlichkeit mitschwang.

Aus dem ebenso knappen wie aufgeregten Bericht, den sie ihm gab, begriff er nur eins: Edison Montalto, seinem Vater, ging es schlecht.

»Ich komme sofort«, sagte er, ohne die Fassung zu verlieren, und ging ins Erdgeschoß hinunter. Auf der Treppe begegnete er einem Dienstmädchen, das mit einem Korb frisch gebügelter Wäsche gerade nach oben wollte.

»Wo ist meine Mutter?« fragte er sie schroff.

»Die Signora ist ausgegangen«, erwiderte die junge Frau. »Ich glaube, sie ist erst wieder zum Abendessen zurück.«

Emiliano dankte dem Schicksal, das verhindert hatte, daß seine Mutter mit dieser Schreckensbotschaft überrascht wurde. Man wußte nie, wie ihr krankes Herz in solchen Situationen reagierte.

»Ich gehe kurz etwas erledigen«, teilte er dem Dienstmädchen mit. »Wenn jemand für mich anruft, frag ihn, ob er eine Nachricht hinterlassen will, und schreib den Namen und Nachnamen auf.«

Die Hausangestellte, ein einfaches, schlichtes Mädchen

vom Lande mit Namen Armida, hätte lieber noch einmal die ganze Wäsche von vorn gebügelt, als eine so schwierige Aufgabe zu erledigen.

Emiliano rannte den Kiesweg entlang zur Garage. Dort stieg er auf seine Lambretta, die glücklicherweise keine Zicken machte und sofort ansprang, und hatte in zehn Minuten das Verlagsgebäude im Corso Sempione erreicht.

Signorina Grancini, die vom Portier über seine Ankunft informiert worden war, versperrte ihm den Weg zum Büro seines Vaters, auf das er zielstrebig zusteuerte.

»Tut mir schrecklich leid, Signorino«, sagte sie in beinahe flehentlichem Ton. »Der Commendatore ist im Augenblick beschäftigt. Er hat mich beauftragt, niemanden zu ihm zu lassen.« Als strenge Hüterin der Geheimnisse Edison Montaltos durfte sie nicht erlauben, daß Emiliano seinen Vater bei einem Tête-à-tête mit dieser unverschämten Blondine überraschte.

Der junge Mann hob sie mit ungeahnter Kraft in die Höhe und setzte sie mitten zwischen ihre fliegenden Unterlagen auf den Schreibtisch. Dann stürzte er ohne ein weiteres Wort in Edisons Büro, während die Sekretärin sich angesichts dieser neuerlichen Beleidigung ihrer Autorität verzweifelt bekreuzigte. Sein Vater lag mit aufgeknöpftem Hemd, kreideweißem Gesicht und erloschenem Blick auf dem Sofa. Er atmete flach. Ippolita kauerte neben ihm und weinte.

Ohne irgendwelche Fragen zu stellen, griff Emiliano nach dem Telefon und rief den Notarztwagen. Dann wählte er die Nummer des Hausarztes, Dottore Franceschi.

»Meinem Vater geht es schlecht. Ich habe bereits einen Krankenwagen bestellt«, teilte er ihm mit ruhiger Stimme mit. »Kommen Sie in die Universitätsklinik. Sofort.«

Emiliano wußte, daß Dottore Franceschi, ob er gerade beschäftigt war oder nicht, auf der Stelle das Haus verlassen und Edison Montalto zu Hilfe eilen würde. Er legte den Telefonhörer auf die Gabel zurück und ging zu seinem Vater.

»Was ist passiert?« fragte er Ippolita.

»Ich weiß es nicht«, erwiderte das Mädchen und stand auf. »Wir haben uns miteinander unterhalten, als er ... plötzlich begann zu röcheln. Er bekam keine Luft mehr.«

»Und was hattest du hier zu suchen?« wollte Emiliano wissen. »Im Büro meines Vaters, im Verlag?«

Ippolita war äußerlich kaum etwas anzusehen. Nur ihr blasses Gesicht und ihre verweinten Augen verrieten, wie sie sich fühlte.

»Ich kam zufällig vorbei. Es ist das erste Mal. Ich wollte deinen Vater mit der Entdeckung eines südamerikanischen Autors überraschen. Ein echtes Talent«, log sie, ohne daß man ihr das Geringste anmerken konnte.

Emiliano strich mit der Hand über die Stirn seines Vaters. Sie war kalt. Er legte sein Ohr an Edisons Brust und hörte, daß sein Herz schlug. Auch der Puls war fühlbar. »Du hättest Signorina Grancini um Hilfe bitten können«, meinte er.

»Ich dachte, es ist besser, wenn ich nur dich informiere. Ich bin meinem Instinkt gefolgt«, entgegnete das Mädchen.

»Vielleicht hast du recht«, stimmte Emiliano ihr bei.

Edison gab einen leisen Klagelaut von sich, und Emiliano, der seinen Puls fühlte, hatte den Eindruck, sein Herz schlage jetzt wieder kräftiger.

»Nur Mut, Papa. Egal, was du hast, jetzt bringen wir dich erst mal ins Krankenhaus.«

Als er die Tür des Büros öffnete, ertappte er Signorina Grancini beim Lauschen.

»Der Commendatore hat nur eine kleine Kreislaufschwäche«, erklärte er ihr. »Gleich ist ein Krankenwagen hier. Ich möchte, daß die Sache unter uns bleibt. Meiner Mutter werde ich selbst Bescheid geben. Lassen Sie auf keinen Fall etwas verlauten«, befahl er ihr.

Dottore Franceschi war bereits in der Notaufnahme, als der Krankenwagen mit heulender Sirene eintraf. Der Name des berühmten Patienten hatte sich schnell in den Korridoren des Hospitals herumgesprochen, und im Nu waren die besten Ärzte um sein Krankenbett versammelt.

Ippolita und Emiliano saßen auf einer weiß gestrichenen Bank im Korridor der Notfallstation. Sie waren ungewöhnlich schweigsam. Jeder von ihnen durchlebte sein inneres Drama. Daß Emiliano sich Sorgen machte, war nicht verwunderlich. Ippolitas Ängste hatten freilich einen ganz anderen Grund, auf den der junge Montalto im Leben nicht gekommen wäre.

Dottore Franceschi und der Chefarzt brachten ihnen die ersten Nachrichten.

»Wie geht es ihm?« fragte Emiliano.

»Schon besser«, erwiderte der Hausarzt. »Wir haben rechtzeitig eingegriffen und das Schlimmste verhindert«, lächelte er.

»Was hatte mein Vater?« wollte der junge Mann wissen.

»Ein Zuckerkoma. Der Commendatore leidet an Diabetes«, erklärte ihm der Chefarzt. »Wir müssen ihn ein paar Tage hierbehalten und gründlich untersuchen, aber er kommt schon wieder auf die Beine. Wenn Sie möchten, können Sie ihn jetzt besuchen. Er ist auf ein Zimmer gebracht worden.« Er rief eine Krankenschwester und bat sie, die jungen Leute zu begleiten.

»Wie kommt es, daß wir nichts davon wußten?« fragte Emiliano den Hausarzt.

Dottore Franceschi zuckte verlegen mit der Schulter, obwohl ihn im Grunde keine Schuld traf. Er hatte längst geglaubt, die Anzeichen einer Zuckerkrankheit zu erkennen, und Edison gebeten, entsprechende Untersuchungen durchführen zu lassen, aber der Verleger hatte die vernünftigen Ratschläge seines Arztes nie befolgt.

»Wir hatten schon etwas geahnt«, verteidigte sich Dottore Franceschi. »Aber wenn dein Vater sich gegen etwas sperrt, ist bekanntlich nichts zu machen.«

Emiliano verließ mit Ippolita die Notfallstation.

Instinktiv griff er nach ihrer Hand und führte sie an seine Lippen. Sie lächelte und schenkte ihm einen sanften Blick.

»Macht es dir etwas aus, wenn ich meinen Vater alleine besuche?« fragte Emiliano.

»Nein, das ist dein gutes Recht«, erwiderte sie und fügte dann hinzu: »Hast du etwas dagegen, daß ich auf dich warte?« Sie war wirklich besorgt um Edison und hoffte inständig, er würde bald wieder gesund werden. Er war der einzige, mit dem sie offen über ihr Problem reden konnte. Nur er konnte ihr helfen, es zu lösen.

Emiliano nickte und lächelte sie dankbar an. Nichts war ihm lieber als ihre Gesellschaft, vor allem jetzt, da er wußte, wie es wirklich um Edison stand. So schlimm war Diabetes nun auch wieder nicht, und zäh, wie sein Vater war, würde er die Krise sicher bald überstanden haben.

Emiliano war also ziemlich optimistisch, als er Edison Montaltos Zimmer betrat. Der Verleger saß mit finsterer Miene auf dem Bettrand und schien übelster Laune.

»Was mache ich hier?« fragte er seinen Sohn wütend.

»Du bist vorläufig krank geschrieben«, versuchte Emiliano zu scherzen. »Ich dachte, Dottore Franceschi hat dich bereits aufgeklärt.«

Edison massierte sich das Kinn und wurde nachdenklich.

»Er hat mir alles mögliche erzählt«, erwiderte er. »Du weißt ja, wie die Ärzte sind: Sie reden, als hättest du dir einen einfachen Schnupfen geholt, und benehmen sich, als stündest du mit einem Fuß schon im Grab«, fuhr er fort. »Ich finde sie unverständlich und widersprüchlich.«

»Du mußt dich nur ein bißchen ausruhen und entsprechend behandeln lassen«, beruhigte Emiliano ihn.

»Ich bin umgekippt wie ein Frauenzimmer«, sagte Edison. »Ich war im Büro . . .« fuhr er fort und warf seinem Sohn einen fragenden Blick zu. Er erinnerte sich genau daran, was er gemacht hatte, bevor er bewußtlos geworden war, und fürchtete, Emiliano könne von Ippolitas kompromittierendem Besuch erfahren haben.

Aber zu seiner großen Erleichterung zerstreute Emiliano diesen Zweifel sofort.

»Du hast mit Ippolita Crivelli über Bücher gesprochen. Ich glaube, sie wollte dich mit einem jungen südamerikanischen Schriftsteller bekanntmachen. Dann bist du in Ohnmacht gefallen, weiter nichts.«

»Eine harmlose Form von Diabetes, die ohne weiteres kontrolliert werden kann«, zitierte Edison den Hausarzt mit einem erleichterten Seufzer. In Wirklichkeit war er froh, einer Gefahr entronnen zu sein, die sehr wenig mit seiner Krankheit zu tun hatte. Diesem Teufelsweib von Ippolita war es also gelungen, alles so zu regeln, daß keiner etwas merkte.

»Wie hast du davon erfahren?« wollte er wissen.

»Ippolita hat mich angerufen.«

»Und deine Mutter?« fragte Edison. Er wollte erfahren, ob Ester wußte, daß Ippolita in seinem Büro gewesen war.

»Mama war Gott sei Dank nicht zu Hause, als Ippolita angerufen hat. Ich war alleine und bin sofort losgegangen, um dich in deinem Zustand bewundern zu können«, spöttelte Emiliano. »Aber jetzt ist ja wieder alles in Ordnung«, beruhigte er ihn.

Edison sah ihn dankbar an.

»Nein, das stimmt nicht«, gestand er. »Es ist überhaupt nichts in Ordnung. Ich glaube, ich brauche deine Hilfe.« Er sprach sehr ernst, als sei ihm seine Lage erst in diesem Augenblick richtig zu Bewußtsein gekommen.

»Du kannst jederzeit auf mich zählen«, versprach Emiliano, der seinen Vater zum erstenmal in einem Moment der Schwäche erlebte. »Aber mach dir keine Sorgen, du bist bestimmt bald wieder munter«, tröstete er ihn.

»Ich mache mir keine Sorgen um mich«, erklärte Edison und fuhr sich mit der Hand über die Stirn, auf der sich winzige Schweißperlen gebildet hatten. »Das heißt, ich sorge mich schon um meine Gesundheit, aber nur wegen des Verlages«, fügte er hinzu. »Es muß immer einer aus der Familie im Büro sein. Das ist unerläßlich. Verstehst du mich?«

Emiliano verstand ihn, aber er hatte keine Erklärung für die Dringlichkeit, mit der Edison die Sache betrachtete.

»Jetzt mußt du dich um den Laden kümmern«, sagte sein Vater. »Jetzt ist für dich der Augenblick gekommen, die große Maschine mit ihren ganzen Mechanismen kennenzulernen. Es kann jeden Moment sein, daß du für mich einspringen mußt«, meinte er, den optimistischen Prognosen der Ärzte zum Trotz. Edison fühlte sich zum erstenmal in seinem Leben alt und müde.

»Und was ist mit meinem Abitur?« fragte Emiliano alarmiert.

»Das kann warten. Der Betrieb nicht«, entgegnete der Verleger entschieden. »Du bist jetzt neunzehn. In deinem Alter habe ich mich längst ins Geschirr gelegt. Ich habe zwölf bis achtzehn Stunden am Tag geackert. Und das wirst du auch tun, wenn nötig. Neben dem Lernen arbeitest du. Wir sind nicht mit einem goldenen Löffel im Mund geboren, wir haben keine Rente, von der wir leben können. Wir stammen von armen Leuten ab und müssen Tag für Tag hart für unsere Zukunft arbeiten«, behauptete Edison in ziemlicher Übertreibung.

Emiliano wollte ihm nicht widersprechen. Es war typisch für seinen Vater, daß er jammerte und in Selbstmitleid zerfloß. Der junge Mann lächelte und setzte eine Miene auf, aus der Reife und Selbstsicherheit sprachen. Der Gedanke, sich um die Firma kümmern zu müssen und damit um seine geliebten Bücher, war ihm alles andere als unangenehm.

»In Ordnung, Papa«, stimmte er zu. »Dann sagen wir, daß ich ab morgen und bis zu meiner Abiturprüfung zwei bis drei Stunden pro Tag im Verlag zubringe. Einverstanden?« Edison war sichtlich erleichtert.

»Einverstanden«, erwiderte er. »Du beginnst deine Arbeit an der Seite unseres Cheflektors Alfredo Tarcisi.«

Tarcisi koordinierte die Arbeit der verschiedenen Buchverlage des Unternehmens. Er war ein feinsinniger Literat mit ausgeprägtem Sinn fürs Praktische und jeder Menge

Erfahrung. Er würde für Emiliano, der für die Buchabteilung wie geschaffen war, ein guter Lehrer sein. Mit den Zeitungen konnte er sich später noch befassen.

»Ich werde mich sofort an ihn wenden, Papa«, versprach er. Ihm wäre es lieber gewesen, wenn diese Übergabe später stattgefunden hätte, wenn er schon zur Universität ging. Aber er begriff die Sorgen, die sein Vater sich wegen seines Gesundheitszustandes machte.

»Da ist übrigens noch etwas«, sagte Edison zu seiner Überraschung, als er sich bereits anschickte zu gehen.

»Was denn?« wollte er wissen. Er dachte an Ippolita, die ihn am Ausgang des Krankenhauses erwartete, und hatte es ziemlich eilig, zu ihr zu kommen, zumal er Edison vorerst außer Gefahr wußte.

Der Verleger überlegte es sich aber noch einmal anders und beschloß, das Thema, über das er mit seinem Sohn reden wollte, zu einem späteren Zeitpunkt anzuschneiden.

»Ich glaube, das ist doch nicht so dringend. Wir reden besser ein andermal darüber«, lächelte er. Das Problem, das er mit Emiliano besprechen wollte, war ziemlich heikel.

Edison wollte, daß Emiliano Ippolita heiratete. Das wäre die einfachste und schnellste Art gewesen, um seine Schulden bei dem Baumwollfabrikanten Crivelli zu begleichen und das Verhältnis mit dessen Tochter ein für allemal zu beenden. Der Gedanke an seine Krankheit und die Angst vor dem Tod reichten nicht, um seinen Zynismus zum Schweigen zu bringen. Auch die Tatsache, daß Ippolita ein Kind von ihm erwartete, hinderte ihn keineswegs daran, seinem Traum nachzuhängen. Die Schwangerschaft konnte zu diesem Zeitpunkt noch ohne weiteres abgebrochen werden. Durch die Heirat mit Emiliano würde Ippolita ihren Anteil an den Verlagsaktien bekommen, so daß letztlich alles in der Familie blieb.

Aber dies war weder der richtige Moment noch der richtige Ort für ein so schwieriges Thema. Zuerst wollte er dafür sorgen, daß sie das Kind los wurde.

»Wir reden ein andermal darüber«, wiederholte er abschließend.

Emiliano drückte seinem Vater die Hand. Er war froh, zu Ippolita eilen zu können, die immer noch auf ihn wartete.

3

Ippolita verließ den Zug im Bahnhof von Montreux. Ein Mann in Chauffeursuniform hielt ein großes Plakat mit der Aufschrift *Westsel* in die Höhe.

Das Mädchen trat auf ihn zu und sagte:

»Das bin ich.«

»Sie sind Mademoiselle Westsel?« fragte der kräftige junge Mann mit einem etwas dümmlichen Gesicht.

»Das habe ich Ihnen doch schon gesagt«, entgegnete Ippolita, während sie auf einen grauen Bentley Baujahr 1940 zusteuerte und den Chauffeur dadurch zwang, sein Plakat hastig zusammenzurollen, was ihm ziemlich schlecht gelang. Der junge Mann öffnete ihr tolpatschig die hintere Wagentür, und Ippolita setzte sich auf den mit weichem braunem Leder bezogenen Rücksitz.

»Hatten Sie eine gute Reise, Signorina Westsel?« wollte der Chauffeur wissen, bevor er den Motor anließ.

»Eine ausgezeichnete Reise«, erwiderte sie mit einem bitteren Lächeln, wie um zu betonen, daß es sich bei diesem Nachnamen um eine Lüge handelte.

Der Chauffeur wußte genau, daß der Name erfunden war. Sie wußten beide, daß die Villa Grenier eine luxuriöse »Engelsfabrik« war und daß die Patientinnen, die hier ein lästiges »Päckchen« loswerden wollten, sich Phantasienamen zulegten. Offiziell war die Villa Grenier eine Privatklinik, die unter anderem eine Abteilung für Gynäkologie und Geburtshilfe besaß, in der Therapien gegen Sterilität durchgeführt wurden. Vor allem war sie jedoch der ideale

Ort für die Behandlung von Patienten mit depressiven Neurosen und nervösen Störungen im allgemeinen. Die unbequemen Angehörigen wohlhabender Familien wurden hier mit absoluter Diskretion kuriert oder ganz einfach verwahrt. Spezialisten beseitigten zu angemessenen Preisen die Folgen unglücklicher Liebesbeziehungen.

Der Chauffeur konnte Patientinnen mit psychologischen Problemen gut von Mädchen und Frauen unterscheiden, die mit ängstlichen, sorgenerfüllten Gesichtern in die Villa hinauffuhren und diese wenige Tage später, nach einem endgültigen Verlust, mit wehmütigen Augen wieder verließen.

Der Wagen glitt durch mächtige Wälder den Berg hinauf. Die Luft wurde immer dünner und frischer, je höher sie kamen. Ippolita zog eine Wolljacke aus ihrer Reisetasche und hängte sie sich um die Schulter. Die Kälte und die Serpentinen verursachten ihr Übelkeit.

»Dauert es noch lange, bis wir da sind?« wollte sie wissen.

»Probleme, Signorina?« fragte der Chauffeur besorgt, obwohl er bestens wußte, was mit ihr los war.

»Nein, überhaupt nicht«, log Ippolita.

»Wenn Sie möchten, kann ich langsamer fahren«, schlug der junge Mann vor.

»Machen Sie, was Sie wollen«, erwiderte sie trocken. »Ich habe Sie lediglich gefragt, ob es noch lange dauert, bis wir da sind«, fügte sie hinzu.

»Höchstens zehn Minuten«, erwiderte der Chauffeur ein bißchen beleidigt. Ippolita gefiel ihm nicht; sie gehörte seiner Meinung nach zu jenem Typ von eingebildeten Weibern, die sich für das Zentrum des Universums halten und den Rest der Welt als ihre Satelliten betrachten. Aber Docteur Grenier würde ihr schon einen Dämpfer geben. Sie war nicht das erste Mädchen, das er wie einen aufgeblasenen Frosch ankommen und wie einen geprügelten Hund wieder abziehen sah.

Der Wagen passierte ein großes, schmiedeeisernes Tor

und fuhr einen rosa Kiesweg entlang, der von riesigen, herrlich duftenden Rosenbeeten gesäumt wurde. Blumenkästen mit üppig blühenden Klettergeranien schmückten die Fassade eines langgestreckten, niedrigen Gebäudes. Das Auto hielt vor dem Eingang, wo eine relativ junge Frau mit ausdruckslosem Gesicht sie empfing.

»Sind Sie Mademoiselle Westsel?« fragte sie.

Ippolita bejahte mit einem Nicken.

Ihre wohlkalkulierte Unhöflichkeit glitt an der gleichgültigen Frau ab wie ein Regentropfen am Fenster eines fahrenden Zuges. Ippolita folgte ihr in die lichtdurchflutete Eingangshalle, in der sich die Aufnahme befand. An den Fenstern rankte Efeu empor, der Boden hatte einen blau geblümten Teppichboden, an den Wänden hingen farbige Reproduktionen von Blumenbildern, und in der Mitte der Halle stand ein runder Tisch mit einer Porzellanvase, in der ein Strauß Rosen steckte.

»Docteur Grenier erwartet Sie bereits«, sagte die Frau und zeigte auf einen breiten Flur. »Die letzte Tür rechts«, fügte sie hinzu.

Ippolita ging zögernd den Korridor entlang auf den Raum zu, den sie irgendwie als das Herz dieses seltsamen Gebäudes betrachtete. Die letzte Tür rechts war nur angelehnt. Sie klopfte an, und eine Stimme forderte sie auf einzutreten. Ippolita schloß die Tür hinter sich und befand sich dann in einem Zimmer, in dem es vage nach Pfefferminz roch. Es wirkte ausgesprochen männlich mit seinen holzvertäfelten Wänden, dem breiten Schreibtisch voller Akten und den beiden riesigen Ledersesseln. Vor dem bogenförmigen, mit einer gestärkten Gardine verhängten Fenster im hinteren Teil des Zimmers stand eine mächtige Gestalt in weißem Kittel, die im Gegenlicht noch imposanter wirkte.

Während die Gestalt sich umdrehte, erfuhr sie eine eigenartige Metamorphose: Docteur Grenier war eine Frau. Ippolita empfand angesichts dieser stattlichen Figur so etwas wie Unterlegenheit. Die Frau hatte ein pausbäckiges, glattes Gesicht, graumeliertes lockiges Haar und balancierte auf der Nasenspitze eine Nickelbrille.

»Ich bin Docteur Grenier«, sagte die Frau und kam auf Ippolita zu, während um ihre schmalen Lippen ein seltsames Lächeln spielte.

Ippolita war völlig verdutzt und blieb wie angewurzelt stehen.

»Hatten Sie einen richtigen Arzt erwartet?« scherzte Madame Grenier. »Einem Mann gegenüber hätten Sie sich vielleicht wohler gefühlt. Besorgt?« fragte sie und reichte ihr die Hand.

»Nein, nur etwas überrascht«, erwiderte Ippolita, die sich bereits wieder gefangen hatte. »Als man mir von dieser Klinik erzählte, hat man dieses Detail ausgelassen«, lächelte sie.

»Wer hat Ihnen von der Villa Grenier erzählt?« fragte die Ärztin, während sie ihren Gast zu einem der Ledersessel führte. Die beiden Frauen nahmen einander gegenüber Platz.

»Eine deutsche Schriftstellerin, die ich vor ein paar Jahren kennengelernt habe, als ich in Lugano lebte«, erwiderte Ippolita. »Sie hieß Lotte Westsel.«

»Derselbe Name, mit dem Sie sich bei uns angemeldet haben«, bemerkte die Ärztin und fügte dann hinzu: »Warum sagten Sie *hieß*?«

»Weil sie 1945 bei einem Eisenbahnunglück in den Pyrenäen ums Leben gekommen ist«, erklärte Ippolita.

»Ich erinnere mich an diese Frau. Sie war eine Patientin meines Vaters«, klärte Docteur Grenier sie auf. »Wahrscheinlich hat sie sich auf ihn bezogen.«

Ippolita wollte so schnell wie möglich zum Thema kommen. Sie tat es, ihrer Art entsprechend, indem sie das Geplauder einfach unterbrach.

»Ich bin schwanger«, verkündete sie mit ruhiger, klarer Stimme.

Die Ärztin lächelte, als habe ihre Patientin ihr mitgeteilt, sie leide an leichten Kopfschmerzen.

»Verstehe«, entgegnete sie.

»Und ich beabsichtige, diese Schwangerschaft zu unterbrechen«, erklärte Ippolita.

»Das ist Ihr gutes Recht, wenn Sie sich Ihrer Sache sicher sind.«

Die Tatsache, daß diese Frau sie von ihrer Schuld freisprach, änderte nichts an Ippolitas Gemütsverfassung, die von Angst und tiefem Unbehagen geprägt war. Sie fürchtete nicht den Eingriff als solchen. Der geschützte Ort und das gut geschulte Personal gaben ihr genügend Sicherheit. Und die Operation war denkbar einfach. Ihre Angst und ihr Unbehagen rührten aus dem verletzlichsten Teil ihres Ichs – aus ihrer Seele, hätte sie gesagt, wenn sie dieses bedeutungsschwere Wort nicht gescheut hätte.

Sie, die vor keiner Ausschweifung zurückschreckte, spürte nun, wie sich in ihr Unterbewußtsein zum erstenmal ein Schuldgefühl einschlich.

Als sie mit Edison gesprochen hatte, waren sie beide zu dem Schluß gekommen, daß eine Abtreibung die einzige Lösung sei. Jetzt aber, da sie alleine vor der letzten Entscheidung stand, wurde sie auf einmal von schrecklichen Zweifeln geplagt, die sich in einem noch nie erlebten Unwohlsein äußerten. Selbst Docteur Grenier flößte ihr Unbehagen ein, obwohl die Ärztin ihr keinerlei Vorwürfe machte und das Problem mit einem kühlen Lächeln behandelte.

»Wir müssen eine Reihe von Untersuchungen durchführen«, teilte die Ärztin ihr mit.

»Jetzt gleich?« fragte Ippolita erschrocken.

»Ich würde sagen, wir fangen morgen früh damit an. So haben Sie Zeit, sich ein wenig auszuruhen und zu entspannen.«

Ippolita war erleichtert.

»Ich bin ganz Ihrer Meinung«, sagte sie.

Die Frau aus der Aufnahme, die ihr vorher das Sprechzimmer von Docteur Grenier gezeigt hatte, begleitete sie in ihr Zimmer im ersten Stock. Die Einrichtung beschränkte sich auf die allernotwendigsten Dinge: ein stabiles Krankenhausbett, ein Nachttisch, ein Schrank, ein Sessel, eine Couch, eine Sauerstoffflasche für Notfälle. Ippolita lehnte das leichte Beruhigungsmittel ab, das eine Krankenschwester ihr verabreichen wollte, schlüpfte in ihr Nachthemd und legte sich ins Bett, in der Hoffnung, von niemandem gestört zu werden.

Sie brauchte Ruhe, um nachzudenken.

In den Massakern des Krieges hatten Millionen ihr Leben verloren, und in der ganzen Welt starben auch heute noch unzählige Menschen an Hunger. War es nicht unsinnig, sich Skrupel wegen des winzigen Keimlings zu machen, der sich in ihrem Körper eingenistet hatte?

Liberale Ärzte, die moralisch und religiös nicht gebunden waren, vertraten die Auffassung, daß ein Schwangerschaftsabbruch zu den Rechten einer Frau gehöre, zumal diese sich mit einer Abtreibung oft nur für das kleinere von zwei Übeln entscheide: Schmerz statt Verzweiflung, Gewissensbisse statt Skandal.

Ippolita unterhielt sich während dieser unendlich langen Nacht, die sie zwischen Schlafen und Wachen verbrachte, mit dem Keimling, der in der beruhigenden Dunkelheit ihres Leibes heranwuchs. Eine Zelle und noch eine Zelle hatten einen Raum, der keine Grenzen kannte, durchwandert, waren sich durch Zufall begegnet, hatten sich aufgrund ewig waltender Gesetze erkannt und waren miteinander verschmolzen, um gemeinsam zu wachsen. Geheimen Anweisungen gehorchend, würden sich die Zellen im Lauf der Monate wieder und immer wieder teilen, ein Herz, ein Gehirn, Arme, Beine bilden und so ein neues Wesen hervorbringen. Nicht irgendein Wesen, sondern ihr Kind. Ippolita begann leise zu weinen; heiß und wohltuend strömten die Tränen aus ihren Augen. In diesem Augenblick wußte sie, daß sie ihr Kind nicht umbringen würde, daß sie ihm die Chance geben würde zu leben.

Im ersten Morgengrauen entschuldigte sie sich bei Docteur Grenier für die Umstände, die sie ihr bereitet hatte.

Dann bestellte sie ein Taxi und ließ sich nach Mailand zurückbringen. Zum erstenmal in ihrem Leben fühlte sie sich wirklich heiter.

Ippolita rief bei den Montaltos an und verlangte Emiliano. »Ich muß dich sehen«, sagte sie zu ihm.

Der Ton ihrer Stimme verriet Emiliano, daß etwas Angenehmes vorgefallen sein mußte.

»Nichts höre ich lieber als das«, erwiderte er.

»Würde es dir etwas ausmachen, zu mir zu kommen?« fragte Ippolita.

»Ich bin schon unterwegs«, entgegnete er fröhlich.

Sie trafen sich vor dem Tor einer schönen Villa in der Via Serbelloni, in der die Familie des Baumwollfabrikanten Crivelli lebte.

»Stell das verdammte Ding ab, bevor noch jemand die Polizei ruft«, schrie sie und zeigte auf seine Lambretta, die einen höllischen Lärm machte.

Emiliano tat, was sie sagte, und trat auf sie zu. Sie sah ihn mit einem strahlenden Lächeln an.

»Also, sagst du mir jetzt, was los ist?« fragte er.

»Nichts Besonderes. Ich wollte nur mal wieder ein anständiges Gesicht sehen. Und deins ist das anständigste, das ich kenne«, erklärte Ippolita.

Sie hatten sich auf die Gartenmauer der Villa gesetzt. Angelehnt an die Stäbe des schmiedeeisernen Gitters, ließen sie ihre Beine in der Luft baumeln.

»Das ist alles?« fragte Emiliano, dem es nicht gelang, eine gewisse Enttäuschung zu verbergen.

»Für mich bedeutet das sehr viel«, überlegte Ippolita laut. »Ein anständiges Gesicht deutet auf eine reine Seele, auf Charakterstärke, Willenskraft und einen hellen Kopf. Das alles sehe ich in dir.«

»Und ich sehe in dir eine fixe Idee. Ich würde so gerne aufhören, ständig an dich zu denken. Aber kaum habe ich dich zur Tür hinausgejagt, kommst du zum Fenster schon wieder rein«, erwiderte Emiliano in scherzhaftem Ton, obwohl er die Wahrheit sagte und sich noch immer fragte, weshalb Ippolita darauf bestanden habe, ihn zu sehen.

»Weißt du was, Emiliano?« fragte sie. »Ich habe mein Leben überdacht und Bilanz gezogen. Das Ergebnis war nicht gerade begeisternd. Ich weiß nicht, was mich dazu getrieben hat, mich immer gegen meine Familie und gegen die Gesellschaft aufzulehnen. Ich weiß nur, daß ich am Ende dabei verloren habe.«

»Und zu welcher Schlußfolgerung bist du gekommen?« fragte Emiliano.

»Ich möchte mit meiner Vergangenheit abschließen und noch einmal von Null anfangen. Das ist meine Schlußfolgerung«, sagte sie.

»Eins verstehe ich immer noch nicht, Ippolita. Ich meine, was willst du von mir? Meine Zustimmung?« entgegnete er.

»Nein, viel mehr. Ich will deine Mitarbeit. Vorausgesetzt, du bist einverstanden.«

»Soll das heißen, daß ich nicht mehr hinter dir herlaufen muß?« fragte Emiliano mit verdutztem Gesicht.

»Genau das. Ich glaube, ich ziehe mich erst einmal ein paar Monate zurück, um meine Gedanken zu ordnen. Vielleicht verreise ich eine Weile«, log sie, denn sie konnte Emiliano unmöglich etwas von ihrer Schwangerschaft erzählen. »Ich wollte dir nur schon mal sagen, daß ich dich sehr gern habe.«

Das Kapitel Edison hatte sie endgültig abgeschlossen.

Mailand 1990

1

Bevor ich das Ruder des Montalto Verlags übernahm, gab es ein paar wichtige Dinge zu erledigen. An erster Stelle stand ein Kurzurlaub mit meiner Tochter im *Grand Hotel* in Rimini. Nur wir beide. Diese Pilgerfahrt schuldete ich ihr und dem Andenken ihres Vaters.

Am liebsten wäre ich wie immer einfach mit meinem Kleinwagen losgefahren, aber Rechtsanwalt Décroly hatte Widerspruch eingelegt. Solange sich jemand in der Gegend herumtrieb, der es eindeutig auf mein Leben abgesehen hatte, würde ich mich mit einer Leibgarde abfinden müssen.

Also packte ich unsere Koffer und bereitete mich darauf vor, in einem unpersönlichen, hochglanzpolierten Lancia Thema mit Chauffeur zu verreisen, dem ein identisches Fahrzeug mit zwei Leibwächtern an Bord auf den Fersen folgte.

Bevor ich in das Luxusauto stieg, unterhielt ich mich rasch noch ein bißchen mit Camilla, meinem treuen kleinen Auto, das seit Wochen auf der Straße vor dem Haus geparkt war. Ich schaltete die Alarmanlage ein, blockierte das Lenkrad mit einem zusätzlichen Sicherheitsschloß und löste vorsichtshalber die Kontaktklemmen von der Batterie. Der Gedanke, daß Camilla gestohlen werden könnte, war mir entsetzlich. Jetzt, wo ich über ein so riesiges Vermögen verfügte, wäre ich sogar imstande gewesen, ein beträchtliches Lösegeld zu bezahlen, falls sie »entführt« werden sollte. Camilla war eine Freundin, kein Auto. Während ich kontrollierte, ob innen alles sauber war, und die Karosserie abstaubte, redeten wir miteinander wie zwei alte Freundinnen, die sich gegenseitig verstehen und respektieren. Camilla schien mir für die gute Behandlung dankbar zu sein und hatte volles Verständnis für meine Lage.

Sie hatte vor einem Monat, am Tag des Unglücks, genau an diesem Platz gestanden und alles gesehen, auch wenn niemand sie deshalb in den Zeugenstand rufen würde.

»Dieser Mensch wollte dich tatsächlich umbringen«, flüsterte sie mir zu. »Laß dich gut bewachen. Du bist wirklich in Gefahr. Meiner Meinung nach probiert der es früher oder später noch einmal.«

»Jetzt übertreibst du aber«, entgegnete ich.

»Ich bin fest davon überzeugt«, fuhr sie fort und tat dabei noch viel heimlicher, »daß er dich auch in diesem Moment beobachtet.«

Ich fühlte, wie mir ein Schauer über den Rücken lief und flüchtete mich in den bequemen Lancia Thema, in dem Emy bereits auf mich wartete. Ich war drauf und dran, in eine gefährliche Neurose abzugleiten. Andererseits gibt es wohl kaum einen Menschen, der völlig gelassen bleibt, wenn er weiß, daß ihm ein Meuchelmörder nachstellt.

Ich hatte mich nie vor dem Sterben gefürchtet, aber jetzt erfüllte mich der Gedanke an den Tod mit Grauen. Zu gerne hätte ich gewußt, was die Zukunft nun, da ich endlich eine hatte, für mich bereithielt.

Der Gepäckträger brachte unsere Koffer in das Ankleidekabinett der Suite Nr. 1104 in der ersten Etage des *Grand Hotels*. Mit Emy an der Hand betrat ich den Salon, in dem es dank der Klimaanlage angenehm kühl war.

Ein großer Strauß duftender Lilien stand auf dem

Couchtisch, daneben das übliche Willkommenskärtchen der Direktion. Wir fanden auch einen Korb mit frischem Obst und eine silberne, mit Pralinen gefüllte Muschel vor. Emy sah sich mit weit aufgerissenen, leuchtenden Augen um. Sie streckte eine Hand nach den Pralinen aus, zog sie aber gleich wieder zurück.

»Nimm ruhig«, munterte ich sie auf.

»Nur eine«, sagte sie und faßte sich ein Herz. Sie wählte eine Praline aus, steckte sie sich begeistert in den Mund und sagte: »Hier ist es schön.«

Verlegen wie eine arme Verwandte auf Sonntagsbesuch setzte sie sich dann auf den Rand des Sofas und fragte: »Wann fahren wir nach Hause zurück?« Um sich Mut zu machen, drückte sie ihren alten Teddy an sich, von dem sie sich nie trennte.

Emy begegnete allem Neuen grundsätzlich mit Mißtrauen. Die fremde Suite im *Grand Hotel* stellte für sie ein großes Geheimnis dar, das es erst noch zu erkunden galt. Sie war an einfachere, häuslichere Dimensionen gewöhnt. Unsere Wohnung in der Via Luosi in Mailand, das Gebäude, in dem ihr Kindergarten untergebracht war, und das Ferienhaus meiner Eltern in Santa Margherita waren in ihren Augen bereits unvorstellbar groß.

»Bleiben wir lange hier?« fragte sie, fast als wolle sie wissen, ob sie genügend Zeit habe, sich in der neuen Umgebung zurechtzufinden.

»Weder kurz noch lange«, scherzte ich. »Ein paar Tage. Wir sonnen uns etwas, baden ein bißchen im Meer, und dann fahren wir wieder heim.«

»Und ist das jetzt unsere Wohnung?« fragte sie schüchtern.

»Ja, das ist unsere Wohnung, solange wir hier sind«, erwiderte ich.

»Mama, bist du schon mal hier gewesen, in dem *Grand Hotel*?« fragte sie mich, ihre Scheu überwindend.

»Bevor du geboren wurdest, war ich sehr oft hier«, erwiderte ich.

Emy setzte ihren Plüschbären umständlich aufs Sofa. Dann stellte sie sich mit verschränkten Armen und finsterem Blick vor mich hin. Die kleine Falte auf ihrer Stirn war jetzt besonders gut zu sehen und betonte ihre Ähnlichkeit mit Emiliano.

»Warum hast du mir das nie gesagt?« fragte sie mich in anklagendem Ton.

Ich mußte über ihre vorwurfsvolle Miene lächeln. Emy war das sanftmütigste Kind, das eine Mutter sich nur wünschen konnte.

»Ich habe das nicht für so wichtig gehalten«, entschuldigte ich mich.

»Wenn das nicht wichtig ist, warum sind wir dann hierher gekommen?«

Ihre Logik war einfach umwerfend.

»Wenn es dir hier nicht gefällt, fahren wir morgen nach Hause zurück«, entgegnete ich.

»Ich habe nicht gesagt, daß es mir hier nicht gefällt«, stellte sie beinahe beleidigt fest. »Darf ich fernsehen?« wollte sie wissen.

»Natürlich darfst du.«

Emy machte sich auf die Suche nach der Fernbedienung, einem Gerät, mit dem sie bestens vertraut war, und schaltete den Apparat ein. Ich ließ sie alleine vor dem Bildschirm sitzen und fing damit an, unsere Koffer auszupacken.

Die Vergangenheit mit all ihren schönen und tragischen Seiten hatte mich bald wieder eingeholt. Ich dachte an Emiliano und an sein Lächeln und erinnerte mich an den Tag, an dem ich, genau in diesem Ankleidekabinett, zum erstenmal die Koffer ausgepackt hatte.

Wir hatten uns um zwölf Uhr kennengelernt. Innerhalb weniger Stunden waren wir mit seinem Flugzeug nach Paris und wieder zurückgeflogen. Er hatte mich zum Abendessen eingeladen, und pünktlich um acht läutete das Haustelefon.

Ich schnappte meine Handtasche, rannte ins Treppenhaus hinaus und drückte ungeduldig auf den Liftknopf.

»Nanu, sagst du mir jetzt nicht mal mehr auf Wiedersehen?« fragte meine Mutter und hielt mich am Arm fest, als ich bereits die Aufzugstür geöffnet hatte.

»Entschuldige, Mama. Ich habe es eilig. Bitte, bleib nicht wie sonst wach und warte auf mich. Denk dran, daß ich dreißig bin«, sagte ich und verabschiedete mich mit einem flüchtigen Kuß von ihr.

Emiliano wartete vor der Haustür auf mich. Ich schaute zum Fenster unserer Wohnung hoch und sah meine Mutter, die mich von dort beobachtete und alles begriffen hatte.

Jetzt hatte sie genug Material, um über die Begegnung zwischen einem großen Verleger und seiner soeben gefeuerten Angestellten nachzudenken, die sich vor der Haustür trafen wie zwei Teenager bei ihrer ersten Verabredung.

»Hast du ihr gesagt, daß du mit mir ausgehst?« wollte Emiliano wissen.

»Fiel mir ja im Traum nicht ein«, entgegnete ich, während er mir die Autotür aufhielt.

»Früher oder später wirst du es ihr sagen müssen«, spöttelte Emiliano. »Auch weil ich den vagen Eindruck habe, daß sie mich erkannt hat.«

»Sie hat Augen wie ein Luchs«, sagte ich nach oben gewandt, wo meine Mutter am Fenster stand und genüßlich Ausschau hielt. »Ihr entgeht nichts.«

»Anna Grisi«, lächelte Emiliano, während er den Motor anließ und in Richtung Stadtmitte losfuhr. »Mir hat sie immer gefallen. Und auch ihre Romane mit ihren geschickten Verwicklungen und zahllosen Überraschungen. Ich würde sie gerne wiedersehen.«

»Darf ich fragen, wohin du mich bringst?«

»An einen ruhigen Ort, wo uns keine Bekannten über den Weg laufen.«

Am Ende landeten wir in einer Bar an der Piazza Fontana, in der die komischsten Typen verkehrten, und aßen belegte Brötchen. Dort kauften wir auch eine Flasche eisgekühlten Cristal und zwei Gläser. Auf der Bank eines vergessenen Parks in der Nähe der Piazza Libia, unter einem Baum mit breiten, vor Hitze schlaff herabhängenden Blättern, stießen wir miteinander an. Das Plätschern eines Springbrunnens mischte sich in unsere angeregte Unterhaltung. Am Himmel leuchtete ein großer Vollmond.

Ein Stadtstreicher kam vorbei und bat uns um einen Schluck zu trinken. Emiliano bot ihm den Rest unseres Champagners an, und er trottete glücklich mit dem unverhofften Geschenk von dannen.

Auf einmal sagte Emiliano: »Ich möchte dir helfen, dein Problem mit dem Montalto Verlag zu lösen.«

Ich riß verblüfft die Augen auf.

»Hast du heute deinen Wohltätigkeitstag?« witzelte ich.

Emiliano ging nicht auf meine Bemerkung ein. Während er den Mond am Himmel betrachtete, fuhr er fort: »Ich biete dir die Chance, als Siegerin aus der Sache hervorzugehen«, versprach er mit der Feierlichkeit großer Augenblicke.

Obwohl er nicht zu scherzen schien, konnte ich ihm immer noch nicht recht glauben.

»Willst du dich etwa gegen deine Schwester stellen?« fragte ich.

»Das wird gar nicht nötig sein. Ich konfrontiere sie mit dem Schurken, der deine Entlassung verlangt hat.«

Ich erinnerte mich an diesen Kerl, der mit Nobelkarossen handelte und seinen Geschäftspartner ruiniert hatte. Ein widerliches Subjekt, ein Schuft ohne jeden Skrupel, ein Fiesling, der in seiner Profitgier auf der Ehre anderer Menschen herumtrampelte und Freunde verriet. Ich sah wieder die Frau seines Opfers vor mir, wie sie mir, am Boden zerstört und verzweifelt, ihre Leidensgeschichte erzählte.

»Glaubst du, das gelingt dir?« warf ich ein. Ich kannte Emilianos Schwester und wußte, daß sie eine Entscheidung, so falsch sie auch war, nicht so leicht rückgängig machte.

»Ich glaube, daß sie sich von Tatsachen überzeugen läßt.«

Ich schenkte ihm und mir selbst ein mitleidiges Lächeln.

»Wie willst du das anstellen?« fragte ich ihn.

Emiliano drehte den Spieß um.

»Nicht ich, sondern du wirst die Wahrheit ans Licht bringen«, entgegnete er zu meiner großen Verblüffung. »Das ist deine Aufgabe. Ab Montag nimmst du die Fährte auf und wühlst in der Vergangenheit und Gegenwart dieses Burschen herum. Apropos, wie hieß der noch gleich?«

»Luigi Savorelli«, sagte ich nachdenklich.

Ich hatte das Gefühl, zu den schönen Augenblicken meiner Karriere zurückgekehrt zu sein, als ein Vorschlag von mir genügte, um von meinem Chef mit einer komplizierten Recherche beauftragt zu werden.

»Ich verschaffe dir Zutritt zu allen Kreisen, egal, wo du Nachforschungen anstellen willst«, sagte er. »Ich gebe dir jedes Mittel in die Hand. Und du übst einfach deinen Beruf aus. Ich bin fest überzeugt, daß du eine deiner besten Stories schreiben wirst. Eine perfekt dokumentierte Reportage, die den Leuten ans Herz geht. Du hast die Erlaubnis, diesen Mistkerl festzunageln und zur Rechenschaft zu ziehen.«

Die Idee war verlockend, aber mein Realitätssinn riet mir, meine Reserve noch nicht aufzugeben.

»Und wenn ich meinen so wunderschön recherchierten Artikel dann dem Chefredakteur von *Oppinioni* vorlege, wird der ihn nehmen und im erstbesten Papierkorb archivieren. Seine Zeitschrift würde einen solchen Artikel niemals veröffentlichen«, sagte ich.

»Seine nicht, aber *Orizzonti*. Dort weiß man nämlich nicht, daß Lola Montalto dich wegen dieser Geschichte verbannt hat. Ich setze mich persönlich für deinen Artikel ein. Er wird in großer Aufmachung erscheinen, ohne daß auch nur ein einziges Komma verrückt wird. So erfährt Lola endlich, wer der Bursche ist, dem sie deinen Kopf geopfert hat!«

Sein Vorschlag war phantastisch, das verlockendste Projekt meiner ganzen journalistischen Laufbahn.

»Meinst du, sie stellt mich wieder ein?« fragte ich zögernd.

Emiliano ergriff meine Hände und sah mir in die Augen.

»Ich verbürge mich persönlich dafür, daß du völlig rehabilitiert wirst«, entgegnete er. »Lola gibt dir deinen Posten hundertprozentig wieder zurück. Ich bin davon überzeugt, daß sie einen ehrlichen Kern hat und Fehler zugeben kann.«

»Warum tust du das alles für mich?« fragte ich gerührt.

Er streichelte mich zärtlich.

»Weil du auf der Seite der Wahrheit stehst. Das weiß ich, weil ich dich liebe und eine ernsthafte, feste Beziehung mit dir haben möchte. Ich bin jetzt fünfzig und kann nicht noch mehr Zeit verschwenden. Ich bin der einzige Mann, der dich verstehen und lieben kann. Weil du stolz, ehrlich und kämpferisch bist und selbst nicht weißt, daß du diese Tugenden besitzt.«

Er war wirklich umwerfend. Seine Worte flossen wie Honig auf die Bitternisse, die das Schicksal mir beschert hatte. Er war der starke, zärtliche Mann, den jede Frau sich wünscht. Ich hatte ihn endlich gefunden. Aber das wollte ich nicht zugeben.

»Du willst mich nur ins Bett kriegen«, provozierte ich ihn im Scherz.

Sein schönes Gesicht verdüsterte sich. Er blieb ruhig, obwohl ich ihm einen triftigen Grund gegeben hatte, um wütend zu werden.

»Stimmt. Ich möchte mit dir schlafen«, sagte er. »Aber wenn du noch nicht bereit dazu bist, kann ich warten.«

Ich lächelte. Er war wirklich unwiderstehlich. Ich schlang ihm die Arme um den Hals.

»Weißt du einen netten Ort für unsere erste Nacht?« fragte ich ihn.

»Kannst du ein paar Stunden warten?« erwiderte er.

»Ich hoffe nur, daß ich es mir in der Zwischenzeit nicht anders überlege.«

Ich ging nach Hause und packte meine Reisetasche. Meine Mutter lag wach im Bett. Wenn ich in Mailand war, war es unvorstellbar für sie, einzuschlafen, bevor ich zu Hause war. Sie rief nach mir.

»Ich habe jetzt keine Zeit, Mama«, rief ich von meinem Zimmer in ihres zurück. »Morgen erzähle ich dir alles.« Ich hatte keine Lust, ihr meine Geschichte mit Emiliano zu erzählen und mich zu rechtfertigen. Andererseits kannte sie mich so gut, daß sie meist auch so erriet, was ich machen würde. Ich stellte sie mir mit traurigem und resigniertem Gesicht vor. Vielleicht haderte sie mit dem Schicksal, weil es ihr viel zu früh den Mann und mir den Vater genommen hatte, der vielleicht mit mehr Autorität aufgetreten wäre und gewisse Dinge nicht hätte durchgehen lassen. Sie fürchtete um meine Zukunft als alleinstehende Frau und billigte daher meinen Freiheitsdrang nur bis zu einem gewissen Grade. Im Grunde hätte sie mich lieber mit dem Heiligenschein der Sittsamkeit gesehen; dabei waren die Romanheldinnen, die sie selbst schuf, ausnahmslos Frauen, die sich keine Hemmungen auferlegten und keinen Anlaß sahen, ihr Verhalten zu rechtfertigen.

Aber für mich, ihre Tochter, wünschte sie sich einen Mann wie ihren eigenen und träumte von einer romantischen Hochzeit in Weiß. Anna Grisi gehörte zu jener Generation von Frauen, die, in den vierziger und fünfziger Jahren aufgewachsen, zwar schon viel freier als ihre Mütter dachten, die Probleme des Lebens aber noch nicht so vorbehaltlos betrachteten wie ihre Töchter.

Ich verzehrte mich förmlich in dem Willen, zu leben und mich zu behaupten. Ich glaubte, daß ich auf beides ein Recht hatte. Wenige Stunden später kamen Emiliano und ich im sagenumwobenen *Grand Hotel* in Rimini an: es war beinahe ausgebucht. Nur die Suite Nr. 1104, die schönste und teuerste des ganzen Hotels, war noch frei.

»Die nehme ich«, sagte Emiliano zum Portier. Die Empfangshalle war zu dieser nachtschlafenden Zeit menschenleer.

»Ich kann sie Ihnen aber nur für diese Nacht geben«, erklärte der Portier. »Für morgen ist sie schon vorbestellt.«

Emiliano reichte ihm zusammen mit seinem Ausweis einen Hunderttausendlireschein.

»Ich reserviere die Suite für das ganze Jahr«, sagte er zu dem Portier, der seinen Ohren nicht traute. Emiliano wußte, wie man Menschen beeindruckte, nicht nur Frauen.

Ein flüchtiger Blick in den Personalausweis des ungewöhnlichen Gastes sagte dem Portier, daß es sich hier um keinen faulen Zauber handelte. Der Verleger Montalto, den er zum erstenmal sah, war eine höchst angesehene Person.

»Ich denke, unser Direktor wird einen Weg finden, um alles zu Ihrer Zufriedenheit zu regeln«, sagte der Portier.

»Das denke ich auch«, stimmte Emiliano ihm zu, während er mich aus den Augenwinkeln beobachtete, um zu sehen, wie ich reagierte.

Ich kam aus dem Staunen gar nicht mehr heraus. Trotzdem gelang es mir, so zu tun, als beeindruckten mich seine filmreifen Kapriolen nicht im geringsten.

»Hast du dein Feuerwerk jetzt abgebrannt, oder hast du noch ein paar Knaller auf Lager?« fragte ich ihn gelassen.

Emiliano hakte sich bei mir unter und führte mich zum Aufzug. Der junge Portier ging uns mit dem Schlüssel voraus. Unser Gepäck war bereits nach oben gebracht worden.

»Ich bin eine unerschöpfliche Quelle an Einfällen. Das wirst du noch merken, Kleines«, erwiderte Emiliano auf der Schwelle zu unserer Suite und machte ein Gesicht wie Humphrey Bogart, den er fabelhaft imitierte.

Ich begab mich sofort in den Umkleideraum und begann meine Reisetasche auszupacken.

Jetzt, zehn Jahre später, tat ich genau dasselbe. Nur daß es Emiliano nicht mehr gab. Dafür gab es unsere Tochter, die sich nebenan, im Salon der Suite, einen Zeichentrickfilm im Fernsehen anschaute. Wie sehr wünschte ich, er hätte hier sein und uns sehen können.

Ich kehrte in den Salon zurück. Emy war, ihren Teddy im Arm und den Mund mit Schokolade verschmiert, auf dem Sofa eingeschlafen. Ich hob sie hoch und brachte sie in mein Zimmer, legte sie aufs Bett und streckte mich neben ihr aus. Ich hatte mir lange verboten zu weinen, aber jetzt strömten stumme, heiße Tränen aus meinen Augen. Ich merkte, daß Emy aufgewacht war. Sie sah mich an und machte ein eher neugieriges als erschrockenes Gesicht.

»Warum weinst du?« fragte sie ruhig.

»Weil ich eine dumme und glückliche Mama bin«, erklärte ich ihr, was teilweise sogar der Wahrheit entsprach.

»Ich weine nie, wenn ich froh bin«, sagte meine Tochter ernst.

»Es kann aber vorkommen, daß man aus Freude weint«, erwiderte ich. »Wenn du mal groß bist, verstehst du mich vielleicht.«

Emy hörte mir aufmerksam zu, aber sie verstand mich nicht. Sie lebte in einer Welt, in der es keine Nuancen und Abstufungen gab: das Gute war mit Freude verbunden, das Schlechte mit Schmerz.

»Wenn ich soweit bin, dann sage ich es dir«, meinte sie.

»Ja, und für den Augenblick machst du dir einfach nichts aus meinen Tränen«, bat ich sie. »Ich bin so glücklich, daß du bei mir bist«, fügte ich hinzu und drückte sie an mich.

Emy wehrte sich schwach gegen meine Liebesbezeugung. Sie hatte ein Problem und teilte es mir auch sofort mit.

»Und mein Bett?« wollte sie wissen. »Ich kann es in diesem großen Zimmer nicht sehen«, sagte sie.

Dieses Kind hörte nie auf, mich zu überraschen.

»Ich dachte, du schläfst gerne mit mir im großen Bett«, erwiderte ich. »Aber zur Not können wir auch ein kleines Bett für dich bringen lassen.«

»Wenn das jetzt unsere Wohnung ist, dann brauche ich auch mein eigenes Bett«, erklärte sie im Brustton der Überzeugung.

»Du bist genau wie dein Vater«, stellte ich fest, während ich mir mit einem großen Taschentuch die Augen trocknete.

Emy nützte jede Nische, die sich ihr auftat.

»Wie war mein Vater?« fragte sie.

Von mir hatte Emy bisher sehr wenig über ihren Vater erfahren. Ich wußte, daß meine Mutter ihr in Beantwortung ihrer eher unbestimmten Fragen manchmal etwas von ihm erzählte. Ich selbst hatte das für mich sehr schmerzliche Thema immer verschoben, weil ich der Ansicht war, Emy sei noch zu klein dafür. Darum antwortete ich: »Er war wie du. Nach außen schien er nachgiebig, aber in Wirklichkeit war er dickköpfig und unbeugsam.«

Das melodische Läuten des Telefons unterbrach unser Gespräch. Ich nahm den Hörer ab.

»Hier spricht Stocker«, sagte die Stimme des Hoteldirektors. »In meinem Büro ist ein Päckchen für Sie. Ich wollte es Ihnen persönlich bringen, aber Ihre Schutzengel haben darauf bestanden, es vorher zu untersuchen, angeblich aus Sicherheitsgründen.«

»Ja, wir leben in schwierigen Zeiten«, erwiderte ich, um meine beiden Leibwächter zu entschuldigen, die ihre Arbeit sehr ernst nahmen. Und das konnte mir nur recht sein. »Wie auch immer, ist das Päckchen denn sauber, wie die Detektive sagen?« scherzte ich.

»Natürlich! Sie hätten sich getrost auf mein Wort verlassen können«, protestierte er ebenso höflich wie bestimmt.

»Dann schicken Sie es mir bitte herauf«, sagte ich, plötzlich sehr neugierig.

Kurz darauf klopfte ein Zimmermädchen an und stellte auf den Tisch im Salon eine riesige viereckige Schachtel, die in geblümtes Papier eingeschlagen war. Dem schönen goldenen Geschenkband sah man an, daß es bereits geöffnet worden war.

Emy und ich wickelten das Paket aus und öffneten die Schachtel. Vor unseren Augen erschien ein wunderschönes Spielzeug: ein Miniaturkarussell mit weißen Pferden, bunten Haltestangen und goldenen Zierleisten, ein Schmuckstück, das einem Märchen oder einem Kindertraum entsprungen schien.

Emy raufte sich vor Freude das Haar.

»Wie schön!« rief sie aus. »Schau, Mama! Da ist sogar ein Schlüssel zum Aufziehen. Und hier ist ein kleiner Brief«, sagte sie und reichte mir einen weißen Umschlag. Ich zog das Spielzeug vorsichtig auf, bis die Feder ganz gespannt war. Das Karussell begann sich langsam zu drehen. Es war sogar mit einer Spieldose versehen, aus der Brahms' Schlaflied erklang. Emy klatschte vor Begeisterung in die Hände und hüpfte aufgeregt im Zimmer herum. Ich las das Kärtchen, das mit Emilianos klarer und energischer Handschrift beschrieben war. Als Datum gab es den August 1985 an. »Für unser Kind. Wenn der Augenblick gekommen ist. Damit es weiß, daß ich es liebhabe.«

2

Emy schaffte es nicht, sich wie sonst in einen erholsamen kleinen Mittagsschlaf fallen zu lassen. Sie war viel zu aufgekratzt von all den neuen Eindrücken: die fremde Umgebung, unsere Gespräche und vor allem das wundervolle Spielzeug, das ihr Vater ihr fünf Jahre nach seinem Tod geschenkt hatte.

Also beschlossen wir, an den Strand zu gehen. Sie bewaffnete sich mit Eimer, Schaufel und bunten Plastikförmchen, um im Sand zu spielen. Ich nahm sämtliche Tageszeitungen mit, die ich im Hotel auftreiben konnte. Der Bademeister wies uns einen Sonnenschirm und zwei Liegestühle in der ersten Reihe zu, direkt am Meer, das in einiger Entfernung vom Ufer blaugrün schimmerte.

Emiliano und ich hatten den Strand während der Sommermonate peinlich gemieden, weil er ein einziges Gewimmel war von schreienden Kindern, tobenden Jugendlichen, ängstlichen Müttern und Großmüttern, krächzenden Transistorradios, aufdringlichen Strandverkäufern und rücksichtslosen Lautsprechern, die das abendliche Unterhaltungsprogramm verkündeten oder zu Minikreuzfahrten an Bord der unzerstörbaren Motorboote *Delfino* oder *Garbino* einluden.

Der Strand des *Grand Hotels* war zwar nach außen ziemlich abgeschirmt, aber diese Orgie von Geräuschen, gegen die es keinen Schutz gab, hatte zur Folge, daß wir die ruhige Oase des Schwimmbads vorzogen, mit dem Barkeeper Domenico in Rufweite. Die schönste Uhrzeit war immer kurz vor Sonnenuntergang gewesen, wenn sich die Hotelgäste zur Linderung ihrer Sonnenbrände in die Zimmer flüchteten und aufs Abendessen vorbereiteten. Damals war ich die heimliche Geliebte eines berühmten Verlegers gewesen. Jetzt war ich eine etwas überfürsorgliche Mutter, eine Frau, die sich selbst finden mußte, bevor sie den Aufstieg zum Gipfel in Angriff nahm.

Ich spielte ein wenig lustlos mit Emy im Sand. Die Bademeister hatten den Strand des *Grand Hotels* sorgfältig gesäubert, aber die eine oder andere Muschel war ihren Rechen am Ufer entgangen, so daß wir sie auflesen konnten. Wir gingen auch ins Meer. Emy hielt sich mit zwei aufgeblasenen Schwimmflügeln über Wasser, und ich schwamm wie eine Entenmutter um sie herum. Sie plapperte unaufhörlich. Sie wollte wissen, weshalb es in Rimini keine Berge gab wie in Santa Margherita und in Paraggi, warum der Strand so groß war, warum es hier keine Felsen am Ufer gab und warum wir ständig von zwei Männern begleitet wurden, die uns nicht aus den Augen ließen.

Konnte ich ihr sagen, daß mich die beiden vor einer drohenden Gefahr schützen sollten? Ich suchte nach einer überzeugend klingenden Antwort.

»Tu einfach so, als wären es zwei Schutzengel«, versuchte ich ihr zu erklären.

Emy riß verwundert ihre unschuldigen Augen auf.

»Willst du mich auf den Arm nehmen?« fragte sie.

Um Schutzengel zu sein, hätten die beiden ein langes, strahlendes Gewand haben müssen, große Flügel aus duftigen Federn, langes blondes Haar und einen goldenen Heiligenschein.

Die Sonne rötete Emys zarte Haut, und so schlug ich ihr vor, ins Hotel zurückzugehen. Abgesehen davon hatten wir dort nicht ständig die beiden Leibwächter im Nacken.

Es fiel mir nicht leicht, meinen Mutterpflichten nachzukommen, während ich gleichzeitig über meine Probleme nachdachte und dabei unvermeidlich immer wieder von der Vergangenheit eingeholt wurde, die ich fünf Jahre lang vergeblich versucht hatte zu verdrängen.

Jetzt, da die Erinnerung an Emiliano mit solcher Macht wieder in mein Bewußtsein eingedrungen war, beklagte ich die langen und trostlosen Jahre meiner Witwenschaft, die bedrückenden Gedanken, die mich daran gehindert hatten, über den Rand meines Schreibtischs hinauszusehen, die resignierte Hinnahme des erlittenen Schiffbruchs, das Ende einer Liebe und eines Traums. Ich bereute die Phantasielosigkeit eines geregelten Daseins ohne Illusionen und ohne Kämpfe, die monotone Wirklichkeit einer Frau, die sich leben ließ, die sich nicht freute, aber auch nicht trauerte.

Während ich Emy duschte, fiel mir plötzlich wieder ein Satz ein, den ich einmal zu Emiliano gesagt hatte. Es war Winter und so nebelig, daß man kaum die eigene Hand vor den Augen sah. Wir gingen auf der breiten Chaussee spazieren, die in Rimini vom Bahnhof zum Meer führt. Aus den Fenstern einer weißen Villa, die dem Großen Gatsby gefallen hätte, drang ein irreal anmutender Lichtschein. In der gespenstischen Nebelstimmung vermittelte die Villa mit ihren beleuchteten Fenstern den Eindruck eines glücklichen, warmen Nests.

»Wie schön, wenn das unser Haus wäre«, hatte ich damals zu Emiliano gesagt.

Inzwischen gehörte auch diese Traumvilla zu meinen Besitztümern. Ich wußte von Anwalt Décroly, daß Emiliano sie wenige Monate nach unserem Spaziergang im Nebel für mich gekauft hatte.

Er hatte mir alles hinterlassen, was er besaß. Aber ich wußte nicht, wie ich mit der immensen Macht umgehen sollte – im Gegenteil, sie begann mich zu bedrücken.

Ich half meiner Tochter beim Anziehen und richtete mich dann selbst für das Abendessen, während Emy fasziniert die Pferde des Miniaturkarussells betrachtete, das sich zur Melodie von Brahms' Schlaflied im Kreise drehte.

Ich beobachtete sie im Spiegel, während ich mich frisierte. Sie war unruhig.

»Mami, können Tote Geschenke machen?« fragte sie.

»Nur wenn sie ganz außergewöhnliche Menschen waren«, erwiderte ich.

»War mein Papa ein außergewöhnlicher Mensch?« wollte sie wissen.

»Dein Vater war einzigartig«, versicherte ich ihr und sah, wie sie stolz lächelte. »Jetzt müssen wir aber gehen, sonst kommen wir noch zu spät und kriegen nichts mehr zu essen«, sagte ich, während ich sie an der Hand nahm und aus der Märchenstimmung unserer Suite entführte.

Maestro Ludo arbeitete nicht mehr in der Pianobar. An seiner Stelle saß jetzt ein junger Mann am Klavier, der leise einen Schlager von Fred Buongusto spielte.

Der Hoteldirektor kam uns entgegen.

»Darf ich Sie zu Ihrem Tisch begleiten?« fragte er betont korrekt.

Ich warf ihm einen halb scherzhaften, halb vorwurfsvollen Blick zu.

»Haben Sie in Ihrem *Grand Hotel* noch andere Überraschungen für mich auf Lager?« fragte ich ihn in Anspielung auf das Karussell, das er mir kurz nach meiner Ankunft mit Emy aufs Zimmer geschickt hatte.

»Nein, das war alles, Signora. Jedenfalls, was mich betrifft«, behauptete er.

Der Pianist hauchte ein romantisches Lied ins Mikrophon.

»Hat er Ihnen dieses Paket gegeben, Signor Stocker?« wollte ich wissen.

Der Mann nickte.

»Wann?«

»Beim letztenmal«, erwiderte der Hoteldirektor leise, beinahe widerwillig.

»Was hat er zu Ihnen gesagt?« bohrte ich weiter.

»Er hat gesagt, daß Sie eines Tages mit einem kleinen Jungen hierher zurückkommen würden«, murmelte der Mann. »Dann gab er mir das Paket und sagte: ›An diesem Tag müssen Sie oder eine Person Ihres Vertrauens Signorina Arlette das hier geben.‹«

Ich lächelte, um meine Bestürzung zu verbergen.

»Er hat sich nur im Geschlecht geirrt«, flüsterte ich. »Wer weiß, ob er sich wirklich einen Sohn gewünscht hätte.«

Stocker zuckte nur mit der Schulter.

»Wenn Sie jetzt Platz nehmen möchten«, sagte er.

Wir setzten uns an einen Ecktisch, während unsere Schutzengel sich in der Nähe niederließen. Ich fragte mich, wo sie sich wohl aufhielten, wenn Emy und ich uns in unserer Suite verkrochen.

Emy aß lustlos eine Gemüsesuppe und etwas Fisch, um beim Nachtisch um so kräftiger zuzugreifen.

»Was machen wir nach dem Essen?« wollte sie wissen.

Ich war müde und hoffte, auch sie wolle am liebsten ins Bett gehen.

»Was würdest du denn gerne machen?« fragte ich zurück.

»Ausgehen«, erwiderte sie, wie aus der Pistole geschossen. »Hier gehen alle aus«, fügte sie hinzu, wie um sich zu rechtfertigen.

Wenn man den Garten des *Grand Hotels* durchquerte, gelangte man auf einen mit Bäumen bestandenen Platz, auf dem es von Touristen wimmelte, die sich um Schaubuden und Straßenkünstler drängten.

»Also gut, dann gehen wir aus«, stimmte ich ihr mit gespielter Begeisterung zu.

Emy stand mit andern Kindern Schlange, um einmal Rutschbahn zu fahren. Dann sah sie zwei Straßenkomödianten zu, die sich als Clowns verkleidet hatten und eine lustige akrobatische Nummer vorführten.

Wenige Meter weiter wurde ihre Aufmerksamkeit von einem jungen Mann angezogen, der einen Schimpansen mit Jacke und Hut im Arm hatte und ihn für einen Schnappschuß an Kinder weiterreichte. Einige zogen sich erschrocken zurück, andere willigten, wenn auch etwas bange, ein und ließen sich fotografieren.

Emy drückte sich fest an mich, während sie fasziniert auf den Schimpansen starrte, der die Hand seines Begleiters drückte, den freien Arm herumbaumeln ließ und komische Grimassen schnitt. Im gelblichen Licht der Lampions hatte sich ein kleiner Menschenauflauf um uns herum gebildet. Der *Garbino*, ein heißer, klebriger Wind, wehte uns seinen feuchten Atem ins Gesicht.

Plötzlich spürte ich, wie sich mir die Haare sträubten, als drohe Gefahr. Im nächsten Augenblick ging meine böse Ahnung auch schon in Erfüllung. Ein alter Mann, der aussah wie ein Geisteskranker, löste sich aus der Menschenmenge, riß den Schimpansen von seinem Begleiter los und schleuderte ihn auf Emy, die mit dem Tier umfiel.

Der Verrückte packte mich am Hals, und ich sah seine Augen, in denen Irrsinn und Verzweiflung glommen. Sein Atem stank nach Alkohol.

»Jetzt bist du dran, du Hure«, schrie er mir ins Gesicht. »Diesmal mache ich dich kalt.«

Sein Griff und seine betrunkenen Worte ließen keinen Zweifel, daß er wirklich vorhatte, mich umzubringen. Dennoch zitterte ich nicht um mich, sondern um Emy, die am Boden lag und vor Entsetzen kein Wort herausbrachte, obwohl sie unversehrt war.

Dann hörte ich einen dumpfen Schlag. Der Würgegriff um meinen Hals lockerte sich, und der rasende Gesichtsausdruck meines Angreifers erlosch, bevor er auf den Boden sank. Endlich bekam ich wieder Luft.

»Nichts passiert, Signora«, beruhigte mich einer meiner Leibwächter. »Der Kleinen geht es gut«, fügte er hinzu.

Ich nahm Emy aus den Armen einer Frau, die sich um sie gekümmert hatte, und drückte sie lange an mich.

»Jetzt ist alles vorbei«, murmelte ich ihr ins Ohr. Ihr Atem ging flach vor Aufregung, und ihr kleines Herz pochte wild.

Der Mann lag, von einem Faustschlag getroffen, bewußtlos am Boden. Das Heulen zweier Sirenen verkündete die gleichzeitige Ankunft des Notarztwagens und der Polizei.

Emy, die am Abend vom Kinderarzt ein Beruhigungsmittel verabreicht bekommen hatte, schlief fest in ihrem Bett. Ich war noch im Morgenmantel und saß in Rufweite im Salon, wo ich mich vom beruhigenden Licht der Morgensonne bescheinen ließ.

Das Frühstück, das ein Kellner mir auf dem runden Tisch vor der Balkontür serviert hatte, bereitete mir riesigen Genuß. Es war der reinste Augenschmaus: ein Tischtuch aus gestärktem, flämischem Leinen, ein Strauß gelber Röschen, Kaffee und Milch in Silberkannen, Tassen aus durchscheinendem Porzellan, ofenwarme Croissants, dazu verschiedene Sorten Honig und Marmelade.

Ovide Décroly, der mir gegenübersaß, nippte an seinem Kaffee und warf mir fürsorgliche Blicke zu. Er trug einen strengen grauen Leinenanzug und sah müde aus. Er war am Abend zuvor von Genf nach Rimini geflogen und hatte die ganze Nacht auf der Polizeiwache verbracht. Jetzt aber war das Schlimmste vorbei. Der verhinderte Mörder war endlich der Justiz und den Psychiatern übergeben worden, die sich seiner annehmen würden, sobald er ein volles Geständnis abgelegt hatte.

»Ich bin Ihnen wirklich sehr dankbar«, sagte ich, ohne die Reste meines reichhaltigen Frühstücks aus den Augen zu verlieren. »Ihre Leibgarde hat mir das Leben gerettet.«

Décroly stellte seine leere Tasse auf den Tisch zurück

und sah amüsiert zu, wie ich gierig mein Frühstück verschlang.

»Hatten Sie ihn wirklich nicht erkannt?« fragte er mich.

»Wie hätte ich ihn erkennen sollen? Er ist nie als Attentäter für mich in Betracht gekommen«, erklärte ich. »Außerdem hat er sich völlig verändert. Kein Vergleich mit dem Mann, den ich vor zehn Jahren kennengelernt habe. Das war ein Manager, der vor Leben und Geld nur so strotzte. Er hatte eine Frau, die ihn tatkräftig unterstützte und mit ihren Bekanntschaften prahlte. Minister und andere einflußreiche Leute gingen bei ihnen ein und aus. Was ich gestern dagegen gesehen habe, war ein menschliches Wrack. Ein armer Irrer. Unmöglich, ihn mit jenem Luigi Savorelli in Verbindung zu bringen, der seinerzeit von Lola Montalto meinen Kopf forderte und auf einem Silbertablett serviert bekam.«

Mit einem Gefühl der Erleichterung stand ich vom Tisch auf und setzte mich auf eines der Sofas im Salon. Décroly nahm neben mir Platz.

Im Lauf der vergangenen Nacht war die ganze Geschichte des ehemaligen Autohändlers herausgekommen, den ich mit Emilianos Hilfe in die Enge getrieben hatte.

Seit damals waren so viele Dinge passiert, daß ich mich nie an diese Episode erinnert hätte, geschweige denn auf die Idee gekommen wäre, Savorelli könne meinen Tod wollen, weil er mich als die Urheberin seines Unglücks betrachtete.

Jetzt fiel mir freilich wieder ein, wieviel Aufsehen meine Reportage damals erregt hatte. Ich erinnerte mich auch wieder an einen zornigen Brief voller Rechtschreibfehler, den mir seine Frau in die Redaktion geschickt hatte. Von der Frau seines betrogenen Geschäftspartners dagegen, die mittlerweile zu einer Stadtstreicherin heruntergekommen war, hatte ich ein rührendes Dankeschön erhalten: ein Sträußchen verwelkter Nelken, das sie aus den Abfällen eines Blumenstandes arrangiert, mit einem Stück Schnur umwickelt und beim Pförtner des Verlags mit folgender mündlichen Nachricht für mich abgegeben hatte: »Richten Sie dieser Journalistin von *Orizzonti* aus, daß ich gelernt habe, an die Gerechtigkeit zu glauben.«

Ich hatte die arme Frau überall gesucht, aber nicht finden können. Wenn sie einverstanden gewesen wäre, hätte ich ihr gerne geholfen: Aber sie hatte sich offensichtlich irgendwo verkrochen und wartete das Ende ihrer Tage ab, um sich mit der guten Seele ihres Mannes zu vereinen.

Ich hatte wieder als Journalistin Tritt gefaßt, nachdem sich der Chefredakteur von *Orizzonti* mit etwas verworrenen Worten bei mir entschuldigt hatte. Er hatte von einem »kleinen Mißverständnis« gesprochen, »das jedoch mit der Geschäftsleitung sofort wieder geklärt werden konnte«.

Lola Montalto hatte mich zu einem Tee zu sich nach Hause eingeladen, und ich hatte die Einladung angenommen. Außer mir waren noch zwei Freundinnen von ihr gekommen: die Frau eines berühmten Chefarztes und die eines reichen Stadtrats, beide allgemein als ziemliche Klatschmäuler bekannt.

Lola redete lange um den heißen Brei, bevor sie zum Thema kam. Sie war eine intelligente Frau, die nicht schlecht aussah, obwohl sie das Adjektiv schön nicht verdiente. Sie zeigte mir ihre Gemälde, die wirklich bemerkenswert waren, und wollte dann wissen, was ich von den Plätzchen ihres Kochs hielt, die sie selbst als Kunstwerke bezeichnete.

Irgendwann erwähnte sie dann wie zufällig den Namen Savorelli. War er wirklich der Unmensch, als den ich ihn beschrieben hatte? Ich erwiderte nur, daß alles, was es über diesen Menschen zu sagen gab, bereits in meinem Artikel stand.

Die Frau des Stadtrats erzählte, der Autohändler sei so unverschämt gewesen, ihr eine riesige silberne Obstschale zukommen zu lassen, die sie ihm natürlich umgehend zurückgeschickt habe. Ich hörte ihr aufmerksam zu und schüttelte entrüstet den Kopf, aber im stillen dachte ich an all die Geschenke, die Savorelli ihr vor dem Skandal gemacht und sicher nie wieder zurückbekommen hatte.

Ohne einen Kommentar abzugeben, hörte ich einer Klatschgeschichte der Chefarztgattin zu. Sie wollte wissen, daß Savorelli in Wirklichkeit gar nicht der Vater seines Sohnes war, um am Schluß zu erklären, daß die »bessere« Gesellschaft dem Emporkömmling endgültig die Tür vor der Nase zugeschlagen hatte.

Der grausame Zyniker Savorelli schien also seine verdiente Strafe bekommen zu haben. Lola gegenüber empfand ich keine Spur von Dankbarkeit, obwohl sie entscheidend zu meiner Rehabilitierung beigetragen hatte. Was mich am meisten an ihr störte, war ihre protzige Art. Sie spielte sich auf wie eine allmächtige Zarin.

Es bereitete mir einen fast schon perversen Genuß, sie in die Enge getrieben zu haben. Ich fühlte mich wie der Graf von Montecristo. Aber ich mußte zugeben, daß Emiliano recht hatte: Lola Montalto gestand ihre Fehler ein. Was die Zukunft betraf, gab ich mich in bezug auf ihr Verhalten mir gegenüber allerdings keinen Illusionen hin. Diesmal hatte sie Ehrlichkeit bewiesen, aber ich hätte gewettet, daß das eine Ausnahme war und sie mich bei erstbester Gelegenheit wieder in den Mülleimer werfen würde – vielleicht nicht mal in böser Absicht, sondern ganz einfach, weil ihre unendliche Arroganz sie mit Blindheit schlug. Am Abend erzählte ich Emiliano, wie die Teestunde bei Lola verlaufen war und ahmte dabei die vornehmen Damen so gelungen nach, daß er in schallendes Gelächter ausbrach.

»Du bist eine fabelhafte Karikaturistin«, sagte er begeistert.

»Wenn Lola wüßte, daß du hinter alledem steckst, wäre dir wahrscheinlich nicht mehr nach Lachen zumute.«

Plötzlich wurde Emiliano ernst.

»Eines Tages wird sie es erfahren«, sagte er. »Ich meine, eines Tages wird sie von uns beiden erfahren. Und sie wird es sehr schlecht aufnehmen, weil sie schrecklich eifersüchtig ist. Sie hat die Frauen an meiner Seite immer gehaßt.«

Emiliano hatte recht. Aber solange er lebte, wagte Lola es nie, mir auch nur ein Haar zu krümmen, obwohl sie von unserer Beziehung wußte. Meine Reportage hatte damals großes Aufsehen erregt, aber dann waren Monate, Jahre vergangen, und ich hatte die Geschichte dieses Autohändlers völlig vergessen.

Wie sie weitergegangen war, erfuhr ich an jenem Morgen im *Grand Hotel* von Anwalt Décroly, als ich nach zwei Mordanschlägen endlich wieder anfangen konnte zu leben, ohne Angst und ohne zwei Leibwächter, die mich auf Schritt und Tritt begleiteten, so daß ich mich schon fast an sie gewöhnt hatte.

Savorelli hatte die Unterstützung seiner einflußreichen Freunde und der Politiker verloren. Das Finanzamt war ihm auf den Leib gerückt. Die Beamten hatten die Nase in seine chaotischen Rechnungsbücher gesteckt und ihn als typischen italienischen Steuerhinterzieher entlarvt. Seine Frau war auf Distanz zu ihm gegangen und hatte sich auf einen uralten, aber steinreichen Konkurrenten von ihm eingelassen, der ihr sehr viel mehr bieten konnte.

Savorelli hatte jahrelang mit allen Mitteln gekämpft, aber den Rettungsringen, an die er sich klammerte, war nach und nach ausnahmslos die Luft ausgegangen, so daß er am Ende wieder in der trüben Brühe versank, aus der er hervorgekommen war.

In der Konfusion seines Schiffbruchs war er zu einer einzigen Überzeugung gelangt: Die Urheberin seines fatalen Ruins war ich. Darum hatte er beschlossen, mich umzubringen; das erste Mal vor meinem Haus mit einem Lieferwagen, das zweite Mal in Rimini, wo meine Leibwächter ihn überwältigt und der Polizei übergeben hatten.

»Für Profis war es ein Kinderspiel, ihn matt zu setzen«, sagte Décroly. »Seine Angriffe waren die plumpen Attacken eines Alkoholikers, der nichts mehr zu verlieren hat.«

»Ich habe diesen Alptraum als sehr real erlebt«, wandte ich ein.

»Aber jetzt ist alles vorbei. Vergessen Sie die Sache«, meinte Décroly. »Wie fühlen Sie sich heute?« wollte er wissen.

»Wie eine Königin«, erwiderte ich und sah auf das tiefblaue Meer hinaus. »Aber Sie sollten sich ein wenig ausruhen. Sie sehen sehr müde aus.«

Der Anwalt lächelte amüsiert über meine mütterliche Fürsorge. »Ich würde Ihren Rat gerne befolgen, aber ich fürchte, das kann ich mir nicht erlauben«, entgegnete er. »Heute nachmittag habe ich eine Aufsichtsratssitzung in Genf. Dann muß ich Ihren Einzug in den Montalto Verlag vorbereiten. Bis jetzt ist es uns glücklicherweise gelungen, alles geheimzuhalten. Aber wenn ich die Sache erst einmal offiziell bekanntgebe, wird die Hölle ausbrechen.«

Ich betrachtete ihn mit aufrichtigem Bedauern.

»Soll das heißen, daß Sie abfahren?« fragte ich ihn betrübt.

Ich mochte Décroly, und seine Anwesenheit flößte mir Wärme und Sicherheit ein. Ich empfand ihn instinktiv als einen Freund.

»Ja, Arlette, ich fahre ab«, erwiderte er. »Schweren Herzens zwar«, fügte er hinzu, »aber ich muß Sie verlassen.«

Décroly stand auf und kam zu mir. Er nahm mein Kinn zwischen Daumen und Zeigefinger und hob mein Gesicht zu ihm auf.

»Sind Sie sicher, daß alles in Ordnung ist, Arlette?« fragte er besorgt.

»Genügt Ihnen mein Ehrenwort?« lächelte ich. »Ich mache mir nur Sorgen um Emy«, fügte ich dann betrübt hinzu. »Hoffentlich hat sie bei dem scheußlichen Vorfall von gestern abend keinen Schock abbekommen.«

»Für sie war es nur ein Unfall. Kinder können sich unglaublich rasch erholen. Sie haben doch gehört, was der Arzt gesagt hat.« Vielleicht lagen die Dinge nicht ganz so einfach, wie Ovide sie mir darstellen wollte, aber ich ließ mich vom Optimismus dieses Mannes anstecken, der immer wichtiger für mich wurde.

»Und die Leibwächter?« fragte ich.

»Die sind abgereist«, entgegnete er. »Die Gefahr, daß Ihnen etwas zustößt, ist endgültig vorbei. Aber glauben Sie nicht, daß damit alle Probleme aus der Welt geschafft sind. Diesen armen Irren auszuschalten war relativ einfach. Viel schwieriger wird es sein, mit den Montalto-Erben fertig zu werden.«

»Und ich hatte schon gedacht, meine Wege wären von nun an mit Rosen bestreut«, scherzte ich.

»Der Vergleich ist gar nicht so schlecht, wenn Sie die Dornen miteinbeziehen«, sagte er.

»Werden es viele sein?« wollte ich wissen.

»Diese Frage kann ich Ihnen jetzt noch nicht beantworten«, meinte er. »Unsere Streitkräfte sind gut auf dem Schlachtfeld verteilt. Wenn die Montaltos Ihnen den Krieg erklären, stehe ich auf Ihrer Seite. Immer«, sagte er und drückte mir kräftig die Hand. »Darauf können Sie sich verlassen.«

3

Mitte Juli brach eine unerträgliche Hitzewelle über die Stadt herein. Die schwüle Luft machte einem das Atmen schwer. Ich hatte meine Tochter mit Fedora nach Santa Margherita geschickt und war froh, sie in einem besseren Klima zu wissen.

Meine Mutter war vorläufig in Mailand geblieben, denn sie wollte sich nichts von der Geschichte entgehen lassen, in der ich, ihre Tochter, die Hauptrolle spielte. Im Grunde war für sie endlich die Stunde der Rache gekommen, und ich konnte es ihr nicht verübeln, daß sie so dachte.

Ich parkte Camilla, meinen treuen Kleinwagen, am Rand des Gehwegs, der den großen Parkplatz des Montalto Verlags säumte. Fast alle Journalisten und leitenden Angestellten hatten einen eigens für sie reservierten Abstellplatz. Auch ich hatte einen gehabt, bis zu dem Tag, an dem er mir von Dottore Navelli, dem Chefredakteur von *Orizzonti*, unter einem ebenso fadenscheinigen wie kränkenden Vorwand streitig gemacht worden war. Er vertrat die Ansicht, daß ich von meiner Wohnung aus gut mit öffentlichen Verkehrsmitteln zur Arbeit kommen konnte. Mein Parkplatz werde für den neuen Chef vom Dienst benötigt.

Ich bin keine begeisterte Anhängerin öffentlicher Verkehrsmittel, aber ich benützte sie oft, weil sie einfach praktischer und billiger waren als das Auto. Meine Empörung hatte ihren Grund darin, daß ich Navellis Anordnung nur als die letzte einer ganzen Reihe von Schikanen betrachtete, mit denen er meine Kündigung erzwingen wollte. Wenige Monate zuvor war ich dazu verdonnert worden, die allermiesesten Artikel zu redigieren und Nachrichtenkram zu erledigen, wie er sonst bestenfalls Volontären zugemutet wurde.

Offiziell durfte ich mich zwar weiter Sonderberichterstatterin nennen, denn das stand mir vertraglich zu, aber wenn mein Chef die Möglichkeit gehabt hätte, mich auf dem Schlachtfeld zu degradieren, so hätte er dies mit großem Vergnügen getan.

Der Befehl war natürlich von oben gekommen, nach Emilianos Tod, aber er hatte im Chefredakteur der Wochenzeitschrift einen willigen Vollstrecker gefunden. Er bot Navelli einen willkommenen Anlaß, seine blinde Unterwürfigkeit zu beweisen und ganz nebenbei seinen neurotischen Sadismus an einem wehrlosen Menschen auszulassen.

Fünf Jahre lang war er vor keiner Gemeinheit zurückgeschreckt und hatte mir alle nur möglichen Fallen gestellt, in der Hoffnung, ich würde früher oder später kapitulieren. Er übersah allerdings, daß ich mir im Lauf der Zeit ein dickes Fell zugelegt hatte. So stand ich am Ufer des Flusses und wartete geduldig auf den Tag, an dem die Leiche meines Feindes an mir vorübertreiben würde.

Bis dahin sagte ich zu allem ja und amen, tat mein Bestes und versuchte die Zeit herumzubringen, ohne an Langeweile zu sterben. Meine Arbeit ließ mir viel freie Zeit, die ich dazu benützte, meinen Beobachtungssinn zu schärfen. Bevor ich in Ungnade gefallen war, hatten mich Karriere, Reisen und die Liebe zu sehr in Anspruch genommen, als daß mir aufgefallen wäre, was um mich herum und im Rest des Verlagsgebäudes vor sich ging. Jetzt kam ich Fällen politischer Nachsicht, Machtspielen, Intrigen sowie kleinen und großen Diebereien auf die Spur.

Innerhalb des angesehenen Montalto Verlags, diesem Aushängeschild modernen Unternehmertums, existierte eine Art Kasba, die man nur entdeckte, wenn man Zeit hatte, sich umzusehen. Da ich persönlich von Fernando Navellis Ränkespiel betroffen war, neigte ich wahrscheinlich dazu, negative Aspekte überzubewerten. Aber das hinderte mich nicht daran, auch die positiven Seiten zu sehen. Im Grunde dominierten im Verlag Ehrlichkeit, Intelligenz und professionelles Können.

An diesem Morgen kam ich spät ins Büro. Offiziell war ich wegen der Gehirnerschütterung, die ich bei Savorellis Anschlag mit dem Lieferwagen im Juni davongetragen hatte, noch immer krank geschrieben. Als ich eintrat, senkten meine Kollegen den Blick auf ihre Computer, als wollten sie meine Anwesenheit ignorieren. Dabei hatten mir einige von ihnen Blumen ins Krankenhaus geschickt und sich am Telefon freundlichst nach mir erkundigt. Es lag also etwas in der Luft, eine unangenehme Neuigkeit, und keiner hatte den Mut, sie mir zu eröffnen.

Die Initiative ergriff wie gewöhnlich der Chefredakteur, als ich an der offenen Tür seines Büros vorbeikam.

»Arisi«, fauchte er mich an, »jetzt ist Schluß mit dem Schlendrian«, fuhr er drohend fort und kam auf mich zu. Ich dachte daran, wie er wohl reagieren würde, wenn er erst meine Neuigkeit erfuhr, und mußte lachen.

»Und das ist nur der Anfang«, entgegnete ich mit einem engelsüßen Lächeln.

Meine Kollegen sahen mich an, als trauten sie ihren Ohren nicht. Viele glaubten, ich habe eine neue Stelle gefunden, was im Grunde ja stimmte.

»Du kommst braungebrannt daherspaziert, nachdem du zwei Monate krankgefeiert hast, während deine Kollegen sich abrackern mußten«, erwiderte er schon weniger aggressiv als sonst. Meine Reaktion hatte ihn vor den Kopf gestoßen.

»Hier brauchen wir Leute, die arbeiten«, fuhr er fort, »und ich habe Beweise dafür, daß du deine Krankheit ausgenützt hast, um in der Gegend herumzufahren. Für die letzten zwei Wochen liegt nicht einmal eine Krankmeldung von dir vor. Weißt du, was das bedeutet?«

»Daß die italienische Post nicht funktioniert«, lächelte ich. »Und die Telefone anscheinend auch nicht. Sonst hätte man ja mal kurz bei mir zu Hause anrufen können.«

»Wart's nur ab«, drohte er und zog sich in sein Zimmer zurück. Dabei schlug er mir die Tür vor der Nase zu, was einer Entlassung gleichkam.

Ich betrat das Großraumbüro der Redaktion mit dem hellblauen Teppichboden, den weißen Tapeten und den üppig belaubten Gummibäumen, den schrillenden Telefonapparaten und den piependen Computern. Meine Kollegen saßen über ihre Schreibtische gebeugt und taten, als hätten sie nichts gehört und nichts gesehen. Ich wollte ja gar nicht, daß sie wie zu den glorreichen Zeiten unserer Gewerkschaftskämpfe einen Protest für mich inszenierten, aber wenigstens ein Lächeln hätte ich erwartet. Mit zunehmender Verschlechterung unserer vertraglichen Situation während der vergangenen Jahre war auch der Einfluß der Gewerkschaft stark zurückgegangen.

Ich näherte mich einem jungen Kollegen, der erst vor wenigen Monaten eingestellt worden war und versprach ein ausgezeichneter Journalist zu werden.

»Hast du gehört, Ettore?«

»Was?« fragte er zurück, indem er den Kopf hob und mich ansah.

»Die wohlklingende Stimme deines Chefs. Seinen Stil, seine Manieren«, zählte ich auf, keineswegs ironisch.

In diesem Augenblick sprach wieder die mißhandelte Journalistin aus mir, die man jahrelang fertiggemacht hatte.

»Tut mir leid, Arlette. Ehrlich«, versuchte Ettore mich zu trösten und sich zu entschuldigen. »Aber die Zeiten sind hart. Hier mähen sie bald jeden Tag einen um.«

»Und keiner rebelliert«, stellte ich bitter fest.

Ein Kollege um die Vierzig stand von seinem Schreibtisch auf und kam zu mir. Er hieß Fabio Soria und war ein ehrlicher Piemonteser mit etwas schroffen Umgangsformen. Fabio hatte schon als Redakteur bei der Zeitschrift gearbeitet, als ich noch am Anfang meiner Karriere stand und Opfer einer wahren Verfolgungskampagne geworden war.

»Ich habe gehört, daß sie dich versetzen wollen«, teilte er mir mit.

»Sie wollen mich rauswerfen«, erwiderte ich in Anspielung auf Navellis letzte Worte. »Daß meine Krankmeldung nicht angekommen ist, gibt ihnen einen hervorragenden Kündigungsgrund an die Hand.«

»Hast du sie denn abgeschickt?«

»Das nehme ich fast an«, erwiderte ich.

»An deiner Stelle würde ich keine Witze reißen. Sieh zu, daß du alles in Ordnung bringst. Heutzutage ist es nicht einfach, eine neue Arbeit zu finden.«

»Danke für die Information, Fabio«, sagte ich und schüttelte ihm die Hand.

Die Montaltos wollten mich vor die Tür setzen. Sie, die sämtliche Geliebten duldeten, weigerten sich, mich, die ich Emilianos Lebensgefährtin gewesen war, in ihrem Verlag arbeiten zu lassen.

Auf meinem Schreibtisch, den nach mir Maria Vittoria Paternò aufgrund ihrer ausgezeichneten Beziehungen einnehmen sollte, fand ich einen Brief, mit dem ich zu dem privaten Fernsehsender der Montaltos versetzt wurde. Ich warf ihn in den Papierkorb. Zu Hause würde mich vermutlich ein Einschreiben erwarten, in dem mir meine fristlose Entlassung mitgeteilt wurde, was mich jetzt allerdings mit diebischer Freude erfüllte.

Ich nahm meine Handtasche und ging. Als ich bei Navellis Büro vorbeikam, riß ich die Tür auf, machte ein wildes Gesicht und brüllte ein trockenes »Bum!«. Er fuhr vor Schreck von seinem Stuhl auf und faßte sich mit der Hand ans Herz. Ich schloß die Tür und ließ ihn alleine über die Unberechenbarkeit menschlicher Reaktionen nachdenken.

An diesem Tag hatte ich noch einen anderen, wichtigen Termin, bevor ich offiziell Einzug in die Kommandozentrale halten konnte.

4

Ich erreichte Bellagio bei Sonnenuntergang. Die letzten Möwen huschten im Tiefflug über den See. Ich kam zum zweitenmal in die Villa der Montaltos. Das erste Mal war ich in Begleitung Emilianos dort gewesen, aber auch damals hatte Ester mich erwartet, an einem Julitag wie heute. Die porphyrgepflasterte Zufahrt strahlte vor Hitze, und die Luft roch nach Rosmarin und Rosen.

Damals war ich eine Lebensgefährtin ohne Trauschein gewesen, heute war ich eine heimliche Witwe. Mir hat immer etwas gefehlt, um eine klare, unzweideutige Position im Leben einzunehmen. Aber vielleicht wollte ich das ja gar nicht. Vielleicht gefiel es mir, undefiniert und undefinierbar zu sein.

Ich parkte mein kleines Auto unter dem flammenden Blütenmeer eines Goldregens und ging im bläulichen Licht der Abenddämmerung auf den Eingang der Villa zu. Aus den Kronen der Bäume drang lautes Vogelgezwitscher.

Ein eleganter afghanischer Windhund kam mir mit

geschmeidigen Bewegungen entgegen. Ich erkannte ihn: Er hieß Zar und gehörte Ester. Emiliano hatte ihn seiner Mutter zu ihrem siebzigsten Geburtstag geschenkt. Ich war dabeigewesen, als er ihn bei einem Züchter kaufte. Zar hatte mich ein einziges Mal gesehen, als er ein Welpe von wenigen Monaten war, und konnte mich also kaum wiedererkennen. Trotzdem bellte er nicht, beschnupperte mich nur ein wenig und ging dann bei Fuß, fast als wolle er mich das kurze Stück Wegs bis zur Villa eskortieren. Dann sah ich Fabrizio. Er hinkte die Stufen der Eingangstreppe herab und reichte mir die Hand.

»Willkommen«, sagte er in freundschaftlichem Ton. Nicht mehr.

»Freut mich, dich wiederzusehen«, entgegnete ich.

Wir schüttelten uns die Hand, aber am liebsten hätte ich ihn wie einen Bruder umarmt.

»Meine Mutter wartet im Pavillon auf dich«, sagte er und deutete auf eine Stelle, die von einer Lorbeerhecke verdeckt wurde. »Ich begleite dich«, fügte er hinzu und bot mir freundlich seinen Arm an.

Fabrizio war der einzige der Montalto-Geschwister, der von meinem Besuch in der Villa wußte. Er war auch der einzige, der seine Wochenenden bei Ester am Comer See verbrachte. Die anderen zogen mondänere Orte vor. Fabrizio war der einzige Montalto, der keinen Wert darauf legte, ein eigenes Flugzeug oder eine Yacht zu besitzen. Er war auch der einzige, der mit seiner Familie die Ferien in Nonantola verbrachte, wo die Montaltos ursprünglich beheimatet waren. Ein großes Gehöft, das Ester gehörte, hatte er restaurieren lassen, und dort verbrachten seine Frau und seine Kinder mehrere Monate im Jahr.

Meine Beziehungen zu Fabrizio waren immer ausgezeichnet gewesen, auch nach Emilianos Tod. Er hatte mir angeboten, mich an seiner Schulter auszuweinen, aber ich war nie auf seine Hilfsbereitschaft eingegangen, auch weil ich nicht wollte, daß er deshalb Schwierigkeiten mit seiner Familie bekam.

Innerhalb des Verlags leitete Fabrizio Tusini Montalto nach wie vor den Verkauf der Buchabteilung, die als einzige noch Gewinne erwirtschaftete. Durch sie kam Geld in die Kassen, und das war bitter nötig, um die Löcher zu stopfen, die der schlecht verwaltete Privatsender in den Firmenhaushalt riß.

Obwohl Fabrizio keinen Erbanspruch auf die familieneigene Finanzierungsgesellschaft hatte, besaß er ein ansehnliches Paket Aktien der Druckerei, das er allerdings nie wirklich als sein Eigentum betrachtet hatte und deshalb von den rechtmäßigen Erben verwalten ließ. Geld und Macht bedeuteten ihm nichts, und vielleicht war er gerade deshalb ein so ausgeglichener Mensch.

Zwischen ihm und Ester herrschte ein so natürliches Einverständnis, wie es selbst zwischen Mutter und Sohn selten anzutreffen ist.

Ester erwartete mich auf einer Chaiselongue im Pavillon hoch über dem See. Sie trug ein Blusenkleid aus rosa Seide, und ihre weißen, duftigen Haare waren eben erst frisiert. In ihrem Blick lag das Lächeln eines glücklichen Menschen.

»Endlich bist du hier«, sagte sie und breitete die Arme aus, um mich herzlich an sich zu drücken.

»Sie sehen fabelhaft aus.«

»Das sagt man so«, meinte sie mit einem ironischen Lächeln. »Aber ich glaube, du hast wirklich recht«, fügte sie hinzu. »Für meine achtzig Jahre bin ich noch ganz gut in Form. Aber kommen wir zu dir. Wie geht es dir? Komm, setz dich neben mich und laß dich ansehen. Hör mal«, unterbrach sie sich, »hättest du Lust auf einen eisgekühlten Pfirsichtee, den unsere liebe Angelina so gut zubereitet?«

Ich nickte, war aber nicht fähig, in Esters ungezwungenes Geplauder einzufallen.

Fabrizio sagte: »Ich lasse euch alleine. Ihr habt euch bestimmt viel zu erzählen.«

Ester sah ihm nach, wie er auf die Villa zuschritt. »Er ist der einzige, der etwas von deinem Besuch weiß. Auf Fabrizios Diskretion können wir uns verlassen.« Sie streichelte meine Wange und fuhr fort: »Décroly meint, das Gelingen der Operation hänge davon ab, ob wir es schaffen, die andern zu überrumpeln.« Sie sprach absichtlich leise und zog dabei das verschmitzte Gesicht eines Kindes, das den Erwachsenen einen Streich spielen will. »Aber jetzt möchte ich endlich aus deinem Mund, nicht aus dem deiner Mutter, erfahren, wie es dir geht«, sagte sie.

»Gut, wirklich«, versicherte ich ihr.

»Dafür hast du aber reichlich lange gebraucht«, schimpfte Ester mit mir. »Fünf Jahre, bis du endlich soweit warst. Ein Glück, daß ich unsterblich bin«, scherzte sie. »Aber ich kann es kaum erwarten, daß du Einzug in unsere Familie hältst.«

Ich fand, daß sie ein bißchen übertrieb, und sagte ihr das auch.

»Still!« befahl sie mir. »Emiliano hätte dir nie das Ruder in die Hand gegeben, wenn er nicht fest davon überzeugt gewesen wäre, daß du dich durchsetzen kannst.«

Ester war im Alter gesprächig, aggressiv und selbstsicher geworden. Sie hatte nichts mehr von der müden, resignierten Frau, als die sie Emiliano und meine Mutter mir beschrieben hatten. Was hatte diese Veränderung bewirkt? Der Tod ihres Ehemannes oder der Tod Monsignore Brighentis? Die beiden Bypässe, die ihr bei einer Herzoperation gelegt worden waren, hatten aus einer kränklichen Frau, die ständig in Lebensgefahr schwebte, eine kämpferische, temperamentvolle Person gemacht. Irgendwie hatte sie es geschafft, über alles hinwegzukommen: über Emilianos Tod, über den Kleinkrieg, den ihre Kinder miteinander führten, über den Schiffbruch des Verlags.

»Ich bin nicht der Meinung, daß Emiliano vollkommen war«, warf ich ein. »Jedenfalls seiner letzten Entscheidung nach zu urteilen.« Ich spielte auf seinen Selbstmord an.

Ein Schatten huschte über Esters Gesicht, während sie mir in die Augen sah.

»Emiliano hat viel getrunken, ich weiß«, erwiderte sie.

»Jeder reagiert auf die Schläge des Lebens, wie er kann. Aber das hat ihn nie daran gehindert, den Betrieb mit sicherer Hand zu führen«, verteidigte sie ihn.

Ich sah Angelina, die aus der Villa kam, um uns den Tee zu bringen: eine große, magere Gestalt, die sich unsicher durch die violett gefärbte Abenddämmerung bewegte.

»Arme alte Frau«, sagte Ester mitleidig. »Sie ist beinahe siebzig, möchte aber einfach nicht zugeben, daß sie schwach geworden ist.«

Sie stand behende von ihrer Chaiselongue auf und ging der Hausangestellten entgegen, um ihr das Tablett abzunehmen.

»Laß mich dir helfen«, sagte Ester.

Angelina errötete ärgerlich.

»Sie überanstrengen sich dauernd, Signora. Das ist nicht gut für Sie«, schimpfte sie.

»Ja, ja, du hast recht, Angelina«, entgegnete Ester und warf mir einen vielsagenden Blick zu.

»Wann soll ich das Abendessen servieren?« wollte die alte Hausangestellte wissen.

»Wann du es immer servierst, Herrgott!« polterte Ester.

Im Garten waren die Bodenlichter angegangen, die wie bunte Pilze aussahen und die rosaroten Kieswege beleuchteten. Während die Frau sich wieder entfernte, goß Ester mit sicherer Hand den kalten Tee in zwei Kristallgläser.

»Warum gerade ich?« fragte ich, das unterbrochene Gespräch wieder aufnehmend.

Ester fiel mir grob ins Wort.

»Wann wirst du endlich aufhören, hinter allem einen Grund zu suchen?«

Ich war entschlossen, mich diesmal nicht von Ester bremsen zu lassen, nachdem ich einmal den Mut gefaßt hatte, die schreckliche Frage zu stellen, die mich seit Jahren quälte und auf die ich nie eine Antwort gefunden hatte.

»Warum hat Emiliano sich umgebracht?«

»Weil er schwer krank war«, erwiderte Ester ruhig. »Die Ärzte hatten ein unheilbares Leiden festgestellt.«

Ich führte mein Glas an die Lippen und trank gierig ein paar Schlucke Tee. In Esters Stimme schwang nicht einmal ein Anflug von Rührung.

Ich dagegen fühlte mich, als habe man mir einen Dolch ins Herz gestoßen. Emiliano war unheilbar krank gewesen, und ich hatte es nicht gemerkt! Lag das daran, daß ich nicht aufmerksam genug gewesen war, oder daran, daß er so perfekt simuliert hatte?

Ester beantwortete mir diese Frage, noch bevor ich sie stellen konnte.

»Er hat es fertiggebracht, seine Krankheit vor allen zu verheimlichen«, sagte sie. »Er wußte, daß die Ärzte ihn hartnäckig allen möglichen Therapien unterziehen würden, aber er hatte keine Lust, den Kreuzweg der Wunderheilungen und Notoperationen zu gehen.«

Ruhig und gelassen fuhr Ester in ihrem traurigen Monolog fort. Sie sprach von ihrem Sohn, als treffe sie ihn jeden Augenblick in einer besseren Welt wieder.

»Er hatte Leberkrebs«, erklärte sie, ohne die Stimme zu heben. »Ich glaube nicht, daß der Alkohol zu seinem Ende beigetragen hat. Ich bin überzeugt, daß das Leben ihn krank gemacht hat: das Schicksal, wenn du willst, das über jeden von uns entscheidet. Das ist jedenfalls meine Meinung«, schloß sie, während ein trauriger Schatten über ihr Gesicht huschte und ihr die Menschlichkeit zurückgab, die ich völlig vom Verstand verdrängt geglaubt hatte.

Ab diesem Moment vereinigten uns Schmerz, Rührung, Tränen und ein vager Hauch von Guerlain, während um uns herum die sommerliche Abenddämmerung summte und wir unter dem Dach des alten Pavillons saßen, der so vieles mitangesehen und mitangehört hatte: tragische und fröhliche Ereignisse, heimlich geflüsterte Worte, Liebesdramen, Kinderstimmen, Herzensergüsse. In diesem Pavillon hatte Emiliano als Kind die Gedichte von Carducci auswendig gelernt, hatten Wally und Gianni sich über Mademoiselle Yvette lustig gemacht, hatten Ester und Sebastiano sich nach Lolas Geburt ihre verbotene Liebe gestanden, hatte Polissena in den Armen von Maestro Gavazzi geseufzt, war Fabrizios Mutter, die sanfte Gilda, von einem deutschen Soldaten erschossen worden. Jetzt legten hier die Matriarchin des Hauses Montalto und eine vierzigjährige Journalistin, die die Leitung des großen Verlags übernehmen sollte, den Grundstein für eine Zukunft, die bereits begonnen hatte.

»Du mußt noch andere Dinge über unsere Familie erfahren«, sagte Ester, bevor Angelina uns zum Essen rief. »Das hilft dir, die Dinge besser zu verstehen. Ich will dir von Franco Vassalli erzählen, der, wie du weißt, auch Teilhaber unserer Firma ist, und das nicht aus Zufall, sondern weil Ippolita es so wollte. Franco Vassalli ist nämlich kein Fremder. Er ist ein Montalto. Genau wie Emiliano.«

1949

Der Februar ging dem Ende zu. Für Ippolita Crivelli und ihre Freundin Serena Vassalli, die sich in einem kleinen Chalet auf der Schweizer Seite des Dent Blanche von der Welt zurückgezogen hatten, war es der letzte Monat einer langen Klausur.

Ippolita würde in Kürze niederkommen. Sie hatte die Hütte inmitten eines alten Nadelwalds gemietet, als sie merkte, daß ihre Schwangerschaft nicht länger zu verbergen war.

Sie hatte alle möglichen, plausibel klingenden Vorwände erfunden, um ihren Ruf zu wahren. Seit sie beschlossen hatte, ihr Kind auszutragen, hatte sie ein ruhiges Gewissen. Das Kleine sollte leben, aber sie konnte nicht zulassen, daß es weitere Dramen heraufbeschwor; ihr Leben war auch so schon kompliziert genug. Das Kind der Öffentlichkeit zu präsentieren hätte bedeutet, daß Edison Montalto die Achtung und Unterstützung ihres Vaters verlor, ganz zu schweigen von dem Skandal, der unweigerlich ausgebrochen wäre.

Mit solchen und ähnlichen Problemen hatte sie sich herumgeschlagen, als sich am Horizont unverhofft eine mögliche Rettung in Gestalt Serena Maggis abzeichnete.

Serena und Ippolita kannten sich seit ihrer Kindheit. Serena war die einzige Tochter des Juweliers Maggi, Ippolita die Erstgeborene seines besten Kunden, des Baumwollfabrikanten Agenore Crivelli.

Die beiden Mädchen hatten zusammen die Volksschule bei den Marzelliner Schwestern besucht. Sie waren Klassenkameradinnen und Banknachbarinnen gewesen. Später hatten sie sich dann aus den Augen verloren. Auf den Krieg war die Phase des euphorischen Wiederaufbaus gefolgt. Die Crivellis waren in die Schweiz geflohen, die Maggis hatten traurige und schwere Jahre erlebt.

Serenas Vater, der sich nach der Befreiung des Landes von der allgemeinen Begeisterung anstecken und zu Fehlspekulationen hatte verleiten lassen, war einer Bande von Wucherern zum Opfer gefallen. Er hatte die Schmach des Gefängnisses kennengelernt und am Ende auch noch den Rest seines einst beträchtlichen Vermögens verloren. Serena war auf den Heiratsantrag eines Taxifahrers eingegangen, um ihrem Leben einen stabilen, wenn auch bescheidenen Rahmen zu geben. Als sie sich eines Tages wieder einmal überlegte, wie sie ihrem Vater helfen konnte, der bis an den Hals in Schulden steckte, war ihr Ippolita eingefallen, und sie hatte sie angerufen.

»Ich brauche Geld«, hatte sie zu ihr gesagt. »Mein Vater sitzt in der Patsche.«

Ippolita saß auch in der Patsche. So schlossen die beiden eine Art Pakt zur gegenseitigen Hilfeleistung. Serena würde das Kind ihrer Freundin an Mutters Statt annehmen, und Ippolita würde dafür ihrem ehemaligen Schmucklieferanten unter die Arme greifen.

Serenas junger Ehemann, ein nüchterner, praktisch veranlagter Mensch, hatte nichts gegen den seltsamen Handel einzuwenden. Er bestand nicht einmal darauf, den Namen der Schwangeren zu erfahren. Der versprochenen Summe nach zu urteilen, mußte es sich auf alle Fälle um eine anständige Person handeln. Ihr zu helfen war eine Pflicht.

So war Serena Anfang Oktober 1948 mit Ippolita in die Schweiz gefahren. Offiziell hatten sich die beiden Frauen auf eine Weltreise begeben. Das Ehepaar Crivelli war von dieser Idee begeistert gewesen. Die Initiative ihrer Tochter schien anzudeuten, daß sie endlich reif und erwachsen wurde. Und Ippolita war in der Tat noch nie so ruhig und besinnlich gewesen.

Solange ihr Zustand es ihr erlaubte, war sie mit ihrer Freundin herumgereist. Als aber die Geburt dann näherrückte, hatten sich die beiden Frauen in ein Chalet bei Zermatt zurückgezogen, in dem sie vor der Neugier der Leute geschützt und trotzdem nicht völlig isoliert waren. Ganz in der Nähe befand sich eine Geburtsklinik, in der Ippolita sich während der letzten Wochen ihrer Schwangerschaft betreuen ließ. Dort wollte sie auch das Kind zur Welt bringen.

Das große Ereignis stand unmittelbar bevor. Die beiden Frauen hatten während des langen Zusammenlebens zu ihrer alten Freundschaft zurückgefunden und ein solches Gemeinschaftsgefühl entwickelt, daß Serena Ippolitas Kind als ihr eigenes betrachtete.

In der Klinik, in der Ippolita sich regelmäßig untersuchen ließ, war sie unter dem Namen Serena Maggi, verheiratete Vassalli, bekannt. Alle, selbst die zähe, kräftige Bäuerin, die das Chalet in Ordnung hielt und sie mit Lebensmitteln versorgte, hielten Ippolita für Serena und Serena für Ippolita.

Vom Fenster der gemütlichen, warmen Stube aus sahen die beiden Frauen dem dichten Schneefall zu. Seit zwei Tagen schneite es unaufhörlich. Am dritten Tag stand Serena vor einer Mauer aus Schnee, als sie die Hüttentür öffnete. Sie wollte, um im Notfall gerüstet zu sein, den Geburtshelfer anrufen und ihn schon jetzt um seine Hilfe bitten, aber die Telefonleitung war aufgrund des starken Schneefalls unterbrochen.

Ippolita wurde die Situation klar, als sie aufwachte.

»Serena, ich hab Angst«, sagte sie, während sie in eine Scheibe Brot biß, die dick mit Butter bestrichen war.

»Aber den Appetit scheint es dir Gott sei Dank nicht verschlagen zu haben«, versuchte ihre Freundin zu scherzen, aber in Wirklichkeit kam sie sich in der ausweglosen Situation wie eine Gefangene vor.

Ippolita, die sich gerade wieder ihr Brot zum Munde führte, stockte: »Und wenn jetzt die Wehen anfangen, was machen wir dann?« fragte sie.

»Die fangen jetzt nicht an«, wich Serena ihrer Frage aus. »Sicher kommt bald der Schneepflug und räumt alle Straßen.« Sie dachte an das Kellerfenster, aus dem man überhaupt nicht mehr hinaussah, an die tote Telefonleitung und bekam feuchte Hände.

Ippolita sah sich mit ihren großen Augen ängstlich im Zimmer um.

»Was sollen wir tun?« fragte sie.

»Das einzig Vernünftige, was wir tun können: warten. Das tun wir ja schon seit Monaten.«

Ippolita warf ihr einen dankbaren Blick zu.

»Ohne dich wäre ich verloren«, sagte sie.

Ippolita trank ihre Milch aus, erhob sich vom Tisch und ging ans Fenster. Sie bewegte sich langsam, und seit einigen Tagen machte ihr das Atmen Mühe.

»Seit gestern bewegt es sich nicht mehr«, sagte sie, während sie zwei Eichhörnchen zusah, die munter auf den Zweigen einer Tanne herumhüpften, so daß der Schnee stob.

»Wahrscheinlich schläft es«, meinte Serena, die von Müttern und Kindern nicht das Geringste verstand, aber die Kunst des guten Zuredens mittlerweile meisterhaft beherrschte.

Nur daß Ippolita sich diesmal nicht beruhigte.

»Ich glaube eher, daß es seine Kräfte für den letzten Akt sammelt«, sagte sie.

Serena sah sie vorwurfsvoll an.

»Jetzt hör aber auf, in Panik zu machen – entspann dich lieber!« schimpfte sie. »Leg dich aufs Sofa und hör ein bißchen Musik. Das tut euch beiden gut.« Es fiel ihr nicht leicht, die Rolle der selbstsicheren Frau zu spielen, aber es gelang ihr sehr gut, obwohl sie keine Ahnung hatte, was im Falle einer Geburt zu tun gewesen wäre. Sie ging zum Plattenspieler und legte die *Moonlight serenade* von der

Glenn-Miller-Big Band auf. Die sanfte Musik beruhigte sie.

»Du warst doch erst letzten Montag beim Frauenarzt. Und der hat gemeint, daß es noch mindestens zehn Tage dauert«, sagte Serena.

»Hoffen wir's ...« seufzte Ippolita und setzte sich aufs Sofa.

Serena begann ein wenig aufzuräumen, während Ippolita ihr Strickzeug herausholte.

Ippolita hatte sich während der langen Wartezeit sehr verändert. Sie war zu der Einsicht gelangt, daß es sich bei ihrer Geschichte mit Edison Montalto um eine Art Krankheit gehandelt hatte, von der sie Gott sei Dank völlig genesen war. Seit sie beschlossen hatte, das Kind auszutragen, hatte sie alle Ausschweifungen aufgegeben und ihr Leben von Grund auf verändert.

Sie hing gerade ihren Gedanken nach, als sie plötzlich einen stechenden Schmerz in der Nierengegend verspürte. Ihre Augen weiteten sich erschrocken.

»Serena«, rief sie. »Ich habe einen Stich gespürt«, fuhr sie murmelnd fort und faßte sich an die betroffene Stelle.

Serena eilte fürsorglich herbei, maß der Sache aber keine Bedeutung zu.

»Das hast du dir vielleicht nur eingebildet«, meinte sie.

»Nein, bestimmt nicht«, erwiderte Ippolita. »Ich habe wirklich einen Stich gespürt.«

»Wie geht es dir jetzt?« wollte Serena wissen.

»Jetzt ist alles vorbei.«

»Dann können wir ja beruhigt sein«, lächelte ihre Freundin, um ihre Besorgnis zu verbergen. Sie setzte sich neben Ippolita, nahm ein Buch vom Couchtisch und begann darin herumzublättern, nur um irgend etwas zu tun.

Ippolita atmete tief durch und begann wieder zu stricken, während ihre Freundin so tat, als würde sie konzentriert lesen. Hinter der Scheibe des kleinen Fensters fielen immer noch dicke, trockene Flocken, und die Schneedecke wuchs von Minute zu Minute.

»Was machen wir heute zum Mittagessen?« fragte Serena, um das angsterfüllte Schweigen zu unterbrechen.

»Es ist noch Reisauflauf von gestern abend da«, entgegnete Ippolita. »Den brauchen wir nur warm zu machen. Und Vanillepudding haben wir auch noch«, fügte sie hinzu.

»Besser, ich schaue nach«, sagte Serena, froh, einen Vorwand gefunden zu haben, um in die Küche zu gehen. Sie wollte sich wenigstens ein paar Minuten der spannungsgeladenen Atmosphäre entziehen. Kaum hatte sie die Kühlschranktür geöffnet, als sie erneut ihren Namen rufen hörte. Sie rannte in die Stube zurück.

»Ich habe schon wieder einen Stich gespürt«, klagte Ippolita. Sie saß steif auf dem Sofa und sah ihre Freundin hilfesuchend an, aber die wußte auch keinen Rat.

Das Telefon verriet mit einem hoffnungsfrohen Klicken, daß es am Leben war.

Serena nahm den Hörer ab und strahlte.

»Es funktioniert wieder«, jubelte sie.

Ippolita atmete auf.

»Ruf die Klinik an. Sie müssen mich holen kommen. Sofort«, sagte sie.

Serena merkte, daß ihre Hand zitterte, während sie die Nummer wählte, aber sie beruhigte sich, als sie die Stimme des Gynäkologen vernahm, mit dem die Telefonistin sie verbunden hatte.

»Meine Freundin, Signora Vassalli, steht kurz vor der Geburt«, teilte sie ihm mit. Trotz der Konfusion des Augenblicks vergaß sie nicht, die Namen auszutauschen.

»Woher wissen Sie das so sicher?« fragte der Arzt.

»Vor zirka einer Stunde hat sie einen Stich in der Nierengegend gespürt und vor kurzem noch einen. Jetzt ist alles vorbei . . . Ja, natürlich, das waren Wehen, wie Sie sagen . . . Aber wir können nicht aus dem Haus. Wir sind völlig eingeschneit«, erklärte sie ihm. »Natürlich könnte es falscher Alarm sein«, fügte sie hinzu und hob die Stimme, um auch Ippolita zu beruhigen. »Ja, sicher. Dann benachrichtigen Sie die örtliche Rettungswacht? Gut. Natürlich wäre es am besten, wenn auch Sie kommen könnten... Danke, Dottore. Danke.« Serena hängte ein.

»Siehst du? Er will versuchen, selbst zu kommen oder mindestens jemanden zu schicken. Du mußt nur ruhig bleiben.«

»Das sagst du so einfach«, platzte Ippolita heraus, während sie auf ein weiteres Schmerzsignal lauerte und sich hilflos umsah.

Der Gedanke, im Schnee gefangen zu sein, versetzte sie in Panik.

»Serena, bitte, tu was«, flehte sie. »Ich fühle mich schlecht. Mir ist speiübel, und ich habe schreckliche Rückenschmerzen.«

»Ich bringe dich ins Bett«, beschloß ihre Freundin und führte sie in ihr Zimmer mit der niederen Holzdecke, den weißen Wänden und den rustikalen Möbeln. Das Fenster hatte einen geblümten Vorhang und einen Laden, aus dem ein kleines Herz ausgesägt war.

Sie half ihr, sich hinzulegen, und deckte sie gut zu.

»Versuch dich zu entspannen«, riet sie Ippolita und strich ihr sanft über die Stirn. »Du fühlst dich bestimmt gleich wieder besser. Bald kommt der Arzt. Es wird alles gutgehen.« Ippolita klammerte sich an ihre Worte, um sich nicht von der Panik überwältigen zu lassen.

Die Zeit verging schrecklich langsam, und die Wehen nahmen an Häufigkeit und Intensität zu. Was dann passierte, sollte keine der beiden Frauen je wieder vergessen.

Ippolita schrie vor Schmerz, und Serena rannte zwischen dem Telefon, an dem der Gynäkologe ihr Ratschläge erteilte, und dem Bett der Gebärenden hin und her.

»Gott straft mich für meine Sünden«, wiederholte Ippolita zwischen einer Wehe und der nächsten, immer und immer wieder.

»Nein, Gott steht dir bei«, widersprach Serena ihr. »Du mußt nur pressen«, spornte sie Ippolita an, die Anweisungen des Geburtshelfers genau befolgend. »Ja, so. Du mußt pressen, so fest du kannst; als würdest du rudern. Nur Mut, Ippolita. Pressen!«

Ippolitas Halsmuskeln waren krampfartig gespannt, und ihr Gesicht war vor Schmerz zu einer verzweifelten Grimasse verzerrt. Serena fühlte mit ihr mit, als liege sie selbst in Wehen.

Sie weinte vor Rührung und Angst, als nach einem gellenden Schrei Ippolitas der Kopf des Kindes zum Vorschein kam.

»Du hast es beinahe geschafft!« rief Serena aus. »Jetzt holst du tief Luft und drückst noch einmal mit aller Kraft«, befahl sie ihr, froh, daß alles genau so verlief, wie der Arzt ihr gesagt hatte.

Ippolita atmete tief durch und konzentrierte sich, um ihre letzten Kräfte zu sammeln und noch einmal zu pressen. Was sie jetzt spürte, war kein Schmerz, es war alles und nichts, der Hoch- und der Tiefpunkt des Universums. Das Kind glitt aus ihrem Körper, und dann trat Ruhe ein, wie nach einem Gewitter.

»Fabelhaft! Es ist geboren«, lobte Serena sie.

»Es ist geboren«, murmelte Ippolita und sank erschöpft in ihr Kissen zurück. Als das Kind lauthals zu krähen begann, lächelte sie.

In diesem Augenblick traf die Rettungswacht ein. Die Hebamme, die von der Klinik losgeschickt worden war, um der Gebärenden beizustehen, nahm nur noch an der Endphase des Geschehens teil.

So kam Franco Vassalli, der Sohn von Ippolita Crivelli und Edison Montalto, auf die Welt, an einem Februartag in einem kleinen Chalet an den Hängen des Dent Blanche, das tief im Schnee versunken lag – geboren unter den Ängsten und Gewissensbissen zweier verzweifelter Frauen, die nichts vom Leben wußten, noch von den Folgen, die ihr Bündnis nach sich ziehen würde.

1952

Emiliano war am Ziel seiner Träume angelangt und schwebte im seligen Nirwana des Glücks. Mit dreiundzwanzig Jahren hatte er in klassischer Philologie mit *summa cum laude* promoviert, ging einer interessanten Arbeit im Verlag nach, und, was das Wichtigste war, er hatte Ippolita.

Nachdem er ihr jahrelang unermüdlich, aber nie aufdringlich den Hof gemacht hatte, war es ihm endlich gelungen, ihr Herz zu erobern und sie zu heiraten. Die Crivellis hatten dem Brautpaar eine große Wohnung geschenkt, die zu einem schönen Palazzo in der Via Morone gehörte. Der Empfang war von Ester organisiert worden. Edison hatte Emiliano seine Krawattennadel geschenkt, die gleichzeitig Familientotem und oberstes Rangabzeichen war und darüber hinaus Ausdruck seiner Wertschätzung und seines Respekts.

Jetzt, mitten im Januar, waren Emiliano und Ippolita in einem feuerroten Lancia nach Sankt Moritz unterwegs, wo sie zwei Wochen Urlaub machen wollten. Im *Palace Hotel* und in den umliegenden Villen wurden sie von einigen besonders nahen Freunden erwartet.

Für Emiliano war es nach Jahren harter Arbeit der erste richtige Urlaub. Er hatte ihn verdient und war entschlossen, ihn gründlich zu genießen. Aus den Augenwinkeln betrachtete er Ippolita, die eingenickt war. Er besaß alles, was er sich immer gewünscht hatte. Das einzige, was ihm ein wenig Sorgen bereitete, waren Ippolitas Schlafstörungen. Emiliano wurde fast jede Nacht von einem leisen Weinen seiner Frau geweckt. Es begann mit einem kaum vernehmbaren Wimmern, steigerte sich zu lautem Schreien und verstummte erst, wenn er sie in den Arm nahm und sanft weckte.

»Ich habe schlecht geträumt«, erklärte sie ihm jedesmal und drehte sich auf ihre Seite, um wieder einzuschlafen.

Emiliano hatte sich bemüht, den mysteriösen Gründen dieses ständig wiederkehrenden Alptraums auf die Spur zu kommen, doch Ippolita hatte ihm immer nur ausweichende Antworten gegeben.

Am frühen Nachmittag trafen sie in Sankt Moritz ein. Sie hatten beschlossen, das Ende ihrer langen Flitterwochen in einer winzigen, ebenso gemütlichen wie ruhigen Suite zu verbringen.

Ippolita bestellte ein Zimmermädchen, das ihr beim Auspacken der Koffer helfen sollte. Als die Hotelbedienstete ankam, stand sie unter der Dusche. Emiliano zeigte der Frau die Koffer, worauf sich diese sofort an die Arbeit machte.

Emiliano setzte sich unterdessen in dem kleinen Salon der Suite ans Telefon, um die Freunde anzurufen, die beim Hotelportier eine Nachricht hinterlassen hatten. Als Ippolita aus dem Bad kam, stieß sie auf das Zimmermädchen, das sie zuerst mit verhaltener Neugier, dann voller Erstaunen ansah. Endlich begann ihr Gesicht zu strahlen.

»Signora Vassalli«, rief sie aus und errötete vor Freude. »Wie ich mich freue, Sie wiederzusehen. Und das Kind?« fuhr sie unerbittlich fort. »Wie geht es Ihrem Sohn?«

Ippolita hatte gewußt, daß dieser Tag kommen und ihr das Herz brechen würde. Sie hatte auch gewußt, daß an diesem Tag, so schrecklich er sein mochte, ihr Martyrium ein Ende haben würde. Seit langem suchte sie einen Ausweg aus ihren entsetzlichen Gewissensqualen. Sie sehnte sich nach einer Befreiung, nach irgendeinem Vorwand, unter dem sie die ausstehende Rechnung begleichen und den Stein von ihrem Herzen wälzen konnte. Sie hatte Emiliano gedrängt, nach Sankt Moritz zu fahren, weil sie unbewußt nach einer Sprengkapsel suchte, mit der sie ihr Lügenschloß in die Luft jagen konnte, um ihren inneren Frieden wiederzufinden.

Bei dem Zimmermädchen handelte es sich um dieselbe Frau, die sich vor vier Jahren um das Chalet am Dent Blanche gekümmert hatte, als Ippolita schwanger gewesen und unter dem Namen ihrer Freundin Serena Vassalli aufgetreten war. Als Ippolita die Hotelangestellte erkannte, erblaßte sie und hielt sich an einem Sessel fest, um nicht in Ohnmacht zu fallen.

Emiliano hatte vom angrenzenden Zimmer aus die Worte des Zimmermädchens gehört und die Reaktion seiner Frau beobachtet.

»Wir haben uns nie kennengelernt«, fuhr Ippolita sie übertrieben heftig an. »Ich bin keine Signora Vassalli und kann Ihnen von keinem Kind berichten«, schrie sie, während ihre Augen sich mit Tränen füllten.

Emiliano betrachtete das entsetzte Gesicht der Angestellten, der nach anfänglichem Staunen zu Bewußtsein gekommen war, daß sie ein schreckliches Geheimnis verraten hatte.

»Entschuldigen Sie mich, Signora. Ich bin ein dummes Ding und habe einen unverzeihlichen Fehler begangen«, flüsterte sie erschrocken.

»Gehen Sie!« brüllte Ippolita.

Die Frau rannte fast aus dem Zimmer, während Ippolita sich aufs Bett warf und zu schluchzen begann.

Emiliano, der wie angewurzelt auf seinem Stuhl saß, umklammerte den Telefonhörer und überlegte angestrengt, was an dem Irrtum eines Zimmermädchens so schlimm sein konnte. Mit wem hatte die Frau Ippolita verwechselt? Wer war Signora Vassalli? Warum reagierte Ippolita auf so dramatische Weise? Da mußte mehr als eine simple Personenverwechslung dahinterstecken. Er dachte an die herzlichen Worte und den erfreuten Gesichtsausdruck der *femme de chambre* und an die Bestürzung seiner Frau.

»Was verheimlichst du mir da?« fragte er mit rauher Stimme. Ippolita bekam einen hysterischen Anfall. Es schien, als wolle sie sich von einem bösen Geist befreien, von dem sie besessen war. Sie wälzte sich auf dem Bett hin und her und schrie so verzweifelt wie in ihren nächtlichen Alpträumen. Emiliano rannte zu ihr, warf das Kissen weg, das sie umklammerte, und versetzte ihr mehrere Ohrfeigen. Ippolita glitt vom Bett, kauerte sich auf den Teppich und gestand ihm weinend: »Signora Vassalli, das bin ich. Ich bin die Mutter des Kindes.«

Emiliano starrte sie fassungslos an, ohne zu begreifen, was los war.

»Was für ein Kind?« fragte er mit ersterbender Stimme. »Was für ein Kind?« wiederholte er, indem er sich über sie beugte.

Ippolita hob ihr schönes, von tiefem Schmerz gezeichnetes Gesicht zu ihm auf und erzählte ihm weinend die ganze Geschichte, ohne auch nur das kleinste Detail auszulassen. In der irrealen Stille, die ihrem Geständnis folgte, fiel Emiliano plötzlich wieder der Sommer vor vier Jahren ein, als sein Vater in Anwesenheit Ippolitas in ein Zuckerkoma gefallen war. Er sortierte fieberhaft tausend Daten, Fakten und Situationen, bewertete das Verhalten der beiden: Es stimmte alles überein. Endlich hatte er eine logische Erklärung.

Sein Magen krampfte sich zusammen. Er rannte ins Bad und übergab sich. Dann betrachtete er sich im Spiegel über dem Waschbecken. Er erkannte sich nicht wieder.

Während er die kleine Falte auf seiner Stirn fixierte, hatte er den Eindruck, sein Gesicht verzerre sich und werde von den Zügen seines Vaters überlagert. Jetzt verstand er, weshalb Edison seine Beziehung zu Ippolita so eifrig unterstützt hatte.

Als sich das Gesicht im Spiegel völlig in das seines Vaters

verwandelt hatte, sagte Emiliano mit dumpfer Stimme: »Ich bringe ihn um! Diesmal bringe ich ihn um, mit meinen eigenen Händen!«

Er verließ das Bett, ohne auf Ippolita zu achten, die immer noch reglos am Boden kauerte. Auch das Telefon, das im angrenzenden Salon eindringlich schrillte, überhörte er. Er knallte die Tür hinter sich zu und stürzte in die Empfangshalle hinab.

»Dottore Montalto«, rief einer der Portiers, ein schmächtiger junger Mann, und rannte ihm nach: »Ein dringender Anruf für Sie.«

Emiliano sah und hörte ihn nicht, während er in der Drehtür verschwand und fluchtartig das *Palace* verließ.

Sein Wagen stand noch auf dem Vorplatz des Hotels. Er klemmte sich hinters Steuer und fuhr mit quietschenden Reifen los, während ihm der Portier, der ihn eingeholt hatte, zum zweitenmal ein dringendes Telefongespräch meldete.

Er fuhr viele Stunden, ständig das Bild seines Vaters vor Augen. Als er in Mailand in der Via Melzi d'Eril ankam, war es beinahe Nacht. Die Villa der Montaltos war wie zu einem Fest beleuchtet, und der Gartenweg war mit Autos vollgeparkt.

Emiliano platzte ins Haus und stieß in der Eingangshalle auf Gianni, der seltsamerweise in Jacke und Krawatte war.

»Dann haben sie dich also informiert?« fragte der Junge ernst. »Dabei hat dieser Idiot von einem Portier mir x-mal wiederholt, er habe nicht mit dir sprechen können.«

Emiliano starrte ihn verständnislos an.

»Wo ist unser Vater?« wollte er wissen. Seine Augen waren gerötet, sein Gesicht zu einer Fratze verzerrt.

Gianni versuchte ihn zur Vernunft zu bringen.

»Du mußt dich damit abfinden«, versuchte er ihn zu beruhigen. »Es hat keinen Sinn, so zu reagieren.«

»Wo ist er?« brüllte Emiliano, während er seinen Bruder am Jackenkragen packte und heftig schüttelte.

Gianni sah Emiliano entsetzt an.

»Die Leiche ist in der Eingangshalle des Verlags aufgebahrt«, erwiderte er. »Nimm dich zusammen, Emiliano.«

»Die Leiche?« wiederholte Emiliano verwirrt und ließ ihn los.

»Die Mitarbeiter halten schichtweise Totenwache«, erklärte Gianni. »Einer von uns ist immer dort. Im Augenblick ist Fabrizio bei ihm«, fügte er hinzu und versuchte seinen Bruder ins Haus zu ziehen.

Emiliano wurde blaß.

»Was sagst du da?« murmelte er. »Wovon redest du?« Er sah ihn ungläubig und bestürzt an.

»Papa hatte einen Herzinfarkt«, entgegnete Gianni leise. »Er ist völlig unvermittelt gestorben. Ich dachte nicht, daß du so darauf reagieren würdest. Trink etwas«, forderte er ihn auf, während er zu einem Barwagen ging.

Gianni goß Whisky in ein breites Glas und reichte es ihm. Emiliano nahm einen großen Schluck, wobei sein Kopf langsam wieder klar wurde.

»Er hat uns auch diesmal überrascht«, fuhr Gianni fort. »Ganz wie immer. Er schien kerngesund. Statt dessen ...«

Emiliano sah in sein Glas, dann trank er es aus.

»Wie geht es Mama?« fragte er nach langem Schweigen.

Gianni lächelte seinen Bruder an, der zu seiner gewohnten Ruhe zurückgefunden hatte.

»Mama hat es gefaßt aufgenommen«, erwiderte er. »Im Augenblick ist sie in Papas Arbeitszimmer, zusammen mit Tante Polissena, Wally und Lola. Sie sind alle dort drüben. Mitarbeiter, Freunde, Verwandte. Alle sind bei ihr.«

Emiliano legte eine Hand auf die Schulter seines Bruders und sah ihm in die Augen.

»Gianni, tu mir einen Gefallen«, bat er ihn. »Sag keinem, daß ich zurückgekommen bin. Du hast mich nicht gesehen.«

»Verlaß dich auf mich«, erwiderte sein Bruder. »Aber warum willst du das geheimhalten?« wunderte er sich. »Jetzt bist du das Familienoberhaupt.«

»Eines Tages werde ich dir alles erklären«, versprach Emiliano und verabschiedete sich mit einer Umarmung von seinem Bruder.

Er verließ das Haus, stieg in seinen Wagen und fuhr zum Verlag. Nachdem er das Auto in einer Seitenstraße geparkt hatte, näherte er sich der verglasten Eingangshalle, wo man den Toten aufgebahrt hatte. Er sah den offenen Sarg, an dem die Belegschaft in einer ununterbrochenen Reihe vorüberzog, aber er empfand keine Spur von Trauer. Alle nahmen Abschied von dem großen Verleger, alle außer ihm. Und doch litt er fürchterlich, weil seine Liebe zu Ippolita erloschen war. Er fühlte sich doppelt verraten.

Emiliano ging nicht zu Edison Montaltos Begräbnis. Er ließ seine Mutter wissen, daß es ihm gutging, aber daß er eine Zeitlang alleine sein wollte. Er fuhr mit seinem Lancia die ganze Nacht durch und auch noch den nächsten Tag, bis er in Calais war. Dort nahm er die Fähre nach Dover. Kaum in England angekommen, schlug er die Straße nach London ein, wo er völlig erschöpft eintraf. Er stieg in einem schäbigen kleinen Hotel in der Ebury Road ab und flüchtete sich mit zwei Flaschen Whisky sofort in sein Zimmer. Er trank und verfiel in einen Tiefschlaf, aus dem er nur erwachte, um weiterzutrinken. Er beschimpfte ein Zimmermädchen und schleuderte, sein Ziel nur knapp verfehlend, eine leere Flasche nach einem Gepäckträger, der gekommen war, um nach dem Rechten zu sehen. Der Portier, der umgehend informiert wurde, rief die Polizei.

Emiliano legte sich mit einem Polizisten an, der ihn zur Vernunft bringen wollte, und leistete, soweit er dazu noch imstande war, Widerstand gegen seine Verhaftung. Als jedoch ein zweiter Polizist hinzukam, mußte er sich dem Arm des Gesetzes beugen. Auf dem Kommissariat beleidigte er einen Beamten, der sofort erkannte, daß Emiliano stockbetrunken war und ihn schnurstracks in die Ausnüchterungszelle sperren ließ. Zwei Tage später öffnete sich die Zellentür, und auf der Schwelle erschien die stattliche Gestalt von Monsignore Sebastiano Brighenti.

»Nur Sie konnten mich hier aufstöbern«, sagte Emiliano. Sein Gesicht war von Bartstoppeln übersät, sein Haar zerzaust und sein Hemd zerrissen. Aber er war wieder Herr seiner selbst. Monsignore Brighenti hielt sich nicht lange mit Erklärungen auf.

»Du siehst mitgenommen aus«, sagte er, ohne daß es nach einem Vorwurf klang.

»Sie habe ich auch schon in besserer Form erlebt«, erwiderte Emiliano. Der Geistliche hatte ein müdes Gesicht und verquollene Augen, als habe er tagelang nicht geschlafen.

»Die Jahre vergehen für uns alle. Man wird eben älter«, scherzte der Prälat.

»Kann ich irgend etwas für Sie tun?« fragte Emiliano mit provozierendem Ton.

»Für mich nicht. Für deine Mutter allerdings. Also, komm mit«, forderte er Emiliano auf und warf ihm einen unmißverständlichen Blick zu. »Ich bringe dich zu ihr!«

Man brauchte nicht viel Scharfsinn, um zu begreifen, daß Sebastiano kurz davor war, Emiliano einfach unter den Arm zu nehmen. Er hatte gerade die Fünfzig überschritten; sein schwarzes Haar war voller Silberfäden, und seine kräftige Figur wirkte noch eindrucksvoller. Er war nach wie vor ein phantastisch aussehender Mann von einer unglaublichen Vitalität. Emiliano gehorchte, und zusammen verließen sie das Gefängnis.

Emiliano traf seine Mutter in einer Suite im zweiten Stock des *Savoy Hotels*. Er betrachtete sie wie mit anderen Augen und stellte fest, daß sie noch nie so schön gewesen war. Zum erstenmal seit seiner Kindheit fühlte er sich in ihren schwachen Armen wieder völlig sicher. Ester fragte ihn nicht nach den Gründen für seine plötzliche Flucht, noch wollte sie wissen, weshalb er nicht auf dem Begräbnis seines Vaters gewesen war und warum er seine Frau alleine in Sankt Moritz zurückgelassen hatte.

Sie sagte nur: »Du hast mir sehr gefehlt.«

»Du mir auch«, flüsterte Emiliano.

Dann verschwand er im Bad, um eine halbe Stunde später in einem weißen Frotteemantel wieder zu erscheinen. Mutter und Sohn tranken zusammen Tee und sprachen von vielen Dingen, ohne das tragische Ereignis zu erwähnen, das die Familie ereilt hatte. Von der Stimme seiner Mutter eingelullt, schlief Emiliano wie ein Kind auf dem Sessel im Salon ein. Er war völlig ausgelaugt und versank im dunklen Nichts eines herrlichen Schlafes. Als er am darauffolgenden Morgen erwachte, fand er Unterwäsche und neue Kleider vor. Er zog sich an. Im Wohnzimmer der Suite saß Monsignore Brighenti am Frühstückstisch. Emiliano begrüßte ihn und dankte ihm für seine Hilfe.

»Hoffen wir, daß sich so etwas nicht wiederholt«, meinte der Prälat in Anspielung auf Emilianos Flucht.

»Nein, da bin ich mir ziemlich sicher.« Sebastiano lächelte ihn an.

»Eine Tasse Kaffee wird dir guttun«, sagte er und forderte ihn auf, sich zu ihm an den Tisch zu setzen.

»Wo ist meine Mutter?« wollte Emiliano wissen, während er sich eine Scheibe Plumcake abschnitt.

»Sie ist ausgegangen«, erwiderte der Monsignore. »Aber nicht zu einem Einkaufsbummel«, fügte er hinzu. »Sie ist zu einem berühmten Kardiologen gegangen, um sich untersuchen zu lassen. Es hat mich einige Mühe gekostet, sie dazu zu bringen.«

»Aber es geht ihr doch nicht schlecht, oder?« fragte Emiliano besorgt.

Sebastiano sah ihn mit seinen ausdrucksvollen Augen an.

»Deine Mutter hat nie gerade vor Gesundheit gestrotzt, wie du weißt. Der Tod deines Vaters hat sie mitgenommen. Gestern hatte sie einen leichten Kollaps. Wir haben einen Arzt gerufen, und der hat ihr einen Termin beim Kardiologen besorgt.«

Emiliano betrachtete den Priester, der sich um die Gesundheit seiner Mutter kümmerte, als wäre er ein verliebter Ehemann.

»Was hast du jetzt vor?« wollte Sebastiano wissen.

»Ich möchte eine Zeitlang in London bleiben«, erwiderte Emiliano.

»Und deine Frau?« fragte Monsignore Brighenti.

Emiliano wischte sich mit einer Serviette die Lippen ab und warf sie auf den Tisch.

»Der geht es gut«, erwiderte er trocken.

Sebastiano wollte nicht weiter in ihn dringen, obwohl klar war, daß irgend etwas zwischen Ippolita und Emiliano vorgefallen sein mußte.

»Und dein Vater?«

»Was soll die Frage?«

»Du hast ihn mit keinem Wort erwähnt«, stellte der Prälat besorgt fest.

»Für mich ist dieses Kapitel abgeschlossen«, erwiderte Emiliano schroff.

»Eine seltsame Art, die Erinnerung an einen Elternteil auszulöschen«, bemerkte Sebastiano.

Emilianos Miene verdüsterte sich.

»Ich habe das Bedürfnis, eine Weile alleine zu sein«, sagte er. »Und Sie, was werden Sie machen?« fragte er dann, um den Spieß umzudrehen.

»Ich gehe nach Brasilien«, erklärte Sebastiano. »Sag deiner Mutter nichts davon. Ich möchte es ihr im geeigneten Moment selbst mitteilen. Steh ihr zur Seite, wenn du kannst. Sie braucht deinen Schutz.«

»Ist das ein Abschied?«

»Ja, in gewisser Weise«, erwiderte Monsignore Brighenti, während er mit der Hand in seine Jackentasche fuhr und etwas daraus hervorholte.

»Diese Krawattennadel war im Depot der Polizeiwache. Mir scheint, sie hat deinem Vater gehört. Ich dachte, es würde dich freuen, sie wiederzubekommen.«

»Ich bin Ihnen zu ewigem Dank verpflichtet. Sie haben

viel für mich getan«, sagte Emiliano und nahm die goldene Nadel entgegen.

Die beiden Männer verabschiedeten sich mit einem warmen Händedruck, während ein Hoteldiener Sebastianos Gepäck abholte.

Emiliano verbrachte zwei Jahre in London, wo er bei einem großen Verlag wichtige Erfahrungen sammelte. Er überließ es Ippolita, die Auflösung ihrer Ehe zu beantragen.

Als er nach Italien zurückkehrte, hatte er eine neue Frau, Mary June Scott-Davis, eine distanzierte Aristokratin, die alles langweilte, was nicht mit Salons, mondänen Veranstaltungen oder mit den Stammbäumen illustrer Familien zu tun hatte.

Emiliano war fünfundzwanzig Jahre alt. Weitere fünfundzwanzig Jahr sollten vergehen, bevor er Arlette kennenlernte und begriff, daß *sie* die Frau seines Lebens war. Erst ab diesem Augenblick gelang es ihm, sich mit der Erinnerung an seinen Vater und an Ippolita zu versöhnen.

1990

1

Im Speisezimmer der Villa Ester war alles noch genauso wie damals bei meinem ersten Besuch mit Emiliano: die Chippendale-Möbel, das Boggioli-Silber, die Decken mit ihrem reichen Stuck, die Seidentapeten. Fabrizio war unter irgendeinem Vorwand abgefahren, um Ester und mich alleine zu lassen. Es gab noch so viele Familiengeschichten, die sie mir erzählen, und so viele Fragen, die ich ihr stellen wollte. Der philippinische Butler, der uns am Tisch bediente, benahm sich so diskret, daß seine Anwesenheit uns überhaupt nicht störte.

Ester kam sofort zum Kern der Sache, als wäre dies das natürlichste der Welt.

»Edison war ein großer Mann, im Schlechten, aber auch im Guten«, sagte sie. »Das ist wahrscheinlich der Grund, weshalb seine Kinder es nie zu viel gebracht haben. Sein Vorbild hat sie einfach erdrückt. Sie haben sich völlig verzettelt«, fügte sie hinzu. »Anstatt sich wirklich um den Verlag zu kümmern, stand ihnen der Sinn nur danach, wie sie sich gegenseitig zu Fall bringen konnten.«

Ich wollte ihre Gedanken nicht unterbrechen, konnte mich aber nicht zurückhalten, ein dummes und formales »natürlich« einzuwerfen.

»Wie damals, als Lola und Wally sich verbündeten, um

Gianni auszubooten«, fuhr meine Gastgeberin fort. »Das war ein riesiger Irrtum. Gianni ist nämlich ein geradezu genialer Unternehmer. Und dieser Bruderkrieg hat fraglos zum Niedergang des Verlags beigetragen.«

Ich wußte alles über Gianni Montaltos Verdrängung aus dem Verlag, über seine Verbannung aus der Familie. Emiliano, der von dieser Geschichte dasselbe hielt wie seine Mutter, hatte sie mir in allen Einzelheiten erzählt.

Es war 1982 passiert, als Emilianos Schwager, Corrado Kaiserlian, Gianni dabei ertappte, wie er sich von Lieferfirmen gewaltige Schmiergelder für erteilte Aufträge bezahlen ließ. So war er immer gewesen, schon als Kind. Er konnte einfach der Versuchung nicht widerstehen, jede Gelegenheit auszunützen, bei der es etwas zu verdienen gab.

Giannis Ausschluß war auf einer stürmischen Sitzung des Familienrats beschlossen worden. Emilianos Warnungen und Esters Einspruch gegen die drastische Maßnahme hatten Lola, Wally und ihre Ehemänner nicht dazu bewegen können, ihr Urteil abzumildern.

»Ein Montalto frißt keinen Montalto«, sagte Emiliano damals, eine Maxime des alten Edison zitierend. »Wenn ihr heute beschließt, dieses Prinzip zu mißachten, dann müßt ihr auch bereit sein, die Folgen auf euch zu nehmen. Und die könnten katastrophal sein.«

Seine Vorhersage war in Erfüllung gegangen.

Innerhalb weniger Wochen verkaufte Gianni seinen Aktienanteil, zwanzig Prozent des gesamten Pakets, an den Verleger Giovanni Rovesti, den einzigen gefährlichen Konkurrenten des Montalto Verlags.

Kurz darauf war Gianni nach Brasilien ausgewandert, wo er sein außerordentliches Talent gewinnträchtig zur Anwendung brachte. Er gründete eine Fabrik für Keramikfliesen und hatte mit seinen Erzeugnissen bald den brasilianischen Markt monopolisiert, wenig später auch den amerikanischen. Er verlegte seinen Wohnsitz in die Vereinigten Staaten, um seine Geschäfte aus der Nähe leiten zu können. Augenblicklich steht der Name Gianni Montaltos auf der Liste der reichsten Männer Amerikas. Jeder zehnte Amerikaner läßt seine Böden, sein Bad oder seine Küche mit Fliesen von Montalto kacheln. Was seine Schwestern betraf, so war ihnen bald bewußt geworden, welche Dummheit sie begangen hatten. Spätestens in dem Moment, in dem sie Giannis Aktien zum doppelten Preis von Rovesti zurückkaufen und dazu einen Teil ihres persönlichen Vermögens opfern mußten.

Mein Abendessen mit Ester verwandelte sich unmerklich in ein Gespräch ohne Ende, während die Speisen auf unseren Tellern zum Entsetzen des philippinischen Butlers kalt wurden.

»Es sind jetzt acht Jahre, daß ich meinen Gianni nicht mehr gesehen habe«, klagte Ester, und ein Anflug von Resignation schwang in ihrer Stimme. »Ich weiß, daß er sich ab und zu in Italien aufhält, aber er kommt mich nicht besuchen. Er telefoniert nur mit mir. Er schickt mir Blumen und Geschenke, aber er möchte mich nicht sehen. In seinen Augen bin ich schuldig, weil ich auch die Mutter seiner Schwestern bin, die ihn aus der Familie ausgeschlossen haben.« Ich hörte ihr mit ehrfürchtigem Schweigen zu, denn ich war überzeugt, daß sie weder Trost noch einen Kommentar von mir erwartete. Die Jahre hatten alte Schicksalsschläge abgemildert, und die neuen wurden von Esters Lebensweisheit gefiltert.

»Ja, meine Kinder ...« fuhr sie fort. »So verschieden und doch so ähnlich, immer im Konflikt miteinander, und doch ständig bereit, sich zu verbünden, wenn sie glauben, einen gemeinsamen Feind oder ein gemeinsames Ziel zu haben. Ihr halbes Leben haben sie damit verbracht, sich zu fragen, wer von ihnen mir am liebsten sei, dabei habe ich nie einen bevorzugt. Sie haben natürlich gespürt, daß Lola das Ergebnis eines Traumes war«, gestand sie, während sie ihre warmen, ausdrucksvollen Augen hob. »Ich war oft versucht, ihr die Wahrheit über mich und ihren Vater zu sagen, aber am Ende habe ich nie den Mut dazu gefunden.«

Ester gelang es, ihre Gefühle selbst dann noch zu verbergen, wenn sie die aufregendsten Momente ihres Lebens heraufbeschwor. Ich wußte nicht, woher sie die Seelenstärke nahm, die Vergangenheit wieder auferstehen zu lassen, ohne irgendein Gefühl von sich preiszugeben.

»Lola hat die Wahrheit nie erfahren«, fuhr sie lächelnd fort. »Mehr als einmal war ich drauf und dran, ihr das Geheimnis ihrer Geburt zu verraten. Als Sebastiano 1970 starb«, sagte sie, während ihre Stimme kaum merklich zitterte, »erinnerte Lola sich nicht einmal daran, daß sie ihn kannte . . . Es ist irgendwo im amazonischen Urwald passiert, angeblich ein Insektenstich. Ich habe die Nachricht erst viele Wochen später erfahren. Das Komische war, daß ich keine Trauer empfand«, bekannte sie, während sie sich leicht zu mir herüberbeugte. »Nur unendliche Wehmut über unsere verflossene Jugend. Und den etwas verrückten Wunsch, umzukehren und noch einmal von vorn zu beginnen. Die vergangenen Jahre noch einmal zu leben, intensiver und bewußter«, fügte sie hinzu. »Ich habe so vieles vergessen. Es kommt oft vor, daß mir jemand Episoden aus der Vergangenheit erzählt, und ich sage: Ja, ich erinnere mich. Aber in Wirklichkeit sehe ich nur unbeschriebene Blätter vor mir. Oder Blätter, die unleserlich geworden sind. Du glaubst nicht, wie leid mir das tut.«

Der philippinische Butler wartete auf ein Zeichen, um die Speisen abzutragen, die keiner von uns angerührt hatte. Aber er wagte es nicht, uns zu stören, obwohl er nichts von unserem halblaut geführten Gespräch verstand.

»Emiliano fehlt mir sehr«, sagte sie bitter. »Fabrizio füllt nur einen kleinen Teil dieser großen Leere aus. Trotzdem ist er derjenige, der mir am nächsten steht. Ich empfinde ihn wirklich als meinen Sohn, obwohl ich nicht seine Mutter bin. Er ähnelt Emiliano sehr. Ich glaube, die beiden haben Edisons beste Seiten geerbt: seinen Weitblick und seine Kreativität.«

Mit großer Hingabe fuhr Ester fort, mir ein Bild ihrer Familie zu entwerfen.

»Meine Töchter sind leider sehr kurzsichtig«, gestand sie. »Sie machen Fehler, beten ein *mea culpa* und machen wieder Fehler. Sie haben Gianni aus der Firma verdrängt und kurz darauf mit dem Kauf eines Fernsehsenders den nächsten Irrtum begangen. Sie haben sich in eine Sackgasse manövriert und suchen verzweifelt nach einem Ausweg, statt zu begreifen, daß sie umdrehen und einen neuen Weg einschlagen müßten.«

Die Operation, auf die Ester sich bezog, hatte Corrado Kaiserlian in die Wege geleitet. Er war der Ansicht gewesen, ein Verlag wie Montalto könne ein so wichtiges Medium einfach nicht länger ignorieren.

Emiliano hatte sofort die damit verbundenen Schwierigkeiten dagegengehalten: mangelnde Erfahrung auf dem Gebiet und fehlende Fachkompetenz. Aber Wally und Lola hatten sich mit Unterstützung ihrer Ehegatten durchgesetzt, auch weil Emiliano es nicht auf einen neuen Bruderkrieg ankommen lassen wollte. Sein persönliches Vermögen garantierte ihm so oder so genügend Sicherheit. Er hatte keine Kinder, und ich konnte nach Auskunft des Gynäkologen keine bekommen. Für wen hätte er an der neuen Front kämpfen sollen? So hielt er seine Schwestern und Schwäger nicht länger davon ab, sich in das gefährliche Abenteuer zu stürzen.

Nur allzu schnell merkten sie, daß dafür ungeheure Geldsummen nötig waren. Ippolita, Emilianos erste Frau, nannte den Namen des Mannes, den sie brauchten: Franco Vassalli. Er war ein erfolgreicher Finanzier, besaß bereits zwei gut funktionierende Privatsender und galt als Experte auf dem Gebiet.

Emiliano nahm die Berufung fast mit Erleichterung auf. Denn Franco Vassalli war, ob er es wußte oder nicht, ein Montalto. Daß Ippolita dies letztlich eingestanden hatte, gefiel ihm eigentlich. Der neue Mann, dem große Fähigkeiten nachgesagt wurden, trug die Falte der Montaltos auf der Stirn. Es würde also alles in der Familie bleiben. Trotzdem war es natürlich ein großes Wagnis, fünfzehn

Prozent der Verlagsaktien an ihn abzutreten, um an frisches Kapital zu kommen.

Nachdem die Schlacht geschlagen, die Toten gezählt und die Verluste bilanziert worden waren, fiel ihnen nichts Besseres ein, als sich gegenseitig die Schuld in die Schuhe zu schieben.

»Dann hat Emiliano uns verlassen, genau in dem Augenblick, in dem wir ihn am meisten gebraucht hätten«, sagte Ester. »Die restliche Familie hat eine Dummheit nach der andern begangen. Der Verlag ist in politische Machenschaften verwickelt und hoch verschuldet, obwohl die Geschäfte gut laufen.« Wir begaben uns in den gelben Salon. Der philippinische Butler brachte Ester einen Tee und mir einen Kaffee.

»Glauben Sie wirklich, Signora Montalto, daß ich es mit diesem Wespennest aufnehmen kann?« fragte ich.

»Jetzt, wo du wieder Vernunft angenommen hast«, erwiderte sie, »kannst du das bestimmt. Du hast Erfahrungen gesammelt und Wut angestaut. Das ist dein Moment, Arlette«, sagte sie, um mir Mut zu machen, und streichelte meine Hand. »Und sag nicht mehr Signora Montalto zu mir. Nenn mich Ester.«

»Ich will es versuchen«, versprach ich.

»Denk daran, daß guter Wille allein nicht genügt, wenn man keine Aktienmehrheit hat«, mahnte sie mich. »Du verfügst nur über fünfundvierzig Prozent. Die andern halten fünfundfünfzig. Wenn du diejenige sein willst, die entscheidet, brauchst du weitere sechs Prozent.«

Ihre Feststellung überraschte mich. War es möglich, daß Ovide Décroly mich in den Kampf schickte, ohne dieses wichtige Detail zu erwähnen?

»Wie komme ich zu den sechs Prozent, die mir fehlen?« wollte ich wissen.

Ester beruhigte mich.

»Die gibt dir mein Sohn Gianni. Ich habe dir doch gesagt, daß er wieder zu uns stoßen möchte«, erwiderte sie. »Wally und Lola haben einen Teil ihrer Aktien an eine

Schweizer Finanzierungsgesellschaft abgetreten, die von Ovide Décroly kontrolliert wird. Das Geld, mit dem diese Aktien bezahlt wurden, stammt von meinem Sohn Gianni«, teilte sie mir mit einem spitzbübischen Lächeln mit.

Ich wußte nicht, was ich mit diesen Neuigkeiten anfangen sollte, und war ziemlich durcheinander.

»Warum sollte Gianni seinen Anteil von mir verwalten lassen?« fragte ich sie. Ich kannte ihn gut genug, um zu wissen, daß er daran gewöhnt war, die Hauptrolle zu spielen.

»Weil ich es so möchte«, erklärte Ester. »Du mußt dich nur vor seinen Tricks in acht nehmen.«

Wir hatten das Essen praktisch nicht angerührt und einen Großteil des Abends damit verbracht, über die zukünftigen Konstellationen in der Firma zu diskutieren. Dabei waren neue Fakten ans Licht gekommen, die mich so verwirrten, daß ich mich immer mehr fühlte, als würde ich mich in einem Labyrinth verrennen.

Ester hielt sich die Hand vor den Mund, um höflich ein Gähnen zu verbergen.

»In meinem Alter geht man früh ins Bett«, sagte sie und stand von ihrem Sessel auf.

Ich folgte ihrem Beispiel.

»Gute Nacht, Ester«, sagte ich und reichte ihr die Hand. Sie umarmte mich.

»Warum übernachtest du nicht hier?« schlug sie vor.

Ich lehnte ihre freundliche Einladung ab.

»Danke, aber ich bin morgen früh mit Décroly in Mailand verabredet«, erwiderte ich.

Das stimmte, und vielleicht würde ich ihn sogar noch während der Nacht aufsuchen. Ich mußte ihn fragen, weshalb er mir verschwiegen hatte, daß Gianni Montalto in die Operation eingeschaltet werden sollte.

Ich hatte den Verdacht, daß Ester, Ippolita und er, Décroly, mich benutzen wollten, um dem Außenseiter der Familie eine triumphale Rückkehr in den Verlag zu ermöglichen.

2

Die schwüle Hitze machte einem das Atmen schwer. Ich fühlte mich wie in einen unsichtbaren Panzer gezwängt. Die Begegnung mit Ester Montalto hatte mein Unbehagen noch gesteigert. Als ich zu Hause ankam, war meine Stimmung auf dem Tiefpunkt. Diese liebevolle und großzügige Matriarchin, die scheinbar nur darauf aus war, die Pläne ihres vor fünf Jahren verstorbenen Sohnes auszuführen, konnte mich einfach nicht überzeugen.

Ich fand es unnatürlich, daß sie sich auf meine Seite schlug. Sie stellte sich gegen ihre Kinder und Enkel, um die Partei der »armen Arlette« zu ergreifen, die genau besehen doch nur die letzte Geliebte ihres Lieblingssohnes war. Warum glaubte sie so fest daran, daß ich mich durchsetzen würde? Warum sollte mir etwas gelingen, bei dem alle anderen versagt hatten? Was meine Zweifel noch schürte, war ihre letzte Eröffnung: Gianni Montalto besaß, ohne daß irgend jemand es gewußt hätte, sechs Prozent der Verlagsaktien. Ich riß die Fenster zur Terrasse auf und verstreute unterwegs meine Sandalen und Kleidungsstücke über den Boden. Der kalte Wasserstrahl der Dusche erfrischte mich augenblicklich und verhalf mir wieder zu einem klaren Kopf. Ich kam zu dem Schluß, daß es neben vielen Zweifeln auch eine Gewißheit gab: Ich war eine steinreiche Frau und besaß alle damit verbundenen Privilegien. Ich lächelte bei dem Gedanken, daß ich mir ein großes Appartement mit einer ordentlichen Klimaanlage würde leisten können. Diese Vorstellung und meine kalte Dusche machten sogar die Luft in der Wohnung erträglich.

Ich schlüpfte in einen Morgenmantel aus dünnem indischem Stoff, schaltete einen kleinen Ventilator ein, der ein leises Surren von sich gab, und hörte meinen Anrufbeantworter ab.

Emy wünschte mir aus Santa Margherita eine gute Nacht. Dann hörte ich die Stimme meiner Mutter, die mir kurz berichtete, wie der Tag am Meer verlaufen war. Als letztes hatte Ovide Décroly eine Nachricht auf dem Tonband hinterlassen. Er sagte: »Ich bin im Hotel *Principe*. Es bleibt bei unserer Verabredung morgen früh. Bei Bedarf stehe ich jederzeit zu Ihrer Verfügung.« Ich sah auf die Uhr. Es war kurz vor Mitternacht. »Das Privatleben der Leute ist heilig«, hatte mein Vater immer gesagt. »Nach neun Uhr abends ruft man niemanden mehr an.«

Ich wollte mit meinem Anwalt sprechen, aber ich zögerte. Dann fiel mir wieder ein, daß ich auf einem Berg von Geld saß und daß den Reichen fast alles erlaubt ist. Also rief ich Décroly mitten in der Nacht an. Er meldete sich mit verschlafener Stimme.

»Es ist schon ziemlich spät, und ich habe Sie vielleicht aufgeweckt«, entschuldigte ich mich mit einem Anflug von Sadismus.

»Kein Problem, Arlette. Ich höre.«

Wenn ich keine so wichtige Klientin von ihm gewesen wäre, hätte er nicht einmal den Hörer abgenommen. Bei allen Problemen, die mich bedrängten, huschte mir plötzlich ein frivoler Gedanke durch den Kopf. Ich fragte mich, ob Décroly wohl alleine oder in Begleitung einer Frau war.

»Wissen Sie was, Ovide? Ich weiß nicht einmal, ob Sie verheiratet sind.«

»Scheint Ihnen das so wichtig?« sagte er mit neutraler Stimme.

»Nein. Aber es würde mich trotzdem interessieren«, erwiderte ich.

Ich vernahm vom andern Ende der Leitung ein verhaltenes Brummen.

»Ich bin geschieden«, entgegnete Décroly. »Ich habe auch einen Sohn«, fügte er hinzu. »Er arbeitet in den Vereinigten Staaten.«

Ich fuhr ungestraft in meiner Dreistigkeit fort.

»In einer bedeutenden Anwaltskanzlei«, riet ich aufs Geratewohl. Was brachte mich bloß dazu, dieses Kreuzverhör durchzuführen? Ich kam zu dem Schluß, daß Arroganz die erste Errungenschaft der Macht ist. Trotzdem hätte es mich nicht gewundert und auch nicht gekränkt, wenn Ovide an diesem Punkt das Thema gewechselt hätte. Aber er tat es nicht.

»Er unterrichtet antike Literatur in Harvard«, entgegnete er statt dessen voller Genugtuung.

»Phantastisch«, rief ich aus. »Gehören Sie zu den Menschen, die problemlos wieder einschlafen können, wenn man sie aus dem Schlaf gerissen hat?« fragte ich.

Ovide Décroly schwieg ein paar Sekunden, in deren Verlauf sich sein Gesichtsausdruck mit Sicherheit veränderte. Als er mir antwortete, klang auch seine Stimme etwas ärgerlich.

»Arlette«, sagte er, »Sie haben mich nicht mitten in der Nacht angerufen, um die Geschichte meines Lebens zu erfahren. Möchten Sie, daß wir uns treffen?« fragte er in geschäftigem Ton.

Décroly gefiel mir immer besser. Er stand im Dienste meiner Millionen und tat nichts, um dies zu vertuschen.

»Es wäre nicht schlecht, wenn wir sofort ein paar Punkte klären würden«, erwiderte ich, ohne zu künstlichen Entschuldigungen oder sonstigen Floskeln zu greifen.

Als er etwa eine Stunde später bei mir ankam, überging ich alle rituellen Formalitäten und kam sofort zur Sache. Ich hatte in diesen Tagen eine Gelassenheit und einen Mut entwickelt, die es mir erlaubten, die schwierigsten Themen mit einem Lächeln anzugehen.

»Was soll ich von der Neuigkeit halten, daß Gianni Montalto sechs Prozent des Aktienpakets besitzt?« wollte ich wissen. »Warum bin ich die einzige, die nichts davon wußte?«

Décroly nahm den heiteren, vertrauensvollen Gesichtsausdruck eines gutmütigen Familienvaters an. Er saß auf einem runden Hocker neben dem Ventilator. Wenn er seinem Schlaf und der Klimaanlage des großen Hotels nachtrauerte, so ließ er sich das nicht anmerken.

»War das Ihr Problem?« fragte er, nicht im mindesten überrascht.

»Das scheint mir kein geringes Problem.«

»Sie haben es von Ester Montalto erfahren, stimmt's?«

Die Unerschütterlichkeit dieses Mannes wirkte sich negativ auf mein inneres Gleichgewicht aus.

»Ich hätte gerne eine Antwort, keine Gegenfrage«, erwiderte ich gereizt.

»Die Antwort ist einfach«, lenkte er ein. »Sie wußten nichts, Arlette, weil Sie diese Information erst zu einem späteren Zeitpunkt bekommen sollten.«

»Es lebe die Ehrlichkeit«, erwiderte ich. »Ich fürchtete schon, Sie würden mir sagen, Sie hätten keine Zeit gehabt, mich zu informieren. Gibt es noch andere Dinge, die ich nicht wissen darf?«

Ich war nervös, besorgt und aggressiv wie oft, wenn mein mangelndes Selbstbewußtsein mich zu dem Glauben verleitet, die ganze Welt habe sich gegen mich verschworen. Wieder einmal war ich ein Grashalm, der sich im Winde bog, nur daß man mir meine Schwäche jetzt nicht mehr ansah. Das war zweifellos ein Vorteil. Emiliano hatte meine Ängste einmal genau analysiert und war zu dem Schluß gelangt, sie seien typisch für Leute, die unsicher, aber ehrgeizig sind. Mittlerweile hatte sich vieles geändert. Ich war zum erstenmal der Favorit und setzte alles daran, das Rennen zu gewinnen. Deshalb wollte ich Klarheit und Sicherheit. Ich wollte wissen, auf wen ich mich verlassen und vor wem ich mich in acht nehmen mußte. Wenn ich die Hauptrolle hatte, dann mußte es korrekt zugehen.

»Es liegt alles an dem alten Gesellschaftsstatut, das Edison Montalto eingeführt hat«, begann Ovide mir zu erklären. »Und diesem Statut zufolge soll die rechte Hand nicht wissen, was die linke tut. Die Montalto-Schwestern brauchten Geld, um ihre Fehlinvestitionen auszugleichen«, sagte er.

Warum holte er so weit aus, statt das Problem direkt anzugehen, wie es sonst seine Art war?

»Das wußte ich bereits«, bemerkte ich und bemühte mich, ruhig zu bleiben.

»Gianni Montalto ist Teilhaber der Finanzierungsgesellschaft, und er hat die Aktien aufgekauft. Aber ich war nicht verpflichtet, Sie davon zu unterrichten.«

»Warum nicht, wenn Sie doch mein Anwalt sind?« hakte ich nach.

»Weil ich auch der Anwalt Gianni Montaltos bin«, eröffnete er mir zu meiner großen Überraschung.

»Aha.« Mit diesem kurzen Kommentar ließ ich die Maske der Gleichgültigkeit fallen, hinter der ich mich bis zu diesem Augenblick versteckt hatte.

»Dieser scheinbare Widerspruch«, lächelte er, »ist völlig legitim. Ihre Interessen stehen nämlich nicht miteinander in Konflikt.«

Ich sah ihn mißtrauisch an und seufzte erleichtert.

»Verstehe«, sagte ich, obwohl ich überhaupt nichts verstand.

»Ich muß noch etwas hinzufügen: Gianni weiß genausowenig wie die anderen Erben, daß Sie einen Großteil der Aktien besitzen. Ich glaube, Gianni hat seiner Mutter von seinen sechs Prozent erzählt, um ihr eine Freude zu machen.«

Seine Schlußfolgerung mochte richtig sein, aber ich fand sie nicht überzeugend genug, um alle Zweifel beiseite zu räumen. Für mich stand nur eins völlig fest: Ich war in einem Labyrinth gefangen.

Außerdem hatte ich den Eindruck, daß Ovide mir weniger sagte, als er wußte, obwohl er mir seine Hilfsbereitschaft konkret bewies.

Es schien mir wohl begreiflich, daß Gianni Montalto, der Sohn, den man von den Familiengeschäften ausgeschlossen hatte, wieder mitmischen wollte, und daß er deshalb mit sicherem Instinkt sechs Prozent der Aktien an sich gebracht hatte. Aber weshalb sollte er diese Wertpapiere mir zur Verfügung stellen und mich zur tonangebenden Hauptaktionärin des Verlags machen? Seiner Mutter zuliebe, damit sie Emilianos Plan verwirklichen konnte, der mich zum Zentrum des Firmenuniversums auserkoren hatte?

Aber es gab auch noch eine andere Möglichkeit. Was, wenn Ester ihrem Sohn Gianni zu diesem Schritt geraten hätte, um mit mir eine zukünftige Lösung auszuhandeln? Ich sollte an dem Spiel teilnehmen, aber zu Gianni Montaltos Bedingungen, der, gemeinsam mit ihr, das Zünglein an der Waage blieb. Und wenn ich eines Tages nicht auf seine Bedingungen einging, würde Ester mir womöglich ihre elf Prozent entziehen und Ippolita überreden, ihre vierzehn Prozent wieder für sich zu beanspruchen, was zusammen mit Giannis Aktien ein hübsches Paket von einunddreißig Prozent ausmachte – gegen meine zwanzig Prozent, die Emiliano gehört hatten und die mir keiner nehmen konnte.

»Ovide, warum fühle ich mich, als säße ich in einer Falle?« fragte ich, während ich aufstand und zur Terrassentür ging.

Ich drehte dem Genfer Anwalt den Rücken zu, weil ich nicht den Mut hatte, auf seinem Gesicht und in seinen Augen die Anzeichen meiner ersten Niederlage wahrzunehmen.

»Weil Sie in einer Falle sitzen, Arlette. Und da Sie eine intelligente Frau sind, haben Sie das gemerkt. Aber das ist nur richtig so, weil nämlich jedes Geschäft eine Falle in sich birgt.«

Ovide verließ seinen Platz neben dem Ventilator und kam zu mir. Es war zwei Uhr früh, aber die Schwüle hatte noch immer nicht nachgelassen. Ich betrachtete den dunstigen Himmel, der am Horizont mit dem Dächermeer verschmolz. Ich roch den Duft der vor Hitze schlaff herunterhängenden Geranien und hörte das ferne Rauschen des Verkehrs, der auch zu dieser Nachtzeit nicht abriß.

»Ich dachte, ich reite auf einem Tiger«, sagte ich. »Es war ein wundervolles Abenteuer. Jetzt habe ich den Eindruck, einer Klapperschlange gegenüberzustehen, die mich jeden Augenblick beißen könnte.« Ovide Décroly gab mir mit einer Handbewegung zu verstehen, daß ich übertrieb.

»Tiger, Klapperschlangen«, spöttelte er. »Aus Ihnen spricht immer noch die Journalistin. Ja, es gibt Schwierigkeiten, und es wird immer welche geben. Andererseits habe ich Ihnen nie einen Sonntagsausflug versprochen.«

Ich versuchte zu reagieren, aber ich spürte eine Leere in mir – eine Leere, die von Emilianos Abwesenheit kam und meine Einsamkeit, meine Ängste noch steigerte. Fast ohne es zu merken, änderte ich plötzlich das Register.

»Wußten Sie, daß Emiliano sich umgebracht hat, weil er einen Lebertumor hatte?« fragte ich ihn.

»Nein, das wußte ich nicht«, erwiderte Ovide, ohne der Sache allzuviel Bedeutung beizumessen.

Ich begann leise zu schluchzen. Ich sah Emiliano vor mir: ein schöner, kräftiger, unbesiegbarer Mann. Ich konnte mich einfach nicht mit dem Gedanken abfinden, daß er so schwer krank gewesen war.

Da fühlte ich eine Hand auf meiner Schulter, dann seinen Arm, der mich an ihn zog.

»Dein Leben war nicht leicht, Arlette«, sagte Ovide, mich auf einmal duzend. »Ich werde dir helfen, weil ich es Emiliano versprochen habe und weil ich dein Anwalt bin«, fuhr er fort. »Ich werde dir helfen, weil ich an dich glaube.«

Ich empfand seine Stimme als beruhigend, seine Umarmung als sanft und beschützend. Ich mußte an meinen Vater denken. Ich schlang Ovide die Arme um den Hals, wie ich es als kleines Kind getan hatte, wenn ich mich hilflos fühlte und der kräftige Körper meines Vaters mir die Sicherheit einflößte, die ich brauchte.

Ovide gab mir sein Taschentuch, damit ich mir die Tränen abtrocknen konnte.

»Du wirst es schaffen, glaub mir«, sagte er mit echter Überzeugung. »Du hast genug Kraft und Intelligenz.«

Ich nickte, obwohl ich mir weder stark noch intelligent vorkam.

»Ich möchte lernen, zwischen den Zeilen zu lesen«, gestand ich ihm. »Aber das ist eine schrecklich schwierige Übung.«

»Aber keine, die deine Kräfte übersteigt«, erwiderte er, als könne er für meinen Erfolg garantieren. »Hab Vertrauen zu dir selbst«, schloß er und verabschiedete sich von mir.

In wenigen Stunden würde ein harter Tag beginnen. Ich würde mich mit Ovides Mitarbeitern treffen und mit ihnen zusammen eine Strategie ausarbeiten. Ich hätte mich wie ein General am Tag vor der Schlacht fühlen sollen; statt dessen fühlte ich mich immer noch als eine arme Frau, einsam und hilfsbedürftig. Ich ging ins Bett und schlief erschöpft ein. Ich träumte, daß ich in einen fürchterlich überfüllten Zug einsteigen wollte, es aber nicht schaffte, aufs Trittbrett zu klettern, da es viel zu hoch für meine schwachen, kraftlosen Beine war. Schadenfrohe Zuschauer verfolgten meine Bemühungen mit spöttischen Blicken. Vergeblich hoffte ich auf eine helfende Hand.

Als ich aufwachte, stand die Sonne bereits hoch am Himmel. Ich war müde und übelster Laune. Der Gedanke an Ovide heiterte mich ein wenig auf, obwohl der Traum dieser Nacht nach wie vor die Synthese meines Lebens darstellte.

3

Ich betrachtete die weißen Schwäne, die zwischen den Seerosen auf dem kleinen Teich der Villa Ester herumschwammen, und wartete auf die Ankunft der Aktionäre des Montalto Verlags.

Ich war wie gewohnt lange vor der Verabredung eingetroffen. Fabrizio, der mich wie immer herzlich empfangen hatte, leistete mir Gesellschaft.

»Wo ist der schwarze Schwan?« fragte ich ihn, da ich mich an Emilianos Erzählungen erinnerte.

Fabrizio sah mich mit seinen gutmütigen Augen an, die etwas verwundert wirkten.

»Er ist schon lange nicht mehr hier«, erwiderte er.

»Gestorben?« murmelte ich.

»Das weiß ich nicht«, sagte er. »Ich weiß nur, daß er weggeflogen ist.«

»Wann?« fragte ich nach.

»Als Emiliano starb. Es ist an einem Sommerabend passiert. Der schwarze Schwan ist ganz plötzlich vom Teich aufgestiegen, am Anfang etwas mühsam, dann immer kraftvoller und beschwingter. Der Gärtner hat beobachtet, wie er dreimal über dem Park kreiste, bevor er in die Richtung der Berge davonflog, dabei immer kleiner wurde, bis er nur noch ein Pünktchen war und schließlich verschwand. Der Mann schwört, er habe gehört, wie sich ein melodischer Gesang in der Luft verbreitete«, berichtete Fabrizio beinahe widerwillig.

»Die Schwäne singen, bevor sie sterben«, bemerkte ich flüsternd.

»Das ist nur eine Legende«, entgegnete Fabrizio. »Angeblich singen schwarze Schwäne oft. Trotzdem ist es komisch, daß Emiliano und der Schwan gleichzeitig von uns gegangen sind.«

Ein Windhauch strich wie ein leiser Flügelschlag über meine Haut.

»Nein, das ist nicht komisch«, erwiderte ich. »Ich glaube, sie haben sich gemeinsam auf die Reise in reinere Sphären begeben«, erwiderte ich überzeugt. Ich glaubte gerne an diese schöne Geschichte vom gleichzeitigen Verschwinden Emilianos und des schwarzen Schwans. So konnte ich mir vorstellen, daß mein Geliebter auf seiner Reise ins Nichts weniger alleine war.

Fabrizio wollte mir meinen Traum nicht zerstören. Er betrachtete die Schwäne und richtete seinen Blick dann auf den Comer See, wie auf der Suche nach einer Erinnerung.

»In der Nähe des Hafens ist eine alte Trattoria«, begann er zu erzählen. »Emiliano und ich haben in unserer Kindheit oft am Ufer geangelt und die Fische dann dem Wirt der Trattoria gebracht, Signore Mossotti. Er briet sie uns über dem offenen Feuer, und wir aßen sie unter einer Pergola im Freien und tranken Limonade dazu.«

Warum hatte Emiliano mir nie etwas von diesen Dingen erzählt, die für Fabrizio so wichtig schienen und die ich sehr hübsch fand, da sie viel über die Gefühle verrieten, die die beiden Stiefbrüder miteinander verbanden?

»Als Emiliano starb, hat er einen Teil meines Lebens mit sich genommen. Wir sind oft zusammen in Wirtshäuser auf dem Land gegangen, wo wir Rotwein tranken und uns an Worten berauschten. Wir sprachen über alles: Bücher, Frauen, Arbeit«, erzählte Fabrizio. »Das haben wir auch als Erwachsene noch gemacht, nur nicht mehr so häufig. Einmal hat er zu mir gesagt: ›Ich habe ein Mädchen kennengelernt, sie heißt Arlette. Sie hat mir das Herz gestohlen.‹ In dieser romantischen, ganz und gar altmodischen Erklärung, bei der er rot wurde, steckte die ganze Wahrheit über eine Begegnung, die fundamental für ihn war«, fuhr er fort. »In diesem Moment habe ich begriffen, daß Emiliano die Frau seines Lebens gefunden hatte. Ich mochte dich, ohne dich zu kennen.«

Ich hörte Fabrizios Erzählung zu und betrachtete die weißen Schwäne, die feierlich über den Teich glitten, während meine Augen sich mit Tränen füllten. Der philippinische Butler erschien, um uns zu rufen. Wir folgten ihm in die Villa. Fabrizio warf mir einen langen, innigen Blick zu, bevor wir das Haus betraten. Ich stellte mich auf die Schwelle des Arbeitszimmers, das Edison Montalto gehört hatte. Es war genau so wie in Emilianos Beschreibungen: die verbleiten Fensterscheiben, der große Diplomatenschreibtisch mit den vergoldeten Bronzebeschlägen, die Bücherregale aus Nußbaum an den Wänden, die Marmorbüste des Philosophen Seneca.

Die schwüle Luft, die vom See heraufkam, drückte gegen die geschlossenen Fenster, aber die Scheiben schützten uns vor der Hochsommerhitze.

Ein vager Duft nach Weihrauch schwebte im Raum. Die Montalto-Erben und ihre Anwälte erwarteten mich bereits. Ester saß hinter dem Schreibtisch, der ihrem Mann gehört hatte. Ippolita Crivelli wirkte müde und älter als ihre ehemalige Schwiegermutter. Franco Vassalli betrachtete mich mit der für ihn typischen, undurchdringlichen Miene. Gianni Montalto musterte mich mit amüsiertem Blick und machte wie immer ein verschmitztes Gesicht. Lola und Wally saßen so steif da, als könnten sie jeden Augenblick zerbrechen. Spannung knisterte in der Luft. Die Kleidung der Anwesenden war von einer Eleganz, wie man sie nur in exklusiven Modezeitschriften findet. Aber ich stand nicht hinter ihnen zurück. Ich war wie sie perfekt gebräunt, tadellos frisiert und trug ein Kostüm von erstklassigem Schnitt.

Ovide kam mir entgegen und begleitete mich zu einem Stuhl. Ich ließ mich langsam und beherrscht nieder, um meine Aufregung und meine Angst vor dieser Begegnung zu verbergen. Mit einem Blick überflog ich die Gesichter der Versammelten.

Die beiden Männer, Gianni und Franco, waren Söhne desselben Vaters, aber wenn man von der kleinen Falte auf ihrer Stirn einmal absah, ließ sich keinerlei Ähnlichkeit zwischen ihnen feststellen. Sie waren die Onkel meiner Tochter. Und Wally war ihre Tante. Lola dagegen war keine Montalto, aber das wußte sie nicht. Sie musterte mich mit der grimmigen Miene eines Menschen, der glaubt, eine Schlange am Busen genährt zu haben. Ehrlich gesagt, las ich diesen Ausdruck auf den Gesichtern aller Anwesenden, Ippolita und Ester ausgenommen. Letztere hatte jetzt aber überhaupt nichts mehr von der Güte, mit der sie mir bei unserem letzten Treffen begegnet war, sondern wirkte eher wie eine Katze, die ihre Jungen bewacht. Ippolita dagegen lächelte mich mit geradezu entwaffnender Vertraulichkeit an. Ich begriff sofort, daß ich in ihr eine Verbündete hatte. Die andern schienen eine Mauer gegen mich, die Usurpatorin ihres Reiches, errichtet zu haben, so sehr dieses Reich auch von internen Kriegen und riskanten Abenteuern zerrissen war.

Dank der Informationen Ovide Décrolys und seiner Mitarbeiter war ich bestens im Bilde, wie es wirklich um die Firma stand. Ich kannte die trockenen Zweige, die es abzuschneiden galt, wie auch die Zweige, die gewinnbringend verkauft werden mußten, um an frisches Kapital zu kommen und die kranke Pflanze von den Wurzeln her zu kurieren.

Außerdem kannte ich die Geschichte jedes einzelnen bis ins kleinste Detail. Das war mein As im Ärmel. Sie wollten mich nicht, und um mich gegen ihren Willen durchzusetzen, durfte ich kein Mittel scheuen. Ovide hatte mich gewarnt.

»Sie werden dich mit gefletschten Zähnen erwarten, bereit, dich gnadenlos zu zerfleischen. Auch Ester wird ihren Teil dazutun – mach dir da bloß keine Illusionen. Sie ist dir sehr zugetan und vergöttert deine Tochter, da sie von ihrem Blut ist. Aber sie wird den Interessen ihrer Familie nie zuwiderhandeln, um dich zu begünstigen. Ich glaube sogar, daß Ester bei Giannis Rückkehr in die Firma mitgewirkt hat.«

Ovide eröffnete also die Versammlung. Er erinnerte daran, daß Emiliano, bevor er starb, seine Aktien einer Schweizer Treuhandgesellschaft übergeben hatte, daß Ester und Ippolita seinem Beispiel gefolgt waren, daß die Treuhandgesellschaft von mir kontrolliert wurde, daß ich das umfangreichste Aktienpaket besaß und daß ich einen Alliierten suchte, der mir sechs Prozent seiner Wertpapiere anvertraute, um die Leitung des Verlags zu übernehmen.

»Dieser Alliierte sollte einer mündlichen Zusage Signora Montaltos zufolge ihr Sohn Gianni sein. So ist es doch, nicht wahr?« sagte Ovide Décroly, wobei er abwechselnd Mutter und Sohn anschaute.

»Einverstanden«, erwiderte Gianni, während Lola und Wally die Luft anhielten. »Ich würde nur gerne wissen, was ich dafür bekomme.«

»Die Stelle des Geschäftsführers«, sagte ich und bot ihm

damit den Posten an, den er vor seiner Verdrängung aus der Firma eingenommen hatte.

»In Ordnung«, entgegnete er. »Aber ich möchte alle Vollmachten.«

Es folgte ein langes Schweigen. Ich hätte erwartet, daß Ester etwas sagen würde, aber sie gab keinen Mucks von sich. Statt dessen ergriff Ovide wieder das Wort: »Das würde bedeuten, daß meine Klientin eine Präsidentin mit rein repräsentativer Funktion wäre.«

»Das ist doch eine ehrenvolle Stellung«, betonte Gianni.

»Dann ginge es mir ja fast wie der Königin von England. Wer das Sagen hat, ist der Premierminister«, bemerkte ich und konnte nur mit Mühe einen Wutanfall über diesen Tiefschlag unterdrücken. Jetzt begriff ich, daß diese ruhmreiche, aber rein repräsentative Aufgabe das Äußerste war, was die Familie mir zuerkennen wollte. Ester zeigte sich mit dieser Entscheidung einverstanden, und wenn ich mich dagegen wehren sollte, so würde sie ihre Aktien zu Giannis Gunsten aus der Treuhandgesellschaft abziehen. Ich hatte nur Ippolita auf meiner Seite, aber ihre Unterstützung genügte nicht, um die andern schachmatt zu setzen.

An diesem Punkt ließ Ippolita, so müde und gelangweilt sie auch schien, ihre Stimme vernehmen: »Ich habe Emiliano versprochen, daß ich seinen Willen respektieren würde. Die Tatsache, daß er nicht mehr lebt, berechtigt mich nicht dazu, mein Wort zu brechen. Emiliano hatte sicher seine guten Gründe, wenn er Arlette ans Ruder setzen wollte. Ich stimme also für sie. Und was dich betrifft, Franco, so erwarte ich, daß du dasselbe tust. Und tu es schnell, damit wir diese Versammlung beschließen können.« Ich fragte mich, ob Franco Vassalli wußte, daß Ippolita seine Mutter war. Jedenfalls machten die beiden den Eindruck, sich gut zu kennen. Die vertrauten Blicke, die sie einander zuwarfen, deuteten darauf hin, daß sie engen Kontakt miteinander hatten. In diesem Augenblick schien er Ippolita nach dem Grund für die Treue fragen zu wollen, die sie einem Mann entgegenbrachte, mit dem sie nur wenige Monate verheiratet gewesen war, und das vor unendlich langer Zeit. Er wußte offensichtlich nicht, daß Ippolita sich noch immer um Vergebung für ihre Vergangenheit bemühte.

»Jetzt frage ich, was ich dafür bekomme, wenn ich Arlette mein Vertrauen gebe«, sagte Vassalli.

»Der Montalto-Sender gehört dir, und dasselbe gilt für die regionalen Tageszeitungen«, erwiderte ich, ohne auch nur einen Augenblick zu zögern. Genau das hatten Ovide und ich abgesprochen. Hier ging es nicht um trockene Zweige, sondern nur um Abteilungen, die schlecht verwaltet und deshalb im Minus waren.

Franco Vassalli nickte.

»Für den Sieg Signorina Arisis reicht das aber nicht. Dazu bräuchte sie auch die Unterstützung meiner Mutter. Hab ich nicht recht, Mami?« fragte Wally und warf Ester einen flehenden Blick zu.

Ester äußerte sich nicht. Ich begriff, daß sie im Konflikt zwischen ihren Gefühlen und ihrer Vernunft stand. Sie war die Frau eines großen Verlegers gewesen und wußte die Fähigkeiten eines jeden einzelnen genau zu beurteilen. Hier ging es nicht nur um die Liebe zu den eigenen Kindern. Hier ging es vor allem um die Rettung eines Verlagskonzerns. Sie war davon überzeugt, daß Gianni in der Lage gewesen wäre, das riesige Unternehmen wieder auf Vordermann zu bringen, das war mir mittlerweile klar. Ich spürte Ovides kräftige Hand, die meine Schulter drückte. Jetzt herrschte wieder völlige Stille. Jeder erwartete Esters Urteil, aber sie blieb weiter stumm. Als die Spannung auf dem Höhepunkt war, brach Lola das Schweigen.

»Das ist Papas Verlag. Ein Familienbesitz.« Wenige Worte, knapp und präzise, die sie mit dem kalkulierten Nachdruck einer Theaterschauspielerin aussprach. Es hätte mich nicht gewundert, wenn die Anwesenden in Beifall ausgebrochen wären. Und das hätten sie wohl auch getan, wenn ich ihnen die nötige Zeit dazu gelassen hätte.

»Soll das heißen, daß Personen, die nicht zur Familie

gehören, ausgeschlossen werden müssen?« fragte ich langsam und deutlich, während ich Ester in die Augen sah. »Ich bin sicher, daß Signora Montalto diesem Kriterium nicht folgen wird. Oder irre ich mich?«

Ich sah, wie Ester blaß wurde, während ihre knochigen Finger die Armlehnen ihres Stuhls umklammerten. Ihr vorwurfsvoller Blick traf mich wie ein schwerer Stein. Ich gab ihr mimisch mein Bedauern zu verstehen, ließ aber keinen Zweifel daran, daß ich bis zum Äußersten gehen würde, um die Partie zu gewinnen.

»Was wollen Sie damit andeuten?« fragte Lola.

Ester kam mir zuvor und hinderte mich so, eine Antwort zu geben.

»Arlette setzt mir das Messer an die Kehle«, sagte sie. Dann schwieg sie einen Augenblick, während sie Lola mit unendlicher Zärtlichkeit anblickte. Ich wußte, daß sie in dieser Tochter – ihrem jüngsten Kind – die schlummernde Erinnerung an eine große Liebe suchte. Ich fühlte mich wie ein Wurm. Aber ich wäre trotzdem keinen Schritt zurückgewichen. Ich hätte auf ihre Ablehnung mit einem Zynismus gekontert, zu dem ich früher niemals fähig gewesen wäre. »Aber ich muß zugeben, daß Arlette recht hat. Auch ich habe, genau wie Ippolita, ein Versprechen gegeben, und zwar in einem Augenblick, in dem ich sehr wütend auf dich war, Lola, und auf dich, Wally. Ihr hattet soviel dummes Zeug angestellt. Meine Wut ist verraucht. Mein Versprechen bleibt bestehen. Arlette hat weiter mein Vertrauen. Gott möge ihr beistehen.«

Die Würfel waren gefallen. Lola, Wally und Gianni Montalto befanden sich jetzt in der Minderheit. Ich, Arlette Arisi, war die effektive Besitzerin des Verlags.

Sie waren alle gegangen. Ovide und ich befanden uns alleine in Edisons Büro.

Ich stellte mich ans Fenster und sah zu, wie die Sonne im Comer See unterging. Statt zu jubeln, war ich am Boden zerstört.

»Wollen wir auch gehen?« fragte Ovide.

Ich drehte mich um und schaute ihn an. Er stand mitten im Zimmer, die Hände in den Hosentaschen vergraben. Sein Gesicht war von der langen und harten Schlacht gezeichnet.

»Natürlich«, erwiderte ich. »Ich komme gleich nach.«

»Ich warte im Garten auf dich«, sagte er und verließ das Zimmer.

Ich sah mich um. Auf den Couchtischen standen Aschenbecher voller Zigarettenstummel und leere Gläser. Die Kissen einiger Stühle waren noch eingedrückt. Ich hob einen kleinen Haarkamm auf, der auf dem Teppich lag. Er war aus Schildpatt und mit winzigen Brillanten verziert. Er gehörte Ester. Dann ließ ich mich auf dem Stuhl hinter dem Schreibtisch nieder, auf dem bis vor kurzem Ester gesessen hatte. Ich stützte die Ellbogen auf die Tischplatte, nahm mein Gesicht in die Hände, schloß die Augen und versuchte mich zu entspannen.

Ich war unzufrieden, sehr unzufrieden mit mir selbst. Ich hatte die Mehrheit bekommen, weil ich einen Schlag unterhalb der Gürtellinie angedroht hatte, einen gemeinen, niederträchtigen Schlag. Konsterniert stellte ich fest, daß ich im Begriff gewesen war, die intimsten Geheimnisse der Familie zu lüften, nur um den Sieg davonzutragen. Ich hatte die zerstörerische Gewalt der Macht mit Händen berührt und begriff erst jetzt, daß Ester mich daran gehindert hatte zu sprechen, nicht um sich selbst zu retten, sondern um mich zu retten, um mir die Schmach eines infamen Verrats zu ersparen. Sie hatte sich gegen ihre Kinder gestellt, gegen die Vernunft, die ihr eine andere Lösung eingab, nur damit ich mich nicht beschmutzte.

Mein Sieg hatte einen bitteren Beigeschmack. Es wäre schön gewesen, hätte ich meine Mutter anrufen und ihr sagen können: »Ich habe es geschafft. Ich habe deine und meine Niederlagen gerächt.« Ja, es wäre schön gewesen, dies alles sagen zu können. Aber ich konnte es nicht, weil ich in Wirklichkeit versagt hatte.

Ich war die Verliererin dieser Familienversammlung. Ich stand alleine, verzweifelt alleine an der Spitze der Machtpyramide. Wenn Emiliano noch gelebt hätte und in diesem Augenblick bei mir gewesen wäre, ich hätte nicht den Mut gehabt, ihm in die Augen zu sehen, so sehr schämte ich mich für mein Verhalten.

Die Stimme des Gewissens sagte mir, daß Emiliano sich in mir geirrt hatte. Alle hatten sich geirrt. Nur Navelli, der Chefredakteur von *Orizzonti*, hatte mich richtig eingeschätzt und so behandelt, wie ich es verdiente.

Ich verließ den Schreibtisch, durchquerte das Zimmer und trat ins Freie hinaus. Die Sonne war untergegangen, und vom See her wehte eine leichte Brise. Ich sah zu den Bergen jenseits des Comer Sees hinauf und versuchte die Richtung zu erahnen, in die der schwarze Schwan für immer entflogen war.

»Ich bringe dich nach Hause«, sagte eine Stimme. Ovide war an mich herangetreten und legte mir einen Arm um die Schulter.

»Wo sind die andern?« fragte ich.

»Sie sind alle abgefahren«, erwiderte er.

»Ester? Fabrizio?« erkundigte ich mich.

»Auch sie.«

Wir stiegen in sein Auto.

Schweigend fuhren wir ein gutes Stück Wegs. »Weißt du was, Ovide?« sagte ich schließlich. »Ich gebe auf. Regle du alles. Und mach es sofort, gleich morgen früh.«

Ovide nickte.

»Ich wußte, daß du verzichten würdest«, sagte er nur.

Ich dachte an Emy. Wenn ich ihr eines Tages unsere Geschichte erzählen würde, meine und Emilianos Geschichte, sollte sie stolz auf mich sein. Ich sehnte mich danach, ihre zarten Ärmchen zu fühlen, die meinen Hals umschlangen.

»Ich habe nachgedacht. Ich glaube, daß Gianni Montalto der richtige Mann ist, um den Verlag zu leiten. Er wird es wohl nie lassen können, in erster Linie seinen eigenen Interessen nachzugehen. Aber das hat keinerlei Bedeutung«, erklärte ich.

Das Thema war endgültig erledigt. Ich war auf alle Fälle eine reiche Frau. Und mit Gianni an der Spitze des Verlags würden wir alle auch in Zukunft genug verdienen.

Als wir in Mailand ankamen, war es Nacht. Ovide hielt vor dem Portal meines Hauses an, stieg aus und beeilte sich, meine Wagentür zu öffnen.

»Und was wirst du machen?« fragte er mich.

»Was ich immer gemacht habe. Ich bleibe Journalistin. Diesmal bin ich sicher, daß Navelli mich bevorzugt behandelt. Vielleicht zittert er jedesmal, wenn er mir begegnet. Meine Stelle als Reporterin bekomme ich jedenfalls wieder. Darauf würde ich Gift nehmen«, sagte ich und fügte hinzu: »Und du?«

»Ich nehme weiterhin deine Interessen wahr. Wie ich es immer getan habe«, erwiderte er.

»Nein, nein, ich wollte wissen, was du jetzt vorhast, in diesem Augenblick.«

»Ich fahre wohl nach Genf zurück«, erwiderte er ausweichend.

»Möchtest du nicht zu mir hochkommen? Ich habe zwar nur eine bescheidene Stadtrandwohnung ohne Klimaanlage, aber ich besitze einen ausgezeichneten Ventilator«, sagte ich. »Und außerdem fühle ich mich ein bißchen einsam.«

Als wir in der Wohnung waren, riß ich alle Fenster auf und schaltete den Ventilator ein. Plötzlich lag ich in seinen Armen, das Gesicht an seine Schulter geschmiegt. Ich schluchzte wie ein kleines Kind.

»Der schwarze Schwan«, sagte ich weinend, »ist vor langer Zeit davongeflogen. Ich möchte wieder anfangen zu leben.«

Sveva Casati Modignani

Diamantenregen

448 Seiten, ISBN 3 522 70810 5

Die hinreißende und gewaltige Geschichte einer Mailänder Familie von Beginn des Jahrhunderts bis in unsere Tage, voller Liebe, Leidenschaft und Rache.

Donna d'onore

380 Seiten, ISBN 3 522 70630 7

Ein atemberaubender Roman über die Welt der Mafia und ihre eisernen, verschwiegenen Gesetze – und die Geschichte einer leidenschaftlichen Liebe ...

Giulia

440 Seiten, ISBN 3 522 70740 0

Mit vierzig Jahren steht Giulia vor dem Scherbenhaufen ihres Lebens; auf der Höhe des Erfolgs wird die Schriftstellerin jäh mit dem Tod konfrontiert.

Glanz des Lebens (Giulia II)

390 Seiten, ISBN 3 522 70880 6

Das überzeugende Porträt einer Frau, die auf einer Entdeckungsreise nach sich selbst ihre Lebensgewohnheiten und -vorstellungen überprüfen muß.

Weitbrecht